HEYNE BÜCHER

Tip des Monats

In derselben Reihe
erschienen außerdem als Heyne-Taschenbücher:

Alistair MacLean · Band 23/1
Willi Heinrich · Band 23/4
Desmond Bagley · Band 23/5
Victoria Holt · Band 23/6
Michael Burk · Band 23/7
Marie Louise Fischer · Band 23/8
Will Berthold · Band 23/9
Mickey Spillane · Band 23/10
Robert Ludlum · Band 23/11
Susan Howatch · Band 23/12
Hans Hellmut Kirst · Band 23/13
Colin Forbes · Band 23/14
Barbara Cartland · Band 23/15
Louis L'Amour · Band 23/16
Victoria Holt · Band 23/18
Jack Higgins · Band 23/19
Desmond Bagley · Band 23/21
Caroline Courtney · Band 23/22
Robert Ludlum · Band 23/23
Gwen Bristow · Band 23/24
Heinz G. Konsalik · Band 23/25
Leon Uris · Band 23/26
Susan Howatch · Band 23/27
Colin Forbes · Band 23/28
Craig Thomas · Band 23/30
Marie Louise Fischer · Band 23/33
Johanna Lindsey · Band 23/34
Alistair MacLean · Band 23/35
Philippa Carr · Band 23/36
Joseph Wambaugh · Band 23/37
Mary Stewart · Band 23/38
John D. MacDonald · Band 23/39
Caroline Courtney · Band 23/40
Robert Ludlum · Band 23/41
Utta Danella · Band 23/42
Johanna Lindsey · Band 23/43
Stefan Murr · Band 23/44
Marie Louise Fischer · Band 23/45
John Gardner · Band 23/46
Alistair MacLean · Band 23/47
Gwen Bristow · Band 23/48
Jackie Collins · Band 23/49
John Saul · Band 23/50
Alexandra Cordes · Band 23/51
David Morrell · Band 23/52
Philippa Carr · Band 23/53
Eric Van Lustbader · Band 23/54
Barbara Cartland · Band 23/55
Mary Westmacott · Band 23/56
Schimanski · Band 23/57
Pearl S. Buck · Band 23/58
Alistair MacLean · Band 23/59
Caroline Courtney · Band 23/61
Len Deighton · Band 23/62
Marie Loise Fischer · Band 23/63
Alexandra Cordes · Band 23/65

2 Romane in einem Band

Daphne Du Maurier

Träum erst, wenn es dunkel wird
Gerald

WILHELM HEYNE VERLAG
MÜNCHEN

HEYNE TIP DES MONATS
Nr. 23/64

Aus dem Englischen übersetzt von Eva Schönfeld und N. O. Scarpi

Aus dem Englischen übersetzt von Isabel Hamer

(Der Titel erschien bereits in der Allgemeinen Reihe mit der Band-Nr. 01/5413.)

Printed in Germany 1991
Umschlagillustration: Gerd Weissig/Nürnberg
Autorenfoto: dpa/München
Umschlaggestaltung: Atelier Ingrid Schütz, München
Satz: Grieb, München
Druck und Bindung: Presse-Druck Augsburg

ISBN: 3-453-04683-8

Inhalt

Träum erst, wenn es dunkel wird

Inhalt

Der Vielgeliebte

Es war ein naßkalter Januarvormittag gegen halb elf. Die Telephonzellen im Untergrundbahnhof Piccadilly Circus waren leer, bis auf die eine rechts, in der äußersten Ecke neben dem Ausgang zur Shaftesbury Avenue.

Eine Dame, die den Mund beinahe in den Sprechtrichter des Apparats preßte und, den Hörer am Ohr, etliche Münzen in der verkrampften Hand hielt, zappelte förmlich vor Ungeduld. Sie warf einen nervösen Blick über die Schulter und ratterte gegen das Mundstück.

»Also hören Sie – ich habe Ihnen die Nummer doch schon dreimal gesagt! Gerrard 10550 – Gerrard 10550!« Sie biß sich auf die Unterlippe und pochte mit der Schuhspitze auf den Boden. »Ich *weiß,* daß jemand da ist. Es meldet sich niemand? Bitte versuchen Sie es weiter ...«

Er drehte sich träge im Bett um und langte nach einer Zigarette. Er gähnte, reckte und streckte sich und griff nach dem Bademantel, der über dem Fußende lag. Endlich warf er die Steppdecke beiseite, fuhr in die Pantoffeln und schlurfte zum Toilettentisch hinüber.

Während er sich mechanisch mit dem Kamm durchs Haar fuhr, begutachtete er die interessanten dunklen Schatten unter seinen Augen. Er griff nach der gewohnten Bromo-Seltzer-Flasche und runzelte nur belästigt die Stirn, als das Telephon auf dem Nachttisch klingelte. Hatte ihn das nicht eben geweckt? Jedenfalls machte er keinerlei Anstalten, den Hörer abzunehmen, sondern begab sich gähnend ins Bad. Das Wasser schoß dampfend aus den Hähnen. Der Bademantel glitt zu Boden.

Dann streckte er sich wohlig in der Wanne aus, drückte den Schwamm auf die Brust und sah zu, wie sich die bleiche Haut über den schlaffen Muskeln rötete. Die Zigarette hatte er noch zwischen den Lippen; ihr Rauch kräuselte sich anmutig zur

Decke. Von nebenan hörte er das Telephon in kurzen Abständen weiterschrillen.

»Ja – Gerrard 10550. Bitte noch einmal! Hören Sie schlecht? Da muß ein Irrtum vorliegen . . .«

Die Stimme der Anruferin, nun schon merklich ermattet, hatte einen Unterton hoffnungsloser Bettelei. Ihre trüben Augen lasen zum soundsovielten Mal die Gebrauchsanweisung für die Benutzung öffentlicher Telephone, die über dem schwarzen Apparat hing.

Er hüllte sich in das vorgewärmte Badetuch und zündete sich die zweite Zigarette dieses Morgens an. Regen schlug gegen das Fenster. Was für einen teuflischen Lärm das Telephon nebenan vollführte! Er patschte barfuß ins Schlafzimmer zurück, um der Sache ein Ende zu machen.

»Hallo. Wer ist denn da? Lauter bitte, ich verstehe kein Wort.«

Die Dame in der Zelle ließ vor Erregung die Tasche fallen, deren Inhalt sich klimpernd auf dem Boden verteilte.

»Endlich! Mein Gott, was für ein entsetzlicher Morgen! Weißt du, daß ich dich schon seit mindestens einer halben Stunde anzurufen versuche? Wo warst du denn? Hast du noch geschlafen?«

»Vermutlich. Zu so nachtschlafender Zeit ruft man auch nicht an. Was willst du denn?«

»Es ist beinahe elf. Und was ich will? Ist dir nicht klar, daß ich mich deinetwegen aus dem Haus stehle, bei strömendem Regen, daß ich Mann und Kinder sitzenlasse, nur um kurz mit dir zu sprechen? Und du blaffst mich an, weil ich dich aus deinem geheiligten Morgenschlaf wecke . . .«

»Hör mal«, sagte er schnell, »wenn du wieder eine deiner Szenen loswerden mußt, such dir ein anderes Opfer aus. Das Leben ist zu kurz, um es sich gegenseitig zu vermiesen.«

»Oh! Du willst einfach nicht verstehen, was ich deinetwegen durchmache. Ich bin so verzweifelt. Jetzt haben wir uns fünf Tage nicht gesehen, und dir ist es offenbar ganz gleichgültig.«

»Meine Liebe . . .! Es ist einfach lachhaft, daß du dich in solche

Zustände hineinsteigerst. Du weißt genau, wieviel ich zu tun habe. Von meinem bißchen wohlverdienten Schlaf abgesehen, habe ich keine freie Minute.«

»Wo warst du gestern abend?«

»Ich habe gearbeitet – bis tief in die Nacht hinein – und bin dann ins Bett gefallen.«

»Und wer garantiert mir, daß du nicht lügst?« Ihre Stimme wurde scharf und argwöhnisch. Sie konnte sich nur zu gut vorstellen, wie er am anderen Ende der Leitung die Achseln zuckte.

»Himmel noch mal!« erwiderte er ebenso scharf. »Wenn du in *der* Laune bist... Auf Wiederhören.«

»Nein, nein, bitte leg nicht auf. Ich hab's nicht so gemeint. Ich drücke mich nur immer so dumm aus...« Sie klammerte sich an den Hörer wie an einen Rettungsring.

»Ja, zum Teufel, warum machst du dann immer solche Schwierigkeiten? Was soll ich denn deiner Meinung nach getan haben?«

Eine kleine Pause entstand, weil die Dame in der Zelle nach einem Taschentuch suchte. Ihr Mund verzerrte sich kläglich.

»Egal. Was... was hast du heute vor?« versuchte sie es verzweifelt von neuem.

»Ich habe buchstäblich keine freie Minute«, wiederholte er. »Ich stecke bis über beide Ohren in Arbeit. Die Story für das amerikanische Blatt muß fertig werden.«

»Könnte ich nicht kommen und ganz still bei dir sitzen?«

»Nein. Ich kann nicht arbeiten, wenn jemand dasitzt und mich dauernd anstarrt. Das solltest du mittlerweile begriffen haben.«

»Ja, ja. Aber was ist mit heute abend? Oder wie wär's mit einem raschen Lunch! Ich hab' mir die Zeit extra freigehalten. Diese langen, leeren Tage ohne dich bringen mich einfach um. Dazu der ewige Regen, und nie sehe ich dich...«

»Unmöglich. Tut mir leid.«

Wie fern – und auch innerlich distanziert – seine Stimme klang! Warum nur, nach allem, was sie seinetwegen schon riskiert hatte?

»Wenn du nur wüßtest, wie ich dich liebe ...« flüsterte sie trostlos.

Er wechselte ungeduldig die Haltung und warf einen Blick auf die Kaminuhr. »Nun hör mal gut zu. Was soll das alles? Du hältst mich schon jetzt von der Arbeit ab.«

»Du willst mich also wirklich den ganzen Tag nicht sehen? Dann könnte ich mich ja ebensogut ganz von dir zurückziehen, ins Ausland gehen, möglichst weit weg ... Was kümmert's dich? Du laßt mich schon die ganze letzte Zeit spüren, daß mein bloßer Anblick dir verhaßt ist; du ...«

Die Anklagen strömten ihr über die Lippen, ohne daß sie es wollte. Sie hörte sein unterdrücktes Gähnen und dann die müde Antwort:

»Was mir zuwider ist, sind lediglich die dauernden Szenen, die du mir machst. Worüber beklagst du dich denn? Schließlich haben wir manche schöne Stunde miteinander verlebt und Gott sei Dank niemandem damit weh getan. Was soll jetzt dieser Nervenkrieg?«

»Verzeih, ich will dir ja nicht lästig fallen ... Ich leide nur so furchtbar darunter, daß ich kaum noch etwas von dir sehe und höre. Bitte sag, daß du mir nicht böse bist – versprich mir wenigstens das! Ich bin so furchtbar unglücklich. Natürlich sehe ich ein, daß ich widerlich egoistisch bin – und ich störe dich in deiner Arbeit, ich weiß. Aber du mußt doch auch verstehen, wie sehr ich dich liebe, und vielleicht könntest du ein Viertelstündchen ...«

»Heute nicht. Ich rufe dich im Laufe der Woche irgendwann mal an. Auf Wiederhören.«

Sie umklammerte den Hörer. »Bitte, warte noch einen Moment! Hast du morgen nachmittag um halb drei etwas vor?«

Keine Antwort. Er hatte aufgelegt.

Erst nach einer Weile rückte sie ihren verrutschten Hut zurecht, nahm ihre Tasche vom Boden und verließ zögernd die Telephonzelle.

Er seinerseits hatte in seinem Hotelzimmer den Hörer sofort wieder aufgenommen, um der Vermittlung an der Rezeption zu sagen:

»Hören Sie: Falls in den nächsten Stunden wieder jemand anruft, geben Sie bitte die Auskunft, daß ich nicht gestört werden darf. Ich arbeite.«

Hierauf stand er eine Weile müßig am Fenster und starrte in den Regen hinaus. Was für eine Strapaze waren diese ewigen Notlügen! Wenn er mal aus Versehen die Wahrheit sagte, war der Teufel los. Im großen und ganzen waren Frauen überhaupt eine Last, mit gewissen Ausnahmen, in denen man sie brauchte – auf die eine oder andere Weise.

Mit diesem Gedanken nahm er sich den Brief, der auf dem Frühstückstablett gelegen hatte, noch einmal genauer vor.

Den zärtlichen Anfang überflog er nur, denn danach kam die einzige Stelle, die ihn wirklich interessierte:

»... und ich lege großen Wert darauf, Dich mit ihm bekannt zu machen. Er ist heute wohl der bedeutendste englische Verleger. Natürlich bricht sich ein Genie wie Du irgendwann sowieso Bahn, aber es beschleunigt die Sache doch sehr, wenn man beizeiten an die richtigen Leute herankommt. Wie gut, daß ich solche Beziehungen habe! Das Nähere besprechen wir heute beim Lunch – übliche Zeit, üblicher Ort. Da kennt mich niemand. Ist es nicht zu dumm, daß ich noch immer auf solche Konventionen Rücksicht nehmen muß? Ich möchte unsere Liebe in alle Welt schreien, und doch müssen wir uns, jedenfalls vorläufig, heimlich treffen, als schämten wir uns der wunderbarsten Sache, die es gibt ... O Geliebter, wenn ich an die letzte Nacht zurückdenke, könnte ich ...«

Grundgütiger! In dem Ton ging es nun drei, nein, vier Seiten weiter. Überspanntes Frauenzimmer!

Dennoch verwahrte er das Schreiben sorgfältig in seiner Brieftasche. Man konnte nie wissen, besonders nicht in diesem Fall. Sie kannte sehr einflußreiche Leute. Trotzdem durfte sie die Affäre nicht an die große Glocke hängen ... Er hatte nicht die Absicht, sie deswegen zu heiraten. Ein Glück, daß sie ihn nicht alle naselang am Telephon belästigte wie die andere. Sie war auch viel hübscher – und vor allem viel nützlicher.

Er drehte die Kurbel des Koffergrammaphons, das sie ihm geschenkt hatte, und legte eine der neuesten Schellackplatten auf. Zum Lunch würde er ein Taxi nehmen müssen; hoffentlich lieh sie ihm für weitere Vorhaben wieder ihren Wagen. Es war ja unzumutbar, bei diesem Regen auch nur einen Schritt zu Fuß ins Freie zu tun. Übrigens hatte sie neulich schon angedeutet, ihr nächstes Geschenk würde ein kleines Auto sein...

Ja, sie tat alles, was er wollte. Darin war sie großartig. Sie war eben reich...

Lächelnd lauschte er der einschmeichelnden Tenorstimme, die von der sich drehenden Platte klang: *Niemand liebt dich so wie ich...*

»Du siehst wieder mal fabelhaft aus!« war sein erstes Kompliment nach der Begrüßung. »Umwerfend! Nehmen wir wieder das Tischchen da in der Nische? Da sieht uns niemand... Ja, zum Glück ist es noch frei. Setzen wir uns. Ist das ein neuer Hut? Bezaubernd... Aber ja, ganz im Ernst. Dir steht ohnehin alles...«

Sie drückte verstohlen seine Hand.

»Ach, Liebster, wenn du so nett zu mir bist, möchte ich immer gleich mit dir durchbrennen. Auf und davon! Was schert uns der Skandal? Wir lieben uns! Da ist es mir ganz egal, ob ich von meiner hochnäsigen Familie verstoßen und enterbt werde; mit dir könnte ich auch in einer Mansarde oder einem Zelt leben...«

»Das sähe dir ähnlich«, meinte er mit etwas gezwungenem Lachen. Was für Flausen Luxusfrauen wie sie im Kopf hatten! Nicht den geringsten Wirklichkeitssinn!

»Stell dir nur vor, mit welcher Wonne wir gemeinsam hungern würden«, fuhr sie träumerisch fort.

»Gewiß, aber nur ein Lump könnte dir das zumuten«, sagte er rasch. »Hältst du mich für so gewissenlos, daß ich dich je aus deiner gewohnten luxuriösen Umgebung verschleppen würde? Hältst du mich für einen Verbrecher?« Er schlug leicht mit der Faust auf den Tisch. Der dramatische Ton gelang ihm so gut, daß er im Moment fast selbst daran glaubte. »Nein«, sagte er dann sanft, »wir müssen uns einstweilen mit der Situation abfinden, wie sie ist. Eines Tages... Oh, eines Tages vielleicht...«

Er sah ihr tief in die Augen. Phrasen wie diese waren ihm so geläufig, daß die verliebten Gänse nie daran zweifelten.

»Weißt du«, er studierte die Speisekarte und schlug etwas Billiges vor, da er hinterher wohl pro forma bezahlen mußte, »ich staune immer wieder, wie gut wir uns verstehen. Ob wohl je ein Liebespaar auf Erden so ineinander aufgegangen ist wie wir? Ich kann das nicht logisch erklären; diese Sympathie kommt aus den Tiefen der Seele, sie ist ein gegenseitiger Austausch, der fast keiner Worte mehr bedarf...«

»Genauso empfinde ich's auch«, flüsterte sie atemlos. »Wie viele Leute mögen schon so was Ähnliches gesagt haben; aber bei denen ist's bloß das übliche Gerede.«

»Nur Gerede«, bestätigte er feierlich.

»Bei uns hingegen ist alles ganz natürlich; keiner von uns beiden braucht Theater zu spielen.«

»Das ist ja eben das Wunderbare«, sagte er und fügte schnell hinzu: »Nimm lieber Mineralwasser, Liebling. Der Wein hier ist ungenießbar. Wo war ich gerade? Richtig, niemand liebt einander so wie wir. Es ist nicht nur Sex; es ist so viel mehr. Manchmal denke ich, ich könnte auch ohne das vollkommen glücklich sein, wenn...«, er sah, wie ihre Miene sich umwölkte, und änderte geistesgegenwärtig den angefangenen Satz: ... wenn wir nicht auch noch körperlich vorhanden wären. Wie einfach wäre das! Du und ich würden nie solche Trennungsschmerzen erleiden. Doch so dulde ich Furchtbares, wenn du nicht bei mir bist.«

»Eben! Darum möchte ich ja am liebsten mit dir durchbrennen«, unterbrach sie feurig.

»Bitte, sprich nicht mehr davon. Nie werde ich dein Leben so verpfuschen«, erwiderte er ernst und spießte ein Stück Mixed Grill auf. »Sind wir auf unsere Weise nicht glücklich genug? Wir sehen uns fast täglich, manchmal sogar nächtlich... Und du hast nicht die geringsten Ungelegenheiten davon, wenn du weiter klug und verschwiegen bleibst.«

»Du hast schon recht«, seufzte sie, »aber irgendwie... und gerade heute, nach letzter Nacht... kann ich meine Liebe kaum mehr vor den anderen verleugnen. Ich möchte alles für dich tun, ich könnte mich für dich totschinden, wenn wir nur endlich für immer beisammen wären!«

Er verspürte einen peinlichen Druck in der Magengrube. Mußte sie denn dauernd auf demselben Thema herumreiten? Ging das alles von vorne los, wie bei jeder anderen Affäre?

»Gott, wenn ich doch nur eigenes Geld hätte«, murmelte er trübe und biß eindrucksvoll-heroisch die Kiefer aufeinander.

»Geld! Wer redet denn hier von Geld!« sagte sie ungeduldig. »Ich hasse es! Meinetwegen würde ich sofort darauf verzichten und mit dir in die weite Welt gehen, am besten auf so einem alten Auswandererschiff, im Zwischendeck, weißt du, wie in den wundervollen alten Romanen ...«

Er lächelte schwach.

»Dahin kommt's noch«, sagte er. Seine Laune war beträchtlich gesunken. »Wer reich ist, Liebling, hat's leicht, über Geld die Nase zu rümpfen. Aber in dieser schnöden Welt läßt sich eine ganze Menge damit anfangen. Einer wie ich wird's allmählich müde, sich sein Leben lang danach abzustrampeln, und manchmal denkt man: wozu das Ganze? Warum schreibe ich überhaupt noch? Ich bringe es ja doch zu nichts. Nein, Armut ist kein Vergnügen.«

»Aber, mein armer Geliebter, von nun an braucht es dir doch an nichts mehr zu mangeln – du hast ja mich! Was mein ist, ist auch dein, was immer du willst. Ich werde also ganz vernünftig sein und nicht so leichtfertig auf mein Vermögen verzichten. Um deinetwillen.«

Er dachte flüchtig daran, ob sie das versprochene Auto schon vergessen hatte.

»Ich kann nicht dauernd Geschenke von dir annehmen«, murmelte er. »Du weißt nicht, wie demütigend das ist.«

»Nun redest *du* aber dummes Zeug! Bin ich denn in deinen Augen so etwas wie eine spießige Kleinbürgerin, die überall nach dem Preiszettel schaut? Bei einer Liebe wie der unsrigen werden solche Dinge doch ganz nebensächlich. Wenn ich arm wäre und du reich, so fände ich es ganz natürlich, daß du mir hilfst. Außerdem finde ich es ganz herrlich, daß zufällig ich dir helfen kann.«

»So? Wenn ich nur nicht diesen vermaledeiten Stolz hätte!«

»Aber bei dir ist es doch ganz etwas anderes! Du bist ein Genie. Kein Mensch erwartet von dir, daß du mit Geld umgehen kannst. Du stehst viel zu hoch über diesem stumpfsinnigen Alltagskram.«

»Hm ... Scheint so«, gab er stirnrunzelnd zu und trommelte leicht mit den Fingern auf dem Tischtuch.

»Armer Kerl«, dachte sie zärtlich. »Er ist so sensibel ... Ein Künstler durch und durch!« Laut sagte sie jedoch nur: »Also, ich darf dir ein bißchen helfen, ja?«

»Wenn du es durchaus für nötig hältst«, sagte er achselzuckend und schob mürrisch seinen leeren Teller beiseite, fand dann aber selbst, es sei Zeit für einen Stimmungswechsel. Er lächelte so charmant, wie nur er es konnte. »Nun hören wir mal mit diesen unangenehmen Themen auf: Arbeit, Geld und so weiter – einverstanden? Im Moment zählt doch nichts anderes, als daß wir zusammen sind.«

»Nichts«, pflichtete sie ihm inbrünstig bei.

»Wenn wir nur nicht in diesem kleinen Lokal säßen und ganz allein sein könnten wie letzte Nacht. Denkst du noch daran?«

»Ob ich daran denke ... ?« Sie drückte seine Hand beinahe wild und fragte plötzlich: »Sag mal, ist diese zudringliche Person, von der du mir erzählt hast, immer noch hinter dir her?«

»Nein, Gott sei Dank! Ich glaube, sie ist mitsamt der ganzen Familie verzogen. Nebenbei bemerkt, war die ganze Geschichte nie ganz ernst zu nehmen.« Er zündete sich eine Zigarette an und wedelte mit halbgeschlossenen Augen den Rauch von ihr weg. »Wenn du mich so ansiehst, möchte ich dich fünfundzwanzig Stunden hintereinander küssen ...«

Sie trank die abgedroschenen Redensarten in sich hinein. »Wollen wir jetzt gehen?« flüsterte sie.

Es gab nur noch einen kleinen peinlichen Moment wegen der Rechnung. Natürlich zückte er sofort sein Portemonnaie; aber da er von irgend etwas im Lokal gerade abgelenkt wurde, gelang es ihr, die Sache inzwischen taktvoll zu bereinigen.

Zum Ausgleich bestand er darauf, sie im Taxi nach Hause zu bringen. »Das ist doch wohl das mindeste«, meinte er vorwurfsvoll, als sie sich vor dem Restaurant von ihm verabschieden wollte, da ihr eigener Wagen ja um die nächste Ecke stand.

Der Verkehr war um diese Zeit sehr dicht, und das Taxi war klapprig und schlecht gefedert, so daß ihre Versuche, sich zu küssen, ziemlich danebengerieten.

»Ach, könnte es doch immer so bleiben«, log er trotzdem. Sie lächelte verzückt und kramte nach ihrem Puderdöschen. »Ach, übrigens ...«, fing er an, bevor er sie in sicherer Entfernung von ihrem vornehmen Zuhause absetzte, »wie war das mit dem Kleinauto, von dem du neulich gesprochen hast? Ich habe mir die Sache durch den Kopf gehen lassen ...«

Die Abendgesellschaft war langweilig und ermüdend, zumal der große Verleger, an dem ihm einzig gelegen war, gar nicht erschien. Nur seine Tochter, ein harmloses, unerfahrenes Ding, vertrat ihn. Sie hatte rote Ellbogen über den Abendhandschuhen und ein recht niedliches Profil, war aber jung – allzu jung. Natürlich tat er trotzdem das Seine, um wenigstens mit ihr ins Gespräch zu kommen. Ihr Vater war ein einflußreicher Mann, und solche Gelegenheiten pflegte er sich nicht durch die Lappen gehen zu lassen.

Er näherte sich der Kleinen so bald wie möglich, und gegen Schluß des Abends war er immer noch an ihrer Seite. Die Phasen des Gespräches lassen sich in aller Kürze wiedergeben:

»Verzeihen Sie, ich bin kein Schmeichler ... Aber kaum hatte ich Sie heute abend hier erblickt, so wußte ich: Da ist ein Mensch! Ein Mensch, der alles versteht. Es muß an Ihren wunderschönen Augen liegen ...«

Das Mädchen sah ihn verwirrt an und errötete über und über. »Oh! Nett, daß Sie das sagen. Daß ich Menschen verstehen könnte, ist noch keinem aufgefallen. Jeder denkt, ich plappere nur meinem berühmten Vater nach. Keiner traut mir zu, daß ich auch mal ein paar eigene Gedanken habe.«

Er lachte verächtlich. »Typisch für unsere oberflächliche Gesellschaft! Ich habe nach einer halben Minute erkannt, was in Ihnen steckt. Da ich Schriftsteller bin, gebe ich bereitwillig zu, daß ich heute abend eigentlich Ihren Vater kennenlernen wollte

– ich bin unheimlich ehrlich. Aber nun habe ich *Sie* statt seiner getroffen, und das entschädigt mich für alles ... Was heißt: entschädigt! Sie übertreffen meine kühnsten Erwartungen!«

»Trotzdem, nun müssen Sie auch *ihn* kennenlernen«, sagte sie mit Wärme. »Das arrangier' ich schon. Sie werden großartig mit ihm zurechtkommen. Er liebt aufrichtige Menschen.«

»Entzückend von Ihnen. Aber lassen wir das ... Ich möchte gern mehr von Ihnen wissen, von Ihnen ganz persönlich.«

Sie hielt sich mit feuchtheißen Fingern an ihrem Abendtäschchen fest und stotterte:

»Oh, da gibt's nicht viel zu erzählen, eigentlich gar nichts.«

»Immer noch zu bescheiden! Passen Sie auf, wir werden echte Freunde werden.« Er hielt ihr lächelnd sein Zigarettenetui hin. »Sie rauchen nicht? Wie schön. Man wird der Modedamen, die ständig mit ihrer Zigarettenspitze kokettieren, so müde.«

Das junge Mädchen sah zu der Gruppe hinüber, die sich um die charmante Gastgeberin des Abends gesammelt hatte.

»Eine große Dame, nicht? Ich bewundere sie. Kennen Sie sie näher?«

»Oh, man läuft sich manchmal über den Weg«, erwiderte er achtlos, »wie das in unseren Kreisen so üblich ist. Aber Reichtum allein hat mir nie besonders imponiert. Ich liebe einfache Dinge: Bücher, Alleinsein – das heißt, solange niemand da ist, der einen wirklich versteht.«

»Ganz wie ich!« platzte das junge Mädchen begeistert heraus.

Er lächelte milde. »Sehen Sie, gerade darum spüre ich jetzt schon, daß wir über alles miteinander sprechen könnten, nicht nur über Bücher. Sogar über die ›Letzten Dinge‹, wenn Sie mir den Modeausdruck nicht übelnehmen. Mit einem aufgeschlossenen Mädchen Ihres Alters könnte ich sogar über Sex reden, ohne mich zu genieren. Aber das wäre zu unwahrscheinlich und selten, bei Ihrem Aussehen. Man wird Sie schon Dutzende von Malen darauf angesprochen haben.«

»Nein – wirklich nicht –«

»Das ist aber erstaunlich!« Da sie sich inzwischen irgendwo hingesetzt hatten, streifte er wie unabsichtlich ihr Knie.

Leider näherte sich gerade jetzt die Gastgeberin und fragte, ob er einen Moment frei sei; so viele Leute seien neugierig auf ihn.

Er erhob sich artig, entschuldigte sich mit einem sprechenden Blick bei der Tochter des Verlegers und folgte der anderen Dame.

Kaum außer Hörweite, flüsterte er:

»Darling, treibst du mich absichtlich zum Wahnsinn? Ich habe dich keine Sekunde allein gehabt – immer bist du von einem Verehrerschwarm umgeben! Und ich sitze da und schwatze mit dieser kleinen Gans. Himmel, wie hinreißend siehst du heut abend wieder aus!«

»Ach, du Armer. Und ich dachte, du kommst mit der Kleinen ganz gut zurecht.«

»Als ob ich mich nicht jeden Moment nur nach dir sehnte!«

»Pst!« Sie legte den Finger an die Lippen. »Wir dürfen hier nicht auffallen. Sei vernünftig. Morgen sehen wir uns ja schon wieder allein.«

Er straffte sich und spielte den Verdutzten. »Morgen? Oh ... Ich glaube nicht, daß ich es morgen einrichten kann.«

»Aber sagtest du nicht, wir treffen uns morgen zum Lunch?«

»Ja, ich erinnere mich ... Aber verzeih. Als ich ins Hotel zurückkam, lag da noch immer der Artikel, den ich nun unbedingt fertigschreiben muß.«

»Natürlich, deine Arbeit geht vor. Wie ist es mit morgen abend?«

»Da wird es wohl gehen – hoffe ich.«

»Gute Nacht, Liebling«, flüsterte sie.

»Gute Nacht.«

Als er die weitläufige Halle durchquerte, sah er die Verleger-Tochter gerade hinaus zu ihrem chauffeurgesteuerten Wagen gehen. Er nahm sich nicht die Zeit, Mantel und Hut zu holen, sondern rannte ihr nach.

»Zu dumm, diese gesellschaftlichen Verpflichtungen«, keuchte er. »Doch möchte ich Ihnen wenigstens noch sagen, wie froh ich bin, Sie kennengelernt zu haben. Ich kehre nun an meine Arbeit zurück. Ich werde bei jedem Satz an Sie denken.«

»Das ... das freut mich auch«, stotterte das Mädchen.

Er warf einen Blick über die Schulter und einen nach vorn zum Chauffeur. Keiner schien die kleine Abschiedsszene besonders zur Kenntnis zu nehmen. Er drückte heimlich ihre Hand.

»Bitte sagen Sie schnell – haben Sie morgen nachmittag zwischen fünf und sieben etwas vor ...?«

Um Mitternacht kehrte er in sein kleines Hotelappartement zurück. Alles in allem war es vielleicht doch keine verschwendete Zeit gewesen.

Er riß sich die unbequeme Abendkleidung ab, warf sie irgendwohin, schlüpfte in den bequemen Bademantel und bereitete sich, nunmehr ernstlich, auf die vernachlässigte Arbeit vor. Dazu brauchte er fünf Kissen auf dem Sofa, das Koffergrammophon und den Plattenständer daneben, ferner Zigaretten, Feuerzeug, Whisky und Soda-Siphon in Reichweite.

Er machte es sich gemütlich, legte eine Platte auf und balancierte den jungfräulich weißen Schreibblock auf den Knien.

Bläulicher Rauch erfüllte den Raum, das Grammophon dudelte, nur das Konzeptpapier blieb unberührt, wie es – seit wann? – gewesen war.

Das Schrillen des Telephons störte die beschauliche Stille. Ärgerlich grunzend streckte er die Hand nach dem Hörer aus. Eine gebrochene, tonlose Frauenstimme kam über den Draht:

»Gerrard 10550? Oh – bist du's endlich? Bitte verzeih die späte Störung, aber du warst heute vormittag so ... so schroff. Ich habe mich seitdem ununterbrochen gegrämt. Du hast zu tun, ich weiß, und ich will mich ja gern gedulden ... Aber sag mir nur ein kleines Wort: Liebst du mich noch?«

Die Großherzogin

– Ein Märchen –

Das Großherzogtum Ronda im südlichen Europa ist nun seit vielen Jahren eine Republik. Es war das letzte Land, das die Ketten des monarchistischen Systems abgeworfen hat, und seine Revolution, als es dahin kam, war ganz besonders blutig. Der Umbruch aus der Abhängigkeit unter dem Zwang eines einzigen Herrschers, des Großherzogs, dessen Familie die Macht nahezu sieben Jahrhunderte innegehabt hatte, zu der erleuchteten Regierung der Volksfront, der V.F., wie sie allgemein genannt wurde – einer Verbindung von Kommerz und Kommunismus –, erschütterte die übrige westliche Welt, die seit langem das rote Licht erspäht und aus Gründen der Zweckmäßigkeit die noch vorhandenen Monarchen auf einen gigantischen Ozeandampfer verfrachtet hatte, der nun mit ihnen eine Kreuzfahrt ohne Ende unternahm. Hier lebten sie sehr glücklich beisammen, hatten ihre Freude an unablässigen Intrigen, heirateten untereinander und setzten nie wieder den Fuß auf den Erdboden, wo sie den befreiten Völkern Europas nur Zank und Hader gebracht hätten.

Die Revolution wirkte als Schock, weil Ronda seit so langer Zeit nicht bloß die Zielscheibe des Spottes der demokratischen Staaten gewesen war, sondern auch der beliebteste Tummelplatz für Touristen. Gerade der geringe Flächeninhalt Rondas unterschied es von allen anderen Ländern. Zudem hatte es, trotz seiner Kleinheit, alles, was das Herz begehrte. Sein einziger Berg, der Ronderpik, war 3.600 Meter hoch und sein Gipfel von allen vier Seiten zugänglich; auf den tieferen Hängen fand man das beste Ski-Gelände von Europa. Der einzige Fluß, der Rondaquiver, war bis zur Hauptstadt schiffbar, und sein Unterlauf, reich mit Inseln bespickt, deren jede sich ihres eigenen Kasinos, ihres eigenen Badestrandes rühmte, zog in der warmen Jahreszeit Tausende von Touristen ins Land. Und dann waren noch seine Quellen da.

Die berühmten Quellen entsprangen in den Höhen hinter der Hauptstadt, und sie waren es in Wahrheit, die jahrhundertelang den stärksten Trumpf des Herrscherhauses dargestellt hatten, denn sie besaßen außerordentliche, ja einzig dastehende Eigenschaften. Zunächst bescherten sie, in Verbindung mit einer bestimmten Formel, dauernde Jugend. Diese Formel war das Geheimnis des regierenden Großherzogs, der sie auf dem Sterbebett seinem Erben gab. Vermochte sie auch den letzten Feind nicht auf ewig in Schach zu halten – denn auch Fürsten müssen sterben –, so hatten die Quellen von Ronda doch die Besonderheit, daß die Großherzöge ohne Runzeln und ohne graues Haar in ihre Gruft gelegt wurden.

Die Formel war, wie schon gesagt, nur dem herrschenden Fürsten bekannt, der allein davon Nutzen zog; doch das Wasser der Quellen selbst konnte jeder Tourist trinken, der das Großherzogtum besuchte, und es hatte wundersam wiederbelebende Wirkungen. Vor der Revolution kamen sie zu Tausenden, Männer und Frauen aus der ganzen Welt, nach Ronda und wollten etwas von dem Elixier, das in dem Wasser enthalten war, in ihr ödes Alltagsleben mitnehmen.

Was Ronda für die Touristen tat, läßt sich nur schwer in Worten beschreiben. Sie waren bei ihrer Rückkehr sofort an der ganz besonderen Bronzefarbe ihrer Haut zu erkennen, an dem träumerischen, fast entrückten Ausdruck ihrer Augen und an ihrer seltsamen Haltung dem Leben gegenüber, die einer gewissen Wurstigkeit glich. »Wer in Ronda gewesen ist, hat Gott gesehen«, war ein vielzitiertes Wort, und tatsächlich, das Achselzucken, das gleichgültige Gähnen, das halbe Lächeln auf den Zügen jener, die ihre Winter- oder Sommerferien ›jenseits der Grenze‹ verbracht hatten, schien auf eine gewisse Art Vertrautheit mit der anderen Welt hinzuweisen, auf eine Kenntnis geheimer Orte, die den Daheimgebliebenen versagt blieb.

Die Wirkung nützte sich natürlich mit der Zeit ab. Die Werkbank rief den Arbeiter, das Pult den Beamten, das Laboratorium den Chemiker; manchmal aber, kurze Minuten, wenn sie Zeit zur Besinnlichkeit hatten, erinnerten sich die Touristen, die in Ronda gewesen waren, an das eiskalte Wasser, das sie aus den Quellen im Hochgebirge getrunken hatten, an die Inselchen im Rondaquiver, an die Kaffeehäuser auf dem großen Platz der Hauptstadt, den das Schloß des Großherzogs beherrschte – jetzt ein Museum mit den Trophäen der Revolution und langweilig wie abgestandenes Wasser. In der früheren Zeit, als das Schloß noch von den Soldaten der Leibgarde in ihren prächtigen blaugoldenen Uniformen bewacht wurde, die großherzogliche Standarte – ein Symbol des Wassers des Lebens auf weißem Feld – an ihrer Stange wehte und die großherzogliche Kapelle die beliebten rondesischen Volkslieder spielte, in denen etwas von einer zigeunerhaften Herkunft mitzuklingen schien, da saßen die Touristen nach dem Abendessen auf dem Platz und warteten, bis der Großherzog sich auf dem Balkon zeigte.

Das war der Höhepunkt des Tages. Für jeden, der im Rondaquiver geschwommen war, den Ronderpik erklommen und das Elixier der Quellen getrunken hatte, war das Erscheinen des Monarchen irgendwie eine Zusammenfassung alles dessen, was der Besucher dem Großherzogtum gegenüber empfand, mochte er gekommen sein, um zu spotten oder um zu bewundern. Ein wenig berauscht, denn der Wein aus den Reben von Ronda ist sehr stark, ein wenig übersättigt, denn das Fleisch der Fische aus dem Rondaquiver ist üppig, ein wenig schwermütig, denn die zigeunerhaften Weisen rührten vergessene Erinnerungen auf, war der Besucher, allem Vernünfteln zum Trotz, auf eine malerische Lösung vorbereitet; und dennoch war er immer wieder überrascht und nachher gerührt.

Alles wurde still. Die Lichter auf dem Platz dämpften ihren Schein. Dann begann die großherzogliche Kapelle leise die Nationalhymne zu spielen, deren Anfang, beiläufig übersetzt, lautete: »Ich bin, was ihr sucht, ich bin das Wasser des Lebens.« Dann öffnete sich eine hohe Türe, und eine Gestalt in weißer Uniform erschien auf dem Balkon. Fledermäuse wurden, gewissermaßen als Sinnbilder von Träumen, in derselben Sekunde auf dem Turm freigelassen, und die Wirkung war von eigenartigem, befremdendem Zauber; die Nachtgeschöpfe flatterten blindlings in immer weiteren Kreisen um den schimmernden Kopf des Großherzogs – die Großherzöge von Ronda waren immer blond –, und kein Laut war zu vernehmen bis auf das Schlagen unzähliger Flügel. Der Großherzog blieb regungslos auf dem Balkon stehen, beleuchtet von Scheinwerfern, die im Steinwerk der Balustrade verborgen waren, das rote Band des Ordens vom Gerechten war der einzige Farbfleck auf der weißen Uniform. Selbst auf die Entfernung war die Gestalt eindrucksvoll, und in der Kehle des hartgesottensten republikanischen Touristen bildete sich ein reaktionärer Klumpen. Wie ein wohlbekannter ausländischer Journalist schrieb: Der erste Anblick des Großherzogs von Ronda weckte den unter der Oberfläche schlummernden Schutzinstinkt, jenen Instinkt, so fuhr er fort, der für die Sicherheit des Menschengeschlechts besser vertilgt werden müßte.

Nach Aussage jener, die das Glück hatten, ihre Plätze in der Nähe des Schlosses gefunden zu haben, und die selber von den Strahlen der Scheinwerfer beleuchtet wurden, war das Erstaunlichste an diesem allabendlichen Auftreten, daß es sich immer gleich blieb. Die Präzision, die Zeiteinteilung waren vollendet, und der Großherzog besaß tatsächlich die wunderbare Schönheit ewiger Jugend. Es war etwas Atemberaubendes an dieser hellen Gestalt, die, beide Hände an dem Degengriff, allein auf dem Balkon stand, und es hatte keinen Zweck, daß die Spötter ihren Nachbarn zum Bewußtsein brachten, der Großherzog sei jetzt an die Neunzig und habe das alles, lange bevor die meisten Anwesenden auf der Welt waren, schon so geübt; niemand beachtete das oder lauschte auch nur auf solche Reden. Jedes Erscheinen war in gewissem Sinne eine Wiederauferstehung jenes ersten Fürsten, der dem Volk von Ronda nach der großen Überschwemmung des Rondaquiver im Mittelalter erschienen war, als drei Viertel der Bevölkerung des Landes ums Leben kamen und plötzlich, wie die Historie von Ronda meldet, »das Wasser versiegte, nur die Quellen am Hang des Gebirges übrigblieben und ein Fürst sich zeigte, den Kelch der Unsterblichkeit in den Händen, und die Herrschaft übernahm«.

Moderne Historiker sagen natürlich, das alles sei Unsinn, und behaupten, der erste Großherzog sei keineswegs eine Märchengestalt gewesen, sondern ein Ziegenhirt, der nach der Katastrophe die wenigen erschöpften und verzweifelten Überlebenden ermutigt und geführt habe. Mag dem sein, wie es wolle, die Sage stirbt schwer, und selbst jetzt –, da die Republik seit vielen Jahren besteht, hüten die älteren Leute noch kleine Bilder, die, wie sie einander zuflüstern, von der Hand des letzten Großherzogs gesegnet worden waren, bevor die Revolutionäre ihn auf dem Schloßplatz an den Füßen aufgehängt hatten. Doch ich greife vor ...

Ronda war, wie Sie nun erfahren haben, ein Land, das der Freude, der Genesung, dem Frieden gehörte. Dort fand der Mensch, wonach sein Herz verlangte. Bücher sind über die Frauen von Ronda geschrieben worden. Sie sind – oder waren – scheu wie Eichhörnchen, schön wie Gazellen und hatten die Anmut von etruskischen Vasengestalten. Kein Mann hatte je das Glück, eine Braut aus Ronda heimzuführen – Heiraten über die Grenze waren verboten –, doch Liebesabenteuer waren nicht unbekannt, und die beneidenswerten Touristen, die keine Abweisung fürchteten und nicht von den zornigen Vätern, Gatten oder Brüdern getötet wurden, pflegten nach der Rückkehr in ihre eigenen, aufgeklärten Länder zu schwören, nie, bis zu ihrem letzten Tag, würden sie vergessen, was es bedeutet, in den Armen einer rondesischen Frau zu liegen und den unvergleichlichen Zauber ihrer Liebkosungen zu genießen.

Ronda hat nicht eigentlich eine Religion. Damit meine ich, daß es kein Dogma kennt, keine Staatskirche. Die Rondeser glaubten an die Heilkraft des Wassers der Quellen und an die geheime Formel ewiger Jugend, die nur dem Großherzog bekannt war, sonst aber hatten sie keinen Bedarf an Verehrung, hatten keine kirchlichen Würdenträger, und – seltsam genug – die rondesische Sprache, die wie eine Mischung von Französisch und Griechisch klingt, hat kein Wort für Gott.

Das hat sich sehr gewandelt, und man muß es beklagen. Jetzt ist Ronda eine Republik, und westliche Wörter aller Art haben sich in die Alltagssprache eingeschlichen. Wörter wie Weekend und Coca-Cola. Auch die Eheschranke ist zerschlagen worden – heutzutage kann man rondesische Mädchen auf dem Broadway und in Piccadilly sehen, und sie unterscheiden sich kaum von ihren Gefährtinnen. Und die Gebräuche, die zur Zeit der Großherzöge so ausgesprochen rondesisch waren, wie der Fischfang mit Spießen, das Quellenspringen und Schneetanzen, sind alle ausgestorben. Das einzige, was an Ronda nicht verdorben werden kann, ist die Gestalt des Landes – der hohe Berg, der windungsreiche Fluß. Und natürlich das Licht, die klare Strahlung, die sich nie verdunkelt, nie stumpf wird und nur mit dem Widerschein des reinsten Aquamarin verglichen werden kann. Das Licht von Ronda kann vom Flugzeug her erblickt werden – denn nun gibt es auch, kurz vor dem Umsturz gebaut, einen Flugplatz. Selbst jetzt, da sich so vieles geändert hat, verläßt der Tourist Ronda nur mit Bedauern und Heimweh. Er schlürft seinen Ritzo, den süßen, heimtückischen Likör des Landes, er riecht zum letzten Mal den Duft der Rolvulablume, jener berauschenden Blüte, deren goldene Blätter im Spätsommer die Straßen bedecken, zum letzten Mal winkt er einer bronzefarbenen Gestalt zu, die im Rondaquiver badet; und dann steht er in der unpersönlichen Halle des Flughafens und soll bald nach Osten oder nach Westen gebracht werden, zurück zur Arbeit, zu seinem Beruf, zur Verbesserung des Lebens seiner Mitmenschen, fort aber von dem Land der unerfüllten Sehnsucht, fort von Ronda.

Das Erschütterndste vielleicht an der heutigen Hauptstadt ist das einzige überlebende Mitglied der herrschenden Familie. Noch immer nennt man sie die Großherzogin. Aus einem Grund, der später mitgeteilt werden soll, wurde sie nicht gleichzeitig mit ihrem Bruder hingemordet. Die Großherzogin besitzt das Geheimnis der ewigen Jugend – sie ist das einzige Mitglied der großherzoglichen Familie, das es je neben dem regierenden Großherzog besessen hat. Ihr Bruder ließ sie die Formel wissen, bevor die Revolutionäre kamen und ihn ermordeten. Sie hat es nie enthüllt, und sie wird das Geheimnis ins Grab mitnehmen. Man hatte natürlich alles versucht – Kerker, Foltern, Verbannung, Drogen, die den Menschen zwingen, die Wahrheit zu sagen, Gehirnwäsche, doch nichts konnte sie dazu veranlassen, der Welt das Geheimnis des Jugendelixiers zu verraten.

Die Großherzogin muß über Achtzig sein, und seit einigen Monaten war sie nicht recht wohl. Die Ärzte meinen, sie könne keinen Winter mehr überdauern. Doch sie entstammt einer bevorzugten Rasse und vermag die Pessimisten immer noch Lügen zu strafen. Noch immer ist sie das schönste Mädchen in der ganzen Republik, und ich benütze das Wort »Mädchen« mit Bedacht, denn, ihren Jahren zum Trotz, ist die Großherzogin noch immer in ihrer Erscheinung und ihrem Wesen mädchenhaft. Das goldene Haar, die belebten Augen, die Anmut ihres Wesens, die so viele ihrer Zeitgenossen bezaubert hatte – die meisten von ihnen wurden in der Nacht der Großen Messer ermordet – ist unverändert geblieben. Noch immer tanzt sie nach den alten Volksweisen, wenn man ihr einen Rondip zuwirft – ein Geldstück ungefähr vom Wert eines Dollars. Jene unter uns aber, die sich ihrer noch in ihrer Jugend entsinnen, ihrer Beliebtheit bei dem Volk, ihres Interesses für die Künste, ihrer großen Liebesgeschichte mit ihrem Cousin, Graf Anton – die revolutionäre Bewegung im Lande bezeichnete dieses Abenteuer als Märchen –, ja, jene unter uns, die sich dieser Dinge entsinnen, empfinden beim Anblick der Großherzogin Paula von Ronda, die für ein Abendessen und zum Amüsement der Touristen tanzt, ein Unbehagen, und das Herz schnürt sich zusammen.

Aber jetzt will ich Ihnen erzählen, wie die letzte Monarchie in Europa zusammenbrach, wie Ronda zur Republik wurde – teils auch durch ein Mißverständnis dieser selben Großherzogin, die man jetzt, da das Glück sie verlassen hat, auf dem Schloßplatz hüpfen und springen sehen kann.

Ich schlage vor, die Geschichte von Ronda mit wenigen Worten abzutun. Die ersten Bewohner kamen auf dem Seeweg von Kreta und auf dem Landweg aus Gallien. Und später fand noch eine Vermischung mit Zigeunerstämmen statt. Dann hat zu Beginn des vierzehnten Jahrhunderts der Rondaquiver mit seiner Überschwemmung mindestens drei Viertel der Bevölkerung ums Leben gebracht. Der erste Großherzog stellte die Ordnung wieder her, baute die Hauptstadt neu auf, achtete darauf, daß die Felder bestellt und die Reben gepflegt wurden – kurz, er gab dem hart betroffenen Volke die Lebenslust wieder.

In dieser Mission, die er sich selber auferlegt hatte, halfen ihm die Quellen, die, mochte auch der Großherzog der einzige sein, der das Geheimnis kannte, wie man sie dazu brachte, ewige Jugend zu spenden, doch an sich noch sehr wertvolle Eigenschaften besaßen. Sie verliehen jedem, der aus ihnen trank, jenes Gefühl des Behagens, das Kinder vor der Pubertät beim Erwachen kennen; oder vielleicht wäre es richtiger zu sagen – die Wiedergeburt, die Erneuerung des Staunens. Ein Kind, das weder Eltern noch Lehrer fürchtet, hat, sobald es die Augen öffnet, nur einen einzigen Wunsch – aus dem Bett zu springen und mit bloßen Füßen in die Sonne zu laufen. Dann allein kann es seinen Traum wieder einfangen, denn der Tag, der angebrochen ist, ist auch für das Kind angebrochen. Das Wasser von Ronda spendet diese Wiedergeburt.

Es war keineswegs eine Einbildung, wie Skeptiker manchmal behaupten. Den modernen Wissenschaftlern ist es bekannt, daß chemische Eigenschaften in den endokrinen Drüsen gewisse Substanzen auslösen, und darum stellt derzeit das Abfüllen des Wassers in Flaschen die Hauptindustrie des Landes dar. Die Vereinigten Staaten kaufen mehr als achtzig Prozent der gesamten Jahresproduktion. Ursprünglich, da die Industrie in den Händen des Großherzogs war, wurde das Wasser nur an jene Gäste verkauft, welche die Grenze des Landes überschritten hatten. Die Vergeudung muß ungeheuer gewesen sein, wenn man bedenkt, daß die Quellen aus der Grotte, 2.700 Meter hoch, am Hang des Ronderpiks, entsprangen und in Wasserfällen den Berg hinunterstürzten. All diese Energie, die ausgenützt und in die Adern müder Amerikaner gepumpt werden konnte, sprudelte über nackte Felsen, verschäumte in die Luft oder ergoß sich in die Täler unten, nährte den ohnehin fruchtbaren Boden und brachte die goldene Rolvulablume hervor.

Die Leute von Ronda tranken natürlich das Wasser gewissermaßen mit der Muttermilch; daher ihre Schönheit, ihre Lebensfreude und jene Heiterkeit, die weder Bosheit noch Ehrgeiz in ihnen aufkommen ließ. Das war, wie ich den Büchern der Historiker entnahm, das Wesen des rondesischen Charakters – Zufriedenheit und Mangel an Ehrgeiz. Warum, so fragte Oldo, der berühmte Dichter von Ronda, warum töten, wenn wir doch Liebende sind? Warum weinen, wenn wir froh sind? Und warum sollten die Rondeser wirklich über den Ronderpik in Gegenden wandern, wo es Krankheiten und Seuchen gab, Not und Krieg, oder den Rondaquiver hinuntersegeln nach Ländern, wo die Menschen in Mietshäusern und Elendsvierteln zusammengepfercht waren und jeden die Gier plagte, es seinem Nachbar zuvorzutun?

Das wollten die Rondeser nicht einsehen. Sie hatten ihre Überschwemmung gehabt. Ihre Vorfahren waren zugrunde gegangen. Eines Tages würde der Rondaquiver vielleicht wieder anschwellen und Vernichtung über sie bringen, bis dahin aber wollten sie leben und tanzen und träumen. Mochten sie doch den springenden Fisch im Rondaquiver mit Speeren erlegen, mochten sie die goldenen Rolvulablüten pflücken und die Weinbeeren zerstampfen, ihre Äcker bestellen, Rinder und Schafe züchten, geliebt und behütet von einem Fürsten, dem ewige Jugend eigen war, einem Fürsten, der dahinging und wiedergeboren wurde. Das ungefähr ist es, was Oldo sagte, doch das Rondesische ist schwer übersetzbar, denn die ganze Sprache unterscheidet sich zutiefst von allen anderen europäischen Sprachen.

So veränderte sich das Leben auf Ronda während der Jahrhunderte nach der Überschwemmung nur wenig. Großherzog folgte auf Großherzog, und kein Mensch hatte je eine Ahnung, wie alt der Herrscher oder sein Erbe war. Hin und wieder wurden Gerüchte laut, der Herrscher sei leidend oder habe einen Unfall gehabt – das wurde nie besonders geheimgehalten; die Dinge geschahen eben und wurden hingenommen –, und dann hing eine Bekanntmachung an dem Tor des Schlosses, und man erfuhr, der Großherzog sei gestorben, und der Großherzog lebe wieder. Man konnte das Religion nennen.

Zwischen __________ durch:

Märchenhaft war einst die Gemeinschaft der Leute von Ronda. Doch über die großen Wunder des Lebens sollte man nicht die kleinen Wunder unserer Zeit vergessen:
Wir können beispielsweise heute bei unserer Lektüre problemlos einen heißen Drink zwischendurch genießen, der im Handumdrehen zubereitet ist.
Wie ein Märchen müßte es den Menschen vergangener Zeiten erscheinen, daß wir dazu nur einen Becher brauchen, heißes Wasser und den …

Theosophen behaupten, ja, es sei eine Religion, und der Großherzog sei das Sinnbild des Frühlings. Was es auch gewesen sein mochte – Religion oder lebendige Tradition –, es paßte den Rondesern. Ihnen gefiel die Vorstellung, daß ihr Herrscher das Geheimnis ewiger Jugend seinem Nachfolger auslieferte, und ihnen gefiel seine blonde Schönheit und seine weiße Uniform, und ihnen gefielen die blinkenden Degenscheiden der Schloßwache.

Der Herrscher mischte sich nicht in ihre Vergnügungen ein, ja er ließ sie leben, wie sie wollten. Solange der Boden bestellt, die Ernte eingebracht und genügend Nahrungsmittel erzeugt wurden, um die Bevölkerung zu sättigen – im Grunde hatten sie keine großen Bedürfnisse, sie waren zufrieden mit den Fischen, dem Geflügel, dem Gemüse, dem Obst, dem Wein und dem Likör des Landes –, mußten auch keine Gesetze erlassen werden. Das Eherecht war so selbstverständlich, daß kein Mensch daran dachte, es zu brechen. Wer hätte Lust gehabt, ein Mädchen zu heiraten, das keine Rondeserin war? Und welche Frau hätte sich bereit gefunden, ein Kind in ihren Armen zu wiegen, das mit plumpen Gliedmaßen und der schlaffen Haut irgendeines Fremden von jenseits der Grenzen behaftet wäre?

Man wird einwenden, daß die Rondeser untereinander heirateten, daß ein kleines Land, ungefähr vom Umfang von Cornwall, von Menschen bewohnt wurde die alle miteinander verwandt waren. Das läßt sich nicht leugnen. Für jene, die Ronda in früheren Zeiten kannten, war es tatsächlich offenkundig, daß, obgleich nicht davon gesprochen wurde, viele Brüder sich mit ihren Schwestern paarten. Das Ergebnis war in physischer Beziehung nur wohltätig, in geistiger waren ebenfalls keine üblen Folgen zu merken. Die Historiker allerdings wollten wissen, daß just diese Verwandtenheiraten die Schuld an dem Mangel an Ehrgeiz bei den Rondesern trugen, an ihrer lässigen Zufriedenheit, an ihrer Abneigung gegen den Krieg.

Darin lag die Tragödie. Der Westler ist so beschaffen, daß er Zufriedenheit nicht ertragen kann. Sie ist eine unverzeihliche Sünde. Er muß immer einem unsichtbaren Ziel zustreben, sei es nun eine Steigerung des materiellen Wohlstandes oder ein größerer, reinerer Gott oder eine Waffe, die ihn zum Herrn des Weltalls macht. Dieses Gift der Unzufriedenheit war es, das schließlich in Ronda einsickerte, in der Berührung mit der Außenwelt entstanden und zur Reife gebracht durch zwei revolutionäre Führer, Markoi und Grandos.

Sie fragen, was sie zu Revolutionären gemacht hat? Andere Rondeser hatten die Grenze überschritten und waren zurückgekehrt, ohne Schaden gelitten zu haben. Was war an Markoi und Grandos so ungewöhnlich, daß in ihnen der Wunsch entstand, jenes Ronda zu zerstören, das seit sieben Jahrhunderten sozusagen unverändert geblieben war?

Die Erklärung ist einfach. Markoi war lahm geboren; er hatte einen verkrüppelten Fuß. Und darum grollte er seinen Eltern. Sie hatten ein benachteiligtes Geschöpf in die Welt gesetzt, und er konnte ihnen nicht verzeihen, daß sie ihn nicht schön geschaffen hatten. Das Kind, das seinen Eltern nicht verzeihen kann, verzeiht aber auch dem Lande nicht, das ihn gewiegt hat, und so wuchs Markoi mit dem Verlangen auf, das Land zu lähmen, wie er selbst gelähmt war.

Grandos aber war von Geburt aus gierig. Man behauptete, er sei nicht reinblütig und seine Mutter habe sich in einer Stunde, die man lieber vergessen will, mit einem Fremden von Übersee gepaart, der sich nachher mit seiner Eroberung gebrüstet hatte. Ob das nun wahr ist oder nicht, jedenfalls erbte Grandos einen gewinnsüchtigen Charakter und eine flinke Intelligenz. In der Schule – irgendwelche Unterschiede im Schulwesen gab es nicht, alle, mit Ausnahme des Herrscherhauses, empfingen die gleiche Ausbildung – war Grandos immer der Erste in seiner Klasse. Oft kannte er die Antwort noch früher als sein Lehrer. Das machte ihn eingebildet. Der Knabe, der mehr weiß als sein Lehrer, weiß auch mehr als sein Fürst, und so fühlte er sich schließlich der Gesellschaft überlegen, in der er geboren worden war.

Die beiden Knaben wurden Freunde. Gemeinsam überschritten sie die Grenze und bereisten Europa. Nach sechs Monaten kehrten sie mit dem Samen der Unzufriedenheit zurück, der bis dahin unbekannt war, jetzt aber reifte und sich anschickte, durch die Oberfläche zu brechen. Grandos widmete sich der Fischindustrie, und da er intelligent war, entdeckte er, daß der Fisch aus dem Rondaquiver, das wichtigste Nahrungsmittel der Rondeser und ein Labsal für den Kenner, auch auf eine andere Art verwendet werden konnte. Die Hauptgräte war, wenn man sie teilte, so gekrümmt, daß sie genau die für einen Büstenhalter nötige Form besaß, und das Fett des Fisches, zu einem Teig verarbeitet und mit der Rolvulablüte wohlriechend gemacht, lieferte eine Schönheitscreme, die auch der zähesten, abgenütztesten Haut zugute kam.

Grandos begann ein Exportunternehmen, schickte seine Erzeugnisse überallhin in die westliche Welt und wurde bald zum reichsten Mann von Ronda. Seine eigenen weiblichen Landsleute, die bis dahin in ihrem ganzen Leben weder Büstenhalter noch Schönheitscrème benützt hatten, ließen sich von der Reklame einfangen, die er in den Zeitungen machte, und fragten sich, ob sie ihr Glück durch die Verwendung seiner Produkte nicht steigern könnten.

Markoi ging nicht in die Industrie. Er verschmähte den Weinberg seiner Eltern und wurde Journalist. Bald war er Redakteur des »Tagesanzeigers von Ronda«. Ursprünglich war das ein Blatt gewesen, das die Tagesnachrichten mitteilte, sich mit Ackerbau und Handel des Landes befaßte und dreimal die Woche eine Kunstbeilage hatte. Es war üblich, die Zeitung während der mittäglichen Siesta auf dem Lande oder in den Kaffeehäusern zu lesen. All dem machte Markoi ein Ende.

Noch immer wurden die Tagesnachrichten gebracht, doch mit einer verstohlenen Tendenz, einem leichten Spott über altüberkommene Sitten und Gebräuche, wie etwa das Stampfen der Trauben – das war natürlich eine Spitze gegen seine Eltern – oder der Fischfang mit Hilfe von Speeren – das war eine Unterstützung seines Freundes Grandos, denn durch diese Methode konnte die Gräte des Fisches zerbrochen werden, und das bedeutete eine Schädigung des Exporthandels – oder das Pflücken der Rolvulablüte – auch das war ganz im Sinn von Grandos, dessen Schönheitscreme das zermalmte Herz der Blume brauchte, und so mußte die goldene Rolvula in Stücke gerissen werden. Markoi trat für das Zerreißen der Blume ein, weil er alles Schöne vernichtet sehen wollte und weil das die Gefühle der älteren Rondeser kränkte, deren liebste Gewohnheit es war, im Frühling die Blüten zu pflücken und Heim, Hauptstadt und Schloß mit ihrem Glanz, ihrem Duft zu schmücken. Diese harmlose Freude konnte Markoi nicht ertragen, und er war entschlossen, gründlich damit aufzuräumen, wie auch mit den anderen alten Sitten, die ihm mißfielen. Grandos war sein Verbündeter, nicht weil er selber einen Haß gegen die Gebräuche oder Traditionen von Ronda empfunden hätte, sondern weil ihre Vernichtung sein Exportgeschäft förderte und er somit reicher und mächtiger wurde als seine Nachbarn.

Nach und nach wurde den jungen Rondesern die Schätzung der neuen Werte eingeflößt, von denen sie Tag für Tag lasen. Das Erscheinen der Zeitung war auf sehr listige Art verlegt worden. Sie wurde nicht um Mittag verkauft, zu der Stunde, da man sie durchblätterte und während der Siesta wieder vergaß, sondern auf dem Schloßplatz und in den Dörfern bei Sonnenuntergang, wenn die Rondeser vor Anbruch der Dämmerung ihren Ritzo schlürften und darum angeregter und leichter zu beeinflussen waren. Die Wirkung war unverkennbar. Die jugendlichen Rondeser, die bisher wenig anderes im Kopf gehabt hatten, als sich der beiden schönsten Jahreszeiten zu erfreuen, des Winterschnees und des Frühlingsgrüns, und in beiden Jahreszeiten der Liebe huldigten, begannen jetzt allerlei Fragen aufzuwerfen.

»Haben wir«, so schrieb Markoi, »sieben Jahrhunderte von Vernachlässigung über uns ergehen lassen? Ist Ronda ein Paradies für Toren geworden? Wer die Grenze überschreitet, weiß, daß die wirkliche Welt jenseits unserer Schranken liegt, die Welt der Leistung, die Welt des Fortschritts. Die Rondeser sind nur allzulang mit Lügen großgezogen worden. Nur in einem sind wir anders als andere Menschen, darin, daß wir Idioten sind, von intelligenten Männern und Frauen verachtet.«

Kein Mensch läßt sich gern einen Idioten nennen. Und

solcher Spott erzeugt Zweifel und Scham. Die Fortgeschritteneren unter den jungen Leuten begannen sich unsicher zu fühlen. Und was auch immer ihre Beschäftigung war, der Wert dessen, was sie taten, wurde ihnen problematisch.

»Warum«, fragte Markoi, »werden wir, die Jungen, die Starken, wohlweislich unter einem Regierungssystem versklavt, das uns allen unsere eigenen Besitztümer vorenthält? Wir alle könnten Führer sein; statt dessen werden wir geführt. Die Unsterblichkeit, die uns die Herrschaft über die Welt verleihen könnte, dient nur der trügerischen Persönlichkeit eines einzigen Mannes, der, mit Hilfe eines Tricks, ein chemisches Geheimnis verwendet.«

Als Markoi das an dem Tag des Frühlingsfestes schrieb und das Nötige tat, damit jedes Haus in Ronda ein Exemplar seines Blattes erhielt, da gab es unter den Einwohnern keinen Zweifel mehr; ihre kleine Welt mußte geändert werden!

»Es steckt etwas Wahres dahinter«, sagte ein Mann zu seinem Nachbarn. »Wir sind zu bequem gewesen. Wir sind einfach jahrhundertelang sitzen geblieben und haben hingenommen, was uns gegeben wurde.«

»Sieh nur, was hier steht«, sagte eine Frau zu ihrer Freundin. »Das Frühlingswasser könnte verteilt werden, und keine von uns brauchte alt zu werden. Es ist für alle Frauen mehr als genug vorhanden.«

Keiner wäre so unhöflich gewesen, den Großherzog selber anzugreifen, doch es bestand nichtsdestoweniger eine Unterströmung von Kritik, der wachsende Glaube, das Volk von Ronda sei getäuscht, in Knechtschaft gehalten worden, und darum sei es in Wirklichkeit das Gespött der ganzen Außenwelt. Zum ersten Mal im Verlauf der Jahrhunderte fehlte es dem Frühlingsfest an seiner ursprünglichen Fröhlichkeit. Und als abends der Großherzog auf dem Balkon erschien, herrschte zum ersten Mal in der Geschichte tiefe Stille.

»Welches Recht hat er«, flüsterte ein Bursche, »über uns zu herrschen? Er ist doch auch bloß aus Fleisch und Blut geschaffen, nicht anders als wir selber. Oder nicht? Nur das Elixier ist es, das ihn jung erhält.«

So wurde der Neid geboren, von Markoi und Grandos genährt, und die Touristen, die über die Grenze kamen, bemerkten die neue Stimmung unter den Rondesern, eine Gereiztheit, eine Ungeduld, die schlecht zu ihrem sonst so ausgeglichenen Wesen paßte. Statt mit ungekünstelter Freude ihre nationalen Lebensformen und Gebräuche zu zeigen, begannen sie, zum ersten Mal in der Geschichte, sich ihrer Schwächen wegen zu entschuldigen. Importierte Wörter wie »versklavt«, »rückständig«, »unterentwickelt« wurden mit beschämtem Achselzucken verwendet, und die Touristen, denen es an tieferer Einsicht mangelte, gossen noch Öl in die schwelenden Feuer der Unzufriedenheit, indem sie die Rondeser »pittoresk« und »wunderlich« nannten.

»Gebt mir ein Jahr«, soll Markoi geäußert haben, »gebt mir ein Jahr, und ich werde das Herrscherhaus durch die bloße Lächerlichkeit gestürzt haben!«

Das schmeckte Grandos. Binnen eines Jahres hätte er sich mit allen Fischern am Rondaquiver verständigt, daß sie ihm die Gräten und das Öl der Fische lieferten, die sie in ihren Netzen fingen, und am Ende desselben Jahres hätten sämtliche Blumenpflücker und Blumenpflückerinnen unter siebzehn Jahren sich verpflichtet, ihm das Innere der Rolvulablumen zu bringen, deren Essenz Grandos zu Parfum verwandeln und nach den Vereinigten Staaten exportieren würde. Sie beide, er und Markoi, der Industrielle und der Journalist vereint, würden das Geschick des rondesischen Volkes lenken.

»Denk daran« sagte Grandos, «daß wir vereint unbesiegbar sind, getrennt aber nichts vollbringen können. Wenn du mich in deinem Blatt angreifst, so verkaufe ich an die Meistbietenden jenseits der Grenze. Sie werden sich hier niederlassen, und Ronda verschmilzt mit dem übrigen Europa. Und du verlierst deine Macht.«

»Und vergiß nicht«, erwiderte Markoi, »daß du meine Politik unterstützen und dein Fischöl und deine Schönheitscrème mit mir teilen mußt, sonst hetze ich jeden jungen Burschen in der Republik gegen dich.«

»Republik?« Grandos hob die Brauen.

»Republik!« nickte Markoi.

»Das Großherzogtum hat sieben Jahrhunderte überstanden«, gab Grandos zu bedenken.

»Ich kann es in sieben Tagen zerstören«, sagte Markoi.

Dieses Gespräch ist nicht in den Dokumenten aufgezeichnet, die sich auf die Revolution beziehen, dennoch aber ist es Wort für Wort beglaubigt.

»Und der Großherzog?« fragte Grandos. »Wie entledigen wir uns seiner Unsterblichkeit?«

»Auf die gleiche Art«, entgegnete Markoi, »wie ich es mit der Rolvula mache. Ich reiße ihn in Stücke.«

»Er kann uns entfliehen«, meinte Grandos, »das Land verlassen und sich zu den anderen verbannten Herrschern auf ihrem grotesken Ozeandampfer gesellen.«

»Nein! Nicht der Großherzog!« sagte Markoi. »Du vergißt seine Geschichte. Alle Fürsten, die an die ewige Jugend glauben, bieten sich selber als Opfer dar.«

»Das ist ja nur eine Sage«, wandte Grandos ein.

»Richtig«, gab Markoi zu. »Aber die meisten Sagen haben eine feste, tatsächliche Grundlage.«

»In diesem Fall«, sagte Grandos, »darf kein Mitglied des Herrscherhauses am Leben bleiben. Auch ein einziges Mitglied würde genügen, um die Reaktion zu ermutigen.«

»Nein, im Gegenteil«, sagte Markoi. »Ein Mitglied muß übrigbleiben. Nicht, wie du befürchtest, als Ziel für die Verehrung des Volkes, sondern als menschliche Vogelscheuche. Das rondesische Volk muß gelehrt werden, seine früheren Gefühle zu verleugnen.«

Am nächsten Tag begann Markoi seinen Feldzug, der auf ein ganzes Jahr berechnet war; bis zu dem nächsten Frühlingsfest. Seine Absicht war, den Großherzog in den Spalten des »Tagesanzeigers von Ronda« auf so raffinierte Art herabzusetzen, daß das Volk des Landes das Gift unbewußt schlucken würde. Das Götzenbild mußte zum Ziel werden, der Balkon zum Pranger. Der Angriff sollte sich zunächst der Schwester des Großherzogs als Mittel zum Zweck bedienen. Die lieblichste aller Frauen, ohne einen Feind im ganzen Land, war sie als die Blume von

Ronda bekannt. Markoi hatte vor, sie moralisch und physisch zu demütigen.

Sie meinen, daß dieser Mensch böse war? Ach nein, Unsinn! Er war ein Idealist.

Der Großherzog war um etliche Jahre älter als seine Schwester. Um wie viele Jahre, das vermochte niemand zu sagen. Und jedenfalls waren alle Aufzeichnungen in der Nacht der Großen Messer verbrannt worden. Aber vielleicht waren es etwa dreißig Jahre. Die Geburtsdaten der großherzoglichen Familie wurden nur im Schloßarchiv aufbewahrt, und das Volk war gar nicht neugierig. Man wußte nur, daß der Großherzog von Ronda seinem Wesen nach unsterblich war und daß sein Geist auf seinen Nachfolger überging. Während dieser sieben Jahrhunderte war im Prinzip immer der gleiche Fürst an der Macht, und der Faktor der Zeit spielte keine Rolle. Vielleicht war die Großherzogin Paula gar nicht die Schwester des Großherzogs. Vielleicht war sie seine Urenkelin. Man wußte, daß die verwandtschaftliche Beziehung nebensächlich war, doch jedenfalls war die Prinzessin von echtem Blut und galt seit jeher als seine Schwester.

Für Touristen von jenseits der Grenze war die Herrscherfamilie immer ein Gegenstand des Staunens. Wie können sie, so fragten die Fremden, Jahrhundert nach Jahrhundert hinter diesen Schloßmauern und in diesem, so weit man ihn erschauen konnte, zugegebenermaßen schönen Park leben, im Winter, während der Ski-Saison in dem Landhaus auf dem Ronderpik und im Hochsommer, wenn die Fische laichten, auf der Insel im Rondaquiver? Was taten sie den ganzen Tag? Langweilten sie sich denn nie? Und dieses ewige Heiraten in der Familie – war das nicht höchst unpassend? Und daneben auch trostlos? Wie steht es mit dem Zeremoniell? Ist es streng? Legt das Protokoll ihnen große Hemmungen auf? Fragte man die Rondeser, so lächelten sie und sagten: »Offen gestanden, wir wissen es nicht. Wir glauben, daß sie glücklich sind wie wir selber. Und warum auch nicht?« Ja, warum nicht? Andere Völker konnten den Begriff »Glück« einfach nicht begreifen. »Es ist unnatürlich«, hörte ich die Touristen sagen, »so zu leben, wie die Rondeser es tun. Wenn sie nur eine Ahnung davon hätten, was die übrige Welt tagein, tagaus für Sorgen hat...« Ein seltsamer Standpunkt, wenn man darüber nachdenkt. Und nicht ohne Neid. Die Rondeser hatten keine Ahnung und legten auch gar keinen Wert darauf, eine Ahnung zu haben. Sie waren glücklich. Wenn die übrige Welt lieber in Wolkenkratzern oder vorfabrizierten Schuppen hausen und dann einander in die Luft sprengen wollte, so war das ihre Sache.

Um wieder auf die herrschende Familie zurückzukommen – ja, allerdings heirateten die Mitglieder untereinander, nicht anders als das ganze rondesische Volk, Cousin und Cousine und auch noch erheblich nähere Verwandte; doch sie hatten das Gefühlsleben derart verfeinert, daß die gröberen Methoden der sogenannten Paarung nur selten verwendet wurden und ausschließlich, um die Geburt eines Prinzen zu sichern. Hinter den Mauern des Palastes gab es keine Überproduktion, denn eine Notwendigkeit, sich zu vermehren, war nicht vorhanden. Und die Langeweile, von der die Touristen faselten? Wie sollte man sich langweilen, wenn man glücklich war?

Im Herrscherhaus von Ronda waren alle Mitglieder Dichter, Maler, Musiker, Skiläufer, Reiter, Schwimmer, Gärtner – was immer sie locken mochte und woran sie ihre Freude fanden. Es gab keinen Wettbewerb und somit auch keine Eifersucht. Und soviel ich hörte, gab es auch kein Zeremoniell. Der Großherzog erschien allabendlich auf dem Balkon, und das war alles. Natürlich war er es, der das Elixier besaß, und nicht nur seine eigene Formel, sondern auch die Quelle gehörte ihm. Die Grotte, daraus sie sprudelte, war großherzogliches Eigentum und wurde völlig von ihm und einer Gruppe von Sachverständigen verwaltet, die im Gebirge aufgewachsen und von ihren Vätern ausgebildet worden waren. Sich der Quelle zu bemächtigen, war natürlich das letzte Ziel Grandos'.

Selbst für eine rondesische Prinzessin war die Großherzogin Paula ungemein begabt. Sie sprach fünf Sprachen, spielte Klavier und sang sehr schön; und ein berühmter englischer Sammler, der einen der Bronzeköpfe erstanden hatte, die in der

Nacht der Großen Messer unversehrt geblieben waren, erklärte, wer auch immer der Schöpfer dieser Skulpturen sein mochte, jedenfalls sei er ein Genie gewesen. Und allgemein hielt man den Kopf für ein Werk der Großherzogin. Natürlich lief sie, wie alle Rondeser, Ski, sie schwamm, sie ritt, doch von ihrer Geburt an war etwas an dieser Prinzessin, was die Phantasie des Volkes anregte und ihre Beliebtheit steigerte. Zunächst hieß es, ihre Mutter sei bei ihrer Geburt gestorben und ihr Vater bald nachher. Dann war der Großherzog, ihr Bruder – wenn es ihr Bruder war –, unverheiratet, und so war die Kleine, deren Geburt mit seinem Regierungsantritt zusammenfiel, sein Liebling. Es gab damals keine kleinen Kinder im Palast, die früheren Generationen waren herangewachsen, hatten geheiratet, und Paula, aus der Ehe des früheren Großherzogs mit einer seiner Nichten hervorgegangen, war das erste Kind, das im Schloß seit fünfzehn Jahren auf die Welt gekommen war.

Nach und nach begann das Volk das Vorhandensein der Kleinen wahrzunehmen. Ein Kindermädchen, das ein Kind auf dem Arm trug, schaute aus einem der hohen Fenster des Schlosses. Ein Knabe, der Rolvulablüten pflückte, sah in den großherzoglichen Gärten einen Kinderwagen. Und als die Jahre vergingen und Paula heranwuchs, vervielfältigte sich die Zahl der Geschichten, die über sie im Umlauf waren. Da diese Geschichten immer freundlich, immer erheiternd waren, gingen sie von Mund zu Mund – wie die Großherzogin Paula an der höchsten und gefährlichsten Stelle über den Wasserfall des Ronderpiks gesprungen war, der sogenannte Rondasprung, den bisher nur die besten Sportsleute gewagt hatten. Wie die Großherzogin die Schafe an den Hängen oberhalb der Hauptstadt zusammengetrieben und in die Weinberge gescheucht hatte; wie die Großherzogin Paula den Oberlauf des Rondaquivers mit einem Netz abgeschlossen hatte, so daß die Fische nicht entkommen konnten und auf die Wiesen gesprungen waren, wo die erstaunten Farmer sie am nächsten Morgen fanden. Wie die Großherzogin Kränze aus Rolvulablüten auf die Häupter der geheiligten Standbilder in der Galerie des Schlosses gelegt hatte. Wie sie sich in das Schlafzimmer des

Großherzogs geschlichen und die weiße Uniform versteckt hatte und ihm nicht sagen wollte, wohin, bis er ihr einen Schluck von seinem Elixier gab.

In all diesen Geschichten mochte kein wahres Wort sein, doch die Rondeser waren davon begeistert. In jedem Haus hing ein Bild von ihr. »Das«, sagte dann der Rondeser stolz zu dem Touristen, »das ist unsere Großherzogin.« Sie war nie »die« nein, sie war immer »unsere« Großherzogin. Sie wurde die Patronin – der christlichen Patin entsprechend – von fast jedem Kind, das in Ronda auf die Welt kam.

Da der Großherzog und seine Schwester in so inniger Gemeinschaft lebten, hielten es die Rondeser für selbstverständlich, daß die beiden eines Tages heiraten würden. Und jedenfalls, wenn es nicht zur Revolution gekommen wäre, so hätte die Großherzogin ihren Cousin ersten Grades, den Grafen Anton, geheiratet, der Skimeister von Ronda und daneben ein Dichter war. Ein Diener, der die Nacht der Großen Messer zu überleben vermochte, berichtete, daß sie einander seit Jahren geliebt hatten.

Das alles wußte Markoi. Ein Journalist hat überall seine Spitzel, selbst in einem Schloß. Er wußte sehr wohl, daß eine Heirat zwischen der Großherzogin und ihrem Cousin oder eine Heirat zwischen ihr und dem Großherzog genügen würde, um dem Herrscherhaus die Macht noch für mindestens eine Generation zu sichern. Das rondesische Volk hatte viel Verständnis für romantische Liebesgeschichten. Und nichts konnte romantischer sein, als wenn der Unsterbliche seine ewige Jugend dazu verwendete, um die Liebe eines reizenden Mädchens zu erringen. Hatte er keine derartigen Wünsche, so war das seine Sache und ging das Volk nichts an. Dann konnte er eben die Eheschließung seiner Schwester mit ihrem Geliebten segnen, und seine Untertanen würden das mit heiteren Festen feiern. Darum mußte Markoi listig vorgehen, um sein Evangelium unter den jüngeren Leuten zu verbreiten, bevor es zu einer Hochzeit kam.

In den ersten Wochen seines Feldzugs widmete er täglich eine Spalte des »Tagesanzeigers von Ronda« den Tätigkeiten der Großherzogin. Die Spalte war recht harmlos, und es wurde nie unmittelbar an dem Großherzog Kritik geübt, doch immer fanden sich unbestimmte Andeutungen darauf, daß mit dem Liebling des rondesischen Volkes nicht alles zum Besten stehe. Sie sei blaß, sehe nachdenklich drein. Angeblich spähe sie wehmütig aus den Schloßfenstern nach der sorglosen Menge unten auf dem Platz. Sollte eine Entfremdung zwischen dem Großherzog und seiner Schwester eingetreten sein? Scheute sie vor der Verbindung zurück, zu der das Zeremoniell des Schlosses sie zwang?

»Die Blume von Ronda«, schrieb Markoi kühn, »gehört dem rondesischen Volk. Ginge es nach ihrem Willen, so würde sie einen schlichten Bürger heiraten; davon aber hält eine veraltete Tradition sie ab. Das lieblichste Mädchen des Landes darf nicht frei wählen!«

In Wirklichkeit war die Großherzogin just an dem Abend, da diese Notiz im »Tagesanzeiger von Ronda« erschien, mit ihrem Cousin Anton nach dem Landhaus auf dem Ronderpik gefahren. Sie verbrachten dort kurze Ferien, um zu entdecken, wie verliebt sie ineinander waren. Das aber war außerhalb des Schlosses nicht bekannt. Und so wurde es um so stärker bemerkt, daß sie nicht in der Hauptstadt war, denn gewöhnlich winkte sie aus dem Fenster. War sie in Ungnade gefallen? Oder, schlimmer noch, gefangen? Markoi setzte das Gerücht in Umlauf, daß die Großherzogin tatsächlich unter strenger Bewachung im Gebirge sei und dort bleiben sollte, bis sie sich dem Willen des Großherzogs unterwarf und seine Gattin wurde. Der hochgemute Liebling des rondesischen Volkes mußte gezüchtigt, gedemütigt werden! Das Für und Wider des Falls wurde hitzig besprochen, und in den nächsten Tagen wurde dieser Streit von den Anhängern Markois und Grandos' unablässig angefacht.

»So war es immer, und so wird es bleiben« sagten die älteren, konservativeren Rondeser, zumeist Leute von den Bergen oder aus Dörfern. »Die Großherzogin wird eine gute Ehefrau werden und einen prächtigen jungen Unsterblichen zur Welt bringen. Aus Mischheiraten kommt nichts Gutes. Seht euch doch nur die Europäer und die Amerikaner an!«

»Warum will man ihr aber verbieten, glücklich zu werden?« widersprach die Intelligenz der Hauptstadt. »Warum soll sie nicht frei wählen dürfen? Sind die meisten unter uns nicht ebenso gebildet, ebenso geeignet wie ihre Blutsverwandten? Wenn die Großherzogin einen von uns heiraten will, warum soll sie nicht einen von uns heiraten können?!«

Der abendliche Ritzo brachte das Blut zum Wallen, machte aus Möglichkeiten bewiesene Tatsachen. Die jungen Leute aus der Hauptstadt musterten einander, während die Dämmerung warm herniedersank, und fragten sich, wer in Betracht käme, wer, vom Schloßfenster her erspäht, das Herz der Blume von Ronda erobert haben mochte. Ein Taschentuch wurde im Schnee auf dem höchsten Felsen des Ronderpiks gefunden und darin eine Botschaft: »Rettet mich!« Im Innersten einer Rolvula, die über die Schloßmauer geworfen worden war, fand man, versteckt, einen Ohrring. Ein Bild der Großherzogin mit den Worten »Ich liebe dich« war inmitten einer Schar junger Jäger zu Boden gefallen, die abends von der Gemsenjagd heimkehrten, und keiner wußte, wem das Bild bestimmt war oder woher es kam. Wie können wir sie retten? Wer von uns ist der Geliebte? Man kann leicht begreifen, wie die Leidenschaften entflammten und wie die Saat für die Revolution gesät wurde. Tiefe Stille begrüßte das Erscheinen des Großherzogs auf dem Balkon. Selbst ältere Leute hielten sich fern oder zogen sich zurück.

Dann änderte Markoi seine Taktik. Eine Woche lang kein Wort über die Großherzogin! Dagegen wurden die Eigenschaften des Wassers der Quelle ausführlich erörtert. »Gelehrte aus Nord-Europa«, hieß es in einem Leitartikel, »die erst kürzlich das Wasser der Rondeser Quelle untersuchten, erklärten, daß es Mineralien von einem Wert enthält, der dem Volk bisher unbekannt war. Ob der Großherzog mehr davon weiß, können wir nicht feststellen. Doch aller Wahrscheinlichkeit nach verhält es sich so. Diese Mineralien verlängern, nach Aussage der Gelehrten, nicht nur das Leben, sondern auch die Liebesfähigkeit, und sie verleihen Schutz gegen Krankheiten. Die Gelehrten gaben ihrem Erstaunen darüber Ausdruck, daß dieses kostbare Wasser das Eigentum eines einzigen Mannes bleiben soll.« Der

Artikel war reichlich mit technischen Einzelheiten gespickt und zählte die Wohltaten auf, die das Quellwasser über die ganze Welt bringen könnte.

Abermals waren die Ansichten zwischen den jüngeren und den älteren Leuten geteilt, als sie beim abendlichen Ritzo diesen Artikel lasen.

»Eines läßt sich dazu sagen«, meinten die vorsichtigen älteren Bauern und Winzer. »Solange die Quelle in den Händen des Großherzogs ist, können wir sicher sein. Wenn sie in andere Hände übergeht – wer weiß, was daraus entstehen kann? Man darf mit Mineralien, ob fest oder flüssig, nicht spielen! Am Ende hat unsere Quelle auch die Kraft in sich, die uns alle eines Tages in Stücke zerfetzt!«

»Richtig!« erwiderten die Hitzköpfe der Hauptstadt. »Und all diese Macht von den Launen eines einzigen Mannes abhängig! Der Großherzog kann sich jung erhalten, nicht wahr? Wir aber haben nur unsere übliche kurze Spanne zu leben, und dann werden wir alt und sterben. Für uns gibt's keine Unsterblichkeit!«

»Ja«, meinten die Jüngeren, »und warum könnten wir nicht auch hundert Jahre alt werden und dabei so aussehen, wie wir heute aussehen?!«

»Weil es für euch nicht gut wäre«, entgegneten die Älteren gelassen. »Ihr würdet nicht wissen, was ihr mit dem Geschenk ewiger Jugend anfangen solltet.«

»Warum nicht?« schrien die Burschen und Mädchen. »Warum nicht? Weiß er es denn?«

So wogte der Kampf der Meinungen hin und her, und schließlich fragte die Jugend, was denn an dem Großherzog überhaupt so bemerkenswert sei. Er erschien jeden Abend auf dem Balkon, und das war alles. Was er den ganzen Tag in seinem Schloß tat, das wußte kein Mensch. Er mochte ein Tyrann sein, der alle seine jüngeren Verwandten seinem Willen unterwarf. Er konnte ein Ungeheuer sein und die älteren Familienangehörigen ermorden, damit sie nie die Wahrheit über sein Alter ausplauderten. Wer hatte je die Grüfte des Schlosses erschaut? Was geschah dort unter dem Schleier des Geheimnisses? In den Kellern, auf dem Dachboden, in den Festungen oben auf dem Ronderpik, auf der Felseninsel im Rondaquiver? Welche Verschwörungen wurden dort angezettelt? Welches Gift gebraut?!

Gerüchte können aus den Tapfersten Feige machen und in den Reihen der Ruhigsten Panik säen. Markoi beobachtete das Ergebnis seiner Propaganda, hielt sich selber fern und erwiderte, befragt, nur, er sei doch verpflichtet, die öffentliche Meinung wiederzugeben. Er selber habe keine persönlichen Ansichten über die Fragen.

»Es ist beunruhigend«, hieß es in einem zweiten Leitartikel, »wenn wir erwägen, daß die mineralischen Eigenschaften unserer Quellen über die Köpfe des Volkes hinweg einer fremden Macht verkauft und am Ende gegen uns selber benützt werden könnten – wir sagen mit gutem Bedacht ›könnten‹. Wer kann den Großherzog davon abhalten, Ronda, wenn ihm der Sinn danach steht, zu verlassen, die Formel mit sich zu nehmen oder die ganze Verwaltung der Quellen einer fremden Macht zu überlassen, der wir dann auf Gnade und Ungnade ausgeliefert wären? Das Volk von Ronda hat keine Möglichkeit, etwas zu unternehmen, wenn es sich doch um sein eigenes Schicksal handelt. Wir alle leben am Rande eines Abgrunds, der sich auftun und uns heute oder morgen verschlingen kann. Es ist Zeit, daß das Volk von Ronda in den Besitz der Quellen gelangt. Morgen kann es zu spät sein.«

Das war der Augenblick, da Grandos in den Feldzug eingriff. Er schrieb einen Brief an den »Tagesanzeiger von Ronda« und äußerte darin seine tiefe Besorgnis, weil einer seiner besten Mitarbeiter, der Mann, der das Werk am Unterlauf des Rondaquiver leitete, wo die Fischgräten präpariert wurden, bevor man sie in die Fabrik schickte, ertrunken aufgefunden worden war. Sein Körper, mit einem Stein belastet, sei an der Mündung des Flusses an Land geschwemmt worden. Ein wackerer Mann mit Familie, der keinen Grund hatte, Selbstmord zu begehen! War da eine böse Machenschaft im Gange? Und wer trug die Verantwortung? Man hatte ihn am Tag vorher im Gespräch mit einem Angestellten des Schlosses gesehen. Dieser Angestellte war seither verschwunden. War es denkbar, daß die herrschenden Mächte – das Wort »Großherzog« wurde nicht verwendet – die Geheimnisse der neuen, fortschrittlichen Fisch-Industrie erkunden wollten, die so vielen Fischern und Arbeitern Brot gab? Strebte man danach, auch auf dieses Gebiet seine Herrschaft auszudehnen? Was sollte Grandos tun? Sollte er widerstandslos seine Industrie dem regierenden Fürsten ausliefern, oder, wenn er sich weigerte, zusehen müssen, wie man seine Arbeiter ermordete? Wenn die herrschenden Mächte das Wasser der Quellen als ihren Privatbesitz ansahen, so war das etwas anderes. Es mochte ungerecht, ja sogar gefährlich sein, aber es ging Grandos nichts an. Was ihn aber anging, war seine Industrie, die er selber geschaffen und aufgebaut hatte, die keiner Tradition etwas schuldig war, und nun wolle er, das Volk von Ronda solle ihm raten, wie er sich zu verhalten habe, wenn wieder einer seiner Mitarbeiter bedroht werde.

Dieser Ausbruch hätte zu keiner günstigeren Stunde erfolgen können. Die Quellen ... ja, das war ein gewaltiges Thema, und man würde nicht aufhören, sich damit zu beschäftigen. Doch daß ein Mann ertrunken, sehr wahrscheinlich ermordet aufgefunden war, daß die Fisch-Industrie bedroht wurde, das war wieder etwas anderes. Ans dem ganzen Land strömten dem »Tagesanzeiger von Ronda« Briefe zu. Wenn die Fischindustrie bedroht war, wie stand es da mit den Reben? Wie mit dem Weinhandel? Wie mit den Kaffeehäusern? Gab es überhaupt noch für irgendeinen Menschen eine Sicherheit?

Grandos erwiderte die Briefe, dankte allen Schreibern für ihre warmherzige Unterstützung, dafür, daß sie für die Freiheit des Handels eintraten, und schließlich teilte er mit, er habe vor seiner Fabrik am Rondaquiver Wachen aufgestellt.

Wachen vor der Fischbeinfabrik ... nie war in Ronda etwas bewacht worden – natürlich von dem Schloß abgesehen. Die älteren Leute waren tief besorgt, doch die jüngeren jubelten. »Das wird's ihnen zeigen«, sagten sie. »Sie können uns unsere Rechte nicht rauben. Hurra für Grandos! Hurra für das Recht eines jeden Menschen, frei zu arbeiten!«

»Sie«, das bedeutete natürlich der Großherzog. Der Umstand,

daß er nie einen Menschen bedroht, ertränkt oder auch nur das leiseste Interesse an der Fischbeinindustrie genommen hatte – es sei denn, daß er der Großherzogin gegenüber Scherze über die Frauen machte, deren Büsten eines Halters bedurften – wurde vom Volk nicht beachtet. Zu groß war die Erregung über das, was man im »Tagesanzeiger von Ronda« gelesen hatte.

Die Stunde war reif, um eine Abordnung zum Schloß zu schicken, und, insgeheim von Grandos und Markoi gelenkt, die selber offiziell keinen Anteil daran hatten, versammelte sich eine Schar junger Leute vor dem Schloßtor und überreichte einen Protest, unterzeichnet von den Söhnen und Töchtern der führenden Bürger von Ronda; darin wurde verlangt, der Großherzog solle eine formelle Erklärung über seine Politik verlautbaren lassen.

Am nächsten Tag war am Schloßtor die gewünschte Verlautbarung angeschlagen: »Wenn der Versuch gemacht wird, die Industrien von Ronda zu beherrschen oder die jahrhundertealten Rechte und Freiheiten des Volkes anzutasten, so wird dieser Versuch keinesfalls vom Großherzog unternommen werden.«

Die jungen Rondeser waren verdutzt. Die Antwort war so bündig, so unverbindlich, daß sie beinahe einer Beleidigung gleichkam. Und was hatte sie im Grunde zu bedeuten? Wer, wenn nicht der Großherzog, konnte versuchen, die Volksrechte anzutasten? Eine Antwort von nicht viel mehr als zwei Dutzend Wörtern auf einen Protest von einem halben Dutzend Seiten! Der »Tagesanzeiger von Ronda« ließ durchblicken, die Antwort sei ein Schlag in das Gesicht der Jugend des Landes.

»Die Bevorzugten klammern sich an fadenscheinig gewordene Symbole und suchen dahinter Schutz«, stand in dem Leitartikel. »Darum die Mystik der Uniform, das einsame Erscheinen in der Öffentlichkeit, das Ritual der Familienheiraten. Die Jugend von Ronda läßt sich nicht länger betrügen. In ihren Händen liegt die Macht zu handeln. Wer seine eigene Jugend bewahren, das Geheimnis den künftigen Generationen überliefern will, der weiß, daß das Geheimnis in der Grotte auf dem Ronderpik liegt, und der Schlüssel zu dieser Grotte im Laboratorium des Schlosses.«

Das war der unmittelbarste Angriff, der je auf den Großherzog gewagt worden war. Am nächsten Tag wurde das Thema fallengelassen, und an erster Stelle prangte eine botanische Auslassung über die Rolvulablüte, die, wie der Fachmann behauptete, im Begriff stehe, ihren Glanz und ihren Duft einzubüßen, und das durch die Verseuchung mit gewissen radioaktiven Partikeln, im Zusammenhang mit den Lawinen, die vom Ronderpik ins Tal stürzten. Diese Lawinen gingen stets an dem Westhang des Ronderpiks nieder und nie am Osthang; und der Grund dafür war, daß der Osthang für den Skisport und das Wasserspringen der großherzoglichen Familie verschont bleiben müsse.

»Neueste Untersuchungen haben gezeigt«, schrieb der »Tagesanzeiger von Ronda«, »daß der Schnee für die Blüte schädlich ist, und bei einer Anzahl Arbeiter in der Fabrik Grandos, die damit beschäftigt sind, die Blüten für den Export zu mischen und zu pressen, hat sich an den Handflächen eine Reizung durch eine ätzende Substanz gezeigt, die, wie man vermuten muß, Partikel von radioaktivem Staub enthalten kann.«

Die Zeitung brachte eine sensationelle Photographie der mit einem Ekzem bedeckten Handfläche eines Arbeiters. Dieses Ekzem war aufgetreten, nachdem der Mann eine Knospe zerdrückt hatte, die auf den Hängen des Ronderpiks gepflückt worden war. Der Mann könne die Hand nicht mehr gebrauchen und sei ernsthaft erkrankt.

Grandos zeigte gleichzeitig an, er statte alle seine Arbeiter mit Handschuhen aus, damit eine weitere Gefahr vermieden werde, falls die Rolvulablüten tatsächlich radioaktiv sein sollten.

Und wie stand es mit der Großherzogin? War sie in Vergessenheit geraten? Einer der Angestellten des Schlosses, der in der Nacht der Großen Messer entronnen war und in Ost-Europa Zuflucht gefunden hatte erzählte jenen, die ihn bei sich aufnahmen, er habe die Ehre gehabt, die Großherzogin und ihren Cousin Anton während ihres kurzen Liebesglücks zu bedienen.

»Nie sind zwei Menschen glücklicher gewesen«, soll er berichtet haben. »Nie zwei Menschen in ihrer Liebe unbefangener und ungekünstelter. Sie liefen auf den Höhen Ski, sie schwammen in den Teichen, und abends bereiteten ich und mein Kamerad, der später ermordet worden ist, ihnen Fische aus dem Oberlauf des Rondaquivers, in Rolvulablättern geschmort und mit dem würzigen Saft der weißen Trauben des Ronderpiks. Der Großherzog hatte ihnen seine eigenen Gemächer zur Verfügung gestellt, von deren Balkonen man die Aussicht nach dem Osten und nach dem Westen genoß. So konnten sie den Sonnenaufgang und den Sonnenuntergang beobachten, doch die Großherzogin sagte mir, sie hätten weder das eine noch das andere getan.«

Diese Geschichte fand nach der Revolution ihren Weg in eine amerikanische Zeitung und wurde von maßgebenden Stellen als Lügengewebe bezeichnet. Doch viele ältere Leute glaubten sie trotzdem.

Anfang März kehrten die Großherzogin und ihr Cousin Anton aus dem Landhaus auf dem Berg zurück und bezogen ihre Zimmer im Schloß, um die Vorbereitungen für die Hochzeit zu treffen. Und damit begingen sie ihren großen Fehler. Sie hätten beide oben im Landhaus bleiben sollen. Doch die Großherzogin war so glücklich, daß sie ihre Seligkeit mit dem Volk von Ronda teilen wollte. Sie begriff nicht, daß die Haltung der Rondeser sich in so kurzer Zeit gewandelt haben konnte. Später wollte man wissen, der Großherzog habe sie gewarnt, und sie habe nicht auf ihn hören wollen.

»Ich habe das Volk immer geliebt, und das Volk hat auch mich geliebt!«

Das hatte sie ganz bestimmt gesagt, und weil sie so glücklich und verliebt war, nahm sie die Hand ihres Cousins Anton, erschien am Abend ihrer Rückkehr am Fenster des Palastes und winkte und lächelte. Unten hatten sich wie gewöhnlich Einwohner und Touristen angesammelt, und plötzlich hoben sich die Köpfe und erblickten die Großherzogin, von der es doch hieß, sie sei in Ungnade oder gar gefangen. Und an ihrer Seite war der Graf Anton! Rasch zog sie sich wieder zurück; vielleicht hatte der Großherzog selber ihr einen Wink gegeben. Doch die Leute unten begannen zu reden und zu fragen.

»So ist sie also nicht gefangen«, sagte einer. »Sie ist hier, sie lächelt, und der junge Mensch neben ihr ist Anton, der Skimeister, der Dichter. Was hat das zu bedeuten? Sie haben doch ausgesehen wie ein richtiges Liebespaar!«

Diese Stunde hätte für Markoi verhängnisvoll sein können, der am selben Abend zufällig mit Freunden auf dem Platze saß. Er schlürfte einen Riivi-Tee – Ritzo oder einen anderen Alkohol rührte er nie an, und Riivi war ein Pflanzenextrakt, der gut für die Galle sein sollte – aber er war klug genug, zu lächeln und nur wenig zu sagen.

»Das gehört alles zu dem Plan«, sagte er. »Morgen wird am Schloßtor ein Anschlag zu lesen sein.«

Und tatsächlich hing am nächsten Morgen eine Mitteilung am Schloßtor, die kurz besagte, daß binnen kurzem die Eheschließung der Großherzogin Paula, der geliebten Schwester des Großherzogs, mit ihrem Cousin Anton stattfinden werde. Und Markoi ließ eine Mittagsausgabe seines Blattes erscheinen.

»Was hier bereits vorausgesagt wurde«, stand in Riesenlettern auf der ersten Seite, »hat sich ereignet. Die ›Blume von Ronda‹ ist gegen ihren Willen zu einer Vernunftheirat mit einem Blutsverwandten gezwungen worden. Wochen in einsamer Abgeschlossenheit haben schließlich den Widerstand dieses schönen, mutigen, jungen Mädchens gebrochen. Ihr ausdrücklicher Wunsch, einen schlichten Bürger zu heiraten und sich dem Volk von Ronda zu weihen, wurde rücksichtslos beiseite geschoben. Wer weiß, welche Methoden hinter den Mauern des Schlosses verwendet wurden, um die Großherzogin Paula zur Unterwerfung zu zwingen? Diese Methoden sind vielleicht schon seit Jahrhunderten in Gebrauch, wenn machtgierige Fanatiker ihre jungen Verwandten unterdrücken wollen. Anton, der Bräutigam, seit seiner Kinderzeit der Günstling des Großherzogs, hat sich zweifellos vor Monaten mit dem Herrscher dahin geeinigt, die Braut zu teilen und auf diese Art die Nachfolge zu sichern. Das Volk von Ronda hat seine Großherzogin verloren. Die Großherzogin ist dem Volk geraubt worden.«

An jenem Abend brachen in der Hauptstadt die ersten Unruhen aus. Häuser wurden in Brand gesteckt, Fenster von Kaffeehäusern eingeschlagen, ältere Leute, die beruhigen wollten, wurden verprügelt. Ein Angriff auf das Schloß fand nicht statt. Die Garde blieb auf ihrem Posten, doch die Kapelle spielte nicht die Landeshymne, und zum ersten Mal erschien der Großherzog nicht auf dem Balkon.

Am Morgen sammelte sich die Menge verdrossen vor dem Schloßtor und las den Anschlag, den die Garde hier befestigt hatte. Er war von der Großherzogin selber geschrieben und lautete:

»Das Volk von Ronda soll erfahren, daß ich meinen Cousin Anton liebe, daß wir unsere vorehelichen Flitterwochen, die sehr glücklich waren, auf dem Ronderpik verlebt hatten, und daß diese nahe bevorstehende Heirat meiner eigenen Wahl entspricht.«

Die Menge staute sich vor dem Dokument und wußte nicht, wem man da glauben sollte. Agitatoren aber, die Markoi und Grandos geschickt verteilt hatten, flüsterten ihren Nachbarn zu: »Man hat sie gezwungen, das zu schreiben. Man hat sie, wer weiß womit, bedroht. Voreheliche Flitterwochen! Wer's glaubt! Als Gefangene des Skimeisters! Dieses Landhaus auf dem Ronderpik sollte verbrannt werden!«

Um Mittag erschien keine Nummer des »Tagesanzeigers von Ronda«. Die Abendausgabe brachte keinen Artikel über die Mitteilung der Großherzogin. Nur eine kleine Notiz am Ende der Seite. Und darin hieß es: »Die Großherzogin Paula hat sich damit abgefunden, die Frau Antons zu werden, des besten Freundes des Großherzogs. Die Hochzeit findet in allernächster Zeit statt, wenn sie nicht schon stattgefunden hat. Das Volk von Ronda wird seine Schlüsse daraus zu ziehen wissen.«

Die erste Seite gehörte fast ausschließlich einem Bericht über neue Fälle von Ekzemen auf den Handflächen von Grandos' Arbeitern. Auch bei den Arbeitern der Fischbeinindustrie schien das Ekzem aufzutreten. Die Leitung sei ernstlich besorgt und habe die unverzügliche Stillegung beider Industrien angeordnet, während die Angelegenheit wissenschaftlich untersucht würde. Und eine Photographie zeigte Grandos, der dem Kind eines Arbeiters der Schönheitscrème-Industrie den Kopf streichelte und ihm ein Paar winzige Handschuhe gab.

Die Touristen begannen am nächsten Tag das Land zu

verlassen, und die Hotels auf den Inseln im Rondaquiver leerten sich.

»Wir wollen uns doch dieses Ekzem nicht auch zuziehen«, erklärten viele Fremde. »Es heißt, daß es sich ausbreiten kann. Und einer der Fischer hat von maßgebender Stelle gehört, daß die Fische im Fluß verseucht sind. Es hat irgendwie etwas mit dem Schnee von den Bergen zu tun.«

Freunde von Grandos und Markoi mischten sich unter die Fremden auf dem Flugplatz oder an den Grenzübergängen.

»Ganz vernünftig, daß Sie Ronda verlassen«, meinten sie. »Es heißt, daß es Unruhen geben wird. Der Großherzog ist wütend. Wenn das Volk merken läßt, daß ihm die erzwungene Heirat nicht paßt, kann man nicht wissen, was er tun wird.«

»Was kann er denn tun?« wandten ruhigere Ausländer ein. »Er verfügt doch über keine nennenswerten bewaffneten Kräfte! Nichts als diese Garde in ihrer Paradeuniform!«

Doch die Agitatoren zogen ernste Mienen. »Ihr vergeßt«, sagten sie, »daß er die Herrschaft über das Wasser der Quelle hat. Wenn es ihm paßt, dieses Wasser zu entfesseln, kann er das ganze Land überschwemmen lassen. Schon morgen wäre ganz Ronda ersäuft!«

»Wäre er imstande, so etwas zu tun?« fragte ein Rondeser den anderen. »Würde der Großherzog wirklich das Wasser auf uns loslassen?«

Die Leute von der Ebene schauten zum Ronderpik hinauf, der still und fern, einige tausend Meter über ihren Köpfen aufragte, und die Leute von den Bergen kamen aus ihren Hütten und lauschten dem Rauschen der Fälle, die aus den tiefen Grotten über die Felsen sprudelten.

»Wenn es dazu kommen sollte ... wohin könnten wir uns retten? Wer wäre noch in Sicherheit?«

Zum ersten Mal kannte Ronda, das Paradies für Toren, die Angst.

Die Führer hinter den Kulissen der Revolution waren zweifellos Markoi und Grandos, doch die Einwohner selber waren, nach Lebensform und Interessen, in Gruppen gespalten.

Die jungen Romantiker – und sie fanden sich zumeist in der Hauptstadt – glaubten, die Großherzogin Paula, die Blume von Ronda, werde der Tradition zuliebe zu einer ihr verhaßten Heirat gezwungen, und in Wirklichkeit habe sie ihr Herz einem von ihnen geschenkt. Natürlich kannte keiner den heimlichen Geliebten, doch angeblich war er der Sohn eines angesehenen Bürgers, und keiner der jungen Leute in der Hauptstadt hätte verraten, daß nicht er der Erwählte war. Es wurde zur Mode, mysteriös und schwermütig dreinzuschauen, eine Rolvulablume im Knopfloch zu tragen, abends auf dem Schloßplatz zu sitzen, seinen Ritzo zu schlürfen und düster zu den Schloßfenstern hinaufzublicken.

Die sachlicher Denkenden – und sie waren im allgemeinen mehr in der Industrie zu finden – beunruhigte der Gedanke an den ertrunkenen Mann aus der Fischbeinfabrik und das Ekzem, das auf den Handflächen der Arbeiter festgestellt worden war. Es war vollkommen richtig, daß das Ekzem sowohl unter den Arbeitern der Fischbeinindustrie wie unter denen der Schönheitscrème-Industrie festgestellt wurde, und der Grund dafür war sehr einfach. Die Fischgräten waren scharf und enthielten einen Stoff, der eine empfindliche Haut reizen konnte; während das Innere der Rolvula, wenn man es preßte, einen giftigen Saft ausschied. Grandos hatte sich dazu entschlossen, diese beiden natürlichen Hilfsmittel des Landes auszubeuten, die aber ihrem Wesen nach für industrielle Zwecke ungeeignet waren.

Die fortschrittlichen Rondeser waren erbost, weil sie in der Zeitung gelesen hatten, die neuen Industrien würden durch die Selbstsüchtigkeit des Großherzogs zugrunde gehen, der sie sich anzueignen wünschte; und die unabhängigen Denker unter den Rondesern entnahmen dem »Tagesanzeiger von Ronda«, daß ihre Freiheiten bedroht seien. Den schlichteren Bewohnern des Landes aber genügte der bloße Gedanke an eine Überschwemmung, an die Vernichtung von Getreide und Reben, an die Bedrohung des Viehbestandes und des menschlichen Lebens, damit sie sich jeder Partei anschlossen, die ihnen eine gewisse Sicherheit verheißen konnte.

Die Furcht vor der Flut und die Vorstellung, daß der Großherzog in seinem Zorn das Wasser entfesseln werde, das war entscheidend, um die älteren Rondeser zu Revolutionären zu machen. Und das Wissen, daß die Quellen Eigenschaften besaßen, welche ewige Jugend zu verleihen imstande waren, und daß dieses Wasser einem einzigen Fürsten zu seinem privaten Gebrauch diente, war der erste Grund, um die jungen Leute zu entflammen. Die Großherzogin war eine Galionsfigur, ein Symbol. Sie war die Schönheit, die vom wilden Tier in Banden geschlagen wurde. Sie war der Kriegsruf, der Sammelpunkt. Es war nicht weiter schwierig, zu erkennen, wie die verschiedenen Strömungen sich zu einem Ziel vereinigten ... dem Sturz und der Ermordung des Großherzogs.

Die Zeit des Frühlingsfestes näherte sich. Jedermann wußte, daß irgend etwas sich ereignen werde. Das winterliche Eis auf dem Ronderpik mußte zerbrechen, wie es das Anfang des Monats März immer tat, doch in diesem Jahr würde mit dem Eis auch noch etwas anderes zerbrechen. Würde der Großherzog, der hinter den Mauern seines Schlosses nichts davon merken ließ, daß etwas sich gewandelt hatte, über das Volk von Ronda jäh und ohne Warnung die Katastrophe hereinbrechen lassen?

In ganz Ronda fanden Versammlungen statt. Oben auf den Bergen, in der Ebene, an den Ufern des Rondaquivers, an den Hängen des Ronderpiks, in der Hauptstadt selbst scharten sich Männer und Frauen, wisperten, flüsterten. Die alten Leute sperrten sich ängstlich, verstört in ihre Häuser ein. »Wenn es denn geschehen muß«, hieß es unter ihnen, »so mag es schnell geschehen. Schließen wir die Augen und verstopfen wir uns die Ohren!«

Der Tag des Frühlingsfestes war ein nationaler Feiertag, und in der Regel war das Wetter warm und schön. Die Leute auf dem Land konnten die ersten Rolvulablüten pflücken, die sie in die Stadt brachten, um die Straßen und das Schloß damit zu schmücken, und nachmittags wurden im Stadion, wenige Kilometer von der Hauptstadt entfernt, die Ronda-Spiele abgehalten.

Es ist seltsam festzustellen, wie oft sich die Elemente mit irdischer Unrast vereinen, um Krisen herbeizuführen. In den letzten Tagen war es ungewöhnlich kalt gewesen, schon am Abend vor dem Fest begann es zu schneien, und am Morgen schneite es noch immer. Die Rondeser erwachten in einer weißen Welt. Keine Sonne schien, sondern nur ein weißer Himmel wölbte sich, und Schneeflocken in der Größe einer Männerhand senkten sich auf die Gesichter, die in die Höhe schauten. Es war beinahe, als hätte der Schnee böse Absichten und fiele wie ein Mantel über Ronda, um schlimme Pläne zu verhüllen.

»In all den Jahren«, sagten die älteren Leute, »können wir uns an so ein Wetter beim Frühlingsfest nicht erinnern.«

War es möglich, so fragten sie sich, daß das, was das junge Volk andeutete, den Tatsachen entsprach? Konnte der Großherzog das Wetter ebenso beherrschen, wie er die Quellen beherrschte? War dieser unnatürliche Schneefall ein Vorbote der Vernichtung?

Keine Blüten pflücken ... keine Spiele ... kein Tanz auf den Hängen oder auf dem Schloßplatz. Dann kam der erste Schafhirt, der hoch oben auf dem Ronderpik seine verlorenen Schafe suchte, ins nächste Dorf gestolpert. »Sie kommt«, stieß er hervor. »Die Lawine! Ich habe sie gehört, als ich, vom Schnee geblendet, oben im Wald stand. Keine Zeit mehr zu verlieren!«

Nun hatte es schon früher Lawinen auf dem Ronderpik gegeben, zahllose Lawinen, jahrhundertelang, Winter auf Winter; diese eine aber war anders. Diese Lawine hatte das ganze Gewicht der Propaganda hinter sich. Die Dörfler hasteten durch das Schneetreiben in die schützende Stadt hinunter, und während sie hasteten, hasteten die Gerüchte mit ihnen, kamen ihnen entgegen, umkreisten alle Rondeser, die verzagt beisammenstanden, den nassen Himmel betrachteten, den Fehlschlag des Nationalfestes erlebten. »Der Großherzog hat das Wasser losgelassen, der Großherzog hat den Berg in Bewegung gesetzt!« Die primitive Furcht der Dörfler griff auf die Städter über. »Der Großherzog ist entkommen. Er hat es fertiggebracht, daß der Schnee fällt und uns blendet, damit er mit seiner Familie über die Grenze fliehen kann. Dann, wenn sie in Sicherheit sind, werden die Fluten Ronda zerstören.«

Die Ängstlichsten waren die Arbeiter von Grandos' Fabriken. »Berührt den Schnee nicht, er ist verseucht, vergiftet, berührt nur ja den Schnee nicht...« Sie kamen aus den Dörfern gelaufen, aus den Ebenen liefen sie, Männer und Frauen, Knaben und Mädchen, in die Hauptstadt. »Helft uns, rettet uns! Der Schnee ist vergiftet!«

In Markois Hauptquartier, der Redaktion des »Tagesanzeigers von Ronda«, bewaffnete Markoi seine Anhänger mit den großen Messern, die verwendet wurden, um die Reben zu beschneiden. Als Knabe hatte er mit diesen Messern umzugehen gewußt, und so kannte er ihre Kraft. Seit Wochen hatte er sie auf allen Weinbergen des Landes sammeln lassen.

»Heute erscheint das Blatt nicht«, sagte er. »Geht auf die Straße!«

Dann schloß er sich, mit äußerster Selbstverleugnung, in sein kleines Zimmer, im hintersten Winkel des Gebäudes ein und nahm an den Geschehnissen keinen Anteil. Er aß an diesem Tage nichts. Er stellte das Telephon ab. Er saß da und beobachtete den fallenden Schnee. Denn Markoi war ein Idealist.

Auch Grandos hielt sich abseits. Doch er öffnete den Flüchtlingen, die von den Bergen kamen, seine Tore. Er gab ihnen Suppe und Wein, er gab ihnen warme Kleider – es war erstaunlich, sagten die Flüchtlinge nachher, wie er offenbar auf einen Notstand vorbereitet gewesen war! Er war rücksichtsvoll, sicherte jedem seine Hilfe zu, hatte Medikamente und Verbände zur Hand, ging von einem zitternden armen Teufel zum andern. »Nur ruhig! Ihr seid abscheulich mißhandelt, schrecklich betrogen worden. Aber ich verspreche euch – bald wird alles in Ordnung kommen!« Er erwähnte weder das Schloß noch den Großherzog. Er rief nur noch ein einziges Mal Markoi an, bevor Markoi das Telephon abgestellt hatte; und was er ihm zu sagen hatte, war: »Laß unter dem Volk verbreiten, daß eine Röhrenleitung von der Quelle auf dem Ronderpik zum Schloß führt, und auf ein Zeichen des Großherzogs soll der Strahl aus dieser

Leitung auf die Rondeser gerichtet werden, die sich auf dem Schloßplatz versammeln. Dieser erste Strahl wird sie verbrennen, blenden, vernichten.« Dann hängte er auf und verteilte unter den Jammernden noch immer Nahrungsmittel und Kleider.

So stand es denn. Kein Mensch kann sagen, ein einzelner Mann sei schuld an der Revolution gewesen, obgleich Markoi und Grandos eine so große Rolle gespielt hatten. Es war das Aufkeimen einer Saat, einer Saat, die seit Jahrhunderten in den Herzen der Rondeser geschlummert haben mochte. Furcht vor dem Schnee, Furcht vor der Überschwemmung, Furcht vor der Vernichtung und, just wegen dieser Furcht, Groll gegen den Großherzog, der all diese Kräfte angeblich beherrschte. Und am Ende auch Neid – Neid um der ewigen Jugend willen.

Schlecht? Nein, schlecht waren sie natürlich nicht. Was die Rondeser empfanden, war sehr natürlich. Warum sollte ein einziges Wesen die Elemente beherrschen? Warum sollte ein einziger Mensch die Gabe ewiger Jugend besitzen? Müßten diese Dinge nicht der ganzen Menschheit zuteil werden? Und wenn man einem einzigen Menschen vertraute, hieß das nicht, auf ihn ungeheuerliches Vertrauen setzen, ein Vertrauen, das vielleicht nicht gerechtfertigt war?

Eines ist entscheidend. Wenn ein Volk zu zweifeln beginnt, so ist des Zweifelns kein Ende. Der Zweifel zersplittert sich, so viele Stimmungen weckt er, und schließlich ist nichts mehr sicher, kein Mensch ehrlich. Wer den Glauben verliert, verliert die eigene Seele. Der Grund, weshalb die Rondeser jahrhundertelang in so vollendeter Harmonie gelebt hatten, war ganz bestimmt ihre Freiheit von Dogmen, ihre Unkenntnis ethischer Systeme. Alles, wonach sie verlangten, war das Leben, und Leben wurde ihnen zuteil. Leben und jene Seligkeit, die dem Inneren entspringt. Es traf sich unglücklich, daß einer von ihnen, Markoi, lahm geboren war, und ein anderer, Grandos, gierig; doch so war es nun einmal. Und darum geschah es. Diese Benachteiligungen – denn Benachteiligungen sind es bestimmt, da Gier ein Übermaß an Hunger und Lahmheit das mangelnde Gleichgewicht der menschlichen Gestalt ist – hatten ihre Wirkungen auf zwei Menschen, und diese beiden Menschen steckten andere an.

In der Zwischenzeit aber, während der Schnee fiel, der kurze Tag zu Dunkelheit wurde und die Rondeser in die Hauptstadt strömten – was mochte sich im Schloß selbst ereignet haben?

Darüber werden die Meinungen immer geteilt bleiben. Kein Mensch wird es je mit völliger Bestimmtheit zu sagen vermögen. Die Hitzköpfe der Revolution erklären auch heute noch, der Großherzog sei im Laboratorium gewesen und habe die letzten Vorbereitungen getroffen, um das Wasser vom Ronderpik über die Ebenen zu entfesseln und den mächtigen Strahl von radioaktivem Wasser vergiftend und vernichtend auf das Volk von Ronda zu lenken. Sie erklären auch, er und Anton hätten besonders raffinierte Foltern an der Großherzogin ausprobiert, die, im tiefsten Verlies gefangen, um das Leben des Volkes gefleht habe. Andere wieder sagen, nichts dergleichen habe sich ereignet. Der Großherzog habe Geige gespielt – er war ein sehr guter Musiker –, und die Großherzogin und ihr Geliebter hätten sich umarmt. Und dann gibt es auch Stimmen, die behaupten, im Schloß habe eine Panik geherrscht, und hastige Vorbereitungen für eine Flucht seien getroffen worden.

All das konnte wahr sein. Als das Schloß erstürmt wurde, fand man tatsächlich eine Röhrenleitung, die vom Laboratorium unterirdisch zu den Grotten auf dem Ronderpik führte, wo die Quellen entsprangen. Der Musiksalon war tatsächlich kurz vorher benützt worden, ebenso eines der großherzoglichen Schlafzimmer. Und man stellte auch fest, daß Reisevorbereitungen im Gange gewesen waren, doch das konnte sehr wohl mit der gewohnten Übersiedlung nach dem Landhaus auf dem Ronderpik zusammenhängen. Ganz bestimmt entdeckte man keinen Beweis dafür, daß die Großherzogin gefoltert worden war, denn als man sie fand, blickten ihre Augen trübe von Müdigkeit, vielleicht auch vom Weinen. Doch das konnte man deuten, wie man wollte.

Alles, was ich Ihnen mitteilen kann, ist dies – und es ist die beschworene Aussage jenes mit den Revolutionären verbündeten Dieners, der sie um Mitternacht in das Schloß einließ. Wie er selber hinkam? Davon habe ich keine Ahnung. Bei allen Revolutionären gibt es Spione unter den Dienstleuten. Und seine Erklärung lautete:

»Am Morgen des Frühlingsfestes ereignete sich anscheinend nichts Ungewöhnliches. Der schwere Schneefall während der Nacht machte es wahrscheinlich, daß auf alle Pläne verzichtet werden mußte. Und wirklich, kurz nach zehn wurden wir – das heißt der Torhüter – verständigt, daß weder das Pflücken der Rolvula noch die Spiele stattfinden könnten. Ich habe keine Ahnung, ob irgendwelche Vorbereitungen für die Übersiedlung nach dem Landhaus getroffen wurden, denn mein Dienst erstreckt sich nicht auf die großherzoglichen Gemächer.

Um elf Uhr beriet sich der Großherzog mit Mitgliedern der Familie. Wie viele daran teilgenommen haben, weiß ich nicht. In den drei Monaten, die ich im Dienst war, konnte ich nie feststellen, wie viele Prinzen und Prinzessinnen es gab. Anton kannte ich vom Sehen. Er war dabei, und die Großherzogin Paula auch. Und drei oder vier andere, die ich vom Sehen, nicht aber bei Namen kannte; ich sah sie die Treppe von den großherzoglichen Gemächern herunterkommen und in den Weißen Saal treten. Wir Dienstleute nannten den Raum mit dem Balkon, von dem man den Schloßplatz überblickte, den Weißen Saal. Ich hatte gerade Dienst am Fuß der Treppe und sah die Verwandten des Großherzogs im Weißen Saal verschwinden. Anton scherzte und lachte. Ich hörte nicht, was er sagte, und sie unterhielten sich immer in einer besonderen Sprache, in einem altmodischen Rondesisch, glaube ich. Die Großherzogin war blaß. Dann wurde die Tür geschlossen, und sie blieben eine volle Stunde drin.

Um zwölf öffnete die Türe sich wieder, und alle kamen heraus, bis auf den Großherzog und die Großherzogin. Ich war abgelöst worden, so daß ich selber sie nicht herauskommen sah, aber einer der anderen Diener berichtete es mir, und ich habe keinen Grund an seinen Angaben zu zweifeln. Kurz nach eins ereignete sich etwas Merkwürdiges. Uns Dienern wurde gesagt, wir sollten, einer nach dem andern, in den Weißen Saal gehen, weil der Großherzog uns zu sehen wünschte. Ich fürchtete, es sei eine Falle, aber ich konnte nicht aus dem Schloß fliehen, weil ich zu dieser Zeit keinen Dienst hatte und mich darum nicht bei den Türen aufhalten konnte. Zudem hatte ich ja meine Befehle von den Führern der Revolution, im Schloß zu bleiben, bis die Stunde kam, da ich sie einlassen sollte. Ich versuchte, mein Unbehagen zu verbergen, und wartete, bis die Reihe an mir war.

Das erste, was ich bemerkte, war, daß der Großherzog seine weiße Uniform mit dem roten Band des Ordens vom Gerechten trug. Und diese Uniform zog er immer nur an, um abends auf dem Balkon zu erscheinen, oder an Festtagen, wie zum Beispiel zum Frühlingsfest. So meinte ich, daß er auf dem Balkon erscheinen wolle, obgleich die Festlichkeiten abgesagt waren, obgleich der Schnee fiel, und obgleich die Menge feindlich gesinnt war. Ich dachte, er müsse den Strahl vorbereitet haben, und wahrscheinlich befinde sich hier, in diesem Saal, irgendwo verborgen, ein Hahn. Aber ich hatte keine Zeit, mich umzusehen. Ich konnte gerade nur die Großherzogin erblicken, die auf einem Stuhl abseits von den Fenstern saß. Sie las irgend etwas und beachtete mich nicht. Soweit ich das feststellen konnte, waren an ihr keine Zeichen von Mißhandlungen wahrzunehmen, aber sie war sehr blaß. Sonst war niemand im Saal.

Der Großherzog kam auf mich zu und streckte mir die Hand entgegen. ›Leben Sie wohl‹, sagte er. ›Ich wünsche Ihnen viel Glück!‹

Aha, dachte ich. Das kann zweierlei bedeuten. Entweder hat er vor zu fliehen und wird das Schloß vor Mitternacht verlassen, oder es steckt eine ganz verteufelte Grausamkeit dahinter, denn er weiß, daß er die Stadt unter Wasser setzen und uns alle vernichten wird. Mit anderen Worten und wie ich es auch auslegen konnte, war sein Benehmen eine Täuschung.

›Ist irgendwas nicht in Ordnung, Hoheit?‹ fragte ich. Dazu machte ich das entsprechend erstaunte Gesicht.

›Das hängt von euch ab‹, erwiderte er. Und er war imstande zu lächeln. ›Schließlich ist unsere Zukunft ja in euren Händen. Ich sage Ihnen Lebewohl, weil es unwahrscheinlich ist, daß wir einander noch einmal begegnen.‹

Ich dachte angestrengt nach. Es konnte nichts schaden, wenn ich noch eine Frage stellte.

›Gehen Sie fort, Hoheit?‹ Immerhin war mir nicht sehr wohl zumute, während ich sprach, denn er konnte ja gerade jetzt und hier den Strahl auf mich richten.

›Nein, ich gehe nicht fort‹, sagte er. ›Aber wir werden uns kaum wieder treffen.‹

Ja, er hatte unser aller Verderben beschlossen. Ein gewisser Ton in seiner Stimme ließ das deutlich erkennen. Mich überlief es. Ich weiß nicht, wie ich aus dem Saal hinausgekommen bin.

›Auch die Großherzogin‹, sagte er, ›will Abschied von Ihnen nehmen.‹ Und er wandte sich – man kann sich nicht vorstellen, wie kühl und gelassen er war – zu ihr und sagte: ›Paula, hier ist dein Diener!‹ Ich blieb auf demselben Fleck stehen, wußte nicht, was ich tun sollte, und die Großherzogin stand auf, ließ das Buch liegen und legte ihre Hand in meine.

›Ich wünsche Ihnen viel Glück‹, sagte sie. Sie redete nicht die Sprache der Familie, sondern das Rondesisch, das wir in der Hauptstadt sprechen.

›Vielen Dank, Hoheit‹, erwiderte ich.

Nun glaube ich fest, daß sie in der Hypnose oder unter dem Einfluß von Rauschmitteln war. Oder auf irgendeine andere Art von diesem Großteufel von Bruder beeinflußt. Denn in ihren Augen war aller Gram der Welt. Und so war es früher nicht gewesen. Ich erinnere mich an die Blume von Ronda, wie sie durch die Wälder des Ronderpiks ritt, und sie war auch die Patronin meiner eigenen Schwester. Damals war sie fröhlich und leichtherzig gewesen – das war allerdings lange bevor sie zu der Heirat mit Anton gezwungen werden sollte. Doch wie sie da in dem Weißen Saal stand und mir ihre Hand hinhielt, konnte ich ihr nicht in die Augen schauen. Ich nahm ihre Hand und murmelte etwas vor mich hin, und ich hätte ihr gern gesagt: Es ist schon alles gut. Nur keine Angst, wir werden Sie retten! Doch das wagte ich natürlich nicht.

›Das wäre alles‹, sagte der Großherzog. Und als ich aufschaute, merkte ich, daß er mich musterte, und der Ausdruck seines Gesichtes war seltsam. Offen gestanden – es war mir peinlich. Es war, als könnte er meine Gedanken lesen und mein Unbehagen spüren. Eines aber war mir sicher. Er war ein Teufel; daran war nicht zu zweifeln ... dann ging ich rückwärts, wie es sich gehörte, und verließ den Weißen Saal.

Er hatte natürlich sehr recht gehabt. Ich habe ihn nie wieder lebend gesehen ... als echter Revolutionär zeigte ich ihm, was ich von ihm dachte, als er an den Füßen auf dem Schloßplatz hing.

Die übrigen Stunden des Tages verliefen ohne Zwischenfall. Ich tat abwechselnd mit den anderen meinen Dienst an den Türen. Keiner von uns sagte ein Wort vom Schnee oder von der Menge, die sich vor dem Schloß sammelte. Einmal war Musik aus den großherzoglichen Gemächern zu hören, doch wer gespielt hat, kann ich nicht sagen. Mittagessen und Abendessen wurden zur gewohnten Zeit aufgetragen. Ich hielt mich abseits, denn ich hatte Angst, es könnte etwas mit dem Plan schiefgehen. Jede Minute erwartete ich, verhaftet zu werden. Ich konnte mir nicht vorstellen, daß der Großherzog keinen Verdacht gegen mich gefaßt haben sollte. Doch es geschah nichts, und es wurde nichts gesprochen.

Zehn Minuten vor Mitternacht bezog ich meinen Posten neben der Türe, die in den Haupthof führte. Es war mir von den Führern eingeschärft worden, die Türe zu öffnen, sobald ich drei Schläge hörte. Wer an die Tür klopfen sollte und wie man an der Garde vorüberkommen wollte, das ging mich nichts an. Mir war unbehaglich zumute, während die Minuten verrannen, und ich hatte noch immer Angst, der Plan könnte scheitern. Die Musik war verstummt, und nun herrschte mit einem Male im ganzen Schloß tiefes Schweigen. Soviel ich wußte, war der Großherzog noch immer im Weißen Saal, doch er konnte auch anderswo gewesen sein; vielleicht im Laboratorium oder im Keller oder hinauf, auf den Ronderpik, entflohen. Es war nicht meine Sache, Fragen zu stellen oder herumzuraten. Meine Sache war es, die Seitentüre zu öffnen.

Drei Minuten vor Mitternacht, ohne vorhergehende Warnung, hörte ich die drei Schläge an der Türe. Und zur gleichen Zeit riß der Diener, der auf dem oberen Treppenabsatz stand, die Türe des Weißen Saals auf und rief zu mir herunter: ›Der Großherzog geht auf den Balkon hinaus!‹

Er hat den Strahl, dachte ich, er wird ihn auf das Volk richten. Ich öffnete die Seitentüre, und sie stürmten an mir vorbei, die mit den Großen Messern. Weiteren Anteil an den Ereignissen hatte ich nicht. Ich hatte getan, was man mir zu tun aufgetragen hatte.«

Hier endet der Bericht. Er kann noch heute in dem Museum besichtigt werden, wo er im Urkundensaal unter Glas aufbewahrt wird. Der Urkundensaal ist der frühere, im Bericht erwähnte Weiße Saal, aber er sieht jetzt ganz anders aus.

Sie fragen, wie die Revolutionäre an der großherzoglichen Garde vorüberkommen konnten? Die Garde hatte vom Großherzog keinen Befehl, irgendwen anzuhalten. Solche Befehle waren in sieben Jahrhunderten nie erteilt worden. Die Gardisten waren also nicht mit einem überraschenden Angriff überrannt worden. Sie ließen sich niedermetzeln, ohne Gegenwehr abschlachten. Das Blutbad war überaus gründlich. Jeder Diener, jede Magd, jede Person, jedes Tier, alles Lebende innerhalb der Schloßmauern wurde hingemordet. Alles bis auf die Großherzogin. Und davon will ich Ihnen gleich berichten.

Die Revolutionäre drangen durch diese Seitentüre ein; es mußten wohl siebenhundert gewesen sein, das wenigstens wurde nachher immer behauptet, weil es eine Idee Markois war, daß diese Zahl den siebenhundert Jahren großherzoglicher Herrschaft entsprechen sollte. Es war, wenn man so sagen darf, ein Kinderspiel, die Bewohner des Schlosses niederzumetzeln, denn von einem Widerstand war gar keine Rede. Es war leichter, als Reben zu beschneiden. In gewissem Sinne konnte man sagen, daß sie sich selber als Opfer darbrachten. Und – eine peinliche Feststellung, die aber unbestritten ist, denn die jungen Leute sprachen nachher selber darüber – der erste Stoß mit dem Messer erzeugte den gleichen Rausch, den die Rondeser sonst ihrem Ritzo verdanken. Die Berührung mit dem Fleisch, der Anblick des Blutes, und die jungen Leute konnten nicht mehr einhalten, sie dachten an nichts anderes als daran, die wartenden Opfer, wer sie auch sein mochten, niederzumetzeln; Dienstleute, Garden, Prinzen, Lieblingshunde, Kanarienvögel, kleine Eidechsen, alles, was im Schloß ein Leben hatte, mußte hingeschlachtet werden.

Und der Großherzog ... ja, er trat auf den Balkon. Er hatte keinen Strahl zur Verfügung. Nichts wies darauf hin, daß das Quellwasser ihn unsterblich gemacht hätte. Er stand da, in seiner weißen Uniform mit dem roten Orden vom Gerechten, und er wartete. Er wartete darauf, daß Revolutionäre über die Köpfe ihrer Mitbürger hinweg den Balkon erklommen, und er wartete darauf, daß sie sich mit den anderen vereinigten, die das Schloß bereits erstürmt hatten. Die älteren Rondeser, die sich hinter ihren Türen eingeschlossen hatten, sagten nachher, der Schrei von Wut und Haß und Neid – ja, vor allem Neid –, der aus den Kehlen der rondesischen Revolutionäre aufstieg, als sie sich auf den Großherzog stürzten, sei hoch oben auf den Hängen des Ronderpiks und unten an den Ufern des Rondaquivers zu hören gewesen. Und die ganze Zeit fiel der Schnee. Ja, der Schnee hörte nicht auf zu fallen.

Als nirgends mehr eine Spur von Leben war und auf Treppen und Gängen das Blut floß, da sandten die jungen Helden der Revolution eine Botschaft an Markoi, der noch immer in seiner Redaktion saß, und diese Botschaft lautete: »Die Gerechtigkeit hat ihren Lauf genommen!«

Markoi kam aus seiner Redaktion, trat aus dem Gebäude des »Tagesanzeigers von Ronda« und ging durch den fallenden Schnee nach dem Schloß. Er fand den Weg zu dem Zimmer der Goßherzogin, und hinter ihm gingen seine Anhänger im Gleichschritt. Wie es heißt, klopfte er an die Türe, und sie ließ ihn eintreten. Sie stand am offenen Fenster. Sie war ganz allein. Markoi trat auf sie zu und sagte: »Es ist nichts mehr zu befürchten, Madame. Wir haben Sie erlöst. Jetzt sind Sie frei.«

Nun ... was er oder die revolutionäre Jugend erwartete, kann ich Ihnen nicht berichten; ob Tränen der Dankbarkeit oder des Kummers oder einen Ausbruch von Grauen, von Furcht oder auch ein Zeichen des Einverständnisses; keiner weiß das, denn keiner hatte eine Ahnung von dem, was die Großherzogin wirklich empfand. Nur eines ist gewiß. Sie hatte sich umgezogen; sie trug nicht mehr den Faltenrock, den sie sonst zu tragen pflegte und in den sie auch tagsüber gekleidet gewesen war – das bestätigte jener Diener, der die großherzogliche Familie bespitzelt hatte –, sondern sie hatte eine weiße Uniform angezogen und den Orden vom Gerechten angesteckt. Auch einen Degen hatte sie an der Seite. Und sie sagte zu Markoi und seinen Revolutionären: »Ich wünsche euch Glück. Ich bin eure Großherzogin. Das Quellwasser ist mein Erbteil, und ich besitze das Geheimnis ewiger Jugend. Macht mit mir, was ihr wollt.«

Da führten sie sie auf den Balkon und zeigten sie dem Volk. Und sie mußte auch die Leiche des Großherzogs besichtigen. Manche Leute mögen sagen, das sei grausam gewesen. Das hängt vom Gesichtspunkt ab. Die Rondeser werden nicht aufhören, diese Frage zu erörtern, und die Touristen äußern gleichfalls ihre Ansichten darüber. Wichtig ist eines – was wurde in jener Nacht des Frühlingsfestes hingemordet? Unschuld oder Schuld?

Nun, das wäre alles. Manche meinen, Ronda sei bis zur Unkenntlichkeit entstellt, und abgesehen von seinen natürlichen Reizen – den Höhen des Ronderpiks, den Inseln des Rondaquiver, den Schönheiten der Hauptstadt und natürlich den Vorteilen seines Klimas – könnte es jeder beliebige europäische Kleinstaat sein, der sich anstrengt, den Touristenstrom einzufangen, und mit einer Bevölkerung, die nur das Geldverdienen im Kopf hat. Andere sind anderer Ansicht. Ronda ist fortschrittlich, die neuen Industrien gedeihen, die Städte, die an den Ufern des Rondaquivers aus dem Boden wachsen, sind voll von energischen jungen Menschen und sie alle streben danach, daß ihre Stimmen in den Räten der Welt Gehör finden.

Psychologisch stellen sie ein interessantes Objekt für Studien dar. Bei all ihrem nationalistischen Geist, bei aller fortschrittlichen Betriebsamkeit ist es ihnen doch noch immer nicht gelungen, das Geheimnis ewiger Jugend zu erbeuten. Und das war der wirkliche Grund für die Revolution gewesen. Sie füllen das Wasser in Flaschen, gewiß, darum ist Grandos besorgt. Man kann es in jedem Land der Welt kaufen – und nicht billig. Doch es ist nicht das Wasser der Formel. Noch immer ist die Formel das Geheimnis der Großherzogin. Man hat, wie ich schon berichtete, alles versucht, von Schmeichelei über Vergewaltigung, Folter, Einkerkerung, Hunger, Krankheit. Man vermag ihren Willen nicht zu brechen. Sie muß jetzt beinahe achtzig sein, und nach allem, was sie erduldet, sollte man meinen, daß sich das irgendwie merken läßt, doch ihr Gesicht ist ein Mädchengesicht, das Gesicht der Rolvulablume, und keine Demütigung kann ihrer vollendeten Schönheit etwas anhaben. Nur eines steht fest – nähert man sich ihr, wenn sie auf dem Schloßplatz – oder vielmehr auf dem Museumsplatz – tanzt, und man hat das Glück -oder ist es vielleicht ein Unglück-, ihr in die Augen zu schauen, so kann man darin alles Leid der Welt lesen und alles Mitleid auch.

Kein Mensch weiß, was geschieht, wenn sie stirbt. Lange kann es nicht mehr dauern. Es ist niemand von der großherzoglichen Familie mehr übrig, dem sie die Formel hinterlassen könnte. Und man muß sich auch fragen, ob es überhaupt lohnend ist, die Formel zu besitzen. Ich meine damit, daß sie der Großherzogin selber nichts als eine Erbschaft von Leid und Gram gebracht hat. Die Männer, die das Geheimnis so eifrig zu ergründen suchten, sind – eine Ironie des Schicksals! – beide tot. Grandos starb bei einem Besuch in den Vereinigten Staaten an einem Magenleiden – er hatte es sich Jahre hindurch zu gut gehen lassen –, und Markoi wurde von einer verheerenden Krankheit befallen. Er schwand vor den Augen seiner Freunde dahin, und am Ende war er kaum mehr als ein Schatten. Die älteren Rondeser, die nie viel für ihn übrig gehabt hatten, sagten, er sei vom Neid auf die Großherzogin zerfressen gewesen, weil sein Plan, sie zu verhöhnen und lächerlich zu machen, fehlgeschlagen war. Doch das kann ebensogut Greisengewäsch sein.

Nein, wenn die Großherzogin stirbt, so stirbt das Geheimnis ewiger Jugend mit ihr. Nicht länger wird es einen Unsterblichen in Ronda oder sonstwo auf der Welt geben. Und darum lohnt es, das Land zu besichtigen, denn, wie die hartnäckigen Rondeser sagen, man kann nie wissen. Sie kann morgen zusammenbrechen oder nächste Woche oder in der nächsten Saison, und wenn es soweit ist, dann wird etwas aus der Welt verschwunden sein, das keiner, weder jetzt noch in der Zukunft, je wieder erschauen wird. Und schon heute kann es zu spät sein ...

Träum erst, wenn es dunkel wird

Die Behausung glich einem mittelalterlichen Hungerturm. Zwischen ihr und dem Himmel war nichts als das schadhafte Hausdach, und um die Mauern pfiff der Wind aus allen Himmelsrichtungen. Links befand sich ein einziges größeres Fenster, durch das man auf rußige Schornsteine und andere Schieferdächer sah, so weit das Auge reichte. Keine einzige Baumkrone unterbrach das öde Einerlei. Nur Rauch und Qualm stiegen endlos in den bleiernen Himmel.

Hier, unmittelbar unter dem Dach, herrschte im Sommer lähmende Hitze, jetzt aber, im Winter, Eiseskälte, obgleich das Fenster fest verriegelt und alle Ritzen behelfsweise ausgestopft waren. Die Luft war dumpf und klamm; Wände und Fußbodendielen waren durchkaltet, als könnte die armselige Wohnung nie mehr warm werden – bis der nächste Frühling kam und der Sommer sie unerträglich aufheizte.

Dem Fenster gegenüber, neben der Tür, die in die winzige Schlafkammer führte, war ein Kamin, in dem freilich kein Feuer brannte. Ein kleines Reisigbündel, das auf dem Rost lag, war geizig für die Stunde aufgespart, in der Kälte und Entbehrung über Menschenkraft gingen. Dann, aber erst dann würde ein dürres Stöcklein nach dem anderen angezündet werden, um mit kleiner Knisterflamme wenigstens eine flüchtige Wärme-Illusion vorzutäuschen.

Die Zimmerwände waren undefinierbar bräunlich und, besonders oben, von Nässe- und Schimmelflecken gemustert.

Ebenso ärmlich waren die Möbel, soweit man überhaupt davon sprechen konnte. In der Mitte des Zimmers standen ein wackliger Tisch – eines der vier Beine war notdürftig mit Draht zusammengehalten – und zwei Stühle. Vor dem Kamin lag eine abgetretene Fußmatte, und eine schlichte Küchenbank war mittels Wolldecke und verschossenen Plüschkissen zum ›Sofa‹ avanciert. Neben der Tür, die ins Treppenhaus führte, hing ein halboffener Wandschrank, der nichts enthielt als einen angeschnittenen Laib Brot.

Aus der Schlafkammer war in quälend regelmäßigen Abständen der harte, rasselnde Husten einer Frau zu hören. Jeder Anfall endete mit einem matten Aufseufzen. Nur einmal erhob die Frau die Stimme, um zu rufen:

»Ist da jemand? Bist du das, Jack?«

Da keine Antwort kam, merkte sie, daß das sogenannte Wohnzimmer noch immer leer war, und ihr Husten begann von neuem. Daher überhörte sie das kurze Klopfen an der Tür und erkannte erst an den Schritten, die sich auf knarrenden Dielen näherten, daß sie nicht mehr allein war.

»Endlich!« atmete sie auf. »Wo bist du bloß so lange gewesen?«

Der Eindringling blieb im ›Wohnzimmer‹ stehen und antwortete nicht gleich. Er sah sich erst einmal abschätzend um. Er war ein älterer Mann, dessen schäbiger Mantel ihm fast bis an die Fersen hing. Dabei faltete er die mit Pulswärmern versehenen Hände über seinem vorstehenden Spitzbauch.

»Nein, ich bin's, Madam«, erwiderte er dann. »Ihr Hauswirt. Haben Sie mich nicht schon lange erwartet?«

Ihr erstickter Angstlaut brachte ihn nur zu einem schiefen Lächeln. »Sie dachten wohl, Ihr windiger Mann wäre endlich wieder da? I wo ... Der bleibt vielleicht noch lange weg. Aber das geht mich nichts an und ist mir total schnuppe. Sie wissen selber gut genug, weswegen ich komme.«

Eine Pause entstand. Dann flüsterte die Frauenstimme hastig, verweint und tonlos hinter der Tür:

»Sie wissen doch, daß es keinen Zweck hat! Ich habe kein Geld – und wenn Sie stundenlang hier herumstehen und wenn Sie mich totschlagen. Was hätten Sie davon? Können Sie nicht warten, nur ein kleines Weilchen? So furchtbar wichtig kann unser bißchen Miete für Sie doch nicht sein, wo Ihnen das ganze Haus gehört! Mein Mann bringt Ihnen das Geld, vielleicht, wenn er heimkommt und endlich eine Stelle gefunden hat. Was soll ich dazu tun, krank und hilflos, wie ich hier liege?«

Der Hauswirt sah sich mit verengten Augen abermals in dem ärmlichen Raum um, als sei da etwas zu finden, was des

Mitnehmens wert wäre. Er untersuchte sogar noch einmal den Hängeschrank, in dem jedoch nach wie vor nichts weiter als das altbackene Brot lag.

»Nein, ich warte nicht mehr«, knurrte er. »Diesmal ist Schluß. Irgendwann reißt auch dem gutmütigsten Menschen der Geduldsfaden. Sie können von Glück sagen, daß ich aus purer Herzensgüte so lange gewartet habe. Was denken Sie denn, wovon ich lebe? Ich brauche jeden Penny, den Sie und andere mir schulden. Und heute gehe ich nicht weg, ehe ich die Miete bar auf der Hand habe.«

»O Gott«, ächzte die Kranke, »ich würde Ihnen ja nur zu gern alles geben, was ich habe, aber ich habe nichts. Ich habe seit Tagen nichts gegessen. Nebenan ist, glaube ich, höchstens noch ein halbes Brot. Das ist für meinen Mann, wenn er nach Hause kommt. Was soll ich denn sonst noch tun?« Ihre Stimme erstarb in einem Hustenanfall, aber das half ihr auch nicht weiter.

Der Hauswirt gestikulierte ins Leere. »Ich könnte doppelt soviel Miete für diese Wohnung verlangen. Es stehen genug zahlungswillige Leute auf der Warteliste – bei der Wohnungsnot heutzutage! Und ich kann's mir nicht ewig leisten, bei euch Bettelpack auch noch den Wohltäter zu spielen. Entweder rücken Sie das Geld raus, oder ich setze Sie augenblicklich auf die Straße.«

Er hörte einen leisen Aufschrei aus dem Nebenzimmer.

»Nein, so gemein können Sie doch nicht sein!« jammerte die Kranke. »Der brutalste Kerl brächte das nicht übers Herz ... Um Gottes willen, warten Sie wenigstens, bis mein Mann da ist!«

»Von dem kriege ich erst recht nichts. Dieser Herumtreiber, dieser Säufer und Spieler, dieser Nichtsnutz! Der drischt Karten, während Sie hier vor Hunger weinen, und läßt Sie kaltlächelnd verrecken. Warum sollte ich Sie gutmütiger behandeln als dieser Lump? Schluß damit, zum letzten Mal! Ich hole gleich meinen Sohn zu Hilfe. Wir werden Ihr bißchen Gerümpel runtertragen und auf die Straße schmeißen – und Sie gleich dazu. Da können Sie dann auf Ihren Mann warten, und er kann sich nicht mehr drücken ...«

Der Hauswirt trat auf die Schwelle der Schlafkammer und beobachtete die Kranke lauernd.

»Los, aufstehen!« kommandierte er. »Ist ja alles bloß dummes Getue. Sparen Sie sich Ihr Gehuste; auf den Schwindel fall' ich nicht mehr rein. Ziehen Sie sich was über!«

Eine halbe Minute lang herrschte Stille. Dann stand sie tatsächlich auf, zog fröstelnd einen dünnen Schal über ihr zerknittertes Nachthemd und suchte unsicher am Bettrahmen Halt.

»Nein, nein!« flehte sie in steigender Angst. »Treiben Sie es nicht zu weit ... Ich warne Sie. Mein Mann ist noch ganz gut bei Kräften ... Der schlägt Sie tot, wenn er mich unten auf der Straße findet. Sie ... Sie gräßlicher Blutsauger ...« Ihre kraftlosen Drohungen erstickten in einem schaurigen Hustenanfall.

»Ziehen Sie sich an«, wiederholte der Wirt ungerührt.

Sie griff fester um das Kopfende des Bettes und rang keuchend nach Atem. »Also gut«, sagte sie dann erschöpft. »Ich habe Sie angelogen. Etwas Spargeld habe ich noch – einen Notgroschen, von dem niemand was weiß, auch mein Mann nicht. Wenn ich ihm davon erzählt hätte, hätte er's längst verspielt. Ich hab's also versteckt und aufgespart für schlechte Tage. Und nun kann's ja wohl nicht mehr schlechter werden. Tag und Nacht habe ich zu Gott gebetet, es möge nie so weit kommen, aber es hat nichts genützt. Ich gebe mich geschlagen.«

Die Haltung des Hauswirts zeigte deutlich, daß er ihr kein Wort glaubte. »Erst möchte ich mal sehen, wo Ihr versteckter Notgroschen sein soll«, sagte er spöttisch.

»Im Kamin«, sagte sie. »Da ist eine lose Platte unter dem Rost. Wenn Sie ein bißchen daran rütteln, haben Sie sie gleich in der Hand. Darunter ist ein viereckiges Loch, und in dem Loch ist ein Holzkästchen, und da drin ist das Geld.«

Der Wirt richtete sich, obwohl immer noch mit unverhohlenem Mißtrauen, nach den Anweisungen der Frau. Er ging vor dem Kamin ächzend in die Hocke, schob das kümmerliche Reisigbündel beiseite, hob den Rost und ertastete sofort die lose Platte. Und dann zog er mit einem erstaunten Ausruf wirklich ein verschlossenes Kästchen hervor.

»Ausnahmsweise haben Sie nicht geschwindelt«, bemerkte er. »Aber wie kriegt man das Ding auf?«

»Bringen Sie's mir her«, sagte sie schwach. »Ich trage das Schlüsselchen dazu um den Hals.«

Er ging in die Schlafkammer zurück. Unter beiderseitigem Schweigen mühte sie sich mit dem Schloß ab.

»Da scheint sich was verklemmt zu haben«, murmelte sie und schrie dann plötzlich auf: »Grundgütiger! Da hat doch jemand dran gefummelt ... Das Schloß ist aufgebrochen worden. Und da – sehen Sie – das Kästchen ist leer! Alles gestohlen!«

Der Hauswirt überbrüllte sie mit überkippender Stimme: »Verdammte Lügen! Noch ein aufgelegter Trick, um mich hinters Licht zu führen!«

»Nein, nein«, stammelte sie verängstigt. »Ich glaubte doch bestimmt ... Mein Mann muß dahintergekommen sein und das Geld genommen haben ... Wer sonst?«

Der Wirt warf das leere Kästchen aufs Bett, schüttelte die Fäuste und rannte zur Wohnungstür.

»Jetzt ist endgültig Schluß!« schrie er. »Ich bin im Recht – faule Zahler und Betrüger darf man fristlos rauswerfen, und ich habe schon viel zu lange Geduld gehabt. Jetzt hole ich meinen Sohn, und Sie fliegen!«

Er knallte die Außentür hinter sich zu. Die Frau war erschöpft quer übers Bett gesunken und hörte ihn die Treppe hinabpoltern. Doch mußte er auf halbem Wege von irgend etwas oder irgendwem unterbrochen worden sein, denn plötzlich erhoben sich streitende Männerstimmen, die hitzig anschwollen – und abrupt einer sonderbaren Stille Platz machten.

»Was ist denn nun schon wieder los?« rief die Frau mit letzter Kraft.

Rasche Schritte kamen jetzt die Treppe hinauf; die eben zugeschlagene Tür öffnete sich, und ein anderer Mann kam ins ›Wohnzimmer‹. Sein langer, abgetragener Mantel war bis unters Kinn zugeknöpft, die speckige, abgegriffene Mütze saß ihm schief überm Ohr, und ein grober, liederlich gebundener Schal vervollständigte das Bild des notorischen Bummlers. Aber seine Lebensfreude schien ungebrochen, denn er lächelte fröhlich, als er sich auf Zehenspitzen dem Spalt der Schlafkammertür näherte.

»Hat dir der Alte so zugesetzt! Ich habe euch schon unten im Hausflur schreien gehört. Dein Husten ist wohl schlimmer?«

Ihre Antwort war ein Tränenstrom.

»Du hast mein bißchen Spargeld gestohlen«, schluchzte sie. »Wie ein ganz gemeiner Dieb in der Nacht, ohne mir was zu sagen, und natürlich hast du's wieder durchgebracht. Das ist das Ende. Er setzt uns heute noch auf die Straße!«

»Na, vielleicht überlegt er sich's noch mal«, meinte der Mann mit sorglosem Lachen. »Ich hab' auf der Treppe kurz mit ihm gesprochen. Und was dein Geld betrifft – ja, ich hab's dir geklaut. Wirst du mir noch ein einziges Mal verzeihen?«

Er hörte ihr Seufzen und das Quietschen der brüchigen Bettspiralen, als sie sich ermattet wieder zurücklegte und die Decke über sich zog. »Was hast du damit gemacht?« fragte sie schwach.

»Ich hab's in die Lotterie gesteckt«, gestand er. »Ist schon Wochen her. Lohnt sich gar nicht mehr, davon zu reden.« Er rieb sich vergnügt die blau angelaufenen Hände, während sie verzweifelt keuchte.

»Du bist verrückt! Du hast schon lange den Verstand verloren – von Verantwortungsgefühl gar nicht zu reden. Verstehst du denn nicht, daß dies unser letzter Notgroschen war, der einzige Schutz vor Obdachlosigkeit und Hunger?«

»Eben«, nickte er. »Darum hab' ich ja den relativ hohen Einsatz gewagt – und verloren. Hat keinen Zweck, das alles noch mal durchzukauen. Unser Hauswirt läßt uns mindestens bis morgen bleiben – er hatte wohl doch Angst, daß ich ihn sonst verdresche. Und über Nacht hat sich schon manches Blättchen gewendet... Wer weiß, ob ich nicht morgen irgendwo Generaldirektor werde?« Er stand auf der Schwelle und lachte sie unbekümmert an.

»Ach du«, seufzte sie, »du bist ein hoffnungsloser Fall.«

»Bin ich«, bestätigte er, »und im Grunde willst du mich ja auch gar nicht anders haben, nicht wahr?«

Sie mußte wider Willen lächeln, als sie zugab, sie würde ihn mit keinem anderen tauschen.

»Na siehst du«, strahlte er. »Nun ruh dich mal ein bißchen aus. Wir können ja immer noch durch die angelehnte Tür miteinander sprechen.«

Er wandte sich ins ›Wohnzimmer‹ zurück und sah sich um, als sei ihm alles fremd.

»Weißt du, was wir jetzt machen?« fragte er durch den Türspalt. »Wir denken uns ein wunderschönes Spiel aus. Irgendwie müssen wir diesen letzten Abend ja rumbringen... Zu essen ist auch nichts mehr da, wie ich sehe, außer trocken Brot, und bei der Kälte muß man sich eben anders erwärmen und bei Laune bleiben. Bilden wir uns also zum Spaß ein, ich hätte in der Lotterie gewonnen... Und dann malen wir uns aus, was wir alles mit dem Geld anfangen könnten. Wie in einem schönen Traum.« Er legte den Kopf lauschend auf die Seite, um ihre Antwort zu hören.

»Träum erst, wenn es dunkel wird...«, sagte sie leise. »Du benimmst dich noch immer wie ein kleiner Junge.«

»Um so besser. Dann hör mir nur gut zu. Jetzt spiele ich den Märchenerzähler auf einem orientalischen Markt!« Er schlich ans Fenster, öffnete es, lehnte sich weit hinaus und winkte ein paar wartenden Leuten auf der Straße zu. Dann kehrte er an die Schlafkammertür zurück und vergewisserte sich, daß seine Frau nichts gemerkt hatte. Leise öffnete er die andere Tür zum Treppenhaus.

»Was machst du denn da drüben?« rief seine Frau müde von nebenan.

»Nichts Besonderes. Ich überlege noch, wie ich mein Märchen anfangen soll«, rief er zurück, trat beiseite und legte den Finger an die Lippen. Ein Trupp fremder Männer kam, einer nach dem andern, herein. Alle waren schwerbeladen, hatten aber nur Socken an und bewegten sich lautlos im Zimmer herum, während der Mann ihnen stumme Zeichen gab und, nun lauter und fast hektisch munter, durch die angelehnte Kammertür zu seiner Frau hineinsprach.

»Was meinst du – wollen wir nicht zuallererst mal heizen?

Dein Versteck ist ja nun leer; da kann nichts mehr passieren. Fein, daß noch das kleine Reisigbündel da ist...«

Schon hockte einer der fremden Männer vor dem Kamin, schichtete sachkundig einen ordentlichen Scheiterhaufen von Holz und Briketts auf und steckte das Ganze mit Kohlenanzünder in Brand.

»Ei, wie fein das flackert! Ich sehe die Flämmchen züngeln – du auch? Schon wird's wärmer, und ich hab' eigentlich Lust, gleich unseren alten Sperrmüll mitzuverbrennen und das Zimmer ganz neu einzurichten...«

Schon während er so schwatzte, folgten die Männer seinen Winken, schafften den wackligen Tisch, die Stühle, die armselige Bank und die abgetretene Fußmatte auf den Treppenabsatz und brachten dafür mit zauberhafter Schnelle die neuen Sachen herein, die er durch den Türspalt schilderte.

»Endlich gibt's bei uns auch Vorhänge!« rief er. »Schwere blaue Samtvorhänge, die bis auf den Boden reichen. Die Gardinenstange ist ja zum Glück noch vorhanden – in zwei Minuten ist alles angebracht. Und wenn schon Vorhänge, dann natürlich auch ein passender Teppich... du weißt schon, so ein Teppich, der von Wand zu Wand reicht, und bei jedem Schritt sinkt man ein wie in weiches Moos. Die Farbe ist ganz genau auf die Vorhänge abgestimmt. Was machen wir als nächstes? Ja – heute am letzten Abend will ich's endlich gestehen –, unsere dreckigen, abgeblätterten Wände waren mir schon lange ein Dorn im Auge. Wir müßten sie neu tapezieren lassen, aber das dauert ja 'ne Ewigkeit. Also müssen wir uns wohl eine provisorische Lösung ausdenken. Ha, ich hab's! Wandschirme. Die stellen wir rundherum; dann halten sie auch gleich – außer den Vorhängen – den widerlichen Luftzug ab. Gute Idee, was?«

Und die Vorhänge hingen an Ort und Stelle, der blaue Teppich war ausgerollt; lautlos brachte man die hübschen Wandschirme an.

»So, nun kommen die neuen Möbel dran«, schwatzte er durch die Tür. »Ich denke schon lange an einen niedrigen, bequemen Diwan dicht am Kamin. Da könntest du dich pflegen – und pflegen lassen – auf weichen Kissen wie 'ne Millionärsgattin. Und ich sitze dir in einem tiefen Sessel gegenüber, damit ich dich höre und sofort springen kann, wenn du etwas brauchst. Und für dich stellen wir ein Regal, proppenvoll mit schönen Büchern, in Reichweite; wenn du Lust zum Lesen hast, brauchst du nur hinzugreifen. Wie würde dir das gefallen! Ist es nicht wenigstens ein herrliches Märchen?«

Das Zimmer verwandelte sich bei jedem Satz auf wundervoll leise Art, während der Mann, immer an der Schwelle zur Schlafkammertür, auf den Füßen wippte und hierhin und dahin deutete. Den Leuten machte es Spaß, lautlos wie Kulissenschieber im Theater zu arbeiten.

»Ich muß schon sagen, unser neuer Eßtisch gefällt mir«, fuhr er fort. »Es ist ein teures Stilmöbel mit passenden Stühlen. Alles echt antik. Dazu eine fabelhafte Vitrine mit edlen Gläsern und Porzellan; du hast mir mal von so was vorgeschwärmt. Dumm, daß wir hier oben in unserem Wolkenkuckucksheim keinen Strom- oder Gasanschluß haben. Da hab' ich mir für den Übergang was Vornehmeres ausgedacht: ganz feine Petroleum-Ständerlampen in den Ecken, und silberne Kerzenleuchter auf dem Tisch ... Du glaubst nicht, wie das die Stimmung hebt. Nichts blendet; alles liegt in weichem, gedämpftem Licht. Eine Extralampe kommt neben deinen Diwan, und zum Essen zünden wir die hohen Tischkerzen an. So was haben wir beide bisher höchstens im Kino gesehen – aber man wird ja wohl noch träumen dürfen?«

Alles, was der Mann beschrieben hatte, war bereits an Ort und Stelle, und mittlerweile hatte er auch sein eigenes Äußeres verändert. Mantel, Schal und speckige Mütze waren abgeworfen und beseitigt, und er stand in einem funkelnagelneuen, wunderschönen Konfektionsanzug da. Während er sich die frisch frisierten Haare mit fünf Fingern zurechtstrich, erzählte er weiter:

»Über den Kamin hängen wir einen hübschen venezianischen Spiegel – an den Nagel, wo bisher der miese alte Kalender hing. Was gibt's sonst noch? Meiner Seel', jetzt hätte ich fast das Schäferpärchen aus Meißner Porzellan vergessen. Das kommt natürlich auf den Kaminsims.«

Er trat einen Schritt zurück wie ein Maler, um sein Werk zu überprüfen. Der Effekt war wie beabsichtigt; das armselige Dachzimmer war prachtvoll ausstaffiert.

»So, das hätten wir«, sagte er wieder durch den Türspalt. »Nun bleibt nur die traurige Tatsache, daß mir der Magen knurrt. Dir doch auch? Also schnell den Tisch gedeckt! Oh, der Service im Märchenland funktioniert tadellos. Aber was wollen wir speisen? Das ist ja schließlich die Hauptsache. Ich persönlich möchte... Himmelherrgott, was möchte ich eigentlich? Hättest du was gegen Brathuhn? – Ich höre keinen Widerspruch. – Also: Brathuhn. Ist schon da. Riecht verdammt gut. Und die feinen Gemüse dazu – die lassen wir auch nicht umkommen, was?

Mitten auf dem Tisch steht auch schon eine edle Schale mit allen möglichen Früchten: Trauben, Mandarinen, Bananen und so weiter – und natürlich ein Champagnerkübel mit 'ner gut gekühlten Flasche drin. Laßt uns essen, trinken und fröhlich sein, das steht schon in der Bibel. Wär's sehr schlimm, wenn ich weiter kindisch wäre und auch noch Knallbonbons haben wollte? Wir feiern ja heute ein Märchenfest, und die bunten Dinger sehen so fröhlich aus. So, ich glaube, nun fällt mir wirklich nichts mehr ein.

Ach, Moment noch! Ich habe ja das Allerwichtigste vergessen. Sieht mir ähnlich! Jetzt muß die ganze Bude noch mit Blumen vollgestellt werden, überall, wo noch ein freies Eckchen ist. Rosen sind doch immer noch deine Lieblingsblumen, nicht? Nun stell dir mal vor, auf einmal sind so viele Rosen hier, daß mich der Duft beinahe betäubt. Wie in einem Zaubergarten...«

Er schwieg endlich und sah sich prüfend um. Nein, nun war wirklich nichts mehr vergessen. Alles war genau nach seinen Anweisungen arrangiert. Er nickte den Arbeitern zu, die verschwörerisch zurückgrinsten, auf Zehenspitzen hinausschlichen, wie sie gekommen waren, und lautlos verschwanden.

»Ja, damit ist das Märchen zu Ende«, meldete er leise durch die Schlafkammertür, und er hörte, wie sie den Atem einzog, als wolle sie ein Aufweinen unterdrücken.

»Das war sehr hübsch«, murmelte sie endlich, »wunderschön.

Wie kommst du nur immer auf solche Sachen? Fällt dir das einfach so beim Reden ein? Jetzt ist mir, als sei ich plötzlich aus einem Traum erwacht. Ein bißchen grausam von dir, findest du nicht?«

»Na ja – vielleicht«, gab er zu.

»Wie du schauspielern kannst! Fast wie ein Hypnotiseur. Da erzählst du mir die schönsten Sachen, und dabei stehst du hinter der Tür in unserer kahlen, jämmerlichen Bude, die Hände in den Taschen und mit hochgestelltem Kragen, und schlotterst selbst vor Kälte. Was meinst du – ob wir jetzt nicht unser letztes bißchen Reisig anzünden? Wir haben ja sowieso nur noch eine Galgenfrist . . .«

»Klar, ich verbrenne das Zeug gern«, erwiderte er leise lachend, »aber ich glaube, daß wir die Temperatur hier drinnen auch nicht mehr viel ändern.«

»Nein, sicher nicht«, seufzte sie und fügte nach einer kleinen, beklommenen Pause hinzu: »Bist du nicht furchtbar hungrig?«

»Furchtbar«, nickte er.

»Dann mußt du halt das alte Brot nehmen. Mehr ist nicht da.«

»Ich esse keinen Bissen, wenn du nicht zu mir hereinkommst und mithältst.«

»Hier drinnen ist's eiskalt«, sagte sie, »und ich bin innerlich so ausgehöhlt, daß mir jeder Bissen im Hals steckenbleiben würde – nach allem, was du mir vorphantasiert hast.« Ihre Stimme versagte vor Schwäche.

»Bitte, komm trotzdem«, sagte er rasch. »Auch wenn's hier fast ebenso kalt ist wie nebenan und wir nur noch einen halben Laib Brot haben. Sind wir nicht glücklich genug, daß wir noch beieinander sind, auch wenn der böse Hauswirt uns bald hinauswirft? – Übrigens«, fügte er nach einer winzigen Pause hinzu, »du hast mir noch nicht gesagt, ob du mir verziehen hast – ich meine, das geklaute Geld, das ich für ein Lotterie-Los vergeudet habe.«

Sie erwiderte leise und müde: »Ich komme.«

Er hörte sie aus dem Bett steigen und nach den Schuhen suchen, wobei die Bettstelle wie immer leicht knarrte.

»Soll ich dir helfen?« fragte er.

»Ach, ich schaff's schon. Ich bin doch schwächer, als ich dachte, besonders nach der Szene mit dem Hauswirt. Und ich graule mich vor der Kälte. Du hättest mir nicht so wunderschöne Sachen vorgaukeln sollen. Werde ich nicht einen Schock erleben, wenn ich jetzt rüberkomme?«

»Hm ... Ich fürchte, ja«, murmelte er schuldbewußt. Dann, als er sie langsam näherschlurfen hörte, sagte er schnell:

»Hör mal – du hast mir immer noch nicht laut und deutlich gesagt, daß du mir nicht mehr böse bist. Also: Hast du mir verziehen?«

Er hörte sie hilflos lachen.

»Ach du ... wieder mal dasselbe. Du weißt doch, daß ich dir alles verzeihe.«

Und damit öffnete sie die angelehnte Tür und kam zu ihm herein.

Engel und Erzengel

Reverend James Holloway, Vikar der Sankt-Swithin-Kirche in der vornehmen Upper Chesham Street, war ernstlich ungehalten.

Sechs Wochen lang hatte er seine Gemeinde nämlich der Obhut eines Stellvertreters anvertrauen müssen – und was stellte er noch vor seiner Rückkehr fest? Der Unselige hatte seine Abwesenheit benutzt, um nicht nur Aufruhr und Verwirrung zu stiften, sondern die ganze Atmosphäre des ehrwürdigen Gotteshauses zu verändern. Die Bewohner von Mayfair, der Adel, die Prominenz und die Reichen, kurz gesagt: die alte Garde der Sankt-Swithin-Gemeinde, hatte zunächst den Gottesdienst wie üblich besucht, obwohl an Stelle ihres verehrten und geliebten alten Vikars zum ersten Mal ein junger, unattraktiver Mensch predigte, der offensichtlich aus kleinen Verhältnissen stammte und nicht einmal über eine ganz einwandfreie Aussprache verfügte.

Und das war noch nicht alles. Statt mit demütiger, selbstverleugnender Haltung anzudeuten, er sei sich seiner Unzulänglichkeit bewußt, ein Ersatz, den man nur vorübergehend mit gottergebenem Seufzen duldete – statt dessen hatte dieser Aushilfsprediger sich nicht entblödet, sich als echter geistlicher Herr aufzuspielen, der die Vollmacht besaß, seine Zuhörer anzugreifen und zu verdammen! Da stand er auf der Kanzel, ein unwürdiger, auch äußerlich unansehnlicher Vertreter des gütigen Vikars, dessen wohllautende Stimme schon Tausende gerührt und erquickt hatte, dessen milde Blicke und Gesten auch die leichtfertigsten Damen ins Gotteshaus zogen ...

Dieser Neuling aber hatte kaum die Kanzel bestiegen, als er seine arglosen Schäflein mit verächtlich glimmenden Augen von oben herab musterte und ihnen, ehe sie wußten, wie ihnen geschah, in aller Ruhe, eiskalt und unmißverständlich sagte, was er von ihnen hielt.

Es heißt, der Biß einer Giftschlange sei äußerst schmerzhaft, wenn nicht gar tödlich; doch die Worte dieses Aushilfspfarrers brannten noch weitaus giftiger und gingen den Hörern durch Mark und Bein. Die halbe Stunde seiner Predigt war die peinlichste und ungemütlichste, die seit Einweihung der Sankt-Swithin-Kirche unter ihrem schönen Kuppeldach verstrichen war. Wenn je ein Text nach Zensur geschrien hatte, so war es die Antrittspredigt des jungen Reverend Patrick Dombey. Von Rechts wegen hätte sie von A bis Z dick mit Blaustift durchgestrichen werden müssen. Da war kein Antlitz in der Zuhörerschaft, das nicht purpurn anlief oder gelblich erbleichte, keine Kehle, die sich nicht mindestens ein dutzendmal räusperte, kein Auge, das dem des Nachbarn noch zu begegnen wagte, kein Fuß, der nicht nervös auf dem Boden gescharrt hätte, kein Handschuh oder Tüchlein, das in verschwitzten Händen heil blieb.

Reverend James Holloway hatte sechs Wochen Urlaub und dies war erst das Debüt des unverschämten jungen Dombey! Die Schar der wahrhaft Frommen verließ die Kirche an jenem Sonntagvormittag wie eine aufgescheuchte Gänseherde. Unnötig zu betonen, daß sie auf weiteren geistlichen Zuspruch dieser Art verzichteten und statt dessen empörte Protestbriefe an ihren geliebten alten Seelenhirten schrieben.

Reverend James Holloway saß zur Postzeit meist beim Frühstück auf der Veranda der entzückenden Villa in Devon, wo er sich als Gast der ebenso entzückenden Herzogin von Attleborough von seinem Grippeanfall erholte.

Zunächst maß er den Briefen keine allzu große Bedeutung bei. Einige las er sogar in amüsiertem Ton seiner treuen Freundin vor.

»Da sehen Sie, meine liebe Nora«, bemerkte er mit einer heiter-resignierten Geste, »kaum bin ich nur eine einzige Woche weg, so schreit man nach mir. Was machen wir da?«

Sie beugte sich zu ihm und fächelte ihm mit ihrem duftenden Tüchlein Kühle zu. »Bei Ihrer Selbstlosigkeit, Jim«, erwiderte sie, »wäre es Ihnen zuzutrauen, daß Sie Hals über Kopf an Ihren Platz zurückeilen, auch wenn Sie Leben und Gesundheit aufs

Spiel setzen, statt Ihr Amt vorübergehend einem Stümper zu überlassen. Aber ich halte Sie hier gefangen! Aus Verantwortungsgefühl – von allem anderen ganz zu schweigen. Sie sind so angegriffen, daß Sie meiner Fürsorge bedürfen.«

Er schüttelte den Kopf und lächelte sein unwiderstehliches Lächeln. »Sie verhätscheln mich wie ein Baby«, meinte er sanft.

»In manchen Dingen sind Sie ja auch wie ein Kind! Für Ihre Gemeinde würden Sie sich glatt umbringen. Wer ist überhaupt dieser Patrick Dombey?«

James Holloway zuckte halb hochmütig, halb belustigt die Achseln. »Er wurde mir vom Dekanat in Cambridge sehr warm empfohlen. Bisher hat er, glaube ich, in Whitechapel gearbeitet – Sie wissen vielleicht nicht, daß das ein Armenviertel ist. Da hat er wohl seine sozialistischen Umsturz-Ideen aufgelesen. In der Eile, die mir die Grippe aufzwang, mußte ich ihn notgedrungen nehmen; ich hatte keine andere Wahl. Erinnern Sie sich an Smith, meinen früheren Urlaubsvertreter? Der ist jetzt in einem Sanatorium, nebst seiner Frau. Leider hat er nicht nur Grippe, sondern Tuberkulose, der Ärmste, und die Arzte geben uns nicht mehr viel Hoffnung... Nun, wie Gott will.«

Er seufzte schicksalsergeben. Die Herzogin reichte ihm einen sorgfältig geschälten Pfirsich.

»Um so mehr kommt es jetzt auf Ihre völlige Wiederherstellung an. Wollen Sie mir versprechen, brav auszuharren, bis Sie wirklich gesund sind, und die Kirche ausnahmsweise hintanzustellen?« fragte sie fast flehend.

Er nahm ihre Hand und drückte sie innig.

»O holdes Weib, in unsren Mußestunden...«, zitierte er. Wenigstens *klang* es wie ein Zitat und daher hochanständig.

Im Laufe der nächsten Wochen erreichten den Vikar immer mehr schlimme Gerüchte, sogar durch die Zeitung. Offenbar hatte sein Vertreter Dombey, weit entfernt, vom Wegbleiben seiner treuen Herde erschüttert zu sein, sie darin noch gründlich bestärkt, indem er die Kirche mit seinen eigenen Slum-Anhängern füllte, Männern und Frauen aus der Hefe des

Volkes, um nicht zu sagen: aus der Gosse. Jedenfalls kamen diese Leute teils von weither, aus den übelsten Elendsvierteln, und besetzten frech die Kirchenstühle der besten Gesellschaft von Mayfair, ohne sich ihrer schmutzigen Lumpen und ihrer kränklichen, unterernährten Gesellschaft zu schämen...

Glanz und Ruhm von Sankt Swithin waren dahin. Die berühmte Mayfair-Kirche, deren weihrauchgeschwängerte Atmosphäre sogar starke Männer wie Gutsherren und Jagdbesitzer zu Tränen der Rührung gebracht hatte und deren überirdisch süßer Knabenchor vor der kerzenschimmernden Orgelkulisse auch die oberflächlichste Revue-Diva in die Knie zwang, war plötzlich dem verwahrlosten Pack von Whitechapel preisgegeben, das nicht einmal wußte, was »Grammatik« bedeutete, geschweige denn deren Gebrauch beherrschte! Nun, Reverend James Holloway in seiner Milde hätte das vielleicht – trotz häufiger Gewissenserforschung – nicht so ernst genommen, vieles für übertrieben gehalten und darauf vertraut, daß bei seiner Rückkehr ohnehin alles wieder ins rechte Lot kame, wenn ihn nicht folgender Artikel in einer bedeutenden Tageszeitung aufgeschreckt hätte: »Während der Abwesenheit des zuständigen Pfarrers von Sankt Swithin, Upper Chesham Street, haben sich dort, Augenzeugenberichten zufolge, ganz außergewöhnliche Szenen abgespielt. Der stellvertretende Reverend Patrick Dombey hat mit einer Reihe brillanter Kanzelreden solche Massen von Zuhörern angezogen, daß am vergangenen Sonntag die Schlange der Einlaßbegehrenden vor dem Kirchenportal bereits bis zum Chesham Place reichte. Viele dieser Leute erklärten auf Befragen, sie seien zu Fuß aus den elendsten Slums nach Mayfair gepilgert, um ›endlich mal wieder eine anständige Predigt zu hören‹. Die eigentliche Sankt-Swithin-Gemeinde, die aus warmen Bewunderern des langjährigen Viltars besteht, blieb diesen Gottesdiensten ostentativ fern, wurde aber kaum vermißt, da es in der Kirche nicht einmal mehr genügend Stehplätze gab. Sämtliche Kirchenstühle, Banke, Gänge und sogar die Altar- und Chorstufen waren gedrängt voll. Wir prophezeien diesem ehrlichen und zupackenden jungen Prediger, dessen begeisterte Hörer aus allen Schichten und den unterschiedlichsten Lebensumständen stammen, eine große Zukunft!«

Die Augen des ehrwürdigen Vikars James Holloway wurden bei dieser infamen Lektüre schmal, und sein behäbiges Gesicht lief rot an. Er warf die Zeitung zornig beiseite und trommelte mit den Fingern auf der Armlehne seines bequemen Korbsessels. Dieser naseweise junge Volksredner war ein wenig zu weit gegangen! Wer so unverblümt die Reklametrommel rührte und um die Gunst des Pöbels buhlte, mußte mit allen Mitteln zur Ordnung gerufen werden.

»Teure Nora«, sagte er zu seiner Gastgeberin, »ich habe mich nur zu gern von Ihrer Güte verwöhnen lassen – jetzt sind es schon fünf Wochen –, aber nun ist der Moment des Abschieds gekommen. Der Mann muß hinaus ins feindliche Leben – der Hirte muß zurück zu seiner verwaisten Herde.« Er erhob sich, fuhr mit einer Hand durch die imposante silbergraue Mähne und lächelte die Herzogin an.

»Nein, keine Einwände mehr! Dürfte ich Sie um einen Fahrplan bitten? Spätestens morgen abend muß ich wieder zu Hause sein.«

Sie verschwand trostlos, aber dienstbeflissen. Er zerknüllte die Zeitung sorgfältig und vergrub sie unter anderen gleichgültigen Drucksachen im Papierkorb. Der Vikar lehnte sich in seinem Klubsessel zurück, senkte die Lider und fügte die Fingerspitzen leicht aneinander. Sein Stellvertreter, den er zu einer Unterredung in die gediegen eingerichtete Pfarrei gebeten hatte, stand vor ihm am Kamin, ohne zum Sitzen eingeladen zu werden.

»Bevor ich mit dem leisesten Wort der Kritik auf Ihre Amtsführung eingehe«, begann der Vikar milden Tones, »möchte ich darauf hinweisen, daß ich vor knapp sechs Wochen meine Gemeinde nur notgedrungen als kranker Mann verließ. Einige ärztliche Kapazitäten hatten mir absolute Ruhe verordnet. Nur ihre Warnung konnte mich überzeugen, die Gastfreundschaft der Herzogin von Attleborough – einer Wohltäterin der Kirche – anzunehmen und eine so lange Erholungspause zu wagen. Ich ließ alle Verantwortung in Ihren Händen. Sie mußten von heute auf morgen einspringen; es blieb keine andere Wahl. Und ich vertraute Ihnen, das muß ich wohl nicht betonen. Wie aber ward mir dieses Vertrauen vergolten? Kaum eine Woche Frieden war mir vergönnt, geschweige denn die nötige Muße, Kraft und Gesundheit zurückzugewinnen. Eine Flut von Briefen beschwor mich tagtäglich, zu meiner verstörten Gemeinde heimzukehren. Und hier sehen Sie mich, kaum genesen, und doch verpflichtet, die Arbeit wieder in die eigenen Hände zu nehmen. Denn Sie haben sich leider als unfähig erwiesen – um kein härteres Wort zu gebrauchen.«

Er hielt inne, um Atem zu holen, und sein junger Stellvertreter nahm die Gelegenheit wahr, auch seinerseits etwas zu sagen.

»Es tut mit leid, daß Sie sich Sorgen gemacht haben und Ihr wohlverdienter Urlaub meinetwegen gestört worden ist. Aber ich möchte doch fragen, warum eigentlich! Sie haben mich soeben ›unfähig‹ genannt. Inwiefern?«

Der Vikar räusperte sich. »Das werde ich Ihnen genau erklären. Mir sind mehrere ernstzunehmende Berichte zugekommen, daß schon Ihre allererste Predigt, Ihr ... aggressiver Ton und Ihre zumindest eigenartigen Redewendungen unsere gesamte Gemeinde veranlaßte, den nächsten Gottesdienst zu meiden. Man war schockiert, nein, mehr als das: ehrlich empört. Ich habe die Beschwerdebriefe bald nicht mehr zählen können.«

»Und dennoch«, erwiderte der Jüngere gelassen, »quillt die Kirche seitdem jeden Sonntag von Gläubigen über.«

Die Miene des Vikars spiegelte gemäßigte Heiterkeit. »Mein lieber junger Amtsbruder, mir scheint, Ihr kleiner Skandalerfolg ist Ihnen zu Kopfe gestiegen. Gläubige? Natürlich kann man Ihnen auch zu Ihren publikumswirksamen Gags gratulieren. Da die Kirche bei Ihnen leer zu werden drohte, mußten Sie sich etwas einfallen lassen, um sie wieder zu füllen, eingedenk der Legende von den Blinden, die sich vom Einäugigen führen lassen, oder des schönen Spruches: Er predigte dem Vieh, den Vögeln und den Fischen ... Etcetera, etcetera. Sehr, sehr gute Gleichnisse, wenn man sie an der rechten Stelle einzuflechten weiß! Über die ersten Berichte habe ich nur gelacht und der

Herzogin gesagt: Der junge Mann ist derart unerfahren, daß er vermutlich gar nicht ermessen kann, welchen Schaden er anrichtet. Er sieht sich wohl als neuen Savonarola! – Aber im Laufe der nächsten Wochen verging mir das Lachen. Mir liegt das Wohl meiner Kirche und meiner Gemeinde am Herzen. Wie hätte ich mich friedlich in Devon erholen können, während aus Sankt Swithin ein Rummelplatz gemacht und mein Kirchspiel sogar von der Presse mit Hohn und Spott überschüttet wurde?«

Der junge Priester erblaßte und grub unwillkürlich die Fingernägel in die Handflächen.

»Ich glaube, man hat Ihnen die Tatsachen ein bißchen verzerrt berichtet«, sagte er. »Und ich verstehe nicht, was Sie mit – wie sagten Sie? – publikumswirksamen Gags meinen. Als ich Ihre Vertretung übernahm, kam ich direkt aus einem der ärmsten Londoner Bezirke. Dort habe ich gesehen, wie die Leute verhungerten und erfroren, und ich sah bleiche, verkrüppelte Kinder, die schon Fusel tranken wie die Älteren, nur um nicht denken zu müssen. Ich hatte zuerst alle Hände voll zu tun, damit sie mich nicht mit Steinen bewarfen. Nur ganz allmählich, als sie merkten, daß ich vor nichts zurückschreckte, faßten sie Vertrauen zu mir. Sie fragten mich, wie eigentlich die Sache mit diesem Jesus Christus war, und ich sagte ihnen die Wahrheit. Aber als ich nun zum ersten Mal, vertretungsweise, die Kanzel von Sankt Swithin betrat, kam mir die Kirche wie eine gelungene Kopie gewisser Hollywood-Szenerien vor. Die Leute, die da drin ›Gemeinde‹ spielten, waren routinierte Stars und Statisten. Die Frauen waren strahlend schön und elegant, und die Männer wohlgenährt, aber sportlich. Das erinnerte mich an meine armselige Slum-Kirche, die ich gerade verlassen hatte. Die war dunkel, kalt und unbehaglich, und die Leute, die überhaupt kamen, waren zerlumpt und wuschen sich nie. Aber sie paßten erstaunlich genau zu einer Religion, deren Gottessohn in einem Stall geboren worden ist. Ihre Sankt-Swithin-Gemeinde gehört einer anderen Welt an; sie kam lediglich zu einer erbaulichen Zerstreuungsstunde, bevor sie sich an den reichgedeckten Tisch setzte. Mir war es nun ein wahrer Genuß, diesen Leuten auszumalen, wie es wäre, wenn Jesus heute unvermutet wieder auf Erden erschiene. Jeder ihrer feinen Klubs würde ihm unverzüglich die Tür weisen, und ...«

James Holloway schlug mit der Faust auf die Schreibtischplatte. »Das ist Blasphemie!« stieß er entrüstet hervor.

»Nennen Sie es, wie Sie wollen«, erwiderte der Jüngere ruhig. »Offenbar hat Ihre Gemeinde mich ganz richtig verstanden, als ich ihr meine wahre Meinung sagte, denn – wie schon mehrfach gesagt – schon am nächsten Sonntag ließ sich keiner mehr blicken. Ich hatte ihnen allen die Feiertagsstimmung zu bösartig verhunzt ... Sie konnten sich kaum noch gegenseitig ins Gesicht sehen, fürchte ich. Daher war ich durchaus darauf gefaßt, die nächste Messe vor einer gähnend leeren Kirche zu zelebrieren. Doch wie erstaunt war ich, sie bis zum letzten Platz von meinen bisherigen Pfarrkindern aus den Slums gefüllt zu sehen! Die hatten kein Bedürfnis, mit glatten und schmeichelnden Gleichnissen erbaut zu werden; sie wollten das Evangelium und eine lebensnahe Auslegung, und ich erklärte ihnen alles nach meinen schwachen Kräften. Erst heute, da Sie mich herzitiert haben, erkenne ich meinen Irrtum: Natürlich war es töricht von mir, so frei zu reden, solange ich in der kirchlichen Hierarchie aufsteigen will. Insoweit haben Sie recht, mir mangelnde Eignung vorzuwerfen. Haben Sie mir sonst noch etwas mitzuteilen?«

Reverend James Holloway erhob sich zu seiner vollen majestätischen Größe und wies mit ausgestrecktem Zeigefinger zur Tür.

»Verlassen Sie dieses Zimmer, bevor ich mich vergesse«, sagte er trügerisch leise. »Und merken Sie sich eines: Ihre Ideen sind nicht nur abwegig, sondern gefährlich. Eines Tages werden Sie Ihr kühnes Auftreten bereuen. Entfernen Sie sich. Das ist alles.«

Patrick Dombey drehte sich um und ging wortlos hinaus.

Als er draußen war, wandte Reverend James Holloway sich seinem schwereichenen Bücherschrank zu, holte aus dem Klappfach Whiskyflasche und Glas hervor, goß sich reichlich ein und nahm wieder in seinem Klubsessel hinter dem Schreibtisch Platz. Dann zündete er sich eine Zigarette an und dachte reiflich nach.

Kurz nach elf desselben Abends kehrte der hochehrwürdige Vikar von Sankt Swithin per Taxi von der neuesten Premiere eines sogenannten »Frivolitäten-Theaters« zur Upper Chesham Street zurück. Das Stück, eine leichte Boulevardkomödie, war ein mittlerer Durchfall gewesen, weshalb er es taktvoll vermieden hatte, die Hauptdarstellerin hinterher in ihrer Garderobe zu beglückwünschen. Er haßte solche Unaufrichtigkeiten.

Als das Taxi in die Lower Mallop Street einbog, fiel ihm ein, daß Nr. 19 die Adresse seines kurzfristigen Vertreters Dombey war. Nur mäßig interessiert achtete er auf die Hausnummern, bis er just bei Nr. 19 ein erleuchtetes Parterrefenster sah. Ja, da wohnte der Bursche... Vermutlich las oder verfaßte er noch bis spät in die Nacht sozialistische Kampfschriften. Doch dann bemerkte Reverend Holloway hinter dem dünnen Vorhang einen Schatten mit eindeutig weiblichen Umrissen. Reverend Holloway erstarrte einen Moment, hatte aber doch die Geistesgegenwart, an die Trennscheibe des Taxis zu klopfen und dem Chauffeur zu bedeuten, er möge an der Ecke halten und auf ihn warten. Zwei Minuten später klingelte er bei Nr. 19, Parterre, ein seltsames Triumphlächeln auf dem durchgeistigten Antlitz.

Patrick Dombey öffnete in eigener Person und schrak ein wenig zusammen, als er den Vikar erkannte.

»Ist etwas mit unserer Kirche... ?« fragte er hastig.

Reverend James Holloway drängte sich schon an ihm vorbei in den Flur. »O nein, keine Sorge. Es handelt sich eher um etwas Persönliches. Ich war heute abend im Schauspiel, und da mein Heimweg zufällig hier vorbeiführte, kam mir der Gedanke, ich sei heute vormittag vielleicht ein wenig zu streng mit Ihnen verfahren. Und wissen Sie, mein lieber junger Amtsbruder, ich trage nicht gern einen Groll über Nacht mit mir herum. Würden Sie mich bitte zu einer kurzen, klärenden Aussprache bei sich empfangen?«

Patrick Dombey zögerte, jedoch nur einen Augenblick. »Ich habe schon einen unerwarteten Besuch«, sagte er dann leise.

»Oh... Verzeihen Sie. Wie schade. Könnten Sie ihn nicht für zehn Minuten hinausschicken?«

»Das ginge nicht gut, weil –«

Doch ohne sich weiter aufhalten zu lassen, hatte Reverend Holloway die nur angelehnte Tür zu Dombeys Zimmer bereits ein Stückchen weiter aufgestoßen. Richtig! Da stand ein junges Frauenzimmer in der Ecke, interessanterweise total verheult, mit verschmiertem Make-up und in einem billigen, geschmacklosen Fähnchen. Über ihr Gewerbe konnte kein Zweifel herrschen.

Der Vikar hob die Brauen und zog die Tür sachte wieder zu. »Eine recht späte Besucherin«, murmelte er und legte dem Jüngeren die Hand auf die Schulter. »Ich glaube, hierfür schulden Sie mir eine Erklärung, Dombey.«

Der junge Priester sah dem Älteren gerade in die Augen.

»Ich habe ihr erlaubt, hier zu übernachten«, sagte er leise, aber fest. »Sie ist außer sich vor Angst und weiß nicht, wo sie sonst hin soll. Sie hat sich als Taschendiebin versucht, müssen Sie wissen, ist aber dabei hereingefallen – eine absolute Anfängerin. Der alte Herr, dem sie am Piccadilly Circus die Taschenuhr klauen wollte, hätte sie beinahe erwischt ... Zufällig kam ich eben vorbei, und sie klammerte sich plötzlich an meinen Arm und tat, als gehörten wir zusammen und sie hätte den alten Herrn nur aus Versehen angestoßen. War es da möglich und denkbar, sie bloßzustellen? Ich sagte also ein paar ›klärende‹ Worte und nahm sie mit. Soviel ich sehe, wird sie in Zukunft nie mehr stehlen oder es auch nur probieren. Hätte ich sie im Stich gelassen, so wäre sie schon nach dem ersten Versuch im Gefängnis gelandet und dort, wie üblich, wirklich eine abgehärtete Kriminelle geworden. Nein, *ich* stoße sie nicht auf die Straße zurück.«

Der Vikar pfiff leise vor sich hin. »Mein lieber Junge«, sagte er dann nach einer bedeutungsschweren Pause, »wozu erzählen Sie mir das alles? Ich war ja auch mal jung. Ich kenne jegliche Versuchung – und das Fleisch ist schwach, nicht wahr? Aber Sie können diese ... diese Dame unmöglich über Nacht hierbehalten. Andere Leute haben auch Augen im Kopf.«

Erst jetzt errötete der junge Mann und erwiderte hitzig: »Sie mißverstehen mich mit Absicht, Reverend. Sie wissen genau, daß ich das Mädchen nicht aus dem Grund aufgenommen habe, den Sie mir unterstellen. Sie ist wie ein gehetztes kleines Tier und vor Angst fast von Sinnen. Wo bleibt Ihr christliches Erbarmen?«

Das hätte er nicht sagen dürfen. Das Gesicht des Älteren versteinerte.

»Wenn Sie – abgesehen von dieser letzten Unverschämtheit – auf Ihrer sträflichen Lüge bestehen, zwingen mich mein Gewissen und meine Gottespflicht, die Sache härter anzupacken. Sie haben einen schweren Fehltritt begangen, Dombey. Wünschen Sie mir ein letztes Wort zu sagen?«

Der Jüngere zuckte die Achseln. »Sie werden mir aus dieser Sache so oder so einen Strick drehen. Da Sie genau wissen, daß ich dieses Mädchen – und auch sonst niemanden – nicht verraten werde, bin ich schon im voraus verurteilt. Kein hochnotpeinliches Verhör vonnöten. Ehrgeiz und Laufbahn – ade. Das war doch wohl Ihre Absicht, wenn ich recht vermute? Eine schöne Skandalblatt-Story: Junger Geistlicher mit ›gefallenem‹ Mädchen ertappt ... Nein, danke. Ich habe dazu nichts weiter zu sagen.«

Reverend James Holloway drehte sich um und schritt würdevoll zum Ausgang des Mietshauses. »Ich muß tun, was ich für richtig halte«, sagte er abschließend. »Sie sind einstweilen vom Dienst suspendiert, Dombey. Einen solchen Fall kann nur das Bischofsamt entscheiden.«

Wenig später war Holloway zurück in seinem eigenen Haus, lag in seinem bequemen Sessel und lächelte mit geschlossenen Augen vor sich hin.

Unvermittelt klingelte das Telephon auf dem Schreibtisch.

»Hallo? Ach, du bist's, ... Ja, selbst am Apparat. Oh? Welch dumme Frage ... Du warst großartig wie immer, einfach fabelhaft. Ich bin hinterher nur nicht in die Garderobe gekommen, weil ich den Ansturm deiner Verehrer kenne ... Ja, da hast du recht, der zweite Akt ist nicht sehr stark, da könnte noch einiges gestrafft werden. Was, du bist deprimiert?! ... Aber ich bitte dich, was sind das für Anwandlungen! Du hast doch nun wirklich nicht den leisesten Grund ... Du weinst ja! Liebes Kind, kann ich etwas für dich tun? ... Wie bitte? Jetzt gleich? Ist es nicht schon ziemlich spät?« Holloway warf einen Blick auf die Uhr. Es war fast Mitternacht.

»Nancy, du verwöhntes kleines Ding, du weißt ja, daß du von mir alles haben kannst, was du willst ... Hör sofort zu weinen auf, bitte! ... Also gut, ich komme mit dem nächsten Taxi, das ich kriegen kann, zu dir ...«

Die Sankt-Swithin-Kirche hatte ihren elitären Stil wiedergefunden. Verschwunden war der Pöbel, der den heiligen Ort fast sechs Wochen lang besudelt hatte. Keine ordinären, ungebildeten Leute mehr, keine ungewaschenen, rachitischen Kinder. Verschwunden war auch ihr Anwalt, der unansehnliche junge Priester, der dem Gotteshaus nichts als Schande gebracht hatte. Endlich hauchten die Altarlilien und Kerzen wieder betäubende Düfte aus; endlich brauste die Orgel wieder ungestört ihre Botschaft zum Kreuzgewölbe empor. Das Kirchengestühl war von vornehmen, wohlerzogenen, wahrhaft Frommen erfüllt. Die süßen Soprane der Chorknaben tirilierten kunstvoll. Weihrauchschwaden durchfluteten die Luft.

Als Reverend James Holloway zum ersten Mal wieder auf der Kanzel erschien, hätte man ihm beinahe applaudiert. Wahrscheinlich hätte ihn dies nicht einmal gewundert, denn er breitete die Arme aus – ganz der gute Hirte, der seine Herde segnet –, warf den schönen Charakterkopf zurück und hub mit der milden Stimme, die sie alle so liebten, zu sprechen an.

»Ein Wolf ist in die Herde eingebrochen«, psalmodierte er. »Wahrlich, ein reißender Wolf bedrohte meine Lämmer ...«

So manches Auge wurde feucht. Nur zu gut verstanden sie die Anspielung, und nur mit Schaudern gedachten sie des ungehobelten Bußpredigers und seiner übelriechenden Gefolgschaft aus den Slums.

»Ich baute einst mein Haus als Stätte des Gebetes«, rief der Vikar, »doch er hat eine Mördergrube daraus gemacht!«

Welch treffendes Gleichnis! Wie wunderbar er das rechte Wort zu finden wußte, um aller Gefühle auszudrücken!

Später, als er die Liturgie vor dem Hochaltar anstimmte und die Responsorien der andächtigen Gemeinde hörte, hatte Reverend James Holloway selbst – in aller christlichen Bescheidenheit – den Eindruck, sein pures Erscheinen habe die Atmosphäre gereinigt. Seine geliebte, treu ergebene Gemeinde war wieder um ihn versammelt und blickte fromm zu ihm empor. Im ersten Gestühl saß »seine« Herzogin aus Devon, und gleich hinter ihr ein paar Revuestars, die er so väterlich beriet und protegierte.

Die Bewohner der Elendsviertel hatten zum Glück keine untilgbaren Spuren hinterlassen. Die Sankt-Swithin-Kirche und ihre angestammte, wahrhaft gläubige Gemeinde hatten gesiegt – ein Symbol der Ewigkeit.

Tief bewegt gab Reverend Holloway das Zeichen zum Einsetzen der Orgel und des allgemeinen Chorals:

So stimmet denn ein, Engel und Erzengel Und all ihr glorreichen himmlischen Heerscharen,

Lobet und preiset den Namen des HERRN!

Ganymed

Man nennt es Klein-Venedig. Das vor allem war es, was mich hinzog. Und man muß zugeben, daß eine seltsame Ähnlichkeit vorhanden ist – zum mindesten für Leute, die, wie ich, mit Phantasie begabt sind. Da gibt es zum Beispiel einen Winkel, wo der Kanal eine Biegung macht, wo Häuser mit Terrassen angereiht stehen, wo die grellen Mißklänge, die tagsüber bemerkbar sind, wie der Lärm des Rangierens von der Paddington Station, das Rattern der Züge, die ganze Häßlichkeit zu verschwinden scheint. Dagegen ... das gelbe Licht der Straßenlampen könnte sehr wohl jener geheimnisvolle Schimmer der alten Laternen sein, die an der Ecke eines zerbröckelnden Palazzos hängen, dessen geschlossene Fensterläden blind auf die bezaubernde Reglosigkeit eines Seitenkanals hinabschauen.

Es ist – und das muß ich noch einmal betonen – wesentlich, Phantasie zu besitzen, und die Häuseragenten sind klug – sie formulieren ihre Anzeigen so, daß das Auge unentschlossener Menschen, wie ich einer bin, angezogen wird. »Zweizimmerwohnung mit Balkon und Aussicht auf Kanal, in der Gegend, die als Klein-Venedig bekannt ist«, und schon erscheint vor der darbenden Seele, dem wehen Herzen, die Vision einer anderen Zweizimmerwohnung, eines anderen Balkons, wo zur Stunde des Erwachens die Sonne auf die abblätternde Zimmerdecke Kringel zeichnet, bewegliche Muster, und der säuerliche venezianische Geruch mit dem Murmeln venezianischer Stimmen, dem tönenden »*Ohé!*« durch das Fenster hereinzieht, wenn die Gondel um die Ecke biegt und verschwindet.

Auch in Klein-Venedig gibt es Verkehr. Keine Gondeln mit scharfen Nasen natürlich, die sich sanft wiegen, sondern Barken gleiten an meinem Fenster vorüber, ihre Last sind Ziegel, ist Kohle – und der Kohlenstaub schwärzt den Balkon; wenn ich die Augen schließe, vom jähen Tuten überrascht, und dem flinken Tschug-tschug des Motors der Barke lausche, dann kann ich mir, mit geschlossenen Augen, vorstellen, daß ich auf einem der Landungsplätze auf ein *vaporetto* warte. Ich stehe auf den hölzernen Planken, umdrängt von einer schwatzenden Menge, und es rauscht und schäumt mächtig, wenn das Schiff rückwärts fährt. Dann hat das *vaporetto* angelegt, und ich, samt meiner schwatzenden Menge, bin an Bord gegangen, und schon fahren wir weiter, werfen in unserem Kielwasser kleine Wellen auf, und ich versuche zu dem Entschluß zu kommen, ob ich gleich nach San Marco fahren soll und von dort auf die *piazza* und an meinen gewohnten Tisch, oder ob ich das *vaporetto* schon weiter oben verlassen und auf diese Art die köstliche Erwartung verlängern soll.

Das Tuten verstummt. Die Barke fährt vorüber. Ich kann euch nicht sagen, wohin. In der Nähe von Paddington ist eine Stelle, wo der Kanal sich teilt. Doch das interessiert mich nicht; mich interessiert nur das Echo des Tutens der Barke, das Echo des Motors und – wenn ich spazierengehe – das Kielwasser der Barke im Kanal, sodaß ich mit einem Blick von der Böschung zwischen den Blasen hauchdünn das Öl sehe, und dann verschwindet das Öl, die Blasen verschwinden, und das Wasser wird still.

Kommt mit mir, und ich will euch etwas zeigen. Ihr seht die Straße jenseits des Kanals, dort die Straße mit den Läden, die nach der Paddington Station führt; ihr seht, wo der Autobus hält, er ist gerade auf halbem Weg zum Bahnhof, und ihr seht das Schild mit den blauen Buchstaben. Auf diese Distanz werden eure Augen sie nicht lesen können, aber ich kann euch sagen, daß »Mario« auf dem Schild steht, und das ist der Name eines kleinen Restaurants, eines italienischen Restaurants, kaum größer als eine Bar. Dort kennt man mich. Ich gehe jeden Tag hin. Denn ihr müßt wissen, der Bursche dort, der zum Kellner herangebildet wird – er erinnert mich an Ganymed ...

Ich bin Alt-Philologe. Daraus dürften vermutlich die Schwierigkeiten entstanden sein. Hätten meine Neigungen sich den Naturwissenschaften oder der Geographie oder sogar der Geschichte zugewendet – obgleich der Himmel weiß, daß es bei der Geschichte genug Beziehungen gibt –, so wäre meiner Überzeugung nach überhaupt nichts geschehen. Ich hätte nach Venedig fahren, meinen Urlaub genießen und zurückkehren können, ohne mich derart zu verlieren, daß... Nun, was dort geschah, bedeutete einen völligen Bruch mit allem, was vorher geschehen war.

Ihr begreift – ich habe meine Stelle aufgegeben. Mein Chef war außerordentlich nett, ja er zeigte großes Verständnis, doch, wie er sagte, man könne sich wirklich nicht leisten, ein derartiges Risiko auf sich zu nehmen, man könne nicht zulassen, daß einer der Mitarbeiter – und das bezog sich natürlich auf mich – weiterhin seine Tätigkeit ausübe, wenn er mit etwas verknüpft – das war das Wort, das er gebrauchte, nicht in etwas verwickelt, sondern mit etwas verknüpft – sei, was er »unappetitliche Praktiken« nannte.

»Unappetitlich« ist ein häßliches Wort. Es ist einer der abscheulichsten Ausdrücke im Wörterbuch. Es ist der Gegensatz von Freude, Aufschwung, von jener Lust, die entsteht, wenn Seele und Körper im Einklang wirken; das Unappetitliche ist das übelriechende Verfaulen des Pflanzenwuchses, das verdorbene Fleisch, der Schlamm unter dem Wasser im Kanal. Und noch eines. Das Wort »unappetitlich« läßt an einen Mangel an persönlicher Sauberkeit denken, an nicht gewechselte Wäsche, an Bettücher, die zum Trocknen hängen, an die ausgefallenen Haare im Kamm, an allerlei Schmutz in Abfalleimern. Nichts von all dem kann ich ertragen. Ich bin heikel. Vor allen anderen Dingen bin ich heikel. Und darum, als mein Chef das Wort »unappetitlich« aussprach, wußte ich, daß ich gehen mußte. Ich wußte, daß ich nie wieder ihm noch sonst einem Menschen erlauben konnte, meine Handlungen so zu mißdeuten, daß man das, was geschehen war, als ekelhaft bezeichnen durfte. Und so trat ich zurück. Ja, ich trat zurück. Es blieb nichts anderes übrig. Ich löste mich einfach von meiner Tätigkeit. Und ich sah die Anzeige der Häuseragenten, und so lebe ich jetzt in Klein-Venedig...

Ich nahm in diesem Jahr meine Ferien sehr spät, weil meine Schwester, die in Devon wohnte und bei der ich gewöhnlich im August drei Wochen verbringe, mit einem Male häusliche Schwierigkeiten hatte. Die Köchin, eine Perle, verließ sie nach einem Leben treuer Dienste, und so war der ganze Haushalt aus den Fugen. Meine Nichten wollten einen Wohnwagen mieten, schrieb mir meine Schwester: Sie alle seien entschlossen, in Wales zu kampieren, und obgleich ich natürlich willkommen gewesen wäre, glaube sie dennoch nicht, daß Ferien dieser Art mich reizen würden. Und darin hatte sie recht. Die Vorstellung von Zeltpflöcken, die man bei heftigem Wind in den Boden klopfen mußte oder der Gedanke, zu viert in winzigem Raum zusammengedrängt zu sein, während meine Schwester und ihre Töchter aus Konservenbüchsen ein Mittagessen hervorzauberten, erfüllte mich mit bösen Ahnungen. Ich verwünschte die Köchin, deren Abgang einer vergnüglichen Reihe langer, träger Ferien ein Ende gemacht hatte, an die ich so sehr gewöhnt gewesen war und in denen ich mich, ein Lieblingsbuch in der Hand, auf einen Liegestuhl streckte und ausgezeichnet ernährt wurde! So hatte ich viele Jahre hindurch die Augusttage verfaulenzt.

Als ich in mehreren Ferngesprächen erklärt hatte, ich wüßte nicht, wohin ich mich wenden sollte, da sagte oder vielmehr schrie meine Schwester durch den Draht: »Geh doch einmal zur Abwechslung ins Ausland! Es täte dir nur gut, wenn du einmal mit deinen Gewohnheiten brechen wolltest. Versuch's mit Frankreich oder Italien!« Sie empfahl mir sogar eine Kreuzfahrt, doch das erschreckte mich noch mehr als ein Wohnwagen.

»Gut, gut«, sagte ich kühl, denn in gewisser Beziehung machte ich ihr einen Vorwurf daraus, daß die Köchin gegangen war und meine Behaglichkeit in den Ferien ein Ende hatte. »Ich fahre nach Venedig.« Denn ich meinte, wenn ich schon gezwungen wäre, mich aus dem gewohnten Geleise zu reißen, so sollte wenigstens etwas ganz Außerordentliches daraus werden. Ich würde, den Reiseführer in der Hand, in ein Touristenparadies fahren. Doch nicht im August. Nein, bestimmt nicht im August! Ich würde warten, bis meine Landsleute und meine Freunde von jenseits des Ozeans dort gewesen und wieder abgereist waren. Erst dann würde ich die Fahrt wagen, wenn die Tageshitze sich gebrochen hatte und ein gewisses Ausmaß an Frieden in diese Stadt zurückgekehrt war, an deren Schönheit ich aus vollem Herzen glaubte.

In der ersten Oktoberwoche kam ich an ... Ihr wißt, wie manchmal Ferien, selbst kurze Ferien, ein Wochenendbesuch bei Freunden zum Beispiel, von Anfang an schiefgehen können. Man reist bei Regen ab oder erwischt eine Verbindung nicht oder wacht mit einer Erkältung auf, und die Pechsträhne, mit allerlei Gereiztheit durchwoben, hört nicht auf, jede Stunde zu verderben. So war es mit Venedig nicht. Kurz vor der Dämmerung erreichte ich mein Ziel. Nichts war schiefgegangen. Ich hatte im Schlafwagen eine sehr gute Nacht verbracht. Ich hatte Abendessen und Mittagessen gut verdaut. Ich war nicht genötigt gewesen, zu hohe Trinkgelder zu geben. Venedig mit all seinen Herrlichkeiten lag vor mir. Ich nahm mein Gepäck, stieg aus dem Zug, und da, zu meinen Füßen, dehnte sich der Canale Grande, lagen schaukelnd die Gondeln, plätscherte das Wasser, erhoben sich die goldenen *palazzi*, wölbte sich, wolkenbetupft, der Himmel.

Ein Portier aus meinem Hotel war an den Zug gekommen, und er glich so sehr einem Mitglied der königlichen Familie, daß ich ihn sogleich Prinz Hal, Falstaffs Zechkumpan, nannte. Er nahm sich meiner Koffer an, und so wurde ich, wie so viele Reisende vor mir im Verlauf von Jahren und Jahrhunderten, aus dem prosaischen Rattern des Touristenzuges im Nu in eine romantische Traumwelt geweht. Von einem Boot abgeholt zu werden, zu Wasser zu fahren, sich auf Kissen zu räkeln, schwankend dahinzugleiten, von einem Prinzen Hal begleitet, der einem in einem schrecklichen Englisch die Sehenswürdigkeiten zeigt – all das schafft einen Ausgleich dafür, daß man auf die gewohnte Bequemlichkeit verzichten mußte.

Ich knöpfte den Kragen auf. Ich warf meinen Hut auf die Bank. Ich wendete die Augen von meinem Spazierstock, meinem Schirm und meinem Burberrymantel, die zusammengeschnallt waren. Dann zündete ich mir eine Zigarette an und war mir, bestimmt zum ersten Mal in meinem Leben, des Gefühls des Sichgehenlassens bewußt, als gehörte ich einer Zeitperiode an, die keinen Wechsel kannte, die eine venezianische Zeit war, jenseits des übrigen Europas, ja der übrigen Welt, und wie durch einen Zauber für mich allein vorhanden.

Natürlich wurde mir klar, daß es auch andere Menschen geben mußte. In jener dunklen Gondel, die vorüberglitt, an jenem breiten Fenster, ja auch auf der Brücke, von der, als wir darunter durchfuhren, eine Gestalt nach uns spähte und sich rasch zurückzog... Ja, ich wußte, daß es auch andere Menschen geben mußte, die, wie ich selber, plötzlich verzaubert waren, und das nicht durch das Venedig, das sie sahen, nein, durch das Venedig, das sie in sich fühlten. Jene Stadt, aus der kein Wandrer wiederkehrt...

Wir kamen aus der Dunkelheit ins Licht, wir schossen unter einer Brücke hervor – erst später merkte ich, daß es die Seufzerbrücke gewesen war –, und da, vor uns, lag die Lagune mit hundert spitzen, flackernden Lichtern und einem Gedränge von Gestalten, die am Ufer auf und ab gingen. Ich mußte mich sogleich mit den ungewohnten Lire zurechtfinden, mit dem Gondoliere, mit Prinz Hal, bevor das Hotel mich schluckte mit all dem Drum und Dran von Angestellten, Schlüsseln, Pagen, die mich in mein Zimmer führten. Es war eines der kleineren Hotels, die sich in der Nachbarschaft der berühmteren sonnen, doch auf den ersten Blick war es recht bequem, wenn auch vielleicht ein wenig stickig – eigentümlich, wie man hier ein Zimmer, bevor der Gast ankommt, luftdicht verschlossen hält! Als ich die Läden aufstieß, drang langsam die warme, feuchte Luft von der Lagune herein, und das Lachen und die Schritte der Spaziergänger stiegen zu mir auf, während ich auspackte. Ich zog mich um, ging hinunter, doch der erste Blick in den halbleeren Speisesaal hielt mich davon ab, hier zu Abend zu essen, obgleich mein Abkommen mit der Direktion mich dazu ermächtigte, und ich trat ins Freie und gesellte mich zu den Spaziergängern am Ufer der Lagune.

Das Gefühl, das ich empfand, war seltsam, und ich hatte es

nie zuvor erlebt. Nicht die übliche Spannung des Reisenden am ersten Abend seiner Ferien, der sich auf sein Abendessen und auf den Reiz der neuen Umgebung freut. Schließlich war ich, trotz dem Spott meiner Schwester, kein eingefleischter Insulaner. Ich kannte Paris recht gut. Ich war in Deutschland gewesen. Ich hatte vor dem Krieg die skandinavischen Länder durchreist. Ich hatte das Osterfest in Rom verbracht. Es war nur der Umstand, daß ich die letzten Jahre ohne Initiative verfaulenzt, meine jährlichen Ferien in Devon verbracht, mir das Pläneschmieden erspart und gleichzeitig meine Börse geschont hatte.

Nein, das Gefühl, das mich jetzt überkam, als ich unvermeidlich am Dogenpalast vorüberging, dessen ich mich von Ansichtskarten her entsann, und auf die Piazza San Marco gelangte, war ein Gefühl des ... ich weiß kaum, wie ich es anders bezeichnen soll ... des Wiedererkennens. Ich meine damit nicht das Gefühl: »Hier bin ich schon früher gewesen.« Es war, als wäre ich endlich, wie durch innere Schau, ich selber geworden. Ich war angekommen. Dieser besondere Augenblick in der Zeit hatte auf mich gewartet und ich auf ihn. Seltsam, es war wie die erste Ahnung eines Rausches, doch verstärkt, gesteigert. Und im tiefsten Innern. Es ist wichtig, dessen zu gedenken – im tiefsten Innern. Dieses Gefühl war irgendwie greifbar, durchdrang mein ganzes Wesen, meine Handflächen, meine Kopfhaut. Meine Kehle war trocken. Ich fühlte, daß ich mit Elektrizität geladen, daß ich gewissermaßen eine Art Kraftwerk geworden war, das in die feuchte Atmosphäre dieses Venedig, das ich nie gesehen hatte, Kräfte ausstrahlte, Ströme, die, mit anderen Strömen beladen, wieder zu mir zurückkehrten. Die Erregung war heftig, beinahe unerträglich. Und wer mich sah, hätte nie dergleichen geahnt. Ich war einfach ein beliebiger Engländer am Ende der Touristensaison, der, den Stock in der Hand, seinen ersten Abend in Venedig verschlenderte.

Obgleich es beinahe neun war, drängte die Menge auf der *piazza* sich immer noch. Wie viele unter diesen Menschen spürten die gleiche Strömung, die gleiche Erkenntnis? Nichtsdestoweniger mußte ich zu Abend essen, und um mich der

Menge zu entziehen, bog ich zur Rechten, ungefähr auf halbem Weg längs der *piazza*, ein und kam an einen der Seitenkanäle, wo es sehr dunkel, sehr still war, und das Glück wollte, daß ich gleich in der Nähe ein Restaurant fand. Ich aß sehr gut, trank einen vorzüglichen Wein, das alles viel weniger kostspielig, als ich gefürchtet hatte, zündete mir eine Zigarre an – eine meiner kleinen Sünden, eine wirklich gute Zigarre – und schlenderte zu der *piazza* zurück, immer noch von demselben Strom durchpulst.

Jetzt hatten sich viele Leute verzogen, und statt zu bummeln, sammelten sich die übrigen vor zwei Orchestern. Diese Orchester – anscheinend Konkurrenten – hatten ihren Standplatz vor zwei Kaffeehäusern, die gleichfalls miteinander wetteiferten. Durch etwa zwanzig Meter voneinander getrennt, spielten sie mit fröhlicher Gleichgültigkeit gewissermaßen gegeneinander. Tische und Stühle standen rund um die beiden Orchester, und die Gäste tranken und schwatzten und lauschten im Halbkreis der Musik und kehrten dem Orchester des anderen Kaffeehauses den Rücken; Takt und Rhythmus der beiden Orchester schlugen mißtönend gemischt in die Ohren. Zufällig war ich gerade in der Nähe des Orchesters gegen die Mitte der *piazza*. Ich fand einen leeren Tisch und setzte mich. Von der Zuhörerschaft des anderen Orchesters, in dem Kaffeehaus näher zu San Marco, wurde gerade lebhaft applaudiert, und das zeigte an, daß die Musikanten sich eine Atempause gönnten. Für unsere Kapelle war es ein Zeichen, nur um so lauter zu spielen. Natürlich Puccini. Im Verlauf des Abends kamen auch die jüngsten Schlager an die Reihe, doch als ich mich setzte und nach einem Kellner Ausschau hielt, der mir einen Likör bringen sollte, natürlich auch, nicht ganz billig, eine Rose kaufen mußte, die ein altes Weib mit schwarzem Kopftuch mir anbot, da spielte unser Orchester gerade »Madame Butterfly«. Ich fühlte mich entspannt, erheitert. Und dann erblickte ich ihn.

Ich sagte bereits, daß ich Alt-Philologe bin. Darum werdet, darum solltet ihr verstehen, daß das, was in jener Sekunde geschah, eine Metamorphose, eine Umwandlung war. Die Elektrizität, mit der ich den ganzen Abend geladen war, sammelte sich jetzt in einem einzigen Punkt meines Hirns, und alles andere war davon ausgeschlossen. Sonst war ich wie aus Gallert. Ich konnte spüren, daß der Mann an meinem Tisch die Hand hob, um dem Burschen in der weißen Jacke zu winken, der ein Tablett trug; aber ich war über diesen Mann erhaben, existierte nicht in seiner Zeit und dieses Ich, das gar nicht vorhanden war, wußte mit jeder Nervenfaser, jeder Gehirnzelle, jedem Blutkörperchen, daß er in Wirklichkeit Zeus war, der Spender von Leben und Tod, der Unsterbliche, der Liebende und dieser Knabe, der auf ihn zukam, war sein Geliebter, sein Mundschenk, sein Sklave, sein Ganymed. Ich schwebte, nicht in seinem Körper, nicht in dieser Welt, und rief ihn. Er erkannte mich, und er kam.

Dann war alles vorüber. Die Tränen rollten mir über das Gesicht, und ich hörte eine Stimme sagen: »Ist etwas nicht in Ordnung, *signore?*«

Mit einer gewissen Besorgnis beobachtete mich der Knabe. Sonst hatte kein Mensch etwas bemerkt; alle waren mit ihren Getränken, ihren Freundinnen, dem Orchester beschäftigt, und ich tastete nach meinem Taschentuch und schneuzte mich und sagte: »Bringen Sie mir einen Curaçao.«

Ich erinnere mich, wie ich an meinem Tisch saß, vor mich hinstarrte, noch immer meine Zigarre rauchte, den Kopf nicht zu heben wagte, und da hörte ich einen flinken Schritt neben mir. Er stellte das Glas vor mich hin und verzog sich wieder, und die drängendste Frage in meinem Geist war: »Weiß er es?«

Der Blitz des Wiedererkennens, müßt ihr wissen, war so jäh, so überwältigend, als wäre jemand aus lebenslangem Schlaf brüsk ins Bewußtsein geschleudert worden. Die unbedingte Gewißheit dessen, wer ich war und wo ich war und des Bandes zwischen uns befiel mich so, wie Paulus auf dem Weg nach Damaskus befallen worden war. Zum Glück blendeten meine Visionen mich nicht; kein Mensch hätte mich ins Hotel zurückbegleiten müssen. Nein, ich war nichts als ein Tourist, der nach Venedig gekommen war, einem kleinen Orchester auf dem Markusplatz lauschte und seine Zigarre rauchte.

Etwa fünf Minuten ließ ich so vorübergehen, und dann hob ich den Kopf, leichthin, ganz leichthin, und schaute über die Köpfe der Leute hinweg nach dem Kaffeehaus. Dort stand er, allein, die Hände hinter dem Rücken, und blickte nach dem Orchester. Er mochte etwa fünfzehn sein, nicht mehr, und für sein Alter war er klein und schmächtig, und seine weiße Jacke und die dunklen Hosen ließen an einen Offiziersburschen bei der englischen Mittelmeerflotte denken. Er sah nicht italienisch aus. Seine Stirne war hoch, und sein hellbraunes Haar war zurückgebürstet. Seine Augen waren nicht braun, sondern blau, und seine Haut war hell, nicht olivfarben. Noch zwei andere Kellner machten sich zwischen den Tischen zu schaffen, einer von ihnen achzehn oder neunzehn, beide unverkennbar Italiener, der Achtzehnjährige schwärzlich und dick. Auf den ersten Blick konnte man erkennen, daß sie geboren waren, um Kellner zu sein, nie würden sie sich über ihren Stand erheben; mein Knabe aber, mein Ganymed! Die Haltung seines stolzen Kopfes, der Ausdruck seiner Züge, die ernste Nachsicht, mit der er die Musiker betrachtete, das alles bewies, daß er von anderm Schlag war... von meinem Schlag, von dem Schlag der Unsterblichen.

Ich beobachtete ihn verstohlen, die kleinen gefalteten Hände, den schmalen Fuß, der im schwarzen Schuh den Takt der Musik klopfte. Wenn er mich erkannt hat, sagte ich zu mir, dann wird er nach mir schauen. Dieses Sich-Entziehen, dieses Spiel, als beobachtete er das Orchester, das alles ist nur ein Vorwand, denn was wir in diesem Augenblick jenseits der Zeit gemeinsam empfanden, war für uns beide zu stark. Plötzlich – und mit einem köstlichen Gefühl, darin sich Entzücken und Angst mischten – wußte ich, was geschehn würde. Er gelangte zu einem Entschluß. Er wandte die Augen vom Orchester ab und nach meinem Tisch, und, immer noch ernst, immer noch nachdenklich, kam er auf mich zu und sagte:

»Wünschen Sie sonst noch etwas, *signore?*«

Es war töricht von mir, aber ich konnte nicht sprechen. Ich konnte nur den Kopf schütteln. Dann nahm er den Aschenbecher weg und brachte einen sauberen. Die bloße Geste war irgendwie besinnlich, liebevoll, und meine Kehle schnürte sich zusammen, und ich erinnerte mich an einen biblischen Ausdruck, den bestimmt Joseph auf Benjamin gebraucht hat. Den Zusammenhang habe ich vergessen, doch irgendwo im Alten Testament heißt es: »Denn seine Eingeweide sehnten sich nach seinem Bruder.« Genau das war es, was ich fühlte.

Bis Mitternacht blieb ich sitzen. Dann dröhnten die großen Glocken, erfüllten die Luft, die Orchester – alle beide – packten ihre Instrumente ein, und die Lauscher verzogen sich. Ich schaute auf den Streifen Papier hinunter, die Rechnung, die er gebracht und neben den Aschenbecher gelegt hatte, und als ich auf die hingekritzelten Ziffern blickte, da schien es mir, daß das Lächeln, das er mir schenkte, die Kleine, respektvolle Verbeugung just jene Antwort waren, die er ersehnt hatte. Er wußte. Ganymed wußte.

Ich ging allein über die jetzt verödete *piazza* und schlenderte durch den Säulengang des Dogenpalastes, wo ein alter Mann zusammengekauert schlief. Die Lichter waren nicht mehr hell, sondern gedämpft, der feuchte Wind kräuselte das Wasser und schaukelte die Reihen der Gondeln auf der schwarzen Lagune; doch der Geist meines Knaben war bei mir und sein Schatten auch.

Ich erwachte bei herrlicher Klarheit. Der lange Tag war zu füllen, und was für ein Tag! So viel zu sehen, zu erleben, von dem eindrucksvollen Innern von San Marco und des Dogenpalastes bis zu einem Besuch in der Accademia und einer Fahrt über die ganze Länge des Canale Grande. Ich tat alles, was jeder Tourist tut, nur die Tauben fütterte ich nicht; sie waren zu dick, zu betulich. Mit einem gewissen Widerwillen bahnte ich mir den Weg zwischen ihnen hindurch. Bei Florian aß ich ein *gelato.* Ich kaufte Ansichtskarten für meine Nichten. Ich beugte mich über die Brüstung des Rialto. Und der glückliche Tag, von dem ich jede Minute genoß, war nur eine Vorbereitung auf den Abend. Mit gutem Bedacht hatte ich das Kaffeehaus auf der rechten Seite der *piazza* gemieden. Ich war nur die andere Seite entlanggegangen.

Ich entsinne mich, daß ich ungefähr um sechs in mein Hotel

zurückkehrte, mich auf mein Bett legte und eine Stunde lang Chaucer las – die Canterbury Tales in der Pinguin-Ausgabe. Dann badete ich, zog mich an und ging in dasselbe Restaurant, wo ich am Abend zuvor gegessen hatte. Das Essen war auch diesmal gut, auch diesmal billig. Ich zündete meine Zigarre an und schlenderte auf den Markusplatz. Schon spielten die Orchester. Ich wählte einen Tisch ganz am Rand des Gedränges, und als ich die Zigarre eine Sekunde niederlegte, da sah ich, daß meine Hand zitterte. Die Erregung, die Spannung war unerträglich. Mir schien es unmöglich, daß die Familie am Nebentisch meine Stimmung nicht bemerken sollte. Zum Glück hatte ich eine Abendzeitung bei mir. Ich schlug sie auf und tat als würde ich lesen. Irgendwer strich mit einem Tuch über meinen Tisch, es war der schwärzliche Kellner, und er fragte, was ich trinken wolle. Ich winkte ihm ab. »Später«, sagte ich und las weiter oder verhielt mich vielmehr wie ein wirklicher Zeitungsleser. Das Orchester begann eine Tanzweise zu spielen, und als ich aufschaute, sah ich, daß Ganymed mich beobachtete. Er stand neben der Musik, die Hände hinter dem Rücken. Ich tat nichts. Ich bewegte nicht einmal den Kopf, doch in der nächsten Sekunde war er bei mir.

»Einen Curaçao, *signore?*« fragte er.

Heute abend blieb das Wiedererkennen nicht bei dem ersten jähen Blitz. Ich spürte den goldenen Stuhl, ich sah die Wolken über meinem Kopf, und der Knabe kniete neben mir, und der Kelch, den er mir darbot, war auch aus Gold. Seine Demut war nicht die schmachvolle Demut des Sklaven, sondern die Ehrerbietung des Geliebten vor seinem Herrn, seinem Gott. Dann war der Blitz vorüber, und zum Glück konnte ich meine Gefühle beherrschen. Ich nickte und sagte: »Ja, bitte«, und bestellte überdies noch eine kleine Flasche Evian.

Als ich ihn an den Tischen vorüber zum Kaffeehaus schlüpfen sah, bemerkte ich, wie ein großer Mann im weißen Regenmantel und breitkrempigem Hut aus dem Schatten der Säulenreihen hervortrat und ihm auf die Schulter klopfte. Mein Knabe hob den Kopf und lächelte. In diesem kurzen Augenblick ahnte mir Böses. Es war das Vorgefühl eines Unglücks. Der Mann, einer großen, weißen Schnecke gleich, erwiderte das Lächeln Ganymeds und gab ihm einen Auftrag. Abermals lächelte der Knabe und verschwand.

Das Orchester beendete sein Stück und verstummte mit einem Trompetenstoß. Die Zuhörer klatschten lebhaft. Der erste Geiger wischte sich den Schweiß von der Stirn und lachte dem Pianisten zu. Der schwärzliche Kellner brachte ihnen etwas zu trinken. Die alte Frau mit dem Kopftuch kam an meinen Tisch, wie sie es am Abend zuvor getan hatte, und bot mir eine Rose an. Diesmal war ich klüger und schickte sie fort. Und es wurde mir bewußt, daß der Mann in dem weißen Mantel mich hinter einer Säule hervor beobachtete ...

Wißt ihr etwas von der griechischen Mythologie? Ich erwähne den Umstand nur, weil Poseidon, der Bruder des Zeus, auch sein Nebenbuhler war. In besonderer Beziehung stand er zu dem Pferd; und ein Pferd – es sei denn ein beschwingtes Pferd – ist das Symbol der Verderbnis. Der Mann in dem weißen Regenmantel war verderbt, das wußte ich instinktiv. Meine Eingebung warnte mich. Als Ganymed mit meinem Curaçao und dem Evian wiederkam, schaute ich gar nicht auf, sondern hielt die Augen auf die Zeitung gerichtet. Das Orchester hatte sich unterdessen erfrischt und begann abermals zu spielen. Die Frau mit dem Kopftuch kam, all ihre Rosen noch unverkauft, mit kläglichem Blick an meinen Tisch zurück. Ich schüttelte brutal den Kopf, und während ich das tat, merkte ich, daß der Mann im weißen Regenmantel und mit dem Filzhut seinen Platz hinter der Säule verlassen hatte und jetzt neben meinem Stuhl stand.

Der Geruch des Bösen ist tödlich. Er ist durchdringend, er würgt, und gleichzeitig fordert er einen heraus. Ich hatte Angst. Ganz genau gesagt, hatte ich Angst, war aber dennoch entschlossen zu beweisen, daß ich der Stärkere war. Ich lehnte mich in meinem Stuhl zurück, atmete den letzten Zug meiner Zigarre tief ein, bevor ich den Stummel in den Aschenbecher legte, und blies dem Mann den Rauch voll ins Gesicht. Da geschah etwas Außerordentliches. Ich weiß nicht, ob dieser letzte Zug mich schwindlig gemacht hatte, doch sekundenlang drehte es sich um mich, und ich sah dieses abscheuliche, grinsende Gesicht in etwas verschwinden, was ein Wellental von Wasser und Schaum zu sein schien. Ich konnte sogar die Gischt spüren. Als ich mich von dem Hustenanfall erholt hatte, an dem meine Zigarre schuld war, klärte sich die Luft; der Mann im weißen Mantel war verschwunden, und ich entdeckte, daß ich meine Flasche Evian vom Tisch hinuntergeworfen hatte und sie zerbrochen war. Ganymed selbst hob die Scherben auf, Ganymed war es, der mit seiner Serviette den Tisch abwischte, Ganymed war es, der, ohne daß ich bestellt hatte, eine frische Flasche bringen wollte.

»Hat der *signore* sich geschnitten?« fragte er.

»Nein.«

»Ich bringe dem *signore* einen anderen Curaçao. Es könnten Splitter in diesem hier sein. Das wird nicht extra berechnet.«

Er sprach nachdrücklich, mit ruhiger Sicherheit, dieser Knabe von fünfzehn, der die Anmut eines Prinzen hatte, und dann wandte er sich mit köstlicher Überlegenheit dem schwärzlichen Kellner zu, der sein Waffengefährte war, und reichte ihm mit einer Flut italienischer Wörter die Scherben. Und dann brachte er mir die zweite Flasche Evian und das zweite Glas Curaçao.

»*Un sedativo*«, sagte er und lächelte.

Er war nicht anmaßend. Er war nicht zutraulich. Er wußte, weil er es immer gewußt hatte, daß meine Hände zitterten und mein Herz pochte und ich nur ruhig, nur still sitzen bleiben wollte.

»*Piove!*« Er hob das Gesicht, streckte die Hand aus, und wirklich, es begann mit einem Male, ganz ohne Grund, aus dem sternbesäten Himmel zu regnen. Doch eine schwarze, heranziehende Wolke, einer Riesenhand gleichend, deckte, während er sprach, die Sterne zu, und schon prasselte der Regen auf die *piazza* herunter. Schirme wuchsen wie Pilze, und wer keinen hatte, lief über die *piazza* und heim, wie Käfer in ihren Unterschlupf. Im Nu war alles verödet. Die Tische waren leer, die Stühle wurden darangelehnt. Das Klavier wurde mit einer Plane bedeckt, die Lichter im Kaffeehaus glänzten weniger hell. Alles flüchtete. Es war, als hätte es hier nie ein Orchester gegeben, nie ein Publikum, nie klatschende Hände. Das Ganze war ein Traum gewesen.

Ich aber träume nicht. Ich war, töricht genug, ohne Schirm ausgegangen. Ich wartete in dem Säulengang vor dem jetzt verlassenen Kaffeehaus, während der Regen vor mir auf das Pflaster klatschte. Ich konnte es kaum für möglich halten, daß noch vor fünf Minuten alles so voll, so heiter gewesen war und jetzt in winterlicher Düsterkeit dalag.

Ich klappte den Kragen meines Mantels hoch und versuchte, zu einem Entschluß zu kommen, ob ich mich über die regennasse *piazza* wagen sollte, und da hörte ich flinke, lebhafte Schritte neben mir aus dem Kaffeehaus kommen. Es war Ganymed, die straffe, kleine Gestalt immer noch in der weißen Jacke, den breiten Regenschirm wie eine Fahne über sich.

Mein Weg führte nach links auf die Kirche zu. Er ging nach rechts. In der nächsten Sekunde mochte er verschwunden sein. Es war der entscheidende Augenblick. Ihr werdet sagen, daß ich die falsche Entscheidung getroffen habe. Ich wandte mich nach rechts, ich folgte ihm.

Es war eine seltsame, eine tolle Verfolgung. Dergleichen hatte ich in meinem ganzen Leben nie getan. Doch ich konnte nicht anders. Er ging vor mir, seine Schritte waren laut und deutlich zu hören, durch enge, gewundene Durchlässe ein und aus, neben schweigenden, dunklen Kanälen, und sonst war überhaupt kein Geräusch vernehmbar, nur seine Schritte und das Rauschen des Regens, und nicht ein einziges Mal drehte der Knabe sich um, wollte er wissen, wer ihm folgte. Ein oder zweimal rutschte ich aus; das mußte er gehört haben. Doch er ging weiter, immer weiter, über Brücken, in die Schatten, der Regenschirm hob und senkte sich über seinem Kopf, und dann und wann, wenn er den Schirm höher hielt, erspähte ich seine weiße Jacke. Und noch immer strömte der Regen von den Dächern der schweigenden Häuser auf das Pflaster herab, herab auf die Kanäle, deren jeder einem Styx glich.

Dann aber verlor ich ihn aus den Augen. Er war scharf um eine Ecke gebogen. Ich begann zu laufen. Ich hastete in einen engen Durchlaß, wo die Häuser beinahe ihr Gegenüber berührten, und da stand er vor einer großen Türe mit einem Eisengitter und zog eine Glocke. Die Tür öffnete sich, er faltete den Regenschirm zusammen und ging hinein. Hinter ihm schlug die Türe zu. Er mußte mich laufen gehört, er mußte mich gesehen haben, als ich um die Ecke in den Durchlaß einbog. Ich blieb sekundenlang stehen, starrte auf das Eisengitter über der schweren Eichentüre. Ich sah auf die Uhr; es fehlten noch fünf Minuten bis Mitternacht. Die Torheit meiner Jagd wurde mir mit aller Kraft bewußt. Nichts war erreicht worden, als daß ich völlig durchnäßt war, mir sehr wahrscheinlich eine Erkältung geholt und mich überdies verirrt hatte.

Ich wandte mich ab, und da trat eine Gestalt von der Schwelle, dem Haus mit dem Gitter gegenüber, und kam auf mich zu. Es war der Mann mit dem weißen Regenmantel und dem breitkrempigen Hut.

Mit einem verfälschten amerikanischen Akzent sagte er: »Suchen Sie jemanden, *signore?*«

Ich frage euch – was hättet ihr in meiner Lage getan? Ich war ein Fremder in Venedig, ein Tourist. Der Weg war völlig verlassen. Man hat Geschichten von Italienern, von der Vendetta, von Messern, von Dolchstichen in den Rücken gehört. Eine falsche Geste, und das konnte auch mir geschehen.

»Ich bin spazierengegangen«, erwiderte ich. »Aber ich habe mich anscheinend verirrt.«

Er stand in meiner nächsten Nähe, viel zu nah für meine Nerven. »Ah, Sie haben sich verirrt«, wiederholte er, und der amerikanische Akzent mengte sich mit einem Variete-Italienisch. »Das passieren in Venedig immer wieder. Ich Sie begleiten.«

Das Laternenlicht über meinem Kopf ließ sein Gesicht unter dem breitrandigen Hut gelb wirken. Er lächelte beim Sprechen und zeigte Zähne, deren Goldplomben blitzten. Das Lächeln war unheimlich.

»Vielen Dank«, sagte ich, »aber ich finde mich schon ganz gut zurecht.«

Ich drehte mich um und machte mich auf den Weg. Er hielt mit mir Schritt.

»Macht mir nichts aus«, sagte er. »Macht mir gar nichts aus.«

Er hatte die Hände in den Taschen seines weißen Regenmantels, und seine Schulter streifte meine Schulter, während wir Seite an Seite gingen. Wir kamen aus dem Durchlaß in die schmale Gasse längs eines Seitenkanals. Es war dunkel. Aus den Dachrinnen strömte das Wasser in den Kanal.

»Ihnen gefallen Venedig?« fragte er.

»Sehr«, erwiderte ich, und dann setzte ich – vielleicht unbedacht – hinzu: »Es ist mein erster Besuch.«

Ich fühlte mich wie ein Gefangener, der eskortiert wird. Das Stapfen unserer Füße widerhallte hohl. Und es war kein Mensch da, der uns gehört hätte. Ganz Venedig schlief. Er grunzte befriedigt.

»Venedig sehr teuer«, sagte er. »In Hotels sie einen plündern. Wo Sie wohnen?«

Ich zauderte. Ich wollte meine Adresse nicht geben; wenn er aber darauf bestand, mich zu begleiten, was konnte ich tun?

»Im Hotel Byron.«

Er lachte verächtlich. »Dort sie setzen zwanzig Prozent auf Rechnung«, sagte er. »Sie bestellen Kaffee, zwanzig Prozent. Immer dasselbe. Sie Touristen plündern.«

»Mein Pensionspreis ist vernünftig«, erwiderte ich. »Ich kann mich nicht beklagen.«

»Was Sie dort bezahlen?« wollte er wissen.

Die Unverschämtheit des Mannes war geradezu erschütternd. Doch der Weg neben dem Kanal war sehr schmal, und noch immer berührte beim Gehen seine Schulter meine Schulter. Ich sagte ihm, was ich für das Zimmer zahlte; und wie hoch der Preis der Mahlzeiten war. Er pfiff.

»Die Ihnen ja die Haut abziehen! Morgen Sie sie schicken zum Teufel. Ich Ihnen finden kleine Wohnung. Sehr billig, sehr *okay*«

Ich wollte keine kleine Wohnung. Alles, was ich wollte, war, den Kerl loszuwerden und in die vergleichsweise tröstliche Zivilisation des Markusplatzes zurückzukehren. »Vielen Dank«, sagte ich. »Aber ich fühle mich im Hotel Byron sehr wohl.«

Er rückte noch näher an mich heran, und ich merkte, daß ich

hart am Rand des schwarzen Wassers des Kanals war. »In kleiner Wohnung«, sagte er, »Sie machen, was Sie wollen, Sie empfangen Freunde. Kein Mensch wird Sie stören.«

»Man stört mich auch nicht im Hotel Byron«, erwiderte ich.

Ich begann schneller zu gehen, aber er hielt noch immer mit mir Schritt, und plötzlich zog er die rechte Hand aus der Tasche, und mein Herzschlag stockte. Ich glaubte, er habe ein Messer gezogen. Doch es war ein Päckchen Lucky Strikes, das er mir hinhielt. Ich lehnte ab. Er zündete sich eine Zigarette an.

»Ich Ihnen finden kleine Wohnung«, wiederholte er beharrlich.

Wir gingen über eine Brücke und in eine andere Gasse, auch sie schlecht beleuchtet, stumm, und während wir gingen, nannte er mir Namen von Leuten, denen er Wohnungen besorgt hatte.

»Sie Engländer?« fragte er. »Das ich mir gedacht. Ich letztes Jahr Wohnung gefunden für Sir Johnson. Sie Sir Johnson kennen? Sehr feiner Mann, sehr zurückhaltend. Ich auch finden Wohnung für Filmstar Bertie Poole. Sie Bertie Poole kennen? Ich ihm erspart habe fünfhunderttausend Lire.«

Ich hatte nie von Sir Johnson oder Bertie Poole gehört. Ich wurde immer wütender, doch da war nichts zu machen. Wir gingen abermals über eine Brücke, und zu meiner Erleichterung erkannte ich die Straßenecke neben dem Restaurant, wo ich gegessen hatte. Hier bildete der Kanal eine Art Bucht, und Gondeln lagen Seite an Seite angebunden.

»Bemühen Sie sich nicht weiter«, sagte ich. »Jetzt finde ich schon den Weg.«

Das Unglaubliche geschah. Wir waren miteinander um die Ecke gebogen, gingen im gleichen Schritt, und dann, weil der Durchlaß zu eng für uns zwei war, ließ er mich vorangehen. Dabei rutschte er aus. Ich hörte einen unterdrückten Ruf, und in der nächsten Sekunde war er im Kanal, der weiße Regenmantel breitete sich um ihn wie ein Baldachin, das Aufschlagen des massigen Körpers ließ die Gondeln schaukeln. Ich schaute einen Augenblick lang hin, zu verwirrt, um etwas zu tun. Dann aber tat ich etwas, und zwar etwas Schreckliches. Ich lief davon.

Ich lief in den Durchlaß, der mich schließlich auf den Markusplatz führen mußte, und als ich dort ankam, überquerte ich ihn rasch, ging am Dogenpalast vorbei und gelangte so in mein Hotel. Ich begegnete keinem Menschen. Prinz Hal gähnte hinter seinem Pult. Sobald ich in meinem Zimmer war, nahm ich die kleine Cognacflasche, die ich auf Reisen immer bei mir habe, und leerte sie auf einen Zug.

Ich schlief schlecht und hatte unangenehme Träume, was mich nicht weiter überraschte. Ich sah Poseidon, den Gott Poseidon, aus einem grollenden Meer aufsteigen, er schüttelte den Dreizack gegen mich, und das Meer wurde zu dem Kanal, und Poseidon selber bestieg ein Bronzepferd und ritt davon, den schlaffen Leib Ganymeds auf dem Sattel vor sich.

Ich schluckte mit meinem Kaffee zwei Aspirin und stand spät auf. Ich weiß nicht, was ich zu sehen erwartet hatte, als ich ausging. Gruppen von Zeitungslesern oder die Polizei – irgendeinen Hinweis auf das, was sich ereignet hatte. Statt dessen war es ein heller Oktobertag, und das Leben von Venedig nahm seinen gewohnten Gang.

Ich stieg auf ein Schiff nach dem Lido und aß dort zu Mittag. Mit gutem Bedacht vertrödelte ich den Tag auf dem Lido – für den Fall, daß es Unannehmlichkeiten geben sollte. Eines beunruhigte mich; sollte der Mann im weißen Regenmantel sein Bad von gestern überlebt haben und es mir nachtragen, daß ich ihn in seiner Bedrängnis im Stich gelassen hatte, so mochte er sehr wohl die Polizei verständigt, vielleicht sogar angedeutet haben, daß ich ihn hineingestoßen hätte. Und bei meiner Rückkehr würde die Polizei mich im Hotel erwarten.

Ich gab mir eine Frist bis sechs Uhr. Und dann, kurz vor Sonnenuntergang, nahm ich das Schiff. Heute gab es keine Wolkenbrüche. Der Himmel war von einem milden Gold gefärbt, und Venedigs schmerzliche Schönheit glänzte in dem sanften Abendlicht.

Ich trat ins Hotel und ließ mir den Schlüssel geben. Der Angestellte reichte ihn mir mit einem freundlichen »*Buona sera, signore*«. Auch einen Brief meiner Schwester fand ich vor. Ich ging hinauf, zog mich um, ging wieder hinunter und aß im Restaurant des Hotels zu Abend. Das Essen war nicht so gut wie an den zwei andern Abenden, doch das war mir gleichgültig. Ich hatte nicht viel Hunger. Auch die gewohnte Zigarre steckte ich mir nicht an. Statt dessen nahm ich eine Zigarette. Etwa zehn Minuten blieb ich vor dem Hotel stehen, rauchte und betrachtete die Lichter auf der Lagune. Der Abend war wundervoll. Ich fragte mich, ob das Orchester auf dem Markusplatz spielte und Ganymed Getränke brachte. Der Gedanke an ihn beunruhigte mich. Wenn er in irgendeiner Beziehung zu dem Mann im weißen Regenmantel stand, so hatte das Geschehene ihn vielleicht hart getroffen. Der Traum konnte eine Warnung sein – ich hielt sehr viel von Träumen. Poseidon, der Ganymed vor sich über dem Sattel liegen hatte... ich machte mich auf den Weg nach dem Markusplatz. Ich sagte mir, ich würde vor der Kirche stehenbleiben und sehen, ob beide Orchester spielten.

Als ich auf die *piazza* kam, merkte ich, daß alles war wie gewöhnlich. Dieselbe Menge, dieselben wetteifernden Orchester, dasselbe Repertoire, das sie spielten. Langsam ging ich über die *piazza* auf das zweite Orchester zu und setzte, wie zum Schutz, meine dunkle Brille auf. Ja, dort war er. Dort war Ganymed. Ich erblickte sofort sein hellbraunes Haar, seine weiße Jacke. Er und sein schwärzlicher Gefährte waren sehr geschäftig. Die Menge um das Orchester war dichter als sonst, denn der Abend war warm. Ich beobachtete das Publikum genau, spähte auch nach den Schatten hinter den Säulen aus. Kein Zeichen von dem Mann im weißen Regenmantel! Das Klügste war, ins Hotel zurückzugehen, sich ins Bett zu legen und Chaucer zu lesen. Das wußte ich. Und dennoch verweilte ich. Die alte Frau mit den Rosen machte ihre Runde. Irgendwer rief einen Kellner, und Ganymed wandte sich um. Bei dieser Gelegenheit erblickte er mich über die Köpfe der Gäste hinweg. Ich trug die dunkle Brille und einen Hut. Trotzdem erkannte er mich. Er schenkte mir ein strahlendes Lächeln, kümmerte sich nicht um die Bestellung des anderen Gastes, sondern eilte vorwärts, nahm einen Stuhl und stellte ihn an einen freien Tisch.

»Heute regnet's nicht«, sagte er. »Heute sind alle Leute froh. Einen Curaçao, *signore?*«

Wie hätte ich mich wehren sollen? Gegen dieses Lächeln? Gegen diese beinahe flehende Geste? Wenn irgend etwas schiefgegangen wäre, dann hätte ich bestimmt eine Andeutung, einen warnenden Blick bemerkt. Ich setzte mich. Und im Nu war er wieder da und brachte mir den Curaçao.

Vielleicht war der Likör stärker als am Abend vorher, vielleicht hatte er auf mich, in meiner verstörten Stimmung, stärkere Wirkung. Wie dem auch sein mag, der Curaçao stieg mir zu Kopf. Meine Nervosität wich. Der Mann im weißen Mantel und sein böser Einfluß beunruhigten mich nicht länger. Vielleicht war er tot. Und wenn schon?! Ganymed war von keinem Kummer betroffen worden. Und um mir seine Gunst deutlich zu machen, blieb er nur wenige Meter von meinem Tisch entfernt stehen, die Hände hinter dem Rücken, immer bereit, meinen Launen zu dienen.

»Werden Sie nie müde?« fragte ich ihn kühn.

Er fuhr mit seiner Serviette über meinen Tisch.

»Nein, *signore*«, erwiderte er, »meine Arbeit ist ja ein Vergnügen. Besonders diese.« Und er machte eine leichte Verbeugung.

»Gehen Sie in die Schule?«

»In die Schule?« Mit einer Geste bedeutete er, daß das erledigt sei. »*Finito* Schule. Ich bin ein Mann. Ich arbeite, um mein Leben zu verdienen. Um für meine Mutter und meine Schwester zu sorgen.«

Ich war gerührt. Er hielt sich für einen Mann. Und ich sah sogleich seine Mutter vor mir, eine bekümmerte, klagende Frau, und eine kleine Schwester. Sie alle wohnten hinter der Tür mit dem Gitter.

»Bezahlt man Sie gut hier im Kaffeehaus?«

Er zuckte die Achseln.

»In der Saison ist's nicht schlecht. Aber die Saison ist vorüber. Noch vierzehn Tage, und alles ist zu Ende. Alle Fremden fahren weg.«

»Was werden Sie dann anfangen?«

Wieder zuckte er die Achseln.

»Ich muß irgendwo Arbeit finden. Vielleicht geh' ich nach Rom. In Rom habe ich Freunde.«

Der Gedanke, ihn in Rom zu wissen, mißfiel mir – so ein Kind in so einer Stadt! Und wer mochten diese Freunde sein?

»Was täten Sie denn gern?« fragte ich.

Er biß sich auf die Lippen. Sekundenlang sah er traurig drein. »Ich ginge gern nach London«, sagte er. »In eines der großen Hotels. Aber das ist unmöglich. In London habe ich keine Freunde.«

Ich dachte an meinen eigenen Chef, der, neben seinen andern Tätigkeiten, auch im Verwaltungsrat des »Majestic« saß.

»Das ließe sich bewerkstelligen«, meinte ich. »Wenn man ein paar Drähte zieht.«

Er lächelte und machte mit beiden Händen erheiternd die Geste des Drahtziehens. »Es ist einfach, wenn man weiß, wie«, sagte er. »Wenn man's aber nicht weiß, dann ist's besser ...« Er schnalzte mit der Zunge und hob die Augen. Der Ausdruck sollte besagen, daß es aussichtslos war. Gar nicht daran zu denken.

»Wir wollen sehen«, sagte ich. »Ich habe einflußreiche Freunde ...«

»Sie sind sehr gütig zu mir, *signore*«, murmelte er. »Wirklich sehr gütig.«

In diesem Augenblick brach das Orchester ab. Und als die Zuhörer Beifall klatschten, applaudierte er mit ihnen; seine Haltung war tadellos.

»Bravo ... bravo ...«, sagte er. Ich weinte beinahe.

Als ich später bezahlte, zauderte ich, bevor ich ihm ein größeres Trinkgeld gab; das hätte ihn kränken können. Ich wollte nicht, daß er mich einfach als den üblichen Touristen ansah. Unsere Beziehung ging tiefer.

»Für Ihre Mutter und Ihre kleine Schwester«, sagte ich und drückte ihm fünfhundert Lire in die Hand. Mit meinem geistigen Auge sah ich die drei zur Messe in die Markuskirche wandern, die Mutter umfangreich, Ganymed mit seinem schwarzen Sonntagsanzug, und die kleine Schwester, für ihre erste Kommunion verschleiert.

»Danke, danke, *signore!*« Und er setzte hinzu: »*A domani!*«

»*A domani!*« wiederholte ich, denn es tat mir wohl, daß er sich schon auf unsere nächste Begegnung freute. Und der Unhold im weißen Regenmantel mochte bereits die Fische der Adria füttern.

Am nächsten Morgen hatte ich eine peinliche Überraschung. Der Hotelsekretär rief mich an und fragte, ob ich nichts dagegen hätte, das Zimmer bis Mittag zu räumen. Ich wußte nicht, was er meinte. Das Zimmer war für vierzehn Tage reserviert worden. Er strömte von Entschuldigungen über. Es sei ein Mißverständnis sagte er. Just dieses Zimmer sei seit mehreren Wochen bestellt gewesen, und er habe geglaubt, das Reisebureau hätte mich davon unterrichtet. Meinetwegen, sagte ich scharf, dann möge man mich in einem anderen Zimmer unterbringen. Abermals erschöpfte er sich in tausend Redensarten. Das Hotel sei voll. Er könne mir aber eine sehr bequeme kleine Wohnung empfehlen, die die Direktion von Zeit zu Zeit als Dépendance zu benützen pflege. Und dadurch würde sich der Preis keinesfalls erhöhen. Das Frühstück würde mir dort ebenso ins Zimmer gebracht werden, und ich hätte sogar mein eigenes Bad.

»Das ist sehr unbequem«, sagte ich. »Ich habe bereits alle meine Sachen ausgepackt.«

Abermals eine Flut von Entschuldigungen. Der Portier würde mein Gepäck übersiedeln. Er würde sogar für mich einpacken. Ich brauchte keine Hand zu rühren. Schließlich willigte ich ein, obgleich ich ganz gewiß keinem Fremden erlauben würde, meine Sachen einzupacken. Dann ging ich hinunter und traf dort Prinz Hal mit einem Karren für mein Gepäck an. Er wartete bereits. Ich war in schlechter Laune, alle meine Pläne waren umgestürzt, und darum war ich auch entschlossen, das Zimmer in der Dépendance abzulehnen und ein anderes zu verlangen.

Wir gingen längs der Lagune, Prinz Hal rollte das Gepäck vor sich her, und ich kam mir recht lächerlich vor, als ich hinter ihm herstapfen mußte und an die Spaziergänger stieß; ich verwünschte die Reiseagentur, die wahrscheinlich das Durcheinander mit dem Hotelzimmer angestellt hatte.

Als wir aber an unserem Ziel ankamen, mußte ich eine andere Tonart anstimmen. Prinz Hal trat in ein Haus mit einer reizvollen, ja geradezu schönen Fassade, dessen Treppenhaus tadellos sauber war. Einen Aufzug gab es nicht, und er trug mein Gepäck auf der Schulter. Im ersten Stock machte er halt, zog den Schlüssel, steckte ihn in das Schloß der Türe zur linken Hand und öffnete sie. »Wollen Sie, bitte, eintreten«, sagte er.

Es war ein elegantes Zimmer und mußte wohl irgendeinmal der Salon eines privaten *palazzo* gewesen sein. Die Fenster waren nicht geschlossen und mit Läden versehen wie im Hotel Byron, sondern öffneten sich nach einem Balkon, und der Balkon schaute, zu meinem Entzücken, auf den Canale Grande. Besser hätte ich gar nicht untergebracht sein können.

»Sind Sie auch sicher«, fragte ich, »daß dieses Zimmer nicht mehr kostet als mein Zimmer im Hotel?«

Prinz Hal starrte mich an. Er verstand ganz offensichtlich meine Frage nicht.

»Bitte?«

Ich ließ es dabei bewenden. Am Ende hatte der Angestellte im Hotel es mir gesagt. Ich sah mich um. Neben dem Zimmer war ein Badezimmer. Es standen sogar Blumen neben dem Bett.

»Wie steht's mit dem Frühstück?«

Prinz Hal zeigte auf das Telephon. »Sie brauchen nur zu läuten; man wird sich unten melden. Und dann bringt man es Ihnen.« Er gab mir den Zimmerschlüssel.

Sobald er sich verzogen hatte, ging ich abermals auf den Balkon hinaus und schaute hinunter. Der Canale war voller Leben und Geschäftigkeit. Ganz Venedig breitete sich unter mir aus. Die Motorboote und die *vaporetti* störten mich nicht, die ständig wechselnde, belebte Szenerie war so, daß ich ihrer gewiß nie satt werden konnte. Hier konnte ich sitzen und den ganzen Tag faulenzen, wenn ich gerade Lust hatte. Mein Glück war unglaublich. Statt das Reisebureau zu verfluchen, segnete ich es. Zum zweiten Mal in drei Tagen packte ich meine Sachen aus, diesmal aber war ich nicht eine Nummer auf dem dritten Stock des Hotel Byron, nein, ich war Herr und Meister meines eigenen Miniatur-*palazzos.* Ich fühlte mich wie ein König. Die Glocke des großen Campanile läutete zu Mittag, und da ich sehr früh gefrühstückt hatte, lockte es mich, noch einen Kaffee zu trinken. Ich hob das Telephon ab, hörte ein Summen, ein Klicken. Und dann sagte eine Stimme: »Ja?«

»*Cafe complet!*« bestellte ich.

»Sogleich«, erwiderte die Stimme. War es ... konnte es ... der allzu vertrauliche amerikanische Akzent ...

Ich ging ins Badezimmer, ich wusch mir die Hände, und als ich wieder ins Zimmer kam, klopfte es an der Türe. »*Avanti!*« rief ich.

Der Mann, der das Tablett trug, hatte weder den weißen Regenmantel an noch den breitrandigen Filzhut. Der hellgraue Anzug war sorgfältig gebügelt. Die schrecklichen Schuhe waren hellgelb. Und auf der Stirne hatte er ein Heftpflaster.

»Was haben ich Ihnen gesagt?« rief er. »Ich richten alles. Sehr hübsch. Sehr *okay!*«

Er stellte das Tablett auf den Tisch am Fenster und streckte die Hand mit großer Geste nach dem Balkon und nach den Geräuschen vom Canale Grande.

»Sir Johnson hier den ganzen Tag verbringen«, sagte er. »Er ganzen Tag auf Balkon liegen mit seinem – wie Sie das nennen?«

Er hob die Hände an die Augen wie einen Feldstecher und wandte sich dahin und dorthin. Sein lächelnder Mund ließ die goldgefüllten Zähne sehen.

»Mr. Bertie Poole wieder ganz anders«, setzte er hinzu. »Ein Motorboot nach dem Lido, und wenn dunkel zurück. Kleine Abendessen, kleine Gesellschaften mit Freunden. Er viel Spaß gehabt.«

Sein bedeutungsvolles Zwinkern war mir widerwärtig. Gravitätisch begann er mir den Kaffee in die Tasse zu gießen.

»Hören Sie«, sagte ich. »Ich weiß nicht, wie Sie heißen, und ich weiß nicht, wie dieses Geschäft zustande gekommen ist. Wenn Sie sich mit dem Angestellten im Hotel Byron irgendwie verständigt haben, so hat das nichts mit mir zu schaffen.«

Er riß erstaunt die Augen auf.

»Das Zimmer Ihnen nicht gefallen?«

»Natürlich gefällt es mir. Darauf kommt es nicht an. Worauf es ankommt, ist, daß ich selber meine Vereinbarungen getroffen habe, und jetzt ...«

Aber er unterbrach mich. »Keine Sorge, keine Sorge!« Er schwenkte die Hand. »Sie hier weniger zahlen als im Hotel Byron. Darauf ich aufpassen. Und niemand Sie hier stören. Keine Seele.« Wieder zwinkerte er, und dann ging er mit schweren Schritten zur Türe.

»Wenn Sie irgendwas brauchen«, sagte er noch, »Sie nur läuten. *Okay*«.

Er verließ das Zimmer. Ich goß den Kaffee in den Canale Grande. Das Zeug konnte ja sehr gut vergiftet sein. Und dann setzte ich mich und überdachte die Lage.

Ich war jetzt drei Tage in Venedig. Ich hatte, meiner Überzeugung nach, für vierzehn Tage ein Zimmer im Hotel Byron reserviert gehabt. Es blieben mir somit noch zehn Tage von meinen Ferien. War ich darauf vorbereitet, diese zehn Tage in dem reizenden Zimmer zu verbringen, das, wie man mir versicherte, nicht mehr kosten würde? Das aber unter der Ägide dieses Zubringers? Seinen Sturz in den Kanal trug er mir anscheinend nicht nach. Das Heftpflaster an der Stirn blieb ein Beweis für die Realität des Abenteuers, doch die Sache selbst war nicht erwähnt worden. In dem hellgrauen Anzug sah er weniger unheimlich aus als in dem weißen Regenmantel. Vielleicht war meine Phantasie mit mir durchgegangen. Und doch ... ich tauchte den Finger in die Kaffeekanne und führte ihn an die Lippen. Der Geschmack war durchaus normal. Ich schaute nach dem Telephon. Wenn ich es abhob, würde sein greulicher amerikanischer Mischmasch mir antworten. Nein, ich tat besser, von auswärts das Hotel Byron anzurufen, oder noch richtiger war es, wenn ich selber hinging.

Ich musterte die Schränke und die Kommode und meine Koffer. Dann steckte ich die Schlüssel ein, verließ das Zimmer und sperrte es ab. Zweifellos hatte er einen Schlüssel, aber dagegen war ich wehrlos. Nun ging ich, den Spazierstock kampfbereit in der Hand, die Treppe hinunter ins Freie. Unten war nichts von meinem Feind zu erblicken. Das Haus schien unbewohnt zu sein. Ich ging ins Hotel Byron und versuchte, bei den Angestellten irgendwelche Erkundigungen einzuziehen, doch ich hatte kein Glück. Der Angestellte am Pult beim Eingang war nicht derselbe, der mich am Morgen wegen der Übersiedlung angerufen hatte. Irgendwelche neue Reisenden warteten, wollten sich eintragen, und der Mann war ungeduldig. »Ja, ja«, sagte er, »es ist schon alles in Ordnung. Wenn das Haus voll ist, bringen wir unsere Gäste auswärts unter. Es sind noch nie Klagen eingelaufen.« Das wartende Ehepaar seufzte. Ich hielt die Leute nur auf.

Enttäuscht machte ich kehrt und ging. Da ließ sich anscheinend nichts machen. Die Sonne schien, eine leichte Brise kräuselte das Wasser der Lagune, und die Spaziergänger schlenderten, ohne Mantel und Hut, und atmeten die frische Luft. Vermutlich war es das vernünftigste, wenn ich ihrem Beispiel folgte. Schließlich war nichts Schlimmes geschehen. Ich war zeitweilig Besitzer eines Zimmers, das über den Canale Grande schaute, und das hätte in der Brust all dieser Touristen zweifellos brennenden Neid geweckt. Warum sollte ich mir Sorgen machen? Ich stieg auf ein *vaporetto*, ich setzte mich in die Kirche neben der Accademia, ich betrachtete Bellinis Madonna mit dem Kind. Das beruhigte meine Nerven.

Den Nachmittag verbrachte ich schlafend und lesend auf meinem Balkon, wenn auch ohne den Vorteil eines Feldstechers – zum Unterschied von Sir Johnson, wer er auch sein mochte –, und kein Mensch kam mir in die Nähe. Soweit ich es feststellen konnte, hatte auch kein Mensch an meine Sachen gerührt. Die kleine Falle, die ich gelegt hatte – eine Hundertlirenote zwischen zwei Krawatten – war noch immer da. Erleichtert atmete ich auf. Am Ende würde alles ganz gut ausgehn.

Bevor ich zum Abendessen ging, schrieb ich einen Brief an meinen Chef. Er neigte immer dazu, mich zu bevormunden, und so war es gewissermaßen ein Schlag für ihn, daß ich ganz allein eine entzückende Unterkunft mit dem schönsten Blick auf Venedig gefunden hatte. »Gäbe es übrigens«, schrieb ich, »im

›Majestic‹ die Möglichkeit für einen jungen Kellner, sich auszubilden? Hier ist ein braver Junge, der ausgezeichnet aussieht und gute Manieren hat, genau das, woran man im ›Majestic‹ gewöhnt ist. Kann ich ihm Hoffnung machen? Er muß ganz allein für eine verwitwete Mutter und eine kleine Schwester sorgen.«

Ich aß in meinem Lieblings-Restaurant – dort war ich bereits als Stammgast angesehen, obgleich ich am Abend zuvor ausgeblieben war – und bummelte seelenruhig nach der *piazza*. Mochte der Kerl im weißen Regenmantel und breitrandigen Hut auftauchen – ich hatte zu gut gegessen, um mir darüber Sorgen zu machen. Die Musiker waren von den Seeleuten eines Zerstörers umgeben, der in der Lagune vor Anker lag. Es gab viel Spaß, die jungen Leute verlangten die neuesten Schlager, und das Publikum war in bester Stimmung und applaudierte dem Seemann, der jetzt tat, als wollte er nach der Geige greifen. Ich lachte mit den anderen, und Ganymed stand neben mir. Wie recht hatte meine Schwester doch gehabt, als sie mich aufmunterte, Devon mit Venedig zu vertauschen. Wie segnete ich die Treulosigkeit ihrer Köchin!

Ich war in heiterster Laune, als ich gewissermaßen aus mir selbst hervorgehoben wurde. Um meinen Kopf und unter mir waren Wolken, und mein rechter Arm, der sich nach dem leeren Stuhl neben mir ausstreckte, war ein Flügel. Beide Arme waren Flügel, und ich schwebte über der Erde. Doch ich hatte auch Klauen. Die Klauen hielten den leblosen Körper des Knaben. Seine Augen waren geschlossen. Der Wind trug mich aufwärts durch die Wolken, und so groß war mein Triumph, daß der reglose Leib des Knaben nur noch kostbarer zu sein schien. Noch mehr mein Eigentum! Dann hörte ich wieder die Klänge des Orchesters, hörte Lachen und Klatschen und sah, daß ich die Hand ausgestreckt und Ganymeds Hand ergriffen hatte, und daß er seine Hand nicht zurückgezogen hatte, sondern in meiner Hand ließ.

Es war mir sehr peinlich. Ich löste meinen Griff und applaudierte. Dann nahm ich mein Glas Curaçao.

»Viel Glück!« sagte ich und hob mein Glas zu dem Publikum,

zu dem Orchester, zu der ganzen Welt. Es wäre unpassend gewesen, dem Knaben allein zuzutrinken.

Ganymed lächelte. »Der *signore* unterhält sich gut.«

Gerade nur das und sonst nichts. Aber ich fühlte, daß er meine Stimmung teilte. Und unter einem Impuls beugte ich mich vor. »Ich habe an einen Freund in London geschrieben. An einen Freund, der mit der Leitung eines großen Hotels zu tun hat. Hoffentlich habe ich in einigen Tagen eine Antwort.«

Er zeigte keine Überraschung. Er verbeugte sich, dann faltete er die Hände hinter dem Rücken und schaute über die Köpfe der Menge hinweg.

»Das ist sehr gütig von dem *signore*«, sagte er.

Ich fragte mich, wie groß sein Vertrauen zu mir war, und ob es größer war, als das zu seinen Freunden in Rom. »Sie müssen mir Ihren Namen und alle Einzelheiten angeben«, sagte ich. »Und vermutlich ein Zeugnis des Wirtes hier.«

Ein kurzes Nicken bewies, daß er verstanden hatte. »Ich habe meine Papiere«, sagte er stolz, und ich mußte lächeln, wenn ich an diese Papiere dachte, die wahrscheinlich ein Schulzeugnis und eine Empfehlung von einem seiner Brotgeber enthielten. »Mein Onkel kann auch Auskunft über mich geben«, setzte er hinzu. »Der *signore* braucht sich nur bei meinem Onkel zu erkundigen.«

»Und wer ist Ihr Onkel?«

Er wandte sich zu mir und sah zum ersten Mal ein wenig schüchtern, ein wenig scheu drein. »Der *signore* ist ja in seine Wohnung in der Via Goldoni übersiedelt, glaube ich. Mein Onkel ist ein großer Geschäftsmann in Venedig.«

Sein Onkel ... dieser widerwärtige Schlepper war sein Onkel! Nun erklärte sich alles. Es war eine Familienbeziehung. Ich hätte mir nie Sorgen zu machen gebraucht. Sogleich machte ich aus dem Mann den Bruder einer unzufriedenen Mutter, und beide wollten meine Gefühle für Ganymed ausbeuten, der wiederum den Wunsch hatte, seine Unabhängigkeit zu zeigen und sich von ihnen zu befreien. Und doch war ich um eine Haaresbreite entkommen. Ich konnte den Mann tödlich beleidigt haben, als er in den Kanal rutschte.

»Natürlich, natürlich!« Ich tat, als hätte ich das längst gewußt, denn das schien er anzunehmen, und ich wollte mich dort nicht ganz lächerlich machen. Dann fuhr ich fort: »Ein sehr behagliches Zimmer. Kennen Sie es?«

»Natürlich kenne ich es, *signore.*« Er lächelte. »Ich bin's ja, der Ihnen jeden Morgen das Frühstück bringen wird.«

Mein Herz stockte beinahe. Ganymed, der mir das Frühstück brachte ... es war zuviel, als daß ich es so rasch begreifen konnte. Ich verbarg meine Erregung, indem ich noch einen Curaçao bestellte, und schon eilte er davon. Ich war, was die Franzosen bouleverse nennen. Der Mieter des schönen Zimmers zu sein – und das ohne Anfschlag – war schon viel; daß aber überdies Ganymed dazu gehörte und mir das Frühstück bringen sollte, das war mehr, als Fleisch und Blut ertragen konnten. Ich gab mir große Mühe, mich wieder zu beherrschen, bevor er kam, doch seine Mitteilung hatte mich derart verwirrt, daß ich kaum sitzen bleiben konnte. Schon war er mit dem zweiten Glas Curaçao da.

»Freundliche Träume, *signore*«, sagte er.

Freundliche Träume! Ja ... ich hatte nicht den Mut, zu ihm aufzuschauen. Und nachdem ich meinen Curaçao getrunken hatte, machte ich es mir zunutze, daß ein anderer Gast ihn zu sich rief, und drückte mich, obgleich es noch lange nicht Mitternacht war.

Mehr aus Instinkt als auf Grund einer bewußten Überlegung kehrte ich in mein Zimmer zurück – ich hatte gar nicht gemerkt, in welche Richtung ich ging – und da sah ich auf dem Tisch den Brief nach London, den ich noch nicht eingeworfen hatte. Ich hätte schwören können, daß ich ihn mitgenommen hatte, als ich ausging. Doch morgen war ja auch noch Zeit. Ich war zu aufgeregt, um jetzt noch einmal mein Zimmer zu verlassen.

Ich stand auf dem Balkon und rauchte eine zweite Zigarre, eine unerhörte Ausschweifung, und dann besichtigte ich meinen kleinen Vorrat an Büchern, um eines davon Ganymed zu schenken, wenn er mir morgen das Frühstück brachte. Sein Englisch war so gut, daß ich ihm eine Anerkennung schuldig war, und der Gedanke an ein Trinkgeld war mir irgendwie zuwider. Trollope war nicht das richtige für ihn, Chaucer wohl auch nicht. Und der Band Memoiren aus der Zeit König Eduards VII. überstieg bei weitem seine Möglichkeiten. Konnte ich mich von meinen abgenützten Shakespeare-Sonetten trennen? Es war mir unmöglich, zu einem Entschluß zu gelangen. Ich würde es überschlafen – wenn ich schlafen konnte, was sehr fraglich war. Doch ich nahm zwei Soneryl-Tabletten und schlief ein.

Als ich erwachte, war es schon neun Uhr vorüber. Dem Verkehr auf dem Canale nach hätte es auch Mittag sein können. Der Tag war herrlich. Ich sprang aus dem Bett, eilte in das Badezimmer, rasierte mich, was ich sonst erst nach dem Frühstück tue, dann zog ich Schlafrock und Pantoffeln an und rückte Tisch und Stuhl auf den Balkon. Und dann ging ich, beinahe zitternd, ans Telephon und hob den Hörer ab. Das Summen folgte, das Klicken, und dann drängte sich das Blut in mein Herz. Ich erkannte seine Stimme.

»*Buon giorno, signore.* Gut geschlafen?«

»Sehr gut. Wollen Sie mir meinen Kaffee bringen?«

»Den Kaffee«, wiederholte er.

Ich legte den Hörer hin und setzte mich auf den Balkon. Dann entsann ich mich, daß ich die Türe zugesperrt hatte. Ich drehte den Schlüssel und ging wieder auf den Balkon. Meine Erregung war ungemein heftig und ganz unvernünftig. Ich fühlte mich sogar ein wenig unwohl. Dann, nach fünf Minuten, die eine Ewigkeit zu sein schienen, tönte das Klopfen an der Türe. Er trat ein, das Tablett auf Schulterhöhe tragend, und seine Haltung war so königlich, sein Gang so stolz, als brächte er mir Ambrosia oder einen Schwan, nicht aber Kaffee und Gebäck und Butter. Er hatte eine Morgenjacke mit dünnen schwarzen Streifen an, wie Diener in Klubs sie zu tragen pflegen.

»Guten Appetit, *signore*«, sagte er.

»Danke«, erwiderte ich.

Ich hatte mein kleines Geschenk schon auf den Knien bereit. Die Shakespeare-Sonette mußten geopfert werden. In dieser Ausgabe waren sie unersetzlich, doch was lag daran? Nichts

Geringeres konnte in Frage kommen. Zuerst aber, bevor ich ihm den Band gab, wollte ich ihn aushorchen.

»Ich möchte Ihnen ein kleines Geschenk machen«, begann ich.

Er verbeugte sich höflich. »Der *signore* ist zu gütig.«

»Sie sprechen so gut Englisch«, fuhr ich fort, »daß man Ihnen nur die besten Bücher in die Hand geben sollte. Sagen Sie mir doch – wen halten Sie für den größten Engländer?«

Er überlegte ernsthaft. Und er stand da, wie auf dem Markusplatz, die Hände hinter dem Rücken gefaltet.

»Winston Churchill«, sagte er schließlich.

Das hätte ich ahnen müssen. Natürlich, der Knabe lebte in der Gegenwart, oder, wie man in diesem Augenblick wohl richtiger sagen mußte, in der nächstliegenden Vergangenheit.

»Eine gute Antwort!« Ich lächelte. »Denken Sie aber noch einmal nach. Ich will Ihnen meine Frage anders stellen. Wenn Sie ein wenig Geld auszugeben hätten und könnten es an etwas verwenden, das irgendwie mit der englischen Sprache zusammenhängt, was wäre das erste, das Sie kaufen würden?«

Diesmal gab es kein Zaudern. »Ich würde mir ein Grammophon für Langspielplatten kaufen«, sagte er, »und dazu eine Platte von Elvis Presley oder Johnnie Ray.«

Ich war enttäuscht. Das war nicht die Antwort, die ich erhofft hatte. Wer waren diese Kerle? Schlagersänger? Ganymed mußte zu besseren Dingen erzogen werden. Und nach einiger Überlegung beschloß ich, mich doch nicht von den Sonetten zu trennen.

»Gut, gut«, sagte ich und hoffte, daß es nicht gar zu überstürzt klang. Dann zog ich eine Tausendlirenote aus der Tasche. »Aber ich würde vorschlagen, daß Sie sich statt dessen Mozart kaufen.«

Die Banknote verschwand zerknittert in seiner Hand. Das alles geschah auf sehr diskrete Art, und ich wußte nicht, ob er auch nur imstande gewesen war, die Ziffer auf dem Schein zu erkennen. Tausend Lire waren am Ende tausend Lire. Ich fragte ihn, wie er es fertiggebracht hatte, sich aus seinem Dienst im

Kaffeehaus zu drücken, um mir den Kaffee zu bringen, und er erklärte mir, daß sein Dienst erst kurz vor Mittag begann. Und in jedem Fall herrschte ein Einverständnis zwischen dem Wirt und seinem Onkel.

»Ihr Onkel«, meinte ich, »scheint mit vielen Leuten im Einverständnis zu sein.« Ich dachte an den Angestellten im Hotel Byron.

Ganymed lächelte. »In Venedig kennt jeder Mensch jeden Menschen.«

Ich bemerkte, daß er den Schlafrock bewunderte, den ich mir für die Reise gekauft hatte. Damals fand ich, er sei eine Spur zu hell. Ich dachte an die Grammophonplatte und sagte mir, Ganymed sei doch schließlich nur ein Kind, und man dürfte nicht zuviel von ihm erwarten.

»Haben Sie je einen freien Tag?« fragte ich.

»Am Sonntag; da wechsle ich mit Beppo ab.«

Beppo mußte wohl der unpassende Name für den schwärzlichen jungen Menschen im Kaffeehaus sein.

»Und was tun Sie mit Ihrem freien Tag?«

»Ich gehe mit Freunden aus.«

Ich schenkte mir noch eine Tasse Kaffee ein. Würde ich es wagen? Eine Ablehnung wäre so schmerzlich!

»Wenn Sie nichts Besseres vorhaben«, sagte ich, »und am nächsten Sonntag frei sind, möchte ich mit Ihnen nach dem Lido fahren.« Ich spürte, wie ich rot wurde, und beugte mich über den Kaffee, um es zu verbergen.

»In einem Motorboot?« fragte er sofort.

Ich war ziemlich verblüfft. Ich hatte an das übliche *vaporetto* gedacht. Ein Motorboot wäre sicher sehr kostspielig.

»Das hängt davon ab.« Ich versuchte auszuweichen. »Sonntag werden bestimmt alle besetzt sein.«

Da schüttelte er energisch den Kopf. »Mein Onkel kennt einen Mann, der Motorboote vermietet. Man kann sie für den ganzen Tag haben.«

Um Himmels willen, das würde ja ein Vermögen kosten! So weit wollte ich mich doch nicht einlassen. »Wir wollen sehen«, sagte ich. »Man muß auch das Wetter abwarten.«

»Das Wetter ist bestimmt gut.« Er lächelte. »Es bleibt jetzt für den Rest der Woche so, wie es ist.«

Seine Begeisterung war ansteckend. Armer Junge! Viele Vergnügungen hatte er wohl nicht. Den ganzen Tag auf den Beinen und bis in die Nacht hinein beschäftigt. Ein wenig frische Luft in so einem Motorboot, das wäre für ihn ein Paradies!

»Schön«, sagte ich. »Wenn das Wetter gut ist, fahren wir.«

Ich stand auf, strich die Krümel von meinem Schlafrock. Er nahm an, daß er nun entlassen sei, und griff nach dem Tablett.

»Kann ich sonst noch etwas für den *signore* tun?«

»Sie können diesen Brief einwerfen. Das ist der Brief, von dem ich Ihnen erzählt habe; in dem ich Ihretwegen an einen Freund schreibe.«

Er senkte bescheiden die Augen und wartete, daß ich ihm den Brief gab.

»Sehe ich Sie heute abend?« fragte ich.

»Natürlich, *signore!* Ich reserviere Ihnen wie immer einen Tisch.«

Er verschwand, dann ließ ich heißes Wasser in mein Bad einlaufen, und erst als ich lässig im heißen Wasser lag, kam mir ein unangenehmer Gedanke. War es möglich, daß Ganymed auch Sir Johnson das Frühstück gebracht hatte! Daß er auch mit Bertie Poole im Motorboot nach dem Lido gefahren war! Das war allzu kränkend . . .

Das Wetter blieb schön, wie er es vorausgesagt hatte, und jeden Tag wuchs mein Entzücken über mein Zimmer, meine Umgebung. Kein Mensch ließ sich sehen. Mein Bett wurde wie von Zauberhänden gemacht. Der Onkel war nach wie vor unsichtbar. Und am Morgen, sobald ich das Telephon berührte, meldete sich Ganymed und brachte mir das Frühstück. Jeden Abend wartete im Kaffeehaus der Tisch auf mich, standen das Glas Curaçao und die kleine Flasche Evian an ihrem Platz. Wenn ich auch keine seltsamen Visionen, keine Träume mehr hatte, fühlte ich mich in glücklichster Ferienstimmung, mit etwas zwischen Ganymed und mir, das ich nur ein telepathisches Verständnis, eine außerordentliche gegenseitige Sympathie nennen kann. Für ihn war kein anderer Gast als ich vorhanden. Er tat seine Pflicht, blieb aber stets in Bereitschaft stehen, falls ich ihn rufen sollte. Und das Frühstück auf dem Balkon war der Höhepunkt des Tages.

Der Sonntag brach herrlich an. Der starke Wind, der eine Ausrede für das *vaporetto* gewesen wäre, wehte nicht, und als Ganymed mir das Frühstück brachte, verriet das Lächeln auf seinen Zügen seine Erregung.

»Fährt der *signore* nach dem Lido?« fragte er.

Ich winkte ihm zu. »Natürlich! Ich breche nie ein Versprechen.«

»Dann bereite ich alles vor. Wenn der *signore* um halb zwölf am nächsten Landungsplatz von seiner Wohnung sein will?«

Und zum ersten Mal, seit er mir das Frühstück brachte, war er verschwunden, ohne daß wir noch ein Wort gewechselt hatten; so eilig war es ihm. Das war ein wenig beunruhigend. Ich hatte mich nicht einmal nach dem Preis erkundigt.

Ich ging zur Messe in die Markuskirche, ein großes Erlebnis, das mich in gesteigerte Stimmung versetzte. Die Szenerie war prachtvoll, und der Gesang hätte nicht besser sein können. Ich sah mich nach Ganymed um, denn halb und halb erwartete ich, er werde, eine kleine Schwester an der Hand, da sein, doch in der ganzen großen Menge war keine Spur von ihm zu erspähen. Nun, die Aufregung wegen des Motorboots war anscheinend zu groß gewesen.

Aus der Kirche trat ich in den blendenden Sonnenschein und setzte die dunkle Brille auf. Das Wasser der Lagune war kaum gekräuselt. Wenn er doch lieber eine Gondel gewählt hätte! In einer Gondel hätte ich mich behaglich ausstrecken können, und wir wären nach Torcello gefahren. Ich hätte sogar die Shakespeare-Sonette mitnehmen und ihm eines laut vorlesen können. Statt dessen mußte ich seine knabenhaften Launen erdulden und mich in das Zeitalter der Geschwindigkeit einfügen. Nun, zum Teufel mit den Kosten! Noch einmal sollte mir das jedenfalls nicht zustoßen.

Ich sah ihn am Rande der Lagune stehn; er hatte sich umgezogen, trug kurze Hosen und ein blaues Hemd. Er sah viel jünger aus, tatsächlich noch wie ein Knabe. Ich winkte mit dem Spazierstock und lächelte.

»Alle Mann an Bord?« rief ich heiter.

»Alles an Bord, *signore*«, erwiderte er.

Ich ging auf den Landungssteg zu und sah dort ein prachtvoll schimmerndes Motorboot mit Kabine liegen, eine kleine Flagge am Heck. Und am Motor stand, in leuchtend orangefarbenem Hemd, das offen war und eine behaarte Brust sehen ließ, eine unerfreuliche Gestalt, die ich bestürzt erkannte. Bei meinem Anblick ließ der Kerl die Hupe erschallen und den Motor dröhnen.

Ich stieg in das Schilf, das Herz wie Blei, und wurde sogleich aus dem Gleichgewicht geworfen, als unser greulicher Bootsmann schaltete. Ich mußte mich an seinen affenartigen Arm klammern, um nicht umzufallen, und er half mir auf den Platz neben sich; gleichzeitig gab er derart Gas, daß ich um mein Trommelfell bangte. Mit erschreckendem Tempo brausten wir durch die Lagune, schlugen immer wieder mit einem Getöse, das unser Boot beinahe in Stücke riß, auf die Oberfläche auf, und nichts von der Anmut, von den Farben Venedigs war zu sehen, weil sich zu beiden Seiten von uns eine schäumende Wasserwand hob.

»Müssen wir so schnell fahren?« schrie ich, um mich über den betäubenden Lärm des Motors hinweg verständlich zu machen.

Das Scheusal grinste mir zu, ließ die goldgefüllten Zähne blitzen und schrie zurück: »Wir Rekord brechen! Wir stärkstes Boot von Venedig haben!«

Ich fügte mich in das Verhängnis. Ich war auf die Prüfung nicht nur nicht vorbereitet gewesen, sondern auch mein Anzug war so ungeeignet wie nur möglich. Der dunkelblaue Rock war im Nu mit Salzwasser bespritzt, und auf meinem Hosenbein war ein Ölfleck. Der Hut, den ich zur Abwehr gegen die Sonne mitgenommen hatte, war zwecklos. Ich hätte einen Fliegerhelm und eine Schutzbrille gebraucht. Meinen Sitz im Freien zu verlassen und in die Kabine zu kriechen hätte meine Gliedmaßen gefährdet. Überdies hätte ich an Klaustrophobie gelitten, und der Lärm in einem geschlossenen Raum wäre noch unerträglicher gewesen. Wir rasten weiter auf die Adria zu, brachten alle Fahrzeuge zum Schaukeln, die in Sicht kamen, und um seine Geschicklichkeit als Steuermann zu zeigen, begann das Ungeheuer neben mir allerlei akrobatische Übungen zu machen, ließ das Boot große Kreise beschreiben und in unser eigenes Kielwasser zurückkehren.

»Sie werden sie steigen sehen!« brüllte er mir ins Gesicht, und wahrhaftig, wir stiegen derart, daß mein Magen sich umdrehte, und dann fielen wir mit dem unvermeidlichen Krach wieder auf die Oberfläche, und der Schaum, der nicht hinter uns blieb, tröpfelte über meinen Kragen und rieselte meinen Rücken hinunter ... Im Heck des Bootes, jede Sekunde genießend, das lockere Haar im Wind flatternd, stand Ganymed, ein See-Elf, glücklich und frei. Er war mein einziger Trost, und nur sein Lächeln, wenn er sich manchmal zu mir wandte, hielt mich davon ab, auf der Stelle kehrtmachen zu lassen und nach Venedig zurückzufahren.

Als wir den Lido erreichten – sonst ein angenehmer Ausflug mit dem *vaporetto* – war ich nicht nur durchnäßt, sondern überdies taub, denn der Schaum und das Dröhnen des Motors hatten es fertiggebracht, mir das rechte Ohr zu verstopfen. Mühsam und wortlos stieg ich an Land, und es war mir höchst peinlich, als der Zubringer mich vertraulich beim Arm packte und in ein wartendes Taxi stieß, während Ganymed auf den Platz neben dem Chauffeur sprang. Wohin jetzt, fragte ich mich. Wie hatte ich mir doch diesen Tag in meiner Phantasie ausgemalt!

In der Kirche, während der Messe, hatte ich mich mit Ganymed aus einem einfachen Motorboot steigen sehen, das ein gleichgültiger Mechaniker lenkte, dann wären wir zu zweit in ein kleines Restaurant gebummelt, das ich mir bei meinem ersten Besuch auf dem Lido gemerkt hatte. Wie reizend, hatte ich gemeint, mit ihm an einem Ecktisch zu sitzen, ein Menü zusammenzustellen, sein glückliches Gesicht zu beobachten, das sich vielleicht mit dem ersten Glas Wein färbte, mir von ihm, von sich selber, von seinem Leben erzählen zu lassen, von der armen Mutter, der kleinen Schwester. Dann, beim Likör, hätten wir Zukunftspläne gemacht, falls mein Brief nach London Erfolg haben sollte.

Nichts von all dem geschah. Das Taxi fuhr elegant vor einem der modernen Hotels gegenüber dem Badestrand vor. Trotz der späten Saison war das Hotel noch ganz voll, und mein böser Geist, sichtlich mit dem Oberkellner befreundet, bahnte sich den Weg durch ein schwatzendes Gedränge in einen luftlosen Speisesaal. Ihm zu folgen war unangenehm genug, denn sein flammenfarbenes Hemd war sehr auffallend, doch noch Schlimmeres sollte kommen. Der Tisch in der Mitte war schon mit fröhlichen Italienern besetzt, die sich *fortissimo* unterhielten und, als sie uns erblickten, aufstanden und die Stühle zurückschoben, um uns Platz zu machen. Eine goldblond gefärbte Dame mit riesigen Ohrringen stürzte mit einer Flut italienischer Wörter auf mich zu.

»Meine Schwester, *signore,* sagte der ewige Zubringer. »Sie willkommen sein; meine Schwester nicht sprechen Englisch.«

Das war Ganymeds Mutter? Und das vollbusige junge Frauenzimmer neben ihr, mit scharlachroten Fingernägeln und klirrenden Armbändern – war das die kleine Schwester? Mir schwirrte der Kopf.

»Es ist eine große Ehre, *signore*«, murmelte Ganymed, »daß Sie meine Familie zum Mittagessen einladen.«

Ich setzte mich. Ich war geschlagen. Ich hatte keinen Menschen eingeladen. Doch nun war mir alles aus den Händen genommen. Der Onkel – wenn er wirklich ein Onkel war, dieser Zubringer, dieser Schlepper, dieses Ungeheuer – reichte allen Tischgenossen Menükarten groß wie Plakate. Der Oberkellner strömte von Dienstfertigkeit über. Und Ganymed ... lächelte einem gräßlichen Vetter zu, der ein dünnes Schnurrbärtchen und kurz gestutztes Haar hatte und mit einer rundlichen olivfarbenen Hand die Bewegung eines Schnellbootes durch das Wasser nachahmte.

Verzweifelt wandte ich mich zu dem Zubringer. »Ich hatte nicht erwartet, eine ganze Gesellschaft vorzufinden. Ich fürchte, daß ich nicht genug Geld bei mir habe, um ...«

Er unterbrach die Verhandlung mit dem Oberkellner.

»Nur keine Sorge ... keine Sorge«, sagte er mit großer Geste. »Ich bezahlen alles. Wir das später regeln.«

Später regeln ... schon recht, aber wenn der Tag vorüber war, wüßte ich kaum mehr, wie ich das je regeln könnte. Zunächst wurde ein mächtiger Teller mit Spaghetti vor mich hingesetzt, über den sich ein üppiger Fleischsaft ergoß, und ich sah, wie mein Glas mit einem erlesenen Barolo gefüllt wurde, der, mitten am Tag getrunken, den sicheren Tod bedeutete.

»Sie sich gut unterhalten?« fragte Ganymeds Schwester und drückte ihren Fuß auf meinen.

Stunden später sah ich mich am Strand noch immer zwischen ihr und ihrer Mutter sitzend, während die Vettern, die Onkel, die Tanten kreischend und lachend im Wasser planschten, und Ganymed, schön wie ein Engel vom Himmel, vor dem Grammophon saß, das plötzlich wie aus dem Nichts herbeigezaubert worden war. Und er hörte nicht auf, die Langspielplatte kreisen zu lassen, die er mit seinen tausend Lire gekauft hatte.

»Meine Mutter ist Ihnen so dankbar dafür«, sagte Ganymed, »daß Sie nach London geschrieben haben. Wenn ich hingehe, kommt sie mit und meine Schwester auch.«

»Ja, wir alle gehen«, rief der Onkel. »Wir große Gesellschaft machen. Wir alle nach London gehen und Themse anzünden!«

Endlich war es vorüber. Das letzte Geplätscher im Meer, der letzte Druck der scharlachfarbenen Zehe von Ganymeds Schwester, die letzte Flasche Wein. Mein Kopf war dem Bersten nahe und mein Inneres in einem furchtbaren Zustand. Die Verwandten kamen, einer nach dem anderen, um mir die Hand zu schütteln. Die Mutter umarmte mich und öffnete noch einmal alle Schleusen ihrer Beredsamkeit. Daß keiner von ihnen uns im Boot nach Venedig zurückbegleitete und dort das Gelage fortsetzte, war der einzige Trost, der mir am Ende dieses katastrophalen Tages geblieben war.

Wir stiegen ins Schiff. Der Motor sprang an. Wir fuhren. Und das hätte die Rückfahrt sein sollen, die ich in meiner Phantasie erträumt hatte – die gemächliche, hastlose Heimkehr über schimmerndes Wasser, Ganymed neben mir, eine neue Vertraulichkeit hätte sich in den gemeinsam verbrachten Stunden angebahnt, die Sonne, tief am Horizont, verwandelte die Insel, die Venedig hieß, in eine rosige Front.

Auf halbem Weg sah ich, daß Ganymed sich mit einem Seil zu schaffen machte, das zusammengerollt im Heck unseres Bootes lag, und der Onkel verlangsamte die Fahrt, ließ Steuer und Hebel im Stich, um ihm zu helfen. Wir begannen auf höchst unangenehme Art hin und her zu schwanken.

»Was ist jetzt wieder los?« rief ich.

Ganymed strich das Haar aus den Augen und lächelte. »Ich habe Wasser-Ski«, sagte er. »Ich folge Ihnen auf meinen Ski nach Venedig.«

Er verschwand in der Kabine und kam mit den Skiern zurück. Gemeinsam befestigten Onkel und Neffe das Seil, und dann warf Ganymed Hemd und Hose ab und stand aufrecht da, eine schlanke, bronzene Gestalt in einem Badeslip.

Der Onkel winkte mir. »Sie hier sitzen«, sagte er. »Sie nehmen das Seil so!«

Er schlang das Seil um einen Bolzen im Heck und gab mir das Ende in die Hand; dann trat er wieder an seinen Führerplatz und ließ den Motor brausen.

»Was meinen Sie damit?« schrie ich. »Was soll ich eigentlich tun?«

Ganymed war schon über Bord im Wasser, steckte die nackten Füße in die Bindungen der Ski, und dann richtete er sich – es war kaum zu glauben – auf, während das Boot zu rennen begann. Mit ohrenbetäubendem Gekreisch brüllte die Hupe, und das Boot sauste mit höchster Geschwindigkeit über das Wasser. Das Seil, um den Bolzen geschlungen, hielt fest, während ich noch immer das Ende in der Hand hatte. In unserem Kielwasser aber, unerschütterlich wie ein Fels, hob sich die schlanke Gestalt Ganymeds gegen den schon verschwindenden Lido ab.

Ich setzte mich in das Heck des Bootes und beobachtete ihn. Er hätte ein Wagenlenker sein können und die beiden Ski Rennpferde. Die Hände hatte er vor sich gestreckt, hielt das Seil wie ein Wagenlenker die Zügel, und als wir einmal, zweimal kreisten und er im Bogen hinter uns schwang, hob er die Hand, um mich zu grüßen, und auf seinen Zügen war ein triumphierendes Lächeln.

Das Meer war der Himmel, das Gekräusel auf dem Wasser waren Wolkenfetzen, und die Götter allein wissen, auf welche Meteore wir stießen, der Knabe und ich, als wir der Sonne entgegenschwebten. Ich weiß nur, daß ich ihn von Zeit zu Zeit auf meinen Schultern trug, daß er mir manchmal entglitt, und einmal war es, als tauchten wir beide kopfüber in einen schmelzenden Dunst, der weder Meer noch Himmel war, sondern leuchtende Ringe, die einen Stern umgaben.

Als das Boot wieder in gerader Richtung fuhr, sich hob und auf das Wasser aufprallte, gab er mir mit der Hand ein Zeichen und wies auf das Seil an dem Bolzen. Ich wußte nicht, ob ich es lockern oder fester anziehen sollte, und tat das Verkehrte, riß brüsk daran, denn im Nu hatte er das Gleichgewicht verloren und wurde ins Wasser geschleudert. Er mußte sich verletzt haben, denn ich sah, daß er keinen Versuch machte, zu schwimmen.

Ganz außer mir schrie ich dem Onkel zu: »Stop! Rückwärts!«

Bestimmt wäre es doch richtig gewesen, das Boot zum Stehen zu bringen? Der Onkel fuhr auf, sah nichts als mein erschrockenes Gesicht und schaltete brüsk den Rückwärtsgang ein. Sein Vorgehen hatte zur Folge, daß ich mich nicht auf den Beinen halten konnte, sondern umfiel, und als ich mich wieder aufrichtete, waren wir beinahe über dem Körper des Knaben. Es war ein Durcheinander von schäumendem Wasser, verwickeltem Seil, splitterndem Holz, und als ich mich über die Seite des Bootes lehnte, sah ich, daß Ganymeds schlanker Körper in den Wirbel des Propellers gezogen, seine Beine schon gepackt waren ... ich beugte mich vor, wollte ihn befreien, streckte die Hand aus, um ihn bei den Schultern zu fassen.

»Achtung auf das Seil!« schrie der Onkel.

Doch er wußte nicht, daß der Knabe neben uns, unter uns war, daß er meinen Händen bereits entglitten war, die sich bemühten, ihn zu halten, ihn zu heben, daß schon ... großer Gott ... daß das Wasser schon begann, sich mit seinem Blut zu röten.

Ja, ja, sagte ich dem Onkel, ich würde eine Entschädigung bezahlen. Ich würde alles bezahlen, was verlangt wurde. Es war mein Fehler gewesen, ein Irrtum, eine falsche Berechnung. Ich hatte nicht verstanden. Ja, ich würde alles zahlen, was ihm beliebte, auf die Liste zu setzen. Ich würde an meine Bank in London telegraphieren, vielleicht würde auch der englische Konsul mir helfen, mir raten. Wenn ich das Geld nicht sofort zahlen könnte, so würde ich es in Wochenraten, in Monatsraten, in Jahresraten bezahlen. Gewiß, ich würde den Rest meines Lebens nicht aufhören zu zahlen, ich würde die Geschädigten dauernd unterstützen, denn es war meine Schuld, ich gab es zu, daß es meine Schuld war.

Meine falsche Handhabung des Seils war die Ursache des Unglücksfalls gewesen. Der englische Konsul saß neben mir und lauschte den Erklärungen des Onkels, der sein Notizbuch und ein Bündel Rechnungen zum Vorschein brachte.

»Dieser Herr nehmen meine Wohnung für zwei Wochen, und mein Neffe ihm bringen jeden Tag Frühstück. Er ihm Blumen bringen. Er ihm bringen Kaffee und Semmeln. Der Herr darauf bestehen, daß nur mein Neffe ihn bedienen und sonst niemand. Der Herr große Neigung gehabt für den Jungen.«

»Ist das wahr?«

»Ja, es ist wahr.«

Die Beleuchtung des Zimmers wurde anscheinend separat berechnet. Auch die Heizung für das Bad. Das Bad mußte von unten her, auf ganz bestimmte Art geheizt werden. Da war die Arbeitszeit für einen Mann zu bezahlen, der einen Fensterladen gerichtet hatte. Die Arbeitszeit eines Knaben, weil er mir das Frühstück gebracht und den Dienst im Kaffeehaus nicht vor Mittag angetreten hatte. Der Sonntag, an dem er nicht frei gehabt hatte. Das alles führte der Onkel an. Er wisse nicht, ob der Herr bereit sei, all diese Auslagen zu bezahlen.

»Ich habe schon gesagt, daß ich alles bezahlen werde!«

Abermals wurde das Notizbuch zu Rate gezogen, und da war die Beschädigung an dem Motor des Bootes eingetragen, die Kosten für die Wasserski, die unheilbar zerbrochen waren, die Kosten für das Boot, das uns nach Venedig geschleppt hatte, während Ganymed bewußtlos in meinen Armen lag, und der Telephonanruf vom Landeplatz, um eine Ambulanz kommen zu lassen. Eine nach der andern las er seine Forderungen aus dem Notizbuch vor. Das Spital, der Arzt, der Chirurg...

»Dieser Herr, er wollen alles bezahlen.«

»Ist das richtig?«

»Ja, es ist richtig.«

Das gelbe Gesicht wirkte über dem dunklen Anzug noch feister als vorher, und die Augen, vom Weinen geschwollen, schauten von der Seite her den Konsul an.

»Dieser Herr, er an einen Freund in London geschrieben; wegen meines Neffen. Vielleicht schon eine Stelle auf den Jungen warten; eine Stelle, er nicht mehr kann annehmen. Ich haben einen Sohn, Beppo, auch sehr braver Junge, haben beide im Kaffeehaus gearbeitet und den Herrn bedient. Der Herr die beiden Jungen so gern gehabt, er ihnen nach Hause nachgegangen. Ja, ich sehen mit eigenen Angen, er ihnen nachgegangen. Beppo gern nach London gehen an Stelle von seinem armen Vetter. Der Herr können vielleicht einrichten? Er wieder an seinen Freund in London schreiben?«

Der Konsul hüstelte diskret. »Stimmt das? Sind Sie ihnen nachgegangen?«

»Ja, es stimmt.«

Der Onkel zog ein umfangreiches Taschentuch und schneuzte sich.

»Mein Neffe sehr braver Junge gewesen. Mein Sohn auch. Nie Ärger gehabt mit ihnen. Alles Geld sie geben ihrer Familie. Mein Neffe haben großes Vertrauen zu diesem Herrn gehabt, er mir gesagt, er ganze Familie gesagt, Mutter, Schwester, dieser Herr ihn wollen mitnehmen nach London. Seine Mutter, sie ihm kaufen neuen Anzug, seine Schwester auch, sie kaufen neue Kleider für den Jungen, wenn er nach London geht. Und jetzt sie sich fragen, was tun mit Kleidern, können nicht getragen werden, sein unnütz.«

Ich sagte dem Konsul, ich würde alles bezahlen.

»Seine arme Mutter, ihr brechen das Herz«, fuhr die Stimme fort. »Und seine Schwester auch, sie verlieren alles Interesse an

Arbeit, sie nervös geworden, ganz krank. Wer bezahlen Begräbnis für meinen Neffen? Dann dieser Herr sagen, an nichts sparen.«

Nein, an nichts sparen, nicht an den Trauerkleidern, an den Schleiern, an den Kränzen, an der Musik, an dem Zug, dem endlos langen Zug. Und ich würde auch für die Touristen bezahlen, die ihre Kameras schwingen und die Tauben füttern ... die Tauben, die nichts von dem wußten, was geschehen war, und für die Liebenden, die einander in den Gondeln umarmen, für den Widerhall des Angelus vom Campanile, für das Plätschern des Wassers der Lagune, für das Tschug-tschug des *vaporettos*, das sich in das Tschug-tschug eines Kohlenschiffs auf dem Paddington-Kanal verwandelt.

Es geht natürlich vorüber – nicht das Kohlenschiff dort unten meine ich, aber das Grauen. Das Grauen des Unglücksfalls, des jähen Todes. Wie ich mir selber später sagte – hätte es keinen Unglücksfall gegeben, so hätte es keinen Krieg gegeben. Oder er wäre nach London gekommen, herangewachsen, dick geworden, seinem Onkel nachgeraten, häßlich, alt geworden. Ich will mich für nichts entschuldigen. Nein, für gar nichts will ich mich entschuldigen. Aber mein Leben hat sich danach ziemlich verändert. Wie ich schon vorher sagte – ich bin aus meiner Gegend in dieses Viertel übersiedelt. Ich habe meine Stelle aufgegeben, ich habe meine Freunde fallengelassen, mit einem Wort ... ich habe mich verändert. Meine Schwester, meine Nichten sehe ich noch von Zeit zu Zeit. Nein, sonst habe ich keine Verwandten. Es gab einmal einen jüngeren Bruder, der starb, als ich fünf Jahre war, aber ich erinnere mich überhaupt nicht an ihn. Ich habe nie an ihn gedacht. Meine Schwester ist viele Jahre lang meine einzige lebende Verwandte gewesen.

Nun, wenn ihr mich entschuldigen wollt – ich sehe auf meiner Uhr, daß es beinahe sieben ist. Das Restaurant unten auf der Straße wird offen sein. Und ich bin gern pünktlich. Es ist nämlich so, daß der Knabe, der dort zum Kellner ausgebildet wird, heute abend seinen fünfzehnten Geburtstag feiert; und ich habe ein kleines Geschenk für ihn. Nichts Besonderes, das versteht ihr wohl – ich bin nicht dafür, daß man diese Burschen verwöhnt –, aber anscheinend ist ein Sänger namens Perry Como jetzt bei den jungen Leuten sehr beliebt. Ich habe die letzte Platte gekauft. Und der Knabe liebt auch helle Farben – ich meinte, diese blaugoldene Krawatte könnte ihm gefallen ...

Die Zeit heilt alles

Ann zog sich bei offenem Fenster an. Der Morgen war zwar kühl, aber das war ihr gerade recht; der scharfe, belebende Luftzug überrieselte ihren ganzen Körper wie kurzer Wellenschlag. Mit raschen, leichten Klapsen weckte sie ihren Blutkreislauf und das gesamte Nervensystem. Schon im Bad hatte sie heute gesungen, und ihre Stimme war ihr – gegen die Geräuschkulisse des rauschenden Wassers – geradezu opernreif vorgekommen. Nun machte sie die täglichen Rumpf- und Kniebeugen, schwenkte Hüften und Arme nach links und rechts, berührte die Zehen mit den Fingerspitzen, streckte sich und schlenkerte danach alle Gelenke vorschriftsmäßig aus.

Hierauf erlaubte sie sich sogar den Luxus ganz neuer Unterwäsche. Etwas schuldbewußt, weil diese feinen Batistsachen eigentlich sündhafte Verschwendung waren, nahm sie sie aus der Kommode unter dem Frisierspiegel.

Das grüne Kleid war rechtzeitig von der Reinigung zurückgekommen und sah aus wie neu. Die Länge stimmte noch, gottlob, obwohl sie es schon voriges Jahr getragen hatte. Ann entfernte sorgfältig die Nummernzettel von Kragen und Saum und versprühte etwas Parfum darüber, damit es nicht mehr so arg nach Chemie roch.

Nun fühlte sie sich wie neugeboren vom Scheitel bis zur Sohle. Ihr Körper unter der Kleidung war jugendlich straff und durchwärmt. Das Haar hatte sie sich schon gestern waschen und einlegen lassen – ohne Scheitel, weich nach hinten gebürstet –, ganz nach dem Vorbild ihrer Lieblingsschauspielerin.

Sie sah schon jetzt sein eigentümliches Lächeln, das sie damals so betört hatte; er pflegte nur einen Mundwinkel schräg zum Ohrläppchen hochzuziehen, zugleich aber – wie aufregend – die andere Augenbraue genau entgegengesetzt hoch hinauf in die Stirn. Und dazu seine ausgebreiteten Arme und sein tiefes

Raunen: »Liebling, wie siehst du wieder aus! Fabelhaft!« Wenn sie nur daran dachte, schwanden ihr fast die Sinne. Sie durfte einfach nicht daran denken, es war zuviel …

Sie stand noch ein paar Sekunden lächelnd und tief atmend vor dem Fenster, bevor sie, aus vollem Hals singend, die Treppe hinunterlief. Sofort wurde ihr Kanarienvogel im Wohnzimmer von ihrer Stimme zu jauchzendem Getriller angesteckt. Ann trat ein, pfiff ihm lachend zu und steckte ihm sein tägliches Salatblatt zwischen die Gitterstäbe. Der Kanari hüpfte auf der Stange hin und her und funkelte Ann mit einem seiner schwarzen Perläuglein an; sein gelbes Federkleid war lustig verstrubbelt und feucht. Auch er hatte schon gebadet. »Guten Morgen, mein Schatz!« sagte sie und zog auch hier die Vorhänge beiseite, damit er sich in der Morgensonne ordentlich trocknen konnte.

Dann stand sie nachdenklich im Zimmer, die Hand am Kinn, und überlegte, was zum festlichen Empfang ihres Mannes noch alles nötig war. Sie klopfte ein Sofakissen glatt, rückte das Bild neben dem Kamin gerade und schnippte ein imaginäres Staubkörnchen von der Klavierdecke. Dabei bemerkte sie, daß die Augen ihres Mannes auf der großen gerahmten Photographie, die auf ihrem Damenschreibtisch stand, ihr auf Schritt und Tritt folgten. Also posierte sie ein wenig, tänzelte vor dem Spiegel, strich sich eine glänzende Haarsträhne hinters Ohr und summte die Melodie, die ihr heute ohnehin nicht aus dem Kopf ging.

Erst der Gedanke: Halt, hier fehlt doch noch was! unterbrach diese Spielerei. Natürlich, Blumen! Und sofort sah sie auch, was für welche es sein müßten und wohin sie gehörten: Narzissen und Tulpenknospen …

Im Eßzimmer klingelte das Telephon.

Eigentlich war es ein und derselbe Raum, aber sie hatte ihn mit einer Portiere in Eß- und Wohnzimmer oder gar, wenn ihr hochtrabend zumute war, ›Salon‹ geteilt.

»Hallo, Edna? Ja, hier spricht Ann. Wie bitte? – Aber nein, Liebste, unmöglich! Tut mir leid. Heute kommt doch mein Mann! – Wann? – Oh, gegen sieben, wenn alles gutgeht. – Wie? Na hör mal, bis dahin habe ich noch wahnsinnig viel zu tun. Ich brauche den ganzen Tag dafür. – Wie? Nein, ich bin nicht verrückt, Edna. Darüber sprechen wir uns wieder, wenn du selbst verheiratet bist. – Ja, ja, vielleicht kann ich nächste Woche mal mit dir ins Kino gehen. Ich lasse von mir hören. Bis dahin – mach's gut!«

Sie legte den Hörer auf und verdrehte die Augen. Was dachten sich bloß die Leute, insbesondere ihre noch unverheirateten Freundinnen? Als ob sie sich irgend etwas anderes vornehmen könnte, wenn ihr Mann nach drei Monaten endlich wieder nach Hause kam! Sie hatte schon vierzehn Tage lang fast alles andere in ihrem kleinen Terminkalender gestrichen und nur auf diesen großen Tag hingelebt. Obwohl es bis sieben Uhr abends noch manche Stunde herumzubringen galt, hatte sie nichts weiter im Sinn. Es war *sein* Tag.

Sie ging durch die sogenannte ›Halle‹ (eine kleine Neubaudiele) in die Küche, wobei sie sich wie immer das würdige Aussehen der überlegenen, befehlsgewohnten Hausherrin zu geben versuchte; nur ihr Lächeln und das Grübchen in ihrer Wange machten ihr stets einen Strich durch die Rechnung.

Sie setzte sich auf den Küchentisch und baumelte mit den Beinen, während Mrs. Cuff, die unvergleichliche Haushälterin, sich mit ihrer Schiefertafel vor ihr aufpflanzte.

»Ich habe mir gedacht, Mrs. Cuff«, begann Ann, »daß es heute abend Hammelrücken geben sollte; den ißt er so gern. Was meinen Sie dazu?«

»Ja, Hammelbraten hat er immer gemocht, Madam.«

»Hoffentlich ist er zur Zeit nicht zu teuer?«

»Tja, Madam, wir haben letzte Woche nicht allzuviel sparen können . . .«

»Leider, Mrs. Cuff, das macht mir auch Sorge. Aber dafür will ich zum Lunch höchstens ein Spiegelei und . . . Wir haben doch noch schrecklich viel Eingemachtes? Dann langt es bestimmt für einen Hammelrücken. Und was geben wir dazu? Oh, natürlich Kartoffelpüree, das mag er – mit gebratenen Zwiebeln und . . . Vielleicht Rosenkohl und reichlich Jus oder Sülze oder wie das heißt.«

»Ja, Madam, das klingt ganz lecker.«

»Und ... Könnten wir zum Nachtisch vielleicht eine Biskuitrolle machen? So eine mit Erdbeermarmelade drin. Schmeckt gut und sieht immer so hübsch aus!«

»Wie Sie wünschen, Madam.«

»Er bringt sicher einen Bärenhunger mit. In Berlin soll es ja ganz fürchterlich zugehen. Mir kommt's wie drei Jahre vor, nicht nur wie drei Monate, daß er weg ist ...«

»Ja, es war recht still im Haus, Madam, aber das wird sich nun bald ändern.«

»Nicht wahr, Mrs. Cuff, Sie finden ihn doch auch nett? Immer gut gelaunt, nie so mürrisch und unzugänglich wie manche anderen Leute ...«

»Ja, Madam. Erlauben Sie mir jetzt eine kleine Abschweifung: Ich hab' mir da notiert, daß wir eine Packung Ronuk brauchen.«

»Ich kann ihn mir gar nicht wütend vorstellen ... Was sagten Sie, Mrs. Cuff? Ronuk? Ach ja, das ist doch so eine Art Topfreiniger?«

»Nein, etwas für den Fußboden. Ich muß mal wieder bohnern. Könnten Sie es bitte mitbringen, da Sie ja nachher sowieso ausgehen?«

»Ich werde daran denken. Also dann ist wohl alles besprochen: zum Mittagessen nur ein Spiegelei für mich, und am Abend Hammelrücken und Biskuitrolle. Ich muß mich jetzt beeilen.«

Sie lief wieder treppauf, um nachzusehen, ob sein Kleiderschrank in Ordnung war.

Someday I'll find you,
Moonlight behind you ...

sang sie, während sie jeden der zurückgelassenen Anzüge einer eingehenden Prüfung unterzog, für den Fall, daß er morgen einen davon tragen wollte. Die schäbige alte Lederjacke, die ihm für Berlin zu unelegant gewesen war, hing noch auf dem Bügel. Ann drückte die Nase einen Moment in seine Autokappe, die noch so schön nach Benzin und – vor allem – nach seinem Haarwasser duftete ...

Ein Photo von ihr selbst war, etwas schief, mit einer Reißzwecke an die Wand gepinnt, natürlich längst vergilbt und an den Ecken eingerollt. Ann versuchte krampfhaft, es zu übersehen. Wenn er es schon nie eines Rahmens gewürdigt hatte, so hätte er es doch wenigstens nach Berlin mitnehmen können. »Männer sind in solchen Dingen nun mal ganz anders als wir«, entschuldigte sie ihn in Gedanken, und plötzlich mußte sie die Augen schließen und ganz still stehen, weil die Aussicht auf das baldige Wiedersehen sie wie eine Meereswoge überflutete. »In knapp zehn Stunden ist er wirklich bei mir«, dachte sie, »wir sind zusammen, näher denn je, wir lieben einander, und alle Sehnsuchtsträume werden wahr!«

Nachmittags hatte sie jedes freie Plätzchen mit Blumen geschmückt und die Portiere aufgezogen, damit ›Eßzimmer‹ und ›Salon‹ zusammen weiträumiger wirkten. Der Kanarienvogel in seinem Käfig sang noch immer. Das ganze Haus schien von dem jubelnden Tirilieren erfüllt zu sein, das aus der kleinen, bebend aufgeblähten Kehle drang. »Bravo, Schätzchen!« rief sie ihm zu, und der Klang verwob sich auf fast mystische Art mit dem rosigen Schimmer des sinkenden Abends.

Ann hockte vor dem Kamin, stocherte die Asche durch den Rost und fachte die Glut neu an. Dann waren die Vorhänge zugezogen; der Kanari schlief unter seiner Käfigdecke – aber er, der geliebte Mann, streckte endlich, lässig im Sessel zurückgelehnt, die Beine von sich und sah ihr zu. »Hör auf, da herumzuwuseln, und komm zu mir«, hörte sie ihn im Geist sagen, und sie würde sich ihm glückselig zuwenden. Sie berauschte sich förmlich an dieser Vorstellung. Die Arme um die Knie geschlungen, blieb sie noch ein Weilchen vor dem Kamin sitzen, sah ins Feuer und dachte zugleich mit kindlichem Stolz an die große Flasche mit teurem Badesalz, die sie heute vormittag gekauft und an »seinen« Platz im Bad gestellt hatte, neben das Extra-Blumenväschen.

Wieder klingelte das Telephon. Sie seufzte bedauernd und raffte sich widerwillig vom Boden auf. Wie schade, daß sie aus ihren Träumen gerissen wurde – und das höchstwahrscheinlich wieder von jemandem, der nur Überflüssiges schwätzen wollte und ihr gerade heute ganz egal war...

»Hallo?« meldete sie sich kurz. Die erste Antwort am anderen Ende war ein merkwürdiges, ersticktes Geräusch, das nach mühsam unterdrückten Tränen klang.

»Bist du's, Ann? Hier May... Verzeih, ich *mußte* dich einfach anrufen. Ich bin so verzweifelt...« Die Stimme versagte schon wieder.

»Aber May«, fragte Ann bestürzt, »was ist denn los? Sprich dich aus, schnell. Bist du krank? Kann ich etwas für dich tun?«

Sie wartete einen Moment. Dann kam die Stimme wieder, verschnupft und sonderbar fremd.

»Es ist wegen Fred. Alles ist aus. Er will sich scheiden lassen. Er liebt mich nicht mehr...« Ann hörte ein heftiges Einatmen und dann ein gräßliches, unbeherrschtes, degradierendes Schluchzen.

»Ach, du Ärmste!« stieß sie erschrocken hervor. »Das ist ja... schauderhaft. Fred? Ich kann's kaum glauben.«

»Es ist wahr. Ich kann das am Telephon nicht so... Bitte, bitte komm doch schnell mal zu mir. Ich glaube, ich drehe durch. Ich kann für nichts mehr garantieren.«

»Ja, ja, natürlich. Ich komme sofort.«

Während sie hastig Mantel und Tasche nahm, verdrängte sie den egoistischen Gedanken, daß sie nun den Kamin, ein Buch, Toast und Tee im Stich lassen mußte, all die netten Kleinigkeiten, die das Warten auf *ihn* nur noch verschönt hätten... Doch nun stellte sie sich energisch darauf ein, ihrer verzweifelten, hilfsbedürftigen Altersgenossin May neuen Lebensmut zuzusprechen.

Sie nahm ein Taxi, denn schließlich war May ihre beste Freundin, die Zeit drängte, und der Fahrpreis war erschwinglich... Das erinnerte sie an das vergessene Bohnerwachs. Na, wenn schon! Wenigstens war der Hammelrücken von bester Qualität, wie Mrs. Cuff gesagt hatte.

Wo mochte *er* jetzt sein? Hoffentlich hatte er die Kanal-Überquerung gut überstanden, ohne seekrank zu werden, der

Arme, Liebe... Trotzdem mußte sie jetzt erst mal an May denken. Manchen spielte das Leben wirklich grausam mit.

Das Taxi hielt vor der angegebenen Adresse. Die Fahrt war tatsächlich nicht besonders teuer gewesen, Gott sei Dank; zum Heimweg würde sie immerhin nach Möglichkeit einen Bus benutzen...

May lag bäuchlings auf dem Sofa und vergrub den Kopf in ein Kissen, als Ann hereinkam. Sie setzte sich neben die Freundin, streichelte behutsam ihre Schulter und gab kleine, sinnlose, aber beruhigende Worte von sich.

»Liebe, liebe May, weine doch nicht so – das bringt einen nur von Kräften und ändert gar nichts. Bitte, Liebes, nimm dich zusammen und versuche, vernünftig mit mir zu sprechen.«

May hob das verweinte, verquollene, entstellte Gesicht. Sie sah so fleckig und unvorteilhaft aus, daß jedem normalen Menschen solch ein Anblick eigentlich erspart werden sollte.

»Entschuldige mein Geheule, aber ich kann einfach nicht aufhören«, flüsterte May abgerissen. »Hoffentlich mußt du nie so etwas durchmachen! Es traf mich wie ein Dolchstoß. Vor allem kann ich nicht vergessen, was für ein Gesicht er dabei gemacht hat – so kalt, als ginge es ihn gar nichts an. Als wären wir zwei Fremde.«

»Aber das ist ja unglaublich, May! Wie kommt Fred dazu, dir so Knall und Fall zu sagen, er liebe dich nicht mehr? War er betrunken? Das kann doch nicht wahr sein!«

»Es ist wahr.« May hatte sich aufgesetzt und biß in ihr zerknülltes Taschentuch. »Und es kam gar nicht plötzlich, das ist ja das Schlimmste. Ich habe es schon eine ganze Weile kommen sehen. Ich hab's dir bloß nie erzählt und anderen Leuten gegenüber erst recht nicht die kleinste Andeutung gewagt. Die ganze Zeit hab' ich gehofft und gebetet, daß ich mir diese... Entfremdung nur einbilde. Aber im tiefsten Innern wußte ich schon, daß es stimmte – daß unsere Ehe an allen Ecken und Enden kaputtging.«

»Ach, meine arme May... Warum hast du dich mir nicht schon viel früher anvertraut?«

»Verstehst du nicht, daß es Dinge gibt, besonders in einer

Ehe, die zu ... intim sind, als daß man darüber reden kann? Ich hatte Angst, daß ich mit der ersten Silbe wirklich alles zerstöre. Man kann das Unglück auch herbeireden.«

»Ja, ja, das kann ich verstehen.«

»Erst heute, als kein Zweifel mehr bestand, sind alle unterdrückten Gefühle aus mir hervorgebrochen ... Ich kann nicht mehr schweigen, ich mußte mich endlich gehenlassen ... Und da du als verheiratete Frau das vielleicht am ehesten nachfühlen kannst, habe ich dich als erste ...«

»Und mit Recht, Liebes«, murmelte Ann beschwichtigend, wobei sie sich jedoch einigermaßen hilflos im Zimmer umsah, als könne sie durch irgendeine praktische Tätigkeit, etwa das Umstellen aller Möbel, die Situation entschärfen. »Dieser gefühllose, brutale Kerl!«

»Nein ... Wenn's nur das wäre!« May starrte, nun tränenlos, vom Weinen erschöpft, vor sich hin. »Fred ist ein Mensch wie alle andern. Die Männer sind alle gleich; sie können nichts dafür. Ich mache ihm nicht einmal einen Vorwurf daraus. Eher mir, weil ich die ganze Zeit so idiotisch dumm gewesen bin.«

»Wie lange hast du schon etwas geahnt?«

»Seit er aus Amerika zurück ist.«

»Aber May, das ist doch ungefähr acht Monate her! Und du hast immer nur still vor dich hin gelitten? Das ist doch unmöglich!«

»Liebe Ann, für mich waren es nicht acht Monate, sondern eine Ewigkeit. Ich habe in der Hölle gelebt; das kannst du dir gar nicht vorstellen. Zu Anfang war ich nie ganz sicher; ich zweifelte nur, ich glaubte, ich hoffte; dies und das an seinem Benehmen machte mich stutzig, aber ich ließ mir nichts anmerken. Dann erniedrigte ich mich dazu, Extra-Versuche zu machen, um ihm zu gefallen, bis zur sklavischen Kriecherei ... Alles nur, um ihn zur Umkehr zu bewegen. Acht Monate Elend und Scham ...«

»Oh, wenn ich dir nur hätte helfen dürfen!« rief Ann, konnte sich aber des Nebengedankens nicht erwehren: So etwas passiert doch nicht wirklich. Das kommt nur in übertriebenen Theaterstücken vor.

»In dieser Lage kann einem niemand helfen«, sagte May. »Man muß sich allein durchbeißen. Ich glaube, jeder Tag hat eine Narbe in mir hinterlassen, eine Art Brandmal im Herzen, von Anfang bis Ende.«

»Ich verstehe nur nicht, May, was sein Aufenthalt in Amerika damit zu tun hatte.«

»Habe ich früher auch nicht gewußt. Jetzt weiß ich, daß räumliche Trennung bei Männern viel mehr ausmacht als bei uns. Wenn sie nicht mehr täglich mit uns zusammen sind, vergessen sie die anfängliche Sehnsucht, und damit vergessen sie bald alles, was sie an uns bindet. Sie haben anderes zu tun, andere Eindrücke; sie lernen neue, interessante Leute kennen...«

»Aber...«

»Sofort nach seiner Rückkehr merkte ich, was passiert war. An gewissen, keineswegs auffallenden Kleinigkeiten; er war einfach auf eine schwer beschreibbare, unterschwellige Art in seinem ganzen Wesen verändert. Er benahm sich anders, er sprach anders – lauter als früher, wie jemand, der bieder tut – verstehst du? Schon bei der ersten Begrüßung fiel mir das auf. Zuerst habe ich's zu verdrängen versucht, aber weh getan hat es mir bis heute – wo er nun endlich zugab, was dahintersteckte.«

»Ist er in eine andere verliebt?« flüsterte Ann.

»Natürlich.« Wieder drohte die Stimme der Freundin von aufquellenden Tränen erstickt zu werden. »Es gibt eine andere Frau. Aber die ist nicht allein schuld an seiner Veränderung. Seit er drüben war, kann er unseren traditionellen Lebensstil einfach nicht mehr ertragen, mich, das Haus – alles. Er sagt, er will und muß sich von all diesen spießigen Bindungen freimachen. Und deshalb will er so schnell wie möglich nach Amerika zurückkehren.«

»Aber ich kann mir das bei Fred gar nicht vorstellen. Jedesmal, wenn ich bei euch war, fand ich alles so harmonisch – ihr schient mir immer ein Herz und eine Seele...« Doch obwohl Anns Worte und Gesten mitleidig klangen, empfand sie kein echtes Mitgefühl. Der Anblick der jämmerlich verheulten jungen Frau erweckte in ihr eher so etwas wie Gereiztheit, die bis zur Verachtung ging und kaum noch zu bannen war. Außerdem hatte sie ein Auge stets auf der Uhr. Ich kann das nicht nachfühlen, dachte sie. Sie muß selber was falsch gemacht haben. *Mir* kann das jedenfalls nie passieren!

»Ich glaube, Herzchen«, sagte sie, »jetzt brauchst du vor allem einen steifen Whisky-Soda. Dein armer Kopf muß ja am Zerspringen sein. Ich bringe dich dann am besten gleich zu Bett, mit einer Wärmflasche und zwei Aspirintabletten, damit du etwas Ruhe findest.«

May lächelte durch Tränen. »Wenn du das immer noch für ein Allheilmittel hältst... Nein, keine Sorge, körperlich bin ich gesund. Und du... Richtig, du erwartest doch heute abend deinen Mann zurück? Verzeih, daß ich dich so lange mit meinem eigenen Kram aufgehalten habe. Es ist mir wirklich eben erst eingefallen.«

»Macht nichts«, erwiderte Ann in sachlichem Ton, um nicht zu sehr mit ihrem Glück zu prahlen, und nahm rasch Mays schlaffe Hand. »Liebes, du weißt, wie sehr ich mit dir fühle. Wenn ich dir nur einen Teil deiner Last abnehmen könnte...« Hierbei weinte sie unversehens fast selbst vor ehrlicher Rührung, obgleich ihr Herz zugleich vor Freude hüpfte, denn das Gesicht des treuen eigenen Ehemannes stand ihr in diesem Moment deutlich wie nie vor Augen.

»Gute Nacht, Liebes«, verabschiedete sie sich endlich mit einem zarten Kuß auf die fleckige, verschwollene Wange, die sie jetzt fast zum Lachen reizte. (Wie gemein von mir, dachte sie.) Sie suchte fieberhaft nach einer altbewährten Trostredensart. Und da sie an nichts mehr denken konnte als an die so kurz bevorstehende Wiedersehens-Umarmung, sprudelte sie, schon in der Tür hervor:

»Nimm's nicht so schwer, Herzchen. Entweder renkt sich die Sache von selbst ein, oder... Die Zeit heilt alles!«

Nun fachte sie schon zum vierten Mal das Kaminfeuer an, rückte die Briketts mit der Zange in die Mitte und merkte nicht einmal, daß dabei ein paar Funkensplitter den Teppich ansengten. Später sprang sie wieder aus dem Sessel auf, um die Blumenvasen umzustellen, sich zu ein paar Takten ans Klavier zu setzen oder ans Fenster zu stürzen, um den Vorhang zu raffen: Hatte sie nicht eben ein Taxi gehört –?

Sie war noch nicht ganz mit sich im reinen, welche Haltung sie zu seinem Empfang annehmen sollte: am Kamin vielleicht, oder dekorativ in einem Sessel hingestreckt, ein Buch in der Hand, bei leiser Grammophonmusik? Die Uhr im Eßzimmer schlug achtmal. »Wahrscheinlich geht sie vor«, dachte sie entsetzt und rief zur Küche hinüber:

»Mrs. Cuff, haben Sie genaue Zeit?«

»Fünf nach acht, Madam. Mit dem Essen ist jetzt nicht mehr viel los.«

»Können Sie es nicht warmhalten?«

»Sicher, Madam, aber davon wird der Hammelrücken nicht besser. Er brutzelt schon zusehens ein, und das Gemüse zerfällt. Ein Jammer. Schmecken wird das alles nicht mehr besonders.«

»Ich begreife gar nicht, warum er so spät kommt, Mrs. Cuff. Ich habe am Victoria-Bahnhof angerufen, und die Auskunft sagte, der Zug sei auf die Minute pünktlich gewesen. Was mag ihm bloß dazwischengekommen sein?«

Ann wanderte nun ruhelos zwischen Küche und Wohnraum hin und her, kaute unbewußt am Daumen und fürchtete, ihr könne jeden Moment schlecht werden. Wenn er mit dem späteren Fährzug gekommen wäre, hätte er doch von Dover aus anrufen oder telegraphieren können ...

»Jedenfalls«, sagte sie zu Mrs. Cuff, »wird er so ausgehungert sein, daß es ihm ganz egal ist, was wir ihm vorsetzen.« Ihr selbst war längst der Appetit vergangen.

Er schwebte geistig immer so in den Wolken, dachte sie, daß er wahrscheinlich vergessen hat, wieviel Uhr es ist. Das ist das Schlimme an diesen überlegenen Naturen. Immerhin ...

Sie legte eine andere Platte auf den Grammophonteller; doch die Nadel kratzte, Maurice Chevaliers Stimme klirrte, und sein Witz wirkte heute nur noch albern.

Ann stellte den Apparat wieder ab und betrachtete sich im Kaminspiegel. Vielleicht stand er plötzlich hinter ihr, legte die Hände auf ihre Schultern und lehnte wortlos seine Wange an die ihre ...

Sie schloß die Augen – und riß sie sofort wieder auf. War das da draußen ein Taxi? Nein. Nichts.

»So hab' ich mir diesen Abend nicht vorgestellt«, dachte sie, warf sich in ihren Sessel zurück und versuchte zu lesen. Hoffnungslos, sie brachte keine zwei Zeilen zusammen. Was die Leute auch für Blödsinn schrieben, der dann sogar gedruckt wurde! Wer interessierte sich denn für die großen Erlebnisse erfundener Romanfiguren? Ann warf das Buch beiseite, setzte sich wieder ans Klavier und spielte ihren Lieblingsschlager:

Someday I'll find you,
Moonlight behind you ...

Sie versuchte wie gewohnt mitzusingen, aber ihre Finger waren ungelenk, und ihre Stimme war nicht nur flach und fadendünn, sondern traf nicht einmal die richtige Tonart. Der Kanarienvogel wurde davon wach und protestierte mit einem schrillen Triller. Ann sprang auf und warf zornig eine zweite Decke über seinen Käfig.

»Wirst du wohl still sein, du kleines Scheusal!« schalt sie.

Alles war so furchtbar danebengegangen, seit sie nachmittags vor dem Kamin gehockt hatte.

Nun war sein Sessel immer noch leer; der Raum war trotz aller Blumen leblos und dumpf, und sie selbst war nichts als ein kleines Mädchen mit kläglich nach unten gezogenen Mundwinkeln, das auf die Enden der so elegant eingerollten Haarsträhnen biß, fröstelnd die Schultern zusammenzog und ins Taschentuch schnupfte: »Die Welt ist so ... so unfair.«

Wieder einmal mußte sie hinaufgehen, um ihr Aussehen aufzufrischen. Natürlich war sie um sieben fix und fertig gewesen, aber nun war es schon nach neun ... Die gerötete Nase mußte gepudert, das Lippenrot erneuert und die Frisur nach der neusten Mode zurückgebürstet werden ... Das Zeug hielt einfach nicht.

Beim letzten Blick in den Spiegel schoß ihr der peinigende Gedanke durch den Kopf, wie billig sie sich machte: Sie war nicht besser als jedes andere Mädchen, das auf einen Mann wartete, und nicht weniger unterwürfig als irgendein balzender Hahn, der sich vor seinem Weibchen aufplusterte und Kratzfüße machte. Das hübsche, lächelnde Gesicht, das ihr aus dem Spiegel entgegenstarrte, war nicht sie selbst, sondern nur eine unehrliche Attrappe. Ihr wahres Ich war eine verängstigte junge Frau, der es ganz egal war, wie sie aussah, weil ihr Herz dermaßen schlug, daß sie notfalls auf die Straße hinausgerannt wäre, um *ihn* zu bitten, zu ihr zurückzukehren...

Plötzlich erstarrte sie. Diesmal hatte sie sich nicht verhört: Ein Taxi hielt vor dem Haus, ein Schlüssel drehte sich im Schloß – und waren da nicht schon Stimmen zu hören, und das Poltern niedergestellter Koffer? Ja, zweifellos, Mrs. Cuff war aus der Küche gekommen – und er sagte etwas zu ihr.

Ann lauschte einen Moment wie gelähmt. Merkwürdigerweise schnürte ihr plötzlich etwas den Hals zu, und statt hinunterzurennen, hatte sie das Bedürfnis, sich rasch zu verstecken. Doch die lang aufgestaute Freude gewann die Oberhand. Sie lief auf den Treppenabsatz hinaus und sah über das Geländer zu ihm in die Diele hinab.

Er beugte sich gerade über einen Koffer und suchte den passenden Schlüssel hervor. »Den können Sie gleich in mein Zimmer bringen, Mrs. Cuff«, sagte er. Dann richtete er sich auf und erblickte seine Frau über sich. »Hallo, Darling!« rief er ihr munter zu.

Merkwürdig, er war dicker geworden – obgleich in Berlin doch so furchtbare Zustände herrschen sollten –, oder lag es an dem neuen, weiten Mantel? Jedenfalls hatte er sich heute beim Rasieren geschnitten, wie ein kleines Heftpflaster an seinem Kinn verriet.

Ann ging langsam die Treppe hinab, Stufe für Stufe, und versuchte zu lächeln. Sie fühlte sich sonderbar gehemmt.

»Ich hab' mir solche Sorgen gemacht«, sagte sie. »Ist etwas passiert? Du mußt ja völlig erledigt sein.«

»Oh, ich habe nur den Anschluß verpaßt«, antwortete er obenhin, »ich dachte, damit würdest du doch rechnen. Machen Sie sich weiter keine Umstände, Mrs. Cuff. Ich habe schon im Speisewagen gegessen.«

Er hatte schon gegessen – ? Damit waren alle liebevollen Pläne endgültig umgeworfen. Inzwischen küßte er sie flüchtig, tätschelte ihr die Wange wie einem Kind und lachte: »Nanu, was hast du denn mit deinem Haar angestellt?«

Sie lachte auch, um nicht zu zeigen, wie verletzend sie diese Art der Begrüßung fand.

»Es ist nur frisch gewaschen«, erwiderte sie, »und fliegt noch ein bißchen. Nun wärme dich aber erst auf.« Sie ging ihm voran ins Wohnzimmer.

Er setzte sich jedoch nicht hin, sondern lungerte nur so herum, ohne die Blumen oder die sonstigen Vorbereitungen auch nur wahrzunehmen.

»Hätte ich mir ja denken können, daß ich hier wieder in diesen lausigen Nebel gerate«, bemerkte er lediglich. »Gott, was für ein Land!«

»War es denn so neblig?« fragte Ann. »Hier war's den ganzen Tag sonnig.«

Eine Pause entstand. Sie betrachtete ihn genauer: Ja, er war dicker – und überhaupt irgendwie anders.

»Hat es dir in Berlin gefallen?« fragte sie, weil ihr nichts Besseres einfiel.

»Oh, das ist eine großartige Stadt!« erwiderte er, zum ersten Mal mit Wärme. »Mit London gar nicht zu vergleichen. Die ganze Atmosphäre – das prickelnde Leben – die Menschen – einfach alles. Dort kapiert man erst, was Leben heißt!« Er lächelte in die Luft und wippte auf den Füßen, und Ann erkannte mit jähem Schrecken, daß er sich an Dinge erinnerte, von denen sie nichts wußte, nichts wissen sollte und nie etwas erfahren würde.

»Ach, wirklich?« murmelte sie lahm. Schon jetzt haßte sie Berlin, die Menschen, die prickelnde Atmosphäre ... Sie wollte nichts mehr davon hören. Aber wenn er ihr tatsächlich nichts weiter erzählte – war das nicht noch schlimmer?

»Halt«, sagte er plötzlich und schlug sich mit einer Geste vor die Stirn, die, wie Ann sofort durchschaute, nicht spontan, sondern einstudiert war. »Eben fällt mir ein, daß ich schleunigst telephonieren muß. Fast hätte ich's vergessen. Es handelt sich um Berliner Bekannte, die zufällig auch gerade in London sind.«

»Heute abend noch? Wo du gerade erst nach Hause gekommen bist? Es ist fast zehn!« Ihr wurde übel und weh dabei.

»Eben deshalb. Ich hab' versprochen, mich sofort zu melden. Es ist wichtig.« Er warf ihr ein Kußhändchen zu, als wollte er sagen: Nun halte endlich den Mund und sei brav!

Und schon stand er am Telephon und gab die Nummer durch. Er brauchte dazu weder einen Zettel noch sein Notizbuch; er wußte sie auswendig.

Ann entfernte sich taktvoll und setzte sich an den Kamin. Ihr war kalt, ohne Grund, und sie war müde und innerlich hohl – letzteres vermutlich, weil sie den ganzen Tag nichts Ordentliches in den Magen bekommen hatte.

Ihr Mann hatte seine deutschen Bekannten noch erreicht. Sie hörte ihn angeregt sprechen, aber auf deutsch, das sie nicht verstand. So einen Redeschwall hatte *sie* noch nie von ihm gehört, und vor allem nicht dieses dauernde blöde Gelächter ... So witzig konnten doch keine Bekannten sein, nicht einmal, wenn sie aus Berlin waren. Die Unterhaltung schien kein Ende zu nehmen. Als er endlich einhängte und zu ihr zurückkam, war sein Gesicht auffallend gerötet. Er lächelte.

»So«, sagte er unnötig laut, »nun erzähl mir alles, was es hier Neues gibt.«

Vermutlich hatte er das Gefühl, daß sie nun an der Reihe war. Doch nun war sie verschlossen und konnte nicht mehr. Zu dumm, aber sie dachte nur noch an May und ihren Fred. Damit konnte sie ihren Mann natürlich nicht am ersten Abend behelligen; es war kaum der richtige Augenblick, und außerdem ...

»Ach, ich weiß nicht«, sagte sie. »Seit du weg bist, ist eigentlich nichts vorgekommen, was des Erzählens wert ist.«

Er lachte wieder; doch sein Lachen verwandelte sich in ein sperrangelweites Gähnen.

»Und wie geht's deinem Kanari?« fragte er mit einem gleichgültigen Blick zu dem verdeckten Käfig.

»Gut«, erwiderte sie einsilbig.

»Dann ist ja alles in bester Butter«, meinte er (ein Ausdruck, der ihr neu war) und flegelte sich endlich in seinen Sessel, immer noch ausgiebig gähnend. Sie sah in seinen ungeniert aufgerissenen Mund und dachte: Nein, ich bilde es mir nicht nur ein. Er ist nicht nur dicker, sondern auch sonst verändert ... Sehr verändert.

Als sein Gähnkrampf vorbei war, pfiff er leise vor sich hin und sagte langsam:

»Mit der Zeit hat's doch wirklich eine sonderbare Bewandtnis. Ich habe früher nie kapiert, warum Schriftsteller und Philosophen so ein Aufhebens davon machten. Aber wenn ich bedenke, daß ich gestern nacht um diese Stunde noch in Berlin war ...«

Ann antwortete nur mit einem nervösen Lächeln. Sie wollte ihm ja immer noch gefallen; schließlich waren sie verheiratet! Aber irgend etwas in ihrer Herzgegend stach wie ein kleines Messer, das sich um und um drehte, und sie hörte wie von fern ihre eigenen Trostworte:

»Nimm's nicht zu schwer. Die Zeit heilt alles.«

Ein Ausrutscher

Ich, ein in jeder Hinsicht unauffälliger junger Mann, weiß nicht, wie viele Menschen schon durch ein paar unbedachte Worte ruiniert worden sind. Eine kleine Taktlosigkeit, eine winzige Indiskretion – und schon ist Schluß mit allen Zukunftsplänen oder Träumen. Sie müssen sehen, wie sie weiter zurechtkommen, nur weil sie sich eine Sekunde zu spät auf die Lippen gebissen haben. Nichts macht den Ausrutscher ungeschehen. Was gesagt ist, ist gesagt.

Ich kenne drei Leute, die wegen eines achtlos hingeworfenen Satzes bitter zu leiden – oder zu büßen? – hatten. Einer davon war ich: Ich verlor deswegen einen guten Job. Der zweite Mann verlor seine Illusionen. Und die dritte, die Frau... Na, ich glaube, die hatte sowieso nicht mehr viel zu verlieren, es sei denn ihre letzte Chance, bei irgendwem Geborgenheit zu finden.

Nummer zwei und drei habe ich seitdem nicht mehr wiedergesehen. Die schroff abgefaßte, maschinengeschriebene Kündigung erhielt ich schon eine Woche später, worauf ich meinen Krempel zusammenpackte und London verließ – meine »steile Karriere« lag, sozusagen, im Papierkorb. Nach kaum drei Monaten las ich dann auch in irgendeinem Wochenblättchen, mein früherer Chef habe inzwischen die Scheidung eingereicht. Wie dumm, wie überflüssig das alles! Überflüssiges Gerede von mir – ein Wort zuviel von ihr. Und dabei hatte alles so harmlos angefangen.

Wir trafen zufällig im Ausgang des Geschäftshauses zusammen, mein Chef und ich. Es war scheußlich feucht und kalt; Weihnachten nahte. Ich hatte so eine Art Kopfgrippe und alles andere als Festlaune. Mein Chef, der gerade aus seinem Privatbüro kam, gab mir einen gutmütigen Klaps auf die Schulter.

»Sie sind heute keine besondere Reklame für die frohe

Adventszeit«, bemerkte er sehr richtig. »Kommen Sie mit; wir sollten mal zusammen einen Happen essen.«

Ich nahm die Einladung dankend an. Es kommt nicht alle Tage vor, nicht einmal um Weihnachten herum, daß ein Chef mit Einladungen um sich wirft. Er brachte mich zu seinem Stammlokal am Strand. Mir wurde schon etwas besser, als ich einen ordentlichen Teller Rinderbraten mit Beilagen vor mir hatte und den Scherzen meines Chefs zuhörte; er war so nett familiär mit dem Kellner. In seinem Übermut hatte er sich heute sogar ein grünes Zweiglein ins Knopfloch gesteckt. War's Stechpalme oder Buchsbaum? Ich bin botanisch nicht so bewandert... Nur um ihm eine Freude zu machen, sagte ich:

»Nanu, Chef – Sie haben sich ja heute so feingemacht? Darf man fragen, was Sie für große Dinge vorhaben? Wollen Sie vielleicht bei einer Kindergesellschaft als Nikolaus auftreten?«

Er lachte schallend. Ich bemerkte etwas Soße in seinem Mundwinkel.

»Nein«, sagte er. »Ich heirate heute.«

Ich reagierte, wie man bei solchen Eröffnungen eben reagiert.

»Es ist kein Witz«, beteuerte er. »Es ist die reine Wahrheit. Die anderen wissen es schon; ich habe es ihnen kurz vor dem Weggehen noch schnell gesagt. Bis dahin habe ich es geheimgehalten, weil ich kein großes Trara wollte. Na, und Sie? Wollen Sie mir nicht gratulieren?«

Ich starrte in sein bis zum Platzen von Selbstzufriedenheit erfülltes Gesicht.

»Gratulieren? Ach, verflixt... Natürlich, gerne. Leider hab' ich meine Illusionen verloren, was Frauen betrifft.«

Er lachte wieder. Er war in überschaumender Laune, was bei einem gestandenen Mann immer etwas lächerlich wirkt.

»Sie und Ihre Weiber-Erfahrungen! Bei mir ist das ganz was anderes«, erklärte er. »Ich habe endlich die Richtige gefunden. Die Einzige... Das sag' ich nur Ihnen so geradeheraus, weil ich Sie nämlich mag, mein lieber Junge. Darum freut es mich auch, daß wir jetzt noch mal so hübsch privat zusammensitzen.«

Ich gab ein verständnisvolles Grunzen von mir.

»Klar, es ist alles ein bißchen plötzlich gekommen«, fuhr er fort. »Aber gerade das paßt zu mir. Kurz und bündig! Das war von jeher meine Devise. Kein langes Hin und Her. Heute, gleich nach der Trauung, geht's ab durch die Mitte – nach Paris. Die Zeremonie wird auf dem Standesamt erledigt.« Er warf einen Blick auf seine Uhr. »Haha, in genau einer Stunde avanciere ich zum Ehemann!« lachte er.

»Und Sie sitzen noch so ruhig hier? Wo ist Ihre Braut?« erkundigte ich mich.

»Sie packt die Koffer.« Er grinste wie ein Idiot. »Ich habe mich erst gestern abend zu der Hochzeitsreise nach Paris entschlossen. Lieber Mann, Sie werden leider wahnsinnig viel zu tun haben, bei dem vorweihnachtlichen Ansturm jetzt.« Er beugte sich mit herablassender Freundlichkeit über den Tisch. »Aber ich setze nun mal großes Vertrauen in Sie. Sie werden das schon schaffen. Ich habe Sie beobachtet. Sie werden es weit bringen, mindestens bis zum Abteilungsleiter. Ich kann Ihnen heute schon verraten –«, er dämpfte die Stimme, als hätte irgendwer im Restaurant auch nur das geringste Interesse an seinem Geschwätz, »– daß ich Ihnen für die nächste Zukunft sehr bedeutende Aufgaben zugedacht habe. Natürlich müssen Sie arbeiten wie wild. Aber Sie denken doch auch an Aufstieg, Gehaltserhöhung, vielleicht sogar ebenfalls an Heirat.«

Sein joviales Gestrahle ließ mich kalt. ›Seid umschlungen, Millionen‹, dachte ich – ein Nichts kann genügen, Dummköpfe in diese Stimmung zu bringen. Aber was sollte ich antworten? »Furchtbar nett von Ihnen«, sagte ich lahm. »Ich heirate bestimmt nicht.«

»Immer noch der große Zyniker!« lachte er. »Sie sehen alle Frauen durch dieselbe Zerrbrille. Ich bin doppelt so alt wie Sie, und schauen Sie mich nur an: Heute bin ich der glücklichste Mensch auf Erden!«

Dem Mann war nicht mehr zu helfen. »Na ja, vielleicht bin ich ein Pechvogel«, räumte ich ein. »Vielleicht bin ich an die Falsche geraten.«

»Ah«, meinte er, »keine gute Nase. Fatal. Ich schmeichle mir –«, er öffnete den Mund weiter, um eine neue Ladung hineinzuschaufeln, »daß ich immer auf den ersten Blick erkannt habe, woran ich bin. Ihr jungen Leute seid alle so verbittert. Ihr habt keinen Sinn für Romantik mehr; jedenfalls tut ihr so.«

Romantik! Das Wort beschwor eine Erinnerung herauf: eine regnerische Nacht, ein schmales, tränenüberströmtes Gesicht, das zu mir aufblickte; Lichtreklamen, die sich im nassen Asphalt spiegelten; Leute, die in Abendkleidung aus den Theatern kamen und hastig ihre Regenschirme aufspannten.

»Romantik?« wiederholte ich. »Ist für mich heute nur ein komisches Kitschwort.« Doch noch komischer und, was ich sofort wußte, *taktlos* war es, daß ich mich ausgerechnet in dieser Stunde in so ein belangloses Modewort verbiß. Ich hätte doch mit Leichtigkeit darüber hinweggehen können, aber ich sagte:

»Als ich das zum letzten Mal hörte, kam es aus einem süßen Frauenmund. Und ich habe es leider nicht so bald vergessen.«

Der Chef sah mich forschend an. Irgend etwas in meinem Ton war ihm wohl aufgefallen.

»Also tatsächlich verbittert?« fragte er. »Wollen Sie sich nicht mal darüber aussprechen? Heute hab' ich Verständnis für alles. Und Sie sind immer so schweigsam. Nie hört man ein persönliches Wort von Ihnen.«

»Ach, es ist eine ganz banale Geschichte, nicht wert, daß man deswegen den Mund aufmacht«, sagte ich. »Außerdem müssen Sie in einer knappen Stunde aufs Standesamt.«

»Und wenn schon!« lachte er. »Soviel Zeit haben wir noch. Mein Terminplan wird trotzdem auf die Minute eingehalten. Raus mit der wilden Katze! Was hatten Sie denn nun wirklich für furchtbare Weibergeschichten?«

Ich gähnte achselzuckend und zündete mir mit blasierter Miene eine Zigarette an, da mein Teller leer war.

»Es geschah in der Wardour Street«, fing ich an. »Da bin ich ihr in die Klauen gefallen. Denkbar schlechter Ort für zwielichtige Abenteuer, eher eine Art feine Kinokulisse, jedenfalls gar nicht mein Milieu. Ich bin so'n Eigenbrötler, wie Sie wissen, und gehe so gut wie nie aus. Ich hasse Menschenansammlungen jeder Art, einschließlich Theater, Konzerte und Parties. Ganz abgesehen davon, daß ich mir große Sachen nicht leisten kann. Mein Leben spult sich zwischen Büro und meiner möblierten Wohnung in Kensington ab. Ich lese viel, und den Sonntag vertrödle ich meistens in Museen. Zugegeben, ich bin ein verdammt sturer Typ. So kommt es, daß ich das West End im allgemeinen und die Wardour Street im besonderen kaum kannte, als ich – na, so etwa vor einem halben Jahr – mal aus dem Büro kam und den Kragen bis obenhin voll hatte. Sie kennen das sicher auch. Man ist nervös, ärgert sich über alles und nichts; das ganze Leben ist einem zuwider …

In dieser Gemütsverfassung fiel mir in meiner Bude natürlich die Decke auf den Kopf, wie man so sagt. Obendrein mußte ich jeden Moment damit rechnen, daß meine Wirtin hereinkam und mir alles über ihre Schwester erzählte, die zum x-ten Mal ›guter Hoffnung‹ war, obwohl es bei ihr nie ohne Komplikationen abging und … Na, das gehört nicht hierher. Jedenfalls entschloß ich mich ganz plötzlich, auszureißen und ins Kino zu gehen. Ich fuhr also mit der U-Bahn zum Leicester Square.

Im Kino – ich hatte gar nicht auf den Filmtitel geachtet, weil ich sowieso keinen kannte – erschien alle paar Minuten eine zauberhafte Blondine auf der Leinwand, meistens in Großaufnahme, und ihre rührenden Tränenaugen richteten sich immer genau auf mich. Alter Trick, und natürlich auch ein uraltes Thema: Minderjährige Unschuld liebt edlen Helden; düsterer Schurke spuckt ihnen in die Suppe und will sie zugrunde richten, und das Publikum wird eine Stunde lang in atemloser Ungewißheit gehalten. Alles Käse, aber mittlerweile ist man süchtig geworden. Ich jedenfalls blieb zwei Vorstellungen lang sitzen und sah mir alles nochmal an, und als ich endlich hinausstolperte, weil das Kino zumachte, war ich wie benommen und fand mich in der realen Welt gar nicht mehr zurecht …

Besonders deshalb, weil es inzwischen stark regnete. Ich sah nur wie durch graue Vorhänge, wie die Leute überall aus Kinos und Theatern kamen, schleunigst ihre Regenschirme aufspannten, in ihre Autos stiegen oder wild nach Taxis winkten. Ich stiefelte dahin wie im Traum: vor meinem inneren Auge war immer noch das Schlußbild, wie die süße Blondine den Zelteingang hinter sich und dem Helden und zugleich den Kinovorhang schloß ... Das war nämlich der neckische Schlußgag gewesen, mitten in der Wüste.

Wie ich in die Wardour Street geriet, weiß ich nicht. Jedenfalls prallte ich nach ein paar Schritten an der Ecke mit jemandem zusammen – mit einem jungen Mädchen, genauer gesagt. Sie hatte keinen Schirm und war viel zu dünn angezogen. Es regnete ja ganz schauderhaft.

›Pardon‹, sagte ich. Sie blickte nur kurz zu mir auf – ein kleines, weißes Gesicht unter so einem tief in die Stirn gezogenen Glockenhütchen – und brach zu meinem Entsetzen plötzlich in Tränen aus. ›Es tut mir wirklich furchtbar leid‹, stotterte ich. ›Habe ich Ihnen weh getan? Kann ich irgend etwas für Sie tun?‹ Sie wischte sich fahrig über die Augen und wollte an mir vorbei. ›Es ist nichts‹, brachte sie undeutlich heraus, ›es war meine eigene Schuld ... Ich habe nicht achtgegeben.‹ Dann stand sie an der Bordschwelle und sah nach rechts und links, als wüßte sie nicht weiter. Der Regen strömte, und das schwarze Mäntelchen klebte ihr vor Nässe am Leib. Irgendwie erinnerte sie mich an die süße Blondine aus dem Film, natürlich in einer der traurigen Szenen lange vor dem Happy-End. Sie weinte auch genauso, mit abgewandtem Gesicht.

›Wie pathetisch!‹ dachte ich. ›Der pure Kitsch! Andererseits ... die Kleine hat wahrscheinlich mehr Grund zum Lebensüberdruß als ich.‹ Und deshalb, rein impulsiv, drehte ich mich noch mal zu ihr um, tippte ihr an den Ärmel und sagte: ›Hören Sie mal, ich weiß, es geht mich nichts an, und es ist vielleicht eine Frechheit, Sie einfach anzureden. Aber ... fehlt Ihnen was? Kann ich Ihnen helfen? Ich meine, bei diesem Hundewetter ...‹

Sie zückte bloß ein lächerliches Taschentuch und putzte sich die Nase.

›Ja ... nein ... Ich weiß nicht weiter‹, schnupfte sie. ›Ich bin nämlich noch nie in London gewesen – seit gestern, meine ich. Heute sollte mein Hochzeitstag sein. Nur deswegen bin ich extra von Shropshire hergekommen. Und nun habe ich nicht mal seine Adresse ... Ich meine, seine Adresse stimmt nicht. Die gibt's gar nicht. Er hat mich furchtbar beschwindelt. Und nun weiß ich nicht mehr wohin. Ich hab' solche Angst ...‹ Sie sah ganz verschüchtert über die Schulter zurück. ›Bis hier, wo ich Sie angerannt habe, hat mich nämlich ein fremder Mann verfolgt. Er sagte so merkwürdige Sachen ... Darum bin ich so kopflos weitergelaufen. Ich weiß nicht, was der von mir wollte ...‹

›Himmel‹, dachte ich. ›Wenn sie nicht mal das weiß, ist sie wirklich noch reichlich naiv.‹ Laut sagte ich: ›Jedenfalls können Sie jetzt nicht hier an der Ecke stehenbleiben. Haben Sie gar keine Freunde oder Bekannten hier? Sonst gibt's doch noch ... Heime, die Bahnhofsmission und so ...‹

Sie sah mich verständnislos an. Ihre Mundwinkel zuckten. ›Ich werde schon irgendwo hinfinden‹, sagte sie. ›Bitte, geben Sie sich keine Mühe. Danke schön für den guten Rat.‹

Na, das hatte keinen Zweck. Gott weiß, wo sie allein gelandet wäre – mit diesem verängstigten Gesichtchen und bei dem Sauwetter!

›So geht das nicht‹, sagte ich energisch. ›Wollen Sie sich mir anvertrauen, nur für kurze Zeit, bis wir eine Lösung für Sie gefunden haben? Wir könnten erst mal essen gehen, und dann sehen wir weiter.‹

Sie sah mich ein paar Sekunden lang forschend an – an der Ecke war 'ne Laterne – und nickte schließlich sehr ernsthaft. ›Ja, Ihnen kann ich trauen, glaube ich‹ sagte sie, und der Ton, in dem sie das sagte, traf mich mitten ins Herz. Pardon, anders kann ich's nicht ausdrücken. Ich fühlte mich plötzlich um Jahre älter und reifer, und sie war doch noch das reinste Kind.

Ich bot ihr den Arm, und sie legte die Hand darauf immer noch ein bißchen zaghaft und argwöhnisch. Ich lächelte sie beruhigend an. ›So ist's recht‹, sagte ich und führte sie zurück, fast die ganze Wardour Street entlang, bis wir zu einem Lyon's-Restaurant kamen. Das Lokal war noch voller Leute – das Mädchen hatte ordentlich Angst, sich in ihrem klatschnassen Zustand da zu zeigen. Aber ich redete ihr gut zu, und wir fanden sogar ein Tischchen für uns, und ich fragte, was sie essen wollte. Sie wählte nur Rührei mit Schinken und eine Tasse Kaffee, aber sie aß das Zeug wie eine Verhungerte.

›Ist das heute Ihre erste Mahlzeit?‹ fragte ich.

Sie wurde rot und biß sich beschämt auf die Lippen. ›Ja‹,

gestand sie, und ich hätte mir wegen meiner Taktlosigkeit die Zunge abbeißen mögen.

›Wenn Sie fertig sind‹, sagte ich deshalb nach einer kleinen Pause, ›erzählen Sie mir vielleicht genauer, wie das alles gekommen ist.‹

Na, das Essen hatte sie sichtlich gestärkt; sie sah nun nicht mehr ganz so blaß und verängstigt aus und weinte nicht mehr. Nach einigem Herumdrucksen erzählte sie:

›Ja, also ich war – bin – mit einem Vertreter verlobt, und eigentlich wollten wir heute heiraten. Bei uns in Shropshire hat er mir so richtig galant den Hof gemacht ... Er war überhaupt so nett, auch zu meiner Mutter. Wir haben da ein kleines Bauernanwesen, wissen Sie, und immer furchtbar viel zu tun; aber sonst ist es recht abgelegen und ruhig. An den Markttagen habe ich unsere Produkte – Gemüse und so – nach Tonsbury gebracht, und dabei habe ich ihn eines Tages kennengelernt. Er war als Vertreter für eine Londoner Firma da und hatte sogar ein eigenes Auto. Ach, so ein richtiger Gentleman – welterfahren und immer nobel und großzügig. Meine Mutter war auch ganz hingerissen von ihm. Dann hat er uns erzählt, wir könnten uns bald ein eigenes Häuschen leisten, wenn wir unser Geld zusammenlegten. Dann könnte er seine mühsame Reisetätigkeit aufgeben und eine feste Stelle im Innendienst kriegen, natürlich hier in London. Und hier müßte auch die Trauung sein; er hätte das Aufgebot schon bestellt. Das war das einzig Traurige für Mutter, weil sie nie genug Hilfskräfte kriegt, um die Wirtschaft auch nur für einen Tag ganz allein zu lassen. Aber wir versprachen ihr natürlich, sie so oft wie möglich zu besuchen.

Also heute früh sollte die Trauung sein ...‹ Sie stockte, und ich sah, daß sie jetzt wieder den Tränen nahe war. Deshalb tätschelte ich ihr unter tröstlichem Gemurmel ein bißchen die Hand und fragte: ›Ja, und?‹

›Er holte mich gestern in seinem kleinen Anton ab‹, berichtete sie stockend, ›und wir verbrachten die letzte Nacht vor der Trauung in einem Hotel ...‹ Ihre Stimme versagte. Sie starrte nur so auf ihren leeren Teller. Na, da wußte ich genug.

›Aha‹, sagte ich so zartfühlend und leise wie möglich, ›Sie sind einem Heiratsschwindler aufgesessen.‹

›Aber er sagte doch, wir würden heute getraut! Ich hielt alles für gut und richtig.‹ Nun stiegen ihr wieder die Tränen in die Angen. ›Aber heute früh, als ich aufwachte, war er verschwunden. Und die Hotelleute waren gemein zu mir ... Und weil die Rechnung nicht bezahlt war, behielten sie sogar meinen Koffer als Pfand, wo die teure Brautausstattung drin war. Nur die Kleidung, in der ich gekommen war, und mein Handtäschchen haben sie mir gelassen.‹

Sie suchte nach ihrem längst durchnäßten Taschentuch. Ich gab ihr meines.

›Natürlich traue ich mich da nicht wieder hin, und erst recht nicht nach Hause. Was würde Mutter bloß von mir denken?‹ Sie vergrub das Gesicht in den Händen. Arme Kleine! Ich hätte sie auf knapp achzehn geschätzt, wenn die Sache mit dem Aufgebot nicht gewesen wäre; demnach mußte sie gerade einundzwanzig sein. Immer noch zu jung für ein Landkind in London!

›Haben Sie noch genug Geld für eine Fahrkarte?‹ fragte ich.

›Sieben Shilling, acht Pence‹, antwortete sie. ›Hier in meinem Täschchen. Ich hab's nachgezählt. Er sagte ja, von nun an würde er für alles aufkommen.‹

Lieber Chef und Freund – wenn ich Sie so nennen darf –, dies war die unmöglichste Situation meines bisherigen Lebens. Da saß mir nun das betrogene junge Ding gegenüber und wartete auf Rat und Hilfe.

Ich schlug einen sehr sachlichen Ton an. ›Also, am besten übernachten Sie heute bei mir‹, sagte ich, ›und morgen früh verfrachte ich Sie zurück nach Shropshire, zu Ihrer Mutter. Ich gebe Ihnen auch einen schönen Entschuldigungszettel mit.‹

›Aber das geht doch nicht!‹ stammelte sie blutübergossen. ›Ich kenne Sie doch gar nicht!‹

›Unsinn‹, sagte ich fest. ›Bei mir sind Sie sicherer als sonstwo.‹ Und nach einigem Hin und Her ließ sie sich davon überzeugen.

Natürlich war sie nach dem langen Herumirren in der bösen

Großstadt London todmüde. Schon im Taxi, das ich ihretwegen nahm, schlief sie beinahe an meiner Schulter ein. Glücklicherweise war meine Wirtin längst zu Bett; niemand sah uns. Ich konnte noch einen Rest Glut im Kamin hochstochern. Das Mädchen kauerte sich davor hin und streckte die Hände über die schwachen Flammen. Ich legte ein bißchen Holz nach und überlegte mir, wie ich der Wirtin morgen früh die Anwesenheit meines Schützlings erklären sollte.

Da sah sie plötzlich vom Feuer zu mir auf und lächelte, zum ersten Mal ohne Furcht, und sagte:

›Wenn nicht alles so traurig wäre, würde ich es jetzt richtig romantisch finden.‹

Romantisch!« unterbrach ich meinen ungewöhnlichen Redefluß. »Das war ja irgendwie das Stichwort. Wenn Sie es nicht vorhin gebraucht hätten, hätte ich die banale Geschichte nie erzählt.« Ich zerdrückte meine Zigarette im Aschenbecher.

»Na, wo Sie nun soweit sind, erzählen Sie schon zu Ende«, ermunterte mich mein Chef. »Das war doch wohl nicht der Schluß?«

»Mit der Romantik war und ist seitdem bei mir Schluß«, sagte ich ironisch.

»Wieso? Sie wollten das Mädchen doch am nächsten Morgen zurück zur Mutti nach Shropshire verfrachten?«

Ich lachte. »Die Dame war in ihrem ganzen Leben nicht in Shropshire. Als ich am nächsten Morgen erwachte, war sie verschwunden, mitsamt meiner Brieftasche und all meiner irdischen Habe.«

Mein Chef starrte mich verblüfft an. »Ach du meine Güte!« Er blies die Backen auf und pfiff tonlos vor sich hin. »Soll das heißen, daß sie die ganze Zeit Theater gespielt hat? Kein Wort an der ganzen Rührgeschichte hat gestimmt?«

»Sie sagen es. Kein Wort.«

»Ja, aber haben Sie nicht die Polizei alarmiert? Oder sonstwas unternommen, um ihr auf die Spur zu kommen?«

Ich schüttelte den Kopf. »Auch wenn man sie aufgetrieben hätte, bezweifle ich sehr, daß ich auf legitime Art mein Geld zurückgekriegt hätte.«

»Ach so. Sie haben ohnehin geahnt, daß sie Ihnen nur was vorgeschwindelt hat?«

»Nein. Keinen Moment.«

»Dann verstehe ich gar nichts mehr. Wenn man so einen plumpen Betrug entdeckt, geht man doch zur Polizei!«

Ich konnte nur noch müde seufzen. »Chef, Sie vergessen unsere altertümlichen Gesetze. Selige Queen Victoria! Ich hatte das unglückliche junge Mädchen bei mir aufgenommen. Aber natürlich bin ich dann nicht die ganze Nacht im Regen draußen spazierengegangen, und ich konnte mich auch nicht auf ein Sofa im Vorzimmer zurückziehen ...«

Wir schwiegen. Mein Chef rieb sich nachdenklich das Kinn. »Tja, dann ...« murmelte er endlich. »Da haben Sie sich einfach reinlegen lassen wie ein grüner Junge. Sind Sie danach nochmal in der Wardour Street gewesen?«

»Danke, nein«, sagte ich. »Einmal und nie wieder. Mir hat's gelangt.«

»Immerhin – für so gutgläubig hätte ich Sie nie gehalten!« meinte er. »Ich erkenne diese Sorte eine Meile gegen den Wind. Klar, nach so einem Reinfall kann man sich die Weiber für alle Zeiten abgewöhnen, da gebe ich Ihnen recht. Aber sie sind wirklich nicht alle so, mein lieber Junge. Es gibt Ausnahmen.« Er lächelte selig. »Hier und da gibt's noch echte Fälle von jungen, unverdorbenen Mädchen, die schmählich von einem Schuft sitzengelassen worden sind ...

»Wo zum Beispiel?« fragte ich.

»Ich denke da an meine eigene Braut«, gestand er. »Das Mädchen, das in einer halben Stunde meine Frau sein wird. Als ich ihr vor sechs Wochen begegnete, war sie noch ein Neuling in London. Die Ärmste war Vollwaise und hatte keinen roten Heller, war aber aus sehr guter Familie – sie hat mir eine Menge alte Dokumente und Briefe und Photos von dem verlorenen Besitz ihrer Ahnen gezeigt. Na, heutzutage ist es ja nicht selten, daß sich auch ein Mädchen aus gehobenen Kreisen sauer das eigene Brot verdienen muß, und sie tat es als kleine Stenotypistin in Bristol. Da rückte ihr aber bald ihr Chef, der Saukerl, derart massiv auf die Pelle, daß sie Hals über Kopf die Stellung aufgab und, mit einer Zeitungsannonce in der Tasche, nach London fuhr, um sich was anderes zu suchen. Ein Segen, daß ich dazwischenkam, sonst wäre sie in ihrer Unerfahrenheit garantiert wieder dem Falschen in die Hände geraten. Und wenn sie sich nicht gerade neben mir auf der U-Bahn-Rolltreppe den Fuß verstaucht hätte, hätte sie sich nicht mal von mir ansprechen lassen. Aber ...« Er brach nach einem Blick auf die Uhr ab und rief nach dem Kellner. »Das Weitere erzähle ich Ihnen vielleicht mal später. Ich muß jetzt zum Standesamt. Sie müßten sie selber sehen! Eine so entzückende, gebildete Dame ...«

Seine wasserblauen Augen richteten sich einen Moment mit dem verschwommenen Ausdruck des hoffnungslos Verliebten zur Decke. Heute nacht – ! stand darin zu lesen. Aber er sagte nur noch: »Ich bin der glücklichste Mensch auf Erden. Eigentlich ist sie viel zu gut für mich.«

Die Rechnung kam, er zahlte, und wir verließen gemeinsam das Lokal. Draußen fiel ihm plötzlich etwas ein.

»Wissen Sie was? Kommen Sie doch um vier zum Victoria-Bahnhof, dann lernen Sie meine Frau noch kurz kennen. Wir reisen mit dem Fährzug Dover-Paris ... Na, das hab' ich Ihnen ja schon erzählt. Aber Sie können uns als erster gratulieren – und schöne Adventstimmung mitbringen, ja?«

Da ich nichts anderes vorhatte und mich langweilte und weil es sowieso egal war, ob ich ihm den Gefallen tat oder nicht, sagte ich zu.

»Schön, kurz vor vier bin ich zur Stelle.«

Ich erinnere mich, wie ich mit der U-Bahn zum Victoria-Bahnhof fuhr, wo um diese Zeit natürlich alles besetzt war, so daß ich an der Halteschlaufe hin und her schlingern mußte. Ich erinnere mich, wie ich wegen der verdammten Bahnsteigkarte vor dem Schalter Schlange stand und mich von gehetzten, nervösen Menschen vorwärtsschubsen ließ. Ich erinnere mich, wie ich sinnlos den Bahnsteig entlangging, um in die Fenster des abfahrbereiten Dover-Zuges zu spähen, wobei ich den Gepäckträgern in die Quere kam und angeschrien wurde. Ich erinnere mich, daß ich mich die ganze Zeit fragte, warum und wozu ich überhaupt gekommen war...

Dann sah ich plötzlich sein breites, rotes Gesicht, das mir hinter der geschlossenen Fensterscheibe eines Pullmanwagens zugrinste. Er winkte heftig und rief etwas, bevor er, scharfsinnig folgernd, daß ich ihn durch das Glas nicht verstehen konnte, kurz verschwand und einen Moment später in der noch offenen Tür wieder erschien.

»Ich dachte schon, Sie hätten uns versetzt!« schrie er. »Braver Junge – auf Sie ist doch Verlaß!«

Und schon zerrte er unter albern-verschämtem Gekicher, rot vor Stolz und Genugtuung, ein leicht widerstrebendes weibliches Wesen ins Blickfeld.

»Meine Braut – nein, meine Frau!« verkündete er. »Dies ist mein bester Mitarbeiter, Darling. Ihr beide müßt dicke Freunde werden.«

Ich stand reglos da, den Hut in der Hand. »Alles Gute... und frohe Weihnachten«, stammelte ich, während die junge Frau mich wortlos anstarrte.

Der frischgebackene Ehemann sah mit einem raschen, verdutzten Blick von ihr zu mir.

»Nanu, kennt ihr euch schon?«

Sie lachte affektiert auf, legte ihm zärtlich einen Arm um den dicken Hals, winkte mir betont unbekümmert mit der freien Hand zu, ganz ›Herrin der Situation‹, und sagte unbedacht und viel zu schnell:

»Aber ja, Ihr Gesicht kommt mir bekannt vor. Sind wir nicht mal bei Regenwetter in der Wardour Street ineinandergerannt...?«

Der Bahnhofsvorsteher hob die Kelle. Ein schriller Pfiff ertönte. Die Tür schlug zu. Der Zug setzte sich in Bewegung.

Kleine Ehedifferenzen

Er lehnte am Kamin und klimperte nervös mit dem Kleingeld in seiner Tasche. Wahrscheinlich mußte er wieder eine der üblichen Szenen über sich ergehen lassen. Es war schon albern, wie sie's ihm jedesmal verübelte, wenn er ohne sie wegging; offenbar machte sie sich nie klar, daß er das ab und zu brauchte – aus keinem besonderen Grund, einfach so, nur um eine gewisse Illusion von Freiheit zu haben. Er fand es herrlich, die Tür hinter sich zuzuschlagen und, unternehmungslustig sein Stöckchen schwingend, auf den nächsten Bus zu warten. Der wonnevolle Gedanke »Endlich allein!« war etwas, das er niemandem erklären konnte, auch ihr nicht – ihr am allerwenigsten. Dies köstliche Bewußtsein totaler Verantwortungslosigkeit, natürlicher, ausgelebter Selbstsucht! Nicht dauernd auf die Uhr sehen und denken müssen: »Ich hab' versprochen, um vier zu Hause zu sein . . .«, sondern nun gerade um vier etwas ganz anderes zu machen, egal was, wovon sie nichts wußte. Nur darauf kam es an. Sogar eine Taxifahrt, die er ihr nicht extra erklären mußte, war eine Sensation: da durfte er sich rauchend ins Polster zurücklehnen, ohne sie bei jeder Kopfbewegung neben sich zu erblicken. Wenn er abends heimkam, erzählte er ihr ja alles; er hatte nichts zu verbergen, er tat nichts Verbotenes. Sie saßen dann am Kamin und lachten gemeinsam über seine Erlebnisse – aber er hatte wenigstens ein paar Stunden für sich gehabt, für sich ganz allein.

Eben dies nahm sie ihm übel. Sie wollte nun einmal alles und jedes mit ihm teilen, getreu dem allzu wörtlich genommenen Schwur, den sie einander irgendwann vor dem Altar geleistet hatten. Für sie selbst wäre es ein Unding gewesen, etwas ohne ihn oder wenigstens ohne ernsthafte gemeinsame Vorbesprechungen zu tun. Außerdem hatte sie ein vertracktes Talent, seine Gedanken zu lesen. Wenn er nur etwas dachte, was nicht unbedingt in Verbindung zu ihr stand, so merkte sie es sofort.

Nur übertrieb sie alles ins Ungemessene. Wenn er nur ein bißchen in die Luft guckte, hielt sie es augenblicklich für erwiesen, daß sie ihm lästigfalle, daß er sie nicht mehr mochte. Selbstverständlich war dies nicht der Fall; er liebte sie über alles in der Welt, für ihn existierte niemand neben ihr. Warum durchschaute sie das nicht auch und gab sich dankbar zufrieden? Warum mußte sie ihn derart an sich ketten, buchstäblich mit Leib und Seele, ohne ihm ein bißchen Distanz oder gar Bewegungsfreiheit zu gestatten! Sie sollte doch aus Erfahrung wissen, daß er sich nie weit entfernte, daß er, bildlich gesprochen, nie ganz aus ihrer Reichweite kam; er wollte nur – ebenfalls metaphorisch – gelegentlich mal ohne sie einen Hügel erklimmen, um zu sehen, was auf der anderen Seite war. Aber nein. Auch das durfte er nur mit ihr!

»Begreifst du nicht«, so erklärte sie oft, »daß ich keine Freude an schönen Dingen habe, wenn ich sie nicht mit dir teilen darf? Sooft ich allein ein Bild betrachte, das ich für ein Meisterwerk halte, oder eine mitreißende Passage in einem Buch entdecke, denke ich: wie schade, daß er nicht da ist – solange wir dies nicht gemeinsam bewundern und genießen können, bleibt alles irgendwie fad und bedeutungslos. Ich bin so mit dir verwachsen, daß ich mir ohne dich taubstumm vorkomme, blind, wie ein grausam zurückgestutzter Baum oder ein armer Krüppel. Mein Leben verliert jeden Wert, wenn ich nicht alles mit dir teile, nicht nur das Schöne, sondern auch das Häßliche und den Schmerz. Zwischen uns darf es keinen Schatten geben, keine Schranken – nicht einmal in den verschwiegensten Herzensfalten.«

Komisch ... Ja, er verstand schon, was sie meinte, aber er konnte es nicht nachempfinden. Sie lebten auf verschiedenen Ebenen. Man konnte sie beide mit zwei Sternen im All vergleichen, die einander umkreisten: sie viel höher, in gleichmäßig strahlendem Licht, er ein unstet glitzernder, flackernder Irrläufer, der dazu bestimmt war, rasch auf die Erde zurückzustürzen und nur einen kurzlebigen Lichtstreif am Himmel zu hinterlassen.

Er wandte sich ihr zu und ergriff abrupt das Wort.

»Also – es ist doch wohl besser, ich fahre jetzt los und esse heute in der Stadt. Schließlich habe ich dem Mann versprochen, ihn vor der Abreise noch mal zu sprechen, und ich möchte ihn nicht vor den Kopf stoßen. Ich komme so bald wie möglich zurück.« Er lächelte eine Spur zu unbekümmert.

Sie sah von dem Brief auf, an dem sie gerade schrieb. »Ich denke, du hättest längst alles mit ihm besprochen?«

»Ja ... mehr oder weniger. Ich habe nur das Gefühl, ich muß noch mal ›auf privat machen‹, du weißt schon ... sonst wäre er tödlich beleidigt. So ein zwangloses Abendessen ist immer gut. Und da wir beide sowieso nichts anderes vorhaben ... Du bist beschäftigt, wie ich sehe ...« Er schwatzte leichthin darauf los, als sei er ihrer Zustimmung sicher.

Leider war sie nicht zu täuschen, wie immer. Warum redete er nicht aufrichtig mit ihr? Warum gestand er nicht ein, daß ihm ihre Gesellschaft nicht mehr genügte und er sich anderswo Zerstreuung suchen mußte, egal welche? Die offene Wahrheit hätte sie nie so verletzt wie diese Verlogenheit. Nur deshalb streckte sie jetzt die Krallen vor wie eine in die Enge getriebene Katze.

»Dir scheint sehr viel an diesem Treffen zu liegen«, ihre Stimme klirrte metallisch, »obwohl du ihn nur ganz flüchtig kennst – drei Wochen, oder wie war das?«

Er kannte dieses Signal. »Liebling, nun mach dich doch nicht lächerlich. Du weißt, daß ich mich nicht einen Pfifferling darum schere, ob ich den Kerl sehe oder nicht.«

»Warum triffst du dich dann mit ihm?«

Darauf gab es keine einleuchtende Antwort. Er gähnte verlegen und wich ihrem Blick aus. Sie wartete schweigend. Er rettete sich in eine gespielte Gereiztheit.

»Wie schon gesagt: weil ich ihn nicht unnötig kränken will. Es ist schon ein bißchen stark, daß du jedesmal eine Haupt- und Staatsaktion daraus machst, wenn ich das Haus verlasse. Guter Gott, es handelt sich doch nur um ein paar Stunden! Wenn es nach dir ginge, hätte ich überhaupt keinen Freund mehr auf der Welt. Du wirst ja schon eifersüchtig, wenn ich einem Hund ein gutes Wort gebe.«

Eifersüchtig! Sie lachte wegwerfend auf. Er hatte sie wieder einmal mißverstanden. Als ob sie auf derart gleichgültige Leute wie seine Bekannten eifersüchtig werden könnte. Wenn es sich noch um echte Freunde gedreht hätte, mit denen sich der Umgang lohnte! Aber diese gedankenlose, egoistische Art, in der er sie dauernd sitzenließ, um sich mit Krethi und Plethi gemein zu machen, Leuten, die er später nie wiedersah . . . Sie verachtete die Schwächlichkeit, in der er jede Verantwortung von sich abwälzte.

»So geh doch endlich«, sagte sie achselzuckend, »wenn du so zartfühlend glaubst, die vermeintliche Empfindsamkeit jedes Fremden mehr schonen zu müssen als meine. Gut, daß ich's weiß; ich werde künftig öfter daran denken. Vielleicht hast du vergessen, daß du mir erst am Montag versprochen hast, dergleichen würde nie mehr vorkommen. Allmählich sehe ich ein, daß auf dich überhaupt kein Verlaß ist. Schön dumm von mir, daß ich es je geglaubt habe. Nun, warum bist du nicht schon unterwegs?«

Ihr Blick war eisig. Sie hatte sich deutlich gegen ihn und seinen Charme gepanzert.

Er kehrte ihr den Rücken zu und sah aus dem Fenster. »Reizende kleine Szene«, lachte er obenhin, »viel Lärm um nichts. So habe ich mir das traute Zusammenleben immer vorgestellt. In solch einer heimeligen Atmosphäre – kein Tag vergeht ohne anregende Diskussionen.« Er wippte von den Fersen auf die Zehenspitzen und pfiff sich ein Liedchen, wohl wissend, daß jedes Wort und jeder Ton ihr wie ein Dolch durch die Seele fuhr. Das machte ihm Spaß. Jetzt *wollte* er ihr weh tun.

Sie bewahrte Haltung und tat, als rechne sie eine Zahlenkolonne auf ihren Papieren nach. Mit kalter, unbeteiligter Ruhe fragte sie sich, warum sie ihn eigentlich noch liebte. Er pfiff auf sie – er mit seiner kindisch grausamen Selbstsucht, mit der er ständig nahm, ohne seinerseits etwas zu geben. Wenn er nur ahnte, wie das kleinste Zeichen von Anerkennung, etwa die Bereitschaft, um ihretwillen ab und zu auf Nebensächliches zu verzichten, ihr Herz mit warmer Dankbarkeit erfüllt hätte! Er dachte nicht daran. Sie spürte, wie sie selbst weiter und weiter entglitt, eine einsame Gestalt am Fenster eines imaginären Zuges, ein Schatten, der ins Reich der Schatten zurückkehrte. Und niemand war da, der ihr auch nur ein Lebewohl nachgewinkt hätte.

Er beobachtete sie verstohlen von der Seite. Warum mußte sie stets mit ihrer Leidensmiene vor ihm paradieren? Oh, sie zeigte ihren Schmerz nicht ostentativ, nicht mit unbedachten Worten, die er freudig hätte aufgreifen und ihr ins Gesicht zurückschleudern können – nein, sie nervte ihn mit vornehmer Ruhe und entsagungsvollem Märtyrertum. Höchstens rann ihr, wie jetzt, eine Träne die Wange herab und tropfte auf das Löschpapier. Ach, zum Teufel! Darauf fiel er nicht mehr herein. Es war verdammt anspruchsvoll von ihr, daß sie ihm wieder die Laune und den Tag verdarb.

»Also, jetzt ist es sowieso zu spät zum Absagen«, fing er wieder an, als sei zwischendurch gar nichts gesprochen worden. »Du hättest ja früher etwas sagen können, wenn du so viel dagegen hast. Ich richte mich immer nach dir. Lange dauert's auf keinen Fall. Gleich nach dem Lunch bin ich wieder da.«

Na bitte, war das nicht ein fairer Kompromiß? Liebenswürdiger konnte man nicht einlenken. Hoffentlich wußte sie es zu würdigen!

»Vergiß deinen Mantel nicht«, erwiderte sie nur und schrieb weiter. »Draußen ist heute schneidender Ostwind.«

Wider Willen zögerte er. Sollte das heißen, ihr sei auf einmal alles recht? Nein, dazu kannte er sie zu gut. Sie würde alle Qualen der Verdammten durchmachen, bis er zurückkam. Sie würde sich jeden erdenklichen Straßenunfall ausmalen. Sie würde diese läppische kleine Szene, wie so viele andere, stumm hinunterwürgen und dann zu unverhältnismäßiger Bedeutungsschwere aufplustern. War der blöde kleine Stadtbummel mitsamt der noch blöderen Verabredung das wert? Er hatte mittlerweile alle Lust verloren. Genaugenommen hatte er von vornherein keine Lust gehabt.

Wieder tropfte eine Träne auf die Löschunterlage. Er tat, als sähe er sie nicht, fragte aber schwächlich:

»Also möchtest du, daß ich hierbleibe? Ja oder nein?«

Sie machte eine ungeduldige Bewegung. Bildete er sich ein, sie sei so leicht herumzukriegen! Er versuchte nur, mit heiler Haut davonzukommen, sie mit einem Küßchen zu versöhnen und »wieder gut zu sein« wie ein dreijähriges Kind – und damit wäre dann alles für ihn erledigt, bis zum nächsten Mal. Schön, sollte er zeigen, ob und wie ernst es ihm war. Sie gab ihm noch eine Chance.

»Tu, was du für richtig hältst. Nur meinetwegen brauchst du dir keinen Zwang anzutun.« Ihre Stimme war ganz kühl und unpersönlich.

Verdammt, ein bißchen mehr innere Beteiligung hätte sie schon zeigen dürfen! Da hatte er ihr ein freundliches Angebot gemacht, und so zahlte sie es ihm heim. Nein, es war nicht einzusehen, warum er immer der nachgiebige Teil sein sollte. Wie nervtötend war das alles! Warum konnten sie nicht friedlich miteinander leben wie andere Leute? Es war alles ihre Schuld.

»Ja, dann geh ich wohl lieber«, sagte er abschließend. »Ich möchte den Mann nicht vor den Kopf stoßen.« Damit schlenderte er hinaus und ließ die Tür absichtlich laut hinter sich ins Schloß krachen. Er wußte, wie lärmempfindlich sie war. Sollte er nun den Mantel mitnehmen oder nicht? Ach, wozu – geschah ihr nur recht, wenn er sich eine Lungenentzündung holte. In einer wohligen Vision sah er sich selbst, hustend und nach Luft ringend, auf zerwühltem Krankenlager, und sie beugte sich hohläugig und verstört über ihn und kämpfte um sein Leben, aber natürlich vergebens. Es war zu spät. Schon sah er sie, eine vereinsamte graue Gestalt, Stiefmütterchen auf sein Grab pflanzen. Welch erschütternde Tragödie! Ein Klumpen bildete sich in seiner Kehle. Der Gedanke an den eigenen Tod machte ihn ganz gefühlsduselig. Er würde wohl eine längere Ode darüber schreiben müssen ...

Hinter der Gardine stand sie und sah ihm nach, bis er um die Straßenecke bog. Sie wußte, daß er schon jetzt keinen Gedanken mehr an sie verschwendete. Zum Glück war auch ihr sein Tun und Lassen längst egal. Die Zeiten waren vorüber!

Sie klingelte dem Mädchen und fand bald einen Anlaß, sich mit heftigem Schelten über irgendeine Nichtigkeit abzureagieren.

Seine Verabredung kam pünktlich zustande, aber sie war eine Pleite. Der kaum Bekannte war ein Langweiler reinsten Wassers – es war eine Zumutung, seinem langatmigen Geschwätz zuzuhören. Außerdem fühlte er sich gar nicht wohl. Möglicherweise ging sein Wunsch in Erfüllung, und die Lungenentzündung meldete sich schon! Er mußte von allen guten Geistern verlassen gewesen sein, sich noch mal mit dem Kerl zu treffen. Es kam nicht das geringste dabei heraus, und wahrscheinlich zahlte er mit seinem Leben für den Quatsch, den der Bursche schwafelte – über lauter gleichgültige Leute, die er nicht kannte und nicht kennen wollte. In Zukunft würde er sie alle aus seinem Leben tilgen; niemand zählte wirklich für ihn außer seiner Frau. Am besten kehrten sie diesem schauderhaften Land den Rücken und ließen sich irgendwo im Süden nieder. Wie aber, wenn er heute nach Hause kam und feststellen mußte, daß sie ihn auf Nimmerwiedersehen verlassen hatte? Wenn er nur einen kurzen Abschiedsbrief von ihr vorfand? Was sollte er dann anfangen? Er konnte ohne sie nicht leben. Er mußte Selbstmord begehen, sich in den Fluß stürzen – natürlich mit einem Stein um den Hals, damit er auch wirklich ertrank. Nein, nein – sicher liebte sie ihn doch noch zu sehr, um ihn so zu strafen. Trotzdem stellte er sich das Haus totenstill und verlassen vor, leere Kleiderschränke, leerer, aufgeräumter Schreibtisch – bis auf den ominösen weißen Brief. Sie war fort, unwiderruflich, ohne Angabe einer Adresse. Brachte sie das über sich? Das konnte, das durfte sie ihm doch nicht antun; sie verurteilte ihn damit kalt und grausam zum Tode ... Himmel, worüber plapperte dieser Idiot denn noch immer?

Mühsam begriff er einige Satzfetzen.» ... und da hab' ich ihr geradeheraus ins Gesicht gesagt, daß ich mir das nicht länger bieten lasse. Erstens habe ich kein Geld für solche Sachen, und zweitens muß ich an meinen guten Ruf denken. Finden Sie nicht auch, daß ich es richtig gemacht habe?«

»Oh ... Zweifellos. Selbstverständlich.« Er hatte keine

Ahnung, wovon die Rede war. Was kümmerte ihn der blödsinnige Leumund dieses Trottels?

Er sah auf die Uhr und tat erschrocken. »Leider muß ich jetzt sausen«, log er. »Ich habe noch eine Verabredung mit meinem Verleger.«

So gelang es ihm, sich auf einigermaßen gute Art loszueisen. Was galt hier noch Höflichkeit? Der Mann hatte sein Leben ruiniert! Draußen auf der Straße winkte er das nächste leere Taxi heran und schrie dem Chauffeur unvernünftig zu: »Fahren Sie, was das Zeug hält!« Doch schon nach zwei Minuten ließ er halten. Ihn übermannte der plötzliche sehnliche Wunsch, ihr etwas zu kaufen: unbezahlbare Juwelen, herrliche Pelze – einfach alles. Wie gern hätte er sie mit fürstlichen Gaben überschüttet, wenn nur mehr Zeit zum Überlegen und Aussuchen gewesen wäre. Er mußte sich also wohl mit Blumen begnügen. Immerhin war es Monate her, seit er ihr mal Blumen mitgebracht hatte. Welche Unterlassungssünde.

Er wählte eine große Azalee mit üppigen rosa Knospen. »Die blüht mindestens einen Monat, wenn sie regelmäßig gegossen wird«, sagte die Verkäuferin.

»Meinen Sie?« Er war ganz begeistert, als er, den Topf im Arm, zum Taxi zurückging. So ein Symbol der Beständigkeit mußte ihr ja gefallen! Und wenn die Blüten wirklich so lange hielten, waren sie obendrein sehr preiswert. Die meisten Knospen waren noch geschlossen, aber tagtäglich würden ein paar aufgehen, und das Ganze würde sich zu einer richtigen kleinen Baumkrone entfalten. »Ein echtes Sinnbild meiner Liebe«, dachte er gerührt.

Aber wenn er sie gar nicht mehr vorfand, oder – entsetzlich naheliegende Möglichkeit – sie war auf denselben Gedanken verfallen wie er und hatte sich getötet? Dann blieb ihm nichts übrig, als die Knospen der Azalee mit einem verzweifelten letzten Aufschrei über ihre Leiche hinzustreuen ... Effektvoller Abschluß übrigens, sofort nach Vorhang – das mußte er sich merken. Doch nein, Gott war sein Zeuge, von heute an würde er nie wieder eine Zeile schreiben, sondern den Rest seines verpfuschten Lebens einzig der Reue und ihrem Andenken weihen. Wenn sie nur wußte, was er ihretwegen durchlitt! Sein Herz war dem Zerspringen nahe; nie war es einem Menschen seit Erschaffung der Erde so ergangen wie ihm. Womit hatte er dieses Übermaß der Schmerzen verdient? Im Geiste sah er schon den Krankenwagen vor der Tür, durch welche man gerade ihren entseelten Leib auf einer Bahre heraustrug; er sah sich aus dem Taxi springen, über ihr zusammenbrechen und ihr bleiches Antlitz mit Küssen bedecken. »Mein totes Lieb – o du meine Geliebte!«

Merkwürdig, die Straße war leer. Am Haus hatte sich nichts verändert. Er stieg aus dem Taxi, zahlte und schloß die Vordertür auf. Verstohlen wie der Dieb in der Nacht schlich er die Treppe hinauf und lauschte an der Wohnzimmertür. Er hörte kleine Bewegungen und Rascheln. Gott sei Dank! Sie lebte – nichts war passiert. Er platzte mit verzücktem Lächeln ins Zimmer.

Armes Ding, tat sie denn von früh bis spät nichts anderes als Briefe schreiben? Ihr Gesicht war bleich und angespannt, fast verzerrt. Warum schaute sie immer noch so leidend drein? Freute sie sich nicht, daß er wieder da war?

»Da schau«, stammelte er linkisch, »ich hab' dir was mitgebracht. Eine Azalee.«

Sie verzog keine Miene und warf nur einen flüchtigen Blick auf den Blumentopf. »Vielen Dank«, sagte sie matt und dachte dabei: Wie typisch. Wie unklug und instinktlos. Würde er nie begreifen, worauf es ankam? Dachte er nach wie vor, er könne sich nach Belieben auswärts amüsieren, nachdem er sie tödlich beleidigt hatte, und ihr dann mit einem Allerweltsblumentopf die »Friedenspfeife« anbieten? Sie hörte förmlich, wie er sich innerlich lobte: »Bin ich nicht ein Mustergatte? Da bring' ich ihr nun ein paar schöne Blumen mit und geb' Küßchen, und alles ist vergeben und vergessen.«

Wenn es nur so einfach gewesen wäre! Seine Oberflächlichkeit verletzte sie über alle Maßen. Er hatte kein Herz, keine Einfühlungsgabe...

»Gefällt sie dir nicht?« fragte er enttäuscht wie ein verwöhntes Kind, und schon schlug seine Stimmung um. Warum hatte er sich soviel Mühe gegeben? Erst sein Martyrium mit dem dummen Schwätzer im Restaurant, dann seine ungeduldige Sehnsucht im Taxi – ihr galt das alles nichts. Was er auch tat, ging daneben. Selbst der Azaleentopf wirkte jetzt ordinär und protzig; im Laden hatte er viel besser ausgesehen. Nun schien das Blütenbäumchen wie ein Hohn, kitschig bonbonrosa, eine scheußliche Neuzüchtung, die nicht einmal duftete. Er hätte das Ding am liebsten zu Boden geschmettert.

»Gedenkst du eine Gewohnheit daraus zu machen«, fragte sie schon eisig, »mich auf diese Art wochenlang an jede Kränkung zu erinnern?« Sie hörte sich dabei selbst sprechen wie eine Fremde und verabscheute die Worte, den Ton, alles. Eigentlich hatte sie etwas ganz anderes sagen wollen. Die Atmosphäre war unerträglich. Konnten sie nie mehr normal miteinander umgehen! Er brauchte doch nur den ersten ernsthaften Schritt zu tun ...

Aber er war nun am Ende seiner Geduld. Wenn sie darauf bestand, jedes seiner ehrlich gemeinten Worte zu ignorieren – gut!

»Herrgott«, brüllte er, »wenn du mir alles so auslegst, ist eben Schluß, ein für allemal – kapierst du? Ich habe die Nase voll!« Er drehte sich auf dem Absatz um und schlug zum zweiten Mal binnen weniger Stunden die Tür hinter sich zu. Draußen aber dachte er schon wieder:

»Verdammt, gerade das habe ich nicht gewollt. Ich hab's doch nur gut gemeint.«

Panik

Das Hotel stand in einem der engen, winkligen Gäßchen, die vom Boulevard du Montparnasse abzweigen: ein trübseliges, graues Haus, das etwas vom Trottoir zurückwich und sich zwischen zwei andere Gebäude quetschte, als schäme es sich seiner eigenen Dürftigkeit. Dazu paßte das Hotelschild, das nur widerstrebend auf sich aufmerksam zu machen schien; hoch über der Tür schwankte es und verhieß unter verblaßten Goldlettern, recht klein und häßlich, das zaghafte Versprechen »mit Komfort«.

Für seine Existenz just hier war kaum ein einleuchtender Grund vorhanden. Soweit man blicken konnte, gab es in dieser Gasse nicht einmal das ortsübliche kleine Café oder Restaurant mit bunt gedeckten Tischchen und unleserlichen, aber reichhaltigen Speisekarten, die irgendeinen Passanten unwiderstehlich zum Verweilen eingeladen hätten. Nur ein schäbiger Obstladen mit unverkäuflicher Auslage hinter dem verschmutzten Fenster befand sich in der Nachbarschaft. Auf ein paar unreifen Reineclauden und längst verschrumpelten Orangen hockten träge Fliegen, die schon zu matt waren, weiterzukriechen oder gar herumzusurren.

Auch im Hotel rührte sich nichts. Die Inhaberin lag zusammengesackt über ihrem Pult in der düsteren kleinen Pförtnerloge, schwer atmend, das teigig-bleiche Gesicht schräg auf die Unterarme gebettet, mit offenem Mund. Sie war dicht am Eindösen, aber wer konnte in dieser lähmenden Hitze schon munter bleiben?

Eigentlich war es im Sommer jedes Jahr das gleiche. Die weißglühende, dörrende Juliluft senkte sich wie ein Leichentuch über Paris und machte jede körperliche oder gar geistige Anstrengung zur Qual.

Eine Fliege landete auf dem fetten Arm der *patronne* und kroch langsam zur Schulter hinauf. Die Frau zuckte zusammen, machte eine scheuchende Handbewegung und kam mit ärgerlichem Gemurmel zu sich. Nachdem sie sich das rotgefärbte Haar aus der verschwitzten Stirn gestrichen hatte, sah sie unter das Pult, angelte gähnend nach ihren Schuhen und versuchte hineinzuschlüpfen.

»Gräßlich«, dachte sie stumpf, »bei der Hitze schwellen mir immer so die Füße an ...« Dennoch gelang es ihr nach einer Weile, in die Schuhe zu kommen, worauf sie sich erhob und zur Tür ging. Der Nachmittag war schon weit vorgeschritten, aber noch immer war kein erfrischender Lufthauch zu spüren. Das Stück Himmel, das über den engen Giebeln sichtbar war, loderte weiß, und das heiße Pflaster drohte ihr die Schuhsohlen zu versengen. Sie blickte rechts und links die leere Straße hinunter. Von weitem hörte sie Trambahngerassel und Autohupen; der Verkehr auf dem Boulevard du Montparnasse lief offenbar wieder auf vollen Touren.

Und – kaum zu glauben – plötzlich bog ein Taxi um die Ecke und näherte sich langsam. Der Chauffeur musterte unschlüssig die Gegend und hielt dann mit einem Ruck vor dem Hotel.

»Wenn Sie's hier versuchen wollen, M'sieur?« fragte er über die Schulter. »Sieht ja nicht besonders toll aus, aber, wie schon gesagt, Paris ist gerammelt voll von Touristen ... Wenn Sie nicht wochenlang vorher gebucht haben, müssen Sie schon nehmen, was Sie kriegen können.«

Der Schweiß strömte ihm über die Schläfen. Er war müde und uninteressiert. Diese Engländer! Meldeten sich nie rechtzeitig an und waren dann natürlich immer unzufrieden.

Die junge Dame, die zuerst aus dem Taxi stolperte, sah zweifelnd an der grauen Fassade empor, bevor sie den Blick auf die fette, schmierige *patronne* richtete, die ein unechtes Begrüßungslächeln aufgesetzt hatte.

»*Vous désirez, madame?*« fragte sie einladend, kniff anzüglich die Augen zusammen und leckte sich rasch über die Lippen.

Die junge Dame wich angewidert zurück, zwang sich dann aber zu einem kleinen Lachen, um ihren Begleiter, der ihr gerade folgte, nichts merken zu lassen.

»Ich weiß nicht recht«, sagte sie leise auf englisch. »Was meinst du? Mir kommt es ziemlich schmuddelig vor ...«

Der Mann winkte ungeduldig ab.

»Natürlich ist es schmuddelig – aber was hast du denn von solchen Absteigen erwartet? Hättest dich früher entschließen sollen. Irgendwo müssen wir jetzt bleiben.«

Er gab sich keine Mühe, seine Gereiztheit zu verbergen. Was sollte diese alberne Ziererei? Frauen ihrer Art mußten wohl allem, was sie taten, ein romantisches Mäntelchen umhängen und die nackte Wahrheit übertünchen. Den ganzen Tag hatte sie an allem und jedem herumgemäkelt oder verbockt geschwiegen. Wenn dies Abenteuer sich nun als Pleite des Jahres herausstellte?

Er wandte sich der *patronne* zu und fragte in schwerfälligem Französisch, ob sie für diese Nacht noch ein Doppelzimmer frei habe.

»*Entrez, monsieur.* Es wird sich etwas finden lassen. – Gaston!« schrie sie in den Flur.

Hierauf erschien ein Bursche in schmutzigem Hemd, wischte sich die Hände an einem Lappen ab und nahm die beiden Koffer, die der Taxichauffeur in den Eingang gestellt hatte. Die *patronne* ging inzwischen in ihre Loge und kam mit einigen Schlüsseln zurück.

»*Une chambre avec bain ...?*« begann die junge Dame schüchtern.

»Mit Bad? Ah, das ist unmöglich. Wir haben kein fließendes Wasser in den Zimmern«, erwiderte die Frau kurz und schnippisch. »Aber keine Sorge, Waschgelegenheit ist vorhanden.« Sie ging den neuen Gästen bereits zur Treppe voraus.

»Ist doch ganz egal«, flüsterte der Mann verärgert. »Wir können hier nicht so wählerisch sein ...«

Im Flur und auf der Treppe roch es sonderbar beklemmend. Die Luft war voll von einem ranzigen Schweiß-, Fett- und Pudergeruch, der hauptsächlich von der vorangehenden Frau auszugehen schien, aber nicht nur von ihr. So riechen ungewaschene Leute, die in den Kleidern schlafen und in den Zimmern übervolle Aschbecher und faulende Obstreste herumstehen lassen.

Die Frau blieb vor einer Tür stehen und klopfte kurz. Drinnen ertönte ein heller, rasch erstickter Aufschrei, und das Patschen schwerer, nackter Füße näherte sich. Dann erschien ein schweißfeuchter, zerzauster Männerkopf im Türspalt. Er entblößte grinsend eine Reihe von Goldkronen.

»*Je regrette, madame,* ich bin im Moment nicht zu sprechen – *je ne suis pas présentable.*«

Die *patronne* lachte. Der Anblick schien sie zu amüsieren, denn sie hob listig eine Braue und entschuldigte sich ihrerseits mit der Bemerkung, sie habe geglaubt, der Herr sei schon abgereist. Dann führte sie die Neuankömmlinge bis ans Ende des Korridors weiter, wo sie die Tür zu einem – diesmal leeren – Zimmer aufriß. »*Voilá*«, sagte sie. »Das ist alles, was wir Ihnen für diese Nacht anbieten können.«

Das Zimmer war klein und unerträglich heiß. Sobald sie allein waren, riß die junge Frau das Fenster auf und blickte in den Hofschacht hinab, wo lediglich zwei Katzen zu sehen waren und ein Mädchen etwas unter einem Hydranten auswusch. Sie vermied den Blick auf das breite Doppelbett, das, mit einem Haufen unnötiger Decken versehen, an der einen Längswand stand. Die versprochene Waschgelegenheit war denkbar primitiv: Schüssel, Krug, Wasserkaraffe und Eimer; der bauchige Krug hatte obendrein einen Sprung von oben bis unten. Die Tapete war abschreckend gemustert und der rote Teppich mehr als abgenutzt.

Der Mann warf seiner Begleiterin einen unsicheren Blick zu.

»Mies, aber das Nötigste ist drin«, stellte er mit gezwungenem Lachen fest. »Jetzt gehen wir mal aus und essen etwas Vernünftiges.«

Sie fanden ein hübsches kleines Restaurant auf dem Boulevard. Aber die junge Frau stocherte lustlos in ihrem Essen herum und schob den Teller bald mit einem Seufzer beiseite.

»Nun hör mal, du mußt doch was essen«, drängte der Mann. »Auf der Fähre und im Zug hast du kaum was angerührt. Was ist denn los? Hast du's plötzlich mit der Angst bekommen – ausgerechnet du?«

»Unsinn, davon ist keine Rede. Es ist einfach zu heiß, und ich habe keinen Appetit. Das ist alles.« Sie wandte das Gesicht ab und tat, als beobachte sie die Leute, die draußen vorbeigingen. Er sah sie unbehaglich von der Seite an. Sie war heute abend gar nicht sie selbst, jedenfalls ganz anders, als er sie in London kennengelernt hatte. Vielleicht lag es an dem »Endlich allein!« – bisher waren immer andere Leute dabeigewesen, und er hatte sie kühl, selbstsicher und eben deswegen herausfordernd gefunden. In der unausgeloteten Tiefe ihrer Augen schien sich eine Welt von Erfahrung anzudeuten, die ihn magisch anzog. Jetzt wirkte sie jünger, sehr viel jünger sogar, fast wie ein Kind. Sie wollte nicht einmal trinken. Er las die Weinkarte um so sorgfältiger. Es hatte keinen Zweck, solche Seitensprünge zu machen, wenn man nicht ein bißchen beschwipst war, besonders wenn die Sache schiefzugehen drohte.

Er hatte sich das alles wirklich anders vorgestellt! Konnte sie sich nicht zusammenreißen? Warum hatte sie sich überhaupt auf diesen heimlichen Ausflug eingelassen, wenn sie sich jetzt so abkapselte? Er nahm es ihr übel, daß sie von Minute zu Minute mehr an Reiz verlor. Sie sah aus wie ... wie jede andere prüde oder verschüchterte kleine Pute. Eigentlich war er gar nicht mehr so scharf auf sie. Aber, verdammt, das war natürlich bloß eine Anwandlung, die überwunden werden mußte. Vermutlich waren sie beide ein bißchen nervös. Komische Geschöpfe, diese Frauen; nie wußte man genau, woran man mit ihnen war.

Komisch, aber hin und wieder unentbehrlich. Es war lange her, seit ihm etwas an der Eroberung einer bestimmten Frau gelegen hatte, und gerade in diesem Fall wäre es eine Blamage gewesen, die Geschichte abzubrechen, bevor sie richtig angefangen hatte. Noch war ja nichts Ernstliches passiert!

Das ist das Schlimme, wenn man ein so exzentrisches Künstlertemperament hat wie ich, dachte er. Man gerät so leicht außer Kontrolle ...

Der Gedanke hob seine Laune. Er malte sich als den interessanten Menschen aus, als den er sich so gern sah, einen leidenschaftsgetriebenen Genius, der sich von einer *femme fatale* hypnotisieren ließ ...

Das Bild riß ihn mit. »Garcon!« rief er und schwenkte noch einmal die Weinkarte. »*Garcon!*«

Jetzt begann ihm der Abend erst Spaß zu machen.

Als sie ins Hotel zurückkehrten, war es schon lange dunkel. Die *patronne* schien schlafengegangen zu sein, denn ihre Loge war leer. Nur der Bursche mit dem schmutzigen Hemd tauchte irgendwo aus dem Nichts auf, rieb sich gähnend die Augen und glotzte dem Paar unverhohlen nach, wie es die Treppe hinaufging.

»Dies Haus hat eine üble Atmosphäre«, murmelte die junge Frau fast unhörbar. »Ich wünschte, wir wären nicht gekommen...« Gleich darauf lachte sie, als wolle sie ihre eigenen Worte als Scherz abtun. Im Vorbeigehen hörten sie hinter einer der geschlossenen Türen leises Reden und das Husten eines Mannes. Dann war Stille. Nur eine Jalousie ratterte kurz.

Obwohl sie in ihrem Zimmer am Ende des Korridors das Fenster offengelassen hatten, war die Hitze noch immer erdrükkend. Ein bleicher Mondstrahl traf den gesprungenen Waschkrug und einen Streifen der abscheulichen Tapete.

Der Mann setzte sich auf den einzigen Stuhl und zog sich die Schuhe aus. »Eine schreckliche Bude«, gab er zu, »aber was hilft's? Wir sollten es mit Humor nehmen.« Schade, daß ich nicht mehr getrunken habe, dachte er gleichzeitig. Ich bin immer noch so unangebracht nüchtern...

Sie sagte gar nichts, sondern goß sich lediglich etwas laues Wasser aus der Karaffe in das Zahnputzglas und trank durstig. Ihre Hände zitterten. Sie wußte weder, warum sie mitgefahren war, noch was nun weiter geschehen würde; doch leider war es zu spät, sich das alles zu überlegen. Sie war müde, ihr wurde alle paar Minuten beinahe schlecht, und tief in ihr bebte nichts als kalte Furcht. Warum hatte sie sich überreden lassen? Aus Neugier, Abenteuerlust, einem sinnlosen Anfall von Draufgängerei? Der Mensch, dem sie sich anvertraut hatte, war ihr nie so fremd gewesen wie jetzt und hier.

»Und wenn man uns dahinterkommt?« brachte sie tonlos hervor.

»Tu nicht so dumm. Kein Mensch ahnt etwas, jedenfalls

nicht, soweit es mich betrifft. Hast du denn nicht ordentlich vorgesorgt?« (Himmel, schoß es ihm durch den Kopf, sie war imstande, irgend etwas zu vergessen oder sich aufs dümmste zu verraten!)

»Nein, nein, es ist alles in Ordnung«, sagt sie rasch.

Sie hatte das Gefühl, dies alles geschähe einer gespenstischen Doppelgängerin, nur nicht ihr. Das war doch nicht sie! Ihr wahres Ich kam eben nach Hause und fuhr den Wagen in die Garage. Und wenn doch etwas anderes herauskame, fragte sie sich, was wären dann die Folgen?

Genau dasselbe fragte auch der Mann sich beunruhigt. Vielleicht würden ihre Leute, diese stupide Sippe, ihn zur Ehrenrettung – also zur Heirat – zwingen wollen. Zu spät, sich die Vor- und Nachteile einer Erpressung auszudenken. Und sie, warum machte sie ihm noch jetzt solche Schwierigkeiten? Da hockte sie auf der Bettkante, ein mondbleiches, verängstigtes Kind. Was für eine idiotische Situation!

Er putzte sich mit wütendem Nachdruck die Zähne. Am liebsten hätte er dieses wankelmütige Wesen geohrfeigt. Weiber! Nie waren sie im richtigen Moment in der richtigen Stimmung! Nun würde er aber erst recht nicht edel verzichten. Er machte sich ja lächerlich. Wozu die wochenlange Liebesmüh, die theaterreife Heimlichtuerei – und jetzt endlich der Trip nach Paris?

Er schluckte seinen Ärger mit einiger Anstrengung hinunter, warf das Handtuch beiseite und setzte sich neben das Mädchen auf den Bettrand.

»Na, kalte Füße bekommen?« fragte er beiläufig spaßhaft. »Sag mal, wie hältst du's eigentlich sonst bei solchen Gelegenheiten? Wie hast du es früher gemacht?«

Sie rückte mit nervösem Lächeln ein wenig von ihm ab.

»Das ist es ja eben«, flüsterte sie. »Ich hab's überhaupt noch nie gemacht.«

Er traute seinen Ohren nicht. »Wie bitte –?« fragte er endlich, während ihm das Blut vom Hals ins Gesicht schoß. Er packte sie am Arm, als sei er dicht am Explodieren, und schüttelte sie. »Wenn du denkst, du kannst mich hier zum Narren halten ...«

Sie verstummte.
Mitten in der Nacht schreckte er aus bleiernem, todesähnlichem Schlaf hoch.

Was war das? Hatte sie laut geträumt, geschrien, hatte sie Alpdrücken?

»Was hast du denn?« raunte er ihr ins Ohr.

Sie atmete auf ungewöhnliche Art: rasch, stoßweise, als müsse sie nach Luft ringen, wobei es sonderbar in ihrer Gurgel schnurrte wie bei einer Katze. Er suchte fahrig nach der Streichholzschachtel, fand sie, riß eines an und leuchtete ihr ins Gesicht. Es war schneeweiß, ohne eine Spur von Farbe, und ihr Haar war zum Auswringen naß. Ihre Augen glichen Glasmurmeln, die ohne ein Zeichen des Erkennens in die Luft starrten. Außer diesem keuchenden, unentrinnbaren Atemgeräusch war kein Laut mehr zu hören.

»Sei doch leise«, zischte er ihr angstvoll zu. »Sei doch still – wenn jemand dieses schauderhafte Geächze hört!« Er stieg aus dem Bett und füllte das Zahnputzglas mit einem Rest des abgestandenen Wassers. »Hier, trink einen Schluck, *darling ...*«

Das Glas klirrte gegen ihre Zähne, das Wasser rann ihr übers Kinn. Offenbar war sie wirklich ohne Bewußtsein.

»Was soll ich bloß machen?« dachte er hilflos. »Was, um Himmels willen, tut man da?« Er schlich auf Zehenspitzen zur Tür und horchte hinaus. Der Flur war noch dunkel, aber durch eine offene Luftklappe schimmerte erstes Morgengrauen.

Dann stand er wieder ratlos mitten im Raum. Er sah ihre Unterwäsche auf dem Stuhl zusammengeknüllt, und sonderbarerweise ärgerte ihn die Farbe. Rosa! dachte er töricht, warum alles rosa, sogar der Strumpfhalter? Er fuhr sich mit der Hand über die schweißtriefende Stirn und hörte sich selbst schlucken. Und plötzlich ließ ihn etwas erstarren: die absolute Stille.

Das Atmen, Ächzen, Schnurren – oder was es war – auf dem Bett hatte aufgehört.

Er stand regungslos da, für Minuten bewegungs- und denkunfähig, und lauschte wie verblödet in die Stille. Allmählich sickerte graues Morgenlicht durch das offene Fenster, die spärliche Möblierung bekam wieder Umrisse, das geschmacklose Tapetenmuster wurde aufdringlich. Wer mochte das nur ausgesucht haben? dachte er unzusammenhängend. Es mußte vor langer, langer Zeit geschehen sein ... Sein Gehirn verweigerte ihm den gewohnten Dienst.

»Jedenfalls hat es keinen Zweck, hier herumzustehen«, dachte er endlich. »Wozu steh ich noch hier mitten im Zimmer?«

Sie war tot. Natürlich war sie tot. Das merkte man ja. Komisch, und er empfand nichts, überhaupt nichts. Seine Angst löschte alles aus. Er beugte sich vorsichtig über das Bett und musterte das Gesicht, das merkwürdig eingeschrumpft und winzig aussah. Der Mund stand offen, aber kein Laut, kein Hauch drang mehr hervor. Kein Zweifel, sie war tot.

Er ging an die bereits benutzte Waschschüssel und benetzte noch einmal Gesicht und Hände. In seinem Kopf kreiste die sinnlose Frage, woran sie gestorben war. Vermutlich an Herzversagen. Besonders robust hatte sie ja nie gewirkt. Aber sie hätte ihn darauf hinweisen sollen. Er konnte nichts dafür. Wer ahnte denn so etwas. Hatte er sie umgebracht – zu Tode geliebt? (»Geliebt« war ein ulkiges Wort in diesem Zusammenhang.) Wie dem auch sein mochte, es war bestimmt nicht seine Schuld. Er kannte sich bei Frauen nie aus. Auf so etwas war er nicht gefaßt gewesen.

»Was tut man eigentlich, wenn jemand so Knall und Fall stirbt«, dachte er, indem er sich die Hände trocknete.

Unter anderem ängstigte es ihn, daß er so gar kein Gefühl aufbrachte. Vielleicht war er vom Schock gelähmt; vielleicht hatte sich eine wichtige Nervenleitung in seinem Gehirn ausgehakt. Hauptsache, er beherrschte sich jetzt und wurde nicht hysterisch. Angenommen, er bräche unversehens in irres Lachen aus? Damit er alle anderen Leute in dieser düsteren, verschlampten Herberge weckte? Er sah sie schon aus allen Räumen quellen, sich gegen ihn zusammenrotten, schattenhafte Groteskfiguren ... Zu den ersten, die sich herandrängten, gehörten der Mann mit den Goldzähnen und die fette *patronne* ... »*Je regrette, je ne suis pas présentable*«, grinste er über ihre Schulter. Doch alsbald schwand das Grinsen aus der grauen, unrasierten

Fratze, denn alle hatten die reglose Leiche auf dem Bett gesehen ...

Es war schaurig. So schaurig, daß man eigentlich nur noch laut lachen konnte – und im selben Moment erstarrte er bei dem Gedanken, wirklich einen hemmungslosen Lachanfall zu kriegen.

Ohne jeden erkennbaren Grund kam ihm statt dessen die erste Zeile des alten, dummen Liedchens in den Sinn: *Freut euch des Lebens, weil noch das Lämpchen glüht ...* Wie passend! Wenn er nun die Tür aufriß und aus voller Kehle ins schlafende Haus hineinbrüllte: Freut euch des Lebens!?

Das abgehackte Lachen, das ihm bei diesem Gedanken aus der Kehle drang und die Stille des Zimmers zerriß, brachte ihn einigermaßen zu Verstand. Er mußte sich jetzt schleunigst anziehen und verschwinden. Er durfte keinesfalls mehr mit der Toten angetroffen werden. Die Polizei! Fragen! Endlose Verhöre! Ihre Familie! Eine Szene nach der andern! Indiskretionen! Und erst die Presse ... Wann würde das je ein Ende nehmen? Panik ergriff ihn, als kralle sich eine unsichtbare Riesenfaust um seinen Hals. Warum mußte gerade ihm so ein scheußlicher Zufall passieren? Hatte er sich diese Rolle etwa selbst gewählt? Nein, sie war ihm vom ironischen Schicksal zugeteilt worden. Aber wenn er jetzt bei Morgengrauen ungesehen davonkam, brauchte es keiner zu erfahren.

Schwitzend, aber in Minutenschnelle, zog er sich an. Nach menschlichem Ermessen würde man ihm nicht auf die Spur kommen. Er hatte keinen Namen angegeben, und die Meldezettel lagen noch unausgefüllt auf dem Kamin. Er stopfte seine wenigen Sachen in den kleinen Koffer und schloß den Deckel. Aus dem Augenwinkel sah er zwar dauernd den stillen Umriß ihres Körpers auf dem Bett, tat aber so, als sei das nichts Ungewöhnliches, obwohl er ahnte, daß ihm diese Szene bis in alle Ewigkeit vor Augen stehen wurde: dies heiße, unappetitliche Hotelzimmer, das tote Mädchen – und die entsetzlich geschmacklose Tapete hinter ihr. Er kehrte dem ganzen Alptraum hastig den Rücken.

Unbemerkt, den Hut tief in die Augen gezogen, den Koffer in

der Hand, stahl er sich die Treppe hinunter. Erst auf den letzten Stufen hörte er ein Türenknarren über sich und drückte sich mit angehaltenem Atem ans Geländer. Oben auf dem Flur erschien eine Frau, die irgend etwas in der Hand hielt. Sie horchte einen Moment, ohne ihn zu sehen, bevor sie auf leisen Sohlen in einem anderen Zimmer verschwand.

Der Mann unten auf der Treppe hatte das Gefühl, seine Füße seien zu Eis erstarrt. Die Vision dessen, was er zurückließ, war zu stark für sein sensibles Gemüt.

Dennoch gelangte er unbehelligt aus dem Hotel und fing bald an zu laufen, dann, hinter einigen Ecken, zu rennen. Er lief durch Gäßchen, kreuzte mehrere Boulevards und fühlte sich bald wie in einem unentwirrbaren Labyrinth. Das war nicht das bezaubernde Paris, das er kannte, sondern eine Angstvision, eine Vorstufe der Hölle. Seine Füße hämmerten im Takt seines Herzschlages und des sinnlosen Liedchens, das ihn verfolgte: Freut euch des Le-ebens ...

Er geriet außer Atem und verlangsamte seinen Schritt, Koffer in der einen Hand, Regenmantel über dem anderen Arm. Paris erwachte; die weißbrodelnde Hitze versprach den Temperaturen der vergangenen Tage nicht das geringste nachzugeben. Hier und da zeigten sich Leute. Verschlafene Jungen rollten Schaufenstergitter hoch oder wischten träge an Cafétischchen herum. Man schüttelte Bettzeug aus den Fenstern oder kehrte die Hausstufen. Ein gelber Hund reckte und streckte sich und beschnüffelte dann den Sockel eines Laternenpfahls. Fahrzeuge ratterten über das holprige Pflaster.

Der Mann konnte nicht weiter. Er setzte sich an das nächstbeste Cafétischchen, das schon draußen stand, und stützte den Kopf in die Hände. Er wußte kaum noch, warum er eigentlich unterwegs war – nur, daß er todmüde war. Es hätte ihm nichts ausgemacht, sich einfach fallen zu lassen, gleich hier auf den Boden und, meinetwegen den Kopf im Rinnstein, zu schlafen ...

Ein übernächtigter Kellner stand plötzlich vor ihm. Er hörte sich etwas bestellen. Kaffee, was sonst. Straßenbahnen klingelten vorbei. Ein paar Taxis hupten.

Freut euch des Lebens ... Wollte das Gedudel ihm denn nie aus dem Kopf gehen? Irrsinn, flackernder Irrsinn. Er mußte sich zusammennehmen, in einen Zug steigen und wegfahren, so weit weg wie möglich. Irgendwohin ans Mittelmeer. Vielleicht würde er dort ein bißchen zum Arbeiten kommen, an seiner Gesellschaftssatire weiterschreiben ... Er mit seinen Erfahrungen ...

Er rief den Kellner und verlangte die Rechnung. Jetzt vor allem zum Bahnhof und bei der Information nach dem nächsten Zug in Richtung Süden fragen! Er starrte den Kassenzettel an und wühlte in allen Taschen nach dem bißchen Kleingeld.

Und plötzlich wich der Druck von seinem Kopf, als sei ein Blechreifen gesprungen, und er konnte wieder kalt und klar denken. Dafür aber schloß sich eine eisige Hand um sein Herz. Sein Rückgrat erschlaffte. Ein dünnes Schweißrinnsal lief ihm die Schläfe herab.

Ihm fiel ein, daß er seine Brieftasche mit dem gesamten Inhalt – Paß, Geld, Notizen, Adressen – in der schäbigen Absteige der letzten Nacht vergessen hatte.

Primadonna

Er stand im Gang, den Hut im Nacken, mit einer Zigarre im Mundwinkel. »Hören Sie mal«, brüllte er so laut, daß es jeder hören konnte, »ich bin es nicht gewohnt, zu warten. Weiß Frau Fabian überhaupt, daß ich hier bin? Was, zum Teufel, soll das heißen!«

Der Portier sah ihn erschrocken an. »Der Herr muß entschuldigen, es dauert noch einen Angenblick. Wie ist der Name, bitte?«

Der Kerl hatte ihn also nicht erkannt! Er blickte dem Portier einige Sekunden starr ins Gesicht, um ihm Zeit zu geben, die volle Bedeutung seiner Antwort zu ermessen. »Paul Haynes«, sagte er dann und drehte dem Mann den Rücken zu.

Eine verschüchterte Garderobiere kam die Treppe heruntergelaufen. »Wollen Sie bitte mit mir kommen?« Sie wußte offenbar, wer er war, und nahm die richtige ehrerbietige Haltung ein. Wenn ihm erst das Theater gehörte, sollte man wirklich das ganze Personal auf die Straße setzen, und der Portier würde als erster fliegen.

Er trottete hinter der Garderobiere her durch den Gang, aufgeblasen wie ein Truthahn und überall die Asche seiner Zigarre verstreuend. Kurz danach stand er breitbeinig in der Tür der Garderobe, den Hut im Nacken.

Sie saß vor dem Spiegel und frisierte sich, drehte sich aber gleich, in einen Redeschwall ausbrechend, zu ihm um.

»Ach, können Sie mir wohl verzeihen, daß ich Sie warten ließ? Diese Filmleute lassen mich nicht einen Augenblick in Ruhe. Sie hören nicht auf, mir zu erzählen, daß ich nach Hollywood gehen soll, und sie bieten mir enorme Summen. Ich habe eben Lewisheim am Telephon gehabt, vor kaum zwanzig Minuten. Aber setzen Sie sich doch – und entschuldigen Sie die Unordnung. Wissen Sie, daß ich mir gestern nachmittag Ihre Revue angesehen habe? Es war das Schönste, was ich seit Jahren gesehen habe. Ich kann Ihnen nicht sagen, wie sehr mir alles gefallen hat. Die Tänzerinnen – die ganze Aufmachung! Sie sind einfach ein Genie, unvergleichlich!«

Er versuchte nicht, ein leichtes, zufriedenes Lächeln zu verbergen. Es gefiel ihr also! Lewisheims Produktionen waren ja auch ein Dreck gegen seine. Sie war offenbar eine Dame mit Augen im Kopf. Übrigens war sie hübscher als alle ihre Kolleginnen. Aber es war eine Sünde, daß sie nur so wenig Schmuck trug. Nur eine einzige Perlenkette. Es war zu bescheiden, zu wirkungslos. Er konnte sie sich gut mit vielen Diamanten vorstellen.

»Ja, es ist eine gute Aufführung. Ich scheue mich nicht, es selbst zu sagen«, prahlte er und blies ihr eine gewaltige Rauchwolke ins Gesicht. Sie war so wohlerzogen, daß sie nicht einmal die Hand hob, um sie abzuwehren.

»Ich stecke mehr Geld in meine Aufführungen als irgendein anderer Theaterdirektor in London«, fuhr er fort, »für mich gibt es keinen unechten Plunder. Mein Motto ist, das Geld, das man ausgibt, mit Zinsen wieder hereinkommen zu sehen. Wenn Sie und ich jetzt zusammen ein Stück machen, werde ich schon dafür sorgen, daß Sie auf Ihre Kosten kommen. Nein, Sie sollen mir nicht danken.« Er machte eine abweisende Bewegung mit seiner großen, fetten Hand. »Sie wissen, was Geschäft ist, und Sie wissen, was Sie tun, wenn Sie sich mit mir zusammenschließen. Es wird ein rauschender Erfolg, meine Liebe, und Sie werden viel Geld verdienen.«

Sie antwortete nicht gleich. Was für ein eingebildeter Affe der Mann doch war! Sprach mit ihr, als sei sie eine unbedeutende kleine Schauspielerin, die ihre erste große Rolle haben sollte! Er verstand auch nichts vom Theater. Er war reich und konnte sich daher mit Leuten zusammentun, die wußten, was Theater war – das war alles. Sie schmeichelten ihm, aber es war nur sein Geld, worauf sie es abgesehen hatten. Sie lehnte sich im Sessel zurück, als ob sie sich ganz überwältigt fühlte.

»Sie sind der wunderbarste Mensch, der mir je begegnet ist«, sagte sie sanft.

Er sah sie an und legte die Zigarre fort. »Nun werde ich Ihnen etwas erzählen«, sagte er und beugte sich weit zu ihr hinüber, »und es ist etwas, das ich nicht allen und jedem sage, denn ich bin ein sehr anspruchsvoller Mensch.« Er machte eine kleine Pause, als wolle er ihr etwas ganz und gar Einmaliges anvertrauen. »Ich halte viel von Ihnen. Ich halte außerordentlich viel von Ihnen. Man weiß bei Ihnen immer, woran man ist. Sie sehen einem Menschen gleich in die Augen und sagen ihm die Wahrheit. So halte ich es auch. Wenn ich Sie nicht ausstehen könnte, würde ich es Ihnen offen ins Gesicht sagen. Meine Offenherzigkeit schafft mir Feinde, aber das macht mir nichts aus. Bei mir weiß jeder, was er zu erwarten hat.«

»Wie ich Sie deswegen bewundere!« rief sie impulsiv. »Das zeugt von seelischer Stärke und Größe, wie sie nur wenige haben. Hier beim Theater kenne ich keine solchen Menschen. Ich habe auch nur wenige Freunde – und meine Bücher und mein Kind!« Sie lächelte zärtlich zu einer Photographie hin, die auf dem Toilettentisch stand, und schob unauffällig eine Amateuraufnahme von einem Boxer hinter eine Puderdose.

»Sie sind eine einzigartige Frau«, sagte er. »Wenn Sie es nicht wären, säße ich nicht hier. Ich bin nämlich auch so etwas wie ein Idealist, muß ich Ihnen sagen.«

Der Mann war phantastisch eingebildet! Sie legte die Hand über die Augen und sah verstohlen auf ihre Uhr.

»Erzählen Sie mir von sich«, bat sie.

»Ich möchte einen anderen Ton an den Theatern einführen. Wissen Sie, daß meine Revuen die anständigsten in ganz England sind? In meiner letzten Produktion gibt es kein Wort, an dem irgend jemand Anstoß nehmen könnte. Aber das ist nicht alles. Ich will auch nicht dulden, was hinter den Knlissen vor sich geht – all die schmutzigen kleinen Affären in den Schauspielergarderoben. Ich habe vor, jeden Schauspieler und jede Schauspielerin hinauszuwerfen, der oder die nicht moralisch einwandfrei lebt. Ich bin ein einflußreicher Mann. Ich werde dafür sorgen, daß niemand, der nicht einen makellosen Ruf hat, in London ein neues Engagement bekommt.«

Er lehnte sich im Sessel zurück, ein wenig außer Atem von seiner eigenen Beredsamkeit. »Wissen Sie, daß Sie zu den wenigen Schauspielerinnen gehören, die nicht geschieden sind. Sie sind bestimmt Witwe – aber selbst wenn Ihr Mann noch lebte, wären Sie sicher nicht geschieden. Ich habe gehört, daß Sie vor einigen Jahren mit John – wie hieß er doch gleich – zusammen waren – dem Kerl, der seine Frau verlassen hatte und dann nach Australien ging. Sie waren offenbar klug genug, mit ihm Schluß zu machen. Er taugte nichts und soll, wie man sagt, vollkommen vor die Hunde gegangen sein und trinken. Meinen Sie nicht auch, daß wir, wenn wir uns zusammenfinden, praktisch unüberwindlich sind?«

»Ich bin völlig Ihrer Meinung«, sagte sie.

Er nahm ihre Hand und streichelte sie. »Dann also abgemacht.« Er räusperte sich und fuhr fort: »Was die Rollenbesetzung angeht, so habe ich meine Wahl getroffen – mir fehlt nur noch die männliche Hauptrolle. Kennen Sie jemanden, den Sie gerne als Partner hätten?«

Sie begann nachdenklich ihre Nägel zu polieren. »Kennen Sie Bobby Carson, der jetzt gerade meinen Bruder spielt? Ein guter Schauspieler, und er verlangt keine besonders hohe Gage.«

»Hm! Die Rolle verlangt mehr als Können. Es ist eine ausgesprochen gefühlsbetonte Rolle. Sie werden sich entsinnen, daß der zweite Akt fast ganz und gar vom männlichen Helden getragen wird. Ich hatte eigentlich den jungen Martin Wilton engagieren wollen. Haben Sie ihn gesehen?«

»Nein.« Sie zog kaum merklich die Augenbrauen zusammen.

»Das Stück, in dem er augenblicklich auftritt, wird in der nächsten Woche vom Spielplan abgesetzt. Kommen Sie doch mit und sehen Sie sich ihn am Freitag nachmittag an. Meiner Meinung nach ist er einer der vielversprechendsten jungen Schauspieler, die wir seit langem gehabt haben. Und dabei weiß er selbst nicht einmal, wie gut er ist.«

Sie hatte schon sehr viel über diesen Martin Wilton gehört. Sowohl Publikum wie Kritik waren hingerissen von ihm.

»Bis Freitag!« lächelte sie. »Ja, ich komme sehr, sehr gern.«

Fünf Minuten später lehnte Haynes sich mit zufriedenem Lächeln in die Polster seines Wagens zurück. Er hatte ohne

Zweifel einen großen Eindruck auf sie gemacht. Und das war vielleicht auch gar nicht so verwunderlich. Er war reich, war nicht auf den Kopf gefallen und war noch keine sechzig. Sie war mit seinem Plan einverstanden gewesen, einen moralischen Feldzug durchzuführen. Mit der Unterstützung des *Daily Recorder* könnte das eine gewaltige Werbewirkung haben. Er würde im ganzen Land bekannt werden als der Mann, der das englische Theater gesäubert hatte. Und Mary Fabian würde ihm helfen. Sie mußte jetzt etwa Mitte Dreißig sein, aber sie sah phantastisch aus und hatte eine blendende Figur. Er konnte sie sich gut mit einem Brillanten-Collier und etwas weniger bekleidet vorstellen ...

Oben in der Garderobe fluchte Mary Fabian, daß er sie so lange nach der Vorstellung aufgehalten hatte. Und er hatte sich nicht einmal entschuldigt. Ein abscheulicher Mensch! Und dann dieses ganze Getue um seine moralisch einwandfreien Revuen! »Sagen Sie Mr. Carson, daß ich jetzt allein bin«, sagte sie zur Garderobiere. Sie zog sich ungeduldig aus und begann ihr Haar zu bürsten. »Bobby«, rief sie durch die dünne Trennwand, »Bobby, mein Liebling!«

Freitag nachmittag saß sie im Theater – allein. Paul Haynes hatte nach Manchester fahren müssen, und sie war froh darüber. Sie hätte ihn nicht neben sich ertragen können.

Dieser Martin Wilton war gut, zu gut. Ein lebhaftes, junges, ausdrucksvolles Gesicht unter goldbraunem Haar, eine ausgeprägte Persönlichkeit. Als ihr Partner in dem neuen Stück würde er das ganze Spiel an sich reißen, und das konnte sie nicht dulden. Sie mußte etwas unternehmen ...

Nach der Vorstellung sandte sie Martin Wilton ihre Karte: »Sie waren ausgezeichnet. Ich möchte Sie gern in meinem nächsten Stück als Partner haben. Ich schicke Ihnen das Textbuch heute abend, dann können Sie es einmal durchsehen. Es ist genau die richtige Rolle für Sie. Entschuldigen Sie, daß ich Sie jetzt nicht besuche, aber ich mußte leider sofort gehen.«

Am Tag, als die erste Probe beginnen sollte, erhielt sie ein Telegramm von Haynes. »Werde noch in Manchester aufgehalten. Kann unmöglich zur Probe kommen. Verlasse mich wegen Wilton ganz auf Ihr Urteil.«

Hier war ihre Chance. Sie zerknüllte das Telegramm und ging auf die Bühne.

»Mr. Haynes ist in Manchester aufgehalten worden. Sind alle da? Dann beginnen wir also.«

Um acht Uhr, die Probe war vorbei, warf sie sich todmüde in den Sessel. Es war genauso verlaufen, wie sie befürchtet hatte. Der junge Schauspieler war großartig, machte keinen einzigen Fehler, und seine intuitive Sicherheit war fast unheimlich. Wie sie ihn haßte!

»Würden Sie Mr. Wilton sagen, daß ich gern mit ihm sprechen möchte?« bat sie die Garderobiere.

Einen Augenblick später klopfte er an. »Darf ich hereinkommen?« fragte er schüchtern.

Sie lächelte ihn strahlend an und streckte ihm beide Hände entgegen. »Wir müssen über so vieles sprechen. Haben Sie heute abend etwas vor?«

Er wurde über und über rot. »Ich wollte eigentlich nach Hause zu meiner Frau, aber wenn es sich um etwas Wichtiges handelt, kann ich sie ohne weiteres schnell anrufen und sagen, daß ich noch ausbleibe.«

Sie stieß einen kleinen Überraschungsschrei aus. »Sie sind verheiratet! Aber Sie sind doch noch viel zu jung dafür!« Sie schüttelte ungläubig den Kopf. »Bitten Sie sie, daß sie sich ein paar Stunden geduldet. Wir müssen uns ein wenig über den zweiten Akt unterhalten.«

Eine halbe Stunde später aßen sie in ihrer Wohnung zu Abend. Zu Beginn war er geradezu peinlich verlegen und redete fast kein Wort. So sicher wie er auf der Bühne war, so nervös und linkisch wirkte er jetzt. Sie tat so, als merke sie es nicht, lächelte ihm ermutigend zu und wandte automatisch all die bewährten Tricks an. Nach und nach taten das hübsche Zimmer, ihre gedämpfte Stimme, das ausgezeichnete Souper, die zwei Glas

Burgunder und der Cognac ihre Wirkung. Seine Nervosität verschwand, er fühlte sich glücklich und frei. Nie war ihm jemand begegnet, der ihn so restlos zu verstehen schien – nicht einmal mit seiner Frau konnte er sich so gut unterhalten.

Sie saßen vor dem Kamin, und sie brachte ihn dazu von sich selbst und seinen Plänen zu sprechen. »Sie halten mich sicher für verrückt«, sagte er lächelnd. Er wurde immer offenherziger. »Aber seit ich Sie das erste Mal auf der Bühne gesehen habe, ist es mein großer Traum gewesen, einmal mit Ihnen zusammen spielen zu dürfen. Oh, Sie waren phantastisch!«

Sie beugte sich vor und streichelte seine Hand. »Sie sind lieb!« murmelte sie, lehnte sich wieder in den Sessel zurück und schmiegte das Gesicht in ein Kissen.

Wenn er noch lange so weiterredete, wurde sie wahnsinnig! Wie konnte ein Mensch nur soviel reden! Mühsam verwandelte sie ein Gähnen in ein Lächeln.

»Oh, ich verstehe Sie so gut! Es geht mir genauso wie Ihnen. Ich liebe meine Arbeit leidenschaftlich. Ich könnte nicht ohne sie leben. Geld, Publikum und Erfolg bedeuten mir gar nichts. Ich habe einfach das Bedürfnis, etwas Großes und Schönes zu schaffen – wie Sie.«

Er nickte eifrig mit leuchtenden Augen.

Sie ließ sich vom Sessel gleiten, blieb am Boden sitzen und wärmte die Hände am Kaminfeuer. Sie hatte ein wenig Kopfschmerzen, es war ein anstrengender Tag gewesen. Wenn er doch nur gehen würde! Paul Haynes würde sie höchstwahrscheinlich anrufen, wenn er aus Manchester zurück war, und bis dahin mußte der Junge gegangen sein.

»Es wäre ein schwerer Schlag für mich, wenn ich die Rolle nicht bekäme«, sagte Martin Wilton.

»Sie sind natürlich ein wenig jung«, sagte sie sanft. »Ich selbst bin aber der Meinung, daß das die Rolle nur noch sympathischer macht, und das werde ich auch Haynes sagen.«

Er ergriff ihre Hände und küßte sie. »Sie sind so gut zu mir«, sagte er und seufzte tief.

Sie strich ihm sanft übers Haar. »Sie erinnern mich an jemanden, den ich einmal sehr gern gehabt habe . . .«, begann sie und brach dann plötzlich ab, als ob die Erinnerung sie überwältige. Sie zwang sich zu einem Lächeln und fuhr fort: »Aber ich fürchte, daß Sie bald gehen müssen. Ich muß noch meiner kleinen Tochter gute Nacht sagen. Sie schläft nicht, bevor ich sie nicht zugedeckt habe.«

Das Mädchen wohnte in Wirklichkeit mit einer Kinderschwester in einem Ort an der Ostküste, aber das würde er nie erfahren. »Ich lebe nur für sie«, sagte sie leise.

Er streichelte schüchtern ihre Hand. Niemand, der sie auf der Bühne sah, würde sich träumen lassen, daß sie im Privatleben so sympathisch und so natürlich war, so einsam und so traurig ... Er legte zaghaft einen Arm um ihre Schultern, als ob sie ein Kind wäre, das man trösten müßte. »Hören Sie«, sagte er impulsiv, »Sie müssen meine Frau kennenlernen! Sie ist der verständnisvollste Mensch auf der Welt. Ich bin sicher, daß sie Ihnen gefallen wird. Wir haben nur eine kleine Wohnung in einer engen Straße, aber sie würde sich bestimmt freuen, wenn Sie kämen. Sie sagte, daß sie ins Kino gehen wollte, als ich sie vorhin anrief, aber sie ist vor zwölf wieder zu Hause. Und wir haben ein paar schöne Schallplatten. Beethoven, Cesar Franck ...«

»Nein, nein! Das klingt zwar sehr verführerisch, und ich würde Ihre Frau so gerne kennenlernen – aber jetzt bin ich wirklich zu müde ...«

»Es war ein herrlicher Abend! Sie haben mir soviel gegeben. Ich kann Ihnen gar nicht genug danken ...«

Er verließ die Wohnung, als wandle er auf Wolken.

Fünf Minuten später klingelte das Telephon. Es war Paul Haynes, der gerade aus Manchester zurückgekommen war und wissen wollte, ob sie schon im Bett liege oder er sie noch sprechen könne. Er wäre in zwei Minuten bei ihr. Sie puderte sich das Gesicht etwas weißer als sonst und legte dunkle Schatten unter die Augen. Sie sah sehr hübsch, aber auch sehr angegriffen aus, als er kam.

»Darf ich also hören«, überfiel er sie, »wie der junge Wilton war? Taugt er was?«

»Er war sehr sicher, schien von Anfang an jede Geste und jede

Nuance zu begreifen. Fabelhaft, wie er das alles im Gefühl hat, so jung wie er ist.«

»Er wirkt doch nicht zu jung?«

»Nein – das glaube ich nicht. Ach, wenn Sie nur hier gewesen wären!«

»Ja, ich hätte gleich entscheiden können, ob er etwas taugt. Und was halten Sie von ihm als Mensch? Sympathisch? Würden Sie gerne mit ihm arbeiten?«

Es dauerte ein wenig, bis sie antwortete. »Er war sehr gut, habe ich gesagt. Was kann ich sonst sagen?« Sie lächelte ausweichend.

»Sie verbergen etwas. Heraus mit der Sprache! Hat er schlechte Manieren? Ist er arrogant?«

»Nein, nein. Lassen Sie uns nicht mehr davon reden!«

»Doch! Also sagen Sie schon!«

»Es ist ein Jammer mit ihm. Ich glaube, er weiß selbst nicht einmal, was er tut. Er ist so jung und kommt sicher mit fürchterlichen Leuten zusammen. Ich kenne den Typ ... er trinkt zuviel und hat keine Ahnung von gutem Benehmen.«

»Was meinen Sie damit? War er nicht nüchtern?«

»Nun ja – er versuchte – er versuchte, mich hier in meiner Wohnung zu verführen. Sie zuckte mit den Schultern und lächelte traurig. »Es war entsetzlich peinlich. Ich habe noch nie so etwas erlebt. Aber lassen Sie uns jetzt nicht mehr darüber reden!«

»Doch, gerade davon müssen wir reden!« sagte er hitzig. »Ich muß der Sache auf den Grund gehen. Was hat er sich herausgenommen?«

»Ich bat ihn, mit mir nach Hause zu kommen, um mit ihm ein wenig über den zweiten Akt zu sprechen. Er wollte sich überhaupt nicht verabschieden, so daß ich ihn zum Essen einladen mußte. Vielleicht hat er zuviel getrunken – auf jeden Fall begann er, mir Avancen zu machen. Dann versuchte er mich zu küssen, und er wurde – sehr zudringlich. Es war schrecklich. Mir tut nur seine arme Frau leid.«

»Wollen Sie mir etwa erzählen, daß dieser Kerl auch noch verheiratet ist?«

»Ja, das war wirklich die Höhe! Er umarmte mich und wollte, daß ich mit ihm nach Hause gehe – seine Frau sei ausgegangen und komme spät heim. Empörend! Ich kann Ihnen gar nicht sagen, wie lange es dauerte, bis ich ihn endlich los war. – Aber wollen wir nicht die ganze Geschichte vergessen?«

»Was denken Sie denn! Wissen Sie nicht, was ich gesagt habe? Das ist genau die Sorte Mann, der ich das Handwerk legen will Und ausgerechnet ihm wollte ich die größte Chance seines Lebens geben! Na, der wird sich wundern!«

Sie schüttelte betrübt den Kopf. »Es tut mir so leid, auch noch daran schuld zu sein.«

»Nicht Sie sind schuld, sondern er.« Er erhob sich. »Aber Sie müssen zu Tode erschöpft sein nach diesem Erlebnis.« Er nahm seinen Hut und fragte: »Wie hieß der Bursche noch, der Ihren Bruder gespielt hat?«

»Wer?« meinte sie gleichgültig. »Ach, Bobby Carson. Weshalb?«

»Wir müssen ihn morgen engagieren. Sagen Sie ihm, daß er pünktlich um elf zur Probe ins Theater kommen soll. Gute Nacht, meine Liebe!«

Gerald

1

In den ersten Jahren ihrer jungen Ehe lebten die du Mauriers in Great Russel Street im Londoner Stadtteil Bloomsbury. Das Haus war neu, noch etwas feucht und nicht sehr wohnlich, doch solche Dinge bekümmerten sie nicht, denn sie waren jung und glücklich. Aus seiner Umgebung machte sich Kicky damals nicht viel. Er hatte den Luxus nie gekannt und wartete auch nicht darauf. Das Atelier, das er mit Whistler geteilt hatte, war kaum möbliert gewesen, ein Seil, über dem ein Stück Brokat hing, lief quer durch den Raum, um die Schlafecke abzusperren. Auch in Antwerpen und in dem alten Atelier im Quartier Latin hatte es nur wenige Möbelstücke gegeben, aber solange Platz für eine Staffelei und vielleicht auch noch für einen Stuhl vorhanden war, verlangte man ja nichts mehr. Die du Mauriers lebten sparsam in Great Russel Street, da Kicky nie ein Verschwender gewesen war und er Pem immer wieder daran erinnerte, daß die Zukunft, schon wegen seiner Augen, nicht vollkommen gesichert sein könnte, obwohl er jetzt regelmäßig bei *Once a Week* und gelegentlich auch bei *Punch* mitwirkte und *Sylvias Lovers* für Mrs. Gaskell illustrieren sollte. Er war erst neunundzwanzig, doch sein linkes Auge war für immer verloren, und stets gegenwärtig blieb die Angst, die Sehkraft des rechten Auges könnte ebenfalls einmal dahinschwinden.

Zur Stunde gab es jedoch keinen Grund zur Sorge, und mittlerweile war das Leben ein Vergnügen, teils durch die Arbeit, aber auch durch die Freunde und die liebe Pem, die sich als eine Gattin, wie es unter tausend nur eine gibt, erwies.

Kicky brauchte nötig Freunde zum Leben. Er brauchte die Wärme ihrer Stimmen und ihr rasches Auflachen. Ihm war es gleich, wie viele sich in das kleine Atelier hereinzwängten, ihn neckten, disputierten und kritisierten.

Es gab ja so viele Dinge zu erörtern und zu bedenken, so viele Rätsel, die nie zu lösen waren. Und es machte ihm Spaß, so zu arbeiten, einen Freund gleich bei der Hand und zwei andere auf dem Fußboden dicht dabei; er pflegte unzählige Zigaretten zu rauchen, während das Tageslicht langsam verblaßte, und Pem mußte ihn ausschelten, weil er sein Auge so spät noch anstrengte, und ihn darauf aufmerksam machen, daß das Abendessen kalt und ungenießbar werde.

Dann blieben zwei von ihnen – Tom Armstrong vielleicht und Lamont gleich da, und es gab neue Gespräche: über Bücher, über Bilder, über die alten Tage in Paris, über Musik; und bald sagte einer: »Sing uns was vor, Kicky. Sing *Noël.* Sing *Vin á quatre sous.*« Da sang er für sie mit der sanften, reinen Tenorstimme, die sein Vater vor ihm gehabt hatte, dieweil Pem sich über ihre Näharbeit beugte, die Liedertexte lautlos mit den Lippen vor sich hinmurmelte und dann und wann lächelnd und glücklich aufsah, um seinen Blick geschwind zu erhaschen. »Ich glaube, aus mir wäre besser ein Schauspieler als ein Zeichner zu machen gewesen«, pflegte Kicky später, als die anderen gegangen waren, zu sagen. »Ich habe mich oft im Geist beim Theater gesehen«; und er stolzierte auf und ab wie ein junger Gockel, sehr von sich eingenommen, redselig und in glänzendster Laune, und Pem, stimmte taktvoll mit ihm überein, daß er gewiß einen großartigen Schauspieler abgegeben hätte, und empfand dankbar, daß er das gerade nicht war.

Es war ein schöner Tag gewesen, sagte er schließlich; ein voll ausgenützter Tag, ohne eine leere Stunde; und morgen würde es wieder so sein. Vormittags gäbe es die Arbeit und das Mittagsmahl zusammen mit Mama Belle-Mere. Dann käme noch mehr Arbeit, wobei Tom oder vielleicht ein anderer Freund hereingucken würde, und am Abend sollte ein Essen mit Millais und dessen Frau folgen. Er hatte keine Augensorgen mehr, Gott sei Dank; das Gespenst hielt sich im Schatten verborgen und hatte das Gesicht noch nicht gezeigt. Er durfte sich zum Fenster hinauslehnen, einem Stern zuzwinkern und leise singen: *»Je n'ai jamais autant aimé la vie«* und Pem auf beide Augen küssen und flüstern: *»Bon soir.«*

Trotz aller Zweifel und Ängste, die gelegentlich in ihm aufstiegen, blieb sein Sehvermögen gut. Es dauerte nicht lange, und er schickte bereits wöchentlich Zeichnungen an *Punch*, und als Leech starb, wurde er dessen Nachfolger am Konferenztisch von *Punch*, was eine hohe Ehrung und Anerkennung seiner Leistung bedeutete. Von diesem Augenblick an war ihm der Erfolg gesichert.

Das geschah im Jahr 1865, und bei diesen günstigeren Aussichten und einer blühenden Familie nahm das Leben seinen ruhigen Fortgang, ohne daß finanzielle Schwierigkeiten drohten. Die Kinder waren ihm eine Wonne; jedes Jahr stellten sie sich pünktlich ein wie die Lämmer und die ersten Schneeglöckchen. Zuerst Trixie, dann Guy, dann Sylvia; ob sie auf dem Fußboden herumkrochen, gegen die Staffelei stießen, seine Brille zerbrachen – nie ärgerte er sich über sie und hatte sie gern in seiner Nähe. Da geschah es, daß Guy die ganze Nacht hindurch erbrach oder daß Sylvia einen Ausschlag bekam; und ständig erkälteten sie sich und jagten Kicky und Pem große Schrecken ein, es könnte Bronchitis daraus werden. Pem glich einer Henne, die nach ihren Küken gluckt; sie wickelte sie ein aus Angst vor jedem Luftzug und gab jedem Menschen in Sichtweite, Kicky eingeschlossen, Lebertran; sie schalt die unbändige Trixie, wenn diese zu viel Lärm machte, und dämpfte Guys gelegentliche Zornausbrüche. Dann, wenn alle gut und sicher für die Nacht in die Betten gepackt waren und die Tagesarbeit zu Ende gebracht, ging sie ins Atelier, setzte sich zu Kicky und las ihm vor. Sie speisten häufig außer dem Hause und befreundeten sich mit immer mehr Menschen; da waren Leighton und Millais und Val Prinsep; Jimmy Whistler, natürlich, und Swinburne; William Morris, Burne-Jones und Arthur Sullivan. Bei Arthur Lewis gab es Musikabende, an denen Kicky Gounod sang, großen Beifall erntete und, vom Erfolg angefacht, von irgend jemandem einen Hut borgte und mit hoher Falsettstimme spaßige französische Liedchen zum besten gab und gar nicht komisch wirkte. Abends gingen sie oft ins Theater, und einmal in der Woche fand das Punchessen statt, wo die Diskussion lebhaft war, die Fröhlichkeit zum Radau wurde, worauf Kicky und seine Freunde sehr spät und nach zwei Glas Burgunder leicht benebelt in einer Droschke heimfuhren. »Schrecklich, *pére de famille* zu sein«, stöhnte er, als Trixie, wie gewöhnlich angeregt und sich weigernd einzuschlafen, aus ihrem Zimmer nach ihm rief: »Papa! Papa!«, und er ging zu ihr hinein, ihr den Gutenachtkuß zu geben, dieweil der Tag schon am Himmel dämmerte.

Am andern Morgen blieb er bis zum Mittagessen im Bett, da er sich in der zugigen Droschke erkältet hatte, und Pem mußte ihm einen Strumpf um den Hals wickeln, Haferschleimsuppe geben und seine Füße in heißes Wasser stecken – was alles recht niederdrückend und dampfend auf das Gemüt wirkte. Und wenn er am Nachmittag für *Punch* arbeitete, war er unzufrieden mit dem Ergebnis, behauptete, daß seine Leistung sich nicht verbessere, daß er viel zu gut bezahlt werde für seine *petits bons hommes et bonnes femmes;* daß sein Auge ihn wieder quäle. *A quoi bon vivre? Ce n'est pas gai.*

Sein böser Geist, die Depression, lag immer bereit, ihn anzufallen, ihn zu ersticken, ihm das Schöne und Liebliche im Leben vorzuenthalten, ihn daran zu erinnern, daß ihm eines Tages Blindheit bevorstehe, die seine kleine Welt ins Dunkel stürzen würde. Dann hielt er die Hand vor das Auge. »Pem, ich sehe nicht so klar wie sonst. Ich kann mein Auge in dieser Richtung nicht mehr einstellen. Es wird schlechter, sag ich dir.«

»Unsinn, Liebes«, beruhigte sie ihn dann, »das ist nur deine Einbildung. Auch ich sehe nichts, wenn ich meine Hand so hinhalte.« Und sie trieb ein kleines Spiel, ihm seinen Irrtum zu beweisen.

»Bist du ganz sicher?« fragte er bange, wie ein Kind nach Trost begehrt. »Bist du ganz gewiß?«

Nach und nach beruhigte sie ihn, leise plaudernd lenkte sie seine Gedanken auf andere Dinge, fragte nach dem Punchessen, sprach von den Kindern, wie weit voran Guy doch wäre für sein Alter, wie schnell Trixie heranwüchse –, und allmählich verzog sich der Alpdruck, sein Katarrh war nicht mehr ganz so heftig, und da es ein heller Abend war, wagten sie einen kleinen Spaziergang auf dem Marktplatz von Soho, zu dem Kicky warm in ein wollenes Halstuch gepackt wurde. Aus dem Abendbrot machten sie sich ein kleines Fest, brachen eine

Flasche Rheinwein an und kamen sich sehr verschwenderisch vor; und später vielleicht las Pem ihm Froudes Essays vor. Das führte ihn dazu, von den Sternen zu reden, vom Weltall, von dem sonderbaren, unstillbaren Verlangen, das man nicht zu erklären, nicht zu begreifen vermöchte, ohne das Pem, wie sie kopfschüttelnd sagte, sehr gut auskommen könnte; und wie dem auch sei, jetzt wäre es jedenfalls höchste Zeit, zu Bett zu gehen. Und sie stieg vor ihm leise die Treppe hinauf, um die Kinder nicht zu wecken, während ihr Kicky langsam folgte, erhoben und niedergedrückt zugleich, und sehnsüchtig nach dem Unendlichen schmachtend.

Abgesehen von den Augensorgen und gelegentlichen heimlichen Depressionen, die aus den Tiefen des unbekannten eigenen Wesens emporstiegen, war sein Gemüt in jenen Tagen ungeheuer beflügelt. Seine Lust am Leben war spontan, und seine Fröhlichkeit wirkte ansteckend. Er hatte einen sprudelnden Sinn für Humor, der in jeder Situation etwas zum Lachen entdeckte: die Langeweile einer Musikgesellschaft, die durch die Aussprüche eines Ignoranten unterbrochen wurde; die Aufgeblasenheit der *nouveaux riches* bei der Veranstaltung ihrer ersten Einladungen; die glühenden Bekenntnisse junger Ästheten beim Betrachten der eigenen Kunstschöpfungen; die peinlichen Naivitäten seiner eigenen Kinder in Gegenwart von Fremden. Es konnte nicht ausbleiben, daß er diese persönlichen Eindrücke für seine wöchentliche Seite im *Punch* verwertete, und so zogen die Welt und die Nachkommen daraus Gewinn. Du Mauriers Zeichnungen wurden Mode, das Allerneueste, das gängige leichte Unterhaltungsgespräch in den Salons der großen Gesellschaft. Die nämlichen Menschen, die belacht wurden, gehörten zu seinen glühendsten Verehrern und begehrten lärmend, seine Bekanntschaft zu machen.

Es amüsierte ihn, sich unter ihnen zu bewegen, ihre Oberflächlichkeiten aufzuspüren, die Unaufrichtigkeiten zu bemerken, die Schönheit der Frauen wahrzunehmen und die selbstzufriedene Breitspurigkeit der Männer.

Er beobachtete sie mit einem Lächeln auf den Lippen, mit

zwinkernden Augen hinter seinen Brillengläsern. Und dann ging er heim, in sein eigenes Haus, in sein Atelier, wo es Kalbskoteletts und Seezungenragout zum Abendessen gab und ein ausgelassenes Herumtollen mit Trixie auf dem Fußboden, die wie immer obenauf war und heranwuchs zu einer *rose trémière;* danach rauchte er viele Zigaretten, die er selber drehte, überdachte die morgige Arbeit an der Staffelei, während Pem laut vorlas aus *The Scarlet Letter.* Jeder Tag brachte Szenen, die seinen Sinn für das Komische anregten und früher oder später *Punch* dienen sollten.

Einmal heiratete ein jüdischer Freund, und er und Pem wohnten der Trauung in der Synagoge bei, Pem in einem Kleid ihrer Mutter, das ebenso scheußlich wie prächtig aussah, der Gelegenheit aber sehr angemessen erschien. Der Gottesdienst war eindrucksvoll, doch fühlte er sich nicht ergriffen; und daß er den Hut auf dem Kopf lassen mußte, kam ihm höchst merkwürdig vor. Es gab Musik, und all die unpassenden Stellen bei der Zeremonie waren auf Hebräisch. Kicky meinte, »Baruch« sei wohl recht und gut, aber »Shallaballah« wäre kein Wort, das man in Gegenwart von Damen gebrauche.

Sie hatten aus diesem Anlaß einen Wagen gemietet und fuhren durch den Park, um sich zu zeigen, doch leider war niemand von den Bekannten unterwegs, also fuhren sie zum Hochzeitsmahl, wo sich sechzig Personen an die Tafel setzten. »Viehischer Wohlstand«, sagte Kicky beim Punchessen am gleichen Abend, »fürchterliche Farben und, heiliger Bimbam, die Vorhänge und Teppiche! Ich führte eine Miß Elias zu Tisch, und es gab Schildkrötensuppe und Festreden. Ein alter Rabbi pries die wohlgespickten, klugen Köpfe von Braut und Bräutigam, und Sir Benjamin stand auf, verneigte sich und faselte stundenlang über die Freundschaft und den pekuniären Erfolg. Das junge Paar verließ uns mittendrin, also gesellten sich einige von uns zu ihm, küßten die Braut und warfen einen Schuh, während sie den Rücken kehrte, und Pem flüsterte mir hoffnungsvoll ins Ohr: ›Sie werden vielleicht trotzdem glücklich werden‹.«

Dann kam das denkwürdige Ereignis, daß sich Kickys schauspielerische Ambitionen verwirklichten und er bei einer Wohltätigkeitsveranstaltung im Adelphi-Theater mit Erlaubnis von Arthur Sullivan in *Box and Cox* mitspielte. Die Aufführung wurde nur von Amateuren gegeben – sie führten das Stück später im Jahr noch einmal in Manchester auf –, und Kicky spielte Box.

Er pflegte jeden Abend seine Rolle mit Pem zu probieren, die ihm sagte, er sei nicht natürlich genug, seine Stimme sei viel zu erzwungen und er spiele überhaupt zu übertrieben, während er meinte, er fände es bei weitem leichter, vor einer großen Anzahl von fremden Menschen zu spielen als vor einem einzigen Zuschauer, der dazu noch seine Gattin sei. Die ganze Truppe gab bei Arthur Lewis eine Sondervorstellung, die zugleich auch die Generalprobe war. Kicky war nervös, er meisterte zwar mit Erfolg die Gesangspartien, war jedoch ein hoffnungsloser Pfuscher bei den komischen Stellen – er wurde von dem sehr kühlen Applaus einiger Leute entmutigt.

In der Nacht vor der großen Aufführung schlief er mit einer kalten Kompresse um den Hals und gurgelte mit Ingweressenz. Er war den ganzen Vormittag über zappelig und traf bereits um halb ein Uhr im Theater ein, wo er zur Beruhigung der Nerven ein Glas Porter zu sich nahm. Das Theater füllte sich in unglaublich kurzer Zeit, und ehe er wußte, wie ihm geschah, stand er allein auf der Bühne und sang das »Wiegenlied«. Es war ein schrecklicher Augenblick; das Theater lag wie im Nebel, da er seine Brille nicht aufhatte; sekundenschnell erblickte er Pem in einer der Logen. Während des Duetts gewann er die Selbstbeherrschung wieder, und die Szene schloß im großen Stil, wobei das Serenadenduett wiederholt werden mußte. Kicky war entzückt, aber doch heimlich erleichtert, als sein Auftritt vorbei war, er sich umkleiden und nach vorne zu seinen Freunden ins Parktet gehen durfte, die alle recht höflich waren, ihm schmeichelten und behaupteten, er könnte nicht besser gespielt haben, wenn er Berufsschauspieler geworden wäre. Die Terrys waren zugegen, und Meggie Coyne und John Hare; es war Hare, der vorschlug, Kicky solle, wenn er die Rolle wieder spiele, seine Nase rot anmalen lassen, was Kicky ziemlich unfreundlich fand.

Der Abend ging mit weiteren Liedern zu Ende, Kicky zog (sich erneut um und erschien auf der Bühne, um *Les Deux Aveugles* zu singen. Während er in den Kulissen wartete, bis zwei andere Mitglieder der Truppe das letzte Duett beendeten, fühlte er sich derart beschwingt, daß er, sowie der Vorhang fiel, auf die leere Bühne tänzelte und einen extravaganten Solotanz aufführte, worauf der Bühnenleiter liebenswürdigerweise dem Mann am Vorhang einen Wink gab; der Vorhang ging wieder hoch und zeigte für alle Welt sichtbar Kicky in einem Flanellhemd und einem Paar schmutziger weißer Beinkleider.

Das gab einen Riesenerfolg. Nach dem gemeinsamen Mahl mit guten Freunden und nochmaligem Erörtern der Aufführung von Anfang bis zum Schluß kehrten er und Pem halbtot nach Hause zurück, Kicky so erschöpft und übererregt, daß er gar nicht einschlafen konnte.

Das war eine Zeit, sagte Kicky später, unbeschwert, heiter und lustig; eine Zeit, in der Bohemien zu sein bedeutete, daß man echtes künstlerisches Empfinden hatte und kein viertrangiger Müßiggänger *sans talent* war; eine Zeit, in welcher der Witz spontan und nicht beleidigend kam, die Manieren nicht formell zu sein brauchten, jedoch auch nie vernachlässigt wurden, wo die Frauen anziehend waren, ohne vulgär zu sein, wo das Lachen sich mühelos löste und man Langeweile nicht kannte.

Vergnügungen waren damals von einfacher Art, und Kickys Welt fand Freude in kleinen Dingen. Es gab Sommertage, an denen er sich eine Erholung von der Arbeit leistete, mit Pem und einer Gruppe von Freunden Droschken nach Waterloo nahm und mit der Bahn nach der Richmond-Brücke fuhr; dort stiegen sie in drei Boote, ruderten bis Teddington, und die Damen, anmutig im Heck gruppiert, erbaten bei der Rückfahrt ein Ruder und machten, ungeachtet der Rüschen und Falbeln, ihre Sache vortrefflich. Danach folgte ein Essen im *Star and Garter* mit anschließender letzter Einkehr in der Junggesellenwohnung eines Freundes – bei Kartoffeln, Pastete und Musik –, und endlich ging es heim in einer anderen Droschke, wobei Pem höchst empört war, weil eine junge Witwe, die das Gefährt mit ihnen teilte, die Verwegenheit besaß, ihre Füße auf die Bank gegenüber zu legen.

»Aber es war solch ein niedlicher Fuß«, machte Kicky geltend.

»Ich kann dreiste Frauen nicht leiden«, sagte Pem, ihren Kopf schüttelnd. »Ich befürchte, J. ist für sie eingenommen.«

Es stimmte durchaus, gestand Kicky später Tom Armstrong, daß die Art, wie einer ihrer Freunde sich die Lippen nach der Schönheit der Witwe geleckt hatte, in einem Salon keineswegs ziemlich gewesen wäre.

»Es kommt ganz darauf an, wie so etwas gemacht wird«, folgerte er; »die Art, wie ich mir die Lippen lecke, würde nicht einmal die Wange einer Siebzehnjährigen zum Erröten bringen, und die Art, wie du die deinen leckst, alter Junge, könnte selbst eine Kirche nicht entweihen.«

Kicky liebte die Schönheit. Er suchte danach bei Frauen und Kindern, sogar bei Männern. Die Menschen mußten hochgewachsen sein; sie mußten anmutig sein; sie mußten einen bestimmten Charme, eine gewisse Würde an sich haben, ob sie Gassenkinder, Herzoginnen oder Droschkenkutscher waren.

Wir machten Besuch bei den Fenns heute nachmittag, schrieb er im Jahre 1867, und fuhren anschließend im Park spazieren, um die Leute zu sehen und uns vor unseren Wagenbekanntschaften, falls welche vorbeikämen, zu verbeugen. Begegneten Mrs. L. und ihrer Schwägerin. Qu'elle est jolie, jolie! Mais pas mon genre. *Hem, hem, haha und all das. Traf sie schon einmal, vor Jahren, und seitdem war sie in Tasmanien und ist noch hübscher geworden. Wir plauderten eine Weile, dann begann es zu regnen, und Pems Federn begannen sich zu sträuben. Am Abend ging es zu Mrs. Graham, um auf besondere Einladung die Duchesse d'Anmal zu treffen. Die D-d'A kam am Ende nicht, weil es der Todestag irgendeines Bourbonen war, aber die üblichen englischen Herzoginnen waren im Überfluß vorhanden und auch einige Gräfinnen und so was – sie waren so alltäglich, daß ich all meine angeborene Hochachtung für sie verlor. Grisi sang sehr gut, ebenfalls Mandin. Ich lehnte ab, nach solchen Größen zu singen, worüber Pem recht enttäuscht war.*

Wir gingen zu Haden's. Mrs. H. spielte und Madame Lehman sang köstlich.

Dann nach Hause in einer Droschke mit den Poynters, entzückt von unserem Abend und über alle Leute.

Trotz seiner Augensorgen und der immerwährenden Angst lebte ein Gefühl der Ruhe, des Friedens in Kicky, das die Menschen, die nach ihm kamen, nicht mehr kennen sollten. Er gehörte in jenes Zeitalter erhabener Zuversicht, in dem die Gegenwart zu verharren und die Zukunft keine Gefahren zu bergen schien. Die Zeit hatte nichts Feindliches für ihn. Sie war ihm ein Freund, mit dem er verweilte, ein Freund, der sich im gleichen Schritt mit ihm bewegte, langsam, gelassen, der für die Förderung seiner Pläne sorgte. Das Vertrauen war damals noch nicht verlorengegangen, auch nicht der Glaube an die Menschheit; Freundschaft war etwas Bleibendes, und Männer und Frauen vertrauten einander.

Auf den Wohlstand konnte man sich verlassen; es gab die Gewißheit, daß nach den mageren Jahren die reiche Ernte folgte, und er glaubte unbeirrt an sein eigenes Urteilsvermögen, wenn er Vorsorge traf für die Enkelkinder, von denen er einige nicht einmal sehen sollte.

Die Landschaft war noch nicht entheiligt, auch in den Straßen Londons war die Unruhe noch nicht eingekehrt. Spazieren zu gehen war ein Vergnügen; eine Reinheit lag im Sommer in der Luft, ein Duft von rosa Kastanien, und später von Flieder, unbeeinträchtigt von Staub und Benzindunst, der gute, anständige Geruch von Pferden; und all dem waren eigentümlich beigemengt die anheimelnden Geräusche Londons, so unterschieden vom bloßen Lärm: das Rollen von Wagenrädern, das Knirschen von Kiesauffahrten, das helle und leichte Getrappel eines *Hansom Cab.*

Blumenkästen, lustig mit Geranien gefüllt, fesselten das streifende Auge, und Sonnenvorhänge am Mittag. Das Mittagsmahl wurde gemächlich eingenommen und war bekömmlich; die Gespräche waren gescheit; Hausmädchen gingen lautlos, trugen wogende Schürzen und große Hauben mit fliegenden Bändern.

Der Klatsch war amüsant und gelegentlich boshaft, doch ohne einen Hauch von Verleumdung, kein endloses Sicheinmischen in die privaten Dinge anderer. Die Stimmen waren sanfter; den schnarrenden Tonfall und das hochtönende Geschnatter gab es noch nicht. Hast war ein unbekanntes Wort; die Menschen dachten langsamer, bewegten sich langsamer, lebten langsamer. Die Frauen wußten zuzuhören, regungslos zu bleiben; sie hatten weder die Unverblümtheit noch die Rastlosigkeit gelernt. Ihre Haut war rein. Die Fingernägel wurden nicht farbig lackiert, auch waren die Kleider von Parfüm nicht völlig durchtränkt. Die Frauen gaben sich Mühe mit ihrer Toilette. Ihre Haare wurden zwanzig Minuten lang gebürstet. Selbst die Kleider, die sie trugen, waren nicht unpersönlich, sondern gehörten in einer unverkennbaren Weise zu ihrer Trägerin, waren durchdrungen von der Individualität ihres Körpers, trugen für immer den Duft von unparfümierter Seife, von Regenwasser und süßem Lavendel.

Die Männer in Kickys Zeitalter achteten ihre Frauen, warben um sie und gewannen sie. Sie lagen nachts nebeneinander; sie gestanden sich ihre kleinen Hoffnungen und Ängste und erwarteten gelassen den Anbruch eines neuen Tages. Für sie gab es nicht das Verlangen vor Morgengrauen, Zweifel der mitternächtlichen Stunden, die unablässig drohende Furcht vor der Zukunft und den Schatten der Unsicherheit, Geldsorgen, Sorgen um Pläne, die ganze Ungewißheit des Lebens selbst, geboren aus den Schrecken der Kriege.

Kicky war gesegnet in seiner Generation. Er genoß in vollen Zügen die Schönheit, und ihm wurde viel Leid erspart. Geduld war ihm eigen und Würde und eine stille Güte. Sie hatten Haltung, die Männer und Frauen seiner Epoche, doch ihre Standhaftigkeit war unerprobt. Die Bürden, die sie trugen, waren in ihrer Art begrenzt. Ihre Schmerzen und ihre Freuden waren persönlich, häuslich geprägt; sie entsprangen aus den kleinen täglichen Begebnissen. Kein allumfassender Hunger überwältigte sie; sie wandelten ihre gedeihlichen Wege mit gemessenen Schritten, ungetrübt, eine leuchtende, gesunde Fröhlichkeit hinter sich lassend, und lächelten mit Gott, wie ihre Söhne niemals mit ihm lächeln sollten.

Die du Mauriers kamen zu dem Ergebnis, daß sie ihrer

Behausung in Great Russel Street entwüchsen, und zogen um nach Earl's Terrace in Kensington, wo sie vier oder fünf Jahre wohnen blieben.

Die Kinder, besonders Trixie, wurden übermütig und brauchten mehr Platz, und in Earl's Terrace durften sie sich etwas breiter machen. Zusätzliche Hilfe würde freilich nötig werden. Dienstboten neigten dazu, schwierig zu sein. Martha hatte etwas gegen späte Diners einzuwenden, und von Jane war bekannt, daß sie eines Abends ohne Erlaubnis ausgegangen war. Es wurde alles ein bißchen lästig. Kicky wollte nicht zu streng mit ihnen sein, weil sie ihm willig Modell saßen, wenn er eines brauchte, und er konnte sich hinterher nicht beschweren, daß die Koteletts nicht gar gewesen seien, wenn Martha ihren Herd hatte im Stich lassen müssen, um ihm den Gefallen zu tun. Die Kinder mochten Kensington, weil es gelegentliche Fahrten mit der Untergrundbahn gab und oft den Besuch der Parkanlagen ermöglichte. Auch war Pem in leicht erreichbarer Nähe ihrer Mutter.

Earl's Terrace war jedoch nicht ideal, und als das nächste Baby kam – wieder ein Mädchen, May, getauft Marie Louise –, wurden sich Pem und Kicky bewußt, daß es sie nach dem Lande zog: irgendwo nicht zu weit ab, weil ihre Freunde sie besuchen sollten, und in bequemer Reichweite der Stadt und des Büros von *Punch*. Die Kinder sahen bläßlich aus; sie hatten frische Luft nötig und Raum. Kicky ging ein- oder zweimal nach Hampstead und verliebte sich in die alten Häuser dort, in die ausgedehnte Fläche der Heide, in ihre kahle, unverdorbene Schönheit. Irgendwie erinnerte ihn der Ort an Passy und an seine Kindheit; die Tümpel, auf denen die Kinder ihre Schiffchen fahren ließen, glichen den kleinen Seen im Bois de Boulogne, wo er so oft als Knabe gespielt hatte, und es kam ihm in den Sinn, daß er in Hampstead leben müßte, daß es sein Platz wäre, sein Plätzchen Erde, seine Heimat; daß er glücklich dort sein würde mit Pem und den Kindern; daß sie alle eigentlich dorthin gehörten, so wie er einst nach Passy gehört hatte.

Es gelang ihm, das Haus in Earl's Terrace zu vermieten. Das war allerdings kein großer Erfolg, denn die Leute, die einzogen, besaßen die Dreistigkeit, Nägel in die kostbare Morristapete zu schlagen, und *obwohl wir artig mit ihnen sprachen,* schrieb Kicky an Tom Armstrong, *und nichts davon erwähnten, kochten wir vor Empörung. Ohne vorher zu fragen, Bilder auf die Tapete des Meisters zu nageln, kam uns doch wie ein gewaltiges Vergehen an fremdem Eigentum vor. Was hältst Du davon? Wir schickten eine Botschaft an die Besitzerin dieses Hauses, um zu fragen, ob wir einen Nagel an der kahlen Wand der Anrichte anbringen dürften und waren ihrer Antwort keineswegs gewiß. Nun, seit Sonnabend sind wir hier, und eine schönere Lage, ein freundlicheres altes Haus und einen angenehmeren Zustand überhaupt, wenn es nur so bliebe, könnte man nirgendwo sonst finden. Es gibt ein Gastzimmer nach Westen mit der schönsten Aussicht in ganz Middlesex; paß nur auf, Du wirst ganz und gar hier leben wollen.*

Dies war Gangmoor House, das auf dem Gipfel von Hampstead-Hill stand gegenüber dem White-Stone-Teich, mit einem klaren, nicht unterbrochenen Blick in alle Himmelsrichtungen; der Friede, die Abgeschiedenheit kamen ihnen wunderbar vor nach dem emsigen Treiben Kensingtons. Gangmoor steht heute unbewohnt da; selbst der ummauerte Garten bildet keinen Schutz mehr gegen den dauernden Verkehrsstrom nach Norden, und an den meisten Tagen im Sommer parken die Autos reihenweise um den Teich, wo einst Guy und Trixie ihre Schiffchen segeln ließen.

Es mag sein, daß Gangmoor gar zu sehr den vier Winden ausgesetzt war und daß Pem Bronchitis bei den Kindern befürchten mußte, vielleicht aber paßte ihnen das Haus im ganzen gesehen doch nicht, denn drei Jahre später lebten sie weiter unten am Berg in Nr. 27 Church Row, und sie ließen sich erst im Jahr 1874 endgültig nieder in New Grove House, wo sie einundzwanzig Jahre wohnten.

Church Row ist eine kurze Allee mit Bäumen in der Mitte, sie führt von der Heath Street ab und endet an der Kirche, und auf beiden Seiten stehen immer noch hohe, sittsame Häuser aus der Zeit der Queen Anne, die das Milieu eines Romans von Jane Austen hätten schmücken können. Nr. 27 besaß einen Stufenaufgang, der zu einer grünen Haustür führte, und die Vorderfenster blickten hinaus auf die gelassenen Nachbarn, während zur linken Hand der gedrungene Spitzturm der alten Kirche durch die laubigen Zweige der Bäume schimmerte. Das Haus hatte verschiedene Stockwerke. Eine lange Treppenflucht führte hinauf, und aus den oberen Fenstern erhaschte man nach hinten einen flüchtigen Blick auf London, das tief unten lag, langausgedehnt und weitläufig, wie eine andere Welt.

Wenn Pem und Kicky auswärts mit Bekannten gespeist hatten oder vielleicht im Theater gewesen und nachts spät heimgekehrt waren – dies geschah allerdings nicht oft, weil die Fahrt ermüdend und bei Dunkelheit der langsame Anstieg am Berg auch nicht ganz ungefährlich war –, schauten sie aus jenen oberen Fenstern hinaus und versuchten, den Weg, den sie gekommen waren, herauszufinden, der sich jetzt, von ihrer Höhe aus, in einem Wirrwarr von Schornsteinen und kleinen blinkenden Lichtern zu verlieren schien.

Manchmal sagte Kicky mit einem Seufzer, daß Hampstead wohl gesund, aber ein wenig langweilig sei, und sie sich von ihren Bekannten zu weit entfernt hätten; daß, von hier oben aus empfunden, es einen Zauber um London gäbe, dessen man verlustig ginge, wenn man nicht dichter dabei lebte, einen Zauber, der von den Lichtern der Theater und Straßenlaternen herrühre, aber auch von dem Treiben und Geplauder, das man höre, und vom Lachen der Freunde.

Er fragte sich ständig, ob er nicht etwas, was unten in London vor sich ginge, versäumte. Die Stadt lag da wie ein Juwel, und er fürchtete, sie hätten die Lebenskunst, die Gabe der Geselligkeit, das gesellschaftliche gute Einvernehmen mit dem Einatmen der reinen Luft der vier Winde verlernt. Hatten sie denn wirklich so viel erreicht, als sie die Lichter Londons gegen die Sterne eintauschten? Er war sich niemals ganz schlüssig darüber, war nie ganz ausgesöhnt. Aber Pem war sehr glücklich. Pem versicherte, sie sei sehr zufrieden. In ihrem weiten, großmütigen Herzen plante sie bereits Feste und Vergnügungen für die Kinder, sah sie gleichmäßig und glücklich heranreifen, von ihrer Weisheit im Zaum gehalten, von ihrer Liebe eingehüllt, gegen alle Gefahren gefeit. Und Kicky stand am Fenster, blickte auf

London hinunter, und der Gedanke kam ihm, daß er am nächsten Geburtstag ins vierzigste Lebensjahr eintrete, daß er dann mittleren Alters sei, daß er trotz seines Erfolges als Künstler nicht alles vollbracht hätte, was ihm seine Träume einst vorgegaukelt hatten.

Es gab so viele Dinge, die er niemals unternehmen, so viele Welten, die er nie kennenlernen würde. Er dachte mit einem Anflug von Lächeln an Paris, an den Lärm und den Krach im Atelier, an die alte lustige Sorglosigkeit der Jugend, die er niemals zurückgewinnen würde. Er war seßhaft jetzt, war ein begüterter Mann, der an seine Familie, an seinen Beruf gekettet war und nicht wieder auf Wanderung gehen wollte. Das Schicksal hatte es gut mit ihm gemeint, es hatte ihm Pem und die Kinder gegeben, es erhielt ihm sein Auge. Er grollte niemand und war glücklich in der Auswahl seiner Freunde. Aber irgendwo, obwohl er nicht wußte, warum, trotz seiner Heiterkeit und Befriedigung, steckte in ihm treibend und Unruhe schaffend ein kleiner Keim von Melancholie.

Das letzte von Kickys Kindern wurde am 26. März 1873 geboren. Es war ein Knabe, und sie tauften ihn Gerald Hubert Edward. Aus irgendeinem Grunde hob Pem das Telegramm, welches das Büro von *Punch* an Kicky geschickt hatte, auf. Es lautete: »Willkommen dem großen kleinen Fremdling. Haben soeben mit allen Ehren auf seine Gesundheit angestoßen. Ehrerbietung und Glückwünsche an Madame.«

2

Auf den ersten Blick gibt es nichts Auffallendes an New Grove House. Es zeugt von einem gewissen Alter und steht in einer Nebenstraße, an ein anderes, älteres und noch reizvolleres Haus angebaut, der Eingang befindet sich in der gleichen Straße, und das Haus liegt in keiner Weise zurück.

Man könnte es hoch und zugleich dürftig, geräumig und doch ungeschickt entworfen nennen. Es gab kein Bad, und als die du Mauriers dort wohnten, blickten die hinteren Zimmer auf eine kleine Gruppe schmutziger Slumhäuschen.

Von der Vorderfront aus konnten sie die steile Mauer des gegenüberliegenden Fenton House sehen, und rechts führte die Straße bis zum Gipfel des Hampstead-Hill hinauf, und es war ihnen möglich, einen Schimmer von dem White-Stone-Teich zu erhaschen.

Das schönste Zimmer im Haus war das Atelier mit seinen vielen Fenstern, und unmittelbar darunter lag eine winzige Gartenfläche, die durch eine hohe Backsteinmauer gegen die Straße abgeschirmt war. Das Atelier wurde mehr oder weniger als Wohnraum benutzt, weil es das größte Zimmer im Haus war und es Kicky nichts ausmachte, wenn ihm bei der Arbeit fünf Kinder um die Füße purzelten.

»Dies ist so recht ein Haus für Kinder«, erzählte er Tom Armstrong, »ein Kindergarten für alle Altersstufen.« Und mit seiner gewohnten Übertreibung fuhr er fort: »Am Sonntag nahm ich etwa ein Dutzend auf einen Spaziergang über die Heide mit und fand sie amüsanter als die meisten Erwachsenen, die man trifft.«

Sie waren zu allen Zeiten eine ausgelassene Bande, Trixie erreichte nun bald zweistellige Jahreszahlen, Guy näherte sich dem Schulalter, Sylvia war zur Zeit das häßliche Entchen und ihrer selbst nicht ganz sicher, und May, die Zarteste, dünn und leidenschaftlich, in hohem Grad phantasiereich, hieß den kleinen Gerald gehorchen. Der Jüngste einer Familie ist immer ein kleines Problem. Er ist noch nicht groß genug, um zu tun wie die anderen, und doch fühlt er sich vernachlässigt, wenn er bei ihrem Spiel nicht mitmachen darf.

So war es mit Gerald. Er haßte den Gedanken, es könnte ihm etwas entgehen. Tatsache war, er wehrte sich energisch, als Baby behandelt zu werden, und um des lieben Friedens willen gestatteten die Geschwister ihm, sich an ihren Spielen zu beteiligen. Kicky hörte ihr Lärmen unten in dem kleinen Garten. Trixie war, wie immer, die Anführerin. Als Pem hinunter ging, um zu sehen, was sie trieben, belehrte sie Trixie, daß man Eisenbahn spiele. »Ich bin die Lokomotive«, erklärte sie, »und

Guy ist Wagen erster Klasse und Sylvia ist ein Wagen zweiter Klasse und May ein Wagen dritter Klasse. Und Gerald, der ist auch ein Wagen dritter Klasse, das heißt«, sie senkte die Stimme, »in Wirklichkeit ist er nur ein Güterwagen, aber das darf man ihm nicht sagen, weil es ihn kränken würde.«

Gerald blickte von seinem Platz am Ende der Reihe mißtrauisch auf. Ohne Zweifel sprach man jetzt über ihn. Er war noch nicht recht sicher auf den Beinen und genötigt, sich an Mays Schürze zu klammern, um sein Gleichgewicht zu halten. Sollte es wegen dieses Spiels irgendeine Unstimmigkeit geben, wußte er, wer zuerst seine Beschwerde anbringen würde. Aufmerksam beobachtete er die Augen der Mutter. Man konnte nie wissen. Eine Träne im rechten Augenblick erzielte manchmal die tröstlichsten Ergebnisse. Er legte das Gesicht in Falten, zum Weinen bereit. Pem reagierte auf das Signal, stürzte sich auf ihn, trug ihn davon, ins Haus hinein zu der guten Martha, die man aufsuchen wollte, weil sie Suchard-Schokolade in ihrem Vorratsschrank aufbewahrte. Die anderen zuckten die Achseln.

«Mamie und ihr Schaflamm«, sagte Trixie, den Kopf schüttelnd. Gerald sah sie über die Schulter der Mutter an, als könnte er nicht bis drei zählen.

Er war ein unansehnlicher kleiner Junge mit glatten braunen Haaren, einer langen Oberlippe und zwei großen, sehr unschuldigen blauen Augen. Er sah so schuld- und arglos aus, daß es schwerfiel, sich ihn anders als ganz einfältig und sehr brav vorzustellen.

Pem wurde von Anfang an irregeführt. Er war das Nesthäkchen; er konnte nichts Unrechtes tun. Zudem sah er so zerbrechlich aus, als könnte er im Nu Bronchitis bekommen, und sie achtete sorgenvoll auf das erste Anzeichen eines Hustens. Er brauchte bloß zu niesen, da lief sie schon zum Medizinschrank nach Kampferöl. Die du Mauriers waren eine schreckliche Familie mit ihren Erkältungen. Wenn einer von ihnen einen Schnupfen bekam, benahm sich die ganze Gesellschaft, als wäre die Pest im Hause.

»Ich fürchte, Gerald fängt mit einem Schnupfen an«, sagte

Pem mit gefurchter Stirn, und »O je! O je!« stöhnte Kicky, *»les enfants – toujours les enfants*, jetzt wird das ganze Haus verseucht werden.«

Die Kinder schliefen aus Furcht vor Ansteckung mit Strümpfen um die Hälse, und mit Ausrufen des Schreckens vernahmen sie am nächsten Morgen die Kunde, daß May ein Kitzeln im Hals gespürt habe.

Diese Nervosität nahm überhand, und die Angst vor Erkältungen sollte ihnen allen durchs ganze Leben haften bleiben und sie unnötig zimperlich gegenüber kleinen Unpäßlichkeiten machen.

Gerald wurde von dem gemeinsamen Wahn mitgepackt. Die Erkältungspanik wurde ihm von der Mutter eingeimpft und obwohl er von Natur ein sorgloser, unbekümmerter kleiner Knabe war, wurde er, wie die anderen, gezwungen, auf seine Gesundheit ernstlich bedacht zu sein, acht zu geben auf östliche Winde und auf Verkühlungen der Lebergegend; vielleicht sah er darin eine gewisse Entschuldigung für die Aufmerksamkeiten, die er sich gerne gefallen ließ. Wenn auch Pem ihn ihr Schaflamm, ihr holdes, sanftes nannte, ließen sein Bruder und die Schwestern sich nicht täuschen. Sein Temperament war fast so lebhaft wie das Trixies, und er war nicht leicht drunten zu halten. Er hatte zweifelsohne eine sehr komische Ader, aber die leiseste Ermunterung nahm er zum Anlaß, sich ganz schamlos vorzudrängen. Er wußte, er könnte alle zum Lachen bringen, wenn er wollte, und er war gern der Mittelpunkt des allgemeinen Interesses. Er entwickelte eine ungezogene Gewohnheit, Leute, die ins Haus kamen, nachzuahmen, und obwohl ihm das auch ungewöhnlich gut gelang, fühlten die anderen doch, daß dies keine Kunst war, die man unterstützen durfte.

»Guckt Gerald nicht zu, er gibt wieder an«, flüsterte May, und sie wandten ihre Köpfe weg, während der kleine Junge, sehr mit sich zufrieden, vor ihnen herumhüpfte und sie aus den Augenwinkeln heimlich beobachtete.

«Es hat keinen Zweck«, seufzte Trixie, »er weiß, daß es Papa amüsiert«; und Kicky, der immer Gefallen an seinen eigenen Pantomimen gefunden hatte, lachte über seinen Jüngsten, der in der Verkleidung des Gastes, der am Sonntagmittag bei ihnen gespeist hatte, im Atelier erschien und unbemerkt von dem Modell, das für die wöchentliche Zeichnung für *Punch* saß, hinter dessen Rücken Fratzen schnitt.

»Schließ die Tür«, sagte Kicky, weil der Junge sie so hartnäkkig, daß er einen zur Raserei bringen konnte, offenstehen ließ; und dann kam Gerald, stellte sich hinter ihn, sah zu, wie die sorgfältige Skizze zur Reife gelangte – ein Anblick, der ihn nie ermüdete –, und wurde nach einigen Augenblicken gefragt, ob auch er Modell sitzen wolle, da in der Zeichnung ein Kind vorkommen sollte.

Gerald willigte ein, verlangte sofort sechs Pence oder neun Pence, wenn er zwei verschiedene Posen halten sollte; das Geschäft kam Kicky recht und billig vor, und wenn er die Arbeit beendet hatte, war er sehr prompt im Bezahlen.

Das Modell bekam fünf Schillinge für den Vormittag und ein Mittagessen, was Gerald für einen fürstlichen Lohn hielt, der dazu noch zum Fenster hinausgeworfen sei, da der Gesichtsausdruck des Modells total ungeeignet war für den seekranken Schiffspassagier, den es angeblich darstellen sollte und den Gerald selber viel besser fertiggebracht hätte.

Er trollte sich zu der Kommode in der Zimmerecke, zog die unterste Schublade heraus und drehte die drei oder vier Anzüge, die dort als »Garderobe« aufbewahrt wurden, um. Da lagen ein Abendanzug, ein Knickerbockeranzug und einige andere Kleidungsstücke. Kicky hielt sich nie mehr Garderobe als diese, und wenn die Mode sich auch wandelte, die Ausstattung blieb immer die gleiche. Diese Anzüge waren eine Quelle der Verzauberung für Gerald und dienten ihm zum Verkleiden.

Dann war es Zeit zum Mittagessen, die ganze Familie versammelte sich im Speisezimmer, während Kicky nur ungern mit der Arbeit aufhörte, so daß Gerald, als Jüngster, geschickt wurde, ihn zu rufen. »Papa, Papa, Mamie sagt, ob du nicht kommen wolltest; das Essen wird kalt.« Bei Tisch gab es gewöhnlich einen großen Lärm, denn alle du Mauriers waren gewaltige Redner, schon als Kinder; sie verfügten über ein Vokabularium von Familienausdrücken und Familienwitzen, die für Außenseiter unverständlich waren, und trugen zur Unterhaltung auch einige oberflächliche Kenntnisse von schlecht assimiliertem Französisch bei, die anfänglich fließend, dann aber abscheulich herauskamen, und sprachen sehr zu Kickys Vergnügen mit vollendetem Akzent eine sonderbare anglisierte Version.

Am Nachmittag fand ein allgemeiner Auszug auf die Heide statt, zu dem Kicky die Kinder, die Lust hatten, ihn zu begleiten, mitnahm, eskortiert von dem geliebten Chang, dem riesigen Bernhardiner, und wo man immer einem der zwei engsten Hampsteader Freunde begegnete, dem Domherrn Ainger oder Basil Champneys.

Kicky hatte Lieblingswege und wohl zu beachtende Gewohnheitsgänge; so mußte er von dem obersten Teich aus bergab steigen, durch die Bäume hindurch, in Richtung des *Leg o' Mutton*, dann, rechts abzweigend, auf die Tannenbäume über den *Bull and Bush* zuhalten; oder an nassen Tagen gab es den flotten Marsch der Spaniards Road entlang, wobei er mit dem Stock auf den letzten Baum klopfte und danach den gleichen Weg zurücknahm, den sie gekommen waren.

Es war auf einem dieser Spaziergänge, daß Kicky seinen berühmten Rettungsakt ausführte, wofür er hinterher erbarmungslos von der Familie aufgezogen wurde. Sie hatten alle zusammen den gewohnten Sonntagsspaziergang unternommen und kehrten über den *White-Stone-Teich* zurück. Es war Winter, und das Eis auf dem Wasser war ungefähr einen Zoll dick gefroren. Als sie an den Teich kamen, bemerkten sie eine Gruppe Menschen, die schrien und auf die Mitte zeigten, wo ein unglücklicher Hund langsam ertrank, da das Eis unter ihm gebrochen war. Niemand machte den geringsten Versuch, das armselige Tier zu retten. Kicky, kurzsichtig wie er war, begriff lediglich, daß ein Hund sich in Schwierigkeiten auf dem Wasser befand, das Eis konnte er nicht einmal sehen. Sich seines Mantels dramatisch entledigend, lief er mit blitzenden Augen einige Schritte zurück und sprang mit einem ungeheuren Kopfsprung auf die dünne Eisschicht, die das kaum zwei Fuß hohe Wasser bedeckte. Es war ein gewaltiger Anblick. Ermutigt und beklatscht von der Menge stürzte er auf die Mitte des Teiches zu, die immer noch knapp drei Fuß tief war, und rettete den heulenden Hund, der sein Gesicht von oben bis unten dankbar leckte. Kicky, immer noch ohne ein Wort, brachte den Hund ans Land, übergab ihn seinem Herrn und machte sich geradewegs auf den Heimweg, gefolgt von seiner bewundernden, aber etwas verlegenen Familie.

Er war kaum hundert Meter gelaufen, als der Besitzer des Hundes ihn einholte, ihm auf die Schulter klopfte und sagte: »Sie sind ein tapferer Bursche. Hier haben Sie eine halbe Krone; gehen Sie und besorgen Sie sich etwas Warmes zum Trinken.« Kicky bedankte sich höflich mit rotem Gesicht, versicherte, daß es ihm ein Vergnügen gewesen sei und daß er ganz in der Nähe wohne. Der Mann nahm die Weigerung nicht an, beteuerte, er wolle die Summe gern auf fünf Schillinge erhöhen, er habe noch nie einen so tapferen Kerl gesehen und bestand derart beharrlich darauf, daß Kicky plötzlich die Beherrschung verlor und rief: »Ach, zur Hölle mit Ihnen, Sie verdammter Narr!« Der Mann entschuldigte sich sofort, wurde ganz kleinmütig und sagte, indem er den Hut abnahm und sich tief verneigte: »Ich bitte Sie um Entschuldigung, Sir, ich wußte nicht, daß Sie ein Gentleman sind.«

Am anderen Morgen erhielt Kicky einen Brief, welcher anfing: *Nicht ahnend, wer es war, der meinen Liehlingshund dem nassen Grab entriß . . .* Armer Kicky, im ganzen Leben überwand er die Episode nie ganz, und es waren die Zweifel an seiner Herkunft, die seine Familie am meisten ergötzten.

Es war unglaublich leicht, ihn zu betrügen, wie Gerald das später, als er älter wurde, herausbrachte, und mehr als nur ein Mal verkleidete sich der Junge und ließ sich im Atelier als einen Fremden melden, der Besuch machen wollte, meist um Geld zu borgen, und Kicky, der leicht verärgert war und sich unbehaglich fühlte, sah sich gezwungen, ein höfliches Gespräch in Gang zu halten, bis Gerald, aus wahrem Mitleid mit ihm, sich zu erkennen gab.

Das waren glückliche Tage, sorglose Tage, in denen Gerald träumen und faulenzen durfte, die ganze liebe lange Zeit, in denen er nichts Besonderes denken mußte, das eintönige, jedoch unwahrscheinlich volle Leben führen konnte, das allen kleinen Buben, seitdem es sie gibt, eigen ist – da war das Klettern auf den Bäumen der Heide, das Schwimmenlassen von Schiffchen auf den Seen, das Streiten mit May über die Wahl eines Spiels, May, die wie immer entschlossen und geneigt war, wegen ihrer paar Jährchen Altersüberlegenheit den Boß über ihn zu spielen; da kam das Planen der alljährlichen Ferienreise nach Whitby hinzu, die eine immer größer werdende Freude bedeutete, wo die Tage nie lang genug währten; und das Zusehen, wenn Papa zeichnete, das geschickte Ablocken des Versprechens eines neuen Tennisschlägers von Mamie; und das Hänseln der Schwestern, die Neckereien auf ihre Kosten wegen der Wahl ihrer Freundinnen und Freunde; und dann der Augenblick, in dem man in wonniger und zugleich verlegener Ekstase auf einem Bein dastand, als Guy, bildhübsch geworden und hochgewachsen, von Marlborough in die Ferien heimkam und mit angenehmer Kameradschaftlichkeit Papa »The Govnor, Alter Herr« nannte und Gerald »Old Fellow« rief.

Eine andere Anregung waren Bücher: *Die Schatzinsel, Die drei Musketiere, Robbery under Arms* und *The Wreck of the »Grosvenor«*. Sie waren so lebenswirklich geschrieben, daß Gerald sich als Hawkins fühlte, oder als d'Artagnan, oder Edward Royle, wie er Mary Robertson aus dem Schiffbruch rettete; er saß in der Ecke von Changs Sofa im Atelier und starrte mit offenem Mund ins Leere, träumte von unwahrscheinlichen Abenteuern und vernahm ganz in der Ferne Papas Lachen und seine Bemerkung zu Mamie hin: »Sieh dir Gerald an, wie er seinen Geist ausruhen läßt.«

Das Leben war eine heitere, beiläufige Angelegenheit, bei der Gerald mehr oder weniger tat, was er wollte. Es war einem leicht gemacht, Zerstreutheit zu heucheln, um allen möglichen langweiligen Botengängen für die erwachsenen Menschen zu entgehen und unbewußt sich den Titel »vag« zu erwerben, der ihm für immer anhaften bleiben sollte, bis er schließlich rein durch die Macht der Gewohnheit geistesabwesend wurde. Er entdeckte, daß es ein Leichtes war, die Leute zum Narren zu halten, besonders seine eigene Familie, und daß es nur einiger Minuten Konzentration bedurfte, um den eigenen Willen in allem durchzusetzen.

Mamie war eine leichte Beute. Er brauchte bloß ein bißchen zu schniefen und eine Spur zu husten, ein wenig zu schauern und mit der Hand über die Nase zu fahren, sofort war sie hinter ihm her mit Fragen, mit hätschelnden Worten und dem Vorschlag, er solle im Haus bleiben, weg vom kalten Wind, und er dürfe zum Abendbrot das essen, was er am liebsten möchte, und da er nicht auf der Höhe wäre, brauche er nicht mit den anderen auszugehen oder Französisch mit der Gouvernante zu sprechen, sondern dürfe behaglich oben im Atelier mit ihr und Papa sitzen und seine Lieblingsbücher zum Lesen haben. Trixie mochte höhnen und Sylvia und May verächtlich mit der Achsel zucken, doch würden sie sittsam der Spaniards Road entlang spazieren gehen, während er vor dem Kaminfeuer saß, ostentativ ein Taschentuch schwenkte und eine besonders angenehme Sorte Hustenbonbons lutschte.

»O Mama, wie du Gerald verwöhnst!« rief Trixie, »du gibst bei uns anderen nie so schnell nach.«

»Unsinn«, pflegte Pem zu antworten – und mit einer an ihr ungewohnten Schärfe. »Gerald ist der Jüngste; er war immer empfindlich auf der Brust, und ihr neigt alle, sowieso, viel zu sehr dazu, ihn zu ärgern«; und sie setzte sich leicht echauffiert und ein wenig trotzig neben ihm auf das Sofa, während der kleine Bub im Matrosenanzug sich zum zwanzigsten Mal die Nase schneuzte und, indem er über das Taschentuch herüberäugte, unverschämt seiner ältesten Schwester zuzwinkerte.

Unwillkommene Einladungen konnten gewöhnlich vermieden werden mit einem Satz wie: »Ich fühle mich nicht recht wohl, Mamie; ich glaube, ich gehe nicht zum Tee zu Bertie und Cecil heute nachmittag«; oder wenn der Anlaß erfreulich war und Bedarf an Freunden vorlag: »Mamie, mein Kopfweh scheint weg zu sein, und ich glaube, wenn ich zu Stedalls ginge und Cricket spielen würde, käme es auch nicht wieder«. Mamies übertriebene Fürsorge brachte natürlich auch manchen Ärger mit sich. Wenn er sich gerade ausgezeichnet unterhielt am

Meeresstrand in Whitby, stürzte sie auf ihn zu mit einem elenden Wollschal und wand ihn um seinen Hals, oder sie lief, mit Wolljacken und Mänteln über dem Arm, auf dem Weg zu den Tennisplätzen hinter ihm und May her, wenn sie die Pension in St. Hilda's Terrace verließen, und schärfte ihnen nachdrücklich ein, ja beim ersten Regentropfen mit dem Spielen aufzuhören. Aber wie lustig war es doch in Whitby! Welch eine Fülle von endlosen Freuden und Entdeckungen; das Sichüberschlagen der Wellen an der Spitze der Mole bei schwerem Seegang; der Schleim und der Geruch von Hering und Kabeljau auf dem Fischmarkt; das Baden, das Cricketspiel am Strand, die Tennisturniere, die Ausflüge ins Heideland, bei denen Mamie, und Trixie auch, Rock und Hut festhalten mußten, während Papa rauchte und zeichnete und Guy las und Gerald und Sylvia und May im Heidekraut umhertollten, dicht auf den Fersen gefolgt von dem langsamtrottenden Chang.

In einem anderen Jahr ging es nach Dieppe, das beinahe so schön wie Whitby war, aber doch nicht ganz, weil die Gruppe der kleinen Freunde nicht dabei sein konnte und es nicht gar so vielerlei zu unternehmen gab. Es war nicht sehr aufregend, an den Läden hin- und herzulaufen, selbst wenn die Mädchen das gerne machten, und im Cafe zu sitzen war eine langweilige Sache, wenn der letzte Tropfen Grenadine durch den Strohhalm geschlürft war. Aber es machte Spaß, Tennis zu spielen und dabei anzugeben vor den französischen Kindern, die ihn und May mit aufgerissenen Augen betrachteten, wie sie einander leichte Bälle über das Netz zuschlugen, und: »*O la-la, quelle merveille!*« riefen, wenn es Gerald gelang, einen Ball aus der Luft zu fangen.

»Hör mal, May, bin ich froh, daß wir bloß Halbfranzosen sind«, rief Gerald angewidert. »Diese Leute haben wohl noch nie im Leben einen Tennisschläger gesehen«; und mit der ganzen Arroganz eines jungen Briten im Ausland schwadronierte und hüpfte er auf dem Platz herum, warf den Ball viel zu hoch in die Luft, brachte den Schläger schmetternd darauf herunter, die ganze Zeit über sein kleines Publikum aus den Augenwinkeln beobachtend, während May ihm ungeduldig zurief, er solle doch mit dem Spiel weitermachen. Es war lustig für die Kinder mit ihrer eigenen fehlerlosen Aussprache und ihrer fertigen, wenn auch nicht ganz fließenden Beherrschung der Sprache, zuzusehen, wie die anderen englischen Touristen mit Vokalen rangen, und sie begannen das Spiel, »à l'Anglais« zu reden wie die Menschen im Hotel, sehr zu Papas Vergnügen, der darin Möglichkeiten für *Punch* erblickte.

Ach, es war wunderbar, es war lustig zu leben, und daheim in Hampstead war das Dasein ebenso herrlich und erfüllt. Es gab Cricketmatches mit den Stedall-Buben, Schlittschuhlaufen im Winter auf dem privaten Fischteich in Spencer Well's Garten, einen Versuch, Figuren auf dem Eis zu fahren vor einem zwei und zwei spazierengehenden Mädchenpensionat, wobei er in dem Augenblick, als die Mädchen sich nach ihm umwandten, krachend mit dem Kopf auf das Eis schlug. Es gab immer viel Gelächter, viel gutmütiges Hänseln und Necken, und nur gelegentlich passierten weniger angenehme Dinge, wie beispielsweise zu viel Plumpudding an Weihnachten, die Übelkeit den ganzen folgenden Tag, Mamies Getue mit Rizinusöl und die kalte, abweisende Miene, die Guy zur Schau trug, als verachte er ihn.

Bald, nur zu bald wurde der Zwang der Schule am Horizont sichtbar. Heath Mount, eine Elementarschule für Knaben, lag nur zwei Häuser weiter an der Straße, in Rufweite von New Grove House. Was konnte Pem mehr beglücken, als daß ihr Baby, ihr Schaflämmchen, Schüler dieser Anstalt wurde, die so günstig, so wunderbar nahe lag? Ei, sie konnte ja bei ihrem Morgenspaziergang durch den Gitterzaun in den Hof gucken und ihn herbeirufen und ermahnen, ja aufzupassen, falls er sich erhitze. Pem war entzückt von Heath Mount. Da kam Gerald also in die Schule und ging seinen eigenen Weg, wie die meisten kleinen Buben das tun, und war schlecht in Geographie und noch schlechter in Mathematik, und keiner der Familie wurde recht klug aus allem oder nahm besonderen Anteil an seinem Schülerdasein; und weshalb sollten sie das auch, wo andere, viel aufregendere Dinge geschahen, wie Trixies Debüt bei Gesellschaften und Guys Pläne, von Marlborough abzugehen und sich in Sandhurst[1] bei der Armee zu bewerben?

Wir sind ausschweifender gewesen als sonst, schrieb Kicky 1881, *wegen Trixies Debüt. Gestern abend führten wir sie auf einen großen Ball bei* the most noble Marquess of Salisbury, *und den Abend vorher zu einer ganz reizenden musikalischen Soiree bei Tadema's, Henschel, Rubinstein etc. Den vorhergehenden Abend ging es auf ein anderes Tanzfest, eine sehr glänzende Angelegenheit, und man kann wohl sagen, daß Trixie jetzt endgültig als eingeführt gilt.* Le rôle du père ne manque pas d'agréments – mais le lendemain – les lendemains! Aie aie! et ainsi de suite jusqu'à nouvel ordre! *Die große Monde scheint jedoch bis jetzt wenig Zauber auf Trixie auszuüben, die nichts festlicher findet als eine im bürgerlich biederen Hampstead stattfindende kleine Tanzerei, wo sie ihre Partner mit dem Vornamen oder noch Kommunerem rufen kann.* Ja, die lebenslustige, tollende, unwiderstehliche Trixie, mit ihrer brennenden Wißbegierde auf das Leben, mit ihrer sprudelnden Stimme, ihrem flinken Lachen – Kicky war schrecklich stolz auf sie. Er behielt sie trotzdem nicht lange; sie tanzte ihren Weg durch ihre kleine Umwelt von Mädchen und Jünglingen und sah sich mit neunzehn Jahren schon verlobt. Neunzehn und dreiundzwanzig – sie waren beide sehr jung. Selbstverständlich mußte ein viktorianischer Vater erfreut sein, wenn die Tochter sich zur Heirat entschied; je jünger, je besser, gewiß, und man konnte anderen, enttäuschten Eltern gegenüber, deren Töchter immer noch daheim herumsaßen, Punkte buchen; und dennoch ... *Trixie hat sich entschlossen,* schrieb Kicky, *und hat sich mit einem gewissen Charlie Millar, einem sehr netten Jungen, verlobt, der ihr seit langer Zeit sehr zugetan ist. Er ist sechs Fuß hoch,* et gentil comme un chérubin. *Vor drei Jahren wollte er zur Armee gehen, doch der Gedanke an Trixie hinderte ihn daran, und er ist Kaufmann in der City geworden. Sie scheinen sehr fröhlich und vergnügt zu sein, und wenn sie nur später, wenn sie erwachsen sind, auch so gut miteinander auskommen, werden sie ihre Sache recht machen. Ich finde, Trixie hat großes Glück, und er ist ein so lieber Junge.* Pourvu que ça dure ... Er liebte

[1] Sandhurst: Kriegs- und Generalstabsschule.

diese seine Tochter so heiß, er wünschte so leidenschaftlich, daß sie in ihrem Leben glücklich werden möge, so wie er und Pem das geworden waren; doch wie offen und vertraulich er auch immer mit der Tochter umging, wie sollte er ihr von der Ehe erzählen, über Männer mit ihr sprechen, über die kleinen irritierenden Geschehnisse des täglichen Lebens, die manchmal so wenig, manchmal so viel ausmachten? Sie waren jung, die beiden; sie hatten noch nie gelitten; sie konnten nicht verstehen. Armer Kicky, als seine Erstgeborene mit zwanzig Jahren getraut wurde und den Chorgang von St. George's Hanover Square entlangschritt mit einem Lächeln auf ihrem Gesicht, das die Zukunft willkommen hieß, stand er da und sah sie an wie im Traum. Und dann vergoß er Tränen, wie nur ein Franzose sie vergießen kann.

Der Rest der Familie zog übermütiger Laune los, um Tennis zu spielen, während Kicky und Pem die Hochzeitsgeschenke einpackten, die in das neue kleine Haus in Harewood Square geschickt werden sollten, und solange Pem liebevoll von Trixies Glück und Zufriedenheit sprach, mußte Kicky immerfort an das Gesicht der Tochter denken, als sie sich im Wagen auf der Fahrt zur Kirche zu ihm wandte, nach seinem Arm griff und mit grübelndem Stirnrunzeln ihn fragte: »Papa, dearest Papa, wenn man einen gutaussehenden Mann heiratet, bedeutet das durchaus, daß man gutaussehende Kinder bekommen wird?«

Seit Trixie verheiratet, Guy fort in Sandhurst und Gerald den ganzen Tag in der Schule war, wirkte New Grove House recht leer und verlassen, und im Verlaufe der nächsten Jahre beschlossen Kicky und Pem, ihr Haus in den Sommermonaten zu vermieten und sich ein kleines, möbliertes Haus in Bayswater zu nehmen.

Sie waren dort näher bei Trixie und ihren Bekannten. Sylvia würde mehr jungen Leuten begegnen, und May hatte es nicht so weit zu ihren Gesangstunden. Also wurde Gerald die Woche über Internatsschüler in Heath Mount, nicht ohne mehrere Ermahnungen der Mutter über das Wechseln von Unterwesten und die Beachtung des Schnupfens mitzubekommen. Er sollte ihr auch zweimal in der Woche schreiben. Das Leben dort war natürlich dasselbe wie in irgendeinem anderen Internat der damaligen Zeit, und Gerald war vollkommen zufrieden, aber er besaß den Zug, der seiner ganzen Familie eigen war, er übertrieb kleine Verdrießlichkeiten und stellte sich gern als schlecht behandelt hin.

»Es ist kein übermäßig gutes Leben«, sagte er, die Augen der Mutter beobachtend, »aufstehen um viertel nach sieben und dann Andacht und dann Frühstück, das aus nichts als dünnem Kaffee und Butterbrot besteht, wo die Butter wieder abgekratzt wurde; und dann ziehen wir die Stiefel an, und dann kommt der Schulunterricht und dann Fußball.«

Doch Pem wollte wissen, ob er mittags kräftig gefüttert werde, und er mußte gestehen, daß das Mittagsmahl »erstklassig« und das Nachmittagsvesper recht ordentlich sei.

Aber der Rektor, Mr. Walker, hält selbst Unterricht bei uns, murrte er, und ich habe wie ein Neger zu schuften. Es gibt auch eine Abendandacht, und wir müssen uns alle in Reih und Glied aufstellen und ihm gute Nacht sagen, ehe wir ins Bett gehen. Das Zubettgehen dauert eine Viertelstunde, und obwohl sie heraufkommen, das Gaslicht zu löschen, führen Nicoll und ich – Nicoll war der augenblickliche Intimus – *noch eine muntere Unterhaltung hinterher. Dann kommt Mrs. Walker und packt uns ein und gibt uns einen Kuß, der uns sämtlich die ganze Nacht wachhält. Ein Gefängnisleben nenne ich das.*

Selbstverständlich hatte er sich den unvermeidlichen Schnupfen geholt: *Nun, jedenfalls rieb Mrs. Walker mir die Brust so fest, daß ich an dich denken mußte, und ich mußte Frühstück im Bett essen und kriegte Enos Fruchtsalz. Bah! Aber am Abend war es noch schlimmer, weil ich eine Grütze bekam, die voller Klumpen war.*

Nein, der Schnupfen ist jetzt ganz weg, danke schön, und geh Du doch bitte zu Whiteley's und besorge mir ein elegantes Zaumzeug; ich und die anderen Jungen spielen ein neues Spiel und lenken uns gegenseitig. Nein, es ist schon gut, ich werde den Mantel dabei nicht anlassen und mich überhitzen.

Die Schule wirkte offensichtlich nicht so ernüchternd auf Gerald, wie seine Eltern es gedacht hatten; er wurde noch frecher und noch selbstzufriedener, wenn es überhaupt möglich war, bereit, bei dem leisesten Zeichen von Anerkennung aufzuschneiden; er schrieb witzige kleine Briefe an Pem und die Schwestern und war sich dabei durchaus bewußt, daß sie nichts anderes tun konnten als über ihn lachen.

Wir gingen Montag abend zu einem Vortrag, schrieb er, und das Geld wurde den Mädchen vom Sailors' Daughters' Home gespendet. Die Mädchen sangen am Anfang. Ich glaube, sie müssen es getan haben, um einige Leute loszuwerden; wenn's so war, dann war's ein famoser Kniff. Wie dem auch sei, ich habe ein neues Lied ausgedacht, das anfängt: »Er poliert den Gaumen mit Haferbrei«, und es hat zwanzig Strophen. Man singt es zu der Melodie von »Just before the battle mother«.

Wir hatten solch einen fürchterlichen Pudding heute, er war aus Mondamin und Pflaumen, sauergewordener, geronnener Sahne und kleinen schwarzen Käfern gemacht. Sage Sylvia und May, ich hoffe, sie benehmen sich gut und sind alles in allem auch ordentlich und sittsam. Matnong Adu, wie der Engländer sagte, als er nach Paris ging, ja'ai tant bezoing de tes leves.

Dein Dich liebender Sohn,
Gerald du Maurier.

P.S.: Vergiß nicht den Apfelpudding am Samstag abend, sonst wird es dich reuen.

Vielleicht war Guy nicht oft genug daheim, um diesen schwer zu zähmenden jungen Bruder druntenzuhalten. Guy, der eben von Sandhurst abgegangen und im Begriff war, Unteroffizier bei den Royal Fusiliers zu werden, hatte vermutlich andere Dinge im Kopf, und Trixie, die im allgemeinen ihre Meinung frei äußerte, war die Mutter ihres Erstgeborenen, Geoffrey, geworden, der in jeder Weise ihre besorgten Erwartungen erfüllte, denn er war eines der schönsten Babys, das man sich vorstellen konnte.

Selbstverständlich wäre es Kickys Sache gewesen, wenn nötig eine elterliche Zurechtweisung zu erteilen, doch dies war eines der Dinge, denen Kicky immer aus dem Wege ging. Er war nachgiebig Kindern gegenüber und würde es bis zum Ende seiner Tage bleiben. Solange sie glücklich waren, solange sie reizend aussahen und ihn amüsierten, konnte er nicht streng mit ihnen sein; sie würden ja genug Schläge bekommen, wenn sie der Welt gegenübertreten mußten. Wenn Gerald also sehr von sich eingenommen war und vor Gesundheit und Übermut nur so kochte, pflegte Kicky ihn bloß anzusehen, den Kopf zu schütteln, wieder an die Staffelei zu gehen und weiter zu zeichnen mit seinem einen blinden Auge und dem anderen, bei dem die Sehkraft immer mehr zurückging; dann sagte er lediglich: »Warte, bis du ins vierzigste Jahr kommst, und sieh zu, wie dir das gefällt.« Bei einem Temperament wie dem Geralds, dachte er, würde das Altwerden kein Spaß sein. Er würde zu viel vom Leben erwarten und nie begreifen, warum er nicht fand, was er suchte.

Jedenfalls stellte Gerald bis jetzt nur ein halbflügges Bürschchen vor, wie alle kleinen Jungen, obwohl eine Spur origineller als die meisten; und Kicky fand mit dreiundfünfzig Jahren, daß seine älteren Sprößlinge wesentlich umgänglicher waren.

Trixie war hinreißend, obwohl sie Frau und Mutter war, und Guy kam so gut voran und rechtfertigte den väterlichen Stolz auf diesen Jungen; Sylvia wurde wunderschön, mit einem ungewöhnlichen, schwer zu beschreibenden Charme, sanft, gedankenvoll, rührend; und May, mit ihrem raschen Geist, ihrem französischen Wahrnehmungssinn und ihrer flammenden Anhänglichkeit an ihn, wurde die wahre Tochter seiner Träume.

Es war Pem, die sich dem Kleinen widmen, sich um Geralds Erziehung kümmern mußte, und sie schrieb an Bowen, den Leiter des Grove[1], und fragte, ob in Harrow eine Stelle für Gerald frei wäre.

Es ist anzunehmen, daß Pem Harrow vor Marlborough, wo Guy gewesen war, den Vorzug gab, weil es näher bei Hampstead lag.

Auf diese Weise wurde Gerald im Alter von vierzehn Jahren im April 1887 nach Harrow geschickt, wo er bis zu seinem siebzehnten blieb und drei sehr glückliche Jahre verbrachte.

Ich bin in die Lower Shell gekommen, schrieb er nach der Ankunft

[1] Grove: Name eines der Wohnhäuser der Schüler in Harrow.

an die Mutter, *und das ist immerhin drei Klassen über der alleruntersten, also nicht allzuschlecht, Darling, nicht wahr? Komm bitte und besuche mich bald! Sowie einige der Jungen wußten, daß mein Name du Maurier ist, sagten sie: »Ach, bist du verwandt mit dem Kerl vom* Punch«, *und der Klassenlehrer sagte, ich solle mich setzen und ansehen lassen wegen des berühmten Vaters, den ich hätte. Ich bin sehr glücklich hier, obwohl manche Dinge schwer zu kapieren sind.*

Armer Gerald! Das Leben in einer großen Schule war etwas anderes als das bequeme Dasein in Heath Mount und nach der Freiheit von New Grove House; und es hatte fast den Anschein, daß seine Einführung als du Mauriers Sohn, von der er naiv und stolz berichtete, in Wahrheit eine Fopperei war.

Er fand jedoch bald sein Gleichgewicht. Er befreundete sich mit einer Anzahl von Jungen, trieb Schabernack und wurde selber zum besten gehalten, arbeitete so wenig wie möglich, fand Gefallen am Fußballspiel und am Schwimmen, verzehrte unglaubliche Mengen von Marmelade, Sardinen und Pasteten, die regelmäßig von der treuen Mamie geschickt wurden; und wenn er auch manches lernte, wovon er früher nichts gehört und noch weniger geahnt hatte – sie wußte wenig davon, und er war um kein Jota schlechter dran. Es kann nicht behauptet werden, daß Gerald sich auf irgendeine besondere Weise in Harrow auszeichnete, weder in der Klasse noch auf dem Sportplatz, und er fühlte, daß sein Name wohl schwerlich als der eines großen Harrowianers in die Nachwelt einginge. Dennoch brachte er es fertig, den höchsten Grad an Vergnügen aus diesen drei Jahren herauszupressen, und er war darauf bedacht, die Freunde genauso zum Lachen zu bringen wie seine Familie – indem er alle Eigentümlichkeiten der Sprache oder der Gestalt, die sich zur Nachahmung eigneten, angefangen beim Leiter des Hauses bis zum jüngsten Füchslein herunter, imitierte.

Er bekam mehrere Male tüchtig Schelte von Pem dafür, daß er sein Taschengeld für Naschwerk und was ihm sonst noch gefallen mochte, ausgab – er hatte zu keiner Zeit in seinem Leben die leiseste Ahnung vom Sparen –, und in seinem ersten Trimester versorgte er bereits alle Jungen in seiner Kirchenbank mit Pennies, weil gerade für das Krankenhaus gesammelt wurde und sämtliche außer ihm schlecht mit Geld versehen waren.

Von Anfang an begannen seine Briefe an die Mutter mit einer Entschuldigung für den schlechten Klassenplatz, den er in der betreffenden Woche eingenommen hatte, doch fuhren sie mit dem brennenden Versprechen fort, *das nächste Mal besser abzuschneiden,* und gingen zur Ablenkung schleunigst auf etwas anderes über – etwas möglichst Amüsantes.

Bowen ist eben aus dem Zimmer gegangen, schrieb er nach dem Geständnis, daß er auf den zehnten Platz heruntergerückt war, *und fragte mich, an wen ich schriebe; ich sagte also »an meine Mutter« und blickte andächtig zum Himmel hinauf. Dann kam der Hausälteste herein und fragte, ob ich Kopfstimme singe, worauf ich antwortete: »Manchmal.« Dann fragte er mich, wie ich meistens singen würde, worauf ich antwortete: »Mittelmäßig.« Da lachte er und sagte, ich sei verrückt. Ich habe die Theaterproben für die Schulschlußfeier gesehen, und sie sind recht gut. Sie spielen ein griechisches Stück, ein deutsches Stück und ein französisches. Ich finde, das deutsche Stück ist am besten, weil die Jungen solch blendende Aussprache haben, aber die französischen Akzente! O du liebe Güte! Ein alter Professor kam heute nachmittag und schwätzte, daß Cricket die Versuchung der Ballwerfer sei, und Ehre, Reinheit und Wahrhaftigkeit seien die drei Stäbe, und ich war so verblüfft ob seinem Gewäsch, daß mir beinah schlecht wurde. Hör mal, es tut mir schrecklich leid wegen dem zehnten Platz, aber ich will es wirklich besser machen – und würdest Du inzwischen ein Darling sein und mir sofort eine Büchse Keks, einen Kuchen von Buszards, etwas Cadbury's Schokolade, eine Rollzunge, Hühner- und Schinkenwürstchen, zwei Büchsen Sardinen, noch etwas Marmelade und Honig und was Dir sonst noch einfallen mag, schicken? Und wenn Du schon dabei bist, wie wäre es mit einem bißchen – oh, well, laß gut sein! Ich freue mich so, Dich am Sonnabend zu sehen, komm früh, und wir wollen im King's Head zu Mittag essen, was gegenwärtig sehr* à la mode *ist.«*

Seinem zuversichtlichen Ton nach zu schließen, vermutete er wohl nicht, daß Mamie sehr böse sein würde. Pem nahm jedoch ihre Mutterpflichten ernst und schrieb gegen Ende des ersten Trimesters an seinen Hausvorstand, um sich nach den Leistungen ihres Jungen zu erkundigen; und Bowen antwortete mit

Vorsicht, daß *er ein befriedigendes erstes Trimester gehabt hat und wahrscheinlich noch Gutes leisten wird, obwohl es noch zu früh ist, sich ein richtiges Urteil über ihn zu bilden. Er fuhr fort: Er scheint mehr als durchschnittliche Fähigkeiten zu besitzen, wenn er auch nicht unter den Ersten ist, und es ist schade, daß er in Mathematik einen so schwachen Eindruck macht. Der Junge scheint jedoch in geselliger Beziehung gut mitzukommen, ist immer gut gelaunt und bescheiden.*

Nichts von alledem interessierte Gerald, der nur noch an die Ferien und an sein geliebtes Whitby denken konnte, wo sie, wie immer, alle hinreisen sollten. Die Nachricht, daß Guy käme und einen vierzehntägigen Urlaub mit ihnen verbringe, füllte seinen Glücksbecher bis zum Rande.

Gerald fing an zu begreifen, daß er in Guy ein sehr kostbares Besitztum hatte. Die Schwestern waren selbstverständlich sehr lieb, und May war, bis zum Schulanfang, ein prachtvoller Kamerad gewesen. Aber schließlich, dachte er bei sich, war er jetzt kein Knirps mehr, und die Schwestern vermochten nicht die Hälfte von allem, was in Harrow passierte, zu begreifen oder zu würdigen, wie Guy das natürlich konnte, und er war furchtbar anständig in der Art, wie er einem sagte, was man tun und nicht tun durfte und wann man bei gewissen Gelegenheiten sich wie ein Hanswurst aufführte; er tat nie gemein überlegen oder großsprecherisch oder irgend so etwas, sondern redete mit einem in einer sehr gütigen, sanften, Guy-ähnlichen Art, wie Papa das hätte tun können, aber niemals tat; obwohl man nichts davon verlauten ließ, betete man Guy schlechthin an. Er war ja solch ein Mordskerl, obwohl er auch gehörig Respekt einflößen konnte, wenn er wütend war.

Es verstand sich von selbst, daß Guy phantastisch gut aussah, während andere Leute in dieser Hinsicht eine hoffnungslose Sache waren. Er sagte, man müsse etwas auf sein Aussehen geben, sich die Haare bürsten und die Ohren sauber halten – schließlich war Harrow eine ziemlich bedeutende Schule. Infolgedessen richtete Gerald im nächsten Trimester an die Mutter die Bitte um *eine dichtgewobene Weste, wie die der anderen Jungen. Weil ich das jetzt sage, schicke nun nicht alle Unterjacken, die ich besitze,* sagte er, sie nur zu gut kennend, *es ist nicht wegen der Kälte, daß ich die Weste brauche, sondern weil jeder eine hat. Würdest Du also einen Schrieb schicken, auf dem steht: »Mein Sohn darf einen Schein für eine dichtgewobene Weste haben«, weil er mir keinen gibt, wenn ich nicht einen Brief von zu Hause vorweise. Und, Darling, ich ließ meine Reisedecke mit Absicht liegen, sie war viel zu umfangreich für die Eisenbahn, und Jungen hassen eine Drückerei, deswegen nahm ich sie nicht mit. Bitte Guy, am Sonnabend herzukommen, ich möchte ihm eine Unmenge erzählen.*

Offensichtlich verabscheute es Gerald gleich anderen Schuljungen, im geringsten aufzufallen, und Guy war wohl schwerlich bereit, Originalitäten bei einem fünfzehnjährigen Bruder zu unterstützen.

Harrow war, leider, nicht durchweg ergötzlich; die Sache mit der schlechten Klassennote bedeutete eine fortwährende Nervenbeanspruchung, weil Mamie so viel Aufhebens deswegen machte, dauernd nach der Ursache fragte, wiederholte, daß er nicht bloß zum Vergnügen in die Schule geschickt worden sei; und womit er die Zeit dort vertriebe, möchte sie wissen, denn mit Briefeschreiben an sie verbrächte er sie ganz gewiß nicht.

Ich wünschte, Du schriebest nicht Briefe, die eine einzige Verdammung sind, antwortete er, der Beschwerden überdrüssig, *besonders, wenn es nicht meine Schuld ist.*

Ich stand schlecht in dieser Woche und werde wahrscheinlich nächste Woche noch schlechter sein, aber, Ehrenwort, ich gedenke künftig Besseres zu leisten. Ich habe mich sowieso nicht sonderlich wohl gefühlt, ich tobte herum neulich abends (es gab keine Arbeit, also bitte) und bekam scheußliches Kopfweh, ungefähr das schlimmste, das ich je hatte, und als ich morgens aufstand, ging es nicht besser. Beim Ausgehen war mir noch elender zumute, und mir wurde übler und übler, bis ich schließlich erbrach, worauf ich mich besser fühlte.

Aber es ist mir eine Lehre, ein anderes Mal mein Menthol nicht zu vergessen. Ich habe nebenbei auch einen gemeinen Schnupfen gehabt und fühle mich scheußlich, und das ist der Grund, warum ich diese Woche auf den neunzehnten Platz kam.

Schreibe mir nun bitte einen anderen Brief und schreibe nicht, als wärest Du am Aschermittwoch in der Kirche gewesen!

Welche Gefühle Pem insgeheim auch haben mochte, diese

Epistel vom Schaflämmchen hatte die Wirkung, die der Schreiber beabsichtigte, da genau zwei Tage später ein Korb, gefüllt mit Bratente, zwei Zungen und mehreren Gläsern Reineclauden- und Aprikosenmarmelade eintraf. Er wurde mit Ausrufen des Entzückens bestätigt und einer spontanen Bemühung, auf schriftliche Weise so amüsant wie möglich zu sein.

Danke Dir schrecklich für den Freßkorb, Liebling, und versuche doch, nächsten Sonnabend zu kommen. Ich sehne mich so nach meiner kleinen Mama! Ich will wie ein Musterschüler auf die Versetzung büffeln und jeden Tag um vier Uhr aufstehen. Ich ging zum Tee zu Miß B., wie du mich gebeten hast, und es gefiel mir sehr gut, aber sie hat die fürchterlichsten Brüder, ganz gerissene Schufte, verstehst du! Mrs. B. ist ein bißchen von der Sorte: »Glaubst du, daß sie eine Dame ist?«, und ein anderer alter Besen saß da, dick und ganz munter. Die Schauspielerin Mary Anderson war bei der Andacht in der Kapelle, anscheinend kennt sie Weldon (den Direktor).

Donnerwetter! Die ist aber hübsch! Ich sah sie an, während Domherr M., diese jammernde alte Ziege, predigte. Das Wetter ist schauderhaft, es regnet wie aus einem Abflußrohr, aber meinem Schnupfen geht es besser, und ich sehne mich nach den Ferien, wo ich die Absicht habe, mich in der ersten Nacht zu besaufen.

Es war kein Wunder, wenn Bowen im Verlauf der Ferien an Pem schrieb: »*Ich erlaube mir, Ihnen kurz über Ihren Jungen zu schreiben, da ich seinetwegen in der letzten Hälfte des Trimesters etwas besorgt gewesen bin. Ich war nicht zufrieden mit ihm, da es den Anschein hatte, daß die Frivolität bei ihm im Zunehmen war und die Vernunft zurücktrat. Ich hoffe, daß dies vorübergehen wird. Er ist wieder viel schlechter, als ich wünschen könnte, placiert worden. Doch im letzten Teil des Trimesters bemerkte ich eine Besserung seines Betragens, als wäre er nun doch auf dem rechten Weg, und ich hoffe zuversichtlich, daß er reifer wird, um dem Haus einmal ein gutes Beispiel zu sein.*

Die arme Pem, dieses ihr Baby machte ihr mehr zu schaffen als die anderen vier zusammen. Wenn er nur manchmal die Dinge etwas ernster nehmen wollte! Er schien im Sport Gutes zu leisten, gewann den Fußballpreis des Hauses für Jungen unter fünfzehn Jahren während seines ersten Schuljahres, später kam der Fußballpreis des Hauses für Jungen unter siebzehn hinzu, doch das würde wahrhaftig nicht genügen, ihn fürs spätere Leben auszurüsten. Eine tiefe Quelle der Sorge blieb die Frage, was man mit ihm anfangen sollte, wenn er die Schule verließ. Wie Kicky sagte, Gerald schien keinerlei Fähigkeit aufzuweisen, außer für die Schauspielerei, und das kam natürlich nicht in Frage; es war taktlos von Kicky, darüber zu lachen und ihn in dieser Narretei sogar noch zu ermuntern. Seiner lmitationsgabe hatte man zu lange nachgegeben; Gerald brüstete sich ständig damit, wie er die Jungen in seinem Haus zum Lachen brächte, indem er in den Gängen auf und ab lief und Irving nachahmte, und leider war dies der Punkt, wo auch Guy ihr keine Stütze war, weil er selber viel Freude am Liebhabertheater hatte und immer bereit war, an solchen Aufführungen teilzunehmen, wenn irgendwo die Möglichkeit dazu sich bot. Die Leute waren leicht dafür zu haben, eine Aufführung zu karitativen Zwecken in Whitby auf die Beine zu bringen, und obwohl es nett war, May singen zu hören, so war es doch etwas ganz anderes, wenn Gerald sein Gesicht schwärzte und über die Bühne hüpfte als der pfeifende Negermusikant. Die arme Pem war in einer argen Klemme. Gerald genoß das alles so, Gott segne ihn! Es war erfreulich, dem Applaus zu lauschen, aber du liebe Zeit!

Pem war allmählich zu der Meinung gekommen, daß sie lieber nach Dieppe in die Ferien fuhr als nach dem gewohnten, unvermeidlichen Whitby. Dieppe war eine nette Abwechslung, und Gerald war sowieso noch zu jung, um die Spielsäle betreten zu dürfen. Doch das Problem, was mit Gerald anfangen, wenn er Harrow verließ, blieb immer noch ungelöst. Mit siebzehn begehrte er stürmisch danach, von der Schule zu gehen; alle seine Freunde gingen ab, und er ließ nicht locker. Es sei sinnlos, weiter dort zu bleiben, er schien aber keine Lust zu haben, in der City zu arbeiten. Diesen Gedanken hatten sie und Kicky lange gehegt. Nicht, wie Kicky bemerkte, weil er dort gut tun würde – soweit er sähe, würde der Junge wohl nirgends gut tun. Für Kicky war das Leben augenblicklich voll ausgefüllt; er hatte nicht die Zeit, sich viel um seinen jüngsten Sohn zu kümmern.

Von ihm aus durfte Gerald die Schule verlassen, sich eine Weile vergnügen, indem er Freunde besuchte, herumspielte mit Liebhabertheateraufführungen, ehe er in irgendeinem Beruf das Leben zu fristen begann; doch Kicky hatte eine Vortragsreihe über ganz England angetreten, und sie erwies sich als eine rechte Anstrengung. Die Vorträge halfen ihm jedoch finanziell, da sein Auge zur Zeit eine ständige Beunruhigung war und ihn beim Zeichnen hemmte. Dazu plagten ihn noch Familiensorgen; seine einzige Schwester war nach einer Operation bei schwacher Gesundheit, und sein einziger Bruder, der bei der französischen Armee gedient und in nichts und nirgendwo Erfolg erzielt hatte, war unablässig und elendiglich krank; mit seiner Genesung war kaum zu rechnen. Sylvia, die Sanfte, hatte sich mit einem gewissen Arthur Llewellyn Davies, dem Sohn eines bekannten Pfarrers, verlobt und trug sich mit Heiratsplänen und dachte daran, das Elternhaus zu verlassen. *»Il est joli garcon comme l'autre«*, sagte Kicky zu seinen Freunden, *»j'ai toujours l'œil sur ma postérité!«* Er war in der Tat alles, was die anspruchsvollsten Eltern sich nur hätten wünschen können für eine vielgeliebte Tochter. *»Il n'a que vingt-sept ans,* und muß seinen Weg ganz allein machen – als Rechtsanwalt. Sylvia ist sehr glücklich, aber wir werden sie schrecklich vermissen.«

Es gab jedoch im Augenblick noch etwas in Kickys Leben, das ihn zutiefst beschäftigte und alles andere ausschloß. Mit sechsundfünfzig war er dabei, seinen ersten Roman zu schreiben und dies als ein ungemein fesselndes Erlebnis zu empfinden. Einfälle für Geschichten waren ihm immer schon unaufhörlich durch den Kopf gegangen, doch bis jetzt hatte er sie nie schriftlich niedergelegt. Und nun, da er damit begonnen hatte, fand er es ganz einfach, fast gar zu leicht; er schrieb sogar mit gefährlicher Gewandtheit, wie jemand einmal behauptete. Er blickte in seine Kindheit zurück; er schloß die Augen und roch die alten Pariser Düfte, besann sich auf die Geräusche, auf die verlorenen Stimmen, auf die dahingegangenen Gesichter. Er zauberte aufs neue die alten Ideale, das Lachen, die Tränen herbei. Er dachte an das bewegte Spiel seiner Vergangenheit, die durchwirkt war mit zufälligen Gedanken und längstvergessenen Träumen, und auf diese Weise wurde *Peter Ibbetson* zur Welt gebracht.

Kicky erlebte viel Freude dabei. Das Schreiben war, sagte er sich, eine sehr notwendige und zwingende Ablenkung von allen Sorgen und Mühen anläßlich der Krankheit des armen Bruders Gyggy und derjenigen der Schwester. Und als das Buch fertig war und einen Verleger in England und Amerika gefunden hatte, erwies es sich als eine höchst zufriedenstellende Art und Weise, Geld zu verdienen.

Ich freue mich, daß Du meinen literarischen Stil billigst, schrieb er an Tom Armstrong. *Ich gab mir Mühe, selbstverständlich – viel beglückende Mühe –, und nun erkenne ich, daß ich mir noch mehr hätte geben sollen. Es kam alles viel zu leicht, und es wurde mir viel schwerer, das Buch zu illustrieren als zu schreiben. Ob es dem englischen Publikum eingehen wird, ist eine andere Frage. Ich rechne viel mit der Neugier der Leute, feststellen zu wollen, wie ein armer Teufel von einem Punch-Graphiker sich auf dem neuen Gebiet bewähren wird.* Das englische und das amerikanische Publikum billigten die Leistung anscheinend und zeigten sich begierig, mehr davon zu bekommen, denn einige Monate später saß Kicky tüchtig über seinem zweiten Roman *Trilby.* Manchmal fand er die Arbeit gut, manchmal schlecht, aber nie, zu keiner Zeit, kam ihm der Stoff so geradewegs aus dem Herzen, wie das bei *Peter* der Fall gewesen war, und es wurde ihm diesmal bewußt, daß er schreiben wollte, anstatt sich nur zurückzuerinnern. Als das Buch im Herbst 1892 veröffentlicht wurde und zu einer Ovation führte, wie sie bisher einem Roman noch nie gezollt worden war – es wurde der erste der modernen »Best-Seller« –, war niemand überraschter als Kicky selbst. Schon lange eine Berühmtheit, wurde er jetzt weltbekannt und erwarb zugleich ein Vermögen. Der Boom *Trilbys* war eines der sensationellsten literarischen Ereignisse, das je verzeichnet wurde; die Leute in England und Amerika waren wie versessen auf das Buch. Seine Beliebtheit wurde ungeheuerlich und setzte Kicky ziemlich in Verlegenheit. Er fand die ganze Sache reichlich vulgär, und er wußte im Herzen, daß *Peter Ibbetson,* der aus der Seele und nicht mit einem auf den Geschmack des Publikums gerichteten Auge geschrieben worden war, bei weitem das bessere Buch darstellte.

Die Familie nahm selbstverständlich einen sehr erregten Anteil; keiner von ihnen – mit Ausnahme vielleicht von May, die vertrauter mit ihm war als die anderen – hatte Papas Romanschreiberei ernstgenommen. Jedenfalls waren alle entzückt und außerordentlich angetan. Der liebe, drollige, geliebte Papa war ein allgemeiner Begriff geworden. Gerald, der heimlich sehr beeindruckt und stolz auf den Vater war, tat, als nähme er die Sache von der leichten Seite, und fragte die Mutter frech, ob der Gov-nor jetzt erwägen würde, elektrisches Licht in der Rumpelkammer einzurichten, oder ob seine französische Knauserigkeit noch immer die Oberhand behielte.

Gerald hatte während dieser Zeit so ziemlich nur das getrieben, was ihm Spaß machte. Er verbrachte eine kurze und höchst unbefriedigende Zeit in dem Büro eines Schiffsmaklers, bemüht, das Geschäft zu erlernen, und tat sich ungewöhnlich schwer dabei. Das Maß war nach seiner Ansicht voll, als der Hauptbuchhalter ihn ersuchte, ein fettiges Kotelett wegzuräumen, woraufhin er sich sofort beim Seniorchef beschwerte und eine kriecherische Entschuldigung dafür erhielt.

Schließlich verkündete er seine Absicht, der City für immer Lebewohl zu sagen, Papa und Mama müßten gewiß einsehen, daß dies nicht das geeignete Leben für ihn wäre.

Er sah nicht ein, daß irgendwelche verzweifelte Hast geboten sei, Geld zu verdienen. Es gab doch genug zu tun in London und sonstwo: Besuche bei Freunden, Wochenendaufenthalte in Landhäusern, Bälle während der Saison; aber mehr noch als alles andere zusammen machten ihm die Liebhaberaufführungen in Whitby und in anderen Orten Spaß. Guy würde ihn bei diesen Unternehmungen kräftig unterstützen.

Unterdessen, zum Ergötzen Papas und zum peinvollen Schmerz der Mamie, war Gerald dabei, sich ordentlich einen Namen als Amateurschauspieler zu machen; das Schaflamm nahm das Leben überhaupt und in jeder Hinsicht als eine überaus heitere Sache. Er sah sich mit zwanzig Jahren gern als jungen Lebemann, der modisch gekleidet und amüsant, *don't-*

you-know, mit einem Zylinder, der eine Spur schief saß, das Stöckchen in der Hand die Bond Street entlangschlenderte und jedem vorbeigehenden hübschen Mädchen Augen machte.

Wie geht es allen meinen Mädchen? schrieb der blasierte Jüngling an May, die in Whitby weilte, während er mit einem Freund sich anderwärts aufhielt. *Hast Du bemerkt, ob sie traurig oder zumindest besorgt aussehen? Ich freue mich, daß Margery unverändert und immer noch anhänglich ist. Der Teint der hiesigen Frauen ist unglaublich, und heute abend gehen wir zu einem Tanzvergnügen, wo zwei oder drei sehr nette Mädchen sein werden. Ich glaube, daß Du mich wohl bald einmal in Whitby sehen wirst. Ta-Ta.*

Er gesellte sich wenige Wochen später zu der Familie und sah ein bißchen müde und blaß aus; er hatte den unvermeidlichen Katarrh und mußte sogleich von Pem gepflegt werden, die sich recht besorgt um die Gesundheit ihres Lieblings zeigte. Seine Unpäßlichkeit war jedoch geringfügig, wie Kicky trocken bemerkte, sie rührte von einer allzu fröhlichen Woche in Canterbury mit den »Old Stagers« her. Gerald war wie üblich vollauf besetzt mit Amateur-Engagements.

Alle du Mauriers hielten sich in Whitby auf. Trixie war da mit ihrer Familie von drei Jungen, sie selbst wie immer in Hochstimmung, offensichtlich völlig unberührt von der Tatsache, daß sie im Frühjahr beinahe an Typhus gestorben wäre. Sie fügte sich drein, daß ihr jüngstes Kind wieder ein Knabe war, wo sie sich doch so sehr nach einem Mädchen gesehnt hatte, denn der Bub war ein so ergreifend schönes Geschöpf, daß man wirklich vergessen konnte, ob es ein Junge oder Mädchen war. Sylvia war da mit ihrem ersten Baby George und dem getreuen Arthur, auch Guy, auf Urlaub von Woolwich, Hauptmann jetzt, achtundzwanzig Jahre alt und sehr elegant und gutaussehend; er schrieb immerfort Theaterstücke für sich und Gerald, denn sie waren unzertrennlich. May, witzig, gesprächig, mit einem schärferen Verstand ausgestattet als irgendein anderer von ihnen, hängte sich wie gewöhnlich an Papa. Und last but not least war die großmütige, übertrieben ängstliche Mamie da, die mit extra Wollsachen und Lebertran immer parat über allem schwebte und Trixie bereits davor warnte, den kleinen Geoffrey und den kleinen Guy ja nicht zu nahe ans Gitter gehen zu lassen, aus Angst, sie könnten sich die Nasen aufspießen.

Im Herbst errang Gerald Lorbeeren für seine Darstellung als William III. in *Lady Clancarty* bei einer Wohltätigkeitsveranstaltung; das Lokalblatt zollte ihm hohes Lob, und selbst seine Mutter mußte gestehen, daß er besser zur Bühne zu passen schien als zu irgendetwas anderem. Wenn man ihm erlauben würde, sich ein Weilchen damit abzugeben, konnte vielleicht gar kein Schaden daraus entstehen. Wenn er etwa bei einem guten Manager lernen könnte – einem Gentleman selbstverständlich –, wäre das womöglich ein guter Plan. Also fragte Kicky, der schon die ganze Zeit über damit einverstanden gewesen war, seinen Freund Johnny Hare, ob er etwas für Gerald tun könnte; der Junge hätte überall und allerorts mit Amateuren geschauspielert, sei nun geneigt, sich dem Schauspielberuf zuzuwenden, und Kicky und Pem wären sehr dankbar, wenn er Gerald eine kleine Rolle in einem seiner Stücke geben wollte. Hare, der langjährige Freund, war entzückt von dem Gedanken, und am 6. Januar 1894 erschien das Schaflämmchen zum erstenmal auf der Bühne des Garrick-Theatre in *An Old Jew*, einem Lustspiel von Sydney Grundy. Gerald spielte Fritz, einen Kellner, die kleinste Rolle einer Besetzung von insgesamt sechzehn Personen; obwohl er wenig zu tun und noch weniger zu sagen hatte, tat er beides nach besten Kräften, erlangte sogar einen gewissen Grad von Publicity, weil er der Sohn seines Vaters war, und erhielt eine anerkennende Notiz von einem Kritiker, der bemerkte, daß *Mr. du Maurier mit wenigen Worten zeigte, daß er wahrscheinlich seinen Beruf gefunden hat und dies nur die erste ernsthafte Versprechung besserer Dinge gewesen ist.*

So wurde der einundzwanzigjährige, leichtherzige und unbekümmerte Gerald in die professionelle Bühnenlaufbahn gelenkt. Es gab gar keine Schwierigkeiten dabei; überhaupt war alles fast zu mühelos gegangen. Mamie, die Zögernde der Familie, hatte sich als zugänglich erwiesen, und Papa und die anderen fanden großen Spaß an der Sache.

Beruflich Theater zu spielen, war vielleicht nicht ganz so

heftig erregend, wie er sich das vorgestellt hatte; es wurde in der Tat, nach der Eröffnungsvorstellung, sogar ein bißchen ermüdend; er besaß nicht den geringsten inneren Ehrgeiz, als Hamlet oder Lear die Welt ins Wanken zu bringen, und hegte kein tiefes Verlangen, das Gesicht des lebenden Dramas zu verwandeln.

Aber die ganze Lebensart war recht lustig, machte Vergnügen; sie war für einen ausgelassenen, unbeschwerten Jungen eine vom Himmel gesandte Gelegenheit, sich in eine Orgie des Angebens zu stürzen. Über die Fröhlichkeit, über den Tratsch und über das leichte und prickelnde Geschwätz hinter den Kulissen hinaus verschaffte es ihm soviel neue Freunde, die mit ihm und über ihn lachten, und, O gosh! es machte ja solchen Spaß, beliebt zu sein...

Während der nächsten sechs Monate etwa fuhr Gerald fort, kleinere Rollen im Garrick-Theatre unter der Leitung von John Hare zu spielen. Er bekam nie sehr viel zu tun, brachte es aber auf irgendeine Weise fertig – etwa durch einen kleinen Trick in der Maske, der etwas momentan Charakteristisches sichtbar werden ließ –, das wandernde Auge eines Kritikers einzufangen. Er tat dies leichthin, um sich und die Freunde zu amüsieren, und nahm sich niemals, nicht einen Augenblick lang, wichtig, doch freute es ihn dennoch, wenn jemand sagte: »Mr. du Maurier hat außerordentlich gute Arbeit im Garrick geleistet, und obwohl er bis jetzt noch keine große Rolle gespielt hat, wird er mit der nötigen Erfahrung völlig ausgerüstet sein, wenn der entscheidende Augenblick in seiner Karriere kommt.«

Es geht viel zu leicht, dachte Gerald. Wenn das Tragen eines Bartes, das Aufsetzen einer Perücke, das Sprechen mit heiserer Stimme schon ein Genie aus einem macht, dann kann ich gar nichts dabei finden; und es kam ihm zum Bewußtsein, wie einfach die Kritiker und das Publikum mittels einer gelblichbraunen Perücke und eines Bebens in der Stimme hereinzulegen waren und wie wenig sie begriffen, daß dies zu tun das Einfachste von der Welt war. Doch wurde verlangt, daß man einfach auf die Bühne schlenderte, genauso aussah, wie man war, ohne dabei die Hände in die Hosentaschen zu stecken –

das hieß nun wirklich etwas von einem fordern. John Hare schien so etwas nicht zu verlangen; das konnte einem nur recht sein, statt dessen hatte man den Spaß, sich wie eine Zeichnung von Cruickshank für die kleine Rolle eines Schuhmachers zu schminken oder mit gebeugten Schultern und hustend als ein betagtes Clubmitglied herumzuwandern; es ähnelte in allem dem, was immer schon gewesen war seit jenen Tagen, in denen er Imitationen von Irving in den langen Gängen Harrows zum besten gab, oder noch früher, als er in geborgter Kleidung im Atelier herumstolperte, um Papa zum Lachen zu bringen. Er mußte Whitby oder Dieppe, oder welchen Ort immer man in diesem Jahr für die Sommerferien bestimmt hatte, aufgeben und mit Forbes-Robertson in *The Profligate* und *Diplomacy* auf Tournee gehen. Das bedeutete schmutzige Unterkünfte, wahrscheinlich Flöhe im Bett und unvermeidlich Speck mit Spiegeleiern zum Abendbrot, doch alles in allem war viel Kurzweil geboten, auch wenn es üblich war, über das Unbehagen zu murren.

Das Spielen in der Provinz war etwas Neues; die Menschen waren so begeistert, und man geriet selber außer sich, wenn sie vom Parterre her hysterisch Warnungen brüllten und Forbes Robertson zuriefen: »Nimm es nicht!«, als er das Gift im letzten Akt an die Lippen führte. Gerald fand seine eigene Rolle etwas heikel, da er im ersten Akt während eines ganzen Diners servieren, die Teller abnehmen; neue hinstellen und die Krümel vom Tischtuch fegen mußte; das war durchaus nicht leicht, aber er brachte es fertig, ohne Panne durchzukommen. Er war überzeugt, nur ganz wenigen Menschen wäre das mit so wenig Proben gelungen, ohne daß sie etwas dabei kaputtgeschlagen hätten.

Die Rolle des Algy in *Diplomacy* verlangte eine andere Methode. Sie war sein erster Versuch mit einer »direkten« Rolle, und in der Lokalpresse wurde er als außerordentlich neuartig und unterhaltend, »jeder Zoll ein Gentleman« befunden – dies zu seinem größten Vergnügen. Er spielte Algy zum erstenmal in Derby und schwebte in Todesangst, er könnte die Rolle verderben, doch er schien jedermann zu gefallen und wurde von der

Truppe sehr beglückwünscht. Am Ende war es doch nicht so schlimm, vor einem Provinzpublikum zu spielen, und sowie seine kleine Rolle für den Abend vorbei war, gab es Schinken und Eier in seinem Logis mit dem Schwarm der anderen untergeordneten Darsteller und Liedergesang am Klavier, hitzige Diskussionen, viel Rauchen und Kartenspielen und, zum Abschluß des Abends, von Gerald dargebotene Nachahmungen jedes Mitglieds des Ensembles in seiner oder ihrer betreffenden Rolle.

Es gab unendlich viel Radau und ein gegenseitiges Sichaufziehen, wobei Gerald gewöhnlich der Hauptanstifter war. Er paßte sehr gut in dieses muntere, zufällige Leben, bei dem er ganz genau das tun durfte, was er wollte, ohne von Mamies tadelndem Blick zurechtgewiesen zu werden. *Sag Papa, ich trinke* nicht *zu viel*, schrieb er indigniert, nach einem warnenden Brief von zu Hause. *Ich genieße alles sehr, abgesehen von den Flöhen und den schlechten Eiern, dennoch sehne ich mich nach dem Schoß der Familie. Ich kehre für die nächste Saison zum Garrick zurück bei einer Gage von drei Pfund die Woche. Das ist doch in Ordnung, nicht wahr?*

Seine Mutter faltete den Brief zusammen und legte ihn sorgfältig mit den Presseausschnitten fort, die ihr sagten, daß ihr Junge vielversprechend wäre und dem Edinburgher Publikum gut gefallen hätte; sie seufzte und schüttelte den Kopf und hoffte nur, die Bettücher in diesen greulichen möblierten Zimmern wären nach dem Waschen richtig getrocknet worden, sonst holte er sich nur wieder eine seiner Erkältungen, natürlich ohne daß irgend jemand da wäre, ihn zu betreuen. Sie konnte sich nicht vorstellen, daß etwa eine der Frauen der Truppe ihm die Brust mit Kampferöl einriebe.

»Hat der Komödiant sich wieder ausgezeichnet?« fragte Kicky. »Oder handelt es sich um eine neue Migräne?« Und als Pem ihn ob seiner Herzlosigkeit rügte, seufzte er, nahm die Brille ab und sagte, Erfolg sei wohl schön und gut, aber sechzig Jahre alt zu sein, sei eine ganz andere Sache. *Trilby* befand sich auf dem Höhepunkt des Ruhms, sollte im nächsten Jahr von Paul Potter dramatisiert werden und neue Lorbeeren gewinnen; aber er, Kicky du Maurier, war müde und niedergeschlagen, sein Auge schmerzte ihn, und er war weitaus glücklicher in der Rolle des kleinen Graphikers in den Anfangsjahren des *Punch* gewesen, als die Kinder noch klein waren und die geliebte Trixie ihr Baby noch nicht durch Meningitis verloren hatte, was ihr das Herz brach.

Das Leben bestand nicht allein im Schauspielern, im Liedersingen am Klavier und aus kleinen, harmlosen Flirtereien, wie Gerald das schon feststellen würde; und dann sah er zum Atelierfenster hinaus, hinauf zu den ziehenden Wolken, und tadelte sich ob seiner Härte dem Jüngsten gegenüber, dessen Geist und Körper er so viel von sich selbst übertragen hatte, als er ihm das Leben gab; und er betete zu allen Göttern, die es immer geben mochte, daß Gerald den kleinen Dämon der Einsamkeit nicht kennenzulernen brauchte, der manchmal in seiner, Kickys, Seele lebte, der klagte, sich sehnte und keinen Trost fand.

Trilby wurde zum ersten Mal in Manchester im September 1895 unter der Regie Beerbohm Trees aufgeführt, und Gerald war einer von der Truppe; er spielte die kleine Rolle des Dodor, des französischen Dragoners, einen dramatischen Charakter, der etwas von seinem armen, vor wenigen Jahren verstorbenen Onkel Gyggy hatte.

Es besteht kein Zweifel darüber, daß Trilby *ein ungeheurer Erfolg ist,* schrieb er an die Mutter nach der Uraufführung; *manche Leute halten ihn sogar für den größten, den Tree je erlebte. Der Applaus war überwältigend. Er, Tree, war natürlich der größte Effekt des Abends, doch Taffy und Laird gefielen sehr gut und Miß Baird ist einfach bezaubernd – ihre Ähnlichkeit im ersten Akt mit Trilby ist ganz erstaunlich. Du wirst erfreut sein zu hören, daß Tree meinen Dodor sehr lobt; er sagt, ich bringe Leben in die Cancanszene, und hat mich ganz nach vorn gestellt, dazu habe ich noch das beste Mädchen zum Tanzen bekommen.*

Die Masken sind über alle Maßen gut, Tree und Taffy insbesondere sind wie aus dem Buch heraus. Tree ist total vernarrt in die Sache und spricht von nichts anderem mehr. Wir waren alle beglückt über Papas Telegramm, und Tree hielt eine Rede vor dem Vorhang, und der Name des Gov-nors wurde laut beklatscht, als er ihn erwähnte. Ich meine fast, Papa sollte Tree bitten, der Truppe Dank von ihm zu sagen, meinst Du nicht auch? Potter sprach sehr nett mit allen, und ich muß sagen, er ist in der Adaption verteufelt geschickt vorgegangen, aber keineswegs ein so bedeutender Mann wie der Gov-nor. Viele Dinge werden nun, da die Premiere vorbei ist, geändert. Ich selber schlage eine Menge Sachen vor, und sie sollen alle gemacht werden. Das kommt davon, wenn man der Sohn des Autors ist. Tatsache ist, wenn die Leute etwas geändert haben wollen, kommen sie zu mir und sagen: »Ich wünschte, Sie würden Tree bitten« etc. etc., und dann gehe ich hin und sage: »Mr. Tree, es wäre soviel besser für Sie, wenn Soundso das und das machen würde«; und er sagt: »Wir wollen sehen«, und wenige Minuten darauf sagt er mit lauter Stimme: »Ein Gedanke ist mir soeben gekommen«, und tut das, was ich ihm empfohlen habe. In Wirklichkeit ist das ganze Stück ein solcher Erfolg, daß wir auf dieser Tournee wohl nichts anderes als Trilby *spielen werden, und wir bringen es voraussichtlich nächsten Monat am Haymarket.*

Ich bekam die schrecklichste Erkältung nach der Premiere, aber ich verbrachte einen Vormittag im Türkischen Bad und bin jetzt wieder ganz hergestellt. Ich hoffe, es ist Dir mit Deiner Erkältung nicht allzu schlecht ergangen. Du sagst, ich solle auf mich achten, warum achtest Du nicht auf Dich? Sei wohlauf, Darling, bis dieser Brief Dich erreicht. Ich habe der lieben Trix geschrieben und ihr zu dem Neuankömmling gratuliert, obwohl ich eine Nichte vorgezogen hätte. Wir wollen hoffen, daß er sie für den Verlust des armen Leslie entschädigt. Liebe Grüße an May und Papa und sage ihm, er hat die Chance, noch mehr Geld zu verdienen.

Nach den ausgelassenen Anfangswochen in der Provinz brachte Tree *Trilby* nach London und führte das Stück am 30. Oktober im Haymarket-Theatre auf. Es lief zweihundertundsechzig Mal über die Bühne und war ein unerhörter Erfolg. Gerald, der John Hare nunmehr endgültig verlassen und jetzt vertraglich mit Tree abgeschlossen hatte, spielte weiterhin Dodor.

Da durfte Kicky mit einundsechzig Jahren erleben, wie seine eigene Schöpfung – bearbeitet zwar, doch dennoch *seine* Trilby in Fleisch und Blut – London sprichwörtlich im Sturm eroberte. Er saß in der Loge und blickte durch einen Nebelschleier auf die erregten Gesichter, die zu ihm hinauflächelten, und hörte den Applaus; gewahrte die hundert Stimmen, die Glückwünsche murmelten, und die begierigen, ausgestreckten Hände; sah Gerald wild über die Bühne tanzen, genauso aussehend wie der arme tote Gyggy vor vierzig Jahren, und er dachte: Wie gehoben hätte ich mich gefühlt, wie überheblich würde ich sein, wenn das damals oder noch später im Jahr 1867 geschehen wäre, als wir *Box and Cox* zu wohltätigen Zwecken spielten; und jetzt ... ich weiß nicht; vielleicht hängt es mit den Sechzigern zusammen und damit, daß ich fast blind bin; ich fühle mich halt lange nicht so beglückt, wie ich sein sollte; es ist alles recht übertrieben und leicht peinlich, und ich möchte nach Hause gehen.

Er hatte das Gefühl, diese Lobhudelei nicht zu verdienen, und war überzeugt, daß sowohl *Peter Ibbetson* wie *Trilby* nichts anderes als reiner Dusel gewesen waren. Niemand würde seinen nächsten Roman verstehen; sie würden ihn sowieso nicht mögen; zu viel von dem schwermütigen Dämon, von der einsamen Natur, von der Erblindung und der geistigen Sehnsucht steckte darin, und all dies war auf unerklärliche Weise zusammengemischt mit seiner tiefen Liebe zu May: ein schwieriges, persönliches Buch ... Er blinzelte nervös hinter seinen Augengläsern, nahm die Brille ab, polierte sie und sagte: »Ach je!«, als Pem ihn leise am Arm stieß und flüsterte, er habe eben einer fremden Dame zugelächelt in der irrigen Annahme, sie sei Mrs. Tree. *On devient vieux*, dachte er; *on a trop fumé de cigarettes et trop bu de petit bleu – et voila ...*

Hochgestimmt und angeregt vom Familienerfolg fragte sich Gerald, was der Gov-nor wohl darüber dächte. Papa wird jeden Tag kurzsichtiger, überlegte er, und Mamie gluckt um ihn herum wie eine alte Henne. Was für liebe, drollige alte Teetassen sie doch sind, und wie furchtbar muß es einen treffen, alt zu sein. Und er stürzte davon, um sich umzukleiden und ja keine Sekunde von der Sekteinladung zu verlieren.

Derweil sein Vater mit einundsechzig Jahren die Frage *à quoi bon* an das Leben stellte, fand Gerald mit zweiundzwanzig, daß es ganz enorm sei.

Er hatte zwar keinen glänzenden Erfolg für sich erzielt, doch die bloße Tatsache, jung zu sein und zu leben, war ihm zu Kopf gestiegen. Er genoß jede Sekunde des Tages – und übrigens auch der Nacht. Es gab ja immer so viel zu tun und zu sehen. Außer dem Theater gab es Golf, wenn keine Matinee stattfand, und Karten spielen und schwatzen konnte man bis in die frühen Morgenstunden. Wie friedlich schlief die Mamie in dem Glauben, ihr Schaflamm läge wohlbehalten in seinem Bett, während das keineswegs der Fall war.

Schon rühmte er sich gegenüber Guy, der auf Urlaub zu Hause weilte, er wäre weit mehr ein Mann von Welt als dieser, trotz dessen ganzem Soldatennimbus, und der ältere Bruder lächelte und stimmte ihm zu und ließ ihm seinen Kopf. Es gelang Gerald, das Äußerste aus allem herauszupressen; man konnte so viel Spaß haben, und selbst eine närrische, anstrengende Radtour in Frankreich mit Harry Esmond und Charles Hallard zusammen, während *Trilby* auf dem Programm war, erschien ihm als der Gipfel des Vergnügens.

Hab schrecklich viel Dank für die zehn Pfund, Liebling, schrieb er an die Mutter. Wenn ich zurückkomme, werde ich verschiedene kleine Abendessen geben für – nun, vielleicht weißt Du besser nicht, für wen. Ich habe eine schlechtweg köstliche Woche gehabt und habe mich im ganzen Leben noch nie so gut unterhalten. Wir radelten den ganzen Tag, aßen und tranken vom Besten und fühlen uns sämtlich wie neue Menschen. Ich machte alles; bezahlte die Rechnungen, stand jeden Morgen um halb neun auf und ging zum Bahnhof mit unserem Gepäck pour expédier les bagages. *Wir vertrugen uns alle wunderbar, es gab von Anfang bis zum Schluß keinen Augenblick eine Unstimmigkeit. Wir hatten Reifenpannen, die wir am Wegrand behoben, das ganze Dorf strömte zum Zusehen herbei, und es gab keine drei beliebteren Männer in Frankreich als den Genius, den Gentleman und den jungen griechischen Gott. Natürlich errätst Du, welcher davon ich bin; ich erfand den Titel und gab mir selber die Star-Rolle. Esmond ist dabei, eine Geschichte drumherum zu schreiben, für private Verbreitung nur. Ach, es ist eine köstliche Woche gewesen, und wir haben nichts anderes getan als gelacht und gealbert die ganze Zeit über, und bekanntlich gibt es ja nichts Lustigeres, wenn das Wetter schön ist. Von morgen ab wieder*

Dodor und dann folgen die Proben zu Heinrich IV. Es tut mir leid, daß es kalt ist in Folkestone, doch der Wechsel wird Dir sehr gut tun und Euch beide auffrischen für die Londoner Saison, auf die Papa sich sicher recht freut. Grüße ihn von Herzen von mir und nimm Dich in acht, Darling.

Die lange Spielzeit von *Trilby* endete im Sommer. Wechselweise damit fanden Nachmittagsvorstellungen von *Heinrich IV.* statt, in dem Gerald Gadshill spielte, und dann kam eine Ferienreise nach Schottland und der Aufenthalt in dem geliebten Whitby, gefolgt von einer zweiten Tour in die Provinz mit Tree, ehe es mit *Trilby* nach Amerika ging.

Kicky litt seit einiger Zeit an Schwindelanfällen. Er vermutete, sie rührten von zu vielen Spaziergängen in hügeligem Gelände her, und der Arzt verordnete völlige Bettruhe für die Dauer von drei Wochen. Er haßte das, doch da die einzige Lösung, falls er sich einmal unten aufzuhalten wünschte, darin bestand, daß man ihn aus seinem Schlafzimmer trug, zog er es vor, im Bett zu bleiben.

Er bekam eine Abneigung gegen jede Art von Essen. Da sein Gaumen wegen eines bösen Zahns geschwollen war und sein Mund recht wund wurde, konnte man ihn nur dazu bewegen, Flüssiges zu sich zu nehmen. Kaum lag er wenige Tage zu Bett, als ein neuer Fleck in seinem guten Auge auftrat, der ihm große Sorgen und viel Kummer bereitete. Zu gleicher Zeit trat eine Art von Asthma auf, der Husten riß und zerrte an ihm und erschöpfte ihn so, daß er nur schwer atmen konnte.

Dennoch war er gesprächig und schien keine großen Schmerzen zu haben, und die Familie hoffte, daß er durch Ruhe und gute Pflege bald wieder der alte werden würde. Selbst die Ärzte erfaßten nicht, daß der Eiter sich aufs Herz geschlagen hatte und daß ihn nichts mehr retten konnte.

Gerald kam und setzte sich auf sein Bett, erzählte ihm den neuesten Klatsch und berichtete über das, was Tree am Abend vorher zu irgendwem gesagt habe. Er erinnerte ihn daran, wie er den Hund aus dem White-Stone-Teich rettete, und an die Zeit, als sie nach Dieppe reisten mit Koffern, Handtaschen und Necessaires, und wie der Papagei eines Mitreisenden ihn in den

Finger biß und Papa aufgebracht auf Mamie zustürzte, als wäre es ihre Schuld gewesen, und sagte: »Siehst du denn nicht, daß, wenn ich Pianist wäre, meine Karriere jetzt ruiniert sein würde und daß du und die Kinder verhungern müßten?« Er sprach von der Zeit, als Kicky einen großstädtischen Stutzer zu zeichnen hatte und Gerald bat, ihm Modell zu sitzen; Gerald zog darauf eine höchst merkwürdige Zusammenstellung von Kleidungsstücken an – einen Gehrock, eine Frackweste, weiße Flanellhosen, eine unmögliche Krawatte, setzte einen Strohhut auf und ging, ohne zu lächeln, ins Atelier; und auf Papas Frage, warum er so aufgemacht wäre, antwortete er, dies sei die neueste Mode. Er hätte ja einen gutangezogenen Mann gewollt, und diese Art von Anzug trügen jetzt alle Leute im Park. Papa fragte: »Tun sie das wirklich? Ich finde das sehr häßlich«, und fing sogleich an zu zeichnen, in einem fort mit den Augen hinter seinen Brillengläsern blinzelnd.

»Du hättest Anlaß, stolz zu sein, hörst du, Papa«, sagte Gerald, die Zigarettenasche vom Bett fegend und den Blick auf die Augen des Gov-nors gerichtet, »ganz London ist verrückt geworden über *Trilby*, und in der Provinz fressen sie es nur so auf. Du solltest sie Hurra rufen und nach jeder Vorstellung das Dach beinahe in die Luft heben hören. Tree sagt, er habe noch nie so etwas erlebt«, und er begann eine Vorstellung von Tree als Svengali zu geben, rollte die Augen und streckte die Finger aus mit seltsamen, unheimlichen Gebärden, die natürlich grob übertrieben waren, aber er mußte ja irgend etwas tun, um jenen müden, matten Blick in den Augen des Gov-nors zu vertreiben, den er sich nicht erinnern konnte, jemals früher gesehen zu haben.

Zum ersten Mal kam ihm der Gedanke, daß Papa vielleicht sterben müßte. Das erschreckte ihn, und er fing an, noch schneller zu sprechen, noch ausgelassener zu scherzen in einem letzten verzweifelten Versuch, seine Gedanken verborgen zu halten. Es konnte nicht sein – nicht bei dem lieben, geliebten Papa mit seinen drolligen, altmodischen Gepflogenheiten, seiner gesetzten Routine, seinen Liedern, seinem Lachen, seinen gelegentlichen Weisheitssprüchen. Andere Leute starben vielleicht, aber doch nicht sein Vater, nicht der Mensch, an den er sich noch vor allen anderen erinnern konnte, noch vor Mamie sogar, wie er im Atelier im New Grove House mit dem Rücken zum Fenster stand, wie das Licht auf die Staffelei fiel und er seine unzähligen Zigaretten rauchte und leise *Plaisir d'amour* vor sich hin summte; Papa, der zu dem schnarchenden Chang auf dem Sofa hinüberpfiff und sich dann mit einem Lachen an den kleinen blassen Knaben in der Tür wandte und sagte: »Ah, Gerald, mein Gerald, warte bis du ins Vierzigste kommst. Geh her und sitz mir Modell für *Punch*, alter Junge; *tu as l'air d'un tout petit microbe sans tête – je te comprends plus que tu n'y pense.*«

Wie wenig wußte er über Papa – über seine geheimsten Gedanken, über seine Träume, über all die kleinen Freuden, die zusammen sein tägliches Leben ausmachten. Warum hatte er sich nicht mehr bemüht, sich nicht noch öfter zu ihm gesetzt, ihn um seinen Rat gebeten? Man war so infernalisch selbstsüchtig. Man hielt nie inne, um nachzudenken. Man nahm alles als gegeben hin: die Ferien in Whitby, die Spaziergänge über die Heide, das Nachtessen Sonntag abends im Atelier; man hatte nicht versucht, diesen Mann kennenzulernen, der mit sechzig Jahren anfing, Bücher zu schreiben aus den Träumen, die er sich bewahrte.

Also trieb Gerald Unsinn und schauspielerte, zum ersten Mal in seinem Leben sich eines Schmerzes bewußt, das Herz gepeinigt vom Anblick Papas im Bett, der so klein, so schwach und so seltsam rührend aussah; Papa, der, vom Husten erschöpft, die Hand hob, den Kopf schüttelte und sagte: »Nein, nein, hör auf; du bringst mich zu sehr zum Lachen.« Papa, der, als Gerald in der Tür stand und Lebewohl sagte, ehe er zum Zug zurück in die Provinz ging, zum letzten Mal mit seinem armen blinden Auge zu ihm aufsah, lächelte, die Hand hinstreckte und flüsterte: »*Si c'est la mort, ce n'est pas gai.*«

Kicky starb am 8. Oktober 1896 morgens zwischen zwei und drei Uhr. Fr war ganz ohne Bewußtsein und ohne Schmerzen. Er wurde auf dem Friedhof von Hampstead beigesetzt, zehn Minuten entfernt von New Grove House und wenige Schritte nur von jenem ersten Hampsteader Heim, in dem Gerald geboren war.

Auf sein Grab schrieb man die letzten Zeilen von *Trilby:*

> Ein wenig Zuversicht, daß, wenn wir gehn,
> wir das Gesäte ernten! Nun – auf Wiedersehn.

3

Kickys Tod bedeutete eine große Umwälzung in dem frohen, einträchtigen Haus, und die Familie wußte, daß das Leben für sie nie wieder ganz das alte sein würde.

Trixie und Sylvia hatten zum Trost, ihre Jungen und den kleinen alltäglichen Kreis des eigenen Lebens, aber trotzdem konnte die Lücke niemals geschlossen werden. May war gebrochen, ihre Welt war über ihr eingestürzt, und es war ihre Mutter, die zuerst Mut fand und gegen das Leid ankämpfte, das sie bei diesem Zusammenbruch von dreiunddreißig Jahren des Friedens und der Genügsamkeit überwältigte. Guy war eine starke Stütze, er war sanft, standhaft; er tröstete und nahm die Verantwortung als Oberhaupt der Familie auf sich und kümmerte sich mit Hilfe von Charles Millar, Trixies Gatten, um alle traurigen Notwendigkeiten und die ganze elende Nachernte des Todes.

Gerald, der auf Tournee war mit Tree und sich auf die Fahrt nach Amerika vorbereitete, vermochte nur knabenhafte Worte des Trostes zu schreiben, die er wohl selbst als unzulänglich und hilflos empfand.

Du darfst nicht allzu niedergeschlagen wegen meiner Abreise sein, schrieb er, *bedenke, daß es nur auf kurze Zeit ist und daß ich oft schreiben werde. Gewiß vermißt Du Papa schrecklich, Liebling; es ist schon schlimm genug für uns alle, was muß es aber erst für Dich sein? Wir sollten alle zusammen leben, meine ich, die Millars, die Davies und die übrigen.*

Ich wünschte zum Himmel, ich wäre wie Guy auch daheim bei Dir. Ich werde krank im Gedanken an diese scheußliche Tournee.

Alle sind natürlich sehr nett, und ihr Mitgefühl ist echt. Wir spielen The Dancing Girl, *und Tree sagt, ich hätte einen großen Erfolg errungen, aber was bedeutet mir das? Es gießt in Strömen, das Wetter ist widerwärtig deprimierend und kalt. Du wirst erfreut sein zu hören, daß ich meine sämtlichen Hemdhosen übereinander trage.*

Ich wünschte mir, wir wären alle zusammen auf Tournee, obwohl ich mir mit dem besten Willen keine passende Rolle für Dich ausdenken kann. Tree scheint in schönster Laune zu sein, und die liebe Kate Rorke ist tadellos wie immer. Ein sehr hübsches französisches Mädchen, Miß Sylva, ist auch bei der Truppe.

Es fällt schwer, mit zweiundzwanzig Jahren die ganze Zeit in Trauer gebeugt zu sein.

Gerald reiste Mitte November mit der Truppe nach Amerika auf dem Schiff *St. Louis.*

Er fühlte sich recht niedergeschlagen, als Guy in Southampton am Horizont zurückblieb, und das einzig Sichtbare, das ihn ermunterte, war der Anblick von Mrs. Tree und ihrer jungen Tochter Viola, wie sie weinend vorne an der Mole standen und dem scheidenden Herbert Veilchensträuße nachwarfen, der am Bug des Schiffes eine theatralische Haltung annahm und ausrief: »Adieu, England.«

Einige Mitglieder der Truppe fingen an seekrank zu werden, sowie das Schiff sich von der Küste entfernte, doch Gerald, rasch von seiner Betrübnis befreit, war in höchster Form während der ganzen ungestümen Überfahrt. Um Tree zu unterhalten, gründete er eine skurrile Zeitschrift voller Klatschgeschichten über alle Leute an Bord, veranstaltete mit einigen anderen und mit Hilfe der wohlwollenden und entschieden bezaubernden Miß Sylva ein Konzert und sang sein berühmtes Lied »Frosty Weather«. Die Tournec begann in Washington und ging dann weiter nach New York und Baltimore. Gerald erzielte seiner eigenen Leistung wegen einen gewissen Erfolg, doch wurde er zum größten Teil nur, weil er du Mauriers Sohn war, beachtet und aus diesem Grund auch überall eingeladen. Es war das erste Mal, daß er vollkommen begriff, welch bedeutender Mann Kicky gewesen und wie kolossal seine Popularität in Amerika war.

Die Verantwortung dieser seiner Rolle bedrückte ihn ziemlich. Er fing an, Heimweh zu bekommen und sich unglücklich zu fühlen, und in einem stürmischen Versuch, den Mut nicht sinken zu lassen, begann er einen gewaltigen Flirt mit Marguerite Sylva. Ehe er wußte, wie es geschah, hatte er sie gebeten, ihn zu heiraten, und wähnte sich hoffnungslos verliebt. Das Unglück wollte, daß irgendeine Zeitung die Geschichte aufgriff, noch bevor Gerald Zeit gefunden hatte, nach Hause zu schreiben, und er ahnte nicht, daß die Familie von der Neuigkeit unterrichtet war, bis er ein erzürntes Telegramm von Guy erhielt, in dem stand: »Darf ich die Meldung über Deine Verlobung dementieren?« Ein Strom hektischer Vorwürfe von Mamie folgte nach.

Gerald war furchtbar aufgeregt, und gerade ihre feindliche Ablehnung ließ ihn um so heftiger an seiner Maggie festhalten. Mamie und Guy waren ungerecht, waren lieblos; sie machten keinen Versuch, das Leben von seinem Standpunkt aus zu betrachten. *Du weißt doch, Mamie darling, daß ich Dich über jeden anderen Menschen stelle und das immer tun werde,* schrieb er in Fieberglut, *und wenn Du sie nur fünf Minuten lang sprechen könntest, würde Dein ganzer Kummer dahin sein. Der einzige Fehler, den Du möglicherweise an ihr finden könntest, ist, daß sie in der Erscheinung, in der Stimme, in allem französisch wirkt. Warum um Himmels willen sie sich in mich verliebt hat, weiß niemand. Sie trägt das Haar in der Mitte gescheitelt, und das ist unübertrefflich, das kann ich dir sagen, aber ich werde ihre Fotografie nicht schicken, da sie darauf wie vierzig und dazu ziemlich dreist aussieht.*

Jedenfalls ist es zwecklos, noch darüber zu diskutieren. Ich liebe sie, und du mußt es auch tun. Ich bin überzeugt, May wird sie mögen. Bitte schreibe nicht, als ob ich ein Sohn wäre, der hoffnungslos in schlechte Gesellschaft geraten sei.

Armer Gerald, er wütete und raste in seiner ersten Liebesaffäre, beteuerte ein wenig zu laut, daß Maggie die einzige Frau auf der Welt wäre, und fragte sich im stillen, ob sie nicht doch beide wie Narren handelten. *Die Leute finden, daß ich großes Glück habe,* hob er in seinem nächsten Brief hervor. *New York ist voll von der Geschichte. Sie ist jünger als ich, auch wenn Du sagst, sie sähe nicht so aus, und was noch mehr bedeutet, sie hat eine wunderschöne Stimme und spricht drei Sprachen und liebt mich zärtlich. Vermutlich denken die Schwestern, ich sei betrunken und hätte keinen Sinn für Humor; nun, das ist mir auch ganz gleichgültig. Sie sind Scheusale, mir nicht zu schreiben. Sage mir um Gottes willen, daß ich Dich nicht zu unglücklich mache, Mamie darling, weil das ungerecht wäre, und wenn Du wüßtest, wie elend ich mich fühlte, als ich Guys letztes Kabel bekam, würde es Dir leid tun.* Er konnte einfach nicht verstehen, warum seine Familie, da man ihm bisher in allem immer nachgegeben hatte, jetzt Widerstand leisten sollte, beim ersten Mal, da er ein Zeichen gab, in etwas Ernst zu machen.

Mittlerweile erwies sich die Tournee als ein trauriger Mißerfolg; niemand, nicht einmal Tree, hatte gute Besprechungen erhalten, und das einzige Stück, das einigermaßen gut ging, war *The Dancing Girl.* Gerald fand New York ungemein kostspielig. Er machte sich nichts aus den Menschen dort, und Maggie drohte fortwährend, sich einen anderen Kontrakt zu beschaffen und endgültig drüben zu bleiben.

Keiner von beiden gab dem anderen auch nur um einen Zoll nach, und es entbrannten von morgens bis abends heftige Streite zwischen ihnen, die für die Zukunft nichts Gutes erwarten ließen. Das nächste, was geschah, war, daß Maggie einen wütenden Brief von zu Hause erhielt, der ihr sagte, wenn sie den jungen du Maurier heirate, der ja nichts als ein mittelloser Debütant und Verschwender sei, werde die Mutter sie verstoßen und wolle nichts mehr mit ihr zu tun haben. Das entfachte die Flamme noch für eine Weile. Das Paar schwor sich ewige Treue, und Gerald schrieb zitternd vor Entrüstung, er wolle mit Maggie in Amerika bleiben, und Mamie solle mit May herüberkommen und bei ihnen sein, und sie würden einen Haufen Geld verdienen – ständig böte man ihnen Rollen mit guter Gage, besonders seitdem sie *Trilby* spielten, was sich zum größten Erfolg der bisher unglücklichen Tournee entwickelt hatte – und dann würden sie alle wieder nach England zurückkehren. Er haßte den Gedanken, in Amerika zu bleiben; er litt schwer an Heimweh und an Sehnsucht nach seiner Familie; aber er konnte die arme Maggie nicht allein drüben lassen.

Gewiß sah Mamie ein, daß sein Plan der einzig mögliche war! Warum mußten sie und May so schwierig sein?

Sein Kopf platzte ihm fast unter den Anstrengungen, einen Ausweg für sie alle zu finden. Doch Mamie blieb fest. Nichts würde sie bewegen, England je zu verlassen, und den Vorschlag Geralds, er wolle drüben bleiben, diese Marguerite Sylva heiraten und mit ihr zum Variete gehen – dies war der neueste Plan –, erfüllte sie mit Entsetzen. Sie verbrachte ein elendes Weihnachten, das erste einsame bittere Weihnachtsfest, seit Kicky gestorben war, und Gerald hatte ein ebenso unglückliches Fest am anderen Ufer des Atlantik. Natürlich geschah das Unvermeidliche. Das war nicht anders zu erwarten.

Darling Mamie – Du hast wohl mein Telegramm bekommen mit der Mitteilung, daß die Verlobung gelöst ist? Sage bitte niemand etwas, um des lieben Friedens und der Ruhe willen. Die Sache ist so: Wir lieben uns inniglich, aber wir wären, soweit ich es sehen kann, als Ehepaar unmöglich. Ich verstehe sie nicht, und sie versteht mich ganz entschieden nicht. Wir sind so gegensätzlich wie die beiden Pole, also was für einen Zweck hat da eine Verlobung? Sollten wir in ferner Zukunft finden, daß wir ohne einander nicht auskommen können, dann gut und schön. Es war die schlimmste Woche, die ich je durchgestanden habe, und Maggie hat sich einfach wunderbar verhalten. Ich bat sie, die Verlobung zu lösen. Alles, was ich von Dir erbitte, ist, nichts mehr zu sagen, laß Gras darüber wachsen. Sie wird hier drüben bleiben, was ziemlich scheußlich für sie sein wird, so ganz allein, und wir übrigen kommen um den 3. Februar zurück. Ich werde mich künftig immer an meine Familie klammern, das Schaflamm tut nicht gut fern der Herde.

Dies war der erste echte Kummer, den ich Dir bereitet habe, Liebling, und Du darfst nicht zu hart mit mir verfahren. Ich denke, ein solches Unternehmen wird mir genügen, versuche also alles, was ich tat, Dich unglücklich zu machen, zu vergessen. Beende nie wieder Deine Briefe wie das letzte Mal; Du weißt, Du würdest nie wagen, so etwas zu einem der anderen zu sagen. Ich werde auch nie wieder ohne die Familienphotos verreisen, Du hast keine Ahnung, wie furchtbar es ist, nichts, was auch nur irgendwie Dir ähnlich ist, zu sehen. Und als Du mir das Bild von Sylvia und den Kindern neulich schicktest, habe ich beinahe geweint.

Hole mich nicht vom Bahnhof ab. Ich möchte ins Eßzimmer hereinplatzen und Euch alle beim Lunch oder bei sonst was finden. O Herr! Welch eine Ewigkeit scheint es mir, seit ich Euch alle zuletzt gesehen habe, und ich habe daran gedacht, die Trennung noch länger werden zu lassen... Good-bye, Darling,

Dein Dich liebender Sohn
Gerald.

Das war also erledigt; diese ganze übereilte Episode, unnötig und töricht, wie sie gewesen war, schuf in ihm das unangenehme Gefühl, er habe sich nicht allzu gut aufgeführt, sich einigermaßen vor etwas gedrückt; aber nun, da alles vorbei war und es infolgedessen keinen Krach und keine Sorgen mehr geben konnte, war er, verdammt, doch zu erleichtert, um sich viel daraus zu machen.

Arme Maggie, er würde sie natürlich schrecklich vermissen, und sie war ja ein Engel gewesen; aber das Verlobtsein war ja eine gar zu große Anstrengung, und er atmete erlöst auf, die Freiheit wiedererlangt zu haben. Vor der Eröffnungsvorstellung im neuen Her-Majesty's-Theatre im April mit *The Seats of the Mighty* nahm Tree seine Truppe kurze Zeit auf Tournee; und nachdem die aufregenden Erlebnisse von Amerika und seiner Verlobung verhallt waren, fühlte sich Gerald ziemlich matt. Die Provinzstädte erschienen ihm langweilig, nirgends konnte er Golf spielen. Nun machte sich die Reaktion übel bemerkbar. Guy war fort und würde bis zum Sommer keinen Urlaub bekommen. Und dann ging May plötzlich her und setzte alle in Erstaunen, indem sie sich verlobte – May, die so gebrochen gewesen war, als Papa starb, daß kein Mensch glaubte, sie würde wieder die alte werden; und nun stand sie da, offensichtlich liebevoll ihrer neuen Errungenschaft hingegeben, einem reizenden Burschen, Edward Coles, den jedermann auf den ersten Blick gern hatte, so ruhig, verläßlich, so klug und mit einem kapitalen Sinn für Humor; genau der richtige Mann für die feinnervige, hochgestimmte May.

Und doch war es eine Spur verletzend, zu sehen, wie erfreut und entzückt die Familie darüber war, daß May ihr Glück gefunden hatte, und sich des Aufhebens und des Aufruhrs zu erinnern, die es wegen ihm und Maggie gegeben hatte. Er konnte nicht anders, als ein wenig Bitterkeit empfinden. *Ich freue mich, daß May an Coley oder wie Ihr ihn nennen mögt, so hängt,* schrieb er. *Sie weiß vermutlich, was sie tut. Ich hoffe, wir werden alle gut mit ihm auskommen. Kann sie ihm in die Augen sehen und sagen:* Mein König!, *ohne sich dabei lächerlich vorzukommen?*[1] *Nun, gut, Gott segne das liebende Paar. Er tut mir leid, daß sein Einkommen sich nicht auf eine vierstellige Zahl beläuft.*

Er kam sich überlegen und ziemlich alt vor, er war ein wenig blasiert; schließlich hatte er eine weit aufreibendere Zeit durchgemacht, als May jemals mit diesem Burschen erleben würde, den sie heiraten sollte.

Die Familie war ein bißchen taktlos in ihrer Begeisterung. »Arme alte Teetasse«, sagte er zu Mamie, »alle deine Töchter scheinen den schlichten goldenen Ring zu wählen. Der männliche Teil deiner Brut spielt die Tour ganz anders. Du brauchst nicht zu befürchten, meine jugendlichen Neigungen würden in nächster Zeit sich der Liebe zuwenden.« Man hat leicht reden, wenn nichts Reizvolles in Sicht ist; sein Leben war momentan auf die Eröffnungsvorstellung in Her-Majesty's-Theatre konzentriert und auf die Reihe der Theaterstücke für die Londoner Saison; dann folgte die unvermeidliche Herbsttournee mit ihrer üblichen Serie von trostlosen Quartieren, Golf- und Kartenspiel zwischen den Aufführungen, von Klatsch und Klagen und Geschwätz. Doch wenn die Monate vergehen, und es taucht jemand mit blonden Haaren und einer Stubsnase in England auf, der sehr verwöhnt und selbständig ist, neunzehn Jahre zählt und Ethel Daphne Barrymore heißt – nun, dann ist es wieder eine andere Geschichte.

Ist ein Mann empfänglich für den Charme der Frauen, dann ist das Schlimmste daran, daß er jedes Mal denkt, diese wird die eine und einzige sein; er schwört ewige Treue, reißt sich in Stücke; dabei schöpft er meist nur aus der Phantasie, nimmt Posen an und bildet sich jede Art tragischer Leidenschaft ein.

[1] »Old King Cole«: Englisches Kinderlied.

Vielleicht war es bei Gerald eine Folge allzu geringer Beschäftigung und das Gefühl, er vergeude sich in den kleinen Charakterrollen am Haymarket und auf der Tournee. Wie dem auch sei, die arme Maggie Sylva war noch nicht vergessen, als sich das Schaflämmchen bereits Hals über Kopf in diese Fremde verliebte und sich und seine Familie in die Aufregung einer zweiten Verlobung stürzte.

Mamie, die sich in einer Etagenwohnung in Portman Mansions niedergelassen hatte und Vorkehrungen traf, ein glückliches Heim für ihren Jüngsten zu schaffen, in dem er unter ihren zärtlichen Augen sorgfältig gefüttert werden sollte, erlebte den Kummer, ihren Liebling abermals aus ihrem behutsamen Griff gleiten zu sehen. Ach je, ach je, warum mußte Gerald sich so albern aufführen? Keines der anderen hatte ihr diese Sorge bereitet. Man sehe sich nur den lieben Guy an – ein Muster von einem Sohn –, beinahe jeden Tag seines Lebens schrieb er an sie, wo auch immer er in Garnison sein mochte – und dieser Junge da bändelte wieder mit einer Schauspielerin an und redete wild daher von einer unmittelbar bevorstehenden Heirat.

Freilich, die Sache hätte schlimmer sein können. Daphne war sehr jung und hübsch und unleugbar reizend, man wußte natürlich auch, wer ihre Eltern waren, und sie schien recht talentiert zu sein; doch diese Dinge bedeuteten ja nicht, daß sie Gerald glücklich machen konnte, und wie mochte sie mit neunzehn Jahren überhaupt wissen, was sie eigentlich wollte? Sie war sehr eigenwillig.

Was meinte Guy? Nun, Guy überdachte alles sorgfältig und führte manche Argumente gegen eine übereilte und leichtsinnige Heirat an, die, wie er sagte, jeden überzeugen müßten, der nicht gerade verliebt wäre, doch es fragte sich, ob Gerald ernstlich getroffen war oder nicht. Die Zeit würde es schon noch beweisen; es war zwecklos, ihm zuzusetzen; das war genau der Weg, ihn kopfüber ins Tiefe springen zu lassen. Da zogen also Gerald und Daphne und Harry Esmond und Charles Hallard miteinander los, um in Irland zu angeln, ein sonderbares, unkonventionelles Unterfangen, bei dem Mamie gar nicht sicher war, ob sie es billigte. Doch vermutlich würden die Kinder feststellen, ob sie einander wirklich lieb hatten oder nicht.

Daphne schrieb kleine Briefe an ihre künftige Schwiegermutter, überlegte, ob sie wohl auch das Richtige sagte, und weil sie erst neunzehn war, wurde sie der Liebling nicht nur von Gerald, sondern von allen im Bay View Hotel, Waterville. Sie spielte Klavier und war temperamentvoll, trug ihr Haar in einen Zopf geflochten und setzte eine karminrote Tellermütze auf, sah elfenhaft und anbetungswürdig und nie älter als vierzehn Jahre aus.

Gerald angelte mit Harry und badete mit Charles und flehte Daphne an, ihn so bald wie möglich zu heiraten; aber sie war sehr eigensinnig und wollte keinen Entschluß fassen, fragte, ob sie nicht wie Bruder und Schwester miteinander sein könnten, und sagte, letzten Endes meine sie doch, sie wolle wieder nach Amerika zurückkehren.

Woraufhin Gerald die Situation sofort dramatisierte, mit Selbstmord drohte, den Strand von Kerry hinunterstürmte und bis zum Hals ins Wasser hinauswatete, dabei durchaus gewahr, daß Daphne fassungslos »Gerald, Gerald, komm zurück!« schluchzte. Bleich und streng stand er mit gekreuzten Armen da und wartete, daß die Flut ihn hinwegnehmen würde. »Jetzt wird sie vielleicht begreifen, daß es mir ernst ist«, sagte er. Es war eine Situation ganz nach seinem Herzen.

Doch vielleicht kam die Flut nicht schnell genug, und er wurde des Wartens müde; vielleicht gab Harry, der Träumer, der ihnen herzlich zugetan war, zu verstehen, daß sie sich reichlich lächerlich machten; vielleicht wollte Daphne auch wirklich nach Amerika zurück. Die Folge war ein Brief an Mamie, in dem stand, daß sie beide, jedenfalls für den Augenblick, sich gegen die Heirat entschieden hätten; Daphne könne sich nun einmal nicht entschließen, auch wenn Gerald dazu imstande war, und er wollte in die Wohnung in Portman Mansion zurückkehren und wieder einmal ihr blauäugiger Junge sein.

Mamie war wütend; nicht auf ihren Liebling, aber auf

Daphne. Sie hatte es gerade fertiggebracht, sich mit der Verlobung abzufinden und daran zu glauben, daß die Heirat schließlich doch wohl das Beste für Gerald wäre, und nun hatte das Mädchen die Unverschämtheit, den armen, geliebten Jungen abzuweisen, womöglich ihm das Herz zu brechen, und sprach ruhig davon, sie wolle nach Amerika heimfahren und ihn allein die Sache überwinden lassen. »Du darfst nicht zu böse auf sie sein, Mamie«, sagte Gerald bei seiner Rückkehr, »schließlich ist sie sehr jung und hat ihr Gleichgewicht im Leben noch nicht gefunden. Mir kann es nicht schaden, tut mir vielleicht ganz gut sogar. Ich habe gar keinen Groll auf sie, und du darfst nicht unfreundliche Dinge über sie sagen, weil ich das nicht erlaube. Sei nicht unduldsam, Darling, und ich, jedenfalls, habe den Gedanken daran noch nicht restlos aufgegeben, was sie auch immer sagen mag.«

Doch die eigensinnige Daphne ging nach Amerika zurück, und Gerald reiste wieder einmal nordwärts auf eine neue Herbsttournee, nicht viel schlechter dran nach seiner Liebesgeschichte, aber wohl ein wenig verletzt und zynisch – ein Zustand, den die schwesterlichen Plauderbriefe von Daphne kaum zu heilen vermochten. Er stürzte sich jedoch in die Rolle des Aramis in *Die drei Musketiere* und in die des Casca in *Julius Caesar,* tat sein Möglichstes, sie zu vergessen, und schrieb an Mamie, wie sehr er sich sehnte, wieder mit ihr allein in der Wohnung zu sein bei Seife und Wasser und sauberen Hemden, kurzum bei dem echten Schaflämmchen-Dasein.

Im folgenden Sommer, als die Londoner Spielzeit der Musketiere vorbei war, verließ Gerald Beerbohm Tree und war eine Zeitlang ohne regelmäßige Beschäftigung. Er spielte im September in einer leichten Komödie unter Hawtrey und erhielt nunmehr neun Pfund in der Woche. Im November trat er unter der Leitung von Mrs. Patrick Campbell am Royalty-Theatre ein und blieb bei ihr sowohl in London wie auf Tournee für die Dauer der folgenden zwei Jahre.

Es war eine Übergangszeit, eine Zeit des inneren Reifens. Im Verlauf dieser zwei Jahre wurde ein Mann aus dem Jüngling, der ein ewiger Junge hätte werden können, und wenn er sich gelegentlich weh tat, zornig, leidenschaftlich, unglücklich war, ging er dennoch stärker daraus hervor, mit größerem Verständnis, im Besitz von Erkenntnissen über die menschliche Natur, die er früher nie gehabt, mit einem Gefühl für Männer und Frauen und die Realitäten des Daseins, das ihn bisher nicht berührt hatte, einem gewachsenen Urteilsvermögen, einer gewissen Lebensweisheit und mit mehr als einem Fünkchen Klugheit.

In dieser Zeit lernte er, wie Kicky das vorausgesehen hatte, daß das Leben nicht nur aus Theaterspielen und Spaß und aus Tun-und-Treiben, was man wollte, bestand; er lernte, daß Geist und Körper Disziplin halten müßten, wenn sie einem recht dienen sollten, daß mehr Glück und Befriedigung zu finden sind im Wirken um einer Sache willen, des Schauspiels, des Berufes und der eigenen unsterblichen Seele, mehr als nur im Arbeiten für die Verherrlichung von Gerald du Maurier. Selbst wenn er nichts Brillantes in dieser Zeit leistete, nichts, woran man sich noch lange erinnern würde, legte er zumindest das Beste, was in ihm steckte, in die Aufgabe und gab sich Mühe wie noch nie bisher.

Es würde freilich immer eine Art Spielerei bleiben; er war damals nicht und würde nie einer der echten, großen Schauspieler sein. Ihm fehlten die Intensität dazu, die Konzentration, das eitle Selbstbewußtsein und der leidenschaftliche Eifer der Menschen, die von der Arbeit als ihrer Kunst sprachen; man hat ihn nie sagen hören: »Ach, was ich drum geben würde, diese Rolle zu spielen!«

Es war möglicherweise ein zynischer Charakterzug, von den Vorfahren ererbt und ohne Zweifel französisch, der ihn hinderte, sich jemals ernst zu nehmen. Und sein Sinn für Humor, Kickys unschätzbare Gabe, die sich bei Gerald in noch höherem Grade entwickelte und zeitweise geradezu entartete, ließ jene ekstatische und künstlerische Schrankenlosigkeit gar nicht zur Entfaltung kommen, die allgemein mit der Erscheinung des Schauspielers verbunden wird.

Hätte ihn jemand im Jahre 1898 oder zu irgendeiner anderen Zeit gefragt, warum er zur Bühne gegangen war, würde er ganz wahrhaftig geantwortet haben, daß ihn das amüsiere, daß er zu faul sei, in einem Büro zu arbeiten, und daß er sich ganz ungeeignet für irgend etwas anderes fühle. Und zu dieser Zeit hatte er sicherlich noch nie die Worte »Selbstverwirklichung« oder »Befreiung von Hemmungskomplexen« gehört. In jenen Tagen bestand die Aufgabe des Schauspielers darin, die Menschen zu unterhalten, nicht sich von überflüssiger Energie und persönlichen Verknotungen öffentlich zu befreien.

Gerald leistete Gutes während dieser zwei Jahre am Royalty und auf Gastspielreisen und gewann sehr wertvolle Erfahrungen. Seine Freundschaft mit Mrs. Campbell war das Beste, was ihm in diesem Lebensabschnitt hätte zufallen können. Sie war acht Jahre älter als er, sehr schön, sehr anspruchsvoll; sie hatte das Temperament einer Racineschen Heldin, glich einmal einem Engel, im nächsten Augenblick einer Furie. Ihre Persönlichkeit war beherrschend und ließ die Menschen um sie verkümmert erscheinen; als Gefährtin war sie faszinierend und verzehrend. Es gab keinen Frieden bei ihr, keinen ruhigen Augenblick; da war entweder der Himmel oder die Hölle, es gab entweder die Ekstase oder die Verzweiflung. Wenn man bei ihr war, strebte man fort, wollte aus ihren Augen und allein sein; und wenn sie ging, war es eine Qual, bis man ihre Stimme wiederhörte, die etwas voll war, etwas träge, die Stimme Athalies oder Phedres. Man vergötterte sie und haßte sie im Wechsel. Man saß anbetend zu ihren Füßen oder stürmte, die Türe zuschlagend, aus ihrer Nähe und rief Verwünschungen auf ihren Namen herab. Sie beunruhigte, ergriff Besitz, sie war unmöglich, und doch wollte man lieber von ihr mit Mißfallen betrachtet als ignoriert sein.

Es lohnte, den Sturm ihres Temperaments über sich ergehen zu lassen um der Erfahrung willen, die sie mitzuteilen hatte. Sie war eine Meisterin des Bühnenhandwerks. Sie kannte jeden Trick ihres Gewerbes, und ihre Lektionen waren unschätzbar. Sie lehrte Gerald, wie man schauspielerisch darstellen und wie man leben soll, und er war ihr ewig dankbar dafür. Unter ihrer Führung wurde er ein Mann von gewisser Tiefe, mit Einfühlung und Subtilität, anstatt ein verwöhnter, verantwortungsloser

Knabe zu bleiben. Er lernte, wie man spricht, schweigt und daß man die Dinge nicht beharrlich an sich ziehen soll. Von seinem Charme, seinem Zartgefühl, seiner gemächlichen Art und Sicherheit verdankte er ihr viel. Sie arbeitete unermüdlich, gab sich endlose Mühe mit ihm, und da sie jeder Zoll eine vollendete Schauspielerin war, erkannte sie, daß dieser verwöhnte, ruhelose junge Mann beinahe zu allem fähig wäre, wenn es ihm nur beliebte, Interesse an seinem Beruf und an seinem Talent zu nehmen. Es gab Szenen, natürlich, verletzende Zusammenstöße und grimmige Aussöhnungen, tagelang schmollendes Schweigen und Tage voll ausgelassenstem Gelingen. Und in dieser unheimlichen Mischung von Erregung, Wut und Enttäuschungen entfaltete Gerald seinen Geist, seine Intuition und sein Körnchen Genialität.

»Ich habe einen Clown gelehrt, Pelleas zu spielen«, sagte Stella im Jahre 1900, als sie auf Tournee in Dublin waren und Gerald, wie im Nervenfieber, glaubte, er habe den größten Erfolg seiner Karriere errungen in einer Rolle, die weit jenseits seiner Grenzen lag. Doch wenn auch niemand mehr sich an diesen besonderen Pelleas erinnern sollte, waren die Arbeit, die er darauf verwandt, und die Ermutigung, die er von der stolzen Stella empfing, das Wesentliche, auf das es ankam.

In *Mr. and Mrs. Daventry, The Fantastics* und *The Second Mrs. Tanqueray,* drei Stücke, die von Mrs. Campbell im Royalty aufgeführt wurden, spielte er gut, wenn auch nicht brillant, brachte er eine gewisse Frische, ein gewisses *flair,* das persönlich und einzigartig war, in jede neue von ihm gespielte Rolle mit hinein, und wenn er auch nur wenig tat, so wurde selbst dieses Wenige von den Kritikern günstig verzeichnet.

Von *The Fantastics* zum Beispiel, sagte einer: *Niemand war unbeschwert genug, rasch genug, extravagant genug – mit einer Ausnahme, Mr. Gerald du Maurier. Er allein schien den Geist des Stückes erfaßt zu haben und zu begreifen, auf was es ankam. Er spielte mit unendlichem Humor, mit Schwung und mit Grazie. Wie viel steckt doch in Vererbung und Herkunft! Mr. du Maurier stammt von einer französischen Familie ab und hatte einen bezaubernden Humoristen zum Vater.* In *Mariana Superba,* einer der großartigsten Leistungen

Mrs. Campbells, wurde eine kleine Rolle, laut Clement Scott[1], vollendet gut gespielt von Gerald. *Er hat die bezaubernde Lebensart seines Vaters geerbt, schrieb dieser, und entschieden auch dessen musikalische Gabe. Mit reiner Stimme sang er natürlich und reizend, wie geboren für diese Art. Dieser junge Schauspieler verspricht einen sehr hohen Rang auf der Bühne zu gewinnen, denn er vervollkommnet sich mit jeder neuen Rolle, die er übernimmt.*

Inzwischen hatte sich die Familie an Geralds Berufswahl völlig gewöhnt und nahm großes Interesse an allem, was er tat. Mamie schnitt sich seine sämtlichen Besprechungen heraus, klebte sie sorgfältig in ein großes rotes Buch und war sehr empört, wenn er nur einige wenige Worte des Lobes bekam. Sie lauschte mit Interesse seinen kleinen Klatschberichten, lächelte über seine Witze und runzelte die Stirn im Mitgefühl für seine Beschwerden.

Sie billigte die Freundschaft mit Mrs. Campbell in der Hoffnung, sie übe einen festigenden Einfluß auf ihn aus. Es war schließlich sehr schmeichelhaft, daß eine so berühmte Schauspielerin solches Interesse an ihrem Jungen zeigte, und außerdem hatte sich Mrs. Campbell ja so rücksichtsvoll nach ihrem Ergehen erkundigt damals, als sie den Unfall hatte, und ein so freundliches Mitgefühl bewiesen.

Bei Gerald hieß sie zuerst eine ganze Weile »Mrs. Campbell«, und dann hieß sie »Stella«. Es war schwer festzustellen, wann der Wechsel eintrat, aber schließlich waren alle Bühnenfreundschaften so, sagte sich Mamie beruhigt.

Sie erinnerte sich, es war nicht lange nach seinem ersten Brief, in dem er erzählte, er hätte das erste Mal mit Mrs. Pat abends gespeist, und sie sei ganz ähnlich, wie er sie sich vorgestellt habe, sie spreche natürlich und ungekünstelt über alles und hätte ihn in seiner Arbeit sehr ermutigt. Dann, nach einigen Proben – Mamie weilte zu dieser Zeit fern am Meer – schrieb er, wie er und Mrs. Campbell nach Hampstead in einer Chaise gefahren und auf der Heide herumspaziert seien und wie er ihr

[1] Clement William Scott: englischer Theaterkritiker bei Sunday Times, Weekly Dispatch, London Figaro, Observer, Daily Telegraph.

gezeigt habe, wo sie einst die vielen Jahre gelebt hatten, daß sie sehr lustig sei und sie sich ausgezeichnet unterhielten. *Und ich bin gegenwärtig sehr brav,* fügte er hinzu, *bleibe nicht spät auf, trinke auch nicht viel, beunruhige Dich also nicht.*

Dann folgte die Tournee. Gerald schrieb ziemlich häufig, weil Mamie einen Wagenunfall erlitten hatte, und so war es ein leichtes, dem kleinen Faden seiner Freundschaft nachzuspüren. *Ich bin eben einkaufen gewesen mit Mrs. Campbell,* schrieb er von Leeds. *Ich habe noch nie einen Menschen so erpicht auf alte Möbelstücke gesehen wie sie. Mein Wissen nimmt gewaltig zu auf dem Gebiet der holländischen und französischen Antiquitäten. Nachher spielte ich Golf, und sie lief mit herum und setzte sich dazu; es hat ihr riesig gut getan und sie hat sich noch nie so wohl gefühlt. Ihr Sohn Beo ist auch bei uns, er ist ein feiner Kerl. May würde für ihn schwärmen; er ist Seekadett, besteht nur aus Muskeln, hat ein Profil wie Pharao und ist Kapitän von sämtlichen Sportmannschaften. Ende der Woche soll ein Abendessen für die Truppe gegeben werden, und Mrs. Campbell sagt, ich müßte alle meine Tricks vorführen.* Dieser Nachricht folgte ein zweiter, etwas niedergeschlagener, gedämpfter Brief. Armer Gerald – war er vielleicht einmal kurz zurechtgewiesen worden, fragte man sich. *Dies ist ein fürchterlicher Ort,* schrieb er, *es regnet die ganze Zeit, und es gibt nur schmutzige Quartiere ohne Bademöglichkeit und mit alten Schminkspuren auf den Kopfkissen. Mrs. Campbell ist nicht ganz auf der Höhe, ich glaube, die Luft bekommt ihr nicht, und sie ist ganz herunter und deprimiert. Mir geht es gut, und ich bin, ach je, vermutlich auch glücklich, da es viel Arbeit gibt und die Rollen gut sind. Ich frage mich manchmal, ob alles überhaupt einen Wert hat. Grüße mir Sylvia und die Buben und sage ihnen, es hätte keinen Wert, erwachsen zu werden.*

Daß er sich auf seinen Beruf zu konzentrieren begann, war jedoch deutlich, denn er schrieb später: *Bis jetzt ist mein Erfolg in der Rolle nicht klar erkennbar, aber ich habe die Absicht, mit jeder Woche besser zu werden. Es ist eine schrecklich nervenzerreibende Aufgabe und fast unmöglich, die Rolle natürlich zu spielen. Ich glaube, Theater ist die schwerste und herzzerreißendste Arbeit, die es gibt, aber ausgezeichnet für den inneren Menschen. Ich lasse es mich große Mühe kosten, und Mrs. Campbell gibt sich unermüdlich mit mir ab.*

Und dann, auf irgendeine Art und Weise – sie konnte sich nicht mehr entsinnen, wann – vielleicht nachdem sie nach London zurückgekehrt waren –, gewahrte Mamie die Anwendung von Vornamen und Sätzen wie: »Stella und ich speisen heute abend bei Tree, Liebling«; oder »Stella sieht nicht übertrieben gut aus, die Verstauchung ihres Fußgelenks hat sie anscheinend ganz über den Haufen geworfen«; oder »Stella läßt dich herzlich grüßen, Mamie, und sie möchte, daß du zu ihr zum Tee kommst«. Und so ging es fort den Winter, den Frühling, den Sommer des Jahres 1902 hindurch. Aber Mamie, die sehr besorgt und bekümmert wegen Guy in Südafrika war, neigte eher dazu, die langen, täglichen Briefe ihres Ältesten mit größter Sorgfalt zu lesen als die kleinen wöchentlichen Zettelchen ihres Jüngsten. Guys persönliche Sicherheit und die seines Regiments, seine Berichte über den Burenkrieg und seine eigenen Erlebnisse waren gegenwärtig wichtiger als die Tatsache, daß Stella und Gerald in einer zweispännigen Chaise nach Bath gefahren waren, daß sie blendend aussah und daß das Stück ein ausgezeichnetes Geschäft war.

Im Verlauf des Herbstes bemerkte sie, daß Geralds Briefe nicht immer fröhlich waren. Sie klangen manchmal verbittert und zornig, und einmal schrieb er und sagte, er sehne sich danach, wieder bei ihr zu sein, und diese Gastspielreise sei in jeder Hinsicht eine ganz gemeine Sache, seine Pläne seien ungewiß, und alles hänge in der Luft. Und dann plötzlich, im November, reiste Stella nach New York, die Truppe wurde aufgelöst, und Gerald kam nach Hause zu seiner Mutter, älter und noch klüger geworden, als er vorher gewesen war.

Ich bin neunundzwanzig, schrieb er vier Monate später an seinem Geburtstag an Mamie, *und man sieht es mir auch an, und der Wind bläst hart von Osten, und danach fühle ich mich auch. Ich wünschte, ich wäre in Ramsgate mit Dir und würde ein friedliches Leben bei meiner Mutter führen, die zwar eine alte Teetasse ist, sich aber doch allerhand von ihrem ausschweifenden Wüstling von Sohn gefallen läßt. Ich fürchte, es ist nicht viel vom Schaflamm übriggeblieben, Darling, und meine Veranlagung ist nicht so engelhaft, wie sie hätte sein können, aber ich klammere mich an Dich, also paß auf, daß Dir nichts passiert. Sage*

Sylvia Dank für ihre lieben Weisheiten und sage den Jungens, sie sollen, solange sie können, jung bleiben.

Das war ein etwas anderer Gerald als der, der leichten Herzens auf Tournee mit Forbes-Robertson und Beerbohm Tree gegangen, der an einem Nachmittag zwanzig Meilen mit Harry Esmond geradelt war und danach wie ein erschöpfter junger Hund geschlafen hatte. Reife war ihm zugewachsen, und er begriff, daß das Leben nicht immer so unbegrenzt amüsant war, wie er einst geglaubt hatte. Man setzte nicht immer den eigenen Willen durch. Etwas verlangen bedeutete nicht schon, es auch bekommen. In dieser Zeit waren Anflüge von Bitterkeit in der Art, wie er sich gab, und Momente von Reizbarkeit.

Er verbrachte viel Zeit im Green-Room-Club beim Kartenspiel, mit Witzen auf Kosten anderer, blieb bis in die frühen Morgenstunden auf und trank etwas mehr, als gut für ihn war. Er spielte in einem Erfolgsstück am Prince-of-Wales-Theatre, und seine Rolle erforderte nicht mehr von ihm als Ungezwungenheit und Natürlichkeit, worüber er nun bis zur Perfektion verfügte: Da gab es keine harte Arbeit, um seinen ruhelosen Geist auszufüllen und zu beschäftigen. Und weil ihm jeder Dünkel fehlte und weil es jene sorglos-nachlässige Seite seines Wesens gab, zuckte er mit der Achsel und bemühte sich nur wenig; er fand diesen seinen Beruf wiederum viel zu leicht, zu einfach. Stella war nicht mehr da, um ihn anzutreiben, ihn zu verspotten, ihn zur Arbeit zu zwingen, ihn »Clown« und »Mr. Walk-About« zu heißen, ihn zu ermahnen, endlich die Lässigkeit abzuwerfen und der Welt zu zeigen, daß er mehr leisten könne, als nur mit den Händen in den Taschen auf die Bühne zu schlendern, eine Zigarette anzuzünden und den beiläufig Verliebten zu markieren.

Überdies, *a quoi bon?* – wie Kicky in seinen Depressionsstunden zu sagen pflegte, warum sich anstrengen? Schließlich, zu welchem Zweck geschah alles? Menschen wurden geboren, und sie arbeiteten und schliefen, und dann starben sie, und niemand scherte sich darum oder wurde viel klüger dabei. Manchmal war es Gerald danach, alles hinzuschmeißen, von der Bühne abzutreten, ins Ausland zu gehen.

Es gab keinen tiefen Hintergrund in seinem Dasein, niemand, der das Leben lebenswert machte. Mamie war da, natürlich, aber Mamie war nicht immer imstande, die Welt mit seinen Augen zu betrachten. Sie gehörte einer anderen Generation an. Sie begriff nicht, daß die gewohnte Ordnung der Dinge sich mit dem neuen Jahrhundert änderte; das Viktorianische Zeitalter war für immer dahin, und nicht allein er, sondern jedermann wandelte sich, entwickelte sich, war im Begriff, Fuß zu fassen in einer Zeit, die einen großen Umschwung brachte.

Trixie hatte gut über ihn herfallen, ihn Verschwender nennen, behaupten, er wäre ja immer schon hoffnungslos verzogen worden, und Mamie die Schuld an seiner mangelnden Erziehung geben. Sie verstand das nicht; keine Frau konnte das verstehen. Laß sie einmal ausprobieren, wie es ist, ein Mann zu sein, dann konnte man ja sehen, welchen Erfolg sie erzielte. Sie warf ihm vor, sein Leben sei das reine Fiasko, vermutlich bloß, weil er nicht häuslich und strebsam war. Sie zerrte Guy in die Auseinandersetzung hinein, den armen guten Guy, weil er ein oder zwei kleine Liebesgeschichten gehabt hatte, aus denen nichts geworden war; aber er hatte wenigstens für sein Vaterland gekämpft und den D.S.O.[1] bekommen, verdammt noch mal!

Trixie war ja schon immer, von frühester Kindheit an, als sie ihre Spiele organisierte, ein Boß, ein Manager gewesen, und nun wollte sie, wenn es ihr gelänge, die Brüder in der alten Weise herumkommandieren; sie sah auf sie herab wie auf ihren eigenen Jungen, Geoffrey, der nun bald siebzehn wurde und wie selbstverständlich an ihrem Schürzenzipfel hing.

So verging der Sommer, das Stück im Prince-of-Wales-Theatre wurde abgesetzt, Gerald angelte und spielte Golf und verbrachte eine Woche bei Sylvia, der Sanften mit dem bezaubernden Lächeln, die immer gütig und mütterlich war, an der kleine Buben in allen Altersstufen auf und ab kletterten. Hier gewann er wieder seine gute Laune und schien gesundheitlich besser dran zu sein; er ging zeitig ins Bett und stellte fest, daß

[1] D.S.O. (Distinguished Service Order): zweithöchster englischer Kriegsverdienstorden (seit 1886).

das Leben doch nicht ganz verteufelt zu sein brauchte, solange die Sonne vom wolkenlosen Himmel schien.

Im November 1902 erhielt er das Angebot, in einem neuen Stück von Barrie *The Admirable Crichton* am Duke-of-York's-Theatre zu spielen, und er sagte zu. Er verlangte eine Gage von fünfundzwanzig Pfund wöchentlich und erhielt sie. Es war eine ganz gute Rolle, und Harry Irving und Irene Vanbrugh sollten mitspielen. Als die Proben begannen, fand er als seine Partnerin eine junge Schauspielerin, die Muriel Beaumont hieß, an die er sich von einer Teegesellschaft vor über einem Jahr noch erinnern konnte. Sie hatte damals am Haymarket gespielt, und er hatte seine üblichen Tricks zum besten gegeben – Imitationen von Irving und Tree und Waller. Ob sie sich noch an ihn erinnere, fragte er. Ja, sie erinnerte sich. Sie war sehr beeindruckt von seiner Darstellung gewesen. Wie nett, daß sie im gleichen Stück spielten.

Dies sagte sie ganz unbefangen und schlicht, ohne den geringsten Versuch zu flirten, was ihn überraschte, weil sie so bildhübsch war; es kam ihm merkwürdig vor, daß sie sich dessen gar nicht bewußt zu sein schien.

Wie dem auch war, dieses Stück konnte mehr an sich haben, als er bisher geglaubt hatte – sie sollten die beiden jugendlichen Liebhaber spielen. Er würde natürlich viel mit ihr zusammenkommen.

The Admirable Crichton gelangte zur Aufführung und war sofort ein Erfolg. Sowohl der Hon. Ernest und die Lady Agatha als das junge Paar, das sich auf der verlassenen Insel verliebt, erhielten viel Beifall und wurden gelobt. Es war eine harmlose Kleinigkeit für Mr. Walk-About. Er mußte nur vergnüglich, ein bißchen unverschämt sein und sich stark zu der Lady Agatha hingezogen fühlen. Das bedurfte keiner Anstrengung, denn Muriel Beaumont war mit ihren sechsundzwanzig Jahren ein märchenhaft schönes Geschöpf, das auch den blasiertesten und abgebrühtesten jungen Mann von neunundzwanzig Jahren zum Aufmerken und Staunen gebracht hätte. Dazu kam, daß ihr Kostüm der einsamen Insel, wo keinerlei Konventionen galten, durchaus angemessen war. Es lag nicht nur an ihrem

Gesicht. Man unterhielt sich auch gut mit ihr, und damit meinte er, daß sie nicht immer selber sprechen wollte, sondern sich gern mit Zuhören begnügte, und darin unterschied sie sich wesentlich von den Frauen, die er vorher gekannt hatte. Sie hatte *Trilby* gelesen und schätzte das Buch hoch, war interessiert an seiner Familie und fragte wegen Papa und ob es jetzt nicht schrecklich einsam für seine Mutter wäre. Er sagte ihr, das sei wohl der Fall, doch um der Wahrheit die Ehre zu geben, er habe in letzter Zeit nicht viel darüber nachgedacht. Dann erzählte sie ihm von sich, wie sie mit ihren Eltern zusammen in Battersea lebte. Ihr Vater sei sehr streng und ganz dagegen gewesen, daß sie zur Bühne ging; doch sie hätte sich durchgesetzt und genieße die Arbeit sehr, und alle seien so nett und lustig miteinander, ob er das nicht auch finde? Und er sagte: »Nicht immer«, und sah verbittert drein und erzählte ihr, daß er in acht Jahren vieles gelernt habe, und natürlich sei er älter und erfahrener als sie, aber eines Tages würde er ihr vielleicht einmal davon erzählen. Und sie sagte: »Ja, natürlich«, und machte ein feierliches Gesicht und nickte, und er sah es ihr an den Augen an, daß sie von nichts wußte, von gar nichts. Trotz ihrer sechsundzwanzig Jahre war sie nichts anderes als ein Kind, das seine erste festliche Gesellschaft genießt und die falschen Komplimente, die Bosheiten und die kleinen unernsten Affairen, die eine Nacht und einen Tag dauern, nicht erkannte. Nichts war an sie herangekommen, sie zu verderben oder anzutasten; sie war gelassen und ruhig, wie das Bild von Mamie, als Papa ihr vor beinahe fünfzig Jahren begegnet war; und der verhärtete Kern in seinem Herzen schmolz und verging. Etwas Herrliches, Glückseliges und Lebendiges wurde zur Wirklichkeit, wurde ein Teil von ihm, und er wußte, daß er sie liebte, daß endlich sie zu ihm gekommen war.

Es war verwirrend und kam alles so unvermutet; er hatte nichts dergleichen erwartet; er war auf ununterbrochene Enttäuschungen, auf den ewigen billigen Zynismus vorbereitet gewesen, und nun wurden alle seine Begriffe über den Haufen geworfen. Er mußte wieder von vorn anfangen; mußte neues Vertrauen, neue Ideale, einen neuen Lebenssinn finden. Wenn dieses Erlebnis echt war, wenn es Dauer hätte, dann hatte das Leben einen Wert, jetzt und für immer, nichts anderes wäre von Bedeutung; es gäbe eine Zuflucht vor aller Unruhe und Not, ein Leuchtfeuer, ihn zu warnen, einen Stern, der ihn führte. Es würde wie Glauben an Gott sein, als würde man noch einmal geboren. Hatte Papa nicht Mamie, seinen guten Engel, gefunden, und hatte er sie nicht auch mit neunundzwanzig Jahren geheiratet, und war sie nicht das Licht gewesen, das den kleinen Keim eines Genius erweckte? Schon im ersten Jahr seiner Ehe war ihm der Erfolg beschert worden, und danach ging es stetig vorwärts mit ihm. Warum sollte seinem Sohn nicht das gleiche geschehen? Konnte er nicht Mamie und Trixie und Guy den Beweis erbringen, daß er nicht der faule Verschwender, der träge Taugenichts war, wie sie befürchteten, sondern ein Mensch mit einem Ziel vor sich, mit Kraft und Willensstärke, auf den sie stolz sein konnten, wie sie auf Papa stolz gewesen waren?

Alle diese Gedanken durchzogen seinen Sinn, während er hinter der Bühne an den Felsen lehnte, die einen Teil der Szenerie des zweiten Akts bildeten, und Muriel neben ihm saß, dieweil er ihr von allen möglichen Dingen erzählte, sie zum Lachen brachte; und niemand kam in ihre Nähe, und sie wußten, daß sie glücklich waren.

Sie trafen sich nie außerhalb des Theaters. Ihm wäre nicht im Traum eingefallen, sie in ein Restaurant einzuladen, und selbstverständlich ging sie jeden Abend sofort nach Hause. Dann kam ein Tag, an dem sie ihm ein wenig scheu erzählte, sie habe eine Einladung zu einem Ball erhalten, ihre Bekannten hätten sie gebeten, einen Tanzpartner mitzubringen, und ob ihn der Gedanke wohl sehr störe, oder ob er meine, er würde doch gern hingehen? Gern hingehen? Natürlich gehe er gern hin, mit Begeisterung; nichts auf dieser Welt könnte ihn mehr freuen. Und sie gingen hin und tanzten miteinander, saßen draußen im Wintergarten, und er war so jung und schüchtern, als sei er wieder ein zwanzigjähriger Jüngling; sie lauschten der Musik, er hielt sie bei der Hand und bat sie, ihn zu heiraten. Sie lächelte und sagte ja, und sie sahen sich an und staunten, und beide waren überzeugt, daß noch niemals etwas Ähnliches irgendeinem anderen Menschen widerfahren sei.

»Ich werde mich verheiraten«, sagte Gerald triumphierend, jedem, den er kannte, davon erzählend. Sogleich stand die Nachricht auch schon in den Zeitungen, und man beglückwünschte sie; das Publikum war entzückt, und die alten Auguren des Theaters schüttelten die Häupter und sagten, die Sache hielte keine Woche.

»Es ist ganz echt«, sagte Gerald zu Mamie, und sie erwiderte: »Ja, Liebling, natürlich«, und seufzte und fragte sich, auf wie lange, und schrieb ein Billettchen an Muriel, um sie zum Essen einzuladen. »Sage Trixie, ich hätte mich jetzt zusammengerissen«, sagte Gerald, »und sie wird keine Ursache mehr zur Beschwerde finden; jedenfalls haben wenig Schwestern Brüder, die sie so lieb haben wie ich, und sage ihr, sie wird Muriel auch lieben.« Es war sehr schwer für die Familie, begeistert zu sein, als sie zum ersten Mal die Nachricht erfuhr. Gerald hatte sie schon öfter enttäuscht, und diese jungen Schauspielerinnen waren wirklich alle gleich – hübsch, gewiß, aber gekünstelt und oberflächlich und unaufrichtig, sie dachten nur an sich.

Ich werde gern am Sonnabend bei Ihnen essen, schrieb Muriel an Mamie, *denn ich freue mich so darauf, Sie kennenzulernen, obwohl mir zumute ist, als kennte ich Sie bereits.* Das klang ohne Zweifel echt genug, doch von Geschriebenem allein kann man ja kein Urteil bekommen.

Die Familie saß in Portman Mansions und wartete auf die Ankunft Geralds und Muriels, Mamie nervös an ihrem Haar herumzupfend, die Stirn in Falten, Trixie mit Adleraugen, neugierig, bereit, alsbald ihre Gefühle zu äußern; Sylvia beobachtete Mamie und betete schweigend, daß alles gutgehen möchte; May war gesprächig, kritisch wie immer, ihre behenden Ohren vernahmen zuerst das Geräusch von Geralds Schlüssel in der Haustür.

Gerald hängte seinen Mantel im Hausflur auf. »Geh hinein und begrüße sie«, flüsterte er. »Ich komme gleich nach.« Er kannte seine Familie; er wußte genau, wie sie dasitzen würden und mit bangen Gefühlen das Schlimmste erwarteten.

Die Tür öffnete sich, und Muriel trat ins Zimmer. Eine Sekunde lang blickte sie lächelnd um sich; und anstatt der gepuderten kleinen Schauspielerin, die sie erwartet hatte, sah Mamie ein hochgewachsenes, schlankes Mädchen mit hellbraunen Haaren und ungeschminkt, das einfach und doch vortrefflich gekleidet war, ein Mädchen mit weitauseinanderliegenden Augen, das richtig zu den Möbeln aus New Grove House, zu Kickys Zeichnungen an den Wänden, zu den Büchern und den Perserbrücken paßte. Als Mamie auf sie zuging, sie zu begrüßen, lief Muriel ihr entgegen, ergriff ihre Hände, küßte sie und sagte: »Ich bin so glücklich, hier bei Ihnen allen zu sein«; dann wurde ihre Miene ein wenig besorgt, sie senkte, mit einem Blick auf die Tür, die Stimme und sagte: »Ich bin außer mir wegen Gerald, er fängt wieder mit einer seiner scheußlichen Erkältungen an.«

Mamie blickte auf die Töchter und lächelte, Trixie nickte mit dem Kopf, und Sylvia und May lehnten sich mit Seufzern der Erleichterung zurück.

Das Schaflämmchen war endlich geborgen im Pferch.

4

Gerald und Muriel waren nur sechs Wochen verlobt und wurden am 11. April 1903 getraut. Er nahm sie auf die Hochzeitsreise nach Whitby. Er wollte, sie solle das alte Quartier kennenlernen, das sie jedes Jahr bezogen hatten, und den Hafen, wo Papa, dicht auf den Fersen gefolgt von Chang, umhergewandert war und die breithüftigen Fischerweiber die Arbeit unterbrochen hatten, um ihm zuzulächeln; und das Steinpflaster dort, die salzige, fischige, vom Gischt gefeuchtete Luft von Whitby, mit dem scharfen Geschmack nach Tang, Seilgarn, Netzen und Heringen sollte sie kennenlernen. Hier war die Stelle, wo er das Schwimmen erlernt, und dort der Grasplatz, auf dem er und May manchen harten Tennisstrauß miteinander ausgefochten hatten; da war die Stelle am Cliff, dicht bei der Abtei, wo er *The Wreck of the ›Grosvenor‹* das erste Mal las; da war der Weg, der zu den Hochmooren führte, wo sie im Freien schmausten; und dort stand der Baum, unter dem May mit elf Jahren ihr unsterbliches, aber leider unvollendetes Buch »Mein Leben als Seekadett« begonnen hatte. Seit Papa gestorben war und Amerika und die Bühne seine Gedanken beansprucht hatten, war er nicht mehr dort gewesen. Mamie war jetzt mehr von Ramsgate eingenommen, wo sie ein Haus für die Enkelkinder, für Trixies und Sylvias Jungen, besaß. Doch hier war sein Whitby, unverändert und heißgeliebt wie eh und je; und die kleine Welle der Jahre wälzte sich zurück, und er war wieder ein Knabe.

Die Zeit ging rasch vorüber, *The Admirable Crichton* rief erneut nach ihnen, und es ging nach London und zum Duke-of-York's-Theatre zurück.

Das Stück blieb bis Ende August auf dem Programm, und beide waren höchst erleichtert, als es abgesetzt wurde, weil Muriel sich nun den Vorbereitungen zum Einzug in ihr neues Haus widmen konnte. Bis dahin hatten sie möbliert gewohnt und Anfang des Sommers ein Häuschen in Walton-on-Thames gemietet, das ein glückliches Refugium gegen die heiße Jahreszeit bildete. *Wenn ich nicht Blattläuse von den Rosenknospen zupfe, lese ich schwarze Käfer von den Buschbohnen,* schrieb Gerald würdevoll an Mamie. *Alles gedeiht vorzüglich, mit Ausnahmen der japanischen Iris und der Petersilie. Ich bin bis jetzt noch nicht über die Grenzen des Besitzes hinausgekommen; Muriel lenkt die Hausangestellten und die übrige Dienerschaft mit erstaunlichem Takt, und selbst die Stallburschen schwärmen für sie.* Das Haus besaß in Wirklichkeit etwa drei Stuben und einen winzigen Garten. Mamie nickte und schmunzelte. Der geliebte Gerald war ja so witzig. Und es war wunderbar, ihn derart glücklich zu sehen.

Die liebe Muriel sorgte offensichtlich sehr gut für ihn. Sie hatte ihn in Jahren nicht so gutaussehend gefunden. Er war auch von der Sonne ganz braungebrannt und hatte nicht mehr die greuliche, verwaschene Gesichtsfarbe, die sie an ihm gewohnt war. Seine Augen hingen immerfort an Muriel.

»Ich werde froh sein, wenn wir in unser kleines Haus einziehen können«, sagte Muriel. »Ich mache sämtliche Seidenrouleaus für die Fenster selber, und eine Frau hilft mir bei den anderen aus Leinen. Ich möchte eine weiße Tapete im Salon haben. Meinst du nicht auch, das wäre die beste Lösung? Ich werde das Haus gewiß lieben, und Regents Park ist so nahe bei dir, nicht wahr? Ich hoffe inständig, der Umzug wird bei dieser Hitze nicht allzu anstrengend sein; wir haben so viel Gepäck, und ich weiß gar nicht, wie wir alles in einen einspännigen Omnibus hineinbekommen werden; wir müssen wahrscheinlich einen zweispännigen nehmen.«

»Wie wäre es, wenn du uns einige Bücher schenktest?« sagte Gerald und wanderte im Zimmer umher. »Alles was wir besitzen, ist das vorjährige Kursbuch von Bradshaw und eine verjährte Ausgabe der *Geflügelwelt*, ohne Deckel. Ich fürchte, sie werden unsere Regale nicht füllen. Hör mal, können wir nicht einige von diesen Sachen bekommen?« – und er legte Hand an die klassischen Standardwerke.

Aber Mamie war mit Muriel und häuslichen Dingen beschäftigt. »Wie wirst du auskommen, wenn Bessie ihre Ferien nimmt?« fragte sie gerade.

»Nun, ich dachte über den Umzug eine Aushilfe zu engagieren«, erwiderte Muriel, »und dann ist natürlich noch Käthe da; doch ich muß dir gestehen, daß ich mit Käthe nicht recht zufrieden bin; sie kam neulich abends zur mir und sagte, sie wolle nicht dableiben, bloß weil Gerald am Morgen etwas scharf mit ihr gesprochen hatte. Hast du je solchen Unsinn gehört? Ich glaube, ich werde sie gehen lassen, wenn der Monat um ist, aber es wird nicht angenehm sein.«

Mamie nickte zustimmend. »Ich werde nach einem geeigneten Mädchen für dich Ausschau halten. Ich könnte mir vorstellen, daß Sylvia eine passende Person wüßte. Und habt ihr euer Wochenende bei Barries genossen, Gerald, Liebling? Erzähl mir vom neuen Stück.«

»Hm. So-so. Ich glaube, es wird schon recht. Ich schwärme nicht gerade dafür, verstehst du. Ich spiele nur mich selbst, was ja nicht viel verlangt; aber schließlich bin ich eben faul bis in die Knochen, wie du weißt. Es bedeutet, daß wir gemütlich um sieben Uhr speisen können und ich das Haus zwanzig Minuten später verlassen muß. Chester Place wird sehr günstig fürs Theater sein. Hoffentlich wird Muriel die Abende nicht zu langweilig finden.«

Muriel schüttelte den Kopf. »Ich werde mich nicht langweilen bei meinen vielen Näharbeiten«, sagte sie. »Du ahnst nicht, wie viel es in einem Haus zu tun gibt, und ich werde dankbar für die Ruhe sein nach *Crichton.* Sollte ich mich außerdem einsam fühlen, kann ich um die Ecke hierher in die Wohnung laufen und mit Mamie zusammen sein.«

»Wir werden jeden Sonntagabend zum Essen kommen, Darling«, sagte Gerald, »und du darfst lange nicht wieder nach Ramsgate gehen und uns in London allein lassen. Bloß weil ich verheiratet bin, darf die alte Teetasse nicht fortlaufen und ihr Schaflamm vergessen. Ich bestehe darauf, meine Familie so oft zu sehen wie früher.«

»Trixie möchte gerne wissen, ob sie irgendwie helfen kann«, sagte Mamie. »Sie freut sich sehr darauf, euer kleines Haus zu sehen.« Und dann, während Gerald sich abwandte, um nach einer Zigarette zu langen, senkte sie die Stimme und flüsterte Muriel ins Ohr: »Hoffentlich macht es dir nichts aus, Liebe. Ich mußte ihr deine Neuigkeit erzählen, und wir sind alle so beglückt und froh.«

Muriel errötete und tuschelte zurück: »Natürlich macht mir das nichts. Ich wäre nur glücklich, wenn sie mich beraten würde. Vielleicht kann sie mir eine Pflegerin nennen. Ich möchte nicht jemand zu teures haben, und diese Wochenpflegerinnen sind manchmal gar so großartig, nicht wahr? Sage ihr, es wird erst im Februar sein.«

»Trixie ist immer sehr kundig in diesen Dingen«, sagte Mamie, und dann, als Gerald sich wieder näherte, fuhr sie mit lauterer Stimme fort: »Du mußt mir bestimmt sagen, ob es nicht irgendwelche Kleinigkeiten gibt, die ich euch abgeben kann. Sage mir, Liebe, seid ihr genügend mit Tischbestecken versorgt?«

»Ja, laß nur in Gottes Namen diese Dinge in Ordnung sein bei uns«, brach Gerald in das Gespräch ein, »ich meine, verdammt noch mal, man wird ja gelegentlich einen Kollegen zu einer Mahlzeit einladen wollen, und wenn man da Erbsen vom Messer essen und kalte Teereste trinken und Pappdeckel statt Kreppapier im Örtchen benützen muß, wird das nicht besonderlich erfreulich sein.«

»Ist er nicht schrecklich?« sagte Mamie. »Ich weiß gut, daß Muriel ihr kleines Haus wunderbar führen wird. Ich glaube, ich muß eine Liste von den Dingen, die Gerald nicht mag, zusammenstellen, meine Liebe. Er rührt nichts aus Büchsen an, natürlich, und lehnt Fleisch ab, das zweimal gekocht wurde. Und wenn er einen Katarrh hat, mußt du ihm auf alle Fälle warme Speisen geben.«

Muriel nickte ernst. »Ich glaube, es war der Büchsenlachs neulich, der ihn durcheinander brachte. Er aß davon im Club. Aber er sieht gut aus, findest du nicht? Er ist sehr brav im Einnehmen seiner Lebertran-Pillen.«

Gerald brüllte vor Lachen. »O Trixie, O Sylvia! Warum seid ihr nicht da? Hat je ein Mann eine anbetungswürdigere Frau gehabt als diese da? Hör nicht auf sie, Mamie Darling; sie lügt dich an. Ich schütte alle meine Pillen in den Ausguß, und es stehen zwei Büchsen Horlicks Malzmilch ungeöffnet im Badezimmerschrank.«

Doch Mamie fuhr ganz ungestört fort: »Er schätzt eine Kleinigkeit, wenn er nachts vom Theater heimkehrt, aber ich denke, du weißt das schon. Ich freue mich, daß ihr um sieben Uhr speisen könnt; das bedeutet, daß er sein Essen nicht hinunterschlingen muß. Das bekommt ihm so schlecht und gibt ihm eine häßliche Gesichtsfarbe.«

»Gesichtsfarbe? Zum Teufel!« sagte Gerald. »An meiner Gesichtsfarbe ist nichts Unrechtes dran, alte Dame. Mein Profil ist es gewesen, das gegen mich zeugt. Ich bin immer unansehnlich gewesen, und täglich werde ich häßlicher. Wessen Schuld ist das? Nicht die deine, Liebste; da spreche ich dich frei. Hätte ich ein Profil wie das deine, würde ich jetzt Hamlet mit einer Fistelstimme spielen, anstatt mir den Weg als jugendlicher Darsteller bei fünfundzwanzig Pfund Wochengage sauer werden zu lassen.«

»Mir ist es schrecklich, wenn du dich als häßlich hinstellst«, sagte Muriel empört. »Gewiß wärst du sehr gekränkt, wenn ein anderer es behaupten würde.«

»Aha! Sie beginnt bereits, meine Schwächen herauszufinden«, Gerald lachte. »Ich muß mich fragen, ob ich der glückliche Mensch bin, der ich zu sein meinte. Nein, ich wiederhole, daß ich täglich häßlicher und fauler werde, und ich staune nur darüber, daß mir jemals gestattet wurde, zur Bühne zu gehen.«

»Welch ein Unsinn, Liebling! Du weißt, du konntest ja nichts anderes tun«, sagte Mamie gemütlich.

»Das ist ja eine schöne Art und Weise für eine Mutter zu sprechen. Du weißt doch, daß du mich mit Peitschen und Skorpionen dazu triebst. Ich selbst wollte ja in den Kirchendienst eintreten, aber du warst dagegen. Nebenbei gesagt, konnte ich mir nie merken, wann man Worte wie Sexagesima aussprechen darf und wann nicht.«

»Hör nicht auf ihn, Muriel; er fabuliert das alles zusammen.«

»Was ich bei der Bühne am schwersten finde, ist, daß man nicht sagen kann, was man will«, sagte Gerald; »es ist albern, einem Mädchen zu versichern, sie stünde so hoch über einem wie der Himmel über der Hölle, anstatt ihr ganz einfach zu sagen, man liebe sie, oder von Englands Nationalspiel zu sprechen, wenn man Cricket meint. Diese unseligen Autoren sind das Übel. Ich möchte immer alles nochmals selber schreiben. Anders ist es bei Jimmie Barrie; er kann schreiben, was er will, ihm gelingt's jedesmal; aber die anderen Burschen – du liebe Güte!« Er pfiff und zuckte mit den Schultern. »Eines Tages werden Guy und ich ein Stück zusammen schreiben und ihnen zeigen, wie man's macht, nicht wahr, Alte?«

Mamie lächelte und nickte. Wie fröhlich anmaßend er doch war! Wie zufrieden mit sich und dem Leben. Wie ausgelassen! Genau wie Kicky, als sie jungverheiratet waren, vor vierzig Jahren . . .

Vom Fenster der Wohnung aus blickte sie auf die Wegfahrenden hinab, sah, daß Gerald noch immer wie ein Wasserfall redete und hinter dem Rücken des Droschkenkutschers Grimassen schnitt.

Im September wurde ein neues Stück aufgeführt, und es lief bis zum folgenden Mai. Gerald und Muriel – oder Mo, wie er sie jetzt zu nennen begann – waren in das kleine Haus in Chester-Place übergesiedelt und sehr glücklich und zufrieden damit; beide hatten einen rechten Haushaltstolz, waren etwas geschwollen von der Würde des Ehestands und glaubten, wie alle anderen Paare auf der Welt, daß kein Heim ganz so hübsch sei wie das ihrige. Mo wartete auf das Erscheinen ihres Babys, legte die Füße hoch und lauschte Trixies nicht abreißenden Belehrungen über Kindererziehung. Sie engagierte auf Trixies ausdrückliche Empfehlung eine Wochenpflegerin, hielt sich aber die ganze Zeit vor, daß Geralds Gesundheit weit wichtiger als die ihrige sei, und fand noch die Zeit, ein Briefchen an Mamie, die in Ramsgate weilte, zu schicken, in dem sie schrieb, daß es jetzt jeden Augenblick soweit sein könne, aber sie sei dankbar dafür, daß Geralds Schnupfen besser werde, wohl weil er den ganzen Tag zu Hause geblieben sei und sie ihn dazu gebracht habe, sich bei Nacht ein wollenes Tuch um den Kopf zu wickeln.

Es ist ein bißchen langweilig, so wie jetzt herumsitzen zu müssen, fügte sie hinzu, und ich wage mich nicht gern heraus, falls etwas geschehen könnte. Trixie sagt, das wäre sehr unklug. Ich bin zwar neulich spazierengefahren, aber ich hatte keinen Genuß, da der Wagen geschlossen war, und als Gerald das sah, ging er statt dessen in den Club.

Im Februar bekam Gerald Diphtherie. Natürlich war das viel beunruhigender, als ein erstes Kind zu bekommen. Er mußte isoliert werden und konnte seine Tochter, Angela, die sowieso drei Wochen verspätet angekommen war, nicht gleich sehen. Doch als er sie schließlich vorgeführt bekam, war er fürchterlich aufgeregt und außerordentlich stolz, und die ganze Familie war beglückt, weil dieses Kind das erste du-Maurier-Mädchen war, das geboren wurde. Trixie hatte drei Knaben, Sylvia fünf, und May, leider, war kinderlos.

»Papa wünschte sich immer eine Enkelin«, sagte Gerald, »dieser endlose Schwanz von Jungen war ihm eine große

Enttäuschung. Wenn er nur hier wäre und Angela sehen könnte!« Und Angela, die unschön, ziemlich dick war und, abgesehen von einem kleinen Schein von Humor, genau wie jedes andere Baby aussah, blies Bläschen und machte ganz zum Entzücken ihres Vaters ungesittete Geräusche.

Das waren die langen, die friedlichen Tage, und Gerald war glückselig. *Dieser Morgen ist einer der wunderbarsten Morgen, an die ich mich erinnern kann,* schrieb er im Frühsommer vom Häuschen auf dem Lande an Mamie. *Der Wetterhahn zeigt nach Osten, aber es gibt keinen Wind, nur die glühende Sonne und den blauen Himmel mit weißen Schneebergen darin. Wir waren gestern auf dem Fluß; ich angelte, und Mo nähte an kurzen Kleidchen für Angela, die heute morgen ganz ordentlich aussieht. Die Liebe, sie hat ganz ihr eigenes Gesicht, aber auch, das muß ich leider sagen, meinen Hinterkopf.*

Der Gedanke an London ist mir so zuwider, daß ich ganz unglücklich darüber bin, ein Haus dort zu haben. Ich fange an, mehr über Vögel Bescheid zu wissen, als ich das jemals für möglich hielt, und ich kann den Ruf des kleinen Weidenzeisigweibchens von dem des gefleckten Fliegenschnäppers unterscheiden. Alle jungen Vögel lernen jetzt fliegen, und es macht mir großen Spaß, ihnen zuzusehen. Ich spiele viel Tennis und werde bis zum Ende des Sommers hoffentlich leidlich in Form sein. Mo und ich sitzen abends in unseren Sesseln wie alte Tanten; Du würdest ergötzt sein, uns zu sehen.

Die Abzüge meines Kodakfilms sind gekommen, und es gibt ein Bild von Angela, wie sie sich anstrengt, drollig zu sein; sie ist ein wahres Gedicht, das zu guten Hoffnungen für ihre Zukunft als Hanswurst berechtigt. Es geht uns allen gut, und wir sind sehr glücklich, doch es kommt mir wie eine Ewigkeit vor, daß ich meine geliebte Familie nicht mehr sah – wären Mo und ihr possierliches Baby nicht da, könnte ich mir wünschen, wieder das Schaflämmchen zu sein. Wir grüßen Dich von ganzem Herzen, Liebste, und komme uns bald besuchen, aber bringe eine Wolljacke mit, da es nachts kalt ist.

Dein Dich liebender Sohn
Gerald

Im Dezember schrieb James Barrie, der ein großer Freund der Llewellyn Davies war und Sylvia und ihre Buben inniglich liebte, für sie sein unsterbliches Stück *Peter Pan,* und Gerald spielte die Rollen des Captain Hook und des Mr. Darling. Das Stück war völlig anders als alles, was bisher geschrieben worden war, und niemand erwartete, daß es ein Erfolg würde. Das Wort »Stunt[1]« war noch nicht über den Atlantik herübergekommen, doch Gerald würde diesen Ausdruck gebraucht haben, hätte er ihn gekannt; das Stück war ohne Zweifel originell, und es machte außerdem viel Spaß, es zu spielen. Wenn es auch nur für einige Vorstellungen liefe, würde es mindestens Jimmie Barrie Vergnügen bereitet und Sylvias Jungen unterhalten haben, die ihm offenbar die Anregung geliefert hatten. Verwirrte Journalisten warteten mit unrichtigen und vorzeitigen Beschreibungen des Stückes auf, sie sagten, Mr. Barrie habe von einem ganz und gar nicht herkömmlichen Märchenland geschrieben, das von herzigen Eskimos und einem seltsamen kleinen, in rote Blätter gekleideten Geschöpf namens Peter bewohnt sei, und daß Mr. du Maurier den grausamen Piratenkönig, eine melodramatische und romantische Figur, spielen werde.

Das Ergebnis wurde Geschichte, wie jedermann weiß. Peter Pan ist nie groß geworden und wird auch nie groß werden, er ist längst nicht mehr Barries Eigentum, sondern lebt im Geist aller Kinder, ein zu ihnen passendes Wesen, eine Erfindung nach ihrem Sinn. Das Stück hat sich eine eigene Tradition geschaffen, die nie untergehen wird, es ist zu einer jährlich wiederkehrenden Freude geworden, die die Zeit nicht trüben kann, zu einem untrennbaren Teil der Kindheit; es ist vertraut, liebenswürdig und großartig schäbig, und obwohl die Knaben, für die es geschrieben wurde, heute Männer und zwei von ihnen schon tot sind, wird dieses ihr Eigentum für alle Zeiten ein Denkmal für sie bleiben und eine Neuentdeckung für die Enkel, die Sylvia im Leben nie sehen sollte. O weh! James Hook, jener düstere, unglückliche Mann, – welche Schmerzen wurden erlitten, als er zum ersten Mal Gestalt gewann!

Kann es sein, daß Kinder heutzutage weniger furchtsam sind,

[1] Stunt: Amerikanismus für sensationelle Überraschung.

daß in der Zeit der Flugzeuge und des Radios die Seeräuberei nicht mehr als ein königliches Spiel gilt? Als Hook das erste Mal im Jahre 1904 sein Achterdeck beschritt, wurden Kinder schreiend von den Parkettplätzen fortgetragen, und selbst große Jungen von zwölf Jahren hat man im freundlichen Schutz der Logen nach den Händen ihrer Mütter langen sehen. Wie er gehaßt wurde mit seinen Floskeln, seinen Posen, seinem gefürchteten, teuflischen Lächeln! Unvergeßlich bleibt das aschfahle Gesicht, jene blutroten Lippen, jene langen, schlaffen, fettigen Locken, die entsetzliche Höflichkeit seiner Gesten; und jener über alles unvergeßliche Augenblick, als er die Treppe hinabstieg und mit langsamer, grausamer List das Gift in Peters Becher goß. Es gab keinen Frieden in jenen Tagen, bis das Scheusal vernichtet war, und der Kampf auf dem Piratenschiff war ein Kampf bis zum Tode. Gerald *war* Hook; er war keine von Simmons gekleidete, mit einer Perücke von Clarkson aufgemachte Scheinfigur, die krakeelend und brüllend über die Bühne stürmte, keine groteske Gestalt, die moderne Kinder vielleicht ein bißchen ulkig finden. Er war ein tragisches und ziemlich gräßliches Wesen, das keinen Frieden kannte, dessen Seele auf der Folter lag; ein dunkler Schatten; ein finsterer Traum; ein Schreckgespenst, das hartnäckig in den grauen Schlupfwinkeln des Gemüts eines jeden kleinen Jungen lebt. Alle Jungen hatten ihre Hooks, wie Barrie das wohl wußte; er war das Phantom, das bei Nacht kam und sich den Weg in ihre trüben Träume erschlich. Er war der Geist von Stevenson und Dumas, er war Vater-im-Himmel-wenn-die-Gnade-Gottes-nicht-bei-uns-wäre; ein einsames Wesen, Schrecken und Inspiration zugleich. Und weil Gerald Phantasie hatte und einen Funken Genius, machte er ihn lebendig.

An jedem Weihnachten seit nunmehr fünfzig Jahren hat Hook seine Flagge gehißt, aber er ist nur noch ein Schatten seiner früheren Natur; der Zauber ist geflohen und der Schrekken dahin. Obgleich er ewig unser ist, bleibt er dennoch das besondere Eigentum des Mannes, der ihm im Jahre 1906 zum ersten Mal Leben einhauchte.

Das Theaterspielen unterscheidet sich nicht vom Schreiben,

vom Malen, von jeder anderen Arbeit, die aus dem Inneren kommt; und kaum war Hook erschaffen, wurde Gerald seiner auch schon überdrüssig, wie ein Schriftsteller des Buches müde ist, das er gerade geschrieben hat. Die Rolle hatte nichts Neues mehr an sich, sie war nur noch eine öde Gewohnheit, ein Teil des Alltags.

Täglich zwei Vorstellungen zu geben, war kein Spaß bei einem Stück, das fast vier Stunden dauerte, und das Spielen vor einem überfüllten Auditorium von schreienden, aufgeregten Kindern war für die Stimme wie für die Stimmung anstrengend. »Es gibt nur noch eine Sache. die ich lieber tun würde«, sagte Gerald in einem Anfall von Gereiztheit, »und das wäre, die Fußböden einer Leichenhalle für einen Shilling die Woche zu kehren.«

Er scherte sich nicht im geringsten um den Erfolg, und er fing bereits an, Zeichen von Langeweile zu zeigen, wenn ein Stück gleichmäßig gut lief. Sobald eine Premiere vorbei war, verlor er das Interesse; die Sache war kein Abenteuer mehr. Sie wurde ermüdend und fade.

Um die Wahrheit zu sagen, Mißerfolge waren ihm unbekannt; die Kritiken über ihn blieben unveränderlich gut. Er brauchte nicht Herzenskummer und Enttäuschung zu ertragen; er war nie ohne Engagement, nie arm, nie in Geldnöten, mußte nie um die Zukunft bangen. Er wußte nicht, was es heißt, an Bühnentüren zu warten, um die Manager abzufangen und eine Rolle in einer neuen Aufführung zu erbetteln; er hatte nie jene Woge von hoher Dankbarkeit erlebt, die von dem Bewußtsein ausgeht, daß für die nächsten sechs Monate jedenfalls die Gage gesichert ist und man die Miete bezahlen kann. Er hatte Glück; und gerade dieses Glück drohte ihn zu verwöhnen, ihn seines eigenen Talents überdrüssig werden, im Erfolg ermatten zu lassen, den er zu früh und zu bald kennengelernt hatte.

Mittlerweile blieb sein Leben daheim eine Quelle nicht endendwollener Zufriedenheit und Beglückung. Mo trat auch wieder auf, doch nach *Crichton* spielten sie nie wieder zusammen, was gut war und die kleinen Anfälle von Eifersucht verhütete, die allzu häufig bei Bühnenehen vorkommen. Die drollige, dralle Angela lernte eben das Gehen und rief laut »Daddy«, sooft sie Gerald sah, was ihm einen gewaltigen Thrill versetzte, obwohl er sich darüber klar war, daß alle Eltern dieses Erlebnis haben. Er war Mitglied des Garrick-Clubs und fing an, die Stunden dort mehr zu genießen, als die im Green-Room, obgleich er sein Heim und das Essen, das Mo besorgte, jedem Restaurant und jedem Club vorzog, und er war auch schon verloren und unglücklich, wenn sie ihn zwei Tage verließ. Er fühlte sich schlecht behandelt, als sie und ihre Mutter im Juli mit Angela vierzehn Tage nach Felixstowe gingen, um etwas frische Meeresluft zu atmen. »Das Haus ist öde und verlassen«, murrte er an seine Mutter hin, »und ich gehe nur zum Schlafen heim. Ich weiß gar nicht, warum Mo sich auf so ein stinkiges Loch wie Felixstowe stürzte.« Und auch Mo, die nach einer anstrengenden Theatersaison während der warmen Jahreszeit dankbar für die Ruhe war, rieb sich vor Sehnsucht nach Gerald fast auf und schrieb an Mamie, um sich nach seiner Gesundheit zu erkundigen, und wünschte, er würde bei ihr in der Wohnung leben und sich richtig versorgen lassen; sie fürchtete, er führe, sich selbst überlassen, ein Vagabundenleben in der Stadt und ginge zu unvorstellbaren Stunden zu Bett – *Du weißt, wie er ist; und vielleicht raucht er zu viel und trinkt mehr, als gut für ihn ist, und fährt dann mit dem scheußlichen Motorrad, das er sich gekauft hat, fort; er wird es, davon bin ich fest überzeugt, niemals richtig zu behandeln lernen.*

Gerald haßte es, allein zu sein. Er wurde sofort ruhelos und unglücklich, und wenn er nicht arbeitete, war er ratlos, was mit sich anfangen, langweilte sich in der eigenen Gesellschaft, den Umgang mit Gott und der Welt der Einsamkeit und seinen Gedanken vorziehend. Er mußte Menschen um sich haben. Er mußte sprechen, er mußte sein Publikum vor sich sehen, und besonders wollte er die eigene Familie um sich versammelt wissen – Trixie, die fast ebensoviel Lärm machte wie er, die argumentierte, das große Wort führte, in gewaltiges Gelächter über seine Witze ausbrechen konnte; May, die geschliffener, noch kritischer, die unschwer in heftige Diskussionen zu verwickeln war und Stoß für Stoß mit spitzer Klinge zurückgab; Sylvia, die Friedensstifterin, mildernd und zärtlich bereit, die immer taktvoll im rechten Augenblick eingriff; und Mamie selber, nickend und müßig an ihrem Haar herumdrehend, die beunruhigt war, wenn ihre Kinder zu heftig wurden, die durch Stirnrunzeln ihren Liebling Gerald zurechtwies, wenn er die Grenzen des Anstands überschritt.

Und dann ging Guy, der Allerteuerste, der Freund, der Verbündete, der Vertraute, der Wächter über Geralds Jugend und sein bester Ratgeber, her und verheiratete sich im Alter von vierzig Jahren mit Gwen Price, der er innig zugetan war; und Gerald, mit beinahe zwei Jahren ehelicher Erfahrung, war endlich in der Lage, dem älteren Bruder Ratschläge zu geben, was ihm ungemein spaßig vorkam. Keine der beiden Heiraten verdarb die Freundschaft, welche die Brüder füreinander hegten, und obwohl Guy sich viel in Indien und anderwärts aufhalten mußte, ließ ihre Zuneigung nie nach, gingen ihre Wege nie auseinander. Und der Offizier, der vor Geralds Heirat sich immer für ihn verantwortlich gefühlt hatte, konnte England mit gutem Gewissen verlassen, nachdem er ihn, bildlich gesprochen, Mo übergeben hatte und ganz und gar von ihren Fähigkeiten überzeugt war, ihn zu lenken und zu verstehen.

Im Mai 1906, als er etwas über zwölf Jahre bei der Bühne gewesen war, errang Gerald seinen ersten wirklich großen Erfolg, wobei er auf einen Schlag einer der populärsten und bekanntesten Schauspieler seiner Zeit wurde. Er war dreiunddreißig Jahre, im gleichen Alter, in dem Kicky gewesen war, als seine wöchentliche Zeichnung anfing, die begehrteste und beliebteste Seite in *Punch* zu bilden, und obgleich Gerald erfreut darüber war, daß das Stück vor immer vollen Häusern aufgeführt wurde und eine aufregende Sensation verursachte, war er ebensowenig von seiner eigenen Wirkung beeindruckt, wie sein Vater das gewesen war.

Raffles war das erste Kriminalstück, das die amerikanische Invasion der Thrillers ankündigte, und es war ein unmittelbarer und toller Erfolg. Es war schlecht geschrieben, dürftig entworfen, und die Liebesgeschichte wirkte, an späteren Maßstäben gemessen, kindisch; doch das Tempo und die Spannung darin ließen die Zuschauer von 1906 außer Atem geraten. Sie waren nicht daran gewöhnt. Sie erschauerten bei der Vorstellung eines Helden, der zugleich Cricketspieler und Einbrecher war; die rasch vorantreibende Handlung und die Neuigkeit des Gedankens reizten sie, stachelten sie an von Anfang bis zum Schluß.

Die Rolle des Raffles war »Acteur-sicher«, wie Gerald selbst zugab; es wäre kaum möglich gewesen, einen Mißerfolg daraus werden zu lassen. Trotz alledem tat er etwas Persönliches, Einmaliges dazu – eine Suggestion von äußerster Gespanntheit, getarnt durch eine wie zufällig erscheinende Heiterkeit – und machte aus Raffles einen überzüchteten, nervös-sensiblen, dennoch furchtlosen und von einer leichtsinnigen und etwas desperaten Gleichgültigkeit erfüllten Menschen, einen Charakter, dessen sprengender Übermut einen schadhaften Riß in der eigenen Natur verursacht hatte.

Bei seinem Raffles gab es nichts vom heutigen Heldenverbrecher, der, die Feuerwaffe in der Hand, durch drei Akte poltert voll Rauch, Kugeln und überraschendem Tod, alle paar Sekunden mit einem neuen, sinnlosen Gangsterfluch auf den Lippen.

Um einen zeitgenössischen Kritiker zu zitieren: ... *Raffles sichert die Waffe, und allein der kalte Schweiß der Reaktion nach der intensiven Anspannung zeigt, wie groß diese war. Es klingt lächerlich, wenn man von einem Schauspieler schreibt – der, wie man weiß, Schminke auf dem Gesicht hat, er habe dies durch die bloße Kraft des Gefühls gezeigt. Dennoch ist es das, was Mr. du Maurier jenen glücklichen Menschen, welche die erste Parkettreihe am Samstag abend innehatten, zu vermitteln fertiggebracht hat. Solches Theater hinterläßt einen Eindruck im Gedächtnis wie von einer Szene, die durchlebt worden ist. Eine derartige Szene so zu spielen, langsam, aber sicher auf eine ungeheuerliche Gefühlssteigerung hinzuarbeiten, mit wenig Worten, mit der Schwierigkeit einer erheuchelten Ruhe belastet, die viel Subtilität erfordert – das ist die Leistung eines Tragikers von ungewöhnlichem Rang.*

Und doch gab es Leute, die glaubten, Gerald sei kein Schauspieler, weil er seinen Rücken nicht krümmte, sein Gesicht nicht mit Haar verdeckte, kein Trikot trug und keine reimlosen Jamben deklamierte. Wie oft, damals und später, riefen die Menschen: »Aber du Maurier, er spielt ja gar nicht; er bleibt immer er selbst.« Schauspielen heißt, eine Gemütsbewegung porträtieren; die Gefühle, die von irgendeiner Empfindung erweckt werden, zu zeigen, ob sie freudiger Art sind oder traurig; es heißt, den Menschen im Zuschauerraum entweder behaglich oder glücklich fühlen zu lassen: »Das hätte ich sein können.« Das ist es, was Gerald, der die sogenannte naturalistische Schule des Theaters begründete, zu erreichen versuchte.

Vielleicht war er nicht immer erfolgreich damit; vielleicht gestattete er sich zu häufig jene unvermeidliche Reserve und Lässigkeit, die die Hauptmerkmale des normalen Engländers in jeder Lebenslage sind. Es mag sein, daß das abgehetzte Theaterpublikum, auf der Suche nach Unterhaltung, eine noch höhergeschraubte Atmosphäre im Eintausch für sein Geld verlangt, eine unechte, übertriebene Figur in einer unechten, übertriebenen Situation zu sehen erwartet, daß es nicht erleben möchte, wie es selber leidet oder erduldet, wenn die Geschichte und die Situation seine eigenen wären. Das ist zu »natürlich«. Das ist zu sehr »wie das Leben«. Es ist dazu gebracht worden, sich unsicher zu fühlen; seine Behaglichkeit nach Tisch ist gestört. Es geht nicht ins Theater, um sich an die eigenen kleinen Fehler und Schwächen, an sein gewohntes Verhalten erinnern zu lassen. Er wünschte sich, in eine andere Welt versetzt zu sehen, wo Männer und Frauen nicht wie üblich reagieren.

Und diesen Typus von Theaterbesucher konnte Gerald nicht zufriedenstellen. Ihr Begriff von Unterhaltung war nicht der seine. Ihre Vorstellungen gingen in verschiedene Richtungen. Es war für Gerald unmöglich, so zu spielen, wie dieser Mann ihn spielen sehen wollte. Er würde das als unecht, unwahr betrachtet haben; in einem Wort, als schlechte Kunst.

Ob er recht hatte oder unrecht, darum geht es in dieser Erzählung nicht. Aber im Jahre 1906 kam die natürliche Art des Agierens auf als willkommene Wandlung nach den Übertreibungen, den großartigen Gesten und den Grimassen des vergangenen Jahrhunderts. Es war eine unvermeidliche Wandlung, die zusammenhing mit dem Wachsen neuer Ideen, des Freiheitsbegriffs und der modernen Anschauung. Sie hätten ebensowenig wie die Automobile und die Flugzeuge zurückgehalten werden können; und Gerald erschien auf dem Kamm dieser

Woge als Vorläufer und Führer in seinem kleinen Bereich, ganz typisch, als der Mann seiner Tage.

Raffles lief ein Jahr lang, obwohl Gerald das Ensemble während der Weihnachtsferien verließ, um noch einmal Hook in *Peter Pan* zu spielen. Das Theater hatte im August wie üblich geschlossen, und er nahm seinen Urlaub. In diesem Jahr ging er nach Seaview mit Angela und Mo und später nach Schottland allein mit Mo. Im März zogen sie von Chester-Place weg und bezogen ein größeres Haus ganz in der Nähe von Cumberland-Terrace, da Mo ein zweites Kind erwartete.

»Ich glaube, es wird uns schon gefallen«, sagte Gerald zu Mamie, »es hat ein großes Kinderzimmer und ein Gastzimmer und tadellose Kanalisation. Es kostet hundertfünfzig Pfund im Jahr, aber das werden wir schaffen.«

Chester-Place kam ihnen plötzlich sehr klein vor und beengend, und das neue Haus in Cumberland-Terrace im Vergleich damit recht imposant, wie es hinter einem Torbogen mit den zwei Stockwerken und dem Erdgeschoß dastand.

Mo, die vom Umzug ein wenig durcheinandergeraten war, sagte zu Mamie, sie hoffe, das Haus werde nicht schwierig zu bewirtschaften sein; sie müßten noch ein Stubenmädchen haben, und mit allem Drum und Dran fühle sie sich eine Spur überlastet. Sie habe in der Zeitung gelesen, daß jemand Typhus bekommen habe vom Austernessen, und Gerald kriege jeden Tag zum Mittagessen Austern im Garrick-Club. Ob das nicht beunruhigend sei? Doch er ließe sich nicht davon abhalten, sie weiterhin zu essen. Und dann, armes Herz, habe er erst gestern gesehen, wie jemand vom Fahrrad geworfen und getötet worden sei; sie fürchte, es habe ihn sehr mitgenommen.

Februar und März waren schon immer seine bösen Monate gewesen; sie schienen ihn zu bedrücken, und er war sehr müde vom Überanstrengen seiner Stimme in *Peter Pan.* Und dann folgte im April die erste der Tragödien in der Familie: Der arme Arthur Davies, Sylvias geliebter Gatte, starb nach einer jämmerlichen Krankheit, einer Operation und vielem Leiden. Er ließ sie mit fünf Jungen und wenig Geld zurück, und sie selbst war ganz verzweifelt und sehr zerbrechlich.

James Barrie, der ihnen schon immer besonders zugetan war, wurde der Vormund der Knaben und entlastete sie von mancher Verantwortung, doch war sie nie mehr die alte, nachdem Arthur von ihr gegangen war. Arme, sanfte, anmutige Sylvia, die bei weitem die Gütigste von ihnen allen war; es war so grausam und sinnlos, daß sie leiden sollte.

»Wozu das alles?« fragte Gerald zornig und verbittert. »Warum muß ein Mensch wie Arthur hinweggerissen werden, der sein Lebtag noch nie ein böses Wort gesprochen hat, und wem konnte es auf dieser Welt nützen, wenn der geliebten Sylvia das Herz gebrochen wurde?« In seinen Augen war der Tod nicht unvermeidlich. Er war ein heimtückisches und zweckloses Geschehen, das gerade in seiner Auswirkung die Existenz Gottes widerlegte. Er lästerte und tobte, während Tränen über seine Wangen stürzten, wie ein Kind, das sich weigert, etwas einzusehen.

Ach, er sollte noch viele Todesfälle erleben und zusehen müssen, wie eines nach dem anderen seiner geliebten Familie von ihm genommen wurde. Aber er konnte keine Gnade in ihrer Erlösung erkennen und keinen Sinn in ihrem Scheiden. Er wollte nicht zugeben, daß ihnen vieles erspart blieb – der Krieg und die Angst um ihre Söhne und die Reaktionen einer erschöpften Nation; wenn sie länger gelebt hätten, würden sie schwer gelitten, nicht hineingehört, sich deplaciert gefühlt haben in der verhetzten, fiebrigen Welt; daß besonders Sylvia und Arthur, Wesen von großer Friedlichkeit und Stille, verwundet, mißverstanden worden wären; und daß sie niemals ihren Kindern die Erziehung und die Sicherheit zu geben vermocht hätten, die Barrie ihnen angedeihen lassen konnte. Doch für Gerald gab es nichts Sinnvolles und keine Weisheit in diesem Geschehen, er leugnete Gott und spottete über die Ewigkeit; er kam nicht davon los, daß diejenigen, die er liebte, von ihm schieden, und er begriff nicht, warum.

Raffles wurde endlich abgesetzt, und das neue Stück, *Brewster's Millions,* war ein weiterer großer Erfolg. *Wieder einmal,* wie die Kritiker sagten, *war der Gipfelpunkt des Abends die vortreffliche Leistung von Gerald du Maurier, der, wenn er auch Raffles nicht übertraf, so doch mit seiner erstaunlichen Verheißung fortfuhr; auf seinen Schultern ruhte das Hauptgewicht des Spieles. Er vermittelte das flüchtige Glück und die Verzweiflung des Charakters mit ungewöhnlicher Geschicklichkeit, ohne irgendeine Übertreibung oder irgendeinen sichtbaren Trick. Dies gleich nach seiner wunderbaren Darstellung als Raffles bekräftigt seinen Ruf als gescheitesten Komödianten der englischen Bühne.* Gerald erhielt eine stürmische Anerkennung am Ende des Stückes und war beglückt über den Erfolg, er schätzte die Spieldauer auf ein Jahr.

In Wirklichkeit lief es für dreihundertundeinundzwanzig Aufführungen, und er hatte nicht schlecht geschätzt. *Brewster's Millions, What Every Woman Knows, Arsene Lupin* und *Alias Jimmy Valentine* waren die Stücke, die in langsamer Serie aufeinander folgten, und in jedem trug er einen großen persönlichen Erfolg davon. Hatte er nun einmal Raffles kreiert, so mußte er das wieder und wieder unter anderem Namen tun. Das Publikum ließ ihm keine Ruhe. Es wollte nichts anderes, daher also Arsene Lupin, wieder ein Gentlemanverbrecher – nur diesmal ein Herzog und französisch dazu – und Jimmy Valentine, der Geldschrankknacker von Sing-Sing.

Diese beiden Stücke waren schlecht geschrieben und voll unmöglicher Situationen, doch Gerald gab ihnen Glanz, und seine Zuschauer schrien vor Entzücken. Wenn sie auch nicht großes Theater waren, so stellten sie doch eine glänzende Unterhaltung dar und erfüllten wohl ihren Zweck; und populär und beliebt zu sein, hatte Gerald noch nie abgelehnt. Warum sollte er sich um richtige Stücke bemühen, wenn solche Lappalien das Theater füllten, er gut bezahlt wurde und nur über seine linke Schulter nach einer dunklen Zimmerecke zu blicken und eine Zigarette anzuzünden brauchte, um atemlose Stille bei den Zuschauern zu erzielen? Warum sich da die Mühe machen, lange und herrlich geschriebene Reden von guten Autoren auswendig zu lernen, wenn »I love you, damn you!« und »What about a drink?« beim Publikum noch mehr Wirkung erzielten und weniger Zeit benötigten? Es war angenehm, diese Sache mit dem Charmantsein, mit dem Amüsantsein und dem sorglosen Spielen mit der Liebe. Finanziell erwies sie sich als enorm einträglich für alle Beteiligten und unendlich lohnender, als im Kostüm vor einem dunklen Vorhang zu stehen und vor fünf Personen im Parkett zu beteuern, daß »all our yesterdays have lighted fools the way to dusty death«. Gerald konnte man kaum tadeln, und wenn er viel verspottet wurde, so war er um so mehr beneidet. Man nenne es Glück, man nenne es Talent oder eine Mischung von beidem mit einem Funken Genius dazu, und man kommt der Wahrheit schon näher.

Es bedarf einer sehr starken Persönlichkeit, um bei den mancherlei Dingen zu bestehen, die Gerald tat, aber es läßt sich nicht leugnen, daß es ihm glückte.

Daraus folgt auch nicht zwangsläufig, daß alles, was er tat, leicht war; es sah einfach aus, selbstverständlich, genauso wie Schlittschuhlaufen einfach aussieht oder erstklassiges Tennis oder wie das Malen eines Bildes; doch es verlangt zähe Arbeit und Konzentration, gepaart mit künstlerischer Zucht, so etwas mit Grazie zu vollbringen, und Gerald wußte das.

Es ist alles vorüber, schrieb er an seine Mutter nach der Premiere von *What Every Woman Knows, und keinem von uns tut das leid. Es war eine hochangespannte, nervöse Sache und nicht gut für die inneren Funktionen. Sollten Angela und Daphne je Miene machen, in die Fußstapfen ihrer Eltern zu treten, werde ich sie in ein Kloster stecken. Es war der größte Erfolg, den Barre je gehabt hat, und Du hättest den Applaus hören sollen. Man sagt mir, ich hätte meine Rolle gut gespielt, und ringsherum war jeder glücklich, aber was war es für eine Anstrengung! Es muß doch irgendeinen glücklichen Mittelweg im Leben geben zwischen einem Regentag auf dem Lande ohne vordringliche Beschäftigung und der Premiere einer langen und schwierigen Rolle* – daraus ergibt sich, daß das Theater nicht der allabendliche zweistündige, legere Spaziergang war, wie man vielleicht meinen könnte.

Im Januar 1906 geschah etwas, was für Gerald weit aufregender war als irgendein kleiner Publikumserfolg, den er für sich erreicht hatte, und was ihm auch unendlich mehr Befriedigung brachte.

Guy, der jetzt fern in Afrika weilte, hatte ein Stück geschrieben und es Gerald zum Lesen dagelassen. Gerald sah sofort, daß es erstaunlich gut war und eigene Klasse hatte. »Dies ist endlich ein rechter Stoff«, sagte er, »ich wußte, daß Guy das Zeug dazu hätte und daß es bestimmt kommen würde.« Ohne Guy ein Wort zu sagen, der mit seiner Frau in Natal war, brachte es Gerald zu Frank Curzon von Wyndham's-Theatre und führte es unter seiner eigenen Regie auf. Es gab keine Rolle im Stück, die er selber hätte übernehmen können, und er trat noch immer in *What Every Woman Knows* auf, aber er steckte all sein Können in diese seine erste »Produktion«, und das Ergebnis war ein Triumph, den er selber nie für möglich gehalten hätte.

Das Stück hatte keinen Titel, als Guy es ihm überließ, und Gerald nannte es *An Englishman's Home* und betonte, daß der Verfasser es vorziehe, anonym zu bleiben und sich ganz einfach »A Patriot« nenne. Selbstverständlich sickerte die Wahrheit durch, wie das gar nicht anders sein konnte. Der wilde Erfolg der Uraufführung war eines jener Geschehnisse, die nur ein- oder zweimal im Leben eines Menschen vorkommen, und Guy, fern in Afrika, wachte eines Tages auf und war berühmt. Von überall in der Welt ergossen sich Telegramme und Botschaften und Glückwünsche über ihn und Gwen, und erst dadurch hörten sie von der Aufführung. Es war ein großer und denkwürdiger Augenblick. Guys Name stand in jeder Zeitung und auf den Lippen jedes Mannes und jeder Frau in England zu lesen. Kein einigermaßen ähnliches Stück war je vorher geschrieben worden, und es ist keine Übertreibung, wenn man sagt, daß ganz London von seiner Idee besessen war.

Männer wie Haldane und Lord Roberts schrieben an Guy, nachdem sie sein Stück gesehen hatten, und sagten, es sei die großartigste Propaganda, die sie je erlebt hätten, während kleine Büroangestellte und Ladeninhaber aus ganz England in einem Rausch der Begeisterung ihre Gefühle in Zuschriften zum Ausdruck brachten. Die Familie, von der stolzen, erregten Mamie bis zum kleinsten Neffen auf seiner Privatschule, sandte natürlich fiebrige, unzusammenhängende Botschaften an Guy und riet ihm, den Abschied einzureichen, nach Hause zukommen; sein Glück sei gemacht.

Ich glaube wohl, old chap, schrieb Gerald, *Du wirst mich verflucht haben und wirst denken, das Ganze ist ein wenig billig, und wirst wünschen, Du wärest selber dabei gewesen, aber glaube mir, nichts hätte sich diesem überwältigenden Erfolg entgegenstellen können. Es ist eine nationale Frage daraus geworden, und kein Mensch hat sich mehr Mühe gegeben als ich, Deinen Namen aus den Zeitungen herauszuhalten. Mamie hat Angst, der Army Council und die höheren Kommandos könnten Deine Orden einziehen und Deinen Leichnam den Möwen im Hyde-Park vorwerfen, aber ich weiß, daß Du über diesen Dingen stehst. Du wirst eine ganze Menge Geld machen, denke ich, aber ich weiß auch, das wird Dir nichts bedeuten. Gott verzeih mir die Lüge! Dein klassisches Profil ist in allen Zeitungen von Rang, von* The Times *bis zum* Draper's Record, *und es gibt ein großes Photo von Dir in drei Farben in einem Laden in South Molton Street und darunter ein Muster des Stiefels, den Du gewöhnlich trägst; dazu noch einen kleinen Paragraphen, welcher besagt, daß Du ihnen drei Pfund schuldest. Ich hielt es für ratsam, diesen Betrag zu begleichen. Ich bezahle bei Deiner Bank neunzig Pfund ein als Vorschuß für die Honorare. Wenn Du nicht schnell nach Hause kommst, werde ich das Ganze verjuxen.*

Wie Du Dir vorstellen kannst, ist es eine beängstigende Zeit für Deinen kleinen Bruder gewesen, aber er fühlte sich von dem Gedanken belohnt, daß er eine kleine Überraschung zustande gebracht hat für einen, der ein Vermögen mit der Bühne machen könnte, wenn er nicht so gräßlich gleichgültig, ehrgeizlos oder sollen wir sagen faul wäre.

Nun, viel Glück, mon brave. *Der Gov-nor würde gesagt haben ›All of which is very amusing‹.* Und die drei Schwestern schrieben bezeichnende Briefe an ihren plötzlich berühmten und verblüfften Bruder, der auf dem Stuhl saß und Gwens Hand hielt, während der Tisch unter der Last der Presseausschnitte und der Telegramme fast zusammenbrach.

Nun, Geliebtes, nun! schrieb Trixie in enorm gehobener Stimmung, *stell Dir das Entzücken und die Erregung Deiner Familie vor als Zeugen des gewaltigen Erfolges Deines Stückes. Du kannst Dir denken, wie ich fast verging, weil ich Dir nicht erzählen durfte, daß bereits geprobt wurde. Du liebe, alte Seele, wie glücklich bin ich für Dich. Ich bin ganz schwach vor Aufregung, und warum, ach warum kannst Du nicht hier sein, damit wir alle darüber sprechen können, wie wir das bei* Trilby *taten? Es ist alles so amüsant, und ich kann vor Aufregung nicht schlafen, und ich fühle mich ein bißchen matt und ›nicht ganz gescheit‹, wie man in Cornwall sagt, und ich könnte Stunden und Stunden mit Dir sprechen.*

Mein geliebter Guy, schrieb Sylvia, *die Welt schreibt und spricht von nichts anderem als von Deinem Stück. Ich liege, leider, zu Bett und kann nicht hingehen, aber ich denke den ganzen Tag an Dich. Darling, ich bin so glücklich. Ich höre Dich und Gwen darüber sprechen und wünschte so sehr, ich könnte Euch wirklich hören. Mamie erzählt allen Menschen, der Name des Verfassers sei ein tiefes Geheimnis, aber ich weiß genau, daß sie ihn allen verrät, denen sie begegnet.*

Und die rasche und kritische May: *Liebster Guy, es ist ein Riesenerfolg. Ich weiß nicht, wo anfangen. Ich wünschte jedoch, Du wärest wegen eines oder zweier Punkte befragt worden. Der erste Akt ist ein bißchen zu lang und könnte eine Kürzung vertragen, und wie ist es mit dem Schluß? Das Spiel war hervorragend. Die Frauen waren am schwächsten. Ich nehme an, Gerald wird Dir alle Einzelheiten schreiben, Geliebtes.* Es war ein wunderbarer Augenblick für die du Mauriers. Es war noch einmal wie *Trilby* und bewies, daß Kickys Talent nicht mit ihm im Jahre 1896 dahingegangen war, sondern fortbestand in irgendeiner geheimnisvoll aufflammenden Weise auch bei Guy.

An Englishman's Home ist vor fast fünfzig Jahren gespielt worden, und der Krieg, den das Stück voraussagte, ist gekommen und vergangen. So viel ist seitdem geschehen, so viele Dinge haben sich gewandelt; Menschen sind alt geworden und haben vergessen und sind tot; die Wirklichkeit des wahren Krieges war vielleicht noch fürchterlicher als Guys Phantasieinflation, und das kleine Stück, das 1909 ganz England aufwühlte, mag heute rührend unzulänglich erscheinen. Wir haben *Im Westen nichts Neues* gehabt; wir haben *Die andere Seite* gehabt; Schauspieler über einen von Reservisten auf fremdem Boden ausgefochtenen Krieg. Fünfzig Jahre ist eine lange Strecke Wegs, und das Gedächtnis der Menschen ist kurz. Doch Guy war ein Soldat, und sein Stück handelte von zivilen Bürgern, die in England kämpften, um ihre Heime und ihre Frauen zu verteidigen, und er wußte, was Invasion für uns, die wir sie nie gekannt haben, heißen würde. *An Englishman's Home* mag vergessen, mag altmodisch sein, unzeitgemäß, aber die Legende ist zeitlos, die Lehren, die es zu erteilen versuchte, sind noch immer ungelernt; und von der Nation her gesehen, den folgenden Kriegen in Europa zum Trotz, ist die Situation immer noch die gleiche. Es gibt überall in England die Mr. Browns, wie Guys Mr. Brown, die Tag für Tag ihr kleines Leben leben, die wie ihre Väter eintönig, unbekümmert um Krieg und Kriegsgerüchte, zufrieden mit ihren Wohnungen, mit ihren Zeitungen und mit dem Fußballspiel sind. Und plötzlich, ohne Warnung, genauso wie es heute wieder geschehen könnte, wird das Land überfallen. Mr. Brown erwacht eines Tages zu spät aus seiner Gleichgültigkeit, unheilvoll zu spät; sein Haus stürzt über ihm ein, und er und seine Familie werden getötet. 1909 sagte eine Zeitung über das Stück:

Jeder der drei Akte wimmelt von Ereignissen, aber die Entwicklung Mr. Browns ist das Hauptthema und das Anziehendste daran. Wir sehen, wie er sich von einem geschwätzigen, kleinbürgerlichen Villenbewohner mit einer Schwäche für das Diabolospiel in einen tobenden, verzweifelten, im Leid zum Wahnsinn getriebenen Patrioten verwandelt, der nach einem letzten törichten, mit gebrochenem Herzen unternommenen Anlauf von Heldenmut mit dem Gewehr in der Hand, das er zum ersten und letzten Mal im Leben benützt, stolz den Tod aus den Händen der Angreifer empfängt.

Mr. Charles Rock, der die Rolle aus der Taufe hob, wurde innerhalb einer Woche weltberühmt. Wenn er im letzten Akt allein gelassen wird und dem Publikum weder Witz noch Satire zur Ablenkung bleibt, wird das Stück zu einer Tragödie von erregender Intensität, und Mr. Brown hält mehrere Minuten lang jeden Mann und jede Frau im Theater im Bann. Die Feinde – durchaus nicht als Deutsche dargestellt – rücken zum Angriff vor. Mr. Brown hat sich eigensinnig geweigert, sein Heim zu verlassen. In hilfloser Wut ergreift er ein am Boden liegendes Gewehr und manipuliert daran herum. Endlich, durch Zufall, schießt er die letzte darin enthaltene Patrone ab. Er lernt den Handgriff des Ladens. Er tastet auf dem Fußboden umher nach neuen Patronen und schießt zum Fenster hinaus, instinktiv Deckung nehmend vor dem heranrückenden

Feind. Er tötet einen Mann und wird von einem Triumphgefühl ergriffen. Zwei feindliche Soldaten steigen durch das Fenster ein. Einer feuert auf ihn und fehlt. Der andere klettert über die Barrikade des Klaviers und greift mit dem Bajonett an. Mr. Brown wird umringt, von einem Offizier gestellt, verurteilt und zum Erschießen abgeführt.

Zwei Minuten später hört seine Tochter, die, um ihn zu suchen, hereinkriecht, die Salve, die seinen Tod bedeutet.

Was ist es an An Englishman's Home, *das so Furore machte, eine derartige Begeisterung bei allen, die es gesehen haben, hervorgerufen hat?* fragte jemand. *Die Eingänge zu Wyndham's-Theatre sind stundenlang vor jeder Vorstellung belagert. Und nach jedem der drei Akte applaudieren und rufen die Zuschauer mit einer Einmütigkeit und Vehemenz ohnegleichen in der Geschichte der britischen Bühne.*

Die Antwort darauf war, daß *An Englishman's Home* eine Saite im Herzen jedes Mannes und jeder Frau berührte. Sie wußten, daß dieses ihr Stück war und vielleicht ihre Geschichte, und die Frage erhob sich in ihnen: Angenommen, das könnte mir passieren? Mr. Brown war einer der ihren und starb auf die Weise, wie sie auch sterben würden. Die Woge von Vaterlandsliebe, sich deutlich unterscheidend vom aggressiven Chauvinismus, der die Nation in der gleichen Zeit überflutete, war zum größten Teil dem Einfluß von Guys Theaterstück zuzuschreiben, und die Tagespresse, die Gelegenheit ergreifend, fachte die Flamme an und startete eine Agitation, welche die Zwangsrekrutierung aller gesunden jungen Männer im Alter von achtzehn bis einundzwanzig Jahren verlangte. Überall nahmen die Leute das Problem der nationalen Verteidigung auf; es erschien dringend notwendig, daß jeder Mann vorbereitet sein müsse, sein Heim zu verteidigen, sollte das einmal erforderlich werden, und es gab einen bemerkenswerten Zuwachs in den Reihen der Territorials[1]. Und dann, wie alle Seifenblasen, die zuerst groß anschwellen, alles andere in ihrer Umgebung verdrängend, platzte die Blase, verdunstete und verging; das Geschrei verhallte; die Presse verlor das Interesse; die Männer kehrten zu

[1] Territorials: Freiwillige Ersatzwehr, Ergänzung der Regular Army durch Freiwillige.

ihrem Fußball und die Frauen zu ihren Modeartikeln zurück. Aus *An Englishman's Home* wurde ein verkrumpeltes Manuskript mehr in einem staubigen Schubfach, und Guy diente als Soldat in Südafrika, als wäre es nie geschrieben worden.

Es war dennoch entschieden das Eindrucksvollste, das der Familie du Maurier je widerfuhr, und obwohl *Trilby* und *Peter Ibbetson* noch heute gelesen werden und Guys Theaterstück vergessen ist, so war seine Botschaft eine allgemeine und nicht nur ein persönliches Fragment. Das Bewußtsein hat etwas Erhebendes, daß seine Worte manchen jener Engländer inspiriert haben mögen, die fünf Jahre später inmitten des Gemetzels und der Schrecken im fremden Land sich abmühten, ihre treue Heimat vor einer Katastrophe zu bewahren, die er so angstvoll vorausgesehen hatte.

1909 jedoch gab es weder Krieg noch Kriegsgeschrei, und die Familie du Maurier lebte ohne Angst vor der Zukunft, glücklich in der Sicherheit, die sie beständig wähnte.

Das Haus Nr. 24 in Cumberland-Terrace war sehr gelungen, und Gerald entwickelte unerwartet eine echte Liebe zur Häuslichkeit. Die Zeiten, in denen er sich in New Grove House einschlich, als schon die Sonne über den Berg stieg, schienen lange her zu sein. Es gab keine späten Abende jetzt, kein Pokerspiel im Green-Room oder im Garrick, er ging nach der Abendvorstellung geradewegs nach Hause, wo Mo einen kleinen lmbiß herstellte und bereithielt – ein wenig von dem bevorzugten kalten Roastbeef, vielleicht, mit dem unvermeidlichen Rettich und Cos Lettuce[1]. Sie fingen an, Einladungen zu geben, das ging leichter hier als in Chester-Place, und Sonntagsfreunde guckten zum Lunch und zum Tee herein, während der Abend selbstverständlich immer dem Nachtessen bei Mamie in der Wohnung vorbehalten war. An Wochentagen, wenn keine Nachmittagsvorstellung stattfand, spielte Gerald mit vier Begleitern Golf; sie kehrten gegen sechs Uhr heim, alle sehr ausgelassen und gesund und fröhlich. Gerald ging voran, ins Kinderzimmer hinauf, um die Kinder zu sehen – Angela war

[1] Cos Lettuce: Art Lattich.

gesprächig, ihrem Alter etwas voraus und nicht eine Spur schüchtern; Daphne war geneigt, vor Fremden den Kopf zu verstecken, an ihrem Daumen zu nagen und wegzublicken. Gerald war so etwas wie ein Clown in der Kinderstube, ein Spaßmacher; man konnte immer auf eine lustige Aufführung rechnen, indem er irgend jemand, den die Kinder kannten, nachahmte oder aus seiner Phantasie etwas hervorbrachte. Als sie aus dem Babyalter heraus waren und zu Kindern heranwuchsen und ihm gelegentlich die kleinen Stürme des Kinderzimmers zu Ohren kamen, pflegte er Zank auf eigenartig amüsante Weise zu schlichten, indem er aus Schelte ein Spiel machte. Da war die berühmte Gelegenheit, als Daphne Angela an den Haaren zog und ihr ins Gesicht trat und Angela mit dem Würgegriff eines Bären sich rächte. Das vereinte Zorngeschrei drang bis zu Gerald in den Salon, er ließ sie herunterbringen, verkleidete sich als Richter und veranstaltete eine Gerichtssitzung mit den Kindern als Untersuchungsgefangenen und Zeugen in einem. Die Sache dauerte bis nach der Bettzeit, und als die Nurse sie holen kam, war der anfängliche Streit längst vergessen. Er versuchte außerdem, ihnen gute Sitten beizubringen, indem er sie mit Schränken und Stühlen Shakehands machen ließ, wobei er diese ernsthaft als Gäste vorstellte. In der Erziehung, wie in allem, war er originell.

Im folgenden Jahr, 1910, wurde Gerald vor eine große Entscheidung gestellt und war an einem der wichtigsten Wendepunkte seiner Karriere angelangt. Es ging um die Frage, ob er unter Frohman mit Gehalt weitermachen sollte, wobei es ihm unzweifelhaft gut ging, er jedoch keine entscheidende Stimme für die Produktion und wenig Verantwortung haben würde, oder ob er in die Verwaltung des Wyndham's-Theatre mit Frank Curzon als Partner eintreten, seine eigenen Stücke auswählen und leiten und, neben einer großen Gage, fünfundzwanzig Prozent des Gewinns bekommen sollte.

Der letztere Gedanke war sicherlich reizvoll. Doch Gerald war nicht arrogant, auch war er kein Tor, und er wußte, das Wagnis könnte auch fehlschlagen. Angenommen, sein Urteil wäre falsch und Curzon verlöre sein Geld? Es würde, was auch geschähe, ein großes Unternehmen sein und würde unvermeidlich einen starken Kräfteaufwand, viel Arbeit, Verantwortung und das gänzliche Opfer der persönlichen Freiheit bedeuten. Die alten müßigen Tage wären für immer dahin; das leichtsinnige Achselzucken, die sorglose Einstellung »Komme, was wolle« müßte er ablegen. Er hatte eine Wegscheide erreicht.

»Ich muß mich bald wegen meiner Zukunft entscheiden«, sagte er zu Mamie, »und das ist eine etwas verwickelte Aufgabe. Frohman gesteht, er könne nicht das für mich tun, was er gern möchte, da er kein Theater hat. Curzon besitzt Wyndham's, und ich könnte mein eigenes Stück aussuchen, meine Truppe – kurzum alles. Dreitausend Pfund im Jahr und fünfundzwanzig Prozent des Gewinns. Curzon würde lediglich das Geld beschaffen und Rat geben, wenn ich darum bäte. Es würde bedeuten, zunächst noch die Aufführungsperiode von *Jimmy Valentine* fertigzumachen, was ein Riesengeschäft geworden ist. Ich weiß ein Stück, mit dem ich anfangen könnte, und vielleicht würde Barrie mir später eines geben. Wie ist's damit, Old Lady? Ich habe die du Mauriersche Ängstlichkeit, mir fehlt die Verwegenheit, doch fühle ich, daß die Zeit gekommen ist.«

Er war siebenunddreißig; er stand, wie ein Kritiker sagte, nach allgemeiner Übereinstimmung im vordersten Rang seines Berufes und genoß einen entsprechenden Grad von Popularität; wenn er in die Verwaltung überginge, dürfte er jeder Unterstützung von seiten seines Publikums gewiß sein. Besaß er die nötige Energie, die Konzentration und die Kraft zum Durchhalten, um geradeaus zu gehen und auf den Gipfel zu gelangen? Gerald dachte nach, überlegte und beriet mit sich. Er wußte, Mamie würde stolz auf ihn sein, und Mo wäre entzückt. Er wußte, jedermann erwartete dies von ihm, und daß es feige und schwach von ihm wäre, abzulehnen. Die Jugend lag hinter ihm und auch die alten sorglosen Tage; es würde jetzt nur noch wenige Angelstunden mit Harry Esmond geben und noch weniger Tage zum Golfspielen mit Laurie Grossmith und Marsh Allen. Wenn er diese Sache unternähme, dann bedeutete das, daß er endlich einmal seriös werden müßte. Wenn er auch noch so viel lachte und scherzte und vorgab, nichts sei von

Belang, so würden doch immer die Sorge, die Spannung, eine Entschlossenheit, sich durchzusetzen und etwas Wertvolles zu vollbringen, tief in ihm stecken; nicht um seinetwillen, nicht Geralds wegen, sondern weil eben dieses von ihm erwählte Gewerbe sich entfalten sollte und gedeihen mußte, nicht schlecht eingeschätzt oder gedemütigt werden dürfte, und weil Nachlässigkeit und Gleichgültigkeit ein Eingeständnis des Versagens wären, ein Verrat an Guy und Papa, die nicht versagt hatten.

Er schloß die Augen und sagte: »Auf, Papa, was meint du?« und betrachtete die Photographie auf dem Kaminsims, und blitzartig kam ihm der bretonische Spruch in den Sinn, den der Gov-nor, wenn er in Bedrängnis war, immer angewandt hatte: *Abret-ag-Araog* – Kopf hoch –, und es schien ihm, daß Papa mit seinem blinden Auge ihm zuzwinkerte und leise sagte: »*Allons, mon petit, pourquoi pas? La vie n'est pas si dure que ça!*« Und Gerald antwortete: »Also gut, gehen wir drauf los.« Damit ging er zu Frank Curzon und nahm dessen Angebot an und eröffnete am 3. September in Wyndham's-Theatre mit *Nobody's Daughter* vor einem Publikum, das Hoch rief und seinen Beifall brüllte, während er lächelte und verbeugend seinen Dank zeigte.

Der Erfolg berührte ihn jedoch nicht, und seine Seele war voll Schmerz, denn Gerald dachte nur an Sylvia, die still Aufmerksame, die Sanfte, die vor genau einer Woche gestorben war.

5

Das war ein elender und jämmerlicher Anfang seines ersten Jahres als Manager, und in Geralds abergläubischem Gemüt erschien er als eine schlechte Vorbedeutung für die Zukunft. Es war, als wenn jemand – Gott oder das Schicksal, man nenne es, wie man wolle – zu ihm sagte, er müsse irgendwie für den Erfolg bezahlen; um berühmt zu werden, müsse er das, was er am meisten liebe, hergeben. Bald fand er bestätigt, daß Manager eines Theaters und verantwortlich für die Rollenbesetzung und für die Aufführung sein, weit mehr Konzentration erforderte als das unbekümmerte Spielen bei einer Gage; so ging ihm einiges von seiner jugendlichen Sorglosigkeit für immer verloren. Nie wieder konnte er sich ganz wie früher entspannen. Da gab es kein Abschieben der Verantwortung, kein Zurückweichen vom Ziel. Er hatte den Entschluß gefaßt und mußte die Bürde bis ans Ende seines Lebenswegs tragen.

Als achtunddreißigjähriger Mann hatte er Verpflichtungen sowohl beim Theater wie daheim. Er mußte Proben ansetzen, Zusammenkünfte vereinbaren, mit Curzon Gegenwärtiges und Zukünftiges besprechen, den Telefonhörer abnehmen und Tom Vaughan, seinen Geschäftsführer, um Rat fragen; er mußte junge Schauspieler und Schauspielerinnen für Neubesetzungen ansehen, über Gagen verhandeln, danach schauen, daß jedes Mitglied seiner kleinen Gemeinde von der ersten Liebhaberin bis zum Callboy zufrieden und nicht verstimmt war; und all dies fertigzubringen, erheischte Takt und Verständnis und eine unfehlbare, gute Laune.

Die Pflichten begannen sich zu häufen, kleine Einzelheiten, die nicht von Wichtigkeit zu sein schienen, die er aber vor zehn Jahren nie in die Hand genommen hätte; er führte den Vorsitz im Green-Room, hielt Ansprachen, arrangierte Wohltätigkeitsvorstellungen, äußerte seine Ansicht über Theaterangelegenheiten, über Produktionen und Stücke.

Zu Hause war wieder ein Baby unterwegs; mehr Dienstboten schienen da zu sein – eine zweite Kinderschwester, ein zweites Stubenmädchen; ein Chauffeur für den Wagen war vorhanden, und Mo hatte einen Groom zum Versorgen des Ponys. Der Kinder wegen mietete man Landhäuser im Sommer, ließ dabei den Haushalt Nr. 23 weiterlaufen; und viele kleine unbedeutende Umstände machten das Leben täglich zu einem größeren Unterfangen. Es war nicht mehr die einfache Sache von einst.

Darling, eine Welle von Reue stürzt über mich – ich schreibe Dir nie. Das kommt nicht von einem Mangel an Liebe, an Kindespflicht, an Rücksicht, alle diese Dinge, die den musterhaften Sohn ausmachen – der zu sein ich nicht behaupte. Es kommt von Gehirnermattung her, von geistiger Apathie, von Anämie – May hat es bis zu einem gewissen

Grad auch; es ist, wie wenn Du nicht ganz Du selber wärst, es sei denn, Du stehst unter dem Einfluß eines Rauschmittels oder befindest Dich bei sehr guter Gesundheit. Liebling, ich kann schlecht mit Dir sprechen, wenn ich Dich nicht sehe. Zeilen auf ein Blatt kritzeln und eine Pennymarke außendrauf kleben ist nicht das rechte Mittel für mich. Ich will meine Zuhörer, meinen Freund, meine Mutter sehen – dieses dauert zu lang. Das Schreiben ist eine angelernte Sache, es ist nicht natürlich, die Tiere schreiben nicht; sie brüllen oder treiben Possen oder machen Geräusche, die ihren Gefühlen Ausdruck verleihen.

Mo tut im Augenblick das gleiche, und ich kann es ihr nicht verdenken, da es halb zwei Uhr ist und ich um acht aufstehen muß. Komm zu Besuch zu uns, komm und schwätz mit mir, warum sehen wir uns alle nicht häufiger? Ich sehe nicht genug von meiner geliebten Familie.

Ein weiteres Baby war geboren worden, wieder einmal ein Mädchen – »Gott sei Dank«, berichtete man, habe Mo geseufzt, als ihr das gesagt wurde –, und Gattin, Töchter, Dienstmädchen und der Hund, einschließlich des aus fünfter Hand gekauften Rolls-Royce, der vor jedem Berg eine Panne hatte, schlugen ihr Hauptquartier den Sommer über auf dem Lande auf. Selbst Polly, die Stute, die den Ponywagen zog, wurde feierlich von Regent's Park hindirigiert und zeichnete sich aus, indem sie am folgenden Tag ein Fohlen zur Welt brachte. »Ich vermute, das meilenlange Getrabe wird es beschleunigt haben«, sagte Mo, und Gerald mußte über den Ernst lachen, mit dem sie sprach, und sich zum Fenster wenden. Gab es sonstwo in der Welt eine Frau wie diese? Unvorstellbar, mit einer anderen verheiratet zu sein!

Es tat gut, nach dem Staub und dem Lärm von London wieder auf dem Lande zu sein, und er streifte herum mit einem Buch über Vögel in der einen Hand und einem Buch über wildwachsende Blumen in der anderen, in einem alten Tweedanzug, mit einem Fernglas um den Hals und dicht auf den Fersen gefolgt von Angela und Daphne.

Er begann, diese Sommer auf dem Lande zu lieben. Er war wegen Denham zuerst unentschlossen gewesen, aber dieser Ort in Croxley Green war reizvoller, und das elisabethanische Haus später in Cobham war die reine Wonne; der Garten grenzte an das Ufer des Mole-Flusses, es gab Stromschnellen, die man im morschen Boot überfuhr, und Schlangen im langen Gras, einen Geist im Treppenhaus, und in den Bäumen, den Büschen jede erdenkliche Art von Vögeln.

An einem langen Tag, an dem man faulenzen konnte, die heiße Sonne und einen Himmel, der die rechte Farbe hatte, über sich, gab es freilich nichts Besseres als das. Doch laß es einmal regnen, laß eine Wolke so klein wie eine Hand auftauchen, laß die Bäume im Winde schluchzen und auf dem Mittagstisch ein Gericht erscheinen, das nicht eben ungares Rostbeef und Cos Lettuce war, dann war irgendwie – schwer zu begründen – der Reiz dahin, ein Gefühl von Trostlosigkeit bemächtigte sich seiner, das Haus wirkte beengend und dunkel und merkwürdig unbewohnt, und er fing an, sich nach London zu sehnen.

»Ich bin ein Cockney[1]«, pflegte er zu sagen. »Das läßt sich nicht bestreiten. Ein oder zwei Tage auf dem Lande sind schön und gut, aber nicht ewig; das Leben dort ist zu träge. Ich finde die Bäume nach einer Weile bedrückend, und ich kann mich nicht entspannen. Es hat keinen Zweck, man ist entweder so geboren oder nicht. Da ist etwas im Blut.«

In Wahrheit besaß er jene Gemütsart, die in der Ruhe keine Entspannung findet. Auch nach harter Arbeit im Theater, ob er die Aufführung eines Stückes leitete oder bei einer langen Spielfolge selber mitwirkte, vermochte er sich nicht Einhalt zu gebieten, konnte er nicht natürlich ausruhen. Es genügte ihm nicht, sich mit einem Buch zu rekeln, die Augen zu schließen. Er machte nie den Versuch, mit sich selber umzugehen und Ruhe zu finden. Nein, er mußte abgelenkt sein; er mußte unterhalten werden; er durfte nie, koste es, was es wolle, allein gelassen werden. Leute mußten da sein. Der eine Tag in der Woche, der Sonntag, an dem er sich erholen sollte, mußte von morgens bis nachts vom Geplauder und dem Lachen der Freunde erfüllt sein. Wenn Freunde nicht immer aufzutreiben waren, dann taten es auch Bekannte – irgend jemand, dem er einmal begeg-

[1] Cockney: Angehöriger der unteren Klassen Londons.

net war und der einigermaßen amüsant erschien, irgendein Mädchen mit einem hübschen Gesicht, das behauptete, Tennis spielen zu können. Es spielte gar keine Rolle, wer kam, solange nur die Mittagstafel vollbesetzt war und jedermann sprach, und wenn alle gegangen waren, konnte er sich in einen Sessel fallen lassen, erschöpft an Leib und Seele. Dies war allerdings später, als er in Hampstead wohnte und nicht mehr jung war; in den Tagen von Croxley und Cobham war er von dem Gedanken, immer Menschen um sich haben zu müssen, noch nicht so besessen, auch konnte er es sich damals nicht leisten, so verschwenderisch einzuladen. Doch auch da war er schon ruhelos; er war nicht wirklich zufrieden, wenn er nicht etwas umtrieb; sonntags mußte er sein Golf haben, oder Tennis, oder ein oder zwei nahe Freunde mußten kommen, den Tag bei ihm zu verbringen. Trotz seiner Vorliebe für Vögel beobachtete er sie nicht Stunde um Stunde, sondern streckte sich nach einer gewissen Zeit und gähnte und wanderte ins Haus, um einen Drink und eine Zigarette zu holen, blickte flüchtig auf Mo, die glücklich bei ihrer Garten- oder Näharbeit beschäftigt war, guckte ein bißchen in den Mond und sagte mit einem Blick auf das Telefon: »Wie wäre es, wenn wir den alten Basil zum Golf herüberholten und Laurie und Coralie bäten, über Sonntag hier zu bleiben?«

Er sagte, es liege im Blut; Papa sei genauso gewesen; doch Kicky, obwohl er gastfreundlich und seinen Freunden aufrichtig zugetan war, hatte zufrieden bei seiner Familie ausgeruht, war in seinen Sessel zurückgelehnt dagesessen, während Pem ihm abends vorlas, und hatte nicht an Ablenkung gedacht. Das Jahrhundert war es, das sich gewandelt hatte, und Gerald gehörte eben einmal dazu. Er war seiner Zeit voraus und ein Vorläufer der unruhigen Periode. Er erklärte sich als Feind des Fortschritts, als Hasser der Automobile und der Geschwindigkeit, aber noch während er seine Liebe für die Stille, für die Zeit der Pferdewagen, die Würde und die Anmut proklamierte, klopften seine Füße ein Jazztempo, griffen seine Hände nach dem Cocktail-Shaker.

Die Zukunft und die Vergangenheit stritten sich in ihm, und

sie zerrten ihn in verschiedene Richtungen. Er besaß die Sentimentalität der einen und den Zynismus der anderen; die sittlichen Konventionen der Viktorianer und das gewissenlose Achselzucken des zwanzigsten Jahrhunderts; die vornehmen Anforderungen von 1880 und die seichten Schwächen um 1920.

Er gehörte zwischen die Zeiten und war ein Produkt weder der einen noch der anderen. Er summte die Lieder der Maud Valerie White und tanzte nach amerikanischen Crooners. Er weinte der Schlichtheit im Heimathaus seiner Kindheit nach, fluchte jedoch über lauwarmes Badewasser und kalte Teller. Er bedauerte, daß die alten Gebräuche verlorengingen, war jedoch selber ein Anstifter des Sich-Emanzipierens. Er würde Duelle für Freunde gefochten haben, die nur im geringsten beleidigt worden waren; er hätte Vendettas bis in späte Generationen verewigt. Doch die gleichen Freunde schlug er mit irgendeiner beißenden, anzüglichen Äußerung ins Gesicht und traf sie unverzeihlich mit einer modern schamlosen Frage nach privatesten Dingen.

Er war altmodisch und fortschrittlich zugleich; streng und doch bar jeder Disziplin; war lockerer als die Dichter der Restauration und so leicht schockiert wie die Autorin des *Daisy Chain*[1]. Er hätte es gern gehabt, wenn die Frauen Bubiköpfe und Krinolinen getragen hätten; wenn sie unschuldig gewesen wären und dennoch seine Witze geschätzt hätten; wenn sie die Grazie und Hoheit der Frauen in Papas Zeichnungen gehabt hätten, jedoch so zugänglich und familiär wie die modernen gewesen wären. Er verlangte das Unmögliche, und das Leben überwältigte ihn, quälte ihn, verwirrte ihn. Er befand sich ständig im Kriegszustand mit sich und seinen eigenen Überzeugungen. Es gab keine festgesetzten Regeln, nach denen er sich ausrichten konnte. Er mußte seinem Instinkt folgen, und sein Instinkt war aus viel zu viel gegeneinander gerichteten Strömungen zusammengesetzt. Schwäche und Kraft, Seichtheit und Tiefe, Vornehmheit und Schäbigkeit, Intelligenz und

[1] The Daisy Chain: eine Familienchronik, verfaßt von Charlotte Mary Yonge.

Dummheit alle diese Eigenschaften waren die seinen und lagen im Widerstreit miteinander, rangen um die Oberhand, die keine von ihnen gewann, machten aus ihm ein vieldeutiges Geschöpf mit zahllosen Möglichkeiten, rätselhaft, Liebenswert, doch ewig unerfüllt.

»Ich wünschte, Gerald hätte nicht solche Vorliebe für Dieppe«, sagte Mo nach den Augustferien im Jahre 1911, und Mamie nickte mit dem Kopf und stimmte zu.

»Immer das alte Kasino und das Spiel und viel zu viele Cocktails«, fuhr Mo fort. »Es wäre gleichgültig, wenn es nicht um seine Erholung ginge, und dann macht er die ganze Wirkung der Seeluft zunichte, indem er bis in die frühen Morgenstunden in den muffigen Spielsälen bleibt. Er kehrt nach London zurück, zu den Proben des neuen Stücks, genauso bleich, wie wir fortfuhren.«

»Es ist zwecklos, Muriel, Liebste«, seufzte Mamie. »Gerald ist immer der gleiche gewesen, und nichts wird ihn ändern. Er kann nicht und will nicht ausruhen. Du könntest dich genausogut an den Strand stellen und die Flut beschwören – du weißt, was ich meine; es kommt bei Shakespeare vor – als Gerald überreden, das zu tun, was gut für ihn wäre.«

Und Gerald, nachdem er sich tagsüber erschöpft hatte – beim Spielen zahlloser Tennissets in einem Turnier, mit Kopfsprüngen und Sich-Produzieren vor der Menschenmenge auf dem Strand und mit Baccarat bis zwei Uhr morgens im Kasino –, wunderte sich, warum er im September abgemattet und nicht ganz so enthusiastisch für das nächste Theaterstück war.

In einem Jahr hatten sie zur Abwechslung Dinard ausprobiert, aber er haßte diesen Ort. Das Kasino war langweilig, und er beklagte sich, daß es abends nichts zu tun gebe, und er mochte nicht Tennis spielen mit Leuten, die er nicht kannte. Sie mußten alle nach Hause fahren, obwohl es erst Mitte August war, und die Kinder wurden dafür nach Ramsgate verfrachtet. Ein anderes Jahr mieteten sie ein Haus in Mullion, in der Hoffnung, Cornwall würde ihm Vergnügen machen, doch das war ein noch größerer Versager. Es goß in Strömen, und das Wohnzimmer war spießig, sagte er, und es gab überhaupt nichts zu tun, außer auf den Felsen und Klippen herumzuklettern, unter denen er sich mit seinem Neffen Geoffrey als Gefährten sofort die unmöglichsten und gefährlichsten aussuchte. Als diese Beschäftigung ihren Reiz verloren hatte, erklärte er, mit dem Ort fertig zu sein, und fort ging es wieder einmal nach Dieppe mit Mo, die Kinder blieben in Mullion zurück; und wie er sich im Getöse und Gedränge unter die Menge mischte, glaubte er, wieder glücklich zu sein.

»Warte, bis du ins Vierzigste kommst«, hatte Papa gesagt, und im Jahre 1913 fing Gerald an, klar zu erkennen, was er gemeint hatte. Ein weiter Weg schien jetzt nach dem stillen Atelier in New Grove House zurückzuführen, wo der Vorhang am offenen Fenster hin- und herwehte und Chang auf seinem Sofa in der Ecke schnarchte. Des Gov-nors Generation war gesegnet, und wenn er wegen der Erblindung auch Ängste litt und wegen seiner Arbeit deprimiert war, so kannte er doch gewiß nicht diese schreckliche Furcht vor der Langeweile, dieses gierige Suchen nach Aufregung, nach Unterhaltung durch die Menschen; diesen Abscheu davor, auch nur einen Augenblick allein gelassen zu werden. Er konnte nicht die Besorgnis und den Verdruß, die mit der Leitung eines Theaters zusammenhingen, kennen – die Kleinlichkeit der Details, das Forschen nach einem geeigneten Stück, den notwendigen Takt, den er in seinem Vorgehen anwenden mußte, und wie verhängnisvoll leicht man einen falschen Schritt tun und in irgendeine unmögliche Lage geraten konnte. »Warte, bis du ins Vierzigste kommst!« Warum hatte Papa das gesagt? Was hatte er wohl für ihn vorausgeahnt? Kannte er auch diesen seltsamen kleinen Dämon der Unruhe, diese zufällig auftretende Leere, diese leicht zu provozierende Unzufriedenheit? Hatte er all die Jahre mit Papa zusammengelebt und das nie erraten? War etwas in ihrem Blut, das sie beide sich nach dem Unerfüllbaren sehnen und sie immer ungestillt sein ließ?

Nun gut, vergiß es, wirf es ab; vor allem, denke nicht nach, denn im Nachdenken liegt Gefahr; und Gerald ging daraufhin in den Garrick-Club oder ins Theater und wirbelte die Leute durcheinander mit seiner ausgelassenen Stimmung, seiner

Jugend und Vitalität, mit seinem Sinn für Spaß, seinem Witz und seiner Fröhlichkeit, ganz ähnlich wie Kicky das getan hatte bei den Punchessen vor vierzig Jahren.

Sie waren sich alle gleich, diese du Mauriers, mit ihrer ungeheuren Lebhaftigkeit, ihren plötzlichen Depressionszuständen, ihrem schallenden Gelächter und ihrem schnellen Zorn. Sie hatten dieselben kleinen Traurigkeiten, dieselbe lebhafte, eifrige Wißbegierde, die gleiche leidenschaftliche Liebe zu ihren Kindern, gemischt aus Eifersucht und Stolz. Eine bestimmte Jugendlichkeit war ihnen eingeboren, die ausmachte, daß sie nie alt werden würden; und trotz aller ihrer Liebe zum Leben und zu der Welt, in der sie lebten, beeilten sie sich, sie zu verlassen.

Sylvia ging als erste, im August 1910 – nicht widerstrebend etwa, mit keinem großen Wunsch, verweilen zu wollen. Arthur war von ihr gegangen und hatte das Licht mit sich genommen; und trotz der fünf Jungen, die sie anbetete, wollte sie nicht bleiben. Die zarte Gesundheit, die ihr geblieben war, wurde zur Bürde, die sie trug, bis sie zu schwer wurde und abgeworfen werden mußte. Sie war nur noch ein Schein ihrer selbst; das Phantom der gewesenen Sylvia, und nahezu das einzige von ihr, das übrigblieb, war ihr schiefes, sinnendes Lächeln. Tag für Tag wurde sie schwächer; sie mußte von Zimmer zu Zimmer getragen werden und verließ schließlich ihr Bett nicht mehr. Die Jungen wußten, daß sie von ihnen gehen mußte, von George, dem Ältesten, bis zu Nicolaus, dem Jüngsten, der erst sieben Jahre alt war. Sie lachten und scherzten neben ihrem Bett, gaben vor, nicht zu merken, wie sie sich veränderte. Sie war erst vierundvierzig, als sie starb, und sie wurde neben Arthur auf dem Hampsteader Friedhof in der Nähe von Kickys Grab beerdigt.

Drei Jahre später starb Trixie im Alter von neunundvierzig Jahren; die warmherzige, eifrige, unwiderstehliche Trixie, die vom Leben so viel forderte – mehr als es ihr je gab; deren Sinn für Humor über alles Leid triumphierte; die nicht kleinzukriegen war. Von ihrer Familie und ihren Freunden zärtlich geliebt, war sie heftig auch in der Liebe zu ihren Söhnen. Trixie, die

Großmütige, die Neugierige, mit ihren gewaltigen Lachsalven, ihren übertriebenen Behauptungen, ihrem dominierenden, kritischen Stirnrunzeln, Trixie, deren Jugend und Energie sich schon in der Stimme offenbarte, wußte nicht, wie krank sie war, und lachte selbst noch, als sie starb. Sie wurde in Berkhampstead neben dem Kind beerdigt, das sie vor fast zwanzig Jahren verloren hatte.

Das Sterben von Sylvia und Trixie war ein entsetzlicher Schock für die du Mauriers. Mamie wurde zittrig und ängstlich; sie konnte es nicht ertragen, lange fern von den Kindern zu sein, die noch übrigblieben. Die Krankheiten der beiden ältesten Töchter waren eine große Nervenanspannung für sie gewesen, und sie hatte sich bei der Pflege nicht geschont. Sie war so stolz auf sie gewesen, hatte so viel Anteil genommen an ihrem Wohlergehen, an ihrem Glück; und nun waren sie fort und würden nie zu ihr in die Wohnung kommen, und sie fühlte sich sehr müde, sehr erschöpft, mit einem Schmerz unter dem Herzen, den sie nicht verstand.

Sie klammerte sich an Guy und Gerald und an May, die immer die Dünne, Zarte gewesen war und ihre Schwestern überlebt hatte; sie bat sie, in ihrer Nähe zu bleiben, sich ja nicht weit fort zu wagen. Sie war auch glücklich über Trixies und Sylvias Jungen und schenkte ihnen die ganze Liebe und Freigebigkeit ihres Herzens. Was auch immer sie begehrten, das war sie nur zu bereit, nur allzu rührend bereit, zu gewähren.

»Tu nur nicht zu viel, Darling, davor hab' ich Angst«, sagte Gerald, »und du darfst nicht allzu betriebsam mit deinen vielen verschiedenen Enkeln sein, indem du sie jeden Tag zum Essen da hast und ihnen erlaubst, Sachen zu verschütten und sich zu überfuttern. Schick die meinen zurück, wenn du ihrer überdrüssig bist, weil ich es ohne sie nicht aushalte, aber ich weiß, wie gern sie bei dir sind, und es tut ihnen so gut. Und ich wünschte, du würdest beim Essen ein bißchen Champagner zu dir nehmen; du hättest dann nie den Schmerz da, und es würde dein gesegnetes altes Herz nähren. Meine Nerven hielten nicht durch, wenn ich kein Stimulans hätte, wie du weißt.«

Er konnte es zuerst nicht fassen, daß Trixie tot war. Sylvia war irgendwie vom Schicksal dazu bestimmt erschienen, er hatte gefühlt, daß sie Arthur nicht lange überleben würde. Auch durch ihre Krankheit war er darauf vorbereitet. Aber nicht Trixie, nicht seine fröhliche, ausgelassene Trixie, die nie von Krankheit sprach und bis in alle Ewigkeit hätte weiterleben sollen.

Alle seine Tränen und seine Bitterkeit konnten sie nicht zurückbringen. Er hatte keinen Glauben, kein Vertrauen. Er wußte, sie waren Staub geworden, und er würde sie nie wieder sehen, so tat er sie von sich und stürzte sich ins eigene Leben, das ihm manchmal so nichtig vorkam, so wenig der Mühe wert, das höchstens Gutes bewirkte durch eben die Arbeit, die es ihm auferlegte und ihm ein wenn auch noch so armseliges Gefühl von Leistung schenkte.

»Gott sei Dank für das Glück und dafür, daß man belohnt wird, wenn man sein Möglichstes tut«, sagte Gerald nach der Premiere von *Diplomacy* - einem enormen Erfolg – im März 1913, und das war doch gewiß eine Verneinung des Atheismus, aber Gerald war ja immer inkonsequent. Er hatte tüchtig an dieser Aufführung gearbeitet, sich endlos mit seinen beiden jungen Hauptdarstellern, Owen Nares und Gladys Cooper, geplagt, die deshalb gemeinsam ihre ersten wirklichen Erfolge errangen, und obwohl *Diplomacy* ein altes, der Mehrzahl der Theaterbesucher wohlbekanntes Stück war, so blieb die Wiederaufnahme dieses Mal eine in jeder Hinsicht hervorragende Leistung. Sir Squire Bancroft, der die Rechte von *Diplomacy* besaß, leistete der Aufführung wertvollen Beistand und war selber von Geralds Methoden und Technik sehr beeindruckt.

Ein Freund Kickys und dessen Altersgenosse, wurde er nun ein großer Bewunderer und treuer Ratgeber des Sohnes. »Armer du Maurier«, sagte er, »ich wünschte, er hätte gelebt, um sehen zu können, wie sein Sohn Gerald zu einer Zierde der Bühne wird, die er selber so sehr liebte.«

Obwohl vierzig Jahre seit der Uraufführung vergangen waren, hatte sich *Diplomacy* nicht überlebt. Die Story war so erregend wie immer, und die Situationen hatten in ihrer Spannung nicht nachgelassen.

Seine Rolle des Henry Beauclere war keine große schauspielerische Sache, doch sie erforderte die übliche du Mauriersche Ungezwungenheit und Grazie und würde, ungeschickt dargestellt, die Wirkung des Stücks sehr beeinträchtigt haben. Es war eine gute Rolle für einen Regisseur, und Gerald konnte sie ohne große Anstrengung spielend bewältigen und sich auf die anderen, bereits ausgezeichneten und zuverlässigen Mitglieder der Truppe konzentrieren.

Er war bereits weit interessierter am Inszenieren als an seiner eigenen Darstellung und vielleicht damals und später geneigt, sich eine untergeordnete, wenig Anspannung voraussetzende Rolle zu erlauben und das Hauptgewicht auf die Inszenierung selbst zu legen. Seine Beurteilung von Theaterstücken war, vom Standpunkt der Unterhaltung her, fast immer zutreffend, und er irrte selten; doch Kunstwerke von literarischer und bleibender Bedeutung zu sein, dazu waren sie stofflich oft allzu dürftig, hatten wenig Bemerkenswertes an sich, gelangen nur kraft seiner eigentümlichen Persönlichkeit, seinem unheimlichen *flair* im Herausfinden von unbekannten Begabungen inmitten seiner Truppe und wegen des Schliffs und der Eleganz, mit denen sie inszeniert wurden. Er ließ sich zu häufig verleiten, nach Stücken mit »einer guten Handlung«, wie er es nannte, zu suchen und vernachlässigte solche von größerer Tiefe und höherem Sinn; er glaubte, Handlung sei wesentlich, und liebte keine Szenen mit ununterbrochenen Gesprächen. Er bezeichnete sich selber oft als »lowest of the lowbrows[1]«, als dieses unselige Wort allgemein in Gebrauch kam. Und eine gewisse, allen anderen Anlagen in seinem Wesen unähnliche Vorsicht hielt ihn davor zurück, grandiose und riskante Abenteuer zu wagen, deren Folgen möglicherweise schrecklich oder auch großartig hätten sein können, zumindest aber Theatergeschichte gemacht hätten. Er ging auf sicher; sein Ehrgeiz reichte nicht hoch genug, und er war wegen seines Talents, das er ständig unterschätzte, merkwürdig befangen. Es waren sein Charme und seine Persönlichkeit, die die Menschen in sein

[1] lowbrow: Gegensatz zu highbrow.

Theater zogen, und nicht die Stücke oder die Erwartung einer großen und denkwürdigen Darstellung.

Bedauerlich war, daß er häufig durch die Armseligkeit seiner wenn auch finanziell erfolgreichen Stücke, die ihn durch ihre Mittelmäßigkeit gefesselt hielten, beschränkt wurde. Wäre dieses Handicap nicht gewesen, hätte er zu bisher noch von keinem Angehörigen seines Berufes, außer Irving und möglicherweise Tree, erreichten Höhen emporsteigen können. Beide arbeiteten mit unterschiedlichen Annäherungsmethoden und malten, kühn wie die Künstler des erhabenen Stils, prunkvolle Prospekte auf Riesenleinwände, während Gerald fehlerlos und anmutig, wie sein Vater, Salonfiguren in Schwarz und Weiß zeichnete. Natürlich gab es, da und dort unter die anderen gestreut, gehaltvolle, von berühmten Autoren geschriebene Stücke, und es ist bezeichnend, daß seine besten Darstellungen diesen galten, insbesondere denjenigen von J. M. Barrie. Er war für diese Rollen geschaffen, wie niemand sonst je hoffen konnte zu sein. Er brachte eine zarte, ursprüngliche Gesinnung in die Auslegung dieser so eigentümlichen und liebenswerten Figuren hinein; einen Klang aus den Wäldern und der Einöde – etwas Sehnsüchtiges, etwas Strahlendes, eine faunhafte Achtlosigkeit, ein unbekümmertes Achselzucken. Unvergeßlich ist seine tragische, den Zuschauer verfolgende Darstellung des verbitterten, versoffenen Harry Dearth in *Dear Brutus*, dem eine Welt voll uneingelöster Verheißung in den ermüdeten Augen lag und dessen plötzliche Verwandlung in den sorglosen jugendlichen Burschen mit einem Lied auf den Lippen und einer knabenhaften Tochter zur Spielgefährtin, der vor lauter Freude lachend losbricht und dem Mond ein Liedchen pfeift. Es ist bei gewissen Leuten Mode geworden, über Barries Stücke zu lachen; sie wurden unfreundlich parodiert, und gerade ihrer Zartheit und Originalität wegen eignen sie sich dazu, aber es ist ein nicht wiedergutzumachendes Unglück für die englische Bühne, daß sie von 1921 bis 1936 vergeblich darauf warten mußte, daß der Autor sein Schweigen brechen mochte. Als Dearth in *Dear Brutus*, als der Prinz und der Schutzmann in *A Kiss for Cinderella*, als John Shand in *What every Woman knows* war Gerald unvergleichlich. Sein Spiel in diesen Stücken war eine Klasse für sich.

Seine Kunst war ungewöhnlich und schwer zu definieren, es war, als ginge er auf Zehenspitzen, den Finger vor den Lippen, ausweichend, leicht spöttisch; einen Augenblick lang gab er sich ganz aus, im nächsten nahm er sich zurück, horchte einer wie von jenseits der Berge kommenden Melodie nach, die niemand außer ihm selbst hören konnte, und dann war er plötzlich wieder menschlich – zu menschlich, verwirrend persönlich und lebhaft, ein Faun mit gespaltenem Huf.

Was auch immer von seiner Leistung in anderen und weniger wertvollen Stücken gesagt werden mag, sein künstlerischer Vollzug von Barries Genie war ohnegleichen an Tiefe, Empfindungsvermögen und Zauber.

Seine Methoden des Inszenierens waren unbefangen und typisch. Er wurde selber der Reihe nach jeder Charakter im Stück, ob Mann oder Frau, und ging, sprach und verhielt sich so, wie er glaubte, daß diese sich unter natürlichen Umständen verhalten haben würden. »Forciere nicht, sei unbefangen!« pflegte er zu sagen. »Tu, was du an irgendeinem Tag in deinem Leben für gewöhnlich tust, wenn du ein Zimmer betrittst, kau an den Fingernägeln, gähne, leg dich aufs Sofa und lies ein Buch – tu irgend etwas Beliebiges oder gar nichts, nur blicke nicht das Publikum dramatisch an und sprich nicht mit einem Auge auf die Loge nach rechts. Wenn du unbedingt vor dich hinsehen mußt, dann schau bis ins hinterste Parkett, als wäre niemand da.« Er erzog seine Truppe fortwährend durch Unfug, ahmte heiter und ganz ohne Bosheit ihre kleinen Fehler und Manieriertheiten nach. »Geh nicht durchs Zimmer, als wärst du ein Mannequin in einem überfüllten Ballsaal, Darling; das ist unnatürlich; es ist affektiert. Guck her, so hast du's gemacht«; und er lief zimperlich von einem Ende der Bühne zum anderen, seine Hüften wiegend, die Augen verdrehend und mit der Hand eine imaginäre Haarsträhne zurechtzupfend, während die Truppe und das Mädchen, das er nachahmte, vor Lachen schrien. »Versuch daran zu denken, daß es dein eigener Salon ist, niemand ist dort außer dir, und du bist müde nach einem langen Tag und möchtest nichts anderes haben als einen Drink und zwei Aspirintabletten. Vielleicht irre ich mich ganz und gar, aber wie wär's, wenn du es etwa so probierst?« Und er verließ die Bühne und kam zu einer nur gedachten Tür wieder herein und war nicht mehr der Regisseur, sondern die Gestalt, die er andeuten wollte, abgehetzt, unverkennbar müde und ein Gähnen unterdrückend; er warf ein Paar imaginäre Handschuhe zusammen mit einem imaginären Hut auf einen Stuhl, blieb einen Augenblick erschöpft, gelangweilt, kaum hörbar vor sich hinsummend, mitten im Zimmer stehen und rief dann über die Schulter nach dem Dienstmädchen draußen in der erdachten Diele, es möge ein eisgekühltes Getränk bringen. »Mach es nicht unbedingt genauso«, sagte er nachher, »aber tu etwas Ähnliches. Siehst du, was ich meine?«

So unablässig taktlos und wiederholt gedankenlos, wie er im Privatleben war, so sehr gab er sich beim Inszenieren besondere Mühe, niemand zu kränken oder Gefühle zu verletzen.

»Wunderbar, alter Junge«, pflegte er zu sagen, »das ist genau, was ich meine. Aber halt einmal; hör mal zu; ich glaube, es wäre beinahe besser, von deinem Standpunkt aus gesehen, wenn du, anstatt einen Anfall zu haben, dich lediglich umwenden und zum Fenster hinaussehen würdest. Siehst du, was ich meine? Das würde von vorne ungemein eindrucksvoll wirken, und es ist genauso, wie dieser Kerl sich verhielte, wenn er die Nachricht bekommt. Guitry machte es in *Le Tribun*, weißt du, und was der machte, kannst du haargenau so tun. Siehst du, was ich meine? Ich habe das Gefühl, daß der Anfall und das Wälzen auf dem Fußboden – was du wunderbar gemacht hast, mein lieber Junge, und viel besser als das sonst jemand könnte – in dieser Situation doch vielleicht ein bißchen zu viel wäre. Ich glaube, mein Vorschlag wird die Zuschauer noch stärker rühren als der Anfall, und du wirst den Augenblick dann zum Allerwichtigsten des Stückes machen. Siehst du, was ich meine?« Und der andere, der soeben in der Mitte der Bühne eine erschreckende Schaustellung peinvoller Gemütsbewegung gegeben hatte, nickte zustimmend, war von sich selber kolossal beeindruckt und fuhr mit der von ihm verlangten, schlichten, ruhigen kleinen Darstellung fort in dem Glauben, er sei ein neuer Irving, und sein Name werde in Schlagzeilen in den Tageszeitungen stehen.

Inbrünstige Liebesszenen auf der Bühne hielt Gerald für schlechtes Theater. Er versuchte sie selber nie und entmutigte die Versuche anderer aufs energischste. »Mußt du sie so küssen, als würdest du Steak und Zwiebeln zum Lunch essen?« pflegte er zu fragen. »Mag sein, du fühlst es so, aber es sieht verdammt reizlos aus von der ersten Reihe der Orchestersessel zugehen. Der Mann mußte das Mädchen natürlich festhalten, gähnen und eine Zigarette anstecken und fortgehen?« Leider war niemand imstande, dies so gut zu machen, wie er das selber fertigbrachte. Er hatte eigene Methoden. Er küßte Frauen selten auf der Bühne, es sei denn in den Nacken oder auf den Scheitel, und dann pflegte er sie meist nachher auf die Wange zu klapsen und zu sagen: »Du komische Alte mit deiner häßlichen Fratze«, und davonzugehen, während er von etwas anderem sprach, als wäre ihm alles egal. Das erzielte genug Effekt, jedenfalls nach den Umsätzen der Theaterkasse zu urteilen, und war diese Art auch nicht orthodox und reichlich originell, so doch sicherlich weniger peinlich als die Steak-und-Zwiebel-Art von Liebesszene.

Er kam dieser Form am nächsten, als er André le Briquet in *The Prude's Fall* spielte und in Sprache und Gebärde französisch sein mußte; das Ergebnis war nicht etwa Steak, wie wir es in England kennen, aber entschieden *entrecôte minute*, und ziemlich stark gebraten noch dazu.

Obwohl Gerald prinzipiell gegen solche Dinge auf der Bühne war, verachtete er in gleichem Maße die Schüchternheit; er gestattete den Schauspielern und Schauspielerinnen, die eine Liebesszene spielten, nicht, steif und linkisch miteinander umzugehen. Der Mann müßte das Mädchen natürlich festhalten, und nicht so, als wäre sie ein Kaktusbusch, und das Mädchen mußte sich zärtlich an ihn schmiegen, ihm die Haare verwirren, wenn sie wollte, und ihre Wange an die seine drücken.

»Seid verspielt, seid wie die jungen Hunde, seid liebevoll zueinander«, sagte er, »geht weder in der einen Richtung noch in der anderen ins Extreme. Nehmt in Gottesnamen einen Durchschnitt zwischen der Kaffeestunde in einer Kathedralenstadt und dem Souper in einem Appartement der Pariser Demimonde.«

Seine Kritik wurde von der Truppe nicht übel aufgenommen, und es gab nie böses Blut und Unzufriedenheit bei ihnen.

Die Leute waren außerordentlich glücklich unter seiner Leitung, weil er sie nie durcheinanderbrachte, nie plagte; er hatte ein Lachen und ein freundliches Wort für alle, und es herrschte eine freie und zufriedene Atmosphäre in seinem Theater, die sich von der irgendeines anderen Schauspielhauses unterschied. Verdruß kam selten auf, und wenn er sich einschlich, so lag die Ursache in dieser nämlichen Gutmütigkeit, die auszunützen leider nur gar zu leicht war. Vielleicht schloß eine Frau, die sich vom Erfolg den Kopf hatte verdrehen lassen, aus seinem Nicken, seinem Lächeln, aus seinen »Darlings« und seiner leichten Vertraulichkeit, die bei Mann, Frau, Kind und Hund immer die gleiche blieb, daß er ernstlich von ihr gefesselt wäre, und sie quälte ihn nun mit Eifersuchtsszenen und dummen und würdelosen Auftritten, die sie für wichtig hielt. Und weil er schwach war, weil er nicht genug Willenskraft besaß, um »Go to hell« zu sagen, konnte es passieren, daß er sich gegen besseres Wissen verwickelt fand in eine Art von Unterprima-Liebesintrige, wo er doch klüger hätte sein sollen – und das Ganze rührte her von einer zufälligen Äußerung wie: »Ich mag die Art, wie deine Haare wachsen« gefolgt von einem Mittagessen irgendwo und zwei Kinobesuchen. Es war so einfach, freundlich zu sein und Geschenke zu machen, und so angenehm, sich beliebt zu wissen, und dann, ehe man sich versah, klammerten sich die Leute an einen, versteiften sich auf Beteuerungen, wurden überzärtlich und drohten mit Selbstmord. Eine galante, harmlose Angelegenheit entwickelte sich zu etwas Reizlosem, unnötig Dramatischem, vor allem aber zu etwas grenzenlos Langweiligem.

Dann kam er launisch und verstimmt nach Hause, goß sich am Büfett etwas zum Trinken ein, fluchte laut und ging zu Mo, um mit einer Fülle von Einzelheiten die ganze Geschichte auszupacken, war sehr gekränkt, fühlte sich schlecht behandelt und beklagte sich, wie ein Kind sich beklagt, wenn es sich am Feuer gebrannt hat.

Und Mo, die insgeheim gelangweilt war und auf die kleinen Ärgernisse, die er sich selbst zuzuschreiben hatte, etwas verächtlich reagierte, pflegte geduldig zuzuhören; und ähnlich, wie Mamie das getan hatte, als er jünger war, sagte sie, es sei seine eigene Schuld, wenn er die Leute gleich anfangs zu sehr ermutige, und er sei viel zu empfänglich für ein hübsches Gesicht und zu feige, einzugestehen, wenn er genug davon hätte; und selbstverständlich nützten die Frauen ihn aus; er sei ja leichte Beute; und wie wäre es, wenn er sich jetzt behaglich ausruhen und alles vergessen würde? Und zum Abendessen gäbe es sein Lieblingsgericht, kaltes Roastbeef mit etwas Cos Lettuce und Rettich. Und er besänftigte sich und ließ sich überreden, zufrieden zu sein, fing an, über sich selber zu lachen, und fünf Minuten später war er dabei, die unglückliche Ursache des Ärgers zu imitieren unter dem Gejohle der Kinder, die aufgetaucht waren und sich ohne Ende über ihn lustig machten wegen seiner Geplänkel und wegen seiner Favoritinnen, die nur einen Tag in Gunst standen.

»Der Stall« war die etwas unfeine Bezeichnung der Kinder für Geralds kleine Galerie von Lieblingen. »Wer ist die Neueste im Stall?« höhnten sie. »Wer ist in Form diese Woche? Ich setze nicht mehr viel länger auf...« Und sie fingen an, künftige Siegerinnen zu taxieren, proponierten ihm zum Spaß verschiedene Namen, während Mo das Roastbeef tranchierte, den Salat mischte; und Gerald fiel mit vollem Mund in die Menge der Anregungen ein, war aufs höchste amüsiert und unberührt von der Tatsache, daß die unglückseligen Damen, deren Namen so freimütig zwischen seinen bissigen und frühreifen Kindern hin und her geworfen wurden, wahrscheinlich just in diesem Augenblick sich auf das große Finale vorbereiteten, bei dem sie sich in einem fürchterlichen Drama mitwirken und die Rolle der Kleopatra gegenüber ihm als Antonius spielen sahen.

Es war nur ein Glück für diese Ärmsten, daß sie sich die Exzentrizitäten seines Haushalts nicht vorstellen konnten, wo die Diskretion in alle Winde geblasen und alles mit einer Offenheit erörtert wurde, die nur verglichen werden konnte mit den Tagen des späten Roms und des frühen Regency, sonst wären sie sich womöglich noch lächerlicher vorgekommen, als sie schließlich feststellen mußten, doch gewesen zu sein.

Aber die Intrige herrschte nicht immerzu. Das Theater war für gewöhnlich eine sehr glückliche, fröhliche Gemeinde, in der die Menschen taten, was sie wollten, in der niemand gekränkt wurde und wo man Schabernack trieb und Streiche spielte, die mehr an den Kindergarten erinnerten als an die heftigen und fiebrigen Umtriebe der Unterprima.

Die fünfzehn Jahre an Wyndham's-Theatre waren die erfolgreichsten seiner Karriere; finanziell und beruflich stand er auf dem Gipfel der Fähigkeiten, und seine beste Arbeit hat er an diesem Theater geleistet. Er hatte Curzon hinter sich im Falle von Schwierigkeiten und bei jedem Unternehmen dessen Dekkung; und er hatte den zuverlässigen, vorsichtigen Tom Vaughan als Geschäftsmanager. Seine Mitarbeiter vergötterten ihn und waren vertrauenswürdige Männer. Er stand auf dem Höhepunkt seiner Popularität, gesundheitlich war er nie besser drangewesen, und seine geistigen Kräfte brillierten wie noch nie. Sein Kopf arbeitete damals sehr rasch, im Urteil war er sicher, und es schien, als ob er in nichts irren könnte. Er hatte Glück, natürlich. Er war unter einem günstigen Stern geboren. Aber er wußte, wie er seine Chance zum Vorteil aller Beteiligten anzuwenden hatte, und das verlangte ein Genie von besonderer Art. Nicht eine Sekunde lang blickte er zurück von dem Tage an, an dem er im Jahre 1910 seinen Entschluß gefaßt hatte; und obwohl er ein oder zwei Fehlschläge erlebte, zählten sie nicht; sie waren unwesentlich neben den Erfolgen.

Die Öffentlichkeit verband seinen Namen mit Wyndham's genauso, wie sie Tree mit Her Majesty's und Alexander mit dem St.-James's-Theatre in Zusammenhang brachte; das waren die glücklichen Jahre der großen Schauspieler-Regisseure, die das wahre Theatergefühl, den wahren Theatersinn besaßen, die aus langer Erfahrung heraus wußten, was das Publikum verlangte, die eine bestimmte Würde und Größe an sich hatten. Ein

Theater zu leiten war eine Vertrauensstellung, sie erforderte Feingefühl und Takt. Der Schauspieler-Regisseur war angesehen und geachtet wie das Haupt jeder anderen Gemeinde auch. Er arbeitete schwer, damit die Truppe glücklich und zufrieden war.

Gerald gehörte zu Wyndham's; er war ebenso ein Teil davon wie die Bretter, der Vorhang, die schwere Drehtür, die in ihre weißen und schmutzigen Schutzbezüge gehüllten Parkettreihen, wie die Katze im ersten Rang, die Bühnenprospekte und die vorgetäuschten beweglichen Wände, wie der Staub in den Gängen, der intime, unbeschreiblich dumpfe, muffige Geruch, der die Atmosphäre des Bühnenhintergrundes, der Ankleideräume und des großen Raumes vorne im Haus alles in allem ausmachte.

Von seinem Wesen ist manches in diese Wände eingegangen. Man hört noch immer sein Lachen im Korridor, seine Schritte auf der Treppe und seine Stimme, die nach Tommy Lovell ruft, wenn der Vorhang fällt. Trotz ihres Verhaltens und des Aufkommens anderer Geräusche – neuer Stimmen, neuen Lachens, anderer Menschen und anderer Erinnerungen – bleibt etwas von ihm für immer dort inmitten des Staubes und des Schweigens jenes Schauspielhauses: ein Atemzug, ein Flüstern, das Echo eines Liedes.

6

Im Juli 1914 verbrachten Gerald, Mo, die Kinder und eine Gruppe von Freunden und Verwandten die großen Ferien in der nordwalisischen Wildnis in einem Haus, das sich Plas Gwinfryn nannte, in Llanbedr. Mit ihnen selbst, einigen Wärterinnen und Kindern anderer Leute und guten Bekannten zählten sie in dieser Zeit bis zu zwanzig Personen. Mo und Gerald fuhren mit dem Auto von London herunter. Gerald war müde nach der Theatersaison. Er empfand es als eine Befreiung, von aller Verantwortung und vom Theater fortzukommen an einen Ort, wo niemand fachsimpelte, die Londoner Aufführungen besprach und wo ganz gewiß niemand je von Gerald du Maurier gehört oder ihn gar gesehen hatte. Zu jener Zeit war ein berühmter Schauspieler-Regisseur eine Persönlichkeit, die Aufsehen erregte, wenn man sie irgendwo entdeckte; die Leute drehten sich um, wenn er vorbeiging, und stießen sich an, zeigten mit dem Finger auf ihn und tuschelten, und es war fast peinlich, auf der Straße zu gehen oder in einem Restaurant einzukehren. Es war ähnlich wie bei einer kleinen Fürstlichkeit oder einem Cricketspieler der Nationalmannschaft oder dem Mitbeklagten in einem modernen Scheidungsprozeß. Autogramme wurden von Gerald verlangt, wenn er bloß von einer Droschke in die andere umstieg, und der unglückliche Favorit des Publikums konnte kaum mehr seine Seele sein eigen nennen.

Diese Art von Publizität wurde lästig nach einer Weile, und Gerald konnte seinen Namen schließlich nicht mehr hören. Wales würde gewiß ein Refugium vor den zudringlich deutenden Fingern und den glotzenden Augen sein. Auf der Hinfahrt aßen sie zu Mittag in einem Ort, Nuneaton, in einem düsteren, schlechtgeführten Hotel. Nur ein schäbiger Gast saß im Speiseraum, der bei ihrem Eintritt sofort aufstand und sagte: »Sie werden sich meiner nicht mehr erinnern, Mr. du Maurier. Wir sind uns vor einigen Jahren auf Tournee in Liverpool begegnet.« Das, gleich zu Anfang, drückte einigermaßen auf die Stimmung, und nachdem sie zu der Begleitung der wiederauflebenden Erinnerungen des dürftigen Gasts ihr Hammelfleisch gegessen hatten, verabschiedeten sie sich und flüchteten in westlicher Richtung; im walisischen Grenzland machten sie zum Übernachten Halt, um sogleich von einem Baumwollspinner aus Chester angeredet zu werden, der Gerald bei der Hand packte und sagte: »Mein Sohn wird mir nie verzeihen, wenn ich nicht ›How d'you do‹ zu Arsene Lupin sage.« Das war kein glückverheißender Anfang eines geruhsamen Urlaubs, doch dies war der Preis der Popularität, und der ermattete Liebling des Publikums traf am folgenden Tag in einem reißenden Regenstrom und in dichtem Nebel, der alles über einen Umkreis von fünf Metern hinaus verbarg, in Llanbedr ein. Wie sich herausstellte, lag das Haus, zu dem man nur auf einem langen, steinigen Pfad gelangen konnte, ziemlich weit vom Meer. Hatte man den Strand endlich erreicht, erwies er sich als öde, wenig einladend und von zahllosen Kühen bewohnt.

Es sah aus, als sollten die täglichen Ausflüge an den Strand grauenhaft werden, da Jeanne den steinigen Pfad hinuntergetragen werden mußte und im Alter von drei Jahren kein Leichtgewicht war. Daphne war eine Spielverderberin, wo es um Wasser und Baden ging, und Angela, wie ihre Mutter, von einer erstaunlichen Furchtsamkeit in Gegenwart gehörnter Tiere. Oben vom Haus war der Blick reizend, wenn er nicht vom Nebel verhängt blieb. Der Garten war eine Wildnis und eine wahre Wonne, aber Obst, Eis und Fisch mußte man mit der Eisenbahn herschaffen. Die Mahlzeiten verursachten infolgedessen viel Mühe und Vorbereitungen. Gerald betrachtete den Regen, den Berg vorne vor dem Haus und begann, an Dieppe zu denken.

Dieser gedrückten Ferienstimmung mußte, koste es, was es wolle, entgegengewirkt werden, und Freunde wurden eilig herbeigerufen, die Düsternis aufzuhellen. Neffe Geoffrey, der beste aller Gefährten, dem der gleiche Sinn für Spaß angeboren war, kam mit Frau und Baby an und zog ein ganzes Gefolge, bestehend aus den Mallaby-Deeleys, den Ernest Thurstons und verschiedenen Verwandten Mos, nach sich. Man entdeckte, daß Harlech – besser geeignet zum Baden und für Golf – mit dem Auto leicht erreichbar war. Eine kleine Beigabe von Freunden aus London – die Pollocks und die Granets – kam hinzu, und mit der fieberhaften Unterstützung aller Beteiligten gelang es schließlich, Geralds Langeweile in Schach zu halten. Eine seiner Zerstreuungen damals und eigentlich immer war das Inszenieren von kunstvoll geplanten, recht gefährlichen Streichen, und Geoffrey war ein eifriger Mitverschwörer. Das Paar schaffte mit Hochdruck und brachte gemeinsam manch gelungenen *Coup* zustande, wobei die übrigen Mitglieder der Gesellschaft die Opfer waren. Das erwies sich als ein gutes Mittel, die Zeit zu vertreiben, und niemand litt Schaden dabei. Doch

Kriegsgerüchte wirkten ernüchternd, und als die Dinge anfingen, ernst auszusehen, bildeten diese den ausschließlichen Gesprächsstoff. Nachrichten waren in Wales schwer zu bekommen, und Gerald, der mit einem Ruck der Wirklichkeit ins Auge sah, schrieb um Bestätigung an Mamie.

Immer noch keine Nachricht über etwas Bestimmtes, schrieb er, *aber erstaunliche Gerüchte erreichen uns von Zeit zu Zeit. Weißt Du etwas? Jeden Morgen, wie schön er auch immer sein mag, erwacht man mit einem schweren Druck auf dem Herzen. Es wäre sündhaft, wenn England in diese Sache hineingezerrt würde, nur weil der österreichische Thronfolger von einem Wahnsinnigen umgebracht worden ist. Wir erleben erstaunliche Zeiten und sind uns hier alle bewußt, daß wir etwas unternehmen müßten, wir wissen bloß nicht was. Es ist fluchwürdig, und trotzdem müßte man sehen, irgendwo mit anzufassen. Paß ja auf Dich auf, Liebste, Du gehörst jetzt zu den Alten.*

Mamie, die mit May fern in Seaford weilte, konnte keine Auskunft geben, und die Gesellschaft in Wales mußte sich auf die Zeitungen verlassen. Niemandem war es mehr nach Streichen zumute, als der Krieg einmal erklärt war, und Gerald vergaß seine Langeweile. Sie kehrten alle in der letzten Augustwoche nach London zurück.

Das sind übermäßig aufreibende Zeiten, schrieb Gerald an Mamie, die sich noch immer in Seaford aufhielt. *In London, in der Welt der Clubs, sind die Narren noch größere Narren, kluge Leute sind noch klüger, und es fällt schwer, eine nüchterne Meinung zu bewahren. Die Lehnstuhl-Militärs, die Pessimisten, die Chauvinisten – und am allerschlimmsten die Leute, die soeben jemand, der* Bescheid *weiß, gesprochen haben – klären einen auf. Du wirst in der Zeitung lesen, daß der* Highflyer *einen deutschen Kreuzer versenkt hat. Glückauf, kann man da nur sagen, ob Neffe Guy drin war oder nicht. Man ist auf snobistische Weise stolz darauf, mit irgendeinem Menschen verwandt zu sein, der die Chance hat, verstümmelt zu werden oder andere zu verstümmeln. Wenn man niemand besitzt, der die Aussicht hat, getötet zu werden, steht man außerhalb. Angeblich sollen Menschen unter dem Einfluß von Alkohol – im Rausch, wie man zu sagen pflegt – ihre wahre Natur zeigen, aber in Kriegszeiten bekommt man sie auch ohne das wie unter dem Mikroskop vorgeführt.*

Jeder, der in diesem Moment etwas Liebes, Freundliches, Vernünftiges sagt, verdient das Viktoria-Kreuz. Niemand, den ich getroffen habe, hat es bis jetzt verdient. Dürfen wir abends bei Dir essen, wenn Du nächsten Sonntag zurückkommst, und May und Coley, der gegenwärtig gewiß eine Wohltat ist, treffen? Die Kinder sind wieder da und wünschen, sie wären's nicht, und sagen das auch unverblümt, besonders Jeanne! Aber im jetzigen Augenblick will man seine Familie ganz nahe bei sich haben.

Es war klar, daß der Krieg eine ungünstige Wirkung auf das Theater haben würde, und das neue Stück an Wyndham's am 1. September lief nur bis Dezember. Ein genialer Kopf war nötig, den richtigen Stoff ausfindig zu machen, der einem vom Kriegswahnsinn verfolgten Publikum gefallen könnte; Soldaten und Verwundete und Krankenschwestern, junge und alte Leute würden darunter sein, alle von einem Gedanken beherrscht und unfähig, sich auf das alte, ernsthafte Genre von Schauspiel zu konzentrieren, dessen Liebes- und Lebensprobleme jetzt, verglichen mit dem augenblicklichen großen Weltproblem, so kleinlich wirkten.

Die Zeit schien reif zu sein für eine Wiederaufführung von *Raffles,* und dieses Stück ging also am Tag vor Heiligabend über die Bühne. Die Wahl war richtig und brachte beinahe den alten Erfolg. Das Tempo und die Aufregung sagten den Menschen zu, die selber gedrängt und aufgewühlt waren von der großen Unruhe. Sie konnten ihre eingesperrten Gefühle in rasendem Applaus befreien und verfolgten die Abenteuer des Amateureinbrechers mit einer fast rührenden Intensität.

Es war wie eine Ironie des Schicksals, daß das Stück, in dem Gerald seinen ersten hervorragenden Erfolg gehabt hatte, ihm ewig mit der traurigsten Zeit seines Lebens verbunden bleiben sollte, so daß er sich in späteren Jahren *Raffles* nur mit Bitterkeit und Haß ins Gedächtnis zurückzurufen vermochte. Mamie ging es gesundheitlich seit einiger Zeit nicht gut, und der Krieg war ein großer Schlag für sie gewesen. Sie dachte fortwährend an Guy, der in Frankreich sein Bataillon kommandierte, und an die Enkel – die Älteren waren alt genug für die Armee –, und es kam ihr vor, als wäre die friedliche, ruhig dahinfließende Welt, die sie liebte und verstand, eine Stätte voller Verrat und Grauen.

Sie litt an dem alten Schmerz unter ihrem Herzen – »Mamies Schmerz« war man dazugekommen, ihn zu nennen –, er war seit Jahren in Abständen gekommen und gegangen. Aber nun verstärkte er seine Heftigkeit, und sie wurde müde und sehr schwach. Alle erkannten, daß sie ernstlich krank war, und wie sie da im Bett in der Wohnung in Portman Mansions lag, sah sie sehr zerbrechlich und rührend aus; ihre Hände zupften am Leintuch, und ihre Augen folgten May und Gerald überall im Zimmer nach. Guy kam auf Urlaub aus Frankreich, um sie zu sehen, und das erquickte sie ein bißchen, doch Weihnachten und Neujahr brachten wenig Hoffnung für jedes von ihnen, und ihre Kinder konnten nur mit bangem Herzen warten und sich fragend in die Augen sehen. Es wurde beschlossen, wenn auch nicht ohne peinigende Argumente und Zweifel, Baß sie sich einer Operation unterziehen müsse und daß in einer Privatklinik, mit Schwestern und Ärzten gleich zur Hand, eine weit günstigere Aussicht auf Genesung bestünde als in ihrer eigenen Wohnung. Die arme Mamie wollte nicht fortgehen; sie fürchtete sich vor Operationen und hing zärtlich am eigenen Heim – an ihren Möbeln, ihrer kleinen Habe, an den Dingen, die sie und Kicky miteinander geteilt und geliebt hatten. Sie wollte sich nicht davon trennen und bat, dableiben zu dürfen. Aber ihre Kinder glaubten, es sei besser so, und waren entschlossen; sie versprachen ihr, sie brauche keinen Tag länger in der Klinik zu bleiben als nötig.

Mamie verzehrte sich jedoch in der Klinik. Sie sehnte sich nach ihrer Behaglichkeit, nach ihrem Mädchen Julia und nach den Speisen, an die sie gewöhnt war. Die Operation wurde durchgeführt, und sie war nicht kräftig genug, sie durchzustehen, wie ihre Söhne das befürchtet hatten. Sie starb, ihre beiden Arme um sie geschlungen, am Jahrestag ihrer Hochzeit mit Kicky vor genau einundfünfzig Jahren.

Sie wurde neben ihm beerdigt in dem Grab auf dem Friedhof in Hampstead.

In jeder Minute bei Tag und Nacht fielen die Männer drüben in Frankreich, und der Tod war zu dieser Zeit eine gewohnte

Erscheinung in fast jedem Heim, doch selbst solche Tragödien vermochten nicht die innigverbundene Familie sich leichter mit dem Verlust der geliebten Mutter abfinden zu lassen. Das Schlimmste war, daß sie meinten, es hätte vermieden werden können, die Operation wäre nicht nötig gewesen. Mamie wäre vielleicht noch immer bei ihnen, wenn man sie nicht so überhastet in die Klinik geschafft hätte. Das Dasein ohne sie erschien ihnen undenkbar. Sie war ein Teil ihres täglichen Lebens, und ihr Tod bedeutete das Auseinanderfallen aller Bindungen, die sie zusammenhielten. Die Wohnung mußte aufgelöst werden, ihre Sachen wurden unter ihnen verteilt. Sie war eine so vorzügliche Trösterin, war so allgemein und heiß geliebt gewesen; die ihr eigene Großmut umfaßte jedes Mitglied im Hause ihrer Kinder. An Weihnachten gab es für jedes ein Geschenk – für jeden Enkel, für jedes Kindermädchen, jedes Küchenmädchen, und Kleider und Geschenkkörbe und Überraschungen; was von ihr verlangt oder nicht verlangt wurde, das gab sie bereitwillig her, von den Abschnitten aus ihrem Scheckbuch bis zu den Decken ihres Betts. Sie lebte für ihre Kinder und für die Kinder ihrer Kinder, und sie hinterließ eine unausfüllbare Lücke.

May, da Coley den ganzen Tag über im Kriegsministerium abwesend war, muß den Verlust am meisten gespürt haben. Allein in ihrem kleinen Haus in Chelsea, ohne ein Kind, das sie ablenkte, war sie doch immer Mamies Gefährtin und Freundin gewesen.

Doch zwischen Mamie und ihren Söhnen hatte ein besonderes Band bestanden, das in seiner Stärke fast sichtbar war. Sie behielt jeden Brief, den sie ihr je geschrieben hatten, angefangen beim ersten kleinen Gekritzel mit sieben Jahren bis zu den letzten, die sie von ihnen als fünfzig- und zweiundvierzigjährigen Männern bekam. Guy schickte ihr, wenn er von England fort war, jeden Tag Seiten um Seiten von engbeschriebenen Manuskriptbogen, auf denen er ihr seine Gedanken mitteilte, von seiner Tätigkeit, seinen Hoffnungen und Sorgen erzählte. Jeden Brief verzeichnete sie, versah sie mit einer Zahl.

Gerald, ihr Schaflämmchen, ihr verwöhnter Liebling, schrieb

weniger, weil er sie öfter sah und weil er mit der Feder nie so leicht bei der Hand war; doch auch seine Briefe behielt und bewahrte sie, kleine Zettelchen und uralte Rechnungen sogar. Diese Dinge hatten ihre Söhne angerührt und angehaucht, in den Händen gehalten. Sie waren ein winziger, unendlich kleiner Teil von ihnen gewesen, deshalb kostbar, und sie durften niemals vernichtet werden.

Sie ging von ihnen, und etwas, das die Söhne immer besessen hatten, verging mit ihr: jene erste Empfindung von Geborgenheit und Vertrauen, jenes mit der Kindheit entstandene Gefühl von Verläßlichkeit, der feste Glaube, sie würde sie niemals im Stich lassen. Nun war das alles zu Ende; mit ihrer Stimme und ihrem Lächeln war es aufgelöst; und es gab keine Gewißheit mehr im Leben und keinen festen Grund.

»Nimm das, G., man kann nicht wissen, und es war immer für dich bestimmt«, sagte Guy zu seinem Bruder, bevor er nach Frankreich zurückkehrte, und er gab Gerald den Siegelring, den er am kleinen Finger trug. »Viel Glück, und *Abret-ag-Aroag*«, sagte Gerald. Guy ging schweren Herzens und mit einem neuen Gefühl der Einsamkeit wieder nach Frankreich, er fragte sich, was wohl dieser armen, so zerrissenen und erschütterten Welt bevorstehe und ob aus ihrem großen blutenden Herzen ein neuer Himmel und eine neue Erde entstehen würden, die er und Gwen miteinander teilen dürften. Und Gerald schickte sich an, im Getöse des hysterischen Applauses seiner fiebernden, unglückseligen Zuschauer *Raffles* zu spielen, und böse Ahnungen und ein verzweifeltes Gefühl des Verlustes erfüllten sein Herz.

Sylvias ältester Junge, George, fiel im Frühjahr, im Alter von einundzwanzig Jahren. Er war tapfer und kühn gewesen, lebensgierig und auf eine besondere Weise strahlend, wie alle aus dieser gesegneten und tragischen Generation, und sein Tod war ein vertiefter Schmerz und eine neue Erkenntnis der schrecklichen Sinnlosigkeit. »*Raffles* tut meiner Familie nicht gut«, sagte Gerald hoffnungslos, sich selber in einer finsteren und schrecklichen Weise die Schuld an den Schicksalsschlägen gebend, die über sie alle gekommen waren und die keine Macht der Erde hätte verhüten können. Er dachte daran, wie Arthur,

Sylvias Gatte, während jener ersten gelungenen Spielzeit gestorben war und wie Sylvia selber sich die Ansteckung holte, und in seinem komplizierten und abergläubischen Kopf trat der Gedanke auf, daß *Raffles* verflucht wäre und in seinem scheinbaren Gelingen nichts als Verderbnis mit sich brächte. Der Februar verging – Februar, den Gerald immer seinen Schicksalsmonat nannte und gehaßt hatte –, der März kam ins Land, und Abend für Abend zog er los von Cumberland-Terrace ins Theater, sich fürchtend allein schon vor dem Wort »Raffles«, das in Riesenlettern über dem Eingang von Wyndham's angebracht war.

»Warte, bis du ins Vierzigste kommst«, hatte Papa gesagt. In vierzehn Tagen würde er zweiundvierzig sein, und seine Seele war krank von einer Angst und einem Grauen, das Papa nie gekannt hatte, und er fühlte sich müde und verbraucht und maßlos alt. Er war in seinem Ankleideraum im Theater, als das Telegramm mit der Nachricht kam, daß Guy gefallen war.

7

In gewisser Hinsicht war es eine zusätzliche Bitternis, daß jene Kriegsjahre zu seinen erfolgreichsten zählen sollten. Es war, als hätte ein furchtbarer Gott einem unheiligen Pakt zugestimmt, der besagte: »Ja, ich werde dir Ruhm und Gedeihen schenken, wenn du mir dafür deine Familie opferst.« Mamie, Trixie, Sylvia und nun Guy, sie waren jetzt alle fort, und nur er und May blieben übrig von der Gruppe, die Papa vor vierzig Jahren gezeichnet hatte. Die Eisenbahn war auseinandergebrochen, die Wagen zerstört; erhalten geblieben waren nur noch der Drittklassewagen und der Güterwaggon, die sich aneinander festhielten, wie sie das auf dem Bilde getan hatten. Klug waren sie gewesen, die die Linie durchbrochen hatten. Es gab ja wenig Freude und Ehre in der Folge dieses Krieges, inmitten einer im Kampf alt und müde gewordenen Welt, einer Welt, in der es keine Sicherheit mehr gab und keine Wahrscheinlichkeit, daß es je wieder Frieden gäbe, in der alle Lebensbedingungen immer schwieriger und verwickelter wurden; die alte Schlichtheit war entschwunden und eine Form von abgehärmter Ruhelosigkeit an ihre Stelle getreten.

Das Niveau war überall im Sinken begriffen, und die Maßstäbe entsprachen nicht mehr den Verhältnissen: Es gab nichts Festgegründetes, an das man sich hätte klammern können, keine Wurzeln mehr zum Halten; das Ganze war einem aus der Hand gerissen worden in dieser weltumfassenden Katastrophe, die sogar die Erdoberfläche zu verändern schien. Dieses Geschehen würde Sylvia und Trixie zerschmettert haben, dachte Gerald, wie es Mamie unter den Boden gebracht hatte. Etwas anderes war es bei May; sie hatte keine Kinder, und Coley war über das wehrpflichtige Alter hinaus. Aber mit zwei Jungen in Frankreich und einem auf der Nordsee wäre Trixies Fröhlichkeit verstummt, und Sylvias sanftes Herz hätte, wie die Herzen der anderen Mütter, das Leid nicht ertragen. Mamie, Trixie und Sylvia; er konnte sich schwerlich in ein solches Geschehen zurückwünschen; doch Guy ... Guy hätte entkommen müssen; er hätte nicht gehen dürfen. Es gab so viel für ihn zu tun; so viel bestärkende Worte zu sprechen, die er unausgesprochen gelassen hatte, und ach! die Dinge, die sie einander nicht gesagt hatten, die jetzt nie mehr gesagt werden würden, und die noch ungeschriebenen Theaterstücke, die zurückbehaltenen Fragen, die Scherze, die sie miteinander versäumt hatten! Wie sollte es nur möglich sein, das Leben ohne Guy zu bestehen, ohne seine weise Einsicht, ohne seine Hilfe und sein Lächeln? Wie konnte er fortgehen, ohne ein Abschiedswort zu hinterlassen, ohne ein letztes, segenbringendes Wort des Trostes?

Er hatte Guy viel zu selbstverständlich hingenommen; er hatte nicht oft genug an ihn geschrieben; die Stunden, die er mit ihm hätte zusammensein können, hatte er sich nicht genommen; kostbare Minuten und Sekunden, die verloren, die dahingegangen waren; sie stiegen jetzt in seiner Seele zu einer phantastischen, übertriebenen Summe empor, rügten ihn ob seiner Gedankenlosigkeit und seiner Versäumnisse. Er blickte auf den Siegelring und dachte: Guy hielt ihn in seinen Händen.

Er war ein Stück von ihm. Darum gab er ihn mir am Bahnhof. Er wußte – Guy wußte, daß er nicht mehr zurückkommen würde ... Und Gerald fragte sich, welche Botschaft dieser Ring wohl enthielte, welches geflüsterte Wort, das Guy verschwiegen hatte.

»Ich darf nicht nachlassen«, sagte Gerald. »Was auch geschieht, ich darf nicht nachlassen. Guy würde mich verachten, es ist eines du Mauriers, Papas nicht würdig. Ich muß einfach weitermachen, ich muß es durchstehen, wegen Mo und der Kinder, und ich darf niemals aussehen, als machte ich mir viel daraus, als ginge mir das nahe. Ich muß einfach weiterschuften und mein Bestes hergeben, wie grausam, verflucht und ermüdend alles noch werden mag, weil Guy an mich glaubte.«

Und er schwor einen Eid auf den Ring, daß er sich nicht kleinkriegen lassen würde, und dann ging er wie ein verlorenes Kind zu Mo, sich trösten, sich liebhaben zu lassen. Außerhalb des Theaters gab es manches für ihn zu tun, jetzt, da er in seinem Beruf so hoch angesehen war, und er fing an, tüchtig für die Wohltätigkeitseinrichtungen der Bühne zu arbeiten, organisierte Aufführungen für die verschiedenen Fonds und Gesellschaften, scheute keine Anstrengung, so daß die Leute, wenn es galt, zu irgendeinem Zweck eine Nachmittagsvorstellung zu arrangieren, bald sagten: »Wenden wir uns doch an Gerald!« Sie wußten, er würde sich die Zeit nehmen und aus dem Geplanten einen großen Erfolg machen.

Er war zum Präsidenten des Actors' Orphanage[1] im Jahre 1914 ernannt worden, und diese wurde ihm die liebste seiner Wohltätigkeitsstiftungen. Infolge seiner Bemühungen gestaltete sich das Gartenfest zur Unterstützung des Waisenhauses zu einem großen alljährlichen Ereignis der Londoner Saison, zu einem gesellschaftlichen Ereignis, das von allen am Theater interessierten Leuten besucht wurde, die bereitwillig spendeten. Erst in späterer Zeit ist aus dem Fest ein würdeloser, schreiender Betrieb geworden, wo ein Volk von Gaffern bezahlt, um bestimmte Künstler und Künstlerinnen zu sehen, wie sie bezahlen,

[1] Actors' Orphanage: Waisenhaus der Schauspieler.

um die prämiierten Hunde im Crystal-Palace sehen zu können. Es gab nichts, was Gerald für das Waisenhaus nicht unternommen hätte, und er arbeitete unermüdlich, damit es gedieh. Es war allen anderen Einrichtungen seiner Art unähnlich. Die Kinder lebten in einem reizenden alten Landhaus, umgeben von einem großen Garten und Wiesen, so behaglich und glücklich wie Kinder in einer Privatschule; sie waren die Söhne und Töchter verstorbener oder hoffnungslos armer Berufsgenossen, und wenn sie das Entlassungsalter erreichten, wurde ihnen jede Gelegenheit geboten, damit sie in ihrem kleinen Wirkungskreis vorankämen.

»Laßt uns doch immer gut zu den Menschen sein, die Pech haben«, sagte Gerald als Harry Dearth in *Dear Brutus*, und dieser Ausspruch wurde eines seiner Zitate, so daß es von nun an ein Teil seines Lebens war, Kollegen und Kolleginnen, die nicht seine Chancen, sein Glück, sein Stück Begabung mitbekommen hatten, zu helfen – Menschen, deren Lebensweg weder so glatt noch so gut verlaufen war. Er hatte sich nie viel aus persönlichem Erfolg gemacht, und nun scherte er sich noch weniger darum; doch in Zukunft wollte er zusehen, seine Stellung als Oberhaupt der Bühne mit einem gehörigen Maß von Ernst einzunehmen. Indem er das tat, würden arme Kerle, denen das tägliche Brot nie sicher war, ein paar Krümel für sich auflesen können, einen Blick auf andere Dinge als die Gosse werfen, und mit seiner Hilfe einen Rest von Hoffnung auf die Zukunft, einen Aufschub des äußersten Elends finden.

Die Jahre 1915 und 1916 waren von drei Aufführungen in Anspruch genommen, die keine Ähnlichkeit miteinander und doch alle Erfolg hatten. Die beiden ersten waren typisch für die besten Stücke Geralds; in jedem gab es eine schlagend individuelle, seiner Begabung, seinem Wesen gemäße Rolle.

The Ware Case war vollkommen fehlerfrei inszeniert und gespielt, und es gab keinen Augenblick, in dem das Stück schleppend wirkte. Seit seinem ersten Erscheinen hat es manche Gerichtsszenen auf dem Theater gegeben, und die Idee wirkt nunmehr ziemlich ermüdend und abgegriffen. Aber 1915 war sie originell und äußerst zwingend, und die Zuschauer lauschten in einem gespannten und atemlosen Stillschweigen, wie sie das heute nicht mehr vermöchten. Es war beinahe nicht möglich, teilnahmslos die Geschichte vom Lebenskampf des Hubert Ware zu verfolgen; und trotz der Indizienbeweise gegen ihn, trotz seiner Unbarmherzigkeit und seiner Grausamkeit, worüber die Zuschauer sich ganz im klaren waren, lag etwas Freimütiges an dem Burschen, etwas Unzurechnungsfähiges und sonderbar Aufrichtiges, das sie die Fragen an sich stellen ließ: »Kann er es getan haben? Nein, wir glauben das nicht.«

Es erheischte mehr als einen ungezwungenen Stil und eine reizende Art, die Zigarette anzustecken, um die Zuschauer zu überzeugen, daß die Geschworenen recht hatten, wenn sie das Urteil »Nicht schuldig« abgaben; und es erforderte abermals mehr, wenn es darauf ankam, den Mann im letzten Akt zu zeigen, wie er hysterisch, geistesgestört, nach der wochenlangen Anspannung entnervt, in einem unerträglichen Gemisch von Stolz und Reue kreischend bekannte, daß er die ganze Zeit über schuldig gewesen war. Das Publikum konnte mit dem Gefühl nach Hause gehen, von seinem Liebling Gerald auf köstliche Weise betrogen worden zu sein; er hatte ihnen zwar eine Gänsehaut über den Rücken kriechen lassen, doch sie erhielten immerhin den vollen Gegenwert ihres Geldes. Trotz aller rohen Anklänge ins Melodramatische und die einigermaßen schundromanhafte Entknotung war es zweifellos gutes Theater; und Gerald als Hubert Ware verkörperte nicht eine erdichtete Übertreibung, wie er das hätte tun können, sondern eine unvergeßliche, eben ihrer Abnormität wegen tragische Gestalt; ein unmenschlich gewordenes Wesen, das sich, infolge eines Risses in seiner geistigen Zusammensetzung, von einem unbesorgten, mittellosen Faulenzer zum gefährlichen Verbrecher entwickelte.

A Kiss for Cinderella war Barrie durch und durch, und das Stück muß wie eine Befreiung gewirkt haben nach der Nervenspannung des *Ware Case.* Hier gab es Wendy[1], zwar ohne Peter, aber auch sie sehnte sich nach dem Niemals-Niemals-

[1] Wendy: das Mädchen in Peter Pan.

Land[1] und lebte mit kleinen Kindern in Vogelkäfigen ringsum an den Wänden, vertraute dem schwerfälligen, linkischen Schutzmann ihre Träume an und wurde dann plötzlich, wie das Aschenbrödel im Märchen, in ihr Wunderschloß versetzt mit dem Schutzmann, der in einen Prinzen verwandelt war. Für die Feinde Barries war es sicherlich ein widerwärtig sentimentales Stück, das man hätte verbieten müssen, doch für die anderen, die ihren Barrie ganz und unverdünnt verschlingen wollten, war es zweifellos eine Perle.

Sie hatten genug vom Realismus im *Ware Case* und mit Hubert Ware eine überstarke Dosis bekommen. Hier bot sich dagegen eine reine, schlichte Phantasie, ein Land des Scheins, der Träume, und wenn auch alles unmöglich und paradox war, so wirkte es doch ungewöhnlich verführerisch. Die Szene im Traumschloß war eine unglaubliche Mischung von Edmund Dulac und Watteau und *Alice im Wunderland,* und keiner stand im Widerspruch zum andern. Hilda Trevelyan, als die Wendysche Cinderella, und Gerald, abwechselnd als Schutzmann und als Prinz, brachten die Barrie-Schwärmer an genau den richtigen Stellen zum Lachen und zum Weinen, so daß sie an eigene Träume, an eigene Phantastereien zu denken vermochten, während sie dieses weltflüchtige, zarte Schaumgebilde, das man kaum ein Theaterstück nennen konnte, ansahen. Und da durften sie für einige Stunden die Verluste in Frankreich vergessen. Wieder einmal zeigte Gerald Genie im Herausbringen des richtigen Stückes im richtigen Augenblick.

Das Programm, das im September darauf folgte, war weniger gängig und lief nur drei Monate, es wurde aber noch einmal von einem Triumph für Gerald und Wyndham's-Theatre abgelöst in dem Stück *London Pride*[2]. Weihnachten nahte, und der Krieg war nunmehr ein schon mehr als zwei Jahre dauernder Schrecken. Es wurde zunehmend schwerer, auch während der paar Stunden Entspannung im Theater, seine Existenz zu ver-

[1] Niemals-Niemals-Land: The Never Land in Peter Pan.

[2] London Pride: Volkstümlicher Name für die anspruchslose Pflanze Schattensteinbrech.

gessen, und auch dort war das nur möglich, wenn den müden Augen des Londoner Publikums eine so zauberhafte Komposition wie *A Kiss for Cinderella* einem Schmetterling gleich vorgegaukelt wurde. Aber Barrie schrieb nicht alle Tage Theaterstücke, und das Problem hieß, einen Stoff ausfindig zu machen, der imstande war, die Aufmerksamkeit und die wahre Anteilnahme der Zuschauer für die verlangten zweieinhalb Stunden zu fesseln. Die alten Liebesgeschichten taten das nicht mehr; die Ehedreiecke, die kleinen Aussöhnungen, die Kniffe der Einbrecher und Hochstapler wirkten armselig neben der modernen Kriegführung, und niemand scherte sich um das Schicksal dieser ausgestopften Gestalten, die nie existiert hatten. Die Liebe war damals ein Zugvogel, eine Flamme, die einen Tag und Nacht anhielt, die in der Eisenbahn von Liverpool-Street-Station ab schon bereut wurde, im Heulen einer Granate vergessen war und in Dreck und Stacheldraht für immer verlorenging. Es war unmöglich, daraus für zwei und eine halbe Stunde Unterhaltung zu machen. Und wenn der Ehemann einer Frau die Nacht mit der Gattin eines anderen verbrachte, so machte das nicht viel aus, weil beide Männer aller Wahrscheinlichkeit nach sowieso umkommen würden. Da blieben nur die Hochstapler übrig, und die Hochstapler waren inzwischen alle zu den Fahnen geeilt und waren entweder Helden oder gute flandrische Erde geworden; es wäre taktlos und ein bißchen unfreundlich gewesen, sie wieder nach Wyndham's-Theatre zurückzuholen.

Deshalb und weil niemand vom Krieg abzubringen war, erschien es dringend nötig, auch den Krieg als Mittel der Unterhaltung einzuspannen, und in diesem entscheidenden Augenblick inszenierte Gerald *London Pride.*

Das war eine der populärsten Sachen, die er je unternahm, und das Stück lief neun Monate. Es war im wesentlichen ein Produkt des Jahres 1917 und gehört in diesen Zeitabschnitt, der so lang und so endlos schien, ein Jahr der Wehen, der Katastrophen, das den Enthusiasmus hatte abflauen lassen und die Verzweiflung an seine Stelle rief, und wo es nicht mehr um die Frage ging, gesunde und kampffähige Männer zur Stärkung der Armee auszuheben, vielmehr um den unbarmherzigen und notwendigen Auftrieb der Herde zur Schlachtbank.

London Pride war ein geschickt gemachtes Propagandastück, und es wurde mit Begeisterung von allen Kreisen der Öffentlichkeit aufgenommen. »Ein dreifaches Hoch auf Cuthbert Tunks«, schrie die kleine Menschenmenge auf der Bühne, als der muntere, schamlose Costermonger[1] zu Hause ankam, um festzustellen, daß er, anstatt wegen Fahnenflucht erschossen zu werden, das Viktoria-Kreuz verliehen bekäme – ein merkwürdiger Widerspruch; und »Ein dreifaches Hoch auf Cuthbert Tunks«, rief auch das Publikum, bis ins Innerste aufgerüttelt von der Tapferkeit des Cockney und von dem Bild des rebellischen Rekruten, der die Erkennungsmarke seines toten Freundes stahl, um sich damit einen verbotenen Heimaturlaub zu erschleichen, um sein Mädchen zu sehen. Über die schimpfliche Tat wurde hinweggesehen, weil Cuthbert denselben Freund auf dem Rücken aus dem schweren Feuer getragen hatte; nach vielen Wechselfällen, wie z.B. einer unerwarteten Verwundung und einer noch unerwarteteren Begegnung im entscheidenden Augenblick mit dem Mädchen, das sich zu einer V.A.D.[2] entwickelt hatte, kehrte der Held unter dem rasenden Jubel der Galerie und des Parketts auf Krücken und mit Ordensbändern geschmückt nach Whitechapel[3] zurück.

Im Jahr 1917 erschien all dieses als irgendwie möglich, und das Gefühl herrschte, bei den Londoner Zuschauern wenigstens, die nicht an der Front gewesen waren, daß es doch Hunderte von Cuthberts geben müßte, die sich ebenso romantisch aufführten und dabei glimpflich davonkämen. Ihnen leuchteten die Szenen ein, der finstere Unterstand, wo Cuthbert über den gestrichenen Urlaub tobt, bis zu dem Cafe hinter der Linie, wo ein Toter auf einer Bahre an der offenen Tür vorbeige-

[1] Costermonger: Name für den Londoner Obsthändler.
[2] V.A.D.: Freiwilliges weibliches Hilfskorps.
[3] Whitechapel: Bezirk im Osten von London, bekannt durch die Armut und Unbildung seiner Bewohner.

tragen wurde, und zurück nach dem East End[1], dem Pearlie King und seiner Queen[2].

London Pride läßt sich nicht wiederaufführen; es ist so überlebt wie die Karikaturen von Kaiser Bill und Little Willie, so fremd wie die Stimmung des Liedes

We don't want to lose you
But we feel you ought to go,
For your King and our country
Both need you so.

Doch 1917 wurde das Stück in Wyndham's-Theatre als echt hingenommen, und es half auf eine nicht unrühmliche Weise ein gewisses Maß an Hoffnung und Glauben im Herzen derer zu fördern, die es sahen. Es ist leicht – gar zu kläglich leicht – zu lachen und die Gefühle von damals zu verhöhnen, schmunzelnd auf die Fotos im Familienalbum zu zeigen. Doch wir haben Anlaß, unserem Gelächter Demut, Verehrung, eine große Dankbarkeit dafür entgegenzusetzen; auf solche Weise und durch solche Gefühle sind Männer und Frauen geprägt worden, ohne die unser Erbe unfruchtbar wäre.

Jene Zeit wird erneut sichtbar mit dem Bild von Gerald als Cuthbert Tunks, in schlechtsitzendem Khaki, mit seiner Whitechapelaussprache, mit der Zunge in der Wange, seinem herumschweifenden Auge, dem Hut schief über der Stirn – dem köstlichen Bild eines echten Cockney, der in einem Atemzug zugleich lacht und flucht, in einem Augenblick sein Mädchen küßt und im nächsten es knufft, der beim leisesten Verdruß bereit ist, mit jedem zu raufen, um ebenso schnell bei einem Maß Bier und einer Zigarette das Ganze zu vergessen. Hier gab es keinen Salon-Gerald, nicht den glatten, legeren Mann von

1 East End: östlicher Teil von London.
2 Pearle King and Queen: Herrscherpaar der »Pearlies«, das sind die echten Costermongers, die seit Generationen ihr Gewerbe ausüben und ihre Festtagskleider sowie das Geschirr ihrer Esel, die die Gemüsekarren ziehen. über und über mit Perlmutterknöpfen besticken lassen.

Welt; er *war* Cuthbert Tunks. Er hatte die schwerfälligen und etwas ungeschickten Bewegungen, die linkischen Hände, den kecken, harten Blick, die hängende Unterlippe, das arrogante, ablehnende Verhalten.

London Pride überdauerte die Luftangriffe und erlebte zweihundertachtzig Aufführungen.

Nach dem Zwischenspiel eines unbedeutenden Stückes machte es im Oktober dem unsterblichen *Dear Brutus* Platz, welcher der letzte und größte von Geralds Kriegserfolgen war, ehe er 1918 Wyndham's verließ, um in die Armee einzutreten. Heute ist man dieses Stückes ein bißchen überdrüssig geworden – es hat zu viele dürftige Neuinszenierungen erlebt –, doch im Jahr 1917 war es ein Meisterwerk, und das bleibt es auch heute noch – auf dem Papier; aber mittelmäßige Schauspielkunst und eine gewisse, später eingerissene Nachlässigkeit in der Inszenierung haben seine Aufführungen verdorben. Harry Dearth war wesentlich eine Gerald-Rolle und zeigte Gerald, wie er 1917 war, am besten. Wie bei allen ihm vertrauten Dingen nahm er die Rolle im Lauf der Jahre als zu selbstverständlich. Ein Lückenbüßer wurde daraus und ein Hilfsmittel, Zeit zu gewinnen. Es gibt eben ein gewisses Etwas in einer Urbesetzung, den Zauber des Anfangs, den Geist der *camaraderie,* ein erstes Erkennen und ein bestimmtes Bewußtsein: »Wir sind diese Menschen – das Stück gehört zu uns.«

Jeder hielt Schritt, jeder stand im Einklang; es war, als hätte der Geist des Waldes sie wirklich bezaubert, und sie traten, in diesen Zauber getaucht, leise auf. Von der ursprünglich elfköpfigen Besetzung des Stücks sind bis auf drei jetzt alle tot, so daß ihm fast etwas Spukhaftes anhaftet, etwas Trauriges. Sie haben kein Wesen, doch ihre Schritte streifen über die Bucheckern und das Moos. Der Wald ist nicht mehr, aber irgendwo in der Stille von Wyndham's nehmen die Bäume Gestalt an wie Schatten, die Zweige regen sich, und »Lob« steht in der Mitte der staubigen Bühne, seinen Finger auf den Lippen.

Als Gerald das erste Mal in der Rolle des Harry Dearth probte, machte er sich mit grauen Haaren und einem Bart für den zweiten Akt – die Waldszene – zurecht und sah genau wie

Kicky aus. Es war beinahe unheimlich. Aber die Truppe erlaubte ihm nicht, die Maske zu tragen: »Das ist nicht Gerald; das Publikum wird das nicht mögen«, sagten sie, und so blieb Dearth das ganze Stück hindurch glattrasiert. Doch selbst dann schlich sich noch etwas von Kicky in die Rolle hinein, und der verzauberte Dearth des Waldes sang seine Lieder auf französisch und gebrauchte den beinahe schon ganz vergessenen du Maurierschen Slang, blinzelte seine Staffelei an und neckte seine Tochter, wie Kicky einst May geneckt hatte.

Barrie hatte *Dear Brutus* ersonnen und die Figur des Künstlers, dem eine zweite Chance gegeben wurde, des Künstlers, der lieber arm und unbekannt bleiben wollte, ein Vagabund mit seiner Tochter zur Gefährtin. Doch Dearth selber, mit seiner Verwandlung aus müder Bitterkeit in ein leichtsinniges Zufriedensein, erwachte durch Gerald zum Leben. Er sprach zu seiner Traumtochter in der Art, wie er mit seinen eigenen Kindern redete, wie Kicky als Barty Jocelyn in *The Martian* zu seiner Tochter gesprochen hatte; diese Erinnerungen lebten unbewußt in Gerald und wurden mit Dearth identifiziert; sie hauchten Barries Helden Leben ein und gaben ihm eine Bedeutung von eigentümlicher Tiefe; es war, als ob Gerald selber nicht recht begriffe, was geschah, und, auf den eigenen Schatten zeigend, flüsterte: »Da, wenn Gottes Güte nicht wäre...«

Die Menschen, die Gerald 1917 als Harry Dearth sahen, nahmen nicht die Darstellung einer imaginären Gestalt wahr, sondern die Offenbarung eines lebenden Menschen, seine Hoffnungen, seine Ängste, seine kleinen Gespenster und Träume, sahen das, was er hätte sein können, das, was aus ihm noch werden konnte, eine Herausforderung und ein Bekenntnis zugleich.

Weil er erfolgreich war, weil es ihm an nichts fehlte, weil er eine Frau hatte, die er anbetete, und drei Töchter, die nicht aus Träumen gebildet waren, machte er einen Sündenbock aus Harry Dearth, einen Prügelknaben, eine Geißel für sein eigenes Ich. Harry Dearth war ein Geleitbrief, ein Schutz; als er mit gequälten Augen aufblickte und erfuhr, daß »Lob« ihn betrogen hatte, daß der Wald verhext gewesen und seine Tochter nie geboren worden war, da war es Gerald, der litt, Gerald, dessen Seele gefoltert wurde, Gerald, der hinter seinem Doppelgänger herflüsterte: »Dieser da hätte ich sein können.«

Es war ergreifend und schrecklich; er verbarg nichts und entblößte sich vor den Augen der Welt mit einer grausamen Nichtachtung gegenüber seinem Ureigensten, stellte sich für alle Neugierigen an den Pranger, als wäre ein plötzliches und verzweifeltes Verlangen nach Erlösung über ihn gekommen.

Was in seinem Geist in Wirklichkeit vor sich ging, läßt sich unmöglich erraten. Er war zweifellos unglücklich in dieser Zeit. Der Krieg hatte seine Nerven aufgerieben. Guy und Mamie fehlten ihm. Er fühlte sich verloren und hoffnungslos verlassen, und selbst Mo konnte da nicht helfen. Seine Darstellung als Harry Dearth war eine Enthüllung des inneren Menschen, dessen Existenz ihm selbst nicht voll bewußt war; er erstach sein eigen Ich im Spiel, durchbohrte sein Herz und seine Gefühle und seine Erinnerung, erstach seine Familie, als sie kam, die Aufführung zu sehen – so sehr, daß die zehnjährige Daphne schluchzend aus der Loge geführt werden mußte; und obwohl das Stück einer der größten Erfolge war, den Wyndham's je erlebte, und die Leute einander zuflüsterten: »Wie großartig doch du Maurier ist; nicht ein bißchen sich ähnlich dieses Mal«, so war es ihnen unbehaglich zumute, waren sie im Herzen unschlüssig über ihre Gefühle, und sie weinten mit Harry Dearth, wie sie noch nie zuvor geweint hatten.

8

Es war sicher ein Fehler, in den Ferien nach Whitby zu gehen; er hätte wissen können, daß sich in jedem Winkel ein Geist verbarg und Jede Windung und Biegung der engen, mit Kopfstein gepflasterten Gassen von Erinnerungen umwittert waren. Wie ein Echo war das Geschrei der Möwen, und Schritte folgten ihm nach auf dem Kai.

Der Himmel war grau und das Meer vom Wind getrieben; die Wellen schlugen mit Schaudern und Klagen an die Mole.

Überall gab es Schatten und Stimmen aus einer anderen Welt, Stimmen aus der nunmehr toten und entschwundenen Vergangenheit; sie flüsterten, wenn der Wind blies, und lärmten, wenn die Luft still war, und die Straße entlang liefen die Phantome von Kindern, die vor langer Zeit dort gespielt hatten. Papa ging mit Chang auf dem Fischmarkt spazieren; wenn Gerald behutsam lauschte, konnte er um die Ecke das Echo seines Liedes hören:

J'ai tout quitte pour l'ingrate Sylvie,
Elle me laisse pour prendre un autre amant.
Plaisir d'amour ne dure qu'un moment,
Chagrin d'amour dure toute la vie;

und es folgte eine Pause, indes Papa seine Zigarette ansteckte und das Streichholz wegwarf; und fort gingen dann wieder seine Schritte, tap-tap mit dem Stock, und hallten die Straße entlang, bis sie im Ruf eines Vorübergehenden und in dem hellen, dünnen Schrei der Fischerweiber »A-ny fresh herrings?« verlorengingen. Papa war fort, mit seinem Lied davongegangen, und wie schnell auch Gerald an die Ecke lief, er konnte ihn nicht mehr finden.

Wenn er an dem Haus in St. Hilda's Terrace vorbeiging und unwillkürlich zum Fenster hinaufblickte, sah er Mamie sekundenlang gegen das Rouleau scharf abgehoben dastehen; sie winkte ihn mit der Hand heran und rief etwas, das er nicht hören konnte; und dann war auch sie fort, als wäre sie nie gewesen, und keine Gestalt stand an dem offenen Fenster, nur ein Rouleau war da, das im Nordwind hin und her schlug. Doch als er sich umwandte und weiterging, ohne einen Blick über die Schulter zurück zu wagen, folgte ihm der Klang von Trixies mächtigem, brausenden Lachen bis ans Ende der Straße.

Er dürfte nie wieder hierher kommen, nie, nie mehr. Da gab es zu viele Stimmen, und manchmal riefen sie so laut, daß er bewegungslos stehen bleiben mußte, wo immer er sich auch befand auf der Straße, auf der Mole, in einem Laden und die Hände über die Augen legen und stillstehen und zittern und sich an Mo oder an einem der Kinder festhalten, wo immer sie auch sein mochten, und abwarten, bis der Schrecken, die Angst und die Einsamkeit vergangen waren – bis sie an ihre unbekannten Stätten, wenn auch nur für wenige Stunden, wieder verbannt waren.

Er hatte in letzter Zeit zu viel getrunken, gewiß. Er wußte das. Dies war die Folge davon, und er konnte nur sich selbst die Schuld geben; aber das allein konnte die Pein nicht erklären, die ihm die unerreichbaren Flüsterstimmen bereiteten, die Hände, die ihn berührten und sich in Nichts auflösten, die Erinnerungen, die aufstiegen und ihn erstickten, ihn schlugen und verletzten, mit jedem Ruf daran mahnten, daß er allein, allein, allein war...

»O Guy, hilf mir! Verlaß mich nicht! Bleib nahe bei mir!« sagte er, und von irgendwo aus seinem Inneren kam eine kleine Botschaft des Trostes, eine geflüsterte Bestärkung, ein warmes, lebendiges Wohlgefühl, als ob Guy seine Schulter berührt hätte und neben ihm stünde und leise gelacht und gesagt hätte: »All right, G., ich bin hier; ich werde immer dasein, wenn du mich brauchst«. Dann fühlte er sich stärker, wieder mehr er selbst, ruhiger an Leib und Seele; und es bedurfte keiner großen Anstrengung mehr, wieder ins Hotel zurückzukehren und zu Mittag zu essen, zu plaudern, als wäre nichts geschehen, und mit Mo die Pläne für den Nachmittag zu besprechen.

»Wie fühlst du dich, geliebtes Herz?« fragte sie dann. »Ich kann es nicht ertragen, dich so wie heute morgen zu sehen. Wenn ich nur etwas tun könnte!« Doch er antwortete: »Mir geht's gut. Zu viele Whisky-Sodas, das ist mein Unglück. Sie machen mich gruseln.«

Er lachte dabei und sagte ihr, sie solle sich nicht sorgen; er sei nun mal schwierig, ein hoffnungsloser Fall, entsetzlich, mit ihm verheiratet zu sein; sie sei ein Engel, daß sie ihn ertrage, und wenn sie nicht gewesen wäre, hätte er sich längst eine Kugel durch den Kopf gejagt. »Du sagst solch schreckliche Dinge«, widersprach sie. »Warum denkst du manchmal so bitter über das Leben, wo du doch alles hast, was du willst, und keine wirklich schweren Sorgen kennst? Du warst früher nicht so, mein Lamm.« Er zuckte die Achsel und blickte zum Fenster hinaus und sah dem Regen zu, wie er herunterkam, den Nachmittag zu verderben – ein wischender, schräg streichender Regen mit einem Wind aus dem Osten hinter sich und in der Ferne das Donnern der Brandung auf dem Strand. »Ich weiß nicht«, sagte er, »ich weiß nicht.« Er sah sie hilflos an, wie ein Kind, das Trost begehrt, als hielte sie das Rätsel seines kleinen Weltalls in ihren Händen, und sie hatte ihn lieb und tröstete ihn, wie Mamie das Schaflämmchen vor dreißig Jahren getröstet hatte. Aber sie konnte sein Blut nicht von der Einsamkeit befreien; sie konnte ihm die Geborgenheit und den Frieden einer entschwundenen Kindheit und eines verlorenen Reiches nicht zurückgeben.

1916 zogen sie um von Cumberland-Terrace nach Hampstead hinauf; für Gerald war das ein erneuter Anlaß, seine Schritte in die Vergangenheit zurückzulenken, ein unbewußt vorbeugendes Mittel, sich vor Enttäuschungen zu schützen. Er sagte sich: »Ich war glücklich und sicher hier als Kind, also werde ich hier auch wieder glücklich und sicher sein.«

Er hätte gern New Grove House genommen, doch das erwies sich als nicht durchführbar, und nach einigem vergeblichen Suchen fand er Cannon-Hall, ein Haus, das etwa fünf Minuten von seiner alten Heimat entfernt lag. Er liebte es sofort. Er liebte den Garten und den Blick von seinem Schlafzimmerfenster. Er fühlte sich wie ein in sein Geburtsland zurückgekehrter Wanderer. Er wußte, daß er hier zumindest Wurzeln hatte. Die Geborgenheit war wieder da. Nie würde er noch einmal von Hampstead fortziehen wollen. Er würde ein Inventarstück sein, jetzt und für immer, ein Teil des Bodens. Und May müßte sonntags zum Mittagessen mit Coley heraufkommen, wie Trixie und Sylvia, nachdem sie verheiratet nach New Grove House gekommen waren; und auch die verschiedenen Neffen müßten kommen; und es gäbe ein Gefühl der Gewißheit, daß die Familie nicht gänzlich verlorengegangen oder zerstreut war. Er würde Wiedersehensfeiern und eine Versammlung der Sippschaft in Hampstead veranstalten, sonntags die Kinder auf Papas Spaziergang mitnehmen – über die Heide hinunter vom

White-Stone-Teich aus auf die Tannenbäume und die alten Pestgruben über dem »Bull and Bush« zu, oder der Spaniards Road entlang bis zu dem Baum am Ende neben dem alten Haus, der Stedalls, und auf den Baum würde er mit seinem Stock klopfen und sich dann umwenden, wie Papa das gemacht hatte. An den Geburts- und Todestagen wollte er Kränze und Blumen auf die Gräber in Church Row bringen – Frühlingsblumen für Mamie und Papa, und Blumenzwiebeln für Sylvia, und einen Kranz mit der Schleife der Füsiliere auf Guys Gedenktafel legen. Das wäre ein kleines Ritual, an das er sich immer erinnern wollte, und dann ginge es nach Hause zurück, den Berg hinauf, an New Grove House vorbei mit einem Gruß zum Atelierfenster hinüber. Sein Schlafzimmer in Cannon-Hall wurde zu einer Galerie der Vergangenheit mit den Schulfotografien aus Harrow ringsum an den Wänden und auf dem Kaminsims und den Bildern seiner geliebten Familie darüber. Davor stand ein silbernes Kreuz. Er küßte diese Fotos jede Nacht und richtete ein Wort an jedes. Er dachte nicht daran, daß dieser Fetischkult identisch war mit den Gebeten der Männer und Frauen, die sich neben ihr Bett knieten oder die Hände in der Kirche falteten, ein abergläubisches, jedoch uraltes Bekenntnis zum Glauben an sich und an die Menschheit.

Hampstead ließ ihn sehr zum Bewußtsein seiner Familie kommen. Er war ihr jetzt näher als je seit dem Tod seiner Lieben, und diese Nähe gab ihm ein kleines Gefühl von Wichtigkeit und Pflicht. Er fing an, auf Hampstead zu blicken wie ein Landbesitzer, dessen Vorfahren seit Generationen Grund und Boden besessen haben, seine Domäne betrachtet. Die französische Herkunft erregte ihn nicht wirklich, wie das bei May der Fall war, er gab vor, sich fremd gegenüber Frankreich und dem französischen Volk zu fühlen; und obwohl es ihm gefiel, das erste von seinem Urgroßvater in Anjou geblasene Glas auf dem Eßtisch in Cannon-Hall zu haben, hätte es ihm viel mehr gefallen, wenn es in Hampstead unter seinem jetzigen Dach geblasen worden wäre.

Es war ein bißchen bedauerlich, daß sein geliebtes Hampstead ein Vorort war, der sich entwickelte und jedes Jahr mehr in

Groß-London aufging. Er hätte die malerischen Traditionen eines großen Landsitzes geschätzt, wo die Schloßherrin den Armen und Rheumakranken Eingemachtes bringt und der Grundherr mit einem Knicks und einem Hutab feierlich begrüßt wird.

So wie die Dinge lagen, konnte er nur vom Milchmann wiedererkannt werden, dessen Geschäft in den achtziger Jahren das Notwendige an New Grove House geliefert, und vom Apotheker, der sie ebenfalls betreut hatte; und obwohl der Straßenkehrer bald anfing, ihn mit einem munteren Kopfnicken zu begrüßen, fühlte sich Gerald doch nicht ganz berechtigt, nach der Frau und den Kleinen zu fragen, wie er das getan hätte, wäre er wirklich der Schloßherr von Hampstead gewesen.

Daß mit Fingern auf einen gezeigt und man als Gerald du Maurier erkannt wurde, hatte bei weitem nicht den Reiz, wie wenn man von Leuten in Hemdkittel und Gamaschen angesprochen worden wäre: »Sie sind das leibhaftige Bild Ihres Urahns, der neben dem meinen kämpfte, Sir, bei Waterloo.«

Unterdessen wuchsen die Kinder heran und waren im Begriff, bis zu einem gewissen Grade Kameraden zu werden. Es machte Spaß, Angela zum Mittagessen auszuführen. Sie litt nie an Schüchternheit, lachte und plauderte vielmehr mit jedem und hatte sogar schon etwas von einer Gastgeberin an sich. Es machte auch Spaß, auf dem Rasen mit Daphne und Jeanne Cricket zu spielen, die, in Wollwesten und Kniehosen gekleidet, als Jungen träumten und dachten, einander mit fingierten Nachnamen riefen und kolossale Heldentaten für die Farben einer Schule vollbrachten, die bloß in ihrer eigenen Phantasie existierte. Gerald brachte ihnen mit Vergnügen bei, wie man den Ball in der richtigen Weise mit dem Arm von hinten über die Schulter wirft und mit einem geradegehaltenen Schläger spielt; er kaufte ihnen Boxhandschuhe und trieb sie an, sich gegenseitig die Nasen zu verklopfen; er diskutierte mit ihnen über *Die Schatzinsel* und *Den Grafen von Monte Christo*, die Kämpfe der Mohikaner und die Meutereien auf Schiffen. Er nahm Daphne nach Harrow mit und zeigte ihr das Klassenzimmer der vierten Klasse und sein altes Haus, the Grove,

Ducker[1] und Speecher[2], und sie hörten sich die Lieder der Schule an. Er hatte in Jahren nicht mehr an Harrow gedacht, und nun begann er, sich zu besinnen und sich darüber zu freuen, und es war einer der stolzesten Augenblicke seines Lebens, wie er die Treppe am Speech Day[3] herunterkam, von der ganzen im Hof versammelten Schule mit Hochrufen begrüßt: Das war ein alter Brauch, mit dem berühmte Persönlichkeiten geehrt wurden und den der faule, leichtsinnige Gerald von einst nie für sich erträumt hätte.

Später, als der Krieg vorbei war und die Cricketspiele bei Lord's[4] wieder aufgenommen wurden, war er einer der treuesten Harrow-Anhänger: Stunde um Stunde saß er da, sein Auge auf den Pitch[5] geheftet, eine riesige Kornblume im Knopfloch, die Kinder neben sich, und rief aus Leibeskräften »HARRO-O-O-O-W« mit der ganzen Begeisterung der Quarta.

Es wäre erfreulich gewesen, einen Sohn dort zu haben wie viele seiner Altersgenossen, aber sonderbarerweise hatte er nie gewünscht, seine Töchter möchten lieber Jungen sein.

»Töchter sind das Richtige«, sagte Harvy Dearth in *Dear Brutus,* und Gerald sagte das gleiche. Es war amüsant, ihre Ähnlichkeit mit den Schwestern, wie er sie im Gedächtnis hatte, zu verfolgen – eine Erinnerung an Sylvia bei Angela, wenn sie lachte oder sang oder den Kopf geschwind zur Seite wandte; eine Ähnlichkeit zwischen Daphnes Nase und Stirn und der von Papa, doch ihr Kinn war genau das Kinn von May; und obwohl Jeanne augenblicklich eine Miniaturausgabe von Mo darstellte, so gab es doch auch etwas von Trixie bei ihr um die Oberlippe und die Schläfen. Er empfand es als einen tragischen Mangel, daß Papa und Mamie nicht mehr lebten, in New Grove House, wo die Kinder nach Herzenslust hätten ein- und aus-

[1] Ducker: Harrowslang für das Schwimmbad.
[2] Speecher: Harrowslang für die große Aula.
[3] Speech Day: Festliche Schulschlußfeier.
[4] Lord's: Berühmter Cricketplatz in London, wo das jährliche Spiel zwischen Eton und Harrow ausgetragen wird.
[5] Pitch: Wurflinie im Cricket-Rasen.

wandern können und, wie er das getan, im Atelier herumstöbern, während der Gov-nor sie im *Punch* verewigte und schmunzelte und leise ein französisches Liedchen vor sich hin pfiff. Er las von neuem *Peter Ibbetson* und *Trilby* und *The Martian*. Er sah alle in seinem Besitz befindlichen Zeichnungen Papas wieder durch. Er versuchte, sich in die alte Atmosphäre der Dinge, die ihm einst vertraut gewesen waren und sich nun entfernt hatten, zu vertiefen, und fragte sich, warum ihn das Hastigsein, das Impulsivsein und das Jungsein diesen Schätzen gegenüber so gleichgültig hatten sein lassen zu einer Zeit, als sie ihm am meisten geholfen hätten. Es war ihm, als hätte er viel von seinem Leben vergeudet und verschwendet. Er hatte gefaulenzt, war müßig gewesen, er hatte zu oft den bequemeren Weg eingeschlagen. Es war so einfach, egoistisch, nachlässig zu sein, sich um die Gefühle anderer nicht zu kümmern, ihre Empfindungen für die menschlichen Dinge zu verletzen. Die Generationen verstanden einander nie. Das war eine der Tragödien des Lebens. Er hatte Papa geliebt und ihn geachtet, war stolz über sein Talent und seinen Erfolg gewesen, doch sie waren nie Kameraden geworden. Sie hatten verschiedene Sprachen gesprochen. Er war ruhelos und aufgeregt gewesen, hatte keine Zeit gehabt für irgend etwas außer seinem persönlichen Vergnügen, seinen Bühnenspäßen, seinen kleinen Liebeleien; und Papa mit sechzig war ihm unermeßlich alt erschienen, etwas umständlich vielleicht, etwas knauserig bei kleinen Geldausgaben, zufrieden, wenn er abends zurückgelehnt im Atelier sitzen und lauschen konnte, wie Mamie aus irgendeinem öden Klassiker vorlas. Gerald war manchmal ungeduldig mit ihnen gewesen, er wunderte sich, wie sie die Langeweile, die Eintönigkeit bloß aushielten, wo er selber doch die halbe Nacht beim Kartenspiel mit den Jungens im Green-Room-Club aufblieb.

Wie wenig hatte er doch von Papas wahrer Natur gewußt, von seinen kleinen Hoffnungen und Befürchtungen, seinen geheimen Problemen, seinen nie, außer in den Büchern, erwähnten Träumen. Sie waren nie Gefährten gewesen, und nun, da er seine Freundschaft gern gesucht hätte, war es zu spät. Er fühlte sich seinem Ich von vor zwanzig Jahren sehr entfremdet, jenem unbekümmerten, sorglosen Ich, das durch die Wälder lief und dem eigenen Schatten nachjagte. Wie eigensinnig war er gewesen, wie widerwillig beim Zuhören, wie dickköpfig und unausgeglichen und oberflächlich, und doch – und doch, trotz all seiner Fehler der übertriebenen Begeisterung und Impulsivität, waren das die guten Tage gewesen, die lebensvollen Tage; Tage, wo das Aufstehen morgens ein Abenteuer gewesen, um des Unbekannten willen, das hinter der Ecke lauerte; nicht die Anstrengung, die es heute kostete.

Er konnte sich nicht mehr auf den Tag besinnen, als das Aufwachen aufgehört hatte, ein Abenteuer zu sein. Aber irgendwann mußte wohl der Tag gedämmert haben mit einem bleichen Himmel und einem kalten Regen, den der Wind vor sich hertrieb. Vielleicht war er am Abend vorher lange aufgeblieben, hatte zu viel getrunken, zu viele Zigaretten geraucht; und, da der Schlaf nicht mehr so leicht kam wie zuvor, war er wachgelegen und hatte den Vorhang wehen gesehen und die Sterne dahinschwinden. Und dann hatte er über seine kleine Aufgabe in der Welt nachgegrübelt – welch ein geringfügiges und unbedeutendes Geschöpf er doch wäre, wie wertlos, wie unbrauchbar an Leib und Seele, und er hatte sich gefragt, warum er wohl Abend für Abend mit geschminktem Gesicht seine Rolle auf der Bühne spielte vor Menschen, die zu gut gegessen hatten und gleichgültig waren?

Es gab Männer, die Brücken bauten, überlegte er, und Männer, die Krankheiten bekämpfen, und Männer, die auf Malerleinwand für ermüdete Augen Schönheit entstehen ließen; Männer, die für kranke Tiere und Kinder sorgten; Männer, die Pflanzen zogen und Blumen züchteten; Männer, die Speisen für den Bedarf des Körpers bereiteten, die mit den Händen geschickt waren, Möbel bauten, elektrische Glühbirnen anfertigten, zerbrochene Gegenstände reparierten; es gab Männer, die sich Musik ausdachten für die Ermatteten, und Männer, die Gedichte schrieben für die Erschöpften.

Und er war nichts als ein Komödiant, ein Gaukler, der in irgendeiner Maske vor der Menschenmenge Possen trieb. Alles, was er erreicht hatte, war billige Popularität, und was nützte das ihm oder der Welt? Die rechten Stücke wurden nicht alle Tage geschrieben; die Erfolge würden nicht immer Bestand haben; Freunde erwiesen sich nicht als wahre Freunde; Familien starben aus oder wurden auseinandergerissen, und stets lag vor einem der Gedanke, daß man älter würde, immer müder und verbrauchter, der Gedanke, daß man immer weniger geneigt sein mochte, zu kämpfen und sich Mühe zu geben. Und warum, warum, zu welchem Endzweck, aus welchem Antrieb heraus – o Gott, zu welcher Erlösung? Er mußte wohl eingeschlafen sein, während die Schatten wuchsen und das Licht verblaßte; unter seinen Augen und um seine Mundwinkel waren kleine Linien gezeichnet, und als er erwachte, war es Tag gewesen, doch das Abenteuer war mit dem Morgenstern entschwunden – auf immer.

Möglicherweise war es eine Folge dieser Gefühle, die Gerald dazu führte, im Sommer 1918 in die Armee einzutreten. Es bestand für ihn nicht die geringste Notwendigkeit, das zu tun. Er war vierundvierzig, hatte Familie und Verantwortungen, und, welcher Art auch seine persönlichen Ansichten über die Bühne als Karriere sein mochten, so bekleidete er immerhin eine prominente Stellung im öffentlichen Leben. Er war hoffnungslos ungeeignet für die Pflichten eines Soldaten. Er hatte weder Ahnung von Disziplin noch Erfahrung mit einer rauheren Lebensweise, nicht einmal eine Wespe hatte er je getötet. Wäre er jünger gewesen, hätte ihm, wie jedem anderen Zivilisten, die Ausbildung wahrscheinlich außerordentlich gut getan; doch die tatsächliche Begegnung mit dem Krieg in seiner ganzen Düsterkeit und seinem Dreck würde ihn nervenkrank gemacht, ihm den bitteren Sinn für die Ungerechtigkeit und das Unsinnige des Geschehens eingetragen haben, wie das bei so vielen anderen Männern der Fall war, deren Wesen individualistisch und hochempfindlich war. Im Schützengraben wäre Gerald hoffnungslos unbrauchbar gewesen. Er war ungeschickt mit den Händen. Er hätte niemals Waffen irgendwelcher Art handhaben können, und seine Unfähigkeit, sich zu konzentrieren, würde ihn bei einem Angriff nutzlos gemacht haben. Seine einzige Chance hätte kommen können, wenn er in Wut geraten wäre. Zusehen zu müssen, wie neben ihm ein Freund getötet wurde, hätte sofort eine Reaktion ausgelöst; man konnte sich Gerald gut vorstellen, wie er mit weißem Gesicht, lästernd und fluchend, bereit war, den unbekannten Totschläger zu zerfleischen.

Aber solcher Augenblicke gibt es nicht viele im Krieg, und obwohl Gerald hinter der Linie sicher ein unglaublich amüsanter Kamerad gewesen wäre, so hätten ihn der Schmutz, das Unbehagen, das Häßliche und die entsetzliche Einförmigkeit des Ganzen vermutlich doch an den Rand der Verzweiflung gebracht.

Der Krieg endete ohnehin im November, und Gerald verbrachte nur wenige Monate beim Militär als Kadett bei der Irischen Garde in Bushey, was ja nicht viel mit Krieg zu tun hatte. Dennoch, er war der Armee beigetreten und war bereit gewesen, sein Leben zu riskieren. Irgendwie war das eine Geste, die er als unumstrittenes Oberhaupt seines Berufes machte, und eine feierliche Erklärung, daß er seine Stellung ernst nahm – so ernst, daß er sich entschloß, ein gutes Beispiel zu geben. Die Kollegen seines Alters nahmen es zwar nicht so genau; der Hinweis als solcher blieb ohne Wirkung auf sie, und die allgemeine Ansicht war, daß Gerald etwas Törichtes getan hatte. Wozu wollte er in die Armee eintreten, wo *Dear Brutus* vor überfüllten Häusern in Wyndham's-Theatre gespielt wurde und damit viel Geld zu verdienen war und er ein entzückendes Haus in Hampstead und eine zärtliche Familie besaß? Warum das alles wegwerfen, gerade jetzt, wo er auf der Höhe seiner Leistung stand? Es gab junge Leute genug, die gehen konnten. So folgerten die Klugen, die sich an ihre Sicherheit klammerten, und dann zuckten sie die Achseln. »Wenn Gerald sein Leben verpfuschen will, laßt ihn, aber das heißt nicht, daß wir dasselbe tun. Schließlich kann man immer noch Konzerte für die Verwundeten veranstalten und Nachmittagsvorstellungen für die Blinden arrangieren. Das dient der Heimat weit mehr, als in der Rolle des Kadetten Fußböden zu schrubben.«

Das war eine Art – eine ganz gangbare Art –, das Problem anzusehen. Doch es war nicht Geralds Art. Er hatte schon zahllose Wohltätigkeitsaufführungen zur Unterstützung der Streitkräfte, der Verwundeten und der Blinden eingerichtet. In dieser Weise hatte er in den vier Jahren schwer gearbeitet und war nicht befriedigt. Er wollte nicht als Gerald du Maurier helfen, sondern wie der Mann auf der Straße, der Mann nebenan, der Mann auf dem Büroschemel und der Mann auf dem gepflügten Acker. Sie gaben ihr Gewerbe auf und ihr bißchen Sicherheit. Sie suchten nicht Schutz hinter Wohltätigkeitsaufführungen. Überall, in jeder Sparte des Lebens, gingen jetzt ältere Männer hinaus – verantwortliche Männer, Männer mit Familien und geschäftlichen Verpflichtungen –, und es war an Gerald, desgleichen zu tun.

Wenn andere sich mit der Unbehaglichkeit und dem Elend abfanden, konnte er das ebenfalls. Zudem hätte auch Guy das sicherlich von ihm verlangt. Er würde seine Geste als selbstverständlich genommen haben. Den Kopf ein wenig schräghaltend würde er ihm zugelächelt haben: »Nun G., wie ist's damit?«

Und übrigens, was zum Teufel bedeutete das eigene Leben neben den unzähligen Tausenden von Leben, die jeden Tag geopfert wurden, ohne daß sie Fragen stellen durften? Also ließ Gerald *Dear Brutus* und Wyndham's-Theatre in der Obhut seines alten Freundes, Harry Esmond, und nach einem Versuch, ein Offizierspatent zu bekommen, und nach anderen Wechselfällen, die ihm bewiesen, daß der Armee beizutreten keine so einfache Sache war, wenn man nicht unten anfangen wollte, befand er sich als Kadett beim Brigade of Guards Training Corps in Bushey.

Arme Mamie, wie unglücklich wäre sie gewesen, hätte sie gelebt und ihr verwöhntes Schaflämmchen in seinen graubraunen Knickerbockers und Wickelgamaschen gesehen, mit der steifen Militärmütze; die ganze Montur gab ihm eine etwas geschrumpfte, bläßliche Erscheinung, die keineswegs mit dem glatten, verwegenen du Maurier von Wyndham's-Theatre übereinstimmte.

Welche Qualen würde sie gelitten haben, hätte sie die Stunde gewußt, in der er morgens aufstehen mußte, die Speisen gesehen, die er essen sollte, die Knöpfe, die er zu polieren, die

Gänge, die er zu säubern hatte, und wenn sie etwas von dem Zwang geahnt hätte, an einem rauhen Morgen, während der Boden noch naß vom Tau war, hinauszumarschieren und einen Schützengraben auszuheben! Was für Freßkörbe würde sie ihm geschickt haben, welche zahllosen Anweisungen über Unterwäsche und Socken; wie viele Flaschen mit Lebertran hätten den Weg zu ihm gefunden, eingepackt zwischen Marmeladengläsern und Sardinenbüchsen und Schachteln mit Cadbury's Schokolade. Aber Mo war ja die reine Kopie von Mamie, so daß Fortnum & Mason nach Vorräten und nach Proviant, die Geralds tägliche Kost ergänzen sollten, durchstöbert wurde und man Beale & Inman's durchsuchte nach Westen und Wollsachen, um ihn warm zu halten. Cannon-Hall wurde geschlossen, die Dienerschaft entlassen, und eine bescheidene Wohnung an der Hauptstraße, etwa fünf oder sechs Minuten vor den Toren Busheys gelegen, beherbergte Mo und die Kinder, damit Gerald sich nicht einsam zu fühlen brauchte und sogar zum Tee nach Hause kommen konnte. Was waren das aber auch für Teemahlzeiten für einen Mann, der zwanzig Jahre lang keine Mahlzeit mehr richtig ansehen wollte; Sardinen, Brot mit Pastete, Brot mit Honig, Ingwerkuchen, Pflaumenkuchen und vielleicht noch ein pochiertes Ei auf Toast und drei oder vier große Tassen Tee, um alles hinunterzuspülen. Es war eine Wiederholung der Schulzeit von Harrow, nunmehr mit einem fünfundvierzigjährigen Gerald, der in einem ungeheuren Tempo Ingwerkuchen und Schokolade verschlang, während er mit vollem Mund zu einer Handvoll frisch von der Schule gekommenen, kaum achtzehnjährigen Leidensgenossen sprach. Obwohl er vorgab, jeden Augenblick dieser Zeit in Bushey zu hassen, war es doch eine ergötzliche Unterbrechung in seinem Leben, und gesundheitlich und seelisch ging es ihm weit besser als seit langem. Er wurde wohl etwas magerer und schlief schlecht, doch er kam in Form und wurde kräftig, und gerade die Einfachheit der Kost und der täglichen Lebensweise wirkten wie eine Anregung auf seinen Organismus. Er lernte nichts, natürlich; als der Waffenstillstand unterschrieben war und er wieder frei für das bürgerliche Leben wurde, wußte er genausowenig vom Kriegshandwerk wie bei seinem Eintritt in die Armee. Eine Landkarte blieb nun einmal eine unbegreifliche Ansammlung von Strichen und Zahlen, und ein Maschinengewehr war ein Stück Mechanismus, dessen Nützlichkeit er vorzog, als erwiesen anzunehmen. Er war schnurstracks in die Untertertia zurückgekehrt und reckte den Hals, um über die Schulter seines Nebenmannes, eines Jungen, der direkt aus Eton kam, zu gucken und dessen Notizen abzuschreiben in der sinnlosen Hoffnung, sie würden als die seinen angenommen werden. Die Geistesarbeit ging weit über sein Vermögen. Der Mann, welcher *Dear Brutus* inszeniert hatte, verfügte über keinerlei Vorstellungen von der Kriegsführung im Schützengraben, und die an ihn gerichteten Fragen, die den jungen Kadetten leicht vorkamen, waren unlösliche Probleme für den Leiter von Wyndham's-Theatre. Es war unmöglich, ihm etwas beizubringen; er konzentrierte sich nicht, und genau wie vor dreißig Jahren in Harrow neigte er dazu, vor Vorgesetzten mit den Schultern zu zucken und in ernsten Augenblicken witzige Bemerkungen zu machen. Die Lehrer fanden es einfacher, ihn zu ignorieren, als kostbare Zeit mit der Erläuterung von Theorien zu verschwenden, die für ihn offensichtlich überhaupt nichts bedeuteten und die er nicht einmal zu begreifen versuchte. Andererseits gab sich Kadett du Maurier unendliche Mühe mit seinem persönlichen Aussehen. Kein Knopf glänzte leuchtender als die seinen, kein Gürtel war besser gewichst, keine Uniform sorgfältiger ausgebürstet, und das Zimmer, das er mit Kadett Burghard, dem einzigen Mann in seinem Alter, teilte, war ein Musterbeispiel an Sauberkeit und Ordnung. Daß die Diele unter seinem Bett gelockert war und eine ausgezeichnete Vorratskammer für Portwein und Whisky bildete, das entging den wachsamen Augen der Aufsicht. Auch ahnten sie nicht, daß der Inhaber des Bettes, nachdem die Lichter gelöscht waren, kleine Gelage mit seinem Zimmergenossen abhielt.

All der alte Unfug der Untertertia kam ihm wieder in den Sinn, und jeden Morgen, ehe das allgemeine Wecken begann, vollbrachte eine schlanke, geschmeidige Gestalt Fassadenkletterkunststücke von Fenster zu Fenster, bis sie ihr Ziel erreichte, nämlich das den Offizieren vorbehaltene, aber den Kadetten, die sich gemeinsam wuschen, verbotene Badezimmer. Und während seine Vorgesetzten und seine Ranggenossen den Schlaf der Gerechten schliefen, planschte Kadett du Maurier in einem dampfend heißen Bad und machte ihnen allen eine lange Nase.

Diese Umtriebe waren ihm eine Quelle größter Befriedigung; wenn er zum Tee kam, prahlte er vor Mo und den Kindern mit seinen kleinen Heldentaten, als wäre er in Wirklichkeit der Anführer der unteren Klassen in der Schule.

Er zog umher mit einer kleinen Bande von Spießgesellen – Knaben, die Altersgenossen seiner eigenen jüngeren Neffen waren –, und das kleine Wohnzimmer in Mos Häuschen pflegte um die Teestunde gepfropft voll zu sein mit Gerald und den jungen Männern, die alle aßen, als wären sie verhungert, vor Lachen brüllten und zwanzigfach durcheinander sprachen, Gerald selbstverständlich als Rädelsführer.

Wenn es Mo auch schmerzte, ihr Zusammenleben auf diese Weise so gestört zu sehen, wobei Gerald praktisch ein Gefängnisdasein führte mit der Drohung des aktiven Dienstes ständig vor Augen, so ließ sie doch keine Klage laut werden und war froh für die tägliche halbe Stunde, in der sie ihn sehen konnte. Die Kinder waren natürlich entzückt. Ein kleines möbliertes Haus war etwas Neues, die Kadetten machten ihnen Spaß, und es gab überhaupt ein neues Gefühl von Freiheit, das in einer Abweichung von der normalen eintönigen Lebensweise ohne Einschränkung herrlich war. Gerald hatte wenig Sinn für die Überlegenheit und Wichtigkeit seiner Rolle als Vater, und er fühlte sich nicht gedemütigt in den Augen der Kinder, wenn sie auf ihrem Nachmittagsspaziergang durch den Stacheldrahtzaun lugten und ihn auslachten, während er mit einem Spaten Erde schaufelte in dem Bestreben, einen Graben zum Schutz seiner Abteilung auszuheben. Beim Antreten machte er eine wenig glückliche Figur. Das Exerzieren haßte er, und manchmal überfiel ihn unwillkürlich ein Lachreiz. Die Unteroffiziere hatten einige Schwierigkeiten beim Aussprechen seines Namens und machten alles mögliche daraus, von Demure bis zu Demarara[1]. Er zog sich die Feindschaft eines Vorgesetzten mit einer sehr lauten Stimme und einer noch herberen Zunge zu, der vor Eigendünkel dick geschwollen war und es von Anfang an auf ihn abgesehen hatte. Scharfsinnig vermutete dieser, daß Kadett Demerara weder ihn noch die Pflichten ernst nahm, und er war entschlossen, ihn zurechtzuweisen. Der Höhepunkt war erreicht, als der unbotmäßige Gerald, der irgendeine Untat begangen hatte und einen Verweis dafür erhielt, feierlich vor sich hinstarrte und der empfindliche Wachtmeister, rot im Gesicht und vor Wichtigkeit strotzend, mit donnernder Stimme losbrach: »Was glotzt du mich so an? Ich bin nicht Gladys Cooper.« Die Situation war zu viel für Kadett Demerara. Er ließ sich in die Knie sinken und brach kraftlos zusammen, doch ob er unter Eskorte abgeführt wurde, läßt sich einwandfrei nicht feststellen.

Bei einem besonderen Anlaß versuchte Gerald, sich in den Augen seiner Gefährten zu rechtfertigen und nachzuweisen, daß er eventuell doch in irgendeiner Sparte des Dienstes, wie beispielsweise bei der Nachrichtenabteilung, von Nutzen sein könnte. Ein Kriegsspiel war zur Erbauung der Kadetten im Gange, und Gerald, der den Home-Forces zugeteilt war, erhielt die Gelegenheit, wenn möglich zum Feind durchzubrechen und Erkundungen anzustellen. Kindlich begeistert setzte er sich mit Mo in Verbindung und wies sie an, ein Auto zu mieten, ihn an einer bestimmten Straßenkreuzung zu treffen und aus Watford gewisse Requisiten, wie einen falschen Bart, eine Brille, einen Überzieher und einen Hut mitzubringen. Schwer verkleidet machten sie sich daran, das feindliche Gebiet zu bereisen, doch schade um seine Pläne, sei es, daß er übertrieben spielte, oder daß er die erste schlechte schauspielerische Darstellung seines Lebens gab, Tatsache blieb, daß der Wagen beim ersten Vorposten bereits angehalten wurde, man ihn sofort erkannte und

[1] Demure: Sittsam. Demerara: Bekannt aus dem Volkslied »Down in Demerara«. Fluß und Grafschaft in Brit. Guyana, wo Zuckerrohr wächst, der in England Demerarazucker genannt wird.

unter dem allgemeinen Hohn des Feindes gefangen nahm. Kadett du Maurier hatte wieder einmal versagt.

Die große Chance bot sich ihm aber, als gegen Ende seiner Zeit in Bushey eine Aufführung des Stückes *Vice Versa* von Anstey Guthrie von den Kadetten inszeniert wurde; da kam Gerald als Regisseur zu seinem Recht. Das Ganze war ein großer Jux und wurde von allen sehr gewürdigt. Kein Schuljunge könnte mehr triumphiert haben als Gerald, der zu seinem Entzücken feststellte, daß der Adjutant eine prominente Rolle in dem Stück spielen sollte und folglich den Anordnungen Geralds als Regisseur folgen mußte. Ihm war zumute, als wäre ihm der Feind ausgeliefert worden. Die Kadetten gaben unter seiner Anleitung eine ausgezeichnete Vorstellung, und der gefürchtete Adjutant fraß ihm zum ersten und letzten Mal aus der Hand. Das war ein denkwürdiges Ereignis für Kadett du Maurier.

Er wußte aber auch, was sich für ihn ziemte, und maß sich nichts an, was über seine Befugnisse hinausging; denn es gab eine neue Gelegenheit, als Lily Elsie und einige andere Schauspieler nach Bushey kamen, um in einem, natürlich von Gerald geförderten Konzert zu singen. Als sie, vom Kommandanten geleitet, zum Mittagessen ins Kasino ging, erblickte sie eine wohlbekannte Gestalt, die sich äußerst bescheiden im Hintergrund hielt. »Da ist ja der geliebte Gerald«, rief sie erfreut und würde sich auf ihn gestürzt haben, wäre der warnende Arm des Kommandanten nicht gewesen. »Das ist recht und gut«, erklärte der große Mann, »Sie werden ihn später sehen; jetzt essen wir erst mal.« Lily Elsie sah sehr bestürzt drein.

»Aber Gerald wird doch sicher mit uns essen?« sagte sie.

Der Kommandant flüsterte ihr ins Ohr, die Kadetten nähmen ihre Mahlzeit an einem gesonderten Tisch ein, und die entrüstete und erschütterte Lily Elsie wurde laut protestierend ins Kasino geschleift, derweil Kadett du Maurier beschämt und verlegen wie nur irgendein Schuljunge, der durch die taktlose Dummheit eines ihm besuchenden Verwandten albern herausgestellt worden ist, über seine eigenen Füße stolperte und sich hinter einem sechskommasechs Fuß hohen Kameraden unsichtbar zu machen suchte.

Er sah nicht mehr wie der Abgott von Wyndham's-Theatre aus; er konnte nicht einmal in der Tasche nach der unvermeidlichen Zigarette tasten, um sich aus der schwierigen Lage zu helfen.

Wie die kleinen Miseren der Jugend, die in späteren Jahren so belanglos und komisch erscheinen, so wirkten die Lebenseinschränkungen beim Militär recht hart und gewichtig. Gerald sann darüber nach, wie man sich fühlen mußte, wenn man frei und Herr der eigenen Seele war. Es ließ sich fast nicht ausdenken, daß er einmal als Leiter von Wyndham's-Theatre fungiert hatte und daß Männer im Alter seiner Vorgesetzten zu ihm zu kommen pflegten und um eine Beschäftigung baten. Der Krieg war ein gewaltiger Gleichmacher. Er räumte die Unterschiede zwischen den Menschen weg; er bestätigte, wie nichtig der Snobismus, wie verhältnismäßig unwichtig Rang und Prominenz angesichts eines Weltproblems waren. Der Waffenstillstand kam zwar rechtzeitig, um Gerald davor zu bewahren, persönlich die Häßlichkeit und das Grauen des Krieges zu erleben, aber die Monate in Bushey rüttelten ihn bis zu einem gewissen Grade auf und wirkten wie ein großartiges Gegenmittel gegen den Dünkel. Der vorübergehende Verlust seiner Stellung konnte ihm nicht schaden, konnte ihm nur gut tun, wenn es auch ein wenig spät im Leben war, aufs neue wie ein Schulbub behandelt zu werden in der Gesellschaft von Schulbuben.

9

Der Friede mit seinen unverwirklichten Versprechungen brachte als Nachernte des Krieges die Verwirrung mit sich, die von einer gelockerten Anspannung herrührt; eine Anstrengung war nun nicht mehr nötig, und die übermäßige Inanspruchnahme der Nerven hatte nachgelassen. Die Opfer waren rasch vergessen. Mut wurde nicht mehr von einem verlangt; eine neue Art von Mut vielmehr war geboten angesichts des Wiederaufbaus des alten Lebens auf neuer Grundlage. Es konnte nie mehr das alte Leben sein, das war ja die Schwierigkeit; die

Wertbegriffe und das Niveau waren im Rauch der Schlachten verlorengegangen, waren unwiderruflich dahin; es hieß, mit einem subtilen Gefühl für Gleichgewicht eine neue Ordnung zu schaffen, doch niemand hatte noch Gleichgewicht. Die Menschen waren zu müde, waren an Leib und Seele völlig verbraucht und litten an jener nervösen Ermattung, die sich nicht durch Ausruhen und Stille heilen läßt, sondern nach Reizung verlangt und nach einem neuen Antrieb zur Erregung. Es war eine abgehetzte, eine ruhelose, dennoch zerschlagene Welt, die nie mehr über sich und die problematische Zukunft ganz sicher sein sollte, nie mehr Zuversicht gewann. Männer und Frauen konnten sich nicht mehr in der alten Weise aufeinander verlassen. Sie waren nicht mehr imstande zu sagen: »Wir werden dies und das in zehn Jahren noch tun«, weil ihr Dasein gar zu lange schon ein Zufallsding geworden war; selbst ihre Launen waren provisorisch, und das Lächeln von heute konnte morgen ein Gähnen sein.

Der abgedroschene Spruch: »Laßt uns essen und trinken und fröhlich sein, denn morgen sind wir tot«, der im Krieg einen gewissen Sinn gehabt hatte, erhielt nunmehr die Einschränkung: »Denn morgen, leider, sterben wir nicht.« Da gab es die ungewohnte Eintönigkeit des täglichen Lebens, die ertragen werden mußte, ein Leben der Langeweile ohne den Stachel der Gefahr; nur allzu leicht war man Zweifeln und Befürchtungen ausgesetzt und der unüberwindlichen Apathie, die einem einflüsterte: »Hat sich's gelohnt? Haben wir dafür alles ausgehalten?«

In ganz Europa stellten sich die Menschen solche Fragen, und diese Reaktion erlebte jeder, der zu viel Phantasie und zu wenig Standhaftigkeit, zu großes Empfindungsvermögen und nicht genug Beherrschung besaß. Eine bestimmte Eigenschaft im Wesen der Menschen war durch die unter der Oberfläche wirkende Stimmung der Hochspannung und der Erregung gefördert worden. Sie hatten ihr Bestes hergegeben, und nun war alles vorbei, und sie hatten weder die Willens- noch die Entschlußkraft, sich der neuen Ordnung und den Forderungen des Friedens anzupassen.

Gerald war ein typisches Erzeugnis seiner Zeit, geistig und

körperlich unstet, unsicher im Lebensgefühl und in seinen Wünschen, sich durchaus bewußt, daß der Krieg die alten Grundsätze und die feststehenden Lebensformen zerschlagen hatte, daß Änderungen selbst in seiner kleinen Sphäre eingestanden und anerkannt werden mußten. Das Theater der zwanziger Jahre würde dem Theater, das Tree und Alexander eben noch gekannt hatten, radikal entgegengesetzt sein. Die Tage der großen Schauspieler-Manager waren vorbei, ein neuer Erwerbsgeist war aufgekommen.

Das Theater war nicht mehr unangreifbar; fremde Einflüsse erdrückten es, und aus der kleinen heiligen Welt des Dramas und der Komödie wurde eine Fundgrube für Schieber und ein Jonglierspiel für ungeschickte Amateure.

Geld zu machen, mehr Geld und noch mehr Geld, das war das einzige Ziel in den Köpfen, und wer sich weigerte, sich ausbeuten, sich nach seinem Gefühl herabsetzen zu lassen, mußte eben am Wegrand liegenbleiben. Die Invasion begann, und die englische Bühne wurde mit amerikanischen Stücken und amerikanischen Schauspielern und Schauspielerinnen überschwemmt. Die Manager und Geschäftsleute folgten ihnen auf den Fersen. Amerikanische Methoden wurden eingeführt, und die Auswirkungen waren überall zu spüren; die Umsätze der Theaterkassen waren allein maßgebend bei diesem Gewerbe, das nichts mehr mit Kunst oder Berufung zu tun hatte. Wenn englische Theaterstücke ungelesen in den Schubladen verstaubten und englische Schauspieler und Schauspielerinnen arbeitslos waren, machte das gar nichts, solange eine Schlange draußen vor dem Eingang zum Parterre wartete und der Nichtschauspieler-Manager in einem riesigen Auto mit einer Zigarre im Gesicht vorbeifahren und zu einem bewundernden Begleiter sagen konnte: »Haben Sie meine kleine Sache schon gesehen? Es ist der größte Schlager in der Stadt. Ich werde Ihnen morgen eine Loge besorgen.«

Am Bühneneingang, wo Irving und Tree gestanden hatten, wo Alexander und Hare stehengeblieben waren, um dem Pförtner guten Abend zu wünschen und mit freundlichem Kopfnikken zuzulächeln, watschelten die neuen Eigentümer wie aufgeplusterte Truthähne vorbei, die Hüte im Nacken, keinen der Angestellten kennend und jede Frau mit Vornamen anredend. Die Theater besaßen nur noch wenig Individualität, sie waren wie ein Kontor, und die Künstler und Künstlerinnen stürzten zur Arbeit und wieder davon wie Handlungsgehilfen und Stenotypistinnen. Der Geldgewinn steigerte sich, desgleichen auch die Gehälter; der Anfänger, der früher zwei Pfund die Woche bekam, rümpfte jetzt die Nase über acht Pfund; wegen des leichten Verdienens wurden Faulenzer und Gewinnsüchtige aus rein finanziellen Erwägungen zur Bühne gelockt. Oft verfügten sie weder über Fähigkeiten noch über Erfahrung, überschwemmten den Markt und erlangten häufig durch Beziehungen und allerlei Praktiken ein Engagement.

Jedes Mädchen, das die Schule verließ und nichts mit sich anzufangen wußte, ein Taschengeld verdienen und sich amüsieren wollte, beschloß, zur Bühne zu gehen; jeder junge Mann, der zu träge war, etwas anderes zu tun und ein gutes Aussehen besaß, war überzeugt, das Leben eines Schauspielers müsse ideal sein.

Die Theater wurden von den Amateuren belagert, die auf die Bühne gerieten und wieder davonliefen, wie die Laune sie gerade bewegte; sie versperrten die Gänge und die Ankleideräume mit lästiger Gesellschaft, machten sich lustig über die anderen Mitglieder der Truppe, besonders über die älteren und erfahreneren, achteten nicht im geringsten das Haus, das Tradition und Würde gekannt hatte, und verspotteten selbst den Beruf, der sie so irrtümlich förderte. Ihr Einfluß war verderblich. Die Intensität des besessenen Tragikers, der von nichts als der Kunst sprach, für sie allein lebte und nur an die Vermummung und an die Melancholie der reimlosen jambischen Verse glaubte, war der Billigkeit und protzigen Oberflächlichkeit dieser Neulinge noch weit vorzuziehen. In der Blütezeit von Alexander und Tree war die Persönlichkeit eines Schauspielers noch voller Glanz gewesen; er war ein distinguiertes und romantisches Wesen mit einem unbekannten Privatleben, dessen Taten und Gedanken hinter der Grenze des Vorhangs man für geheimnisvoll und fremdartig halten zu müssen glaubte. Es war aufregend, beinahe unfaßbar, ihn einmal ohne Kostüm und Schminke auf der Straße zu sehen, und die Wißbegierigen grübelten dann über seine Lebensweise und über sein Heim nach und fragten sich ungläubig, ob er wohl ein Doppelleben führte, noch ein anderes als das auf der Bühne. Jetzt war dieses Geheimnis kein Geheimnis mehr; Künstler und Künstlerinnen konnte man in allen bekannten Restaurants und bei jeder Gesellschaft sehen; sie bestanden darauf, den gesellschaftlichen wie den schauspielerischen Succes auszuschöpfen, und eine neue, recht unechte Atmosphäre, plumpvertraulich, überfamiliär, verbreitete sich; eine falsche Schwärmerei mit allzu handgreiflichen Schmeicheleien erfüllte die Luft an Stelle der alten, ungezwungenen Kameradschaft und der gegenseitigen Achtung.

Es war der Anbruch des superlativischen Zeitalters und der Mode des betonten Adjektivs; das Wort »Darling« kam allzuleicht über die Lippen, und Ausdrücke wie »unfaßbar«, »märchenhaft«, »göttlich« bezeichneten die Farbe auch eines neuen Lippenstifts oder das Gewebe eines seidenen Strumpfes. »Kennen Sie Soundso? Ich bete ihn an«, pflegte man über irgendein Individuum zu sagen, dem man einmal begegnet war; oder, wenn er sich als unfreundlich entpuppt hatte: »My dear, er ist für mich die reine und komplette Tortur.«

Die Menschen sprachen nicht aufrichtig, und wenn sie sich ein offenes Wort gestatteten, gingen sie ins äußerste Extrem und wurden beleidigend und anstößig. Männer und Frauen verkörperten betrüblich ihr unerfreuliches Zeitalter. Obwohl die Kanonen zum Schweigen gekommen waren und der Friede angeblich die Erde umfing, gab es keine Ruhe. Die Tanzwut war das neue Fieber und die Luft voll vom Geheul des Saxophons, vom Gewinsel der Liebesschlager und vom stampfenden Rhythmus zerrissen, der von dem Baumwollplantagen herkam. Ein Gefühl verzweifelter Erwartung herrschte in der trübseligen Eintönigkeit der Nachtclubs, die Hoffnung, ein neues Gesicht könnte mit verstärkter Erregung neuen Auftrieb bringen; und wenn der Cocktailshaker einen angenehmen Rausch erzeugte, so schläferte er auch das Urteilsvermögen ein.

Leute, die bisher in erotischen Dingen Heimlichtuer und auf

ungesunde Weise geniert gewesen waren, wurden nun frech und aufdringlich mitteilsam, albern und deutlich, wie kleine Buben, die Primitivitäten ans Gartentor kreiden. Das Leben schien nicht lebenswert, wenn nicht irgend jemand »eine Affäre« mit irgend jemand anderem hatte – ein Ausdruck, der die Vorstellung unordentlicher Polster, zertretenen Farnkrauts und der engen Rücksitze von Autos heraufbeschwor. Es war leichter, ein kleines hitzig-erregtes Spiel zu absolvieren als eine höfliche Unterhaltung; und wenn der Gatte einer anderen oder die Gattin eines anderen Partners dabei war, brachte die bloße Tat dem Betroffenen eine Art gesellschaftlichen Hohns ein, dem anderen aber eine Feder an den Hut. Die Gesellschaft war eine vergrößerte Unterprima geworden, aus allen Proportionen gewachsen, wo kleine Passionen und Stürme zu der Begleitung von Jazzkapellen tobten und bliesen und wo der Mensch seinem Nächsten alles antat, außer ihn zu lieben wie sich selbst.

Die Künste litten unter dieser heftigen Reaktion, unter dieser modernen Abart des Niedergangs, und keine litt mehr als das Theater. Es war ein sehr in der Achtung gesunkener und unerfreulicher Beruf, als dessen Haupt Gerald sich in den frühen zwanziger Jahren fand, und niemand erkannte das deutlicher als er. Er gehörte zur Vergangenheit – zu den Viktorianern, den Edwardianern und zu den Vorkriegs-Georgianern und gerade die Kreuzung dieser Eigenschaften genügte, bei ihm Verwirrung und Mißverständnis zu verursachen. Er beklagte das Verschwinden der Tradition, des Zeremoniells; doch er war vorangegangen auf dem Weg zu Vertraulichkeit und zur lockeren Toleranz mit seinem gleichgültigen »Darling«, seinem Achselzucken, mit seinem Wunsch, von allen Mitmenschen geliebt zu werden. Er erlaubte jedem, ihn beim Vornamen zu nennen, seinen Whisky zu trinken und Geld von ihm zu borgen. Und doch peinigten ihn schlechte Manieren, Unverschämtheit und Undankbarkeit. Er protestierte gegen die »gesellschaftliche« Entfaltung der Schauspieler und Schauspielerinnen, doch war er einer der ärgsten Missetäter, indem er Männern, die die Krawatte seiner Schule trugen, und Mädchen, die Töchter seiner alten Freunde waren, bevorzugt Rollen gab. Er beschwerte sich über die Publicity und über das Vulgäre, aber er aß jeden Tag seines Lebens in einem Restaurant zu Mittag mit einer hübschen Frau zusammen, wenn er eine finden konnte, selbst wenn er zu der ausgefallenen Maßnahme griff, Mo zu bitten, die Einzuladende anzurufen und eine Verabredung für ihn zu treffen.

Er bedauerte, daß schlechte Stücke geschrieben wurden und daß das ihm zugesandte Material dürftig war. Aber er machte keine großen Anstrengungen, selber Stücke zu lesen oder sich nach guten umzusehen.

Er hielt viel davon, ein guter Bürger zu sein, seine Pflicht zu tun und die Tradition aufrechtzuerhalten. Doch trotz aller Disziplin von Bushey legte er weder sich noch den Leuten, die für ihn arbeiteten, einen Zwang auf, und ungeachtet seines erklärten Abscheus gegen die Nachkriegsmänner und -frauen war er der erste, der unter ihren Einfluß geriet und sich von dem dummen Netz ihrer Intrigen einfangen ließ.

Er dramatisierte Zwischenfälle und den Anteil, den er daran hatte. Er leistete Treueide und legte Racheschwüre ab. Er inszenierte ungeheure Streitigkeiten unter seinen Freunden für nichts und wieder nichts und ließ ihnen großartige Versöhnungsszenen folgen.

In allem, was er tat und dachte, war er voller Widersprüche; in mancher Hinsicht wie ein Kind, das nie zur Reife gelangt ist, schloß er die Augen vor den wahren, in seiner Reichweite liegenden Schätzen des Lebens und träumte andererseits in einer Welt der eigenen Phantasie, die glanzvoll, jedoch von Wunschbildern verfälscht war, die seiner Einbildung entsprangen.

Wenn der Geist des Theaters sich auch in einem Wandel befand und Gerald an sich und seinen Ideen zu zweifeln begann, so hatte es doch oberflächlich den Anschein, als ob nichts anders geworden wäre, und Gerald knüpfte an seine Kriegserfolge mit anderen, ebenso erfolgreichen Stücken in den Jahren unmittelbar nach dem Frieden an.

Er kehrte 1919 nach Wyndham's zurück mit *The Choice*, einem Stück von Alfred Sutro, das beinahe ein Jahr lang lief und in dem er den starken, despotischen, wenn auch nicht immer schweigsamen John Cordways spielte, der seinem Sekretär mit donnernder Stimme befahl, die Federhalter aufzuheben, und seine Neigung zu der Frau, die er liebte, dadurch zeigte, daß er ihr einen Schlag ins Gesicht versetzte und den Rücken zuwandte. Es war eine echte du-Maurier-Rolle, und Gerald übertraf sich selber.

Von den Figuren, die er porträtierte, schlüpften halbunbewußt immer einige kennzeichnende Züge in sein tägliches Benehmen hinein. Eine düstere Rolle ließ er nicht immer hinter sich, wenn er aus der Drehtür des Theaters ging, und beim Spielen eines fröhlichen, verantwortungslosen Schurken pflegte er seine Fröhlichkeit und Gutmütigkeit mit nach Hause zu nehmen. Er war außergewöhnlich übermütig während der Spielzeit von *Bull-Dog Drummond,* weil der unbändige Hugh nie und unter gar keinen Umständen niedergedrückt sein konnte. Er war traurig und von bösen Vorahnungen erfüllt in der Zeit von *Dear Brutus,* weil Harry Dearth trotz zeitweiliger Erfolge in seinem Leben gescheitert war. Lord Arthur Dilling zuckte die Achseln und steckte mit blasierter Zuversicht seine Zigarette an; er war amüsiert über das Leben und tolerant gegen sich und Mrs. Cheyney, und Gerald hielt es genauso, wenn er abends zum Essen heimkam. Der arme Paolo Gheradidi dagegen in *Fame* wurde im zweiten Akt gelähmt und wohnte möbliert in einem Seebad, wo es den ganzen Tag regnete, und nach Geralds Benehmen während der Spieldauer war es deutlich, daß er noch immer am Fenster seines Quartiers stand und zusah, wie die Brandung auf den Strand von Pegwell Bay schlug.

In *The Choice* war John Cordways ein finsterer Bursche, der offensichtlich das Leid der Welt auf seinen Schultern trug und in gewichtiges Schweigen gehüllt dasaß, bis es unumgänglich wurde zu sprechen, worauf er eine Frage mit einem knappen, einsilbigen Wort zu beantworten pflegte. Zu Hause tat Gerald das gleiche, und mit einem Gefühl der Erleichterung sah ihn die Familie mit diesem Stück zu Ende kommen und wechseln zu den Proben der Rolle des leicht schuftigen, verwegenen, aber Gott sei Dank bestimmt heiteren Andre le Briquet, der auf fremdartige, gewissenlose Weise den Sturz der prüden Frau in *The Prude's Fall* herbeiführen sollte.

Noch nie hatte er zwei im Temperament und in der Lebensart so völlig entgegengesetzte Charaktere hintereinander gespielt, und es war bezeichnend für seine Vielseitigkeit, daß er fähig war, das fertigzubringen. Cordways wurde zu den vergessenen Dingen verbannt und nur dann wieder heraufgerufen, wenn das Badewasser kalt oder das Roastbeef zu gar war; an seine Stelle trat der flotte Le Briquet, er war frivol und französisch und machte feurig und mit großem Erfolg jeder Frau, der er begegnete, den Hof. Und wenn die Damen, die sonntags zum Mittagessen nach Hampstead kamen, plötzlich von dem Charme ihres Gastgebers überwältigt wurden, dann war das mindestens für sie ein berückendes Erlebnis, und es schien auch ungewöhnlich gut von seinen grinsenden, altklugen Kindern aufgenommen zu werden.

»Der Stall« war, solange das Fluidum von Andre Le Briquet wirkte, vollauf besetzt, die Einsätze stiegen, und der Wettbetrieb, wer Sieg oder Platz belegen würde, und mit wieviel Schrittlängen Vorsprung, ging stürmisch vor sich. Abends, wenn Gerald sein kaltes Beef aß und Mo den Salat anmachte, war es der Hauptspaß der Kinder, vom Cricketspiel im Garten hereinzukommen und ihre Ansichten zu erläutern. »Du bist furchtbar, Gerald; du solltest sie nicht ermuntern«, sagte Mo halb schockiert, halb belustigt und legte einen Teller mit köstlich tranchiertem, wenig durchgebratenem Roastbeef komplett mit Lattichsalat und Rettichen vor ihr verzogenes Kind, das als Andre Le Briquet weiterhin sein Zaubernetz spann. Und es wurde entschieden, daß Viola Tree, die ihnen vorläufig noch ein bißchen fremd und reserviert erschien und noch nicht endgültig in die Haut des lieben, albernen, rasendmachenden und anbetungswürdigen Clowns ihrer reiferen Jahre geschlüpft war, mit einer Nasenlänge vor der bisherigen Favoritin führte, daß sie aber, um die Führung zu halten, sehr schnell würde laufen müssen, und daß die dunkle, schwermütige Hilda Moore, die beim Start vornan war, sich schließlich als ein schlechter Durchhalter zeigte und nahezu ganz aus dem Rennen ausgeschieden wäre.

Was die geliebte Gladys anbetraf, die von Rechts wegen im

leichten Galopp hätte gewinnen sollen und auch ans Ziel gelangt wäre, wenn die Kinder das Rennen hätten dirigieren dürfen, so hatte sie sich beim Start schon gesträubt, dem ganzen Unternehmen den Rücken gekehrt und in eine andere Richtung geblickt, als die Pistole abgefeuert wurde.

Das Feld lief in einem Haufen in einiger Entfernung hinter der Spitze und sah zu keiner Zeit bedrohlich aus, obwohl hin und wieder der Kopf eines Outsiders aus dem Rudel vorschoß und für einige Augenblicke herauszuragen schien, um dann wieder zurückzufallen, wenn das Tempo zunahm.

Es war ein sonderbares und ungehöriges Spiel, es konnte nur unter Kindern gespielt werden, die Gerald zum Vater hatten. Kein Wunder, daß sie mit falschen Maßstäben und mit einem etwas entarteten Sinn für Humor aufwuchsen und ihren Vater in späteren Jahren mit Ideen, deren Grund er selber gelegt hatte, aufschreckten. Denn Gerald war in der Rolle des Vaters wie in allem anderen inkonsequent. Er war maßlos schockiert, als die fünfzehnjährige Tochter, der er am Abend vorher bei einem Whisky-Soda eine Jugendtorheit bis in alle Details erzählt hatte, am anderen Morgen geschüttelt von Lachen und Wonne über eine der zynischsten und unflätigsten Kurzgeschichten von Mr. Somerset Maugham zu ihm kam.

Er war verblüfft, als das Kind, vor dem alles erörtert wurde und das im Theater Neurotikern jeglicher Art begegnete, ihn fragte, ob es wahr sei, daß in den Internaten die Jungens sich küßten und wie spaßig das doch sein müsse. Er starrte das Mädchen entsetzt an und wußte keine Antwort. Männer und Frauen, die nicht verheiratet waren, aber, obwohl sie ihre Gattinnen und Gatten verlassen hatten, fröhlich miteinander lebten, kamen beinahe jeden Sonntag zum Familienlunch, und doch war Gerald betrübt und erschrocken, wenn seine eigenen Töchter erklärten, sie glaubten nicht an die Ehe und, sollten sie sich einmal verlieben, würden sie lieber ohne den Beistand der Kirche auskommen und ein freies Leben führen. Er scherzte mit ihnen darüber, wie er sich früher erst in New Grove House hineinschlich, als schon die Milch gebracht wurde, und dann zum Frühstück hineinging, seine Mutter zu küssen, als käme er eben von seinem Schlafzimmer herunter, aber er konnte im Gang auf die Rückkehr seiner Tochter lauern und sie hysterisch wie ein Wahnsinniger ausfragen, wenn die Zeiger der Uhr über dem Pferdestall auf halb drei standen. Im Jahre 1921 waren die Kinder immerhin noch Kinder; Andre Le Briquet besaß keine erwachsenen Töchter, die mit eigenen Haustürschlüsseln in den frühen Morgenstunden heimkehrten. Und nach sechs Monate langen Liebeserklärungen in gebrochenem Englisch an seine Prüde ging er den Weg aller Rollen, wie Cordways, Hubert Ware und Harry Dearth, und wurde von dem kampflustigen, unbarmherzigen, laß-sie-alle-kommen-und-verdammt-sein, vergnügt tobenden und unnatürlich praktischen Rauhbauz Bull-Dog-Drummond verdrängt.

Für die Dauer von vierhundertunddreißig Aufführungen schmetterte er sich freie Bahn in die privaten, wenn auch rechtswidrigen Angelegenheiten des räuberischen Peterson und des finsteren Dr. Lakington, zerschoß mit einem Glas Bier in der einen Hand, einem Revolver in der anderen ihre elektrischen Glühbirnen, kidnappte ihre erfundenen Patienten und tötete zuletzt mit eigenen Händen den elenden Doktor, indem er ihm das Rückgrat über einem Sofagestell zerknackte, dieweil seine Phyllis ihm in einem Wirbel von Schrecken und Bewunderung von einem sicheren Winkel aus zusah. *Bull-Dog* war eine saftige Schwelgerei, eine Art von Super-*Raffles* und zwanzigmal so aufregend. Es war Unsinn, natürlich, unmöglich und lächerlich, doch das machte nichts und niemand etwas aus; Hauptsache war, daß Hughie Drummond und seine unschätzbaren Freunde den Peterson-Gang auf die möglichst haarsträubendste und blutigste Weise zusammenschlugen.

Keine Sekunde darin schleppte, von Anfang bis zum Schluß, und jeder Vorhang fiel über einem Revolverschuß oder einem Aufschrei. Der Kampf in Lakingtons Laboratorium war, vom Standpunkt des Spektakels gesehen, eine der besten Sachen, die je in Szene gesetzt wurden. Er war scheußlich realistisch, ganz unverfälscht, und es blieb ein allabendlich wiederkehrendes Wunder, daß weder Gerald noch Bertie Hare verletzt wurden.

Die Szene war unglaublich gut aufgemacht, sorgfältig und unermüdlich geprobt worden, und bei der Uraufführung schreckte sie das elegante Premierenpublikum aus seiner üblichen Apathie zu rasendem Beifall auf. Die Leute in den Orchestersesseln erhoben sich und brachen in Hochrufe aus, ließen im ungewohnten Applaus Handschuhe und Taschen fallen, und die Galerie und das hintere Parkett kreischten ihre Begeisterung mit einem Geschrei hinaus, das lauter als die einsetzenden ersten Takte der Nationalhymne einschlug.

Bull-Dog Drummond war gekommen, um sich zu behaupten – dies zur Freude des breiten Londoner Publikums und zum Mißvergnügen derer, die es vorzogen, ihr Schauspiel in Form eines vor einem schwarzen Vorhang gehaltenen Monologs zu genießen. Was auch immer die literarischen Meriten von Sappers Meisterwerk sein mochten – es war unzweifelhaft Unterhaltung hohen Grades. Ihm war das auf seine eigene, unnachahmliche Weise geglückt, und seinetwegen verließen viele Menschen aus allen Ständen das Theater begeistert und mit sich selbst zufrieden.

Es fragt sich, ob ein Mann, der die Leute lediglich unterhält, das gleiche Lob verdient wie der Brückenbauer oder der Kolonist. Immerhin hatte Gerald in seinem Bereich tüchtig gearbeitet und viel für die Angehörigen seines Berufsstandes getan, und es wurde für angemessen befunden, ihn im Januar 1922 durch Erhebung in den Ritterstand auszuzeichnen. Er nahm die Ehrung mit gemischten Gefühlen entgegen und war sich der gleichen Bedenken und Zweifel bewußt, die er vor zwölf Jahren gehegt hatte, als er der Aussicht auf die Theaterleitung gegenüberstand. Die Ehrung bedeutete vermehrte Verpflichtungen, die Behauptung einer Position, das Wahren eines Prestiges. Sie bedeutete, daß er nunmehr offiziell als Haupt seines Berufsstandes anerkannt war und dieses Amt mit allem Ernst verwalten und für die Aufrechterhaltung des Niveaus sorgen mußte. Es war eine Auszeichnung und mußte als Auszeichnung betrachtet werden. Das war eine denkwürdige Stufe in der Karriere des einstigen Knaben, der in Whitby »The Whistling Coon« gesungen und seiner Mutter schlaflose Nächte bereitet hatte, weil er den Vater mit den Nachahmungen von Irving auf den Brettern des Ateliers zum Lachen gebracht hatte.

Mamie wäre sehr stolz auf ihr Schaflämmchen gewesen und Papa entzückt, und Bruder Guy würde mit dem Kopf genickt und gelächelt haben, ein gelinde spottendes Lächeln, und seine Bemerkung: »Du hast deine Sache am Ende doch nicht ganz schlecht gemacht, Kleiner«, hätte bedeutet, daß er mit dem Bruder fühlte und ihn verstand. Aber Mamie und Papa und Guy waren nicht da, und er würde sich auf nicht ganz aufrichtige Glückwünsche, auf übereifrige Händedrucke, auf ein etwas erzwungenes Lächeln und auf ein Schweigen gefaßt machen müssen, das beredte Worte sprach.

Und Mo würde man auf Comités zerren, die Dienstboten würden protzig, die Kellner in den Restaurants unterwürfig werden, statt freundlich zu sein, und hier und dort würde ein Geschäftsmann bei den wöchentlichen Haushaltbüchern ein paar Zahlen hinzurechnen. Alte Schulkameraden würden vom Fernen Osten auftauchen und um Unterstützung bitten, die Jahrmarkt-Costers auf der Hampsteader Heide am Bank Holiday[1] würden auf den Boden spucken, die Frauen, die in Camden Town auf die Omnibusse warteten, finstere Blicke werfen, wenn er im Auto vorbeifuhr, und Männer, die ihn vorher freundschaftlich auf den Rücken geklopft hatten, würden seinen Augen ausweichen. Vor allem aber lag ein pomphafter, häßlicher, falscher Klang um den Titel Sir Gerald, wo du Maurier allein doch Anmut und Würde gehabt hatte.

Also ging er in seidenen Strümpfen und Kniehosen nach Buckingham-Palace, in seiner romantischen Seele nach einer Perücke, einem Schwert und einem pflaumenfarbenen Rock verlangend, und tat, als hörte er nicht, wie der Chauffeur, der aus Verlegenheit und verzweifeltem Stolz rosig angehaucht war, ihn das erstemal mit Sir Gerald anredete.

Allmählich fand er sich mit dem Ritterstand zurecht, so wie er sich mit der Leitung des Theaters, mit der Popularität und mit allem anderen zurechtgefunden hatte, und es dauerte nicht

[1] Bank Holiday: Bankfeiertag.

lange, da war ihm das Anhängsel vor seinem Namen etwas Gewohntes, das er kaum noch bemerkte, und die Kinder hörten auf, rot zu werden, wenn Mo mit »my lady« angeredet wurde. Jetzt tat es ihm fast leid, wenn er es sich genau überlegte, daß man ihn nicht zum Pair gemacht hatte – bei Baron Hampstead hätte es einen guten, volltönenden Klang gegeben, der nicht zu verachten gewesen wäre –, doch müßte er das eben wieder ausgleichen, indem er den Armen des Dorfes Schenkungen aussetzte. Und so kam es, daß in diesen Tagen der Weg zu seiner Tasche noch gangbarer wurde, Halbpfundstücke und Silbermünzen tauchten wie durch ein Wunder aus seiner altmodischen Geldbörse auf beim Anblick irgendeines gebeugten oder bleich aussehenden Menschen, der das Glück hatte, ihm über den Weg zu stolpern. Es war eine seiner Posen, beim Begleichen einer Rechnung mit goldenen Pfundstücken, nie mit Papierscheinen zu bezahlen und dann mit einem Achselzucken und einem Lächeln zu sagen: »All right, behalten Sie das Kleingeld«, gleichviel, um welchen Betrag es sich gehandelt haben mochte.

Die Leute hielten ihn für einen Millionär oder für ein Finanzgenie, und es war eines seiner Spiele, diese Vorstellung aufrechtzuerhalten – beiläufig in Begriffen von Tausenden zu sprechen, einfach spaßeshalber, um die Reaktion auf den Gesichtern der Menschen zu beobachten. Dieser Bluff bereitete ihm ohne besonderen Grund die größte Befriedigung, und es war nicht erstaunlich, daß man ihm in späteren Jahren, als er wirklich in Geldverlegenheit geriet, das nie glauben wollte. Es war eine Erscheinungsform seiner Späße, die niemand außer ihm verstehen konnte, und wo der Spaß eigentlich einsetzte, das vermochte auch er nie ganz deutlich zu sagen. Zu dieser Zeit jedoch hatte er entschieden die wohlhabendste Spanne seiner Laufbahn erreicht, und das Geld floß ihm leicht in die Hand. Seine Stücke waren sowohl in der Bühnenwirkung wie finanziell Erfolge, und er galt als der König seiner abgegrenzten Welt.

Welche Triumphe waren doch diese Premieren bei Wyndham's, wenn das Stück durch emsiges Proben bis zur äußersten

Vollendung gebracht war, jedes Mitglied der Truppe auf Zehenspitzen, in Höchstform dastand, in bester Kondition, wie trainierte Athleten Rekorde zu brechen! Sie waren nervös, das verstand sich – das war nicht anders zu erwarten –, und Gerald, wenn er zu einem frühen Abendimbiß nach Hause kam, zeigte die eigene Anspannung, indem er nur wenig aß, sein Lachen forcierte und eine Spur zu laut Takte eines Liedes summte.

Mo und die Kinder, zu dieser besonderen Gelegenheit aufs feinste gerichtet, saßen mit erhitzten Gesichtern und feuchten Händen herum, sahen dem Abend mit gemischten Gefühlen entgegen, denn unterdessen kannten sie so gut wie Gerald jede Zeile des Stückes; sie wußten, wo es schleppte, wußten ganz genau, wo der Text nicht saß, und wenn einer steckenbliebe, so würde das eine noch größere Qual sein als der Stuhl des Zahnarztes. Sie fuhren mit dem Auto ins Theater; auf dem Bürgersteig hatte sich bereits eine Menschenansammlung gebildet, um die Zuschauer vorfahren zu sehen. Da war ein Geflüster, das zum Aufschrei wurde, wenn Gerald aus dem Wagen stieg, sich zu hellem Entzücken steigerte, wenn die Familie folgte: »Da ist sie – guck, da sind die Kinder – ach, ist sie nicht süß – schau dir die da an« –, und die du Maurierschen Nachkommen, aus Verlegenheit blutübergossen und die Gesichter in den Festtagsumhängen versteckend, folgten den Eltern in den schmalen Durchgang, der zur Bühnentür führte. Eine Woge der Erregung schlug ihnen beim Eintritt ins Theater entgegen; die Atmosphäre war von Spannung geladen, und Tommy Lovell, der Bühnenleiter, lächelte nervös, schluckte, als steckte ihm ein Knochen im Hals, und hatte Fieberglanz in den Augen. Geralds Ankleideraum war voller Blumen – monströsen, bis zur Decke reichenden Arrangements von Bekannten, die ihm beim Lunch einmal begegnet waren, bis zu dem Heidekrautstock der Kinder auf seinem Frisiertisch, nebst allerlei Blumenzwiebeln in Töpfen und Körben, dieweil Telegramme vom Tisch herabfielen und auf dem Fußboden verstreut lagen. Draußen im Gang ertönte die Stimme des Ausrufers, »Ouvertüre und erste Auftritte, bitte«; eine quälende, schreckliche Verkündung, ein endgültiges Zeichen, daß an Entkommen nicht mehr zu denken war und der Abend durchgestanden sein müßte; und im gleichen Augenblick vernahm man durch die dämpfende Wand des eisernen Vorhangs schon das erste Kratzen der Violinen und das Klopfen des Dirigentenstabes.

»Ihr geht jetzt am besten in die Loge«, sagte Gerald beiläufig, während er seine Frisierjacke anzog und sich vor den Spiegel setzte. Die Kinder verschwanden, Mo verweilte noch einen Augenblick, um ihn zu küssen und ihm Glück zu wünschen, und bald hatten sie die Loge gefunden, starrten hinab auf den Zuschauerraum unter ihnen, aus dem ein gewaltiges Gesumm von angeregtem Geplauder, von Lachen und Stimmen zu ihnen in die Loge heraufdrang, mit jenem an- und abschwellenden, unvergeßlichen Klang. Mo setzte sich immer weit zurück, hinter den Vorhang der Loge, vor neugierigen Augen geschützt, und Angela, die besonders Religiöse der ganzen Gesellschaft, betete offensichtlich mit zusammengebissenen Lippen und verkrampften Händen in ihrer Ecke. Daphne sah finster auf die Orchestersessel hinab und haßte jeden sichtbaren Menschen; nur eine Sekunde leuchteten ihre Augen auf beim Anblick ihrer geliebten Gladys; während Jeanne, die neuerdings zu der Würde der Premieren zugelassen war, aus Freude über die Welt im allgemeinen strahlte und mit einem fetten Händchen zu dem verlegenen Personal von Cannon-Hall hinaufwinkte, das diese Begrüßung aus der ersten Reihe des zweiten Ranges schüchtern erwiderte.

Das Orchester bahnte sich schmetternd seinen Weg zu Ende, die Programme raschelten, die Türen wurden geschlossen, die Lichter abgeblendet, der Vorhang hob sich plötzlich mit einer bestürzend raschen Bewegung, und das Stück hatte auf Gedeih und Verderb begonnen.

Hinten im Ankleideraum war Gerald dabei, sich für seine Rolle zu richten. Er pfiff leise durch die Zähne oder summte ein Liedchen. Es würde gutgehen, das wußte er. Sein Urteil hatte ihn nicht betrogen. Das war ein richtiger Treffer dieses Mal. Doch selbst unter dieser Überzeugung lag noch ein Körnchen Gefahr, ein Funke Ungewißheit, die das Ganze zu einem Abenteuer machten, zu einem unvergleichlich aufpeitschenden Erlebnis. Man konnte nie absolut sicher sein, und ein Premierenpublikum war eine unberechenbare Ansammlung von Temperament, eine unbekannte Größe. Sein Herz schlug ein bißchen schneller als sonst, und seine Hände zitterten beim Anzünden der Zigarette. »Sir Gerald, bitte«, erklang die Singsang-Stimme des Ausrufers.

In weniger als drei Stunden würde alles vorbei sein. Der Beifall wäre verhallt, »The King« gespielt, seine Dankesrede gehalten, die vielen Freunde aus den Orchestersesseln würden sich um das an der Rückwand der Bühne aufgebaute Büfett scharen, und er dürfte, in der einen Hand ein Glas Champagner, in der anderen ein Sandwich, die Glückwünsche von fünfzig Personen gleichzeitig entgegennehmen, dieweil Tom Vaughan und Frank Curzon sich befriedigt die Hände rieben und ihm ins Ohr murmelten: »All right, Gerald, alter Junge, du hast es mal wieder geschafft.« Doch jetzt war er allein; dies war *sein* Augenblick; dies war der zündende Augenblick des Abenteurers, der einzige Zeitpunkt, wo er das Spielen genoß, wo es ihn erbeben ließ, wo es ihm, trotz der Nervosität und der Anspannung, überhaupt etwas bedeutete.

»Auf, Guy«, flüsterte er, »ein bißchen Hilfestellung, bitte ... *Abret-ag-Araog*. Los, tu dein Möglichstes!« Er stand mitten im Zimmer, empfindsam, bereit, voll erregter Erwartung, die Ohren gespitzt wie ein Reh.

»Sir Gerald, bitte«, forderte der Ausrufer zum letzten Mal. Er lief schnell auf die Bühne, pfeifend, mit einem Schimmer von Kampfeslust in den Augen ...

10

Das waren die Jahre der großen Ferienreisen – nach Algier, Cannes, Monte Carlo, und später gab es sogar eine Villa in Italien. *Bull-Dog* brachte Geld ein, und wozu war Geld da, wenn nicht zum Ausgeben? Und das bedeutete nicht etwa, daß Gerald und Mo allein fuhren, sondern die drei Mädchen waren dabei, und auch Sybil, Mos Schwester, die außerdem als seine Sekretärin fungierte; zur Gesellschaft nahm man Ronnie Squire mit und überdies noch Harry Esmond und einen vollen Satz von Innovations-Koffern und Revelations-Taschen, Hutschachteln, Reisenecessaires und mysteriösen, in Papier gewikkelten Paketen. Hinzu kamen Zigaretten zum Schmuggeln beim Zoll, Pakete mit Büchern, die nie gelesen wurden, Regenmäntel, Tweedmäntel und Feldstecher zum In-der-Hand-Tragen und drei oder vier Hüte zum Wechseln *en voyage.* Jede wann auch immer erschienene Zeitschrift, vom *Country Life* bis zur *London Mail,* wurde besorgt; es gab Spazierstöcke für die unmöglichsten Gelegenheiten, Kartenspiele, um die Langeweile zu mindern, und eilig und wahllos im letzten Augenblick gekaufte Geschicklichkeits- und Glücksspiele.

Mit Gerald gab es nur Reisen in ganz großem Stil, ein nicht leicht zu vergessendes Erlebnis. Reiseführer mußten ihn auf jedem Bahnsteig erwarten, Kabinen reserviert sein, Wagentüren hinter ihm verriegelt, Geldgaben reichlich und ohne Zögern verteilt werden an jeden Beamten, der ihnen begegnete, von den Herren mit Litzen bis zu der untergeordneten Kraft, welche die Räder abklopft. Die Schar der Gepäckträger schleppte sich den Bahnsteig des Viktoria-Bahnhofs entlang, schwankend unter der Last der Golf- und Tennisschläger, der Aktenmappen, Kissen und Decken; zuoberst auf acht Tageszeitungen balancierten gefährlich zwei weitere Hüte von Gerald. Mo folgte beladen mit Obst, mit Päckchen von Fortnum's, mit einem Kistchen Wein und sechs Büchern aus der Leihbibliothek; hinter ihr kam Sybil, ihre Hände zitterten unter der Last der Verantwortung für die Reisepässe, die Fahrkarten, die Vorbestellungen, Deklarationen, Registrierungen; und zuletzt folgten die Kinder ebenso überbürdet und bereits an »Kanalnerven«[1], den Folgen des unverdauten Frühstücks und den warnenden Anzeichen von Übelkeit leidend. Gerald selber pflegte nun, zerstreut und ziemlich vage, aus einer ganz anderen Gegend des

[1] Kanalnerven: Channel nerves: nervöses Bangen vor der Überfahrt über den Ärmelkanal.

Bahnsteigs aufzutauchen; den Hut hatte er inzwischen wieder gewechselt und drei weitere Zeitschriften eingekauft nebst einem Spielzeug, das nicht funktionierte. Sowie er seine Familie erblickte, begann er eine Rolle zu spielen, bückte sich plötzlich, preßte eine Hand aufs Herz, hustete und stöhnte, wie wenn er sich im letzten Stadium einer bösartigen Krankheit befände, fingierte ein Gespräch mit einer unbekannten alten Dame, die ihm glücklicherweise den Rücken zuwandte und den Wahnsinnigen nicht bemerkte, der sie mit zitternden Fingern und unglaublichen Grimassen verhöhnte. Und während die kleine Gesellschaft in den Pullmanwagen kroch und sich in dem unwahrscheinlichen Durcheinander niederließ – Gepäcknetze, Tische, Sitze, ja selbst den Fußboden und den Korridor mit ihrem unzähligen Hab und Gut belagernd – seufzte Gerald plötzlich, drückte eine Pfundnote in die Hand eines erstaunten vorbeigehenden Trägers, der nichts mit ihnen zu tun hatte, suchte in der Tasche herum nach einem Streichholz und stellte dabei fest, daß er zu Hause auf dem Eßtisch fünfzig Schachteln liegengelassen hatte; dann bat er Sybil, die sich bereits mit geschlossenen Augen zurücklehnte und ein Riechfläschchen umklammert hielt, sofort die telefonische Verbindung mit Cannon-Hall herzustellen und jemand mit einer Taxe und dem vergessenen Päckchen, zugleich aber auch mit einer Mütze, die an dem Nagel hinter den alten Kisten im Schrank unter der Treppe hing, herkommen zu lassen. Und erst, wenn die Türen geschlossen waren, die Lokomotive gepfiffen und der Stationsvorsteher seine Fahne geschwenkt hatte, geschah es, daß Gerald, nach einem Blick aus dem Fenster und der Wahrnehmung eines Regentropfens an der Scheibe, mit unverfälschter und wehmütiger Stimme bemerkte: »Laßt uns doch nicht fahren, ich würde viel lieber zu Hause bleiben.«

Auf dem Schiff übernahm Gerald die alleinige Verantwortung. Er verbannte die schwache Weiblichkeit in ihre Kabinen und schritt, nachdem er Mantel und Hut erneut gewechselt hatte, Wind und Gischt im Gesicht, über das Deck; seine Taschen bauschten sich von den Pässen, die er der schwer betroffenen, von den Mitteln gegen die Seekrankheit bereits benommenen Sybil abgenommen hatte. Mo, in ihrer hinter festzugezogenen Vorhängen zu einer Gruft verdunkelten Kabine, flüsterte schwächlich im Aroma von Eau de Cologne und Aspirin, daß sie doch hoffe, er würde vorsichtig sein und nicht zu nahe an die Reling treten, wo es nichts gäbe, ihn am Fallen zu hindern, als einige häßliche Seile. Und die Kinder, die krank wie die Katzen waren, blickten vorwurfsvoll zu ihm auf und beteten um den Tod. Calais wurde endlich unter fürchterlichem Schlingern und einem boshaften Wenden des Schiffes, mit widerwärtigem Schaudern und Gestöhn erreicht, und Gerald fegte erneut in die Kabine herein. Er sah unerträglich wohl aus, sein Gesicht war vom Sprühwasser feucht, und er sprach in einem verdächtig fließenden Französisch, das viel zu gut war, um von Dauer sein zu können, mit einer Bande hysterischer Träger, die sich mit erbarmungslosen Griffen und viel Knoblauchatem in erwartungsfreudiger Raserei auf das Gepäck stürzte.

Die Zollabfertigung glich einem bösen Traum von verlegten Schlüsseln und unentwirrbaren Knoten, aufgesprungenen Schlössern und gerissenen Schnüren, einem Alpdruck von übersehenen und ungeprüften Weinflaschen und Zigarettenpackungen und von emsig durchsuchten Überziehern, die lediglich Klosettpapier, Blatt um Blatt, zutage brachten. Es gab die üblichen Mißverständnisse wegen der vorbestellten Schlafwagenplätze, die für den folgenden Tag statt für den in Frage kommenden gebucht worden waren; Zungen regten sich wie zweischneidige Schwerter, und Hände breiteten sich nach allen vier Himmelsrichtungen aus. Sybil, die noch immer wie im Traum gefangen und aus Mangel an Nahrung, die sie kategorisch ablehnte, schwach war, griff täppisch in einer ungeheuren Handtasche herum, wo sich die Schreibmaschinenschriften, Bündel auf Bündel mit Gummischnur zusammengehalten und mit dem Stempel der Reiseagentur versehen, befanden, während Gerald, dessen Französisch von Minute zu Minute schneller und unwahrscheinlicher wurde, verstohlen nach dem anfänglich verachteten Dolmetscher spähte und, am Ende seiner Geduld, *Mille*-Noten in die ausgestreckte Handfläche des nachgebenden Schaffners drückte.

Der Zauber wirkte, Plätze wurden gefunden, und die du Mauriers ergriffen mit der ganzen Siegesfreudigkeit und Angriffslust erobernder Völkerstämme davon Besitz und packten Handkoffer und Kleidungsstücke aus, als träfen sie Vorkehrung, sich lebenslänglich zu etablieren.

Gerald war nicht einer jener friedfertigen Reisenden, die sich in die Ecke mit bis zum Kinn zugeknöpftem Mantel verkriechen und zum Schlaf anschickten. Sein Abteil mußte seinem Schlafzimmer daheim so ähnlich wie möglich sein, das Waschbecken mit unzähligen geheimnisvollen Flaschen und Essenzen, mit Zahnpasten und Pudersorten, mit Schwämmen aller Art ausgerüstet werden; Anzüge hatten an der Tür zu hängen, Pyjamas und der Morgenrock auf dem Bett ausgebreitet zu liegen, dieweil der Wagen nebenan wie ein Wohnzimmer gerichtet werden mußte: Getränke und Obst und Zigaretten auf dem Klapptisch, Bücher, Zeitungen und Kissen auf den Sitzen, dazu eine mit den Handkoffern getroffene Einrichtung, die es Gerald und einem der Mädchen ermöglichte, Bézique zu spielen.

Die erstgeborenen Söhne hoher Adelsgeschlechter, die in vergangenen Jahrhunderten den Grand Tour machten, hätten nicht größere Anstalten treffen können für ihren Komfort, ihre sämtlichen Equipagen und Kutschen, für die Schar ihrer Begleiter, für ihre Pferdegespanne. Gerald wäre ein vollendeter Sohn des achtzehnten Jahrhunderts gewesen, der mit Schmettern und Gerassel in entlegenen Gasthöfen ankommt, die Ställe mit seinen Pferden und die Gaststuben mit seinen Gästen füllt, den sandbestreuten Fußboden mit nassen Umhängen und lehmigen Stiefeln bedeckt, laut nach Bier ruft und der hübschen Wirtstochter schäkernd unter das Kinn faßt mit einem »Potz Wetter, verdammt noch mal!«

Es gab nichts besonders Romantisches an einem Schlafwagen erster Klasse en route nach Monte Carlo, es sei denn, man versetzte sich in die Rolle eines Diplomaten mit Geheimdokumenten in der Aktenmappe, die einem möglicherweise von einer mysteriösen Dame im dunklen Schleier gestohlen werden könnten, wobei das einzige Beweisstück ihrer Identität das im Gang fallengelassene, schwerparfümierte Spitzentaschentuch war, mit einem gestickten Monogramm »A« in der rechten Ecke. Gerald besaß eine blühende Phantasie, und obwohl die Tage leider vorbei waren, in denen Daphne und Jeanne die Rollen des Edward Royle und des Duckling gegenüber seinem Captain Coxen spielen konnten, ohne sich befangen zu fühlen, und sich mit Fluchen und finsteren Blicken auf dem Heck des vollaufgetakelten Schiffes *Grosvenor* bewegten, sich dabei verbittert über Melasse und Schiffszwieback unterhaltend, bereit, bei der geringsten Herausforderung mit den Händen nach Marlpfriemen und Bootshaken zu greifen, so vermochten sie wenigstens die Möglichkeiten des Augenblicks wahrzunehmen und mit ihm die unglaublichsten Geschichten auszudenken über Mitreisende, die sie im Speisewagen oder im Nebenabteil beobachteten.

Waren sie einmal am Reiseziel angelangt, sei es in Monte Carlo, Cannes oder auf den Berghöhen des Mustapha, dann fanden sie Fluchten von Zimmern bereit, Schlafräume, Badekabinetts und Salons, die auf den ersten Blick nicht immer gefielen, weil die Aussicht nach Nordosten statt nach Südwesten ging oder weil man auf eine Straße statt in einen Garten hinaussah. Und sofort wurde mit dem Manager verhandelt, ob er die Zimmer tausche. Und bis es so weit war, daß sie sich in anderen Räumen eingerichtet fanden und die Atmosphäre weniger fremd anmutete mit Hilfe der Kartenspiele, der Bücher aus der Leihbibliothek, der Zeitungen, der Strickarbeiten auf den Stühlen und des vertrauten Anblicks der Flaschen und Siphons auf dem Ecktisch, pflegte Gerald zu sagen, er glaube nicht, daß ihm dieser Ort gefallen würde und ob sie nicht alle weiterfahren könnten, woandershin? Ein Ort war ihm zu überfüllt, der andere viel zu leer. Am Meer gab es immer zu viel Wind, und im Gebirge regnete es in einem fort. Hier waren die Betten zu hart, das Essen unmöglich, und dort ermüdete ihn die Hitze und machte ihm Magenbeschwerden. Und wessen Idee war es überhaupt gewesen, ins Ausland, in ein dreckiges, stinkendes Land zu reisen, da sie doch ein entzückendes und behagliches Heim hätten, wo er immer sicher sein könnte, kaltes Roastbeef und Rettiche zu bekommen?

Die großen Ferienreisen waren daher nicht immer die erfreulichen, schwerelosen Unternehmen, die sie hätten sein können; ein Unterstrom von Besorgnis lief mit, der die schönsten Augenblicke verdarb; der Druck eines nervösen Erwartens lastete auf der Familie, den Freunden und den Kindern, das bange Erwarten, daß Gerald sich bald langweilen könnte.

Der Jammer war, daß er, wenn es ihm beliebte, der beste, der reizendste Gefährte sein konnte, der größte Witzbold von allen, originell, albern, auf Abenteuer erpicht, zu Erforschungsgängen bereit und scharf darauf aus, Entdeckungen zu machen; er brachte es fertig, die Gesellschaft auf dem Gipfelpunkt des Genusses und der Begeisterung zu halten. Und dann konnte er plötzlich eines Morgens aufwachen im Anblick eines grauen Himmels, oder mit einem Schmerz im Leib, oder nach einer schlaflosen Nacht, und die ganze Atmosphäre war wie verwandelt – düster, geistlos und flach; die Unterhaltung beim Mittagsmahl geriet ins Stocken, das Lachen klang abgestanden und unangemessen, und niemand brachte Mut oder Laune auf, ein Unternehmen vorzubereiten.

Viel zu viele Entschuldigungen werden dem »künstlerischen Temperament« zugestanden, allzu viel Freiheit wird jenen unbewußten Tyrannen eingeräumt, die sich in der Welt der Launen und Grillen bewegen. Von Kindesbeinen an war Gerald verzogen und geschont worden. Mamie hatte bei ihm in allem nachgegeben, und Mo war die Wiederholung von Mamie. Er besaß drei Töchter und keine Söhne. Er war der Abgott und die Flamme seines kleinen weiblichen Familienkreises, und kein Mann auf der Welt konnte einer solchen Vorbelastung standhalten und dabei unverdorben bleiben. Es sprach sehr zugunsten seiner inneren Eigenschaften und seines wahren Wesens, daß sein Charakter nicht durch und durch unangenehm und unmöglich war.

Wenn Guy nicht so viel im Ausland gelebt hätte, wenn Guy nicht gefallen wäre ... Doch die Wenn und Aber sind nutzlose, unbefriedigende Mittel, Probleme zu lösen. Jetzt ist alles viel zu spät, und Geralds besonderes Problem wird nie mehr eine Lösung finden. Der Keim der Unzufriedenheit war in der Kindheit entstanden, wurde in der Jugend genährt und im

Mannesalter kultiviert. Er gedieh im bekömmlichsten Boden und wurde von eben den Händen gepflegt und gehegt, die eigentlich zu einer besseren Entwicklung hätten beitragen müssen. Seine Wurzeln steckten zu fest im Boden, waren zu dicht und zu zäh, als daß der ausgereifte Kern hätte beseitigt werden können.

Seit Guy gestorben war, hatte Gerald ohne das Geleit, ohne das getreue Verstehen und den Ausgleich in der tiefen und echten Freundschaft eines anderen Mannes gelebt. Er besaß Freunde, selbstverständlich. Es gab ihrer in Hülle und Fülle, die ihm auf die Schulter klopften und ihn »Dear old Gerald« nannten, mit denen er Karten, Golf und Tennis spielte, die über seine Witze und seinen Vorrat an Anekdoten lachten, die seine Stellung achteten und seine Arbeit würdigten, die mit ihm zusammen Theater spielten oder sonntags zum Mittagessen nach Cannon-Hall heraufkamen. Aber er besaß keinen wirklich großen Freund, der ihn auf irgendeinem Gebiet übertraf, dessen Urteil und Rat ihrer Vortrefflichkeit, Aufrichtigkeit und Anteilnahme wegen unschätzbar gewesen wären. Es gab keinen Mann, der ihn sich vornehmen und aus ganzem Herzen, aus voller Überlegenheit heraus sagen konnte: »Tu dies« oder »Tu das«, »Sei kein verdammter Narr, Gerald!« Er hätte mehr als die meisten Menschen der Freundschaft eines solchen Mannes bedurft. Er brauchte die anregende Gesellschaft eines geistig Höherstehenden, der zugleich wohlausgeglichen und duldsam, kraftvoll und mitempfindend war, die Gesellschaft eines von Energie und Enthusiasmus erfüllten Mannes, der jedoch auch herb sein konnte mit der ganzen Strenge eines älteren Bruders, der nicht zu schmeicheln brauchte und »Temperament«, Selbstbemitleidung und Sichgehenlassen von vornherein im Keim erstickte mit jener Form mannhafter Wahrhaftigkeit gewissermaßen aus der Schulter heraus, die Gerald, mehr als alle anderen Menschen, zu schätzen vermochte.

Kein solcher Freund war da, und Gerald lebte allein inmitten seines kleinen Hofes von Frauen, in dem er den ausschließlichen Geltungsanspruch behauptete, ohne der geringsten Konkurrenz oder Einmischung begegnen zu müssen.

Jetzt war es jedenfalls viel zu spät. Wenn man sich den Fünfzig nähert, ist man gutem Rat fast ebenso abhold wie mit fünfzehn. Man ist gleichermaßen intolerant und empfindlich in den kleinen persönlichen Dingen wie in den Fragen des Aussehens, der Beliebtheit und in all dem, was die Leute hinter einem her sagen. Man ist häufiger über Enttäuschungen verbittert, leichter verärgert und verletzt, und der Mann oder die Frau, die einem die Fehler vorhalten, werden schnell zu Feinden, zu Verrätern im eigenen Lager. Es ist entmutigend, die ersten grauen Haare zu entdecken, die ersten rheumatischen Beschwerden zu verspüren, morgens mit einem schmerzenden Rücken aufzuwachen und nicht imstande zu sein, ohne Brille die Zeitung zu lesen.

Es verursacht so etwas wie einen Schock, wenn man in den Garrick-Club geht, einen Blick auf die Altersgenossen wirft und erkennt, daß die Hälfte von ihnen kahlköpfig ist und die andere Hälfte dickbauchig. Die Knaben, mit denen man zur Schule ging und die vielleicht die Jüngeren waren, sind nunmehr entschieden ältliche Männer geworden mit knarrenden Stimmen, langsamen Schritten und von schwerfälligem Verstand; ihre Söhne und Töchter sind verheiratet, und sie erzählen nicht endenwollende Geschichten ohne besondere Pointe nach einem Glas Portwein.

Es ist verwirrend und ziemlich beunruhigend, eine Dame zum Lunch auszuführen und im Verlauf des Gesprächs festzustellen, daß sie schließlich nur wenige Jahre älter ist als die eigene Tochter und daß sie, als man schon ein ausgelassener junger Bursche war, noch nicht einmal das Licht der Welt erblickt hatte. Diese Dinge tragen nicht zum Seelenfrieden bei. Man stellt sich heimlich die Frage: »Bin ich jetzt ein langweiliger Schwätzer? Gähnen die Leute bereits, wenn ich ins Zimmer komme? Tut dieser Mann nur so zum Schein? Ist diese Frau aufrichtig?« Und in einer Art verzweifelten Aberglaubens, mit dem man auch dreimal auf Holz klopft, wendet man sich gerne an jene Freunde, die einen am meisten loben, die länger als die anderen lachen, einem an den Lippen hängen und den Willen tun, von einem Stirnrunzeln schon erschlagen sind, die gerade durch ihre Unterwerfung beweisen, daß man die Macht noch nicht verloren hat und das Postament des Ruhms, auf dem man steht, noch immer wohlgegründet ist. In Geralds Natur gab es einen ausgesprochen femininen Zug, und deshalb schätzte er mehr die Gesellschaft von Frauen als das Zusammensein mit Männern. Weiblich, jedoch nicht weibisch veranlagt, wie er war, legte er zu viel Gewicht auf den Wert der Frau. Er besaß die eifrige Neugierde einer Frau für das Privatleben anderer Leute, die umwegigen und nicht ganz redlichen Methoden einer Frau bei der Erreichung eines bestimmten Zieles, die weibliche Freude am Klatsch, die Liebe einer Frau zur Intrige und zum Dramatisieren, das Entzücken der Frauen über die kleinen Flirts, die nur einen Tag dauern, und ihre vertiefte Beschäftigung damit. Er würde den idealen Höfling eines Prinzen de Valois abgegeben haben, der in Gegenwart von Catherine de Medici mit einem vergifteten Handschuh spielt, der Schönen seiner Wahl mit leichtsinnigem Lachen huldigt und sein Glas in tausend Stücke zerschellen läßt. Der Durchschnittsmann langweilt sich auf die Dauer in Gegenwart einer Frau, wenn er nicht in sie verliebt ist. Er zöge es vor, zu arbeiten oder Golf zu spielen oder einen Fisch zu fangen. Selbst der sprichwörtliche Schürzenjäger bleibt außerhalb des Boudoirs stumm und maulfaul. Gerald dagegen, mit seiner weiblichen Ader, konnte stundenlang nach dem Lunch in einem Restaurant über Kaffee und Zigaretten sitzenbleiben und mit wirklichem Interesse der Darstellung einer fremden Liebesaffäre lauschen. Die unglücklich verheiratete Frau, das Mädchen, das sich nach einem im Ausland weilenden Geliebten verzehrt, die Dame, die sich zwischen zwei Bewerbern nicht entscheiden kann, die Unglückliche, die in die Leidenschaft zum Gatten einer Freundin verstrickt ist – diese alle bildeten erregende Probleme für seine wißbegierigen Ohren. Er machte Vorschläge, er erteilte Rat, er beobachtete den Fortschritt und das Eintreffen seiner Prophezeiungen mit beinahe teuflischer Genugtuung. Und rieb sich wie Mephisto die Hände, wenn die Leute »mit Kopfsprung in die Tiefe stürzten«, wie er das ausdrückte, und in einen wilden Wirrwarr der Gefühle gerieten. Er besaß auch keineswegs die Gabe der

Verschwiegenheit in seinen kleinen »Wissenschaften«. Es war ihm beinahe unmöglich, ein Geheimnis zu bewahren oder eine vertrauliche Mitteilung zu hüten. Ohne Bosheit fühlte er sich wie ein aufgeregtes Kind durch einen sonderbaren Drang genötigt, seine Geschichten allerorts zu verbreiten, sie mit seinen eigenen Einfällen auszuschmücken, bis daraus die reinsten Kunstgebilde geworden waren.

Dieses heftige Interesse am Leben anderer wurde nach und nach sein einziges Steckenpferd, seine einzige Entspannung. Die alten Zeiten des Golfspiels auf dem Land mit vier fröhlichen, gleichgesonnene Kameraden gehörten der Vergangenheit an. Tennis wurde für den Sonntag aufgespart, und wenn er nicht gerade beruflich arbeitete – spielte, inszenierte oder eine Wohltätigkeitsaufführung arrangierte –, dann verbrachte er lange Stunden in der Gesellschaft der erfolgloseren seiner Freunde und neuentdeckten Bekannten. Es waren fast immer unbeschäftigte Frauen, die nichts lieber taten, als von sich zu sprechen.

Es war dies eine zwecklose Vergeudung der Gemütskräfte, ein dürftiger Ersatz für wahre Entspannung und eine der stärksten Förderungen jener schleichenden Lähmung: Es war die Langeweile schlechthin, die nunmehr Jahr für Jahr das leuchtende Muster seines Lebens zu verdunkeln drohte. Die üblichen Hobbies des normalen Mannes konnten seine Konzentration nicht binden. Seine Vorliebe für Vögel war nicht stark genug, um ihm mehr als gelegentlich einen Tag auf dem Lande zu vermitteln. Er pflegte mit großem Komfort im Auto hinauszufahren mit einem Gefährten und einem Picknickkorb, der die richtigen Speisen enthielt; er wollte nie allein gehen. Es bedrückte ihn, länger als ein Wochenende auf dem Land zu sein. Er haßte Spaziergänge und Gartenarbeit. Das Angeln war eintönig und blöde, wo man doch Fisch beim Fischhändler kaufen konnte. Alle Arten von Jagd waren grausam und unnütz. Das Baden führte zu Erkältungen in der Lebergegend. Kähne waren schwer festzumachen und ihre Bänke eine Plage fürs Gesäß. Und seine Ungewandtheit mit den Händen hinderte ihn daran, mit Segeln und Motoren behende umzugehen. Er las wenig. Gelegentlich glückte es einem gutgeschriebenen Roman, ihn bis zum letzten Kapitel zu beschäftigen, doch häufiger noch fing er das Buch schon mit einem Gähnen an und ließ es halbgelesen liegen. Er brauchte irgendeinen heftigen Antrieb, um vor dem langsamen Absinken in die Apathie bewahrt zu werden, und dieser Antrieb fand sich nicht. Sein Gehirn und seine ganzen nach Aktion verlangenden Nerven stagnierten aus Mangel daran. Er verzettelte seine Kräfte mit nebensächlichen Dingen und unwichtigen Leuten. Er begriff nicht, daß dies die Ursache seiner tiefgründigen Unzufriedenheit mit dem Leben und eines Gefühls von Leere war, daß er an einem Engpaß anlangte, in dem er sich verlor und woraus er vergebens nach dem Tageslicht suchen sollte.

Einen Menschen hatte er, der mit richtiger Erkenntnis einsah, daß er seiner Langeweile Herr werden könnte, wenn er nur beliebte, seinen Geist und sein Stückchen Genie anzuspannen, daß er bis an den Himmel reichen und Wunder vollbringen könnte, wenn er bloß die Vorsicht, die Faulheit, die Selbstüberschätzung in alle Winde scheuchte. Doch trotz ihres beinahe maskulinen Verstandes und ihrer großen Auffassungsgabe war Viola Tree leider eine Frau. Wäre sie ein Mann gewesen, würde sie vielleicht der ideale Freund, der weise Ratgeber, der gute Kamerad gewesen sein. Aber die bloße Tatsache ihres Geschlechts machte die Ebenbürtigkeit der Freundschaft unmöglich. Sie war Frau, Gattin und Mutter, doch daneben ein Schulmädchen, das nie erwachsen wurde, ein Backfisch mit offenem Mund, der vor seinem Helden auf die Knie fiel, der angstvoll bestrebt war, zu gefallen, nach Lob dürstete und sich durch eine Geste, durch ein unfreundliches Wort nur allzu rasch einschüchtern ließ. Sie war heftig, leicht in Wut zu versetzen; sie starb hundertmal den Tod, sprang nach irgendeinem heftigen Argument in hundert geistige Abgründe; sie sah sich romantisch und pittoresk, wo sie in Wirklichkeit bloß unglaublich komisch war. Sie planschte und zappelte in hoffnungsloser Verwirrung, wo sie meinte, irgendeine Störung glätten zu können. Sie war oft begriffsstutzig, taktlos, eigensinnig, verstockt wie ein Maulesel.

Sie war ein Geschöpf nach Lewis Caroll, eine Gestalt aus *Alice*[1], ein Kind und ein Clown, mit einem vollendeten, beinahe unglaubhaften Sinn für Humor; anbetungswürdig, wenn man allein mit ihr war, wenn sie, in ihrem alten Rock und ungleichen Strümpfen, krachend in einen Apfel biß und, den Mund voller Kerne, über Karl den Ersten diskutierte; gehemmt bei einer eleganten Gesellschaft, wo sie zu laut sprach, vielleicht »geistreich« sein wollte beim Lob für ein modernes Bild, beim Verdammen eines Buches, weil es Mode war, es zu verdammen.

War sie manchmal unaufrichtig in kleinen Dingen, so hatte sie doch ein weites und großmütiges Herz, eine tiefe und tigerartige Liebe zu ihren Freunden, ein weises Verständnis für die großen Probleme des Lebens. Nicht umsonst war sie die Tochter ihres Vaters. Sie war kultiviert und musisch, höchst intelligent; und wenn sie nur die nötige Charakterstärke gehabt hätte, ihre Überlegenheit in der Freundschaft mit Gerald zu verteidigen, würde sie ihn mit einem Funken ihrer eigenen, gewaltigen Begeisterung und Energie angefeuert, zu großen Theaterleistungen aufgerüttelt haben, wie ihr Vater das getan hatte; sie hätte seinen Verstand zu der Rührigkeit angespornt, nach der er unbewußt begehrte, um sich nicht in geringfügigen Dingen zu vergeuden.

Doch es gibt im Sachlichen keine echte Harmonie zwischen einem Mann und einer Frau. Sie gehen sich auf die Nerven. Sie arbeiten nicht im Einklang. So kam es, daß die Stücke, die sie hätten schreiben können, ungeschrieben blieben, die Dramen unaufgeführt; Viola und Gerald gingen ihre getrennten Wege als Freunde, ohne Mitarbeiter zu werden, beide temperamentvoll, beide Individualisten und unfähig, ihre unterschiedlichen Persönlichkeiten ineinander aufgehen zu lassen. Und Gerald, dessen Wesen so drängend nach einem Ziel im Leben, nach einem letzten Sinn verlangte, ermangelte immer noch eines Glaubens und einer Richtung.

Daß sie imstande waren, zusammenzuarbeiten und ein Theaterstück zu inszenieren, das erwies sich, als sie 1923 *The Dancers*

[1] Alice: »Alice im Wunderland« von Lewis Carroll.

schrieben, ein novellenartiges Stück, das, wenn man es auch nicht große Literatur nennen konnte, immerhin grandiose Theaterunterhaltung darstellte, dramatisch war, voll unerwarteter Wendungen, und von allen Kritikern als eine ausgezeichnete Leistung begrüßt wurde. Es lief bei Wyndham's beinahe ein Jahr lang.

Die Verfasser hielten ihre Identität bis zur Uraufführung geheim, der Name auf dem Programm wurde mit Hubert Parsons angegeben, doch die Wahrheit ließ sich nicht lange verbergen, besonders in der Obhut von Gerald. Der triumphale Erfolg der Premiere erforderte eine Enthüllung, und nachdem die Sache bekannt wurde, war die Beliebtheit des Stückes noch größer.

Zwei junge Schauspielerinnen machten in *The Dancers* persönlich Furore, Tallulah Bankhead als die amerikanische Maxine, und Audry Carten als das pathetische, anziehende und sonderbar verwirrte Nachkriegsgeschöpf Una, eine Gestalt, die ihr mehr oder weniger auf den Leib geschrieben war.

Gerald leistete sich eine Orgie von Selbstdarstellung als Earl of Chievely, der im ersten Akt mit offenem Hemd und Reithosen beim Ausschank von Getränken hinter einer Bar im Wilden Westen angetroffen wurde, seine ihn anbetende Maxine zur Seite, und der dann nach England gerufen wurde durch die Nachricht, daß seine Verwandten einem Unfall zum Opfer gefallen waren und er den Titel geerbt hatte. Der erste Akt bot ein tolles Schaustück, farbig und reizvoll trotz aller Ähnlichkeit mit einem Zeitschriftenroman, und das Publikum wurde auf ganz natürliche Weise nach England versetzt, wo der neue Earl in der nervösen, tanzverrückten Una eine Kindheitsgespielin entdeckte, die in einem Augenblick von Panik seinen Heiratsantrag annahm und zuließ, daß er sich ausweglos in sie verliebte, indes sie die Tatsache verbarg, daß sie ein Kind erwartete, die Folge »einer momentanen Entgleisung« mit einem jugendlichen und verantwortungslosen Tanzpartner.

Die bestgespielte und dramatischste Szene in diesem Stück der Überraschungen war das Hochzeitsessen im Hotel. Nach einigen köstlich gespielten Passagen, in denen Gerald als

Chievely komödiantisch brillierte beim Versuch, mit einem Kellner französisch zu sprechen, und nach etlichen gewandten und flüssigen Dialogen, erkannte die unglückliche, mit ihrem Gewissen allein gelassene Una, daß sie ihren Betrug nicht verantworten konnte und vergiftete sich in einem Anfall von Wahnsinn, so daß sie wenige Minuten später von Chievely tot aufgefunden wurde.

In der nüchternen Nacherzählung schreit die Geschichte nach den billigen Ausgaben zuoberst auf den Regalen der Leihbibliotheken oder nach den Broschüren, die den Augen des Reisenden auf Bahnhöfen aufgedrängt werden zum Preis von sechs Pence inklusive den grellen Einband. Aber von Gerald und Audry Carten mit wunderbarer Empfindung für das Zarte, Zurückhaltende und Echte gespielt, lebten diese beiden Figuren menschlich, schmerzlich, qualvoll menschlich; sie wirkten auf die Gefühle der Zuschauer in einer rührenden, von nassen Taschentüchern und rotgeweinten Augen angezeigten Weise.

Beim näheren Betrachten bricht *The Dancers* in Stücke auseinander. Es war eines jener Bühnenwerke, die man gesehen haben muß, um es richtig zu würdigen; ein Stück, das durch die gute Darstellung und die ebensogute Inszenierung ein wertvolles Schauspiel war, aber ohne diese Voraussetzungen nie hätte bestehen können. Der vierte Akt fiel ab. Maxine erschien wieder auf der Szene, nachdem sie als Ballerina die Welt im Sturm erobert hatte, sie wurde von einem älteren und klüger gewordenen Chievely aufgesucht, und der Vorhang fiel über der Hoffnung, daß diese beiden miteinander noch ein Glück fänden und daß die großmütige und warmherzige Maxine Chievely helfen würde, die traurige Vergangenheit und den Geist Unas zu vergessen. Es war eines jener Pseudo-Happy-ends, zu denen sich die Dramatiker mit dem Blick auf die Theaterkasse verpflichtet fühlen; und daß der vierte Akt das Stück nicht zugrunde richtete, erweisen die dreihundertundvierundvierzig Aufführungen, über die der Vorhang aufging und fiel.

Wenn Gerald und Viola das einmal fertiggebracht hatten, dann hätten sie es auch wiederholen können, und mit welchen

Verbesserungen, mit wieviel mehr Urteilskraft, mit welchen neuen Motiven und gereiftem Verstand – Gerald mit seinem Sinn für das Dramatische, Viola mit ihrem Gefühl für Kultur; Gerald mit seinem Blick für Wirkung, Viola mit ihrer literarischen Zurückhaltung; Gerald mit seinem *flair* für den Geschmack der breiten Öffentlichkeit, Viola mit ihrem Begreifen dessen, was gut und was schlecht ist in der Kunst.

Aber *The Dancers* blieb eine abgesonderte Leistung, vereinzelt in seinem melodramatischen und etwas überkolorierten Glanz. Als das Jahr zu Ende ging, kehrte es in jenes Schattenreich der vergessenen Theaterstücke zurück, Seite an Seite mit den alten Romanen und den verblichenen Porträts, den dahingegangenen Moden und erstorbenen Melodien.

Es war der letzte der großen Wyndhamschen Erfolge, und als es im nächsten Jahr abgesetzt wurde, erschienen vier Stücke hintereinander in rascher Folge, von denen zwei Fehlschläge waren, eines mäßig gut ging und das letzte in Form einer Wiederaufführung als Lückenbüßer diente. Es sah aus, als hätte sich das du Mauriersche Glück endlich gewendet. Fast fünfzehn Jahre hatte Gerald unangefochten und ungestört in Wyndham's-Theatre regiert, sein Wort war Gebot, sein Urteil unbestritten gewesen. Frank Curzon, sein Finanzpartner, griff selten ein. Gerald war verantwortlich für die Wahl der Werke, für die Produktion, für die Auswahl der Künstler. Während dieser fünfzehn Jahre hatten viele Schauspieler und Schauspielerinnen unter seiner Obhut gespielt, die ersten Erfolge ihrer Karrieren errungen und beim Verlassen des Hauses kraft ihres eigenen Könnens den Ruhm gefunden, und sie waren ihrerseits Lieblinge des Publikums geworden. Gladys Cooper, Owen Nares, Ronald Squire, das waren nur drei aus der großen Zahl derer, die ihr Handwerk bei Gerald am Wyndham's-Theatre gelernt hatten.

Im Jahre 1925 ging *A Man with a Heart*, ein kümmerliches Stück von Alfred Sutro, als Fehlschlag zu Ende; Gerald war müde und in gedrückter Stimmung. Ein neues Erfolgsstück war nicht aufzutreiben. Er brauchte Ferien. Er war gelangweilt. Er hatte das Theater satt.

Außerdem sorgte er sich um May, die schwer krank war und wahrscheinlich nicht wieder genesen würde. Er begriff, daß ihr vom Schicksal bestimmt war, Trixie und Sylvia nachzufolgen, und daß er nun bald allein sein würde, ohne einen einzigen übriggebliebenen Angehörigen der Familie du Maurier.

Oft hatten sie wütende Auseinandersetzungen gehabt, er und May; sie war aufbrausend, kritisch; sie kannte seine Fehler und hielt sie ihm unverblümt vor. Er war der jüngere Bruder, den sie als kleines Mädchen herumkommandiert hatte, und sie fürchtete sich nicht vor ihm. Sie war ihrer Familie leidenschaftlich ergeben, und aus ihrer Treue heraus wollte sie über ihn wachen, wie Mamie das getan hatte; wollte die Neffen beraten, ihre Frauen kritisieren, wollte sozusagen eine Hand im Familienspiel behalten. Sie hatte, von Guy abgesehen, mehr Verstand als die übrige Familie zusammen, mehr Kultur und eine Intuition und einen Sinn für Humor, die durch und durch französisch waren. Aber sie hatte nicht die gleiche Anlage zur Geselligkeit, die ihre Geschwister besessen hatten. Sie liebte nicht, Menschen zu treffen und sich einladen zu lassen. Sie verabscheute alles, was elegant und gesellschaftlich war, und sie mißbilligte die Theateratmosphäre. Niemand vermochte sie hinter die Bühne in Geralds Ankleidezimmer zu schleifen, um seine Freunde kennenzulernen; Schwärmerei oder Schmeichelei in jeder Form, die Kosenamen, die »Darlings« wirkten auf sie wie das rote Tuch auf einen Stier. Sie war am glücklichsten in ihrem kleinen Haus in Chelsea, allein mit ihrem Mann, ihren Hunden und einer Handvoll alter Bekannter, wo sie, dürr und braun und knabenhaft, in einem alten Pullover und Rock, vertieft in das allerschwerste der Sonntagskreuzworträtsel saß, mit Büchern auf dem Fußboden um sich herum. Und nun sollte May, die Gespielin seiner Kindheit, die trotz der vielen kleinen Kritteleien so sehr geliebt war, mit den anderen auf dem Friedhof in Hampstead liegen, und niemand würde mehr da sein, um mit Gerald der alten frohen Tage zu gedenken.

Es muß um diese Zeit gewesen sein, daß Freddie Lonsdale zum Abendessen nach Cannon-Hall heraufkam mit dem Manuskript seines neuen Theaterstücks unter dem Arm. Er war in glänzendster Laune, erregt durch seine Arbeit, die er unter Geralds Regie bei Wyndham's aufgeführt zu sehen hoffte. Es mag sein, daß Mo ein zu gutes Mahl vorgesetzt hatte, mag sein, der Portwein gehörte einem zu alten Jahrgang an und war zu schwer für einen versorgten, bedrückten und übermüdeten Mann. Es kann sein, daß es sich nur um ein unglückliches, bisher noch nicht erlebtes Beispiel von verdammter Unhöflichkeit handelte, aber die Tatsache blieb, daß Freddie, der vor dem Kaminfeuer in der Bibliothek saß und in gespannter Erwartung von seinem Manuskript aufblickte, einen schlummernden Gerald mit dem Kopf auf einem Kissen, die Füße hochgestellt, und nicht nur in festen Schlaf versunken, sondern auch noch schnarchend, entdeckte. Der arme Freddie, tief getroffen, sprang in einer fürchterlichen Wut auf und stürzte aus dem Haus, gefolgt von einer protestierenden und aufs peinlichste berührten Mo, die ihn beschwor, sich doch zu beruhigen und seine langjährige Freundschaft mit Gerald nicht zu vergessen. Doch Freddie wollte nicht hören; er war wirklich aufgebracht, und die Situation drohte, wie die Politiker zu sagen pflegen, ernst zu werden.

Die Lösung des Problems wurde auf recht weitschweifigen Wegen erreicht. Gladys bekam das Stück angeboten, sie akzeptierte es und traf Vorkehrungen, es im St. James'-Theatre in Verbindung mit Gilbert Miller zur Aufführung zu bringen. Die Hauptrolle und die Inszenierung schrien förmlich nach Geralds Hand, und das Endresultat war, daß Gerald und Freddie wie Schulbuben sich die Hand gaben und wieder Freunde waren. Gerald schloß seine Managerzeit mit Curzon ab, verließ Wyndham's auf gut Glück und begab sich in eine Art von Manager-Compagnie mit Gladys und Gilbert Miller.

Sein Nickerchen hatte ihn allerdings ein kleines Vermögen gekostet, denn er erhielt nunmehr eine Gage, statt der Gewinnprozente, und da Lonsdales Stück ein Jahr lang lief, war die Erkenntnis, daß es ohne den abendlichen Lapsus bei Wyndham's hätte laufen können, nicht eine der glücklichsten Wahrheiten. Das Ganze blieb einer jener dummen, unnötigen Zwischenfälle, die niemals hätten einzutreten brauchen. Wenn

Gerald nur ein wenig Selbstbeherrschung geübt und Freddie seinen Sinn für Humor nicht so rasch verloren hätte, wäre die alte Verbindung mit Wyndham's möglicherweise nie beendigt worden.

Immerhin war Frank Curzon ein kranker Mann, und er starb zwei Jahre später. Doch die Gewinne, die Gerald aus *The Last of Mrs. Cheyney*[1] bei Wyndham's erzielt hatte, würden eine sichere Garantie für alle anderen Unternehmungen gebildet haben, und seine Freundschaft mit Edgar Wallace, die um diese Zeit begann, würde ganz gewiß eine neue vielversprechende Partnerschaft zustande gebracht haben.

Es traf sich jedoch, daß er den Gipfel seines kleinen Berges erreicht hatte; er war zweiundfünfzig, und das Leben und das Theater waren nicht mehr die großen Abenteuer von einst. Er sollte noch ein oder zwei Triumphe erleben; in *Interference* bot er ein Beispiel stummer Schauspielkunst, das kaum auf einer anderen Bühne hätte übertroffen werden können; doch von nun an sollten Leben und Spiel nicht mehr so mühelos und leicht verlaufen. Finanzielle Sorgen lagen vor ihm; bis auf zwei Ausnahmen waren die Tage der langen Aufführungsperioden und der großen Erfolge gezählt.

11

Als Gerald in der Rolle des Arthur Dilling in *The Last of Mrs. Cheyney* bei der Uraufführung auftrat, bekam er eine Riesenovation. Er war sechs Monate von der Bühne abwesend gewesen – und dem Publikum waren die Wechselfälle, aus denen das Lonsdale-Stück triumphierend hervorgegangen war, natürlich nicht bekannt. Das Stück war ein modischer, amüsanter Unsinn, leicht wie die Luft und strotzend von Adelstiteln; Schlag auf Schlag fielen die Pointen; es war darauf berechnet, auch

[1] The Last of Mrs. Cheyney: »Mrs. Cheyneys Ende« von Fredric Lonsdale, eine der großen Rollen von Elisabeth Bergner.

beim blasiertesten Theaterbesucher ein Lächeln hervorzurufen, und ausgesprochen brillant besetzt. Es gehörte zu jenen Werken, die einen für die Dauer von zweieinhalb Stunden auf einem hohen Grad von Belustigung halten und die man nach Verlassen des Theaters doch sofort wieder vergißt.

Kein Nachdenken, keine Konzentration wurde vom Zuschauer verlangt, und nirgends gab es einen langweiligen oder mühsamen Augenblick. Genaugenommen war es ein »After-Dinner«-Schauspiel, ungemein beliebt bei den Angehörigen der guten Gesellschaft, die in Frack und Pailletten ziemlich spät, wenn der Vorhang schon oben ist, in die Logen einfallen, laut flüstern, über die Füße anderer trampeln und angenehm schokkiert, doch ja nicht zu energisch beschäftigt werden wollen für ein paar Stunden, ehe sie sich wieder in einem überheizten Nachtlokal zusammenfinden.

Bei Wyndham's war es ein recht trübseliges Jahr gewesen. Ihm war eine Ferienreise nach Italien gefolgt, die, weil der Regen unaufhörlich vom Himmel herabströmte, mit der üblichen Langeweile einherging und auch durch die glänzendste Laune des Neffen Geoffrey und der unermüdlichen Viola – die besorgte Mitwirkung der Gattin und der übrigen Familie gar nicht erst zu erwähnen – nicht restlos aufgehellt werden konnte. Und danach war May gestorben. Da wirkte es geradezu als Erleichterung, als ein willkommener Wechsel, wieder einmal bei einem populären Erfolg, zusammen mit einer wahrhaften Freundin wie Gladys, und einer Truppe, die gleichmäßig vergnügt und zufrieden war, mitwirken zu dürfen.

Gladys war wohl die einzige Frau auf der Welt, die Gerald zu keiner Zeit geschmeichelt hatte; obwohl sie sein Genie aufrichtig anerkannte, ließ sie sich nie verführen, sich seinen Fehlern gegenüber blind zu stellen.

Sie trat ihm auf ihrem eigenen Boden entgegen, ebenbürtig im Rang, die weiblichste aller Frauen, mit einem Gesicht wie Danaë und Augen, die zu unseren Lebzeiten nicht mehr übertroffen werden können. Sie schenkte ihm das, was vielleicht die einzige echte platonische Freundschaft seiner Karriere war. Bei ihr gab es keine Tücken, keine Launen, kein Lamentieren, kein

Eindringen und Einmischen in sein Privatleben, keine Primanereifersüchte, keine nichtswürdigen Intrigen. Bei jeder Nachmittagsaufführung während der Spielfolge von *Cheyney* trafen sie sich zum Mittagessen gleich zwei Männern in einem Club, schweigend, Schulter an Schulter, Gerald mit seinem kalten Roastbeef beschäftigt, Gladys mit ihrem Kotelett; besprachen gelegentlich knapp und sachlich die Tagesereignisse oder tauschten Meinungen aus über ihre beiderseitigen Kinder.

Da gab es kein Trödeln über dem Kaffee, keine langen Geschichten, keine Geständnisse, keine Klagen über private Kümmernisse, keine geheimnisvollen Enthüllungen.

Kein Drängen brachte Gladys große Zurückhaltung zu Fall; kein indirektes Ausfragen, keine plötzliche Unterstellung durchdrang die Mauer, die sie so klug um sich aufgerichtet hatte. Was auch in ihrem Inneren vorging, welche Erinnerungen, welche Pläne, welche vergangenen Absichten und Zielsetzungen da wirkten, das wußten immer nur Gott und Gladys allein.

Da sie selber viel Schneid und große Zivilcourage besaß, hatte sie wenig Verständnis für schwache oder allzu gemütvolle Leute, wenig Geduld mit Launen, keinen psychologischen Scharfblick. Mit ihrem festen Kinn und ihren weiten Nüstern hielt sie den Kurs durchs Leben, fegte sie Hindernisse aus dem Weg, die Augen auf den Horizont gerichtet – eine ebenso unduldsame wie ritterliche Gestalt. Ihr gesunder Menschenverstand und ihre unverblümte, sachliche Art machten sie zu einer sehr guten Gefährtin für Gerald; sie wirkte auf ihn, wie eine praktische, durch und durch normale Kindererzieherin auf ein verzogenes und verzärteltes Kind wirkt. Er wußte, sie würde nicht mit sich umspringen lassen, sie würde jeglichen Nerven- oder Temperamentsausbruch verabscheuen; und, wie alle verwöhnten Kinder, war er durchaus imstande, einen Menschen zu achten, der ihn seinen Verdiensten entsprechend behandelte und keine Ansprüche auf ihn erhob. Obwohl sie nur die Hälfte von Violas Phantasie oder Einfühlungsgabe besaß, so ließ vielleicht eben dieser Mangel sie wenn nicht die bessere Freundin sein, so doch den besseren Einfluß ausüben. Viola machte sich zur Sklavin, zum Prügelknaben; der rasche Wechsel seiner

Launen ging ihr zu nahe; sie litt, daß er roh über ihre Gefühle hinwegging, brachte ihm eine fast hündische Ergebenheit entgegen, die er, ohne zu fragen, akzeptierte und mit beinahe sadistischer Freude auf die Probe zu stellen liebte. Wie oft kam er abends nach einer Fahrt aufs Land mit Viola nach Hause und berichtete mit wahrhaft kindlichem Vergnügen seiner Familie, wie er »einen höllischen Krach mit der alten Schachtel« gehabt habe und sie am Rande der Verzweiflung heimgeschickt hätte.

Dann, nachdem die kleine Episode mit hämischer Lust seiner – man muß gestehen – nicht immer ungeteilt aufmerksamen Frau und den Kindern erzählt worden war, die gähnend murmelten: »Arme, gute Viola! Weiß Gott, warum sie sich das gefallen läßt«, zog er sich zu seiner Siesta vor dem Aufbruch ins Theater zurück, immer noch frohlockend über den großen *Coup* des heutigen Tages. Und wenn zwanzig Minuten Schlaf seine Laune besänftigt hatten und er in der Halle sich mühsam in den Überzieher zwängte, konnte er Mo bitten, sie solle doch »die alte Närrin« anrufen und ihr sagen, Gerald nähme alles zurück, was er gesagt habe. Dann pflegte die merkwürdige Prozedur vor sich zu gehen, daß Mo sich telephonisch mit Viola in Verbindung setzte und in entrüsteten Tönen sagte: »Laß dich doch nicht von ihm schikanieren! Du bist viel zu geduldig mit ihm. Nun, wie steht es mit unserer Golfpartie am Freitag? Ich glaube, es wird das Beste sein, du ißt vorher hier bei mir ein kleines Mittagessen.« Vom anderen Ende des Drahtes schmetterte Viola einen zusammenhanglosen Dankesgruß, sie sprach nach allen Richtungen, nur nicht in das Mundstück hinein, eine Hand umkrampfte Bleistift und Papier, weil sie einen tausend Worte umfassenden Artikel bis Mitternacht geschrieben haben mußte, die andere war noch immer rußig von der Kasserolle, mit deren Hilfe sie vage gedachte, ihrem Mann ein Ei zu kochen, der auf dem Divan ausgestreckt lag, eine Decke über den Knien, und rief: »Warum gibst du mir nicht zu essen, was Gerald bei Muriel bekommt?«

Vielleicht war der typischste aller Viola-ismen die Geschichte, als sie beim Übergang von der Barkasse zum Kai ausglitt und in den Hafen von Fowey fiel; total falsch angezogen in einem Atlasrock, der ihre Fußgelenke beengte, und mit einem breitrandigen Gartenhut auf dem Kopf, schwamm sie im Kreise herum, rief: »Herrlich, herrlich« und kam endlich heraus, eine triefende, absonderliche Erscheinung mit schiefgerutschtem Hut, den Atlasrock voll von Strohhalmen und Makrelenschuppen.

Daß sie sich dabei erkältete und wenige Wochen später beinahe an einer Bauchfellentzündung gestorben wäre, das war die noch typischere Folgeerscheinung.

Man kann sich unmöglich vorstellen, daß irgendeines dieser Vorkommnisse bei Gladys hätte eintreten können. Sie war viel zu praktisch, um jemals aus einem Boot zu fallen, es sei denn wohlüberlegt; in diesem Fall wäre sie für die Rolle passend gekleidet gewesen, strotzend vor Gesundheit, und würde kräftig zum gegenüberliegenden Ufer geschwommen sein, wobei sie wie eine herrische, beliebte Sportlehrerin über die Schulter nach etwaigen »Schlappschwänzen« gerufen hätte, ihr doch nachzufolgen. Trotz ihrer unglaublichen Schönheit gab es etwas entschieden Knabenhaftes an Gladys. Gerald würde nie gewagt haben, seine Launen an ihr auszulassen, wie er das bei Viola tat. Sie hätte verächtlich die Achseln gezuckt und mit einer Stimme, die, wenn sie wollte, eisiger als alle anderen sein konnte, »Narr« gesagt und durch die Zähne pfeifend das Zimmer verlassen.

Er bewunderte Gladys restlos, brachte ihr eine warme Zuneigung und große Achtung entgegen. Für sie würde er Duelle ausgefochten, das Schafott bestiegen haben. Doch sie war auch die einzige Frau, die ihm das Gefühl gab, hinter seiner sonstigen Körpergröße zurückzubleiben; in ihrer Gegenwart überkam ihn eine köstliche und heilsame Furcht.

The Last of Mrs. Cheyney lief mittlerweile vor ausverkauftem Haus, und Gerald war befriedigt wie schon lange nicht mehr. Die Luft am St. James'-Theatre war gesund und normal. Es gab keine Zwiste, keine Eifersüchteleien, keine über die gute Stimmung der Truppe störend hereinbrechenden kleinen Affären. Dies war eine willkommene Erlösung nach den überspannten und ziemlich erregten letzten Jahren bei Wyndham's. Geralds

Vergnügen am Schabernack kam voll zur Entfaltung in dieser Zeit, und er betrat das Theater selten ohne ein Spielzeug irgendwelcher Art in der Tasche oder ein Trick-Päckchen von Hamley's; und diese Dinge holte er am Frühstückstisch im letzten Akt hervor, vor den Blicken des Publikums, durch Kaffeekannen und Toastständer geschützt, aber den unglücklichen Augen der bedauerlichen Truppe ausgesetzt, von der ernste Mienen erwartet wurden, dieweil aufgezogene Mäuse auf dem Tischtuch herumhüpften. Es steigerte sich zu einem regelrechten Ritual, daß während dieser Szene irgendeine kleine Schau privater Art stattfand, und es gab einen eifrigen Wettbewerb, wer sich dabei am weitesten vorwagte. Das geringste Ereignis kann für Schauspieler auf der Bühne zum Schreien komisch sein, ähnlich wie bei Chorknaben in der Kirche. Sie wissen, sie dürfen um ihrer Seelen willen unter keinen Umständen laut lachen, und die Anstrengung kann sich zur Todesqual steigern.

Niemand auf der Bühne war sicher, solange Gerald zugegen war; er konnte bis zum Äußersten gehen und verwendete endlose Zeit und Mühe auf seine Experimente. Nichts beglückte ihn mehr als ein gelungener Streich, und in seiner Garderobe schüttelte er sich nachher vor Lachen, bis ihm die Tränen über die Wangen liefen, während er die Geschichte einer seiner neuesten Schockentdeckungen erzählte. Er dachte sich sonderbare Apparate mit Bindfaden aus, stellte sie unter den Tisch, drückte auf irgendeine Birne, und die Teller und Tassen sprangen auf unfeierliche Weise vor den Spielern herum, die bemüht waren, so auszusehen, als äßen sie in Wirklichkeit Eier und Schinken; es gab Brötchen mit Baumwolle gefüllt, Bananen aus Seife, Äpfel, die beim Anfassen quietschend protestierten; Kissen tauchten auf, die bezeichnende und unverkennbare Geräusche von sich gaben, zusammenklappbare Messer und Gabeln, die sich in der Hand verbogen, Becher, die beim ersten Tropfen Flüssigkeit abschmolzen.

Einmal inszenierte er sogar die bekannte chinesische Folter des tropfenden Wassers und traf systematische Vorkehrungen, daß der Tropfen periodisch auf die Stirn des armen, unschuldigen Darstellers fiel, welcher durch seine Rolle gezwungen war, in einem bestimmten Sessel zu sitzen und mehrere Minuten ein sehr ernstes Gespräch zu führen hatte.

Er versetzte seine Freunde in einen Zustand von Ratlosigkeit und war sich häufig selbst ein Problem; er war so leicht zum Lachen zu bringen, zu Tränen zu rühren, einmal gleichgültig, das nächste Mal gefühlvoll, plötzlich von unerklärlichem Schweigen befallen und dann wieder von überraschender Redseligkeit.

Seine Kinder wuchsen nun heran, und sie verwirrten ihn; binnen eines Jahres waren sie ihm schon entrückt, mit eigenen Plänen, mit Freunden, mit Geheimnissen, die sie nicht erzählten, beschäftigt. Das Heranwachsen war etwas, was er sich nicht vergegenwärtigt hatte; er rechnete nicht mit jener kleinen Welt der Erlebnisse, die eine unübersehbare Schranke zwischen fünfzehn und neunzehn aufrichtet; Kinder, die noch mit vierzehn Kameraden gewesen waren, wirkten mit neunzehn wie Fremde.

Sie kamen ihm über die Jahre alt vor, von einer wunderlich halbreifen, aus Büchern und gelegentlichen Klatschbrocken zusammengesetzten Klugheit; sie sprachen mit Sicherheit über Dinge, die sie nicht verstanden; und statt über ihre Gelbschnabelweisheit zu lachen und auf der Stelle zu treten, bis sie sich zurechtfanden, arbeitete er sich in kleine Trübsalzustände hinein, stellte überraschende und peinliche Fragen, wanderte mit Büchern über Psychologie unter dem Arm umher, zerrte an ihrer Heimlichkeit und verletzte ihre Zurückhaltung. Wie viele Männer besaß er, was seine eigene Jugend betraf, ein kurzes Gedächtnis; er konnte sich nur an die Torheiten und Unbesonnenheiten erinnern, die ihn, aus Angst, die Kinder könnten Gleiches anstellen, mit Bestürzung erfüllten, und er vergaß, daß ihre Unzugänglichkeit eine notwendige Charakterentwicklung darstellte, daß sie genauso den Mund hielten, wie er vor Mamie und Papa den Mund gehalten hatte.

Es besteht leider ein weltweiter Unterschied zwischen einem achtzehnjährigen Mädchen und einem fünfzigjährigen Mann, besonders, wenn sie Vater und Tochter sind. Einer ärgert sich am andern. Das Mädchen spottet über die Erfahrung und mißachtet die Stimme der Autorität; den Mann verlangt nach Kameradschaft, und er weiß nicht, wie er sie herbeiführen soll. Sie stehen Seite an Seite mit der Schranke der Jahre zwischen sich, und beide sind zu scheu, sie niederzureißen; beide sind zu argwöhnisch, zu befangen. Sie plaudern über oberflächliche Dinge und weichen einander mit den Augen aus, während sie die ganze Zeit über fühlen, daß die Augenblicke zerrinnen und die Jahre sie einander nicht näherbringen werden. Gerald hungerte nach ihrer Gesellschaft; er sehnte sich danach, daß Angela und Daphne ihm alles erzählten, über ihre Freunde mit ihm sprächen, er ihre Probleme lösen, ihre Sorgen teilen dürfte; doch gerade die Art seiner Gemütsbewegung machte sie scheu. Sie konnten ihn nicht ins Vertrauen ziehen und verbargen sich wie Schnecken, eine jede in ihrem besonderen Gehäuse.

Dies war nicht allein die Tragödie Geralds. Es ist die Tragödie jedes Vaters und jeder Tochter, seit die Welt besteht. Aber er nahm die Sache schwerer, als die meisten Menschen es tun. Er brütete darüber und nährte im Geiste seinen Kummer. Er bekam dadurch eine Spur zusätzlicher Bitterkeit, die ein Stück seines Wesens wurde und merkwürdig rührend wirkte. Doch seine Töchter schlossen die Augen davor; sie schoben das Problem weit von sich; sie standen wie festgewurzelt in ihrer Generation und gewährten ihm keinen Einlaß in ihre Welt. Ein wenig Hoffnung wäre vielleicht gewesen, hätte er sich nur gestattet, der brüderliche Schulfreund zu werden, der er manchmal zu sein versuchte, oder wenn er nur an seinem Postament als Vater festgehalten hätte, der weisen und geachteten Persönlichkeit. Aber er war so wechselvoll, ein solch inkonsequenter Mann; heute Richter, intolerant und hart, und morgen menschlich, allzu menschlich. Sie waren sich seiner nie ganz sicher, nie gewiß über seine Laune, und sie gingen von ihm, ließen ihn zurück, eine einsame, ein wenig unschlüssige Figur, die Trost suchte bei kleinen Lunchmahlzeiten im Restaurant, beim Anhören von Vertraulichkeiten, die die ihren hätten sein können.

Doch war er auch stolz auf sie in einer drolligen, befangenen Art, und wenn jemand wagte, seine Kinder zu kritisieren, begehrte er sofort auf, gab Hieb für Hieb zurück, um ihretwillen eifernd, anspruchsvoll auf ihr gutes Ansehen bedacht.

Er war schrecklich stolz, als Daphne ihren ersten Roman schrieb, und wütend, wenn ein Buchhändler ihn nicht an seinem Stand vorzeigen konnte. Er war sehr beglückt, als Angela die Rolle der Wendy in *Peter Pan* spielte und sie ausgezeichnet spielte, und er dürstete nach dem Blut jenes Kritikers, der ihr nur mäßige Beachtung schenkte. Er war aufgeregt, als Jeanne anfing, Schwarzweißzeichnungen an Papas Pult zu entwerfen und damit den Beweis erbrachte, daß an der Vererbung doch etwas dran war. Was auch immer sie ihm sagten oder nicht sagten, sie waren seine Kinder, und er liebte sie mehr als sich selbst.

Und sie gingen nicht immer hartherzig mit ihm um; sie waren nicht immer unfreundlich. Angela nahm ihre Stellung als älteste Tochter mit beträchtlichem Pflichtgefühl wahr. Sie leistete ihm beim Essen Gesellschaft, wenn Mo in London war. Sie verschob Verabredungen, Einladungen, wenn es so aussah, als würde er sonst allein bleiben müssen. Sie spielte Karten mit ihm, sie interessierte sich für die Bühne, las Theaterstücke. Daphne war schwerer zu fassen; sie entschwand fortwährend nach Paris, nach Cornwall. Sie war selbständig. Sie fing an, von sich aus Geld zu verdienen; und wenn es ihr beliebte, nach Hause zu kommen, trödelte er in der Halle herum, schüchtern und voll rührender Hoffnung, ob sie wohl den Tag mit ihm verbringen würde, wartend, daß sie dies aus eigenem Antrieb vorschlüge.

Dadurch, daß sie ihn seltener sah, lernte sie manches von ihm kennen, was sie womöglich nicht verstanden hätte, wäre sie ununterbrochen daheim gewesen. Sie war zeitweise eine Vertraute, eine Verbündete, aufmerksam für seine kleinen Stimmungen und Geschichtchen. Er sprach von der Vergangenheit und von der Gegenwart; er bekannte seine Zweifel um die Zukunft; und ein oder zwei Male klammerte er sich wie ein kleiner Junge an sie und vertraute ihr seine Angst vor den Schatten an, vor den grauen Stunden, ehe der Morgen dämmert. Er erzählte ihr von der Familie: von Papa, von Trixie. Er entwarf ein Bild der alten Tage, der glücklichen, sorglosen Tage, als er einundzwanzig war, und sie lachte mit ihm und über ihn und gähnte manchmal und hörte nicht hin, dieweil die Luft bei Boulestin vom Rauch seiner Zigarette und von dem satten, etwas fleischigen Nach-Tisch-Geruch dicker wurde und die Zeiger der Uhr auf halb vier deuteten. Oder es kam eine ausgelassene Laune über ihn, eine lockere, lose Laune, die Laune eines Schabernack treibenden Schuljungen, und fort gingen sie in einen Spielwarenladen, um eine Kiste mit Taschenkunststücken zu kaufen, zu Fortnum's, um unnötige Geschenke zu besorgen, um Spazierstöcke, die sich in Regenschirme und Säbel verwandeln ließen, auszusuchen, die, sowie sie gekauft waren, sich als lästig herausstellten und gleich wieder verschenkt wurden. Und aus dem schwermütigen, unzufriedenen Mann des Vormittags wurde er plötzlich, ohne besonderen Anlaß, so rasch, wie eine Wolke vom Gesicht der Sonne huscht, zu einem lachenden Kavalier, war zwanzig Jahre jünger als vorhin, ging beschwingt, schwenkte den Stock und sang aus voller Kehle:

»Why are you so mean to me?«

Seine Späße beschränkten sich nicht aufs Theater. Lange und kostspielige Telegramme mit schwer deutbaren, düsteren, nur von ihm verstandenen Mitteilungen wurden mit falschen Unterschriften von fingierten Postämtern aus an zitternde und verstörte Freunde geschickt. Harmlose und skandalöse Zeitungsnotizen, angeblich echte Presseausschnitte, doch in Wahrheit mit unendlicher Mühe privat gedruckt, kamen in Briefen an, um am Frühstückstisch Bestürzung hervorzurufen; und da war der berühmte Fall, als er ein altes Kinderphoto von sich entdeckte, das er auffrischen, renovieren und modernisieren ließ und an einen winselnden Klagebrief, den er selber mit verstellter Schrift verfaßt hatte, heftete und mit der Post an Mo schickte, mit der Behauptung, es wäre die Photographie eines unehelichen Sohnes. Wie sich herausstellte, fiel dieser komplizierte Scherz gleich einem Pfannkuchen zusammen. Mo wurde nicht einen Augenblick irre, sie sagte lediglich: »Wie albern du doch sein kannst, Liebling«, und stellte das Photo auf ihren Schreibtisch, ihn daran erinnernd, daß sie es seit Jahren schon unter Mamies Sachen gesehen hatte.

Daß ihm eine Art verzerrenden Humors eigen war, läßt sich nicht leugnen, und er konnte von Glück sprechen, daß ihm nicht ernstliche Schwierigkeiten erwuchsen, aber wenn er nicht gerade umständliche und ziemlich teuflische Anschläge ausdachte, war sein Sinn für Spaß kindlich und äußerst schlicht. Ein Zauberer brauchte bloß einen Hasen aus einem Hut hervorzuziehen, dann klatschte er schon bei offenem Mund in die Hände, wie ein Kind bei seinem ersten Fest; und ein Zirkusclown, der über eine Bananenschale stolperte, versetzte ihn in Lachkrämpfe.

Er war ein widerspruchsvolles Geschöpf, an Erfahrung so alt, an Weisheit so jung; einmal ein Faun, dann wieder ein Würdenträger, am Morgen ein Kind und bei Nacht ein Gotteslästerer; ein Bürger des britischen Empire, erfüllt mit erhabenen Gedanken über das Recht, ein Strandräuber, der sein Gesicht verhüllt; ein seines Amtes enthobener Priester, der drohend die Faust gegen den Himmel erhebt.

Nie gab es einen maßgebenden und für alle Zeiten gültigen Augenblick, auf den man hätte den Finger legen, nie hätte man von seiner Stimmung sagen können: »Da, das ist Gerald. Dieser da ist der wirkliche Mensch. Das ist sein Bild.« Er würde schon wieder auf und davon sein, verwandelt und in den Schatten entschwunden; und der Mann, der an seiner Stelle stand, hatte andere Augen.

Als das Ende der Mrs. Cheyney tatsächlich eingetreten war und die Spielzeit, die über ein Jahr gedauert hatte, zum Abschluß kam, beschloß Gerald, weiterhin am St. James' zu bleiben in Verbindung mit Gilbert Miller, während Gladys unter eigener Geschäftsleitung zum Playhouse zurückkehrte. Beide knüpften an *Cheyneys* große Erfolge an. Gladys führte am Playhouse Somerset Maughams *The Letter* auf, das Gerald für sie inszenierte, und am St. James' fand er einen Treffer in *Interference,* einem Drama von Roland Pertwee und Harold Dearden.

In diesem Stück übernahm er die Rolle des John Marlay, eines berühmten Facharztes, der angesichts erdrückender Indizien, seine Frau habe einen Mord begangen, in dem verzweifelten Versuch, sie vor der Verhaftung zu bewahren, der Situation den Anschein von Selbstmord zu geben versucht. Er wird daraufhin selbst verdächtigt und ist im Begriff, für sie zu büßen, als der wahre Täter – der frühere Gatte seiner Frau – auftritt und seine Schuld gesteht.

Das war wieder ein recht unglaubwürdiges Melodrama, doch wieder einmal stellte es von Anfang bis Ende ausgezeichnetes Theater mit viel Handlung dar, und Gerald hatte sich erneut als sicher im Urteil erwiesen.

Im zweiten Akt, als er allein auf der Bühne mit der Leiche gelassen wird und zu deren Füßen die Handtasche seiner Frau findet, hätte dieser Augenblick in den Händen eines anderen Schauspielers entweder nicht überzeugend oder überdramatisch ausfallen können. Das war wieder einmal eine echte du Maurier-Rolle. Ob Gerald in die Haut von John Marlay geschlüpft oder ob Marlay Gerald geworden war, das erscheint unwichtig. In Geralds Spiel trat jedenfalls die Bestürzung und das Grauen eines hochangesehenen Mannes hervor angesichts des entsetzlichen Beweises, daß die geliebte Frau einen Mord begangen hat, vielleicht infolge einer Erpressung, aber dennoch Mord, der mit dem Tod bestraft wird.

Etwas Schreckliches lag in seinem Anblick, wie er sich zusammenriß, sich von dem Schock erholte und mit aus Verzweiflung geborener Sorgfalt und heimlicher List daranging, das Beweismaterial zu fälschen und die Spuren seiner Frau zu verwischen. Leise ging er im Zimmer umher; schweigend stellte er da und dort einen Gegenstand wieder an seinen Platz; mit Handschuhen an den Händen reinigte er den Rand des Glases, das Blausäure enthalten hatte, goß er den Rest des Giftes in eine Vase, legte die leere Giftflasche dem toten Erpresser zwischen die Finger. Seine Bewegungen wurden mit banger Spannung von jedem einzelnen Zuschauer verfolgt, und im Publikum breitete sich jenes Schweigen aus, in dem man hätte hören können, wie die sprichwörtliche Nadel zu Boden fiel. Es war ein hervorragendes Exempel von stummem Spiel; zehn Minuten lang fiel kein einziges Wort.

Um Mr. Agate zu zitieren: *Man könnte feststellen, daß Sir Gerald du Mauriers Spiel unendlich beglückt. Aber das wäre zu leicht gesagt. Der gestrige Abend beglückte auf eine gültige, endgültige, beinahe greifbare Weise. Man konnte jede einzelne seiner vielen bewundernswerten Qualitäten festlegen und festhalten: Vitalität, Präzision, Angriffs- und Ausgleichsvermögen. Er tat das, was nur ein Schauspieler von größter Vollkommenheit fertigbringen konnte; er blieb zehn Minuten allein auf der Bühne, ohne zu sprechen. Es gibt außer der des Philosophen noch mehr Rollen, in denen man, auf eine Nußschale beschränkt, sich dennoch als Herr eines unendlichen Raumes fühlen darf.*

Interference lief genau wie *Cheyney* ein Jahr, doch leider war es das letzte Stück von Gerald, das so lange gespielt wurde. Es ist ein bezeichnendes Zusammentreffen, daß im Juni des Jahres 1928 der verläßliche und unschätzbare Tom Vaughan, sein Geschäftsführer seit der frühen Frank-Curzon-Wyndham-Tage, starb, nachdem er eine ganze Zeitlang krank gewesen war. Niemand sollte seinen Platz je wieder einnehmen. Gerald war Geldsachen nie gewachsen gewesen. Er wußte in finanziellen Dingen so wenig Bescheid wie ein Kind, und er hatte alles Geschäftliche vollständig in den Händen Vaughans gelassen. »Ach, ruf doch Tom an, er wird die Sache schon regeln«, pflegte er bei dem kleinsten Problem zu sagen, und der kluge, praktische Freund aus Mittelengland nahm die Verantwortungen, die großen und die kleinen, auf sich. Vaughan wußte ganz genau, wie man mit Agenten, mit Autoren, Spielleitern, mit unzufriedenen Künstlern und Künstlerinnen umgehen mußte; er besaß ein wohlüberlegtes Urteil und war imstande, für die geldlichen Möglichkeiten eines neuen und noch unerprobten Stückes gutzusagen. Er war taktvoll, verschwiegen und hatte viel Sinn für Humor.

Daß Gerald nach seinem Tod den ewigen Wechsel der Theater hatte, eine verpfuschte Serie von Fehlschlägen nach der anderen, in Stücken auftrat, die, mit Ausnahme von *Cynara*, nie länger als ein paar Monate liefen, in Filmen bei geringer Gage und schlechten Kontrakten spielte und nie, in keinem Augenblick wußte, wie es finanziell um ihn stand, das konnte man durchaus nicht dem Zufall allein zuschreiben.

In Tom Vaughan verlor er einen treuen und unschätzbaren Freund, dessen Hilfe er viel von seinem Erfolg und den größten Teil seiner finanziellen Stabilität zu verdanken hatte; und obwohl niemand Schuld daran trug, sollte er nie mehr das Gefühl absoluter Sicherheit besitzen dürfen. Es war der Tod seines Geschäftsführers, der die so sorgfältig aufgerichteten Bastionen um ihn niederriß und seine Stellung aus allen Richtungen her angreifbar werden ließ. Zwei Jahre vorher, während der Spielzeit von *Cheyney*, war er Edgar Wallace begegnet und hatte sich mit ihm angefreundet. Edgar Wallace' Kriminalromane waren bereits ein allgemeiner Begriff geworden, aber er hatte sein Talent noch nicht dem Theater zugewandt. Sie begegneten sich auf eigentümliche Weise. Edgar hatte einen vernichtenden Artikel in einer Zeitung geschrieben, in dem eine gewisse Geistesrichtung verurteilt wurde, deren Anhänger gerade zu dieser Zeit viel von sich reden machten, und Gerald, der fanatisch genauso dachte, telephonierte, um ihn zu beglückwünschen. Sie trafen sich und wurden gute Freunde. Edgar schrieb sein Stück *The Ringer*[1], das sich auf einen seiner Romane, *The Gaunt Stranger*, stützte, pachtete Wyndham's-Theatre und überredete Gerald nicht nur, das Stück aufzuführen, sondern auch bei der Bühnenbearbeitung mitzuhelfen. Für diesen Dienst bestand er darauf, ihm für die Dauer der Spielzeit die Hälfte des Gewinns zu überlassen. Seine Freigebigkeit hatte damit kein Ende, er war verschwenderisch mit seinen Einladungen, nahm Angela und Daphne mit seiner eigenen Familie auf Ferienreisen in die Schweiz, gab Gesellschaften – hielt überhaupt offenes Haus zu jeder Stunde des Tages und der Nacht.

Keine Romanfigur verlangt so stürmisch danach, zwischen den Seiten eines Buches festgehalten zu werden, wie diejenige Edgar Wallace', der selber ein Romanschriftsteller war. Sein Aufstieg zum Ruhm und, man kann wohl sagen, zu Einfluß und Geltung, machen aus seinem Bild eine der interessantesten

[1] The Ringer: Der Hexer.

Studien der menschlichen Natur, die unsere Generation gesehen hat. Welch eine Aufgabe wäre das für einen Schriftsteller mit Ambition, diesen Geist, diesen Organismus und diese Seele unter dem Mikroskop darzustellen; tief in die Einflüsse, unter denen er stand, einzudringen; das Warum und Weshalb seiner ungeheuren Energie, seiner Kraftreserven, seines empfindlichen Stolzes aufzuspüren, die Gründe der Intoleranz, seiner Eifersucht, seiner Leidenschaften, seiner Fähigkeit zu lieben und zu hassen, seiner Leistung, seiner Großmut zu erforschen; die Häufung seines Vermögens zu beobachten, die ihm alle Dinge dieser Welt zugänglich machte und ihm zu gleicher Zeit den Seelenfrieden raubte, Zweifel, Ernüchterung und Unzufriedenheit entstehen ließ, und schließlich und endlich ausfindig zu machen, aus welchem Gefühl der Unzulänglichkeit jene Schwermutssaat entsproß. Edgars Genie lag nahe an der Grenzlinie; er hätte wahrhaftig auf jene gespenstischen Napoleone deuten können, die breitbeinig inmitten des kleinen Universums einer Irrenanstalt stehen, und er hätte sagen müssen: »Da, wenn Gottes Güte nicht wäre ...«

Sein Unglück war, daß er seinen überragenden Geist zu spalten versuchte, wie die Wissenschaftler ein Atom spalten möchten; statt seine Stärke auf eine einzige Sache zu konzentrieren, mußte er seine Kraft über alle Gebiete erstrecken. Er mußte Theaterstücke inszenieren, Filme managen, Zeitungen herausgeben, Rennpferde besitzen, sich in die Politik stürzen, und im Vergeuden seiner Talente richtete er sich selbst zugrunde. Nichts von all dem machte er wirklich gut, und diese Tatsache rieb sein Selbstvertrauen auf. Er hätte eine große nationale Figur werden können, würde er seine ganze Energie auf eine einzige Sache verwendet haben, aber sein Ehrgeiz verführte ihn, anders zu handeln. Er wurde Dilettant in sämtlichen Handwerken, in keinem ein Meister; um seine Furcht vor Fehlschlägen zu verheimlichen, richtete er große Wälle um sich auf, schloß Feinde, aber auch Freunde und die eigene Familie aus, schuf eine eigenartige Atmosphäre des Zwangs und der Unwirklichkeit, die ein ermutigendes Wort, ein liebevolles und verständnisvolles Lächeln vielleicht hätten sprengen können.

Er hatte ein sehr gewinnendes und irgendwie tragisches Wesen; doch indes er seine Fehler mit sich in jenes Land nahm, aus dem nichts zurückkehrt, werden seine Freigebigkeit und seine wahrhaftige Güte niemals vergessen werden; vergessen werden auch nie dieses stille, unbewegliche Gesicht, die eisig blauen Augen, nicht die unvermeidliche Zigarettenspitze und die zerbröselnde Asche, das nervöse, unaufhörliche, leise Klopfen seiner Finger auf den Schreibtisch vor ihm.

Gerald, der *The Ringer* für ihn inszenierte, das Stück, das ihm den Ruhm als Dramatiker einbrachte, inszenierte ebenfalls das letzte Stück, das Edgar je schrieb, *The Green Pack*, im Jahre 1932, und spielte selber darin. Und in einem von Anfang bis Ende mit Ereignissen angefüllten Dasein waren diese sechs Jahre, solange Edgar noch lebte, von der Aufführung seines ersten Bühnenwerkes bis zur Aufführung des letzten, sicherlich die bedeutendsten. Dank Edgars Großzügigkeit verdiente Gerald sehr gut an *The Ringer* und händigte den Ertrag an Mo aus, wie das seine Gewohnheit war. Das Ergebnis war eine Investierung in Form eines Hauses in Cornwall.

Mo war offensichtlich dabei, einen letzten und verzweifelten Versuch zu machen, die alljährlichen fröhlichen Ferien sicherzustellen. Aus einem natürlichen Sinn für die Einrichtung von Häusern und ihre Renovierung wurde das Haus am Hafen von Fowey gekauft und zu ihrer Zufriedenheit umgebaut. Treppenaufgänge wurden verlegt, Zimmerdecken nieder gemacht, Wände eingerissen, Fußböden gegraben, Badezimmer wurden installiert, eichene Täfelung gebeizt, Montierungen und Möbel hinzugefügt, und als alles, bis zur letzten Blumenzwiebel im Topf, fertig war, wurde Gerald zur Besichtigung gebeten.

Nichts war vergessen worden, von der Barkasse, die an ihrer Vertäuung schaukelte und nach der Heldin in *The Ringer* »Cora Ann« genannt war bis zu den Töchtern in ihren Seemannsstiefeln und Wollwesten und den passend im Hausflur lehnenden Garnelennetzen – einer in letzter Minute unternommenen Bemühung, die sicherlich von der findigen Viola stammte.

Er traf ein; er setzte die große und verunstaltende Brille auf, die seine ständige Begleiterin geworden war, sah sich in höflicher Bewunderung um, unmittelbar hinter sich die übliche Spur von Habseligkeiten zurücklassend – Feldstecher, Wolljakken, Zeitschriften, Bücher über Vögel, Zigarettenpackungen, Kartenspiele, Whiskyflaschen und zwei oder drei Hüte zum Wechseln –, und als der Rundgang beendet war, küßte er Mo und sagte: »Well, well, wie du alles gemeistert hast! Es ist alles ganz reizend, aber ich würde mir gern etwas Dynamit beschaffen und die Häuser mit den grauen Dächern dort drüben wegsprengen. Wie dem auch sei, was tut es, solange das Wetter schön ist und wir kaltes Roastbeef und Rettiche zum Abendessen haben?«

Auf alle Fälle wurde der Ort nicht gleich verworfen; er hatte Chancen, mit etwas Glück, sich als befriedigend herauszustellen. Allein die Zeit würde dies zeigen. Der erste kurze Ferienaufenthalt war ein Erfolg. Gerald hatte keine Muße, sich zu langweilen, und die Familie schaffte mit Hochdruck, um für Unterhaltung zu sorgen. Weihnachten wurde ebenfalls in Fowey verbracht, mit Coley und Geoffrey zur Gesellschaft, und trotz des Umstands, daß der Kamin im Wohnzimmer abscheulich rauchte und der Küchenboiler zu platzen drohte, unterhielt sich Gerald ebensogut wie die anderen, ließ Knallbonbons krachen, trug Mützen aus Buntpapier, zog auf lange ländliche Spaziergänge und spielte abends alberne Schreibspiele mit Bleistift und Papier. Es sah aus, als wäre das Ferienproblem endlich gelöst.

Doch das Frohlocken der Familie war nur von kurzer Dauer. Der folgende Sommer wurde ein unseliger Mißerfolg. Das Wetter war schlecht, es regnete, wie es nur im Südwesten von England regnen kann; die falschen Leute wurden zu Besuch eingeladen; Kleinigkeiten verursachten Reibungen; das Angeln und die Boote verloren ihren Reiz; die Atmosphäre lud sich mit Spannung und Unzufriedenheit; und jedermann, inklusive Gerald, war dankbar, als die Ferien zu Ende gingen. Daß unmittelbar darauf zwei Fehlschläge am St. James' folgten, machte die Lage nicht glänzender. Und obwohl diese Geschehnisse nicht auf das Konto der entkräftenden Luft Cornwalls gesetzt werden konnten, kam eines zum andern, ihn gegen Fowey einzunehmen, und er zeigte kein Interesse mehr daran. Er ertrug eine Woche oder zehn Tage, weil seine Familie dort glücklich war, aber er kam nach jenem ersten Jahr nie mehr zum Genuß von Fowey. Statt dessen klammerte er sich mit grimmiger Zähigkeit an sein geliebtes Hampstead, wo er geboren und aufgewachsen war und zu sterben hoffte. Es war ein großes Trauerspiel; wäre jener unglückliche Sommer 1928 nicht gewesen, hätte er den Frieden und die Schönheit dieser heilsamen Landschaft lieben und schätzen lernen können. Das Geräusch des ans Ufer klatschenden Wassers, das Rufen der Möwen und die kleinen Laute des Hafens hätten ihn in ihren Zauber ziehen können, ihn, der in der Kindheit sein Whitby so über die Maßen geliebt hatte. Er hätte Samen für die Zukunft auswerfen, hätte Wurzeln im Boden schlagen können; aber er wandte sich ab vom gelobten Land und kehrte zum Großstadtpflaster zurück, wo er hinzugehören behauptete. Für ihn gab es keinen Ort, der Hampstead gleichkam, obwohl der nur im Hintergrund existierte, während er seine Tage in London verbrachte, und kein Haus auf der ganzen Welt glich Cannon-Hall. Er hatte nicht den Wunsch, weiter zu reisen, kein Verlangen, in die Ferne zu schweifen. Alles Ländliche, dessen er bedurfte, fand er dort in dem sommerlichen Garten.

Sonntag war der große Tag der Woche, an dem Bekannte zum Lunch und zum Tennis heraufkamen und Gerald von morgens bis abends in seinem Element war, gleich einer Elster schnatterte, wie alle seine Schwestern das vor ihm getan hatten, in weißen Flanellhosen und einer alten Joppe herumlief und dutzendmal am Tage die Brille wechselte. Mit einem Gestell, das er in die Stirn geschoben hatte und einem anderen in der Hand, einem weiteren in der Tasche, strolchte er im Haus umher, rief nach Mo, nach den Kindern und dem Zimmermädchen, die ihm noch ein viertes unentbehrliches Paar Augengläser suchen sollten. »Das sind nicht die Richtigen«, schimpfte er, und dann, indes die Hausinsassen das Gebäude von oben bis unten durchforschten, vergaß er, wonach er suchte; und beim Herumstöbern im Salon besann er sich auf das Grammophon, das er viel zu laut einstellte – die Töne schmetterten bis zu den benachbarten Häusern hinüber –, und zu gleicher Zeit setzte er sich ans Klavier und versuchte, mit einer Hand die Akkorde der Melodie nachzutasten.

Bis das geplagte Mädchen die vermißte Brille am augenfälligsten Ort endlich gefunden hatte – auf seinem Schreibtisch in der Bibliothek –, war er schon dabei, die Schubfächer eines riesigen Schrankes auszuräumen auf der Suche nach einigen vergessenen Zeichnungen Papas, deren Ermittlung ihm plötzlich als dringend erschien, währenddessen die Grammophonplatte abgespielt war und das mit kratzender Nadel seinen achtlosen Ohren verkündete.

In der Zwischenzeit rief Daphne, die seit halb zwölf zu einem Spaziergang gerüstet gewesen war, aus der Halle hinauf, daß es bereits zwanzig nach zwölf sei und ob er noch gehen wolle? Zehn weitere Minuten vergingen mit dem Aussuchen eines seiner zahllosen Hüte, bei der Auswahl eines Stockes aus seinem Ständer mit zwölf Stück und bei der Überlegung, ob er noch eine Strickweste unter dem Mantel tragen oder ins andere Extrem gehen und überhaupt keinen Mantel anziehen sollte. Waren diese wichtigen Fragen geregelt, traf er plötzlich die Entscheidung, statt eines Spaziergangs in den Zoo zu fahren, da es dort eine seltene Vogelart gäbe, die er sehen wollte; und es überraschte nicht, wenn sie nach dieser Planänderung erst um zehn nach eins zurückkehrten, um Mo mit einem halben Dutzend Gästen ringend vorzufinden – und noch nicht einmal die Cocktails waren gemixt. Lunch folgte in einem Durcheinander von Gesprächen – Gerald war selbstverständlich Anführer und Angela sein guter Sekundant; Mo, die vollendete Gastgeberin, richtete ein wachsames Auge nach links und rechts, dieweil Daphne und Jeanne sich unter dem Tisch anstießen und stumm wie kritische Austern blieben.

Nachmittags gab es in der Regel Tennis, und zwar, abgesehen von einer Unterbrechung zum Tee und einem weiteren Zustrom von Gästen, von drei bis sieben Uhr, wobei Gerald von acht Sätzen mindestens fünf spielte. War es gelungen, wenn auch erst im letzten Augenblick, ihn davon zurückzuhalten, Spätangekommene zum Dableiben aufzufordern und zum Abendessen einzuladen, winkte er schließlich kurz vor acht Uhr der letzten Taxe vom Hof aus nach, schleppte sich in den Salon und brach erschöpft wie der Sieger eines Dreißig-Meilen-Marathons im nächsten Stuhl zusammen.

Anstatt sogleich zu Bett zu gehen, munterte er sich mit Whiskys und Sodas auf und wurde beim Abendessen im engeren Kreis der Familie noch gesprächiger, als er das während des Lärms beim Lunch gewesen war. Das sonntägliche Abendessen empfahl sich für Besprechungen, für Offenbarungen, Bekanntmachungen, für plötzliche Fragen; und während Mo an ihren Haaren drehte und ein Buch aus der Leihbibliothek las, während Jeanne am Flügel träumte, hielt Gerald im Speisezimmer bei seinem Glas Portwein und einem Cointreau lange Reden an Angela und Daphne, die sich auf dem Polsterbord des Kamingitters rekelten.

Er hatte eine abschweifende, sehr individuelle Art der Unterhaltung, wobei er ohne ersichtlichen Zusammenhang von einem Thema zum anderen sprang in der Erwartung, die Zuhörer ersetzten das fehlende Glied in der Kette.

Seine Phantasie war schöpferisch und gewunden, er besprach die Persönlichkeiten der Leute, mit denen er am Nachmittag Tennis gespielt hatte, und erwog die tollsten Theorien über ihr Privatleben.

»Kurioses Geschöpf, die X«, konnte er da sagen, »ich traue diesen Augen nicht, so eng im Kopf beieinander. Braune Augen noch dazu. Traut nie einem Mann oder einer Frau mit braunen Augen. Ich möchte behaupten, daß sie ausgesprochen durchtrieben ist. Eifersüchtig wie eine Tigerin. Habt ihr gesehen, wie sie den Y über den Tisch beim Lunch ansah? Ich gebe ihnen ein Jahr, nicht länger. Y ist ein anständiger Kerl, aber macht mir nur nicht weiß, daß er je in sie verliebt war. Er ist so weich wie Butter, möchte ich sagen. Es braucht nur eine mit einem Komm-her-Blick in den Augen vorbeizugehen, und er ist geliefert. Kopfüber hinein. Ich dachte übrigens, er sei der guten Z ziemlich verfallen. Nun, sie ist ein liebes Ding; weiß der Kuckuck, warum sie nicht heiratet und acht Söhne bekommt. Sie gehört zu denen, die heiraten. Nicht jedermanns Sache, allerdings, wißt ihr – schandbare Beine und womöglich schlechter Mundgeruch, man weiß nie –, aber ein gediegener, guter Kerl. Q finde ich nun sehr anziehend, ihr auch? Nein? Komisch, ich hätte gesagt, sie wäre euer Typ. Einsamer Tropf. Profil wie von einer Gemme, und gute Augen und ein Temperament wie die Hölle wahrscheinlich. Möcht' wissen, was in ihrem Kopf so vor sich geht? Sie muß dem Lunchclub beitreten. Ich weiß nicht, wie ihr darüber denkt, aber ich bin zu dem Ergebnis gekommen, daß U sich zu einem gottverlassenen langweiligen Kerl entwickelt. Bombastisch ist er auch noch.

Schwätzte einen Haufen übertriebenes Zeug. Fürchterlicher alter Snob. Kümmert sich nur um einen, wenn man seine Strähne hat. Möchte wissen, ob sich irgendeiner von der Gesellschaft auch nur einen Pfifferling daraus machte, wenn man morgen sterben würde? Sie sind hinten und vorn, solange man das Bargeld hat, aber stell' sie auf die Probe, wenn du pleite bist! Jeanne ist ein komisches Kind; über was denkt sie wohl nach? Ich möchte wissen, ob eine von euch je heiraten wird? Ich kann mir nichts Schrecklicheres vorstellen, als eine Frau zu sein. Nun, ich wünsche euch Glück. Wie furchtbar, wenn man wieder von vorne anfangen müßte, mit jemand anderem verheiratet! ›Warte bis du ins Vierzigste kommst‹, sagte Papa. ›*Now seems it more than ever rich to die, to cease upon the midnight with no pain*‹. Es macht keinen Spaß mehr, wenn man fünfzig ist. Die gute Gladys ist ein sonderbares Ding. Man bekommt nie etwas aus ihr heraus. Ich möchte wissen, ob sie glücklich ist. Wer ist der Bursche, mit dem du gestern abend ausgingst, Jill? Magst du ihn? Über was sprecht ihr? Ich verstehe meine Kinder nicht. Trixie und Sylvia gingen in eurem Alter nicht mit jungen Männern aus. Sind sie aufdringlich? Schon gut, *ce n'est pas mon affaire.* Ich fand eine Miniatur von Papa heute morgen. Da war kein Unterschied zwischen ihr und dir, Daph. Warum kannst du mir nicht ein Theaterstück schreiben, statt kurze Geschichten zu kritzeln, die nie die Zensur passieren werden? Ich wünschte, ich wäre euer Bruder, statt euer Vater; da hätten wir Spaß. Habe ich euch je von der Zeit erzählt, als ich in Spanien war? Das gäbe einen Stoff für dich, wenn du nur wolltest. Holt mir noch einen Cointreau, eine von euch...«

Er plauderte unzusammenhängend weiter, vereinzelte Erinnerungen aus seinem überladenen Kopf vorbringend – einmal war es ein Abenteuer, dann eine Indiskretion oder ein Einfall für ein Schauspiel, darauf das verworrene, bei einem Lunch in der vergangenen Woche geführte Gespräch, dann eine Anekdote aus den Whitbyer Tagen. Und plötzlich, ohne Ursache, nach einem gewaltigen Lachanfall wegen eines am Abend zuvor im Theater verübten Streichs konnte er sich die Augen wischen, verzweifelt seufzen und, kaum daß das Lachen erstickt worden war, murmeln: »Ach Gott, ich bin so unglücklich.«

Die Uhr schlug zehn. Auf den Fußboden im Zimmer droben klopfte Mo mit dumpf mahnenden Schlägen, und das Zimmermädchen, das schon mehrere fruchtlose Versuche unternommen hatte, ins Zimmer zu kommen und abzuräumen, rüttelte vielsagend an der Tür.

»Wir gehen am besten nach oben«, sagte Gerald dann und leerte sein Glas; und von einem erneuten Stimmungswandel befallen, als er in den Salon hinüberschlenderte, spielte er seine Lieblingslieder auf dem Grammophon und produzierte mit erholter Energie und einem Kissen als Partner eine Imitation von Viola beim Tanzen in einem Restaurant, während ein Manuskript, das zu lesen er irgendeinem bedauernswerten Autor versprochen hatte, zusammengeknüllt auf dem Teppich unter einem schnaufenden Pekinesen-Hündchen lag.

Am nächsten Morgen klagte er, so müde zu sein und so steif, daß er sich kaum rühren könnte, und er ging auf Mos Vorschlag ein, das folgende Wochenende solle ruhig mit Lesen in der Hängematte im Garten verbracht werden; doch bis Mittwoch oder Donnerstag hatte er alle guten Vorsätze wieder vergessen, Sybil durchblätterte das Telefonbuch in fieberhaftem Suchen nach Adressen, und er lief im Pyjama umher und rief schließlich aus dem Badezimmer: »Laßt uns doch den alten Soundso nächsten Sonntag herholen, und versucht es einmal mit dem guten langweiligen Peter da und dessen Freundin als viertem Partner, und dann vielleicht noch einen Mann...«

Und so ging es fort, Woche um Woche, das kleine Zeremoniell seiner Sonntage, und wie alle Kinder mit neuen Spielzeugen und alle Frauen mit neuen Kleidern faßte er plötzliche Zu- und plötzliche Abneigungen. Dasselbe Gesicht erschien drei, vier Wochen hintereinander, kam, um es offen zu sagen, genau zweimal zu oft; während ein anderer in jeder Hinsicht harmloser Gast auf mindestens sechs Monate fallengelassen wurde und erst dann wieder auftauchen durfte, als ein Mangel an Tennisspielern die Aufmerksamkeit auf seinen Namen zum nochmaligen Versuch lenkte.

Aber wer auch immer kommen mochte, ob Versager oder Favorit, ob langweilig oder spaßig, ob alte oder neue Gesichter auftraten – er genoß seinen Tag. Vom ersten Glockenschlag bis zum letzten Hupen des abfahrenden Taxis überließ er sich mit Hingabe seiner besonderen Art der Entspannung; im Lachen, Sprechen, im Diskutieren, beim Spielen folgte er jenem Naturtrieb, der in ihm am stärksten war, der ihn den Freunden liebenswert machte und dem er schließlich ein nicht ruhmloses Leben gewidmet hatte – der Kunst, zu unterhalten.

12

Der langen Spielzeit von *Interference* folgte ein lauer Erfolg, der, wenn er auch nicht ganz London anzog, so doch mindestens das Theater für einige Monate offenhielt, hauptsächlich weil eine der Hauptdarstellerinnen Gracie Fields war.

Diese Einführung war eine weitere Kraftprobe, ein »Stunt« Geralds, aber Tatsache war, daß er nicht ganz gelang. Arme Gracie Fields! Es war nicht recht, sie aus ihrem Element zu nehmen und von ihr zu erwarten, daß sie alle anderen von der Bühne spielte, doch sie besaß genug Humor und gesunden Menschenverstand, um die Spielzeit durchzuhalten, und ihre Großzügigkeit und Ausgelassenheit machten sie zum beliebtesten Mitglied der Truppe.

Gerald war natürlich entzückt, sie am Theater zu haben. Er

führte sie zum Lunch aus und machte ihr Geschenke, wie er das bei allen Frauen tat, die für ihn spielten, und zuerst wurde sie gar nicht klug aus ihm. Sie war durchaus nicht sicher, wie sie sich zu ihm einstellen sollte, was dem sadistischen Gerald nur noch mehr Vergnügen bereitete. Er fing damit an, ihr einen seiner Streiche zu spielen, kaufte einen imitierten Brillantring für zehneinhalb Schillinge, packte diesen in ein Etui von Cartier und warf ihn Gracie in seiner achtlosen, leichten Art in den Schoß.

»Trag ihn für mich«, sagte er, »er hat nur die Kleinigkeit von siebenhundert Pfund gekostet.«

Das arme Wesen errötete vor Zorn und tief verletztem Stolz und gab ihm den Ring wieder zurück.

»Wie können Sie sich erdreisten, mir das zu schenken?« fragte sie. In einer Ekstase von heimlichem Vergnügen erwärmte sich Gerald immer mehr für seine Rolle und konnte es kaum lassen, wie die Bösewichte der Melodramen einen imaginären Schnurrbart zu zwirbeln.

»Komm schon«, sagte er barsch, »sei doch keine dumme Gans.«

Wütend über die beleidigende Art und seine dunklen Anspielungen schritt Gracie auf ihn zu und versetzte ihm eine Backpfeife. Gerald brach in lautes Gelächter aus und setzte der verwirrten Gracie auseinander, daß er lediglich eine neue Art von Spaß ausprobieren wollte, sagte ihr, der Ring hätte zehneinhalb Schilling gekostet; sie sei von allen Frauen, denen er je begegnet wäre, am leichtesten zum Narren zu halten; und wann sie nach Cannon-Hall heraufkomme, um die Familie kennenzulernen?

Gracie gab das schallende Lachen einer Fabrikarbeiterin von sich, verfiel wieder in ihre breiteste Rochdaler Mundart, und von dem Augenblick an wurden sie lebenslängliche Freunde.

Gerald ließ sich keine Gelegenheit entgehen, seine Streiche auszukosten, aber nicht jede Frau hätte ihm diesen Scherz so freimütig verziehen, wie Gracie es tat; und mit gewissen »Opfern« als Zielscheibe hätte die Sache auch schlecht ausgehen können. Manche Frauen würden einen Ring um zehneinhalb Schillinge als den größeren Affront aufgefaßt haben.

Gerald war im Begriff, des St. James'-Theatre allmählich überdrüssig zu werden, Tommy Vaughan war tot, und es sah aus, als wäre er in eine Pechsträhne geraten. Da schrieb Audry Carten, das Mädchen, das einen so beachtlichen Erfolg in *The Dancers* errungen und dabei ein derartige Abneigung gegen die Bühne gefaßt hatte, daß sie die Bretter verließ, zusammen mit ihrer Schwester ein Schauspiel *Fame* und gab es Gerald zu lesen.

Er hielt allerlei davon und beschloß, es aufzuführen. Es war ein nicht gleichmäßig gutes Stück, zeitweise sehr geschickt, zeitweise schlecht, und es bewies nur allzu deutlich, daß zwei Leute daran gearbeitet hatten. Es fehlte ihm der rechte Zusammenhang. Es war, als hätte die eine Schwester gesagt: »Laßt uns ein Stück schreiben über die Jagdgesellschaft«, und die andere geantwortet: »Nein, wir wollen ein trostloses Stück über Pegwell Bay im Regen machen«, und als ob sie zum Ergebnis gekommen wären: »Na, jedenfalls wollen wir ein Stück für Gerald schreiben und dann abwarten, was geschieht.« Daraus entstand ein Kunterbunt von Farce und Tragödie, Übertreibung und Realismus; nichts war richtig verknüpft darin, aber es besaß ausgezeichnete Dialoge, die Kraft, das Publikum zu fesseln, und verschaffte Gerald eine größere und interessantere Rolle, als er in Jahren hatte spielen dürfen.

Für die Dauer der ersten beiden Akte hatte er nicht viel mehr zu tun, als wie ein Musiker auszusehen, der an nichts als seine Geige denkt und ungewöhnlich empfindsam zu sein scheint. Aber im dritten Akt, in einem Hotel garni am Meer, als ihn eine Lähmung des Ruhms beraubt hatte und zu einem gereizten, unglücklichen und egoistischen Kranken hatte werden lassen, dem nichts geblieben war als ein Künstlertemperament schlimmster Art, gab er eine Darstellung, die sicherlich eine der besten seiner Karriere war. Die Rolle hatte wenig Anziehendes und konnte ihm nie den breiten Erfolg verschaffen, daher erhielt er nur wenig Anerkennung dafür. Die Schwestern Carten waren ihrem Entschluß treu geblieben, keine Zugeständnisse an den Publikumsgeschmack zu machen. Künstlerisch gesehen waren sie im Recht, doch vom Standpunkt der Theaterkasse her irrten sie sich. Das Stück lief nur wenige Monate. Es diente Gerald aber immerhin als eine Abschiedsgeste dem St. James'-Theatre gegenüber. Es war das Jahr 1929, und die Lage sah kritisch aus. Gerald hatte kein Schauspielhaus und kein Schauspiel.

In den Jahren vor dem Krieg hätte ein Schauspieler-Regisseur seines Ranges und Alters sich in Ruhe und Zufriedenheit auf einen Landsitz zurückgezogen mit einem ausreichenden Bankkonto, um davon bis ans Ende seiner Tage behaglich zu leben. Gerald konnte sich das nicht leisten. Er hatte nie den Versuch gemacht, Geld zu sparen, und das kleine Vermögen, das ihm *Bull-Dog, The Dancers* und die anderen großen Erfolge eingebracht hatten, war mit Ferienreisen ins Ausland, mit Autos, mit der Unterhaltung zweier Häuser, mit Geschenken, Einladungen und wohltätigen Zwecken erschöpft worden.

Er lebte verschwenderisch. Er hatte nicht die geringste Ahnung vom Wirtschaften, und wie alle Menschen, die weit über ihre Einkünfte leben, entdeckte er plötzlich, daß er dem hungrigsten aller Verbraucher von Kapital, der Steuerbehörde, beträchtliche Rückstände schuldete.

Diese Bedrohung wurde zur dunkelsten Wolke seines Horizonts; sie war wie ein wildes Tier aus dem Dschungel, eine Art von Unhold, dem von Zeit zu Zeit geopfert werden mußte, wenn man ihn in Schach halten wollte. Es sah ganz so aus, als müßte Gerald weiterhin Theater spielen, nicht um Heim und Herd zusammenzuhalten, sondern um diesen gähnenden, immer lauernden Rachen zu besänftigen. Aber auch die Bühne ging durch dürre Zeiten, der Tonfilm war im ersten Rausch des Erfolgs. Kinohäuser wie das Empire, das Plaza und das Tivoli waren zu allen Stunden des Tages ausverkauft, während die Schauspielhäuser halb leer blieben. Ein Theaterstück, das noch vor wenigen Jahren Aussicht auf einen hübschen Erfolg gehabt hätte, war jetzt nicht mehr imstande anzulocken, und die Filmstars aus Hollywood schwelgten in dem Glanz, der einst die englischen Künstler und Künstlerinnen umgeben hatte. Die neuen »Talkies« hatten vom öffentlichen Geschmack Besitz ergriffen, wurden zur gleichen Manie und fanden den gleichen allgemeinen Anklang wie die Tanzwut der Jahre unmittelbar nach dem Krieg.

Es war *démodé,* ins Theater zu gehen, und Mode geworden, zwischen Diner und Souper ins Empire oder ins Plaza zu schlendern, amerikanische Knallwitze anzuhören und nach zwei oder drei Stunden davonzugehen mit dem neuesten Leitschlager und einer Serie von Ausdrücken wie »And how!« und »Sez you!« auf den Lippen. Daß drei Schillinge und sechs Pence einen bequemen Sitz, das Recht zu rauchen und ein von Ereignissen strotzendes Programm erkauften, wog schwer auf der Waage gegen den Orchestersessel um zwölfeinhalb Schillinge, das steife Hemd und die langen Pausen, die das Publikum im legitimen Theater erwarteten.

Binnen weniger Minuten konnte der Film sowohl Afrika wie den Nordpol zeigen, während das Theater doch nur Kulissenwände und Prospekte bieten konnte. Der Film vermochte, ohne dabei an Überzeugungskraft zu verlieren, über Generationen und Kontinente zu springen, wie das Theater es trotz aller Drehbühnen und Lichteffekte nie ganz fertigbrachte.

Diese plötzliche überwältigende Invasion der Tonfilme traf das Londoner Theater unvorbereitet, und Gerald war, wie alle anderen, unfähig, der Situation zu begegnen. Er hätte gleich anderen seines Berufes nach Hollywood gehen und in einem neuen Leben wieder von vorne anfangen können mit einer Villa in Beverly-Hills und einem wachsenden Bankguthaben, aber er hatte vor langer Zeit einen seiner berühmten Eide gegen Amerika geschworen, und auch die unerbittlichsten Steuerforderungen hätten ihn nicht dazu bewegen können, noch einmal den Ozean zu überqueren. Zudem war er müde; seine Energie und seine Rastlosigkeit waren im Begriff, ihn allmählich im Stich zu lassen; die Eintönigkeit des Schminkens, die ewig gleichen Worte Nacht für Nacht fingen an, ihm wie eine zweite Hölle vorzukommen. Er hatte alles, was er sagen wollte, schon gesagt, alles, was er tun wollte, bereits getan. Jede Rolle, ob gut oder schlecht, kam ihm als undankbare Aufgabe und ermüdende Büffelei vor. Sogar für das Inszenieren hatte er das Interesse verloren. Gladys, die Couragierte, die wieder geheiratet hatte und ein Baby erwartete, kam ihm mit dem Angebot des Playhouse-Theatre zu Hilfe, und Gerald übernahm es im September, um die Lücke zu überbrücken, und veranstaltete eine schwache Wiederholung von *Dear Brutus.* Es war, verglichen mit der Originalaufführung vor zwölf Jahren, eine armselige Sache; jede Rolle war falsch besetzt, und Gerald schien sich gar keine Mühe bei der Inszenierung gegeben zu haben. Das Märchenhafte war weg; der verzauberte Wald war nichts anderes als eine Gruppe von gemalten Bäumen; die Figuren erschienen auf der Bühne und gingen wieder ab, als wäre dies eine bequeme, wenn auch recht langweilige Art, die vorgeschriebenen zweieinhalb Stunden zu verbringen, und Gerald selber war ein verirrter und recht verwirrter Harry Dearth, der aussah, als könnte er sich jeden Augenblick ans Publikum wenden und sagen: «Es hat keinen Zweck. Ich fühle das alles gar nicht mehr. Ich habe vergessen, um was es ging. Harry Dearth ist nicht hier; er verschwand für immer in den echten Wald damals 1917. Geht nach Wyndham's zurück um Mitternacht, wenn der Nachtwächter in seinem Stuhl döst und die Bretter knarren; dort werdet ihr Dearth finden mit dem kleinen ›Lob‹ und den andern allen ... Aber hier ist er nicht.«

Dem, was von *Dear Brutus* übrigblieb, wurde nach einhundertundacht Aufführungen ein anständiges Begräbnis bereitet, und selbst das waren für jeden Barrie-Verehrer ungefähr hundert Aufführungen zu viel. Zu Weihnachten tat Gerald einen wirklich großen Sprung in die Vergangenheit und trat in seinen Originalrollen des Mr. Darling und des Captain Hook in *Peter Pan* wieder auf. Es sollte ein großer Spaß sein und war das auch bis zu einem gewissen Grad, doch mit sechsundfünfzig genießt man das Herumtoben auf der Bühne mit einem Spielsäbel und einer Perücke nicht so wie mit dreißig; man kann wohl eine fast ebensogute und spontane Darstellung geben, aber es fährt einem dabei teuflisch in den Rücken und tut der Stimme und der Laune am anderen Morgen nicht gut. Insgeheim hatte Gerald auch das unangenehme Gefühl, das Ganze sei ziemlich würdelos, wie wenn man etwa nach drei Glas Portwein Scharaden aus dem Stegreif spielte, und sah ein, daß *Peter Pan* nur richtig gewürdigt werden konnte, wenn man noch etwas von der Kinderstube in seinem Wesen bewahrt hatte. Es gibt zwei Einstellungen zu *Peter Pan:* die schweigende, genießende Ekstase durch neun lange Szenen hindurch und die kategorische Ablehnung, die das Stück für den unbeherrschtesten Quatsch hält, den je eine Feder zu Papier brachte. Wenn Gerald zu keinem von beiden Extremen neigte, so war er doch seiner früheren Begeisterung entwachsen. Sich vor aufgeregten Schulkindern die Lungen auszuschreien, fand er weder geruhsam noch besonders amüsant. Die Ausstattung war kitschig, die Bühnenrequisiten am Auseinanderfallen, die Kostüme vor Altersschwäche fadenscheinig geworden, und dieweil das ganze Stück danach verlangte, gerafft und nochmals von vorne inszeniert, von Kindern und mit einem Knaben als Peter gespielt zu werden, so war es doch nicht seine Sache, dies vorzuschlagen, und er hatte ohnehin nicht die Energie dazu. Vor fünfzehn Jahren vielleicht, vor zehn Jahren, sechs Jahren... aber jetzt nicht mehr. Alles war zu spät, alles war zu ermüdend und, wenn man es sich überlegte, nicht der Mühe wert. Wozu auch? Wozu noch kämpfen? Wozu sich anstrengen? Nein, mit einer vom Schreien heiser gewordenen Stimme, mit einem Rücken, der überall weh tat, mit dem quälenden Schmerz im Leib, den er »Mamies Schmerz« nannte, mit der Einkommensteuer, die an die Tür hämmerte, ohne Aussicht auf ein Theaterstück, da war es kein Vergnügen, sechsundfünfzig Jahre alt zu sein.

Und doch machte er Tag für Tag weiter, weil das schließlich von ihm verlangt wurde und eine gewisse Pflicht seines Berufes und seiner Selbstachtung wegen erfüllt sein mußte. Der Erfolg ist nicht immer vergnüglich; die Popularität verliert an Reiz und kann zur Geduldsprobe werden; Verantwortungen häufen sich; berufliche Bindungen werden zu Fesseln, und Freunde können sich gar zu sehr an einen hängen. Selbst wenn man ein Heim, das man innig liebt, und eine Frau hat, die man anbetet, gibt es eine Einsamkeit im Blut, ein Verlangen, Trixie sich vor Lachen ausschütten und wie einen Wasserfall reden zu hören, Sylvias Profil und ihr Lächeln zu betrachten, mit May wütend zu streiten, Mamie zu küssen und Papa zu amüsieren und vor allem aufblicken zu dürfen und Bruder Guy ins Zimmer hereinkommen zu sehen, den Schalk in den Augen: »Nun, Bürschchen, was ist?«

Aber sie waren alle gegangen und hatten ihn allein gelassen. Und obwohl er weder an Gott noch die Menschen glaubte, tat er ihretwegen sein Möglichstes, wegen Papa, wegen Guy; half ihretwegen armen ins Unglück geratenen Teufeln und schuftete für seinen Beruf, hielt, um ihnen Tribut zu zollen, ein bestimmtes Maß an Niveau aufrecht und strebte bestimmten Idealen nach, damit er in irgendeiner komischen Weise nicht ganz vergeblich gelebt haben würde. Und sich eine Zigarette anzündend, rief er nach Buckley, seinem Garderobier, hieß ihn Mantel und Hut bringen, ihm noch einen letzten Whisky-Soda einschenken, dachte, während er das Glas leerte, es wäre wohl der unverzeihlichste Frevel, ein trübes Gesicht ans Leben hinzumachen und den Sinn für Humor zu verlieren – und damit ging er aus dem Ankleidezimmer, den Gang entlang, schwenkte den Stock, summte ein Lied und fühlte in der Tasche nach der üblichen halben Krone für den Kerl, der sich immer so erwartungsvoll draußen vor der Kneipe an der Ecke herumtrieb.

»Nach Hause, Allen«, sagte er zu dem wartenden Chauffeur, stieg in den Wagen und winkte mit der Hand der kleinen Gruppe von Anbetern zu, die sich in befangener Erregung angesammelt hatte, seine Abfahrt zu erleben.

Er überlegte, wie weit er sich geistig und körperlich gewandelt hätte, seit jenen alten Tagen am Garrick und am Haymarket, als er nach der Vorstellung in die Kleider fuhr, zum Green-Room-Club hinüberlief und bis drei oder vier Uhr morgens Karten spielte. Das dünkte ihm wie vor endloser Zeit. Was für ein unnützer, aufgeregter junger Esel er doch gewesen war. Ein rechter Verschwender, wäre Guy nicht gewesen, und ein skrupelloser Schuft, hätte er Mo nicht gehabt. Er hätte sich vermutlich zu Tode getrunken oder hätte Selbstmord begangen oder wäre im Gefängnis gelandet. Komisch, daß die Mädchen nicht heirateten. Er verstand sie nicht. Sie wuchsen auf wie Fremde. Vielleicht war das unvermeidlich. Die Generationen waren ja immer wie Pole getrennt. Wahrscheinlich hatten Papa und Mamie das gleiche bei ihm empfunden. Er wünschte, die Kinder würden zu ihm kommen und sagen: »Hör mal, dasunddas ist passiert. Was werde ich nun machen müssen?« Aber das taten sie nie. Sie lebten ihr eigenes Leben. Wohin ging Angela, wenn sie abends aus war? Warum reiste Daphne dauernd nach Paris auf Besuch? Mit wem führte Jeanne endlose Gespräche am Telefon? Sie waren nicht die Gefährten, die sie hätten sein können. Vielleicht war das seine Schuld, vielleicht die ihre. Es war alles recht enttäuschend. Er wünschte, sie wären wieder Kinder und spielten Cricket auf dem Rasen. Was machten sie jetzt, in dieser Minute? Ihn überkam ein rasendes Verlangen, dies zu erfahren. Angenommen, sie wären so, wie er war, im gleichen Alter? Das mochte er nicht ausdenken. Gott sei Dank, daß er keinen Sohn gehabt hatte. Mo sagte manchmal nach einer Auseinandersetzung mit Angela und in Besorgnis um Daphne, die erst um drei Uhr nach Hause gekommen war, daß es mit Buben vielleicht doch einfacher gewesen wäre. Er wußte es nicht. Er wusch sich die Hände in Unschuld. Er wußte bloß, daß seine Schwestern nicht bis in die Morgenstunden fortgeblieben waren. Aber waren sie glücklich geworden im Leben? Man wußte nur wenig von seiner Familie. Man wußte kaum etwas von irgendeinem Menschen. Wie wenig Bescheid wußte man tief im Grunde über sich selber. Wenn er nur die Vögel noch besser kennen würde. Er wollte gerne wissen, was im Kopf eines Vogels vor sich ging. Dachten sie bloß ans Futter und an den Schlaf, oder fühlten sie auch Zuneigung zueinander? Das war eigentlich das einzige, worauf es wirklich ankam im Leben. Der ganze Sinn des Daseins kam auf diese einzige Sache hinaus, auf die Zuneigung, auf die Liebe zwischen Mann und Frau. Nicht so sehr in Fleisch und Blut, aber Gefährten sein, Hand in Hand, gemeinsam gähnen, nebeneinander essen, sagen können, indes man in den Zähnen stochert oder sich den Kopf kratzt: »Eine ulkige Sache ist mir heute morgen passiert beim Fahren«; kleine Intimitäten, kleine Gespräche, das Summen eines Liedchens; nicht reden; kaltes Roastbeef und Lattichsalat essen.

Wenn man das im Leben konnte, dann war das Leben lebenswert.

Das Auto schwenkte in den Hof ein und hielt vor dem Brunnen. Er war daheim.

Im Juni 1930 besannen sich Gladys und Gerald auf den Riesenerfolg ihres letzten Unternehmens, *Cheyney*, taten sich zusammen und spielten wieder miteinander im Playhouse. Das Stück war *Cynara* von H. C. Harwood und Gore Browne. Mit Rücksicht auf die allseitige Konkurrenz der Tonfilme hatten sich die Verfasser einiges von der Technik des Films entliehen. Das Stück wurde zur Abwechslung in verschiedene Szenen auseinandergehackt, von denen eine oder zwei, wenn auch amüsant, so doch überflüssig waren, und es war offensichtlich, daß es aus einem Roman umgearbeitet worden war. Die Fabel war gut, von jenem Typus, der als »stark« bezeichnet wird, und als das Stück wirklich in Fahrt kam, bewegte es sich auf einen Höhepunkt zu und ging ebenso spannend wie überraschend aus. Geralds Rolle rief erbitterte Diskussionen hervor. Er stellte einen Rechtsanwalt dar, der sich zu einer Affäre mit einer Verkäuferin verleiten läßt, während seine Frau in den Ferien ist, und, der Sache schon müde, vom öffentlichen Skandal bedroht wird, als das Mädchen Selbstmord verübt. Die Figur erweckt keine Sympathien. Immerhin machte Gerald so viel daraus, wie er nach menschlichem Ermessen nur konnte; er bannte die Lethargie, die bei *Dear Brutus* über ihn gekommen war, und gab sich unendlich viel Mühe mit der Besetzung und der Inszenierung. Er war bestrebt, sein Bestes herzugeben und nichts Zweitrangiges zu tun, wenn Gladys in der Nähe war. Trotz der von den Kritikern als gemischt bezeichneten Aufnahme war das Stück ein Erfolg – nicht so aufsehenerregend wie *The Last of Mrs. Cheyney*, aber ein guter, ehrlicher Sieben-Monats-Treffer. Das Zusammenspiel von Gladys und Gerald zog das Publikum erneut an.

Vor der Aufführung *Cynaras* war Gerald mit der Herstellung seines ersten Tonfilms beschäftigt gewesen. Dem Bericht eines Zeitungskorrespondenten zufolge sollte Galsworthys *Escape der größte bisher unternommene Versuch sein, das britische Prestige in der Heimat und in Übersee zu wahren.* Mit Basil Dean als Direktor und Gerald, Edna Best, Madeleine Carroll, Lewis Casson und anderen, dazu noch ganz Dartmoor[1] als Hintergrund, klang das wenigstens auf dem Papier entschieden nach einem großen Unternehmen. Alles war voll Enthusiasmus, und es gab viel Gerede, »die Yankees auf ihrem eigenen Feld zu schlagen«. Doch das Filmen ist eine herzzerbrechende Angelegenheit, selbst im modernsten Studio mit Hilfe jeder nur erdenklichen Erleichterung; wenn eine aus zwei Zeilen und dem Gang durch eine Tür bestehende Szene zum vierzigsten Mal gespielt und noch immer nicht richtig, die vorgesehene Zeit längst überschritten ist und man Kopfschmerzen wie von einer Last Ziegel hat und dazu noch einen leeren Magen, dann gab es nichts, was man laut Gerald treffender mit der reinen Hölle hätte vergleichen können.

Die Freilichtaufnahmen im Moor von Dartmoor waren nicht so übel; war das Wetter gut, saß Gerald auf den Felsblöcken und spähte durch ein Fernglas nach Vögeln, während Dean sich mit den Kameraleuten heiser schrie und Mo, die Gerald zur Gesellschaft mitgekommen war, ihr Strickzeug und ein Buch zur Hand nahm, und einen Stock, falls es Schlangen geben sollte.

Dann, nach stundenlangem Warten, wenn endlich eine Wolke vorbeigezogen war, wurde die Szene aufgenommen. Und Gerald, als der elende Ausreißer aus dem Gefängnis, mußte über Gräben kriechen und Mauern erklettern, um Atem ringen, und er fühlte sich so erschöpft wie ein echter Sträfling, um schließlich, nachdem er die Szene gespielt hatte, festzustellen, daß das Ganze noch einmal von vorne gemacht werden mußte. Er hatte oft gedacht, das Spielen einer Rolle acht Mal die Woche im Theater sei ermüdend und eintönig, doch das war ein Paradies der Gemütlichkeit gewesen, verglichen mit dem hier.

Die Überlegung, daß jeder Groschen, den er dabei verdiente,

[1] Dartmoor: Tafelland in Devonshire, im Südwesten Englands, mit Granitbrüchen und einem berühmten Gefängnis.

an die Steuerbehörde ging, machte die Sache nicht leichter. Dennoch, wenn er mit einem Glas Bier in der Hand, Witze reißend mit den Kameraleuten im Wirtshaus von Tavistock saß, hätte niemand ihn für etwas anderes gehalten als den sorglosesten und frohsinnigsten Menschen, der jeden Augenblick dieses seines Streifzugs in die neue Welt des Tonfilms von Herzen genoß.

Escape stellte sich als ein mäßiger Erfolg heraus, wobei Gerald eine überzeugende und bewegende Verkörperung von Galsworthys Helden gab; dieser Streifen eroberte die Filmwelt nicht im Sturm, so wenig wie andere englische Filme des gleichen Jahrgangs. Gerald selber wußte nicht, was er von den ganzen Unternehmen halten sollte. Es war klar, die Industrie steckte noch im Anfang, zumindest in England, und er vermutete, keiner im Lande hätte auch nur die leiseste Ahnung, wie man so etwas anpacken mußte. Es war so einfach zu reden, so einfach, auf eine Aufnahme loszugehen und durch ein Megaphon zu schreien. Aber es war nicht ganz so einfach, die Leute zu harmonischer Zusammenarbeit zu bekommen und einen Film zu liefern, der sowohl technisch wie künstlerisch einwandfrei ausfiel und, noch wichtiger fast, vom Standpunkt der Kasse her Erfolg brachte.

Wäre er nur zehn Jahre jünger gewesen, hätte er vielleicht noch etwas damit anfangen können. Er hätte seine ganze Begabung auf diese neue Unterhaltungssparte werfen, hätte mit seinem Vorrat an Erfahrung im Inszenieren sich erlauben können, alles Unwesentliche beim Filmen zu vergessen und sich ans Kennenlernen der neuen Arbeitsbedingungen zu machen. Die Stoffe waren vorhanden, die Gelegenheiten geboten, die amerikanischen und deutschen Experten zur Stelle, wenn man nur disponiert gewesen wäre, sie zu bezahlen; die Künstler und Künstlerinnen gab es auch; die ganze englische Landschaft und die ganze englische Literatur waren da zum Aussuchen und Auswählen. Es bedurfte lediglich eines mutigen, mit Phantasie begabten Menschen, und die Maschine wäre ins Rollen gekommen, das Abenteuer eines ganzen Lebens hätte beginnen können. Wenn es nur 1920 statt 1930 gewesen wäre!

Und doch – vielleicht wäre es auch dann zu spät gewesen; vielleicht hätten sich der Klamauk, der Wirrwarr, das Vulgäre und die Habgier, der raffige, gewinnsüchtige Standpunkt, die zweideutigen, hinterhältigen Methoden, welche die Filmindustrie jener Anfänge zu nichts mehr und nichts weniger als einem billigen Glücksspiel machten, als gar zu starke Gegenkräfte erwiesen für die Entschlossenen und die Tapferen.

Nähert man sich den Sechzig und hat man nicht ein Asketenleben hinter sich oder besitzt ein gut Teil Überheblichkeit und Überschätzung der eigenen Leistungen, dann sind auch die Kraft und die Lust verbraucht, sich noch auf einen Kreuzzug zu begeben. Die Zeiten des Kämpfens sind vorüber, und man möchte sich zurücklehnen, sich die Dinge leicht machen lassen. Jüngere Leute sollen die Fahnen tragen und die Städte stürmen.

Dies waren Geralds Empfindungen gegenüber dem Filmbetrieb. Seine Tage waren vorbei. Die Leute schmeichelten ihm oder logen, wenn sie sagten, er brauche nur nach Hollywood zu gehen, um die Sensation eines ganzen Lebens zu erzielen. Er wußte da besser Bescheid. Er hatte seine kleine Rolle bereits gespielt. Er hatte das Seine schon gesagt. Nichts war ärmlicher als das Bild des beliebten Publikumshelden, der sich an sein Postament klammert und mit ängstlichen Augen die Gesichter der Freunde beobachtet. Glücklicherweise besaß er genug Vernunft, zu erkennen, wann seine Stunde schlug. Ein paar Jahre noch, und dann käme die Vergessenheit. Doch in der Zwischenzeit mußte er schließlich leben, Cannon-Hall war keine Zweizimmerwohnung. Für den Komfort mußte man bezahlen. Man mußte den Stolz hinunterschlucken und den ganzen Tag mit gelber Schminke auf dem Gesicht herumstehen, kleine Rollen ohne Belang spielen; Elektriker und Zimmerleute stießen einen an, während grobstimmige Kerle in Hemdsärmeln sich mit dem Handrücken den Mund wischten und inmitten des irrsinnigen Lärms, bei dem jede Sprache, jeder Akzent, nur nicht englisch zu vernehmen war, brüllten: »R-uhe da, bitte! Sind Sie fertig? Werft eure Motoren an!«

Die beständige Blendung der Jupiterlampen, das Winseln der Maschinen, die trockene, leblose Atmosphäre, das Insistieren des »Make-up«-Mannes mit seiner immer gegenwärtigen Puderquaste und Kleiderbürste, der mikroskopisch unpersönliche Blick des ständigen Mitschreibers, die gutmütige, aber nach einer gewissen Zeit ein wenig ermüdend wirkende Vertraulichkeit der Kameramänner, die schwerfällige und etwas unaufrichtige Höflichkeit des ausländischen Direktors, der sich nie über die Namen ganz klar war und an etwas wie Sir George oder Sir de Mure kaute, das endlose Herumwarten im Stehen und Sitzen, das endlose Herumwarten ... alles wirkte zusammen, um Geralds Nerven zu zerfetzen.

Pünktlich um neun Uhr bei der Aufnahme sein mit fertigem Make-up, und dann wurde man nicht gebraucht bis halb vier Uhr. Eine Aufnahme, vielleicht mißglückt, und dann nach Hause geschickt – ein ganzer verlorener Tag. Oder zwanzig bis dreißig Wiederholungen eines langsamen Gehens durchs Zimmer, bis man vor lauter Müdigkeit betete, doch gleich sterben zu dürfen. Und dabei mußte man die ganze Zeit über lächeln, sagen: »Ja, selbstverständlich, das macht gar nichts, ich habe keine Eile«, nur weil man einmal vor Ewigkeiten einen Eid geschworen hatte, unter gar keinen Umständen auf irgendeinem Schauplatz die Fassung zu verlieren, und was für die Bühne galt, galt auch beim Film. Vielleicht war dies eine Art von Wiedergutmachung für den Egoismus, die Grausamkeit, für die kleinen, unbedachten Sünden, die man begangen hatte. Es war eine Wiederkehr des Kadettenkorps von Bushey in neuer Gestalt, aber ohne die Kameradschaft, ohne das Gefühl, man leiste etwas für die Heimat, das selbst dem grimmigsten Tag in Bushey noch seinen Sinn verliehen hatte. Es war eine Lektion für etwaige Reste von Dünkel, die man noch besitzen mochte, ein stetiges Niederknüppeln des Stolzes.

Die ersten bei *Escape* gesammelten Erfahrungen waren ein Kinderspiel verglichen mit den späten Filmen, bei denen es nicht die frische Luft von Dartmoor gab, die vorübergehend Erleichterung geschaffen hatte gegenüber der Atmosphäre von chaotischer Monotonie, die dazu angetan war, auch den geduldigsten Menschen in ein an Wahnsinn grenzendes Stadium zu treiben. Im Jahr 1931 hatte Gerald erst den Galsworthy-Film gemacht, in dem er immerhin die Hauptrolle bekleidete. Es war noch nicht zur letzten Phase gekommen, in der er mit einem Achselzucken und einem philosophischen Pfeifen sich gestattete, den bärtigen Arzt in *I was a Spy* und den unterwürfigen Kammerdiener in *Catherine the Great* zu verkörpern.

Um zur Bühne zurückzukehren: *Cynara* wurde im Februar von einer Wiederaufführung, *The Pelican*, abgelöst, einem Stück von Harwood, das vor sechs Jahren ein großer Erfolg am Ambassador gewesen war. Seine jetzige kurze Spieldauer war ein weiterer Beweis, daß Wiederholungen sich selten lohnen. Gerald stand im Hintergrund und spielte nur eine sehr kleine Rolle.

Dann ging Gladys in Urlaub und überließ es Gerald, allein ein Stück zu inszenieren, *The Church Mouse*, das sich ebenfalls als Enttäuschung herausstellte.

Der Sommer, der Herbst rückten drohend näher, und die Aussicht war gar nicht erfreulich. Gerald konnte sich nicht leisten, müßig zu sein, aber er hatte kein Theaterstück im Kopf. Etwas mußte geschehen. Die alten erfolgreichen Zeiten bei Wyndham's schienen immer ferner gerückt zu sein, wo Tommy Vaughan in einer Ecke des Ankleidezimmers saß, an seinem Whisky-Soda nippte und mit seiner soliden, zuversichtlichen Stimme verkündete, daß für die Dauer der nächsten sechs Monate kein Platz mehr im Hause unbesetzt sei und das neue Stück mindestens ein Jahr lang laufen werde. Es war zwecklos, zu seufzen und die Tage, die für immer dahin waren, zu beklagen; die Gegenwart forderte Sicherheit, und die Zukunft war eine drohende Gefahr. Gute Ratschläge waren natürlich billig zu haben. Geh nach Amerika! Geh nach New York! Geh nach Australien und Südafrika! Ein Haufen Geld war zu verdienen. Man mußte nur ein Schiff besteigen. Es war so einfach zu reden, so leicht, Ideen zu entwickeln für die Bezahlung der Einkommensteuer, für ein Bankguthaben, das man ohne Schauder angucken konnte, für eine sieghafte Rückkehr nach England, die Taschen voller Banknoten und hysterischer Pressenotizen. Doch wenn man sich ernstlich damit befaßte, war das Bild nicht mehr ganz so strahlend. Wie alle großen Unternehmen im Leben verlangte es Zuversicht und Energie, und er war nicht sicher, ob er noch eines von beiden besäße. Der bloße Gedanke, zu einer langen Reise aufzubrechen, von der man womöglich nicht vor zwei Jahren zurückkehren würde, der Gedanke zu fahren, ständig neue Menschen zu treffen, bei Gouverneuren und Vizekönigen zu Gast zu sein, in Hotels, in Eisenbahnwagen, auf Schiffen wohnen zu müssen – nein, er war zu alt, zu müde dazu; er konnte das einfach nicht mehr meistern. England ließ sich noch bewältigen; schließlich war man ja einst mit Tree und Forbes-Robertson oft auf Tournee in der Provinz gewesen; die Provinz wäre vertrauter Boden. Ja, das war eine Idee! Und Gladys war auch einmal vor Jahren auf Gastspielreise gewesen und hatte einen Sack voll Geld damit verdient. Gladys war freilich mutig und besaß eine unvergleichliche und unübertreffliche Entschlossenheit, während er nie überzeugt war, nie unbeirrbar; doch immerhin, mit ein bißchen Glück könnte es ihm vielleicht auch gelingen.

Hätte nur Frank Curzon hinter ihm gestanden und Tommy Vaughan neben ihm! Die Schwierigkeit war, ein Stück zu finden und ein neues Stück dazu, das man dem Provinzpublikum darbieten konnte. Auch hatte der Tonfilm den Markt etwas verdorben; in jeder Stadt gab es große Kinos, und beinahe jedes alte Bühnenwerk war adaptiert und zu einer nunmehr längst bekannten Filmgeschichte umgearbeitet worden. Es gab keine neuen Stücke, wenigstens nichts, das sich zu inszenieren lohnte, und bestimmt nichts, dessen erstmalige Einstudierung Erfolg versprach. Es sah ganz so aus, als müßte er ein altes, schon bewährtes Werk mitnehmen. *Bull-Dog* war in der Provinz zu Tode geritten worden; zudem war ja auch ein Film daraus entstanden. *Dear Brutus* – nein, nicht so bald wieder; und außerdem eignete es sich nicht für den Zweck. *Diplomacy* könnte in Frage kommen, und er besaß die Rechte, aber offenbar war vor nicht zu langer Zeit eine Tournee damit schon gemacht worden. Wie stand es mit *The Ware Case?* Es war ein famoses Stück, zeitlich nicht festgelegt, und konnte eine Wiederaufführung immer vertragen. Auch war es nicht auf Tournee gewesen – oder wenigstens seit Jahren nicht mehr. Je mehr er daran herumdachte, desto besser gefiel ihm der Gedanke an *The Ware Case*, und schließlich entschied man sich dafür.

Eine vier Monate dauernde Gastspielreise durch die Provinz wurde arrangiert, die Schauspieler wurden engagiert, und im August fuhr Gerald, begleitet von Mo, nach Southsea, um zum erstenmal seit dreißig Jahren wieder vor einem Provinzpublikum aufzutreten.

Das war ein merkwürdiges Gefühl, im eigenen Wagen anzukommen und im besten Hotel abzusteigen, im Theater die wartenden Reporter und seinen Namen in Riesenbuchstaben über dem Eingang vorzufinden, wo er doch einst mit sechs oder sieben Kollegen in einem Eisenbahnabteil dritter Klasse zusammengepfercht gesessen, schäbige Quartiere in abgelegenen Gassen geteilt, Spiegeleier und Speck zum Abendbrot gegessen und inmitten des begeisterten Gejohles »Frosty Weather« gesungen hatte. Das war angenehm gewesen, so ohne Verantwortung leben zu dürfen. Ob diese Tournee ein Erfolg würde oder nicht, eines wenigstens hatte er beschlossen, und das war, etwas für die Wohltätigkeit zu unternehmen. Zusätzlich zu seiner Präsidentschaft im Actors' Orphanage und Denville-Hall, einem Heim für betagte Schauspieler und Schauspielerinnen, hatte man ihn dieses Jahr zum Präsidenten des Actors' Benevolent Fund gewählt, und er war entschlossen, in diesem seinem ersten Jahr tüchtig dafür zu arbeiten. So scheu und zurückhaltend er in eigenen finanziellen Angelegenheiten war und so gänzlich unfähig, für sich Geschäfte zu machen, konnte Gerald allerhand Geschick entfalten, Geld für seine wohltätigen Einrichtungen aufzutreiben, und für die Gastspielreise von *The Ware Case* hatte er sich die Aufgabe gesetzt, tausend Pfund für The Actors' Benevolent Fund zusammenzubringen. Diese Aufgabe, ursprünglich aus einer Wette hervorgegangen und aus der halb im Scherz gemachten Äußerung: »Ich weiß, es läßt sich machen« wurde zum ernsthaftesten und lebenswichtigsten Zweck der Tournee und der Erfolg von *The Ware Case* zur Nebensache. Es war charakteristisch für sein ganzes Leben, daß die Tournee als solche nicht der glänzende Siegeszug wurde, den jedermann außer Gerald selbst vorausgesagt hatte. Das Stück war doch etwas zeitgebunden und schon früher gesehen worden, und die Kassenumsätze enttäuschten, auch dann, wenn das Publikum begeistert war. Doch der Actors' Benevolent Fund überschritt seine tausend Pfund um ein Beträchtliches.

Gerald machte sich die Aufgabe absichtlich noch schwerer und aufregender, indem er eine Wette abschloß, er würde in jeder einzelnen Stadt über hundert Pfund aufbringen, und er hielt Wort. Es sprach sehr für die freigebige und sportliche Gesinnung des Provinzpublikums, das er ins Vertrauen zog, daß es ihn niemals im Stich ließ; und es wurde zu einer Ehrensache, daß die Leute von Nottingham die Leute von Birmingham schlügen, und die Leute von Leicester die von Leeds. Nach jeder Vorstellung, wenn der Vorhang gefallen war, kam Gerald an die Rampe und trug seine persönliche Bitte um Spenden vor, die mit gutmütigen Hochrufen und freundlichen Versprechungen aufgenommen wurde. Er bat diejenigen, die erst im letzten Akt auf den Mörder in *The Ware Case* gekommen waren, einen Geldbetrag zum Zwecke seiner tausend Pfund in die Sammelbüchse zu tun, oder noch besser, ihm einen Scheck zu schicken. Obwohl er nach der abendlangen erschöpfenden Darstellung der Rolle Hubert Wares müde war, trug er den Zuschauern von sich aus noch etwas vor, machte sich als Henry Irving, der Stifter des Actors' Benevolent Fund, zurecht und sprach zu ihnen mit dessen Stimme und Manieriertheiten, wie er sich ihrer noch von vor vierzig Jahren erinnern konnte. Als Gast verschiedener Rotary-Clubs sprach er über seine Wohltätigkeitswerke und, indem er geschickt Reminiszenzen und Anekdoten mit seiner Bitte um Unterstützung verflocht, machte er den Mitgliedern binnen weniger Minuten ihr gesamtes Bargeld locker.

Niemand entging seinem Adlerblick, vom Bürgermeister der Stadt bis zum kleinsten Schuljungen im Parkett bei den Nachmittagsvorstellungen, und während der vierzehn Wochen der Tournee erlebte er von niemand und nirgends eine Absage.

Es war ein Triumph für den Actors' Benevolent Fund und eine wirklich große Leistung seines Präsidenten. Gerald fühlte, daß er zum ersten Mal in langer Zeit etwas Lohnendes fertiggebracht hatte, etwas, das die kleinen Enttäuschungen und Depressionen seiner Jahre bei weitem wieder ausglich.

Sich aufzulehnen und zu murren, war nur die Sache kleiner Geister und Zeichen eines vergeßlichen Gedächtnisses. Über dreißig Jahre hatte er sich an dem Beruf erfreuen dürfen, der ihm so viel Erfolg und Glück gebracht hatte; das mindeste, was er nun tun konnte, war, dies durch irgendeine kleine Geste zu vergelten. Was machte es schon, wenn *The Ware Case* sich nicht als großes Geschäft herausstellte? Die Truppe hatte sich wenigstens gut unterhalten dabei, alle hatten sie viel Anlaß zum Lachen gehabt, manche Gelegenheit zu Streichen war geboten gewesen, und Mo hatte ihn auf ihre eigene, unnachahmliche Weise betreut.

Sie kehrten rechtzeitig zu Weihnachten nach London zurück und feierten das Fest wie üblich mit Stechpalme und Mistel, mit Truthahn und Plumpudding, mit Knallbonbons und einem Zauberer. Und Gerald, mit einer Papiermütze, einer Trillerpfeife in der Hand, redete aus voller Kehle, versteckte halbe Sovereignstücke in die Weihnachtspastetchen seiner Tischnachbarn und sah aus, als hätte er das Wort Depression noch nie gehört.

Edgar Wallace war dabei, ein Theaterstück für ihn zu schreiben. Es sollte bei Wyndham's aufgeführt werden. Er stand an der Schwelle seines sechzigsten Lebensjahres und kümmerte sich den Teufel um die Widerstände, die vor ihm lagen.

Die Verantwortung für *The Green Pack* oblag ihm ausschließlich, da Edgar fern in Hollywood weilte und der einzige Verbindungsweg in Kabeln oder in Ferngesprächen von unerschwinglicher Kostspieligkeit bestand.

Kulissen mußten geändert, Figuren umgezeichnet und ein neuer Schluß des Stückes ausgearbeitet werden. Edgar hatte es in seiner üblichen rasenden Hast geschrieben – in vierundzwanzig Stunden oder so –, und obwohl es sich gut las, sah es doch weniger gut aus bei den Proben. Das Stück konnte nicht, so wie es dastand, aufgeführt werden, das war klar. Das Unterste mußte zuoberst gekehrt und das Ganze wie ein Geduldspiel geschüttelt werden, was Gerald, mit Erlaubnis Edgars, sich zu besorgen anschickte. Die Folge war, daß alle Angehörigen der

Truppe mit Bleistift und Papier, leise sich bewegenden Lippen und gerunzelter Stirn herumliefen und immer wieder nacheinander in den Schrei ausbrachen: »Hört, wie wäre es mit dieser Idee?« Es war nicht die Art und Weise, wie die größten Bühnenwerke aller Zeiten entstanden, aber niemand behauptete ja, daß *The Green Pack* ein großes Bühnenwerk wäre. Es bestanden sogar Zweifel, ob es auch nur ein gutes Werk sei. Das einzige, was Gerald und die Truppe zu erreichen hofften, war, ein ausreichend gutes Stück daraus zu machen, um für die Dauer von drei oder vier Monaten volle Häuser zu verbürgen.

»Mach mit dem Stück, was du willst«, hatte Edgar aus Hollywood gedrahtet, »und Gott soll dich lieben, Gerald.« Diese Botschaft des Glaubens und der Anhänglichkeit bestärkte Gerald in dem Entschluß, einen Erfolg zu erzwingen und Edgar sein Vertrauen und seine Großmütigkeit zu vergelten. Mit ungeheurer Anstrengung wurde das Stück in Form gebracht und am 9. Februar dem Publikum vorgeführt, doch es wurde bei der Premiere von der ernsten Nachricht überschattet, daß der Autor gefährlich an doppelseitiger Lungenentzündung erkrankt in Hollywood läge. Am folgenden Tag kam die Nachricht, daß Edgar Wallace tot war.

Es war schwer zu begreifen, daß die Flamme seiner Persönlichkeit erloschen sein, daß sein glänzender Geist für immer schweigen sollte; daß Edgar mit seiner übermenschlichen Energie, mit seiner fest zupackenden Art von anderen überlebt werden durfte. Es war ein Schlag gegen den Glauben, ein Angriff auf den Mut, ein Beweis mehr für die Nutzlosigkeit der Dinge. Erst als die Zeit Einsicht und Begreifen vermittelte, vermochte man zu erkennen, daß die Vorsehung es weise und gut mit ihm gemeint hatte. Heute ist bekannt, daß Edgar, hätte er länger gelebt, unheilbar krank und von Schmerzen heimgesucht worden wäre. Das große Maß an Glück, das seinen ungewöhnlichen Weg durch das Leben begünstigt hatte, ließ ihn im richtigen Augenblick aus seiner Welt scheiden mit einem Lächeln auf den Lippen und ohne ein Zeichen des Abschieds.

Schweren Herzens und bedrückt setzte die Truppe bei Wyndham's die Aufführung von *The Green Pack* fort. Doch nun, da Edgar tot war, wurde es ein freudloses Unterfangen, und weder die Schauspieler noch das Publikum konnten das Schicksal des Autors vergessen und sich mit ganzem Herzen von der Legende des Stückes einfangen lassen. Es besaß nicht die Spannung des *Ringer*, auch nicht den finsteren Realismus von *On the Spot*, auch wiederum nicht das schnelle Tempo und die lebendige Fabel, die *The Calendar* denkwürdig machten. Es wär und war es immer gewesen: ein mittelmäßiges Schauspiel, aus dem auch die äußerste Kunstfertigkeit der Inszenierung keinen Treffer zu machen vermochte. Es lief aber fünf Monate lang, was immerhin nicht so schlecht war in diesen Zeiten der kurzen Spielserien, und Gerald vertrat die Ansicht, daß, wenn man die traurigen Umstände, die das Unternehmen von Anfang an beschatteten, in Betracht zöge, das Stück eigentlich noch gut gegangen wäre.

Mit der letzten Aufführung von *The Green Pack* hieß es wieder ins Unbekannte tauchen, einen letzten Abschied von Wyndham's nehmen und, ganz auf sich gestellt, ein neues beschwerliches Suchen nach dem rechten Stück zur Aufführung im rechten Augenblick in die Wege leiten.

Zum erstenmal begann Gerald ein bißchen älter, ein bißchen erschöpft, ein bißchen abgewirtschaftet auszusehen. Er klagte über schlechten Schlaf, ständige Müdigkeit, über »Mamies Schmerz«, den er in der Herzgegend spürte. Er lief dauernd in die Apotheken und kaufte quacksalberische Arzneien mit mysteriösen Namen. Er zog mit umfänglichen, reich bebilderten medizinischen Werken unter dem Arm herum, die ihm mit einer Fülle von Details sämtliche Krankheiten von A bis Z nannten. Er war auch im Begriff, seinen Eifer, seine Neugierde für die Menschen und ihre Lebensweise zu verlieren; es wurde eine Anstrengung, die Dinge klar zu überlegen, ein Urteil abzugeben, Pläne zu machen.

Er verbrachte viel Zeit mit Herumschmökern im Salon, mit dem Sichten alter Briefe von Guy, alter Skizzen von Papa. Es war, als wollte er sich in die Vergangenheit versenken und die Gegenwart und die Zukunft ausschließen.

Eine geringere Anzahl von Menschen kam sonntags zum

Mittagessen. Er fing an, die ruhigen Tage, das Herumsitzen, das Bridgespielen mit Angela und Jeanne zu schätzen. Daphne schrieb plötzlich von Fowey und sagte, sie wolle sich verheiraten, und Gerald brach in Tränen aus, genau wie Kicky das bei Trixie getan hatte, und sagte: »Das ist eine Gemeinheit«, wie ein kleiner Schuljunge. Immerhin war der Kerl aber Soldat, wie Guy Soldat gewesen war; so gediehe vielleicht doch alles zum Besten, seufzte er, und sie würde sich häuslich einrichten, wie die du Maurierschen Mädchen auf den Bildern, die Papa gezeichnet hatte, wie Trixie und Sylvia und May es getan hatten, aber ach! verdammt und verflucht! Warum verliebten sich auch die Töchter?

Heiraten, Kinder kriegen, alt werden ... die Dinge im Leben folgten sich so schnell, und die Augenblicke vergingen. Er erwog das Warum und Weshalb der kleinen Dinge und kam nie zu einem endgültigen Begreifen.

Und hier saß er nun, das Oberhaupt seines Standes, schon beinahe sechzig Jahre alt, und hatte das Theater auf den Tod satt, verplemperte die Tage mit Nichtstun, beim Lunch zusammen mit einem Freund, beim Garnspinnen, beim Herumtrödeln; er fragte sich insgeheim, warum er überhaupt am Leben wäre und ob es eine Lösung der Welträtsel gäbe, wenn der lange Tag vorüber sei. Und trotz allem mußte er weiterspielen, weil er sich nicht leisten konnte, sich zurückzuziehen.

»Was ziehen Sie vor, Sir Gerald«, fragte ein furchtsamer und hoffnungsvoller Reporter, seinen Bleistiftstummel in der Hand, »den Film oder die Bühne?«

»Ich ziehe vor, auf der Straße spazierenzugehen«, sagte Gerald, ein Gähnen unterdrückend. Das war eine charakteristische Bemerkung und muß den jungen, an Interviews mit Künstlern und Künstlerinnen gewohnten Journalisten, die über ihr Schaffen – großgeschrieben – deklamierten, gewiß in Erstaunen gesetzt haben. »Und Ihre zukünftigen Pläne?« fuhr der Zeitungsmann eingeschüchtert fort, dieweil Gerald feierlich ein mechanisches Spielzeug aufzog und es auf den Fußboden setzte. »Ich werde das verblüffendste Theaterstück der Welt lesen, das von einem Mann, der nicht existiert, überhaupt noch nicht geschrieben worden ist«, erwiderte Gerald. »Und«, setzte er hinzu, »sollte ich es annehmen, werde ich es in einem Theater aufführen, das noch gar nicht erbaut ist.« Der Reporter dankte ihm für seine Auskunft und ging von dannen, sich die Frage stellend, warum Sir Gerald wohl geadelt worden sei – und diese Regung erinnert an eine von Mos klassischen Äußerungen, als sie einmal von einem der Kinder aus dem Blauen heraus gefragt wurde: »Mamie, warum wurde Daddy geadelt?« Da blickte sie von ihrem Strickzeug auf, schob die Brille zurück, dachte einige Augenblicke angestrengt nach und antwortete: »Ich glaube, wir haben nie ganz verstanden, warum.«

Gerald war, vom journalistischen Standpunkt aus, keine geeignete Persönlichkeit zum Interviewen. Er beantwortete Fragen niemals richtig und schweifte jedesmal vom Thema ab; und da er nie vor der Presse »gekrochen« war, wie er das nannte, konnte man den Zeitungsleuten schwerlich einen Vorwurf machen, wenn sie ihn ablehnten. Einige unglückliche Erfahrungen hatten Gerald dazu gebracht, Blutrache gegen die Presse im allgemeinen zu schwören, und er war oft absichtlich grob. Dies schadete ihm in seinem öffentlichen Leben, und er wurde mit den Jahren gezwungen, einen Kampf ohne Verbündete zu führen, der mit etwas Takt und gutem Willen auf beiden Seiten hätte vermieden werden können.

Sie hielten Gerald für snobistisch und eingebildet, wo er lediglich gelangweilt oder nicht besonders interessiert war, und er hielt sie für ungebildet und aufdringlich, wo sie doch nur bemüht waren, ihr täglich Brot zu verdienen. Sie konnten nicht glauben, seine Abneigung gegen die Publicity wäre echt und ohne Pose, und er vermochte nicht anzunehmen, daß ihre allgemeine Haltung ernster Kritik und nicht absichtlicher Bosheit entsprang. Alle diese Umstände wirkten zusammen, in Gerald eine Abneigung gegen die Presse aufkommen zu lassen, und so ging der Kampf unablässig weiter. Mittlerweile, im Jahr 1932, suchte Gerald noch immer nach einem Theaterstück. Die jüngsten Erfahrungen hatten ihn gelehrt, daß das Publikum nicht mehr eines einzigen großen Namens wegen ins Theater ging; es bevorzugte eine Kombination und eine Vielseitigkeit von Talenten. *Cynara* war ein Erfolg gewesen, weil Gladys und er darin zusammen gespielt hatten. Deshalb mußte er jetzt nicht nur ein Stück, sondern auch eine Hauptdarstellerin suchen, die ebenso das Parkett wie die Galerie befriedigten. Seine Wahl fiel auf ein Werk von John van Druten, *Behold, We Live,* und er führte es im August am St. James' auf mit Gertrude Lawrence in der weiblichen Hauptrolle. Es war eine etwas trübselige Geschichte, doch sie hielt bis zum Herbst durch. Zur gleichen Zeit wirkten Gerald und Gertrude Lawrence in einem Film mit, der in den Elstree-Studios gedreht wurde. Seine Abneigung gegen das Filmen steigerte sich zu dieser Zeit, obwohl niemand das geglaubt hätte, der ihn mit Taschen voller Scherzartikel sah, die er zwischen den Füßen der Kameraleute, der Elektriker und Direktoren losflitzen ließ in der verzweifelten Anstrengung, die Eintönigkeit damit aufzuheben.

Es war ein Spiel, das man aber auch zu weit treiben konnte, und es hörte bald auf, wirklich lustig zu sein, wurde sogar zu einem Laster. Aber vielleicht war es eine Art Ventil und bewahrte Gerald davor, gar zu intensiv über die Zukunft nachzudenken. Gleichgültig las er Theaterstücke durch, von denen ihn kein einziges verlockte, er lehnte sie alle mit einem Achselzukken ab und einer Bemerkung wie etwa: »Ich weiß nicht; vielleicht habe ich mein Urteil verloren, aber mir kommt das Ganze wie ein gottloser Dreck vor.« Und dann, wenige Wochen später, erfuhr er, daß das von ihm verworfene Stück von jemand anderem gelesen und angenommen worden war, es gelangte zur Aufführung und wurde ein mäßiger oder sogar ein ausgesprochener Erfolg. Das ärgerte ihn nicht im geringsten. Er grollte nicht über Erfolge, die seine eigenen hätten sein können. Er zuckte die Achseln und sagte: »All right; vermutlich hatte ich unrecht. Und dennoch, Gott sei Dank, daß ich nicht darin spiele.«

Im Frühjahr führte er jenen wetterfesten Veteranen *Diplomacy* wieder auf und inszenierte das Stück am Prince's-Theatre. Die Öffentlichkeit hatte es seit 1924 nicht mehr gesehen, seit Gladys eine zehn Monate lange Spielzeit am Adelphi damit erzielt hatte, und jetzt gab Gerald sich einige Mühe mit der Modernisierung des Textes. Es war ja immer ein spielsicheres Werk gewesen, und man konnte sich darauf verlassen wie auf ein bewährtes Automobil, daß es trotz seines Alters glatt laufen und einen schwierigen Zeitabschnitt überbrücken würde.

Das Stück lief noch die Sommermonate hindurch, und im August reisten Gerald und Mo nach Wales in die Ferien und verbrachten den Schluß des Urlaubs im September in Fowey.

Zum erstenmal in Jahren schien Gerald seine Ferien, sowohl in Port Merion wie in Cornwall, zu genießen. Er klagte nicht über Langeweile, er war nicht unruhig, und es zog ihn auch nicht nach London. Er schien glücklich zu sein, im Garten herumzustrolchen, lesen und über alles und jedes lachen zu können; das Wetter war meistens gut, und es überkam ihn auch keiner seiner Anfälle von Depression. Man durfte es noch nicht berufen, doch war es vielleicht möglich, daß er endlich anfing, das Ausruhen zu schätzen und sich mit stillen Ferien zu befreunden, zu faulenzen, mit den Mädchen Bridge zu spielen, in der Sonne zu schlafen. Im frühen Sommer hatte es eine große Aufregung gegeben wegen des zur Verringerung der Ausgaben beschlossenen Verkaufs des Hauses in Fowey. Geralds Abneigung gegen den Ort bildete das Hauptargument für diesen Plan. Doch dann, als der Vertrag nahezu perfekt war, faßte Gerald einen seiner plötzlichen Entschlüsse. »Macht es nicht«, sagte er, »ich kann euch nicht erklären warum, aber ich habe das Gefühl, es wäre ein furchtbarer Fehler. Es ist etwas, was man lebenslänglich bereuen könnte. Tut nie etwas Derartiges so übereilt.« Und so wurde das Haus nicht verkauft, und in jenem Monat September wenigstens schien Gerald zufrieden zu sein. Im Herbst nahmen ihn die Filme wieder in Anspruch, sosehr er sie auch verabscheute, und die leidige Tretmühle: Frühaufstehen, zu unmöglicher Stunde fix und fertig im Studio sein, um nur zu erfahren, daß man erst nach Stunden gebraucht werde, das war wieder die Parole des Tages.

Doch allmählich hatte er sich mehr oder weniger mit dem Durcheinander und den Verschleppungen abgefunden, die offenbar eine nötige Begleiterscheinung bei der Herstellung von Filmen sind. Das gehörte alles dazu. Selbst wenn er jede einzelne widerliche Minute haßte, man mußte sie eben aushalten. Das war nicht sein Job; er war lediglich ein Rädchen unter vielen, er spielte nicht einmal eine Hauptrolle. Er arbeitete dort, weil er sich im Augenblick nicht dazu bringen konnte, irgendeine andere Verdienstmöglichkeit zu überlegen; eine Notlösung folgte der anderen, es waren ein paar Strohhalme mehr, die auf der Wasseroberfläche schwammen.

Er blieb dabei, seine Pläne im unklaren zu lassen. Wenn er bedrängt wurde, die Zukunft zu bedenken, fing er an, von Vögeln oder von einem neuen Trick oder von jemand, mit dem er am Tag zuvor zu Mittag gegessen hatte, zu sprechen. »Ich kann mich nicht um die Steuer scheren, Billy dear«, sagte er, wenn die erregte Sybil ihm die bräunlichen Umschläge vorlegte, »wahrscheinlich sind es ganz gute Kerle. Schreib und sag ihnen, ich hätte kein Geld. Guck, vor meinem Fenster sitzt ein Star und benimmt sich ganz eigenartig.« Und er setzte eine seiner riesigen Brillen auf und lehnte sich zum Fenster hinaus, die Sache zu untersuchen.

Nein, Gerald war nicht zu bewegen, Entschlüsse zu fassen; er war nicht dazu zu kriegen, eine Vereinbarung zu treffen; es war, als weigerte sich etwas in seinem Unterbewußtsein, weil diese Dinge ja doch alle zwecklos wären. Er glich einem Menschen am Ufer eines Abenteuers, der einen Blick auf die Uhr wirft, eine letzte Zigarette raucht, und die Zeit mißt...

13

Gerald beugte sich aus seinem Schlafzimmerfenster und blickte über den Garten. Alles war ruhig und still, und kein fernes Rollen des Verkehrs brach ein in die Stille als Mahnung, daß die Stadt dort unten liege; nur der warme Glanz von Millionen Lichtern aus dem großen Herzen von London wurde am Himmel widergespiegelt. Dies war ein Blick, dessen er nie müde wurde, der ihn in seinen glücklichen Augenblicken erregte und ihm in den einsamen Stunden ein Trost gewesen war. Hier hatte er seine guten Vorsätze gefaßt, Rache geschworen und Vergebung beschlossen; hier entwarf er Pläne, meditierte über die Freundschaft, entblößte sein Herz, verbündete er sich mit den Toten.

Dies war sein Mittelpunkt, seine Zuflucht, sein Beichtstuhl. Hier sammelten sich seine kleinen abergläubischen Gewohnheiten; hier stand er um Mitternacht mit Mo an seiner Seite, horchend auf die letzten Sekunden des alten Jahres, wartend darauf, daß die ersten Schläge der Christ-Church-Glocken das neue einläuteten. Hier, hoch oben über der Stadt, fern vom kleinlichen Tumult des Tages, konnte man Frieden finden. Man brauchte sich nichts vorzumachen, keine Rolle zu spielen; er durfte ehrlich mit sich sein und die Wahrheit sprechen.

Es war eine ganz ähnliche Aussicht, auf die Papa und Mamie vor über sechzig Jahren von ihrem Fenster in Church-Row aus blickten; doch ihre Augen hatten nicht so weit streifen dürfen, weil ihr Bereich begrenzt war und die Lichter nicht so leuchtend und zahlreich schienen. Sie waren mit der Verborgenheit zufrieden gewesen und hatten ihre Träume im Feuerschein und in den Schatten geträumt.

Guy hatte diese Aussicht als kleiner Junge gesehen, mit seinem Kinn auf den Händen über die Lichter hinweggeblickt, über die düsteren Schornsteine und Dächer zu den unsichtbaren Stätten und den fernen Hügeln hin. Trixie und Sylvia, als kleine Mädchen in gestreiften Unterröcken, drückten ihre Nasen an die Scheiben und mutmaßten über die Zukunft, Trixie mit einem fröhlichen, ansteckenden Lachen und einem herrischen Kopfaufwerfen, Sylvia feierlicher, unsicherer, in ihren Armen bereits eine Puppe wiegend. May wäre noch zu jung gewesen, an ihren Spielen beteiligt zu sein; oder, älter geworden, hätte sie die Lichter Londons vielleicht nicht ganz nach ihrem Geschmack gefunden, sie wären ihr allzusehr mit Menschen und Geselligkeit verbunden gewesen; und mit der flinken Phantasie eines Kindes würde sie aus ihnen die Lichter einer Fregatte gemacht haben und aus sich selbst einen Seekadetten, der allein das Kommando führen mußte. Nur Gerald, der noch nicht geboren war, sollte einmal diese Lichter sehnlich und enttäuscht betrachten, mit Befriedigung und Genugtuung, mit einer sonderbaren Mischung vieler Gefühle, weil sie ihm seine Erde, seine Welt, sein Reich darstellten.

Er stand jetzt am Fenster und sah auf sie hinunter, sich an die vielen Male erinnernd, wo sie ihm gewinkt hatten und er gekommen war, wo sie ihn riefen und er nicht Folge leistete. Sie standen für Erfolg und Ernüchterung, für Freude und für Schmerz, für ein Leben, das ungleich an Verheißung, reich an Erfahrung, das manchmal tapfer und auch feige gewesen war, diese Lichter, die trotz aller Schatten und dunklen Augenblicke mit einer Spur von eigenem Glanz leuchteten. Die Bitterkeit und die Mutlosigkeit waren Zugvögel gewesen, zerbrechliche und flüchtige Wesen, und jetzt verhüllten sie die Gesichter, als schämten sie sich, und gaben den Weg frei für Erinnerungen, die ewiglich bestehen würden, Augenblicke der Schönheit, der Freundlichkeit, des Spaßes.

Diese würden bleiben, wenn alles andere dahingegangen war; sie würden die letzten Fahnen sein, die er an den Mast nagelte als Zeichen des Triumphs, daß er sich nicht hatte schlagen lassen. Sie würden als zerfetzte ritterliche Banner in der Luft wehen, seine Nächsten, seine Freunde zu bestärken, denen er, in seiner heimlich scheuen und lautlosen Art, keine andere Botschaft hinterlassen konnte.

Er wünschte, er wäre weniger schwierig gewesen in diesem letzten Jahr, er hätte mehr Nachsicht geübt, mehr Geduld gehabt, wäre freundlicher zu den Leuten gewesen. Das gesprochene Wort und die ungenützte Gelegenheit – das waren die zwei Dinge, die, wie Barrie sagte, in einem Menschenleben nicht wiederkehrten. Das Motiv von *Dear Brutus.* Hätte er sein Leben noch einmal beginnen dürfen, würde er anders gewählt haben, andere Dinge unternommen, unbekanntere Wege gegangen sein, andersartige Menschen geliebt, andere Lieder gesungen haben?

Er glaubte es nicht. In der Klarheit seiner Seele, in der Wahrhaftigkeit seines Herzens wußte er, daß er noch einmal so leben würde, wie er bisher gelebt hatte. Er war dankbar für die Gnaden, für das Glück, für das Lachen und die Tränen. Es war ein Abenteuer gewesen, und er bereute nichts. Es war jetzt vorüber, und er war müde, unermeßlich müde. Die Leute meinten es gut, aber sie begriffen nicht. Und er konnte sich nicht erklären. Manchmal waren die Worte schwer zu verknüpfen, besonders solche Worte, und er hatte Angst, jemanden zu verwunden. Er hatte neulich versucht, Mo davon zu erzählen; sie hatte ihn mit angstvollen Augen angesehen, und er hatte nicht weitergesprochen. Er war immer neugierig auf den Tod gewesen, und nun, da er ihn nahe wußte, staunte er, wie ruhig er sich fühlte, wie gleichgültig, wie völlig ihm das Interesse dafür fehlte. Ihm war das Sterben anderer Menschen so leidenschaftlich nahegegangen, und nun blieb er unberührt vom eigenen Tod. Was auch immer die Menschen glauben mochten, er täuschte sich nicht, nicht eine Sekunde lang. Mit einundsechzig Jahren hatte man nicht eine große Operation vor sich und Aussicht durchzukommen. Nicht in seiner Familie. Er kannte die du Mauriers viel zu gut. Ihm selber machte es nichts aus, aber es bedeutete, daß Mo unglücklich wurde, und das war ein Gedanke, bei dem er nicht gern verweilte. Den Mädchen würde es gut gehen; sie waren jung, und sie lebten ihr eigenes Leben, hatten ihre Freunde, ihre Interessen; vielleicht würden Angela und Jeanne auch eines Tages heiraten, wie Daphne das getan hatte, und Kinder haben, Entdeckungen machen, in neuen Gefilden wandeln. Sie würden schon ihren Weg machen; sie waren nicht mehr wie junge Hunde; sie hatten eine gewisse Vernunft erreicht. Aber die Nachernte des Todes war unangenehm, ein Ärgernis und lästig für die Leute. Er wünschte, er könnte ihnen das ersparen. Begräbnisse waren ein Grauen; sie sollten gesetzlich verboten werden. Er lächelte, als er seinen eigenen Eifer bei Beerdigungen bedachte. Den alten Leichenbestatter hatten die Kinder ihn genannt, den Totenvogel, immer war er der erste gewesen, sich eine schwarze Krawatte umzubinden und die Leiche zu besichtigen. Da mußte eine bourgeoise Ader in ihm sein, eine Art Rückschlag in seine französische Abstammung. Und dann dachte er auch daran, wie ihm selbst in den feierlichsten Augenblicken ein loser Gedanke in den Sinn zu kommen pflegte und er die komische Seite der Sache sah. Sein Leben steckte voll solcher Augenblicke, fiel ihm jetzt ein. Lachend, wo er hätte ernsthaft sein sollen, und feierlich, wo er hätte lächeln müssen. Wie viel Theater hatte er doch außerhalb der Bühne gespielt! Mehr, als die meisten seiner Freunde jemals ahnten. Und oft war ein Teufel in ihm gewesen, der ihm zuflüsterte : »Das war eine ungewöhnlich gute Darstellung, Gerald.« Das geschah merkwürdigerweise nie auf der Bühne. Auf der Bühne war man ehrlich wie ein Klempner, verrichtete seine Arbeit, verdiente sein Brot. Er wäre gern nützlicher im Leben, nicht ganz so ungeschickt mit den Händen gewesen, hätte durchgebrannte Sicherungen reparieren, Maschinen in Gang setzen, das Innere eines Autos verstehen und nicht so verteufelt hilflos dastehen mögen. Er hätte mehr über Vögel lesen sollen, mehrere Sprachen sprechen, bei den Costers in den Slums wohnen müssen, Mussolini begegnen sollen. Er hatte viel versäumt. Vielleicht war er deshalb in letzter Zeit so unaufmerksam gewesen, in einer geistesabwesenden Art herumgebummelt, hatte eine halbe Melodie gepfiffen, ein suchendes, grübelndes Stirnrunzeln gehabt. Es war, als wollte er eine Frage stellen und wüßte nicht, wen er fragen sollte.

Die Lichter Londons funkelten sehr hell heute nacht; sie würden einen wunderschönen Hintergrund für ein Schauspiel geben. Er hatte dieses Bild immer schon auf die Bühne bringen wollen, aber das geeignete Stück nicht dafür gefunden. Die nächtliche Heimfahrt im Wagen nach dem Theater war immer so schön gewesen. »Wir müssen den zweiten Akt straffen«, hatte er gesagt, »die eine Szene, die so schleppt, herausnehmen.« Ja, es war so lustig gewesen.

Die Tage in Croxley, der Gesang der Vögel, und Mo lief herum und gärtnerte, die Kinder trugen Sonnenhüte. Er selber mit einem alten Tweed-Hut auf dem Kopf und einem Feldstecher in der Hand auf der Suche nach Vögeln. Freunde und Lachen und die frühen Gastspielreisen mit Tree. Das Pokerspielen bis drei oder vier Uhr morgens; das Sicheinschleichen in New Grove House mit den Schuhen in der Hand an Mamies Tür vorbei. Mamie, Gott habe sie selig, mit ihrem Kopfnicken beim Einreiben mit Kampferöl, wenn er erkältet war. Papa mit seinem Geblinzel hinter den Brillengläsern beim Singen eines französischen Liedes, mit Chang auf seinem Lieblingsspaziergang. Guy, seine Kameradschaft, seine Treue. »Was ist los, G.?« – wenn er ins Zimmer herein kam. Komisch, wie sicher er fühlte, daß Guy ihn nie verlassen hatte und immer in einer unerklärlichen Weise ihm nahe gewesen war.

Ein kleines Gebet, eine kleine Bitte um Hilfe, und alles war recht. Gott segne sein altes Herz! Da schlug Christ-Church eben die Stunde; er mußte mit Träumen aufhören und zu Bett gehen. Mo hatte immer noch Licht. Sie lag im Bett, drehte an ihrem Haar, wie Mamie das getan hatte, und beim Lesen bewegten sich ihre Lippen. Er hatte sie schon immer deswegen geneckt. Sonderbar zu denken, daß sie bereits dreißig Jahre verheiratet waren, daß sie ihre silberne Hochzeit vor wenigen Jahren gefeiert hatten. Es kam ihm unglaubhaft vor. Es war nicht diese lange Zeit her, daß sie miteinander jung gewesen waren. Er war mit dem Zählen nicht mehr nachgekommen; die Jahre waren zurückgerollt heute nacht. Vielleicht hatte er zu lange auf die Lichter Londons geblickt, und sie hatten ihn der Wirklichkeit ein wenig entrückt. Er mußte heute nacht schlafen, weil man morgen Ärzten gegenüberstehen, Entscheidungen treffen und lästige Formalitäten regeln mußte. Er verrichtete seine gewohnte kleine Abendandacht und küßte die Familienfotografien.

Er stand am Fenster und sog mit einem tiefen Atemzug die Nachtluft ein.

»Auf, Guy, zum letztenmal vielleicht, ein bißchen Hilfe bitte . . . «

Tief unter ihm blinkten, tanzten die Lichter Londons, übergossen den Himmel mit Glanz, hell und ungetrübt wie Symbole der Ewigkeit.

Daphne Du Maurier

Geboren wurde Daphne Du Maurier am 13. Mai 1907 in London. Ihr Vater war ein großer Schauspieler, ihr Großvater ein berühmter Schriftsteller.

Daphne Du Maurier wuchs in einer wohlhabenden Familie auf. Als junges Mädchen reiste sie, betreut von einer Gouvernante, zum Wintersport nach St. Moritz. In Paris verbrachte sie mehrere Monate, um ihre Sprachkenntnisse zu vertiefen. Ihr erster Aufenthalt in Cornwall hatte schicksalhafte Bedeutung für ihr späteres Leben. In Fowey, im Sommerhaus ihrer Eltern, war sie zum ersten Mal in ihrem Leben eine Woche lang allein: »Ich glaube, Fowey ist mir jetzt das Wichtigste auf der Welt. Der Fluß, der Hafen, das Meer – mit all dem verbindet mich ein Gefühl, das viel stärker ist als die Liebe zu einem Menschen.«

Hier schrieb Daphne Du Maurier mit 23 Jahren ihren ersten Roman. *Der Geist von Plyn* wurde, für sie selbst überraschend, ein schriftstellerischer Erfolg. Gleichsam über Nacht wurde sie eine in England bekannte Autorin. Weitere Romane folgten. Weltweite Popularität erlangte sie mit *Rebecca*. Dieses Buch, eines der erfolgreichsten unseres Jahrhunderts, wurde in 21 Sprachen übersetzt.

1932 heiratete Daphne Du Maurier General Sir Frederick Browning. Mit ihrem Mann, einem Angehörigen der englischen Hocharistokratie, lebte sie von 1942 an in Cornwall.

Der herbe Zauber der Landschaft Cornwalls bildet den Hintergrund ihrer Erzählungen, deren Hauptfiguren der englischen Oberschicht angehören. Das Irrationale der menschlichen Seele spielt in ihren ungewöhnlichen Romanen eine bedeutende Rolle. Der kunstvolle Spannungsaufbau faszinierte auch Alfred Hitchcock, selbst ein Meister der Spannung. Er geriet in den Bann der geheimnisvoll-schaurigen Geschichten Daphne Du Mauriers und verfilmte mit internationalem Erfolg *Rebecca* und *Die Vögel*.

1969 wurde Daphne Du Maurier als populärste englische Schriftstellerin von Königin Elisabeth II. geadelt. 1989 starb die große Dame der englischen Literatur kurz vor ihrem 82. Geburtstag in ihrem Haus in Cornwall.

Daphne Du Maurier
Verzeichnis lieferbarer Titel

Stand April 1991

- Der Apfelbaum
- Die Bucht des Franzosen
- Cornwall-Saga
- Doch mich verschlang das wild're Meer
- Dreh dich nicht um
- Die Erben von Clonmere (01/7794)
- Gasthaus Jamaica
- Das Geheimnis des Falken (01/8090)
- Das Geleitschiff
- Gerald (01/5413)
- Das goldene Schloß (01/7884)
- Die großen Meistererzählungen
- Ich möchte nicht noch einmal jung sein
- Karriere (01/8178)
- Kehrt wieder, die ich liebe (01/5352)
- Ein Kelch aus Kristall
- Der kleine Fotograf
- Des Königs General
- Der Mann mit meinem Gesicht
- Mary Ann
- Meine Cousine Rachel
- Nächstes Jahr um diese Zeit
- Panik
- Die Parasiten
- Rebecca
- Die standhafte Lady
- Träum erst, wenn es dunkel ist
- Ein Tropfen Zeit
- Wenn die Gondeln Trauer tragen (01/7986)

Die Bandnummern der Heyne-Taschenbücher sind jeweils in Klammern angegeben